nowledge. 知識工場
Knowledge is everything！

nowledge. 知識工場

Knowledge is everything！

【隨書附贈】
外師標準發音
單字朗讀光碟

穩拿金證書，考分上看 **990** 必備 !!

FIRST CHOICE

NEW TOEIC 新多益單字
先拆再記 速背法

New Toeic Vocabulary Quick Builder 　英語名師 **張翔、呂昀潔** 著

4大聽力＋3大閱讀＝

決戰新多益，單字最關鍵！

新多益考試字彙量大如海，本書教你如何
背得關鍵、背到核心，要背就背在刀口上！

7大必考題型
一次搞定！

拆解速記多益單字！

① 字首字根字尾拆解術

② 複合字拆解記憶法

把長難字拆解成小單位，背單字真容易！

10大情境
聯想速記！

User's Guide 使用說明

① 十大情境下，各細分五小節，全書共五十節。

② 在每節的起首提示該節單字之**學習範疇**，以提綱挈領的方式預示該小節的單字學習範圍。

③ **MP3光碟**收錄外師標準單字發音，以及中師補充字義說明。

④ 新多益教學名師欽點**必考單字**，權威度絕對掛保證。

⑤ 考試出題率以**星號**標示
★ = 0%～20%
★★ = 21%～40%
★★★ = 41%～60%
★★★★ = 61%～80%
★★★★★ = 81%～100%

| 1 | 2.行銷公關 | 3.客戶開發 | 4.合約協定 | 5.商務法規 |

1 商業交易
Commercial Dealings

學習範疇 商務、經營、貿易與交易行為 非學不可的47個必考重點字

Ω 001

★01
acquire
[ə`kwaɪr]
動 獲得；取得
★ ★ ★ ★ ★

= ac去 + quire獲得
記憶TIP 去獲得 = 獲得
例 We have to acquire the goods from overseas before we post this information online.
在網路上發佈這則資訊之前，我們需要先收到從海外寄來的貨物。

★02
advantage
[əd`væntɪdʒ]
名 好處；利益
★ ★ ★

= ad在 + vant前面 + age結果，名詞
記憶TIP 在前面就會有優勢 = 好處
例 We may get some advantages from this price-cutting marketing strategy.
我們也許可以在減價行銷策略中得到一些好處。

★03
aggregate
[`ægrɪ.get]
動 合計；總計達…
★ ★ ★

= ag向 + greg收集 + ate做，動詞
記憶TIP 將所有的東西都收集起來 = 合計
例 The net value we got for this month aggregates to fifty thousand dollars.
我們這個月的淨值總計達五萬元。

★04
allocate
[`ælə.ket]
動 分配；配給
★ ★ ★

= al到 + loc位置 + ate做…，動詞
記憶TIP 把東西放到各個不同的位置 = 分配
例 Our salesman allocated the goods to different local markets.
我們的業務員把貨物分配至不同的當地市場。

014

新多益十大必考情境

| 1 商務概要 General Business | 2 生活饗宴 Entertainment and Life | 3 人事管理 Personnel Management | 4 健康及醫療 Health and Medical | 5 產品管控及公司治理 Product Control and Corporate Governance |

6 字首字根字尾拆解術，把英文單字分解成「字首＋字根＋字尾」小單位。

7 記憶 **TIP 金句**，串接加號前後的拆解字義，用一金句就能記憶單字。

8 **複合字拆解記憶法**，把單字拆解成「獨立短單字＋獨立短單字」更好記。

9 每一個單字都會提供一句**使用範例**，透過例句學會單字用法。

10 補充新多益／企業英檢**應考片語**。

11 補充適用於國際化商務職場的**常見縮寫**。

Chapter 1 貿易文化

violate
[ˈvaɪəˌlet]
動 違反；不遵守
★ ★ ★

= viol違反 + ate做…，動詞
記憶TIP 違反的這個動作 = 違反；不遵守
例 The company violated the law and was forced to close for four weeks.
這間公司違反法律，被迫休業四週。

weakness
[ˈwiknɪs]
名 弱點；缺點
★ ★ ★

= weak虛弱 + ness性質，名詞
記憶TIP 較虛弱的那個部分 = 弱點；缺點
例 The weakness of this company is that they do not have a powerful marketing team.
這間公司的弱點在於其未建置強大的行銷團隊。

wholesale
[ˈholˌsel]
形 批發的 名 批發
★ ★ ★ ★

= whole全部 + sale賣 名
記憶TIP 賣出的物品必須一次全部拿走 = 批發的
例 We only deal with wholesale business.
我們只和批發商交易。

應考片語

common market 共同市場 ★ ★ ★
European Union 歐洲聯盟(歐盟) ★ ★ ★ ★ ★
private enterprise 私人企業 ★ ★
trade barrier 貿易障礙(常指關稅或進口法等) ★ ★ ★
trade show 貿易展 ★ ★ ★

常見縮寫

FTA 自由貿易協定 = Free Trade Agreement ★ ★ ★ ★
GATT 關貿總協 = General Agreement of Tariffs and Trade ★ ★ ★
WTO 世界貿易組織 = World Trade Organization ★ ★ ★ ★ ★

023

003

Preface I 作者序一

拆記單字，穩紮新多益高分基礎

　　新多益測驗（NEW TOEIC TEST）近年來已成為跨國企業遴選人才的首重標準之一，為欲爭取理想工作的社會新鮮人或轉職者非掌握不可的語言能力指標。而坊間針對新多益個別考試形式（聽力、閱讀、口說、寫作測驗等）而開設的補習專班也如雨後春筍般林立，供欲提升新多益成績的考生選擇。的確，若依據自己的弱點環節進行補強，確實有助於提升考試成績。然而，若只專注於考試形式，忽略了向下紮根的工作，有時反而是弊大於利、舍本逐末的行為了。

　　關於語言能力，無論是何種語言，本人一向非常強調單字量的重要性。單字量是語言能力的基礎，這是再怎麼強調也不為過的超級重點。而單字量的建構必須有方法，囫圇吞棗、死記硬背是大忌，理解單字構造的來龍去脈，懂了再記才是王道！

　　英文單字是有「道理」存在的，就如同中文造字的六書概念（象形、指事…等）一般，英文單字的道理存在於字源，也就是字首，字根，字尾拆解構字原則。本書針對新多益常考單字進行拆解，用「字首字根字尾拆解術」協助讀者透過構字原則去記憶單字，另外再輔以「複合字拆解記憶法」，將複合式單字拆解成獨立短單字，先理解後記憶是累積單字量的不二法門。透過拆記單字穩紮新多益高分基礎，求職必能奪標致勝！

張翔

Preface II 作者序二

拆記單字，奠定新多益高分實力

　　想要提升英文能力的人應該都知道，單字量佔了很重要的一環。想讓自己的能力從基礎到中級，甚至是中高級，背單字的方法就必須要有所改變。有了基礎的單字概念後，背單字就應該要懂得捉住訣竅，才能突破瓶頸。專家們都強調，字根、字首的單字拆解確實能幫助記憶單字並且輔助猜字，而我也在教學中體悟到單字拆解後再記憶的魔力！

　　在這十多年的教學當中發現，學生的瓶頸通常是單字量不夠多，閱讀量不夠廣，以至於參加考試時頻頻碰壁。但是，發現在課堂上多加了單字拆解技巧後，藉著字根、字首的輔助記憶，學生們的單字量提升了相當的多，面臨到各種考試也較不怕遇到生字。更發現已經擅長用字根和字首的方式來背單字的學生，除了英文閱讀的成績也較突出外，閱讀速度也因為較不受不懂的單字所限制而變快！祕密在於，他們因為習慣「拆字」因而擅長於「猜字」。

　　新多益考試的時間有限，要在有限時間內把一百題的閱讀測驗寫完，除了平時累積的單字量之外，商業類的單字也是必須掠取的重點。本書針對 NEW TOEIC 設計了十大章節，內容包含了新多益考試最常出現的主題細分成五十個單元。熟練這五十個單元裡出現的單字，並先讓自己利用技巧記住字首和字根後，就會發現在新多益成績突飛猛進喔！跟著本書先拆字後背單字，有系統的記憶新多益的單字，相信你一定能交出一張漂亮的新多益成績單！

呂昀潔

新多益常見字首 Prefix

（1）表前後/先後關係

ante-, anti- 前，先	fore- 前，先，預先	pre- 前，先，預先
pro- 前，向前，在前	post- 後，在後	re- 向後，回，反對

（2）表上下關係

up- 向上	over- 在上面，超過	sur- 在上面，超過
super- 超，在上	sub- 在…之下	de- 下，向下，降

（3）表內外關係

em- 內，向內，入	en- 內，使向內，入	im- 內，向內，進入
in- 內，入內	ex- 外，出	extra- 外，以外
out- 外，出		

（4）表相對位置

inter- 在…之間，…際	circum- 周圍，環繞	para- 旁邊，側
a- 在	be- 在，極度	tele- 遠距離，電傳
step- 繼，後		

（5）表動向

over- 越過	dia- 穿越，居中	trans- 轉換，橫越
ap-/ad- 往…，向…	re- 再，回來	be- 使成為…，變成
ab- 離去，離開	de- 除去，離開	dis- 分開，不，散

（6）表共同

co- 一起，共同	com- 一起，共同	con- 一起，共同
cor-, col- 完全，一起	sym-, syn- 共同	

（7）表數目/數量/大小

uni- 單一	mono-, mon- 單一個	bi- 二個，雙數
tri- 三個，三倍	semi- 半	multi- 多，許多
mini- 小的	micro- 微小	

（8）表否定

un- 不，沒有，否定	im- 不，否定，無	in-, ir-, il- 不，否定，無
non- 不是，無	ob-, op- 相反，反對	anti- 反對，抵抗
counter-, contra- 反對，相反		

（9）表品質與其他字首

bene- 好，善良	mal- 壞，不好的	mis- 錯誤
self- 自己	auto- 自己，自主	

新多益常見字根 Root

（1）表上肢動作

tail 切，割	cid, cis 切，割	nect, nex 結，繫
flict 打擊	fact, fac 做	manu 手
tend, tens 伸	pend, pens 懸掛	tect 掩蓋
port 拿	fer 拿	cept 拿
em(pt), am 拿	hibit 拿	pel 推
trud 推	tract 拉，抽	mit 投，送
miss 投，送	ject 投，送	pon, poun 放置
pos 放置	lev 舉，升	tain 握，持
ten, tin 握，持	scend, scent 爬，攀	scrib 寫
script 寫	pict 畫，描繪	don 給
capt, cup 抓	velop 包，裹	press 擠，壓
tort 扭曲	act, ag 行動，推動	

（2）表下肢動作

gress 行走	ambul, amble 行走	it 行走
cess 行走	ceed, ced 行走	cur 跑
curs 跑	cours, cour 跑	sult, salt, sail 跳
st 站立	sta 站立	sist 站立
ven(t) 來	ped, pod 足	sid 坐

（3）表感官

audi, audit 聽	dict 說，言	log 說，言
lingu 說，言	claim, clam 喊	voc, vok 聲音，喊
flat 吹	spect 看	vid 看
vis 看	tact, tag 觸，接觸	dent 牙

（4）表心理/意識

mir 驚奇	fid 相信	cred 相信，信任
sci 知	cogn 知	not 知道，注意
sent, sens 感覺	cur 關心，掛念	memor, member 記憶
vol, volunt 意志，意願	pathy, path 情感，痛苦	pass 感情
horr 怕	cord 心	terr 怕
psych, psycho 心理，精神		

（5）表人與生活

habit 居住	migr 遷移	popul 人民
patr(i), pater 父，祖	mater, matr(i) 母	pan 麵包
oper 工作	pet 追求	doc, doct 教
duc, duct 引導	mand 命令	medic, med 醫治
sat, satis 滿足，飽	priv 個人，私自	sal 鹽

dom 家,屋	char, car 車	reg(ul) 統治
bar 棍,棒	(o)logy 學科	fict, fig 製造,虛構
leg, lig, lect 選	pun 罰	

（6）表生命

nat 生	sen 老	path, pathy 感受,病
viv 活	vit 生命	bio 生命,生物
nov 新的	cult 栽培,培養	gen 生產,製造
quire, quer, quest 追求,詢問		

（7）表自然/地理

photo 光	lumin 光	vac, vacu 空
van, void 空	vibr 振動	ton, tone 聲音
son 聲音	phon 聲音	sol 太陽
terr 地	geo 地	hum 地,潮濕
agri, agro 農田	mar 海	voy, vey 路
od 路	vi 路	loc 地方
hydr, hydro 水	rud 原始,粗野	

（8）表時間

tempor 時間	ann, enn 年	di 日
medi 中	mid 中	

（9）表數理/幾何

later 邊	fund, found 底,基礎	gon 角
circ 圓,環	cycl(o) 圓,環	curv 彎曲
flex, flect 彎曲	equ(i) 相等	par 相等
mens 測量	plic 重疊,折	plex 重疊,重
fil 線	junct 連接	im, imit 相似
norm 標準		

（10）表變動

alter 其他的	flu 流	fus 流
mot 動	mob 動	rupt 破
frag, fract 破	turb 混亂,騷擾	vari 變化,變換
mut 變化,變換	merg, mers 沉,浸	cid 降落
cas,cad 降落	clin 傾	vert, vers 轉

（11）表狀態

dur 持續,強硬	forc, fort 強	clud, clus 關閉
fin 結束,界限	hes, her 黏著	clar 清楚,明白
ver, veri 真實	pur 清,純,淨	norm 正常
cert 確實	beaut 美	dens 密,濃
plur, plus 多		

新多益常見字尾 Suffix

（1）表人的名詞字尾

-ant 做某事的人	-ee 受…的人	-eer 從事某工作的人
-ent …的人，…者	-er 做某事的人	-(r)ess 女性工作者
-ian 從事…者	-ist 在某領域/行業者	-or 做某事的人

（2）表物品、地點的名詞字尾

-er 某物品/器具	-or, -ture 某物品/器具	-ery, -ory …的地方
-ish 某國語言		

（3）表性質/情況/狀態的名詞字尾

-ability 易…性，可…性	-ibility 易…性，可…性	-ence 性質/情況/狀態
-ency 性質/情況/狀態	-ness 性質/情況/狀態	-(t)y 性質/情況/狀態
-hood 狀態/性質/身分	-ship 狀態/身分	-th 性質/情況/狀態

（4）表行為的過程/結果的名詞字尾

-al 行為/行為的結果	-ation 行為產生的事物	-ition 行為產生的事物
-ion 行為的過程/結果	-age 行為的過程/結果	-ment 行為的過程/結果
-(t)ure 行為的過程/結果	-ism 行為/主義	

（5）表肯定/有，或否定/無的形容詞字尾

-able, -ible 可/能/易…的	-ish 略…的，稍…的	-ful 有…的，多…的
-y 有…的，多…的	-less 沒有…的	-proof 防…的
-ed 有…的	-ing 使…的，引起…的	

（6）表性質的形容詞字尾

-ful 具有…性質的	-al …的	-ial, -ual …的
-en 由…製成的	-ate, -ative …性質的	-some …性質的
-ous 具有…性質的	-ant …性質的	-ly …性質的
-ive 具備…性質的		

（7）表如同/像的形容詞字尾

-ish 如…的，像…的	-like 像…樣的	

（8）動詞字尾

-ate 做…的事，造成	-en 便變成…，成為	-fy, -ify 使成為…，…化
-ish 使成為…	-ize 使成為…，…化	-e 動作

（9）副詞字尾

-ably 可以…地	-ibly 可以…地	-ly …地
-wards 向…，朝…	-wise 就…而言，方向	

CONTENTS 目 錄

Chapter 1 商務概要
General Business

Chapter 2 生活饗宴
Entertainment and Life

Chapter 3 人事管理
Personnel Management

Chapter 8 辦公室事務
Office Affairs

Chapter 9 貨物管理及採購
Cargo Management and Purchasing

Chapter 10 製造及技術領域
Manufacturing and Technical Areas

Chapter 1

商務概要

General Business

1 商業交易
Commercial Dealings

學習範疇 商務、經營、貿易與交易行為
非學不可的47個必考重點字

🎧 MP3 001

---

01 acquire
[ə`kwaɪr]
動 獲得;取得
★ ★ ★ ★ ★

= **ac去** + **quire獲得**

記憶TIP 去獲得 = 獲得

例 We have to acquire the goods from overseas before we post this information online.
在網路上發佈這則資訊之前,我們需要先收到從海外寄來的貨物。

---

02 advantage
[əd`væntɪdʒ]
名 好處;利益
★ ★ ★

= **ad在** + **vant前面** + **age結果,名詞**

記憶TIP 在前面就會有優勢 = 好處

例 We may get some advantages from this price-cutting marketing strategy.
我們也許可以在減價行銷策略中得到一些好處。

---

03 aggregate
[`ægrɪˌget]
動 合計;總計達…
★ ★ ★

= **ag向** + **greg收集** + **ate做…,動詞**

記憶TIP 將所有的東西都收集起來 = 合計

例 The net value we got for this month aggregates to fifty thousand dollars.
我們這個月的淨值總計達五萬元。

---

04 allocate
[`æləˌket]
動 分配;配給
★ ★ ★

= **al到** + **loc位置** + **ate做…,動詞**

記憶TIP 把東西放到各個不同的位置 = 分配

例 Our salesman allocated the goods to different local markets.
我們的業務員把貨物分配至不同的當地市場。

auction
[`ɔkʃən]
名 拍賣；拍賣會 動 拍賣(掉)
★ ★ ★

= **auct增加** + **ion過程，名詞**

記憶TIP 一直在增加價錢的過程 = 拍賣

例 The famous oil painting will be auctioned off next Monday in London.
這幅著名的油畫將於下週一在倫敦進行拍賣。

---

barter
[`bɑrtɚ]
動 名 以物易物
★ ★

= **bart交換** + **er動作/過程，動詞**

記憶TIP 以物品交換物品的動作 = 以物易物

例 It is common to see people barter the extra items they have for the things they need on the Internet.
在網路上普遍可見人們用多餘的東西交換所需物品。

---

business
[`bɪznɪs]
名 商業；生意往來
★ ★ ★ ★ ★

= **busi忙碌** + **ness狀態，名詞**

記憶TIP 買賣雙方都很忙碌(busy) = 商業

例 Our company is also doing international business in Asia.
本公司也在亞洲經營國際業務。

---

commerce
[`kɑmɝs]
名 貿易；商業
★ ★ ★ ★

= **com一起** + **merce買賣**

記憶TIP 一起買賣 = 貿易；商業

例 In order to have commerce with HTC, we spent time fixing the contract to meet their needs.
為了和宏達電有貿易往來，我們花時間修改合約，以符合他們的需求。

---

commodity
[kə`mɑdətɪ]
名 商品；產品
★ ★ ★

= **com一起** + **mod模型** + **ity性質，名詞**

記憶TIP 用模型一起製作出來的東西 = 商品

例 The commodities that they asked for last month are now available to order.
他們上個月要求的商品現在可供訂購了。

10

compete
[kəm`pit]
動 競爭；對抗
★ ★ ★

= **com一起** + **pet尋找** + **e動作，動詞**

記憶TIP 大家一起尋找某物 = 競爭；對抗(把pet 想像成寵物，一起競賽尋找寵物)

例 One of the strong trade rivals we have to compete with is HTC.
宏達電是我們強勁的貿易競爭對手之一。

11

competitor
[kəm`pɛtətɚ]
名 競爭者；競爭對手
★ ★ ★

= **com一起** + **pet尋找** + **it行走** + **or做…的 人，名詞**

記憶TIP 一起邊走邊尋找的人 = 競爭者

例 We have no competitor in this special field.
在這個特殊的領域中，我們沒有競爭對手。

12

consolidate
[kən`salə,det]
動 鞏固；加強
★ ★ ★ ★ ★

= **con加強** + **solid硬/堅固** + **ate做…，動詞**

記憶TIP 已經很堅固了還要再加強 = 鞏固

例 John always gives presents to his customers to consolidate their relationship.
約翰總是會送禮物給他的顧客，以鞏固他們的關係。

13

corporation
[,kɔrpə`reʃən]
名 股份有限公司
★ ★ ★

= **corpor團體** + **at做…** + **ion結果，名詞**

記憶TIP 形成團體的結果 = 股份有限公司

例 I am working as a salesperson in a Japanese corporation.
我在一家日商公司擔任業務員。

14

credible
[`krɛdəb!]
形 可信任的；可靠的
★ ★ ★

= **cred信任** + **ible可…的，形容詞**

記憶TIP 可以信任的 = 可信任的；可靠的

例 Finding a credible investment is very important.
找出一項可靠的投資是非常重要的。

15

dealer
[`dilɚ]
名 商人；業者
★ ★ ★ ★

= **deal交易** + **er做…的人，名詞**

記憶TIP 做交易的人＝商人；業者

例 If you ask about the most popular dealer of used books in town, people would say Jane.
若要問起鎮上最受歡迎的二手書經銷商，人們會說是珍。

 16

dealings
[`dilɪŋz]
名 商業往來
★ ★ ★

= **deal交易** + **ings強調動作，名詞**

記憶TIP 進行交易的相關事項＝商業往來

例 Our company has dealings with them every season.
我們公司每一季都跟他們有商業往來。

 17

demand
[dɪ`mænd]
名 動 需求；需要
★ ★ ★ ★

= **de加強** + **mand命令**

記憶TIP 加強命令要求所需要的＝需求

例 Last year, the supply of sugar in Taiwan fell short of demand.
去年在台灣，糖供不應求。

 18

dumping
[`dʌmpɪŋ]
名 傾銷
★ ★

= **dump倒掉** + **ing強調動作，名詞**

記憶TIP 將物品如倒掉不要般賣出＝傾銷

例 Because of dumping from Japan, the price of apples has dropped to its lowest point this year.
由於來自日本的傾銷，蘋果的價格下跌至今年的最低點。

 19

dynamic
[daɪ`næmɪk]
形 有活力的；強而有力的
★ ★ ★

= **dynam威力** + **ic有…的，形容詞**

記憶TIP 有威力的就是 → 強而有力的

例 Many new companies bloom in this dynamic market.
許多新公司在這個生氣蓬勃的市場中崛起。

20

enterprise
[`ɛntɚ‚praɪz]
名 企業；公司
★ ★ ★ ★

= enter進入 + prise抓取

記憶TIP 進去獲取利益的地方 = 企業；公司

例 Many successful and well-known enterprises are from Taiwan.
許多成功且知名的企業來自台灣。

21

expand
[ɪk`spænd]
動 拓展；擴大
★ ★ ★ ★

= ex向外 + pand延伸

記憶TIP 往外延伸 = 拓展；擴大

例 We have set a goal to expand our business within six months.
我們已設定目標，要在六個月內擴大我們的業務。

22

export
[ɪks`port]
動 出口；將貨物賣出至…
★ ★ ★ ★ ★

= ex向外 + port拿

記憶TIP 把貨品拿到外國去 = 出口

例 My husband used to export frogs to Japan.
我老公過去曾從事出口青蛙至日本的業務。

23

falter
[`fɔltɚ]
動 1.衰退 2.動搖
★ ★

= falt折 + er動作/過程，動詞

記憶TIP 把原本的版圖折起來 = 衰退

例 Tom faltered on his decision to study abroad after talking to his parents.
湯姆在跟他的父母親聊過之後，欲出國深造的決心便動搖了。

24

franchise
[`fræn‚tʃaɪz]
動 給予經銷權
★ ★ ★

= franc(h)自由 + ise使成為…，動詞

記憶TIP 給予買賣某樣東西的自由 = 給予經銷權

例 We hope to franchise with this foreign company.
我們希望能夠經銷這間外國公司的產品。

import
[ɪm`port]
動 進口；引進
★ ★ ★ ★ ★

= **im進入** + **port拿**

記憶TIP 將貨品拿進國內 = 進口；引進

例 We plan to import some children's books from the UK.
我們計劃要從英國進口一些童書。

industry
[`ɪndəstrɪ]
名 工業
★ ★ ★ ★

= **indu進入** + **stry建造**

記憶TIP 進入正在建造的地方 = 工業

例 We do not rely on the automobile industry any longer.
我們不再仰賴汽車工業。

kickback
[`kɪk,bæk]
名 佣金；回扣
★ ★ ★

= **kick踢** + **back回來** 複

記憶TIP 將售出金額的一部分踢回來 = 回扣

例 If the boss finds out you get kickbacks from our customers, you will be fired.
如果老闆知道你收受顧客的回扣，你會被開除。

magnate
[`mægnet]
名 商業巨頭
★ ★

= **magn大的** + **ate職務，名詞**

記憶TIP 分量、來頭夠大的人 = 商業巨頭

例 Helen is one of the most successful magnates in the world.
海倫是全世界最成功的商業巨頭之一。

merchandise
[`mɜtʃən,daɪz]
名 商品；貨物 動 買賣
★ ★ ★ ★

= **merch買賣** + **and(=ant)…的人** + **ise功能，名詞/使成為…，動詞**

記憶TIP 有關買賣者的物品或動作 = 商品；買賣

例 There is a massive sale of all kinds of merchandise in this bookstore in Tainan.
這間在台南的書店裡，所有的商品都在大特價。

30

monopoly
[məˋnɑplɪ]
名 獨佔；壟斷
★ ★ ★

= mono單一 + poly賣

記憶**TIP** 只有這一家廠商在販賣 = 獨佔

例 According to the law in Taiwan, any monopoly on goods is illegal.
根據台灣的法律，商品壟斷是非法的。

 31

mushroom
[ˋmʌʃrum]
動 如雨後春筍般出現
★ ★

= mush多又大 + room地方

記憶**TIP** 快速地變大又變多 = 如雨後春筍般出現

例 New salesmen mushroom after graduation season.
在畢業季後，新的業務員大量出現。

 32

patronize
[ˋpetrənˌaɪz]
動 資助；光顧
★ ★ ★

= patr父親 + on人 + ize使成為…，動詞

記憶**TIP** patron=贊助者，贊助者做的動作 = 資助

例 Office ladies patronize this beauty shop every day.
女性上班族每天光顧這間美容院。

 33

product
[ˋprɑdəkt]
名 產品
★ ★ ★ ★ ★

= pro在前面 + duct引導

記憶**TIP** 在前面引導出來的東西 = 產品

例 The product was very popular last year, but it was replaced by a new product.
這個產品在去年很受歡迎，但是它被新產品取代了。

 34

prosperous
[ˋprɑspərəs]
形 繁榮的；昌盛的
★ ★ ★ ★

= pro贊成 + sper希望 + ous…性質的，形容詞

記憶**TIP** 大家都贊成並寄予希望就會是 → 繁榮的

例 London is the most prosperous city in the UK.
倫敦是英國最繁榮的城市。

35

restraint
[rɪ`strent]
名 限制;抑制
★ ★ ★

= **re再次** + **strain拉緊** + **t情況,名詞**

記憶TIP 再次拉緊繩索的情況 = 限制;抑制

例 The profit restraint was cancelled by our government.
我們的政府取消了獲利限制。

 36

retail
[`ritel]
形 零售的 動 名 零售
★ ★ ★ ★

= **re再次** + **tail切**

記憶TIP 把買來的東西切小一點再賣出去 = 零售

例 You can buy cheaper products in this local retail shop.
你可以在這家當地的零售店鋪買到較便宜的商品。

 37

sluggish
[`slʌgɪʃ]
形 蕭條的;呆滯的
★ ★

= **slugg緩慢** + **ish略…的,形容詞**

記憶TIP 略為緩慢的 = 蕭條的;呆滯的

例 Even though the government has put some money into the stock market, the economy remains sluggish.
即使政府已投入部分資金至股票市場,經濟狀況依舊蕭條。

 38

sponsor
[`spɑnsə]
名 贊助商;資助者
★ ★ ★

= **spons承諾** + **or做…的人,名詞**

記憶TIP 承諾要幫忙的人 = 贊助商;資助者

例 We finally know who our institution's sponsor is.
我們終於知道本機構的贊助商是誰了。

 39

stagnant
[`stægnənt]
形 不景氣的;停滯的
★ ★

= **stagn靜止** + **ant…性質的,形容詞**

記憶TIP 靜止不動的性質 = 不景氣的;停滯的

例 We are sure that the market of imported frogs will be stagnant for a while.
我們確信進口蛙的市場將會停滯一段時間。

40

supplier
[sə`plaɪə]
名 供應商
★ ★ ★

= sup一點點 + pl裝備 + ier做…的人，名詞

記憶TIP 一點一點提供裝備的人 = 供應商

例 We will change the supplier if they keep raising the price.
若供應商持續提高價格，我們會更換供應商。

 41

traffic
[`træfɪk]
動 走私
★ ★

= traf通過 + fic使成為…，動詞

記憶TIP 使其私下通過的動作 = 走私

例 You may get the death sentence for trafficking drugs to this country.
走私毒品到這個國家可能會被判處死刑。

 42

transaction
[træn`zækʃən]
名 交易
★ ★ ★ ★

= trans轉換 + act動作 + ion過程/結果，名詞

記憶TIP 進行物品轉換的動作 = 交易

例 For commercial transactions, on-time delivery is important.
對於商業交易而言，準時送貨是重要的。

 43

uncertainty
[ʌn`sɝtn̩tɪ]
名 不確定性
★ ★ ★

= un不 + certain確定的 + ty性質，名詞

記憶TIP 不能確定的性質 = 不確定性

例 The thing we are worried about the most is the financial uncertainties in the company.
我們最憂心的是公司財務的不確定性。

 44

universal
[ˌjunə`vɝsḷ]
形 1.全體的 2.全球的
★ ★ ★

= uni單一 + vers旋轉 + al…的，形容詞

記憶TIP 一個轉動大家就跟著動的 = 全體的

例 The news in Taiwan has become a universal concern.
台灣的這則新聞已成為全球的關注焦點。

45

violate
[`vaɪə‚let]
動 違反；不遵守
★ ★ ★

= **viol違反** + **ate做…，動詞**

記憶TIP 違反的這個動作 = 違反；不遵守

例 The company violated the law and was forced to close for four weeks.
這間公司違反法律，被迫休業四週。

 46

weakness
[`wiknɪs]
名 弱點；缺點
★ ★ ★

= **weak虛弱** + **ness性質，名詞**

記憶TIP 較虛弱的那個部分 = 弱點；缺點

例 The weakness of this company is that they do not have a powerful marketing team.
這間公司的弱點在於其未建置強大的行銷團隊。

47

wholesale
[`hol‚sel]
形 批發的 **名** 批發
★ ★ ★ ★

= **whole全部** + **sale賣** **複**

記憶TIP 賣出的物品必須一次全部拿走 = 批發的

例 We only deal with wholesale business.
我們只和批發商交易。

應考片語

common market 共同市場 ★★★
European Union 歐洲聯盟(歐盟) ★★★★★
private enterprise 私人企業 ★★
trade barrier 貿易障礙(常指關稅或進口法等) ★★★
trade show 貿易展 ★★★

常見縮寫

FTA 自由貿易協定 = **Free Trade Agreement** ★★★★
GATT 關貿總協 = **General Agreement of Tariffs and Trade** ★★★
WTO 世界貿易組織 = **World Trade Organization** ★★★★★

2 行銷公關
Marketing, Sales and Public Relations

 學習範疇 行銷、售貨、業務與公共關係
非學不可的59個必考重點字

 MP3 006

01

abundant
[ə`bʌndənt]
形 豐富的;大量的
★ ★ ★

= **abund充足/充滿** + **ant…性質的,形容詞**

記憶TIP 充滿著很多東西 = 豐富的

例 We found abundant natural resources in South Africa.
我們在南非發現豐富的天然資源。

02

adapt
[ə`dæpt]
動 使適合;使適應
★ ★ ★

= **ad向** + **apt恰當的**

記憶TIP 使其變得恰當 = 使適合;使適應

例 Many people found it easy to adapt to the new smart phones.
許多人覺得適應新的智慧型手機是容易的。

03

advert
[`ædvət]
動 注意
★ ★

= **ad朝著** + **vert轉動**

記憶TIP 朝著某物轉動進而引起 → 注意

例 In order to make his readers advert to his new ideas, this writer drew lots of pictures at the bottom of each page of his book.
為了讓讀者注意到他的新概念,這位作者在書中每一頁的底下畫了許多圖片。

04

advertisement
[ˌædvə`taɪzmənt]
名 廣告
★ ★ ★ ★ ★

= **ad朝向** + **vert轉動** + **ise使成為…** + **ment結果,名詞**

記憶TIP 轉動引起注意,進而達到「廣告」的效果

例 The company spent lots of money on the advertisement for their new product.
那間公司在新產品的廣告上花了大錢。

---

alliance
[ə`laɪəns]
名 同盟；結盟方
★ ★ ★

= **alli結合** + **ance狀態，名詞**

記憶TIP all=全部，全部都結合起來 = 同盟

例 People believe that an alliance between TV stations and local food shops may work to stimulate sales.
人們認為電視台和當地食品店鋪的結盟能刺激銷售。

amend
[ə`mɛnd]
動 修改；修正
★ ★

= **am保持/在** + **end結束**

記憶TIP 直到最後都要保持正確，所以要 → 修正

例 John was asked to amend his proposal and present it during the meeting next time.
約翰被要求修改他的提案，並且在下次會議中呈報。

analyze
[`ænl͵aɪz]
動 分析
★ ★ ★

= **ana又** + **ly解開/分** + **(i)ze使成為…，動詞**

記憶TIP 使某物被分解開來 = 分析

例 Many scholars have to analyze lots of data before they come to conclusions.
許多學者在導出結論之前需要分析大量的數據。

arrangement
[ə`rendʒmənt]
名 安排；佈置；排列
★ ★ ★ ★

= **ar使** + **range排列** + **ment過程/結果，名詞**

記憶TIP 使東西排列好的過程 = 安排

例 We were amazed by the arrangement of the new product display area.
我們對於新產品展示區的佈置感到驚喜。

attract
[ə`trækt]
動 吸引…的注意力
★ ★ ★ ★

= **at向** + **tract拉**

記憶TIP 向旁邊拉而能 → 吸引…的注意力

例 The sexy girl on the ad sign attracts lots of drivers' attention and causes some car accidents.
性感女孩的廣告看板吸引了許多駕駛的注意力，也造成了數起車禍。

10

campaign
[kæm`pen]
動 從事活動 名 運動
★ ★ ★ ★

= camp田野/露營 + aign平原

記憶TIP 古時候的軍隊大多在平原上「進行活動」

例 Our products are so popular that we do not need to campaign for them and they were still sold out within two weeks.
我們的產品是如此受歡迎,以至於毋需舉辦任何促銷活動,它們仍然在兩週內銷售一空。

 11

capsize
[`kæpsaɪz]
動 傾覆;弄翻
★

= cap抓住/頭/帽子 + size尺寸

記憶TIP 敵軍把戴帽子的首領抓住了 = 傾覆

例 Due to Tom's carelessness, the new product campaign capsized.
由於湯姆的大意,新產品的促銷活動一敗塗地。

 12

challenge
[`tʃælɪndʒ]
動 向…挑戰 名 挑戰
★ ★ ★ ★

= challeng叫喊 + e動作,動詞

記憶TIP 喊得很大聲來向對方示威 = 向…挑戰

例 Anita challenged herself to finish this book within four months.
艾妮塔挑戰自己要在四個月內完成這本書。

 13

commission
[kə`mɪʃən]
名 佣金 動 委託;委任
★ ★ ★

= com一起 + miss送 + ion過程/結果,名詞

記憶TIP 聯合起來把要做的事送給別人做 = 委託

例 He insisted on getting a 20% commission on this deal.
他堅持在這筆交易中抽取兩成的佣金。

 14

comprehensive
[ˌkɑmprɪ`hɛnsɪv]
形 1.廣泛的 2.理解力充分的
★ ★ ★ ★

= com完全 + prehen抓住 + sive具…性質的,形容詞

記憶TIP 完全抓住所看過的內容 = 理解力充分的

例 Please provide a comprehensive marketing plan before our next meeting.
請在我們下次開會前,提供一份詳盡的行銷計畫。

conceive
[kən`siv]
動 構想出；抱有…的想法
★ ★ ★ ★

= `con一起` + `ceive抓`

記憶TIP 一起抓、一起想 = 構想出

例 They spent a whole month conceiving this great idea.
他們花了一整個月的時間構思出這個很棒的點子。

---

debut
[dɪ`bju]
名 1.首次露面 2.初上市場
★ ★ ★ ★

= `de離開` + `but推`

記憶TIP 推離開原本待的地方 = 首次露面

例 The new dancer will make her debut on the big stage tonight.
今晚，這位新舞者將在大舞台上首次亮相。

---

demographics
[ˌdɛmə`græfɪks]
名 人口統計資料(如年齡)
★

= `demo人民` + `graph圖表` + `ics學術，名詞`

記憶TIP 將人口資料製作成圖表 = 人口統計資料

例 According to the demographics in Taiwan, Taipei City has more than two million people.
根據台灣的人口統計資料，台北市有超過兩百萬人。

---

depend
[dɪ`pɛnd]
動 1.依賴；依靠 2.取決於…
★ ★ ★ ★

= `de向下` + `pend懸掛`

記憶TIP 需要掛在別人的底下才能存活 = 依賴

例 Many companies depend on marketing strategy to win customers' hearts.
許多公司依靠行銷策略來贏得顧客的心。

---

display
[dɪ`sple]
名 動 展示；顯示；表現
★ ★ ★ ★

= `dis去除` + `play折疊/包裝`

記憶TIP 把包裝給去除掉 = 展示

例 They display their latest inventions in a big museum in Taipei.
他們在台北的一間大型博物館中展出其最新發明。

door-to-door
[ˌdortə`dɔr]
形 副 逐門逐戶的(地)
★ ★

= door門 + to到 + door門 複

記憶TIP 一個門接著一個門的 = 逐門逐戶的

例 In order to sell products, the salesmen go door-to-door in this neighborhood.
為了推銷產品，業務員逐門逐戶拜訪這個地區。

enlarge
[ɪn`lardʒ]
動 擴大；擴展
★ ★ ★

= en使 + large大的

記憶TIP 使變大 = 擴大；擴展

例 Enlarging the range of the target market is not easy.
擴大目標市場的範圍並不容易。

event
[ɪ`vɛnt]
名 事件；大事
★ ★ ★ ★ ★

= e出 + vent來

記憶TIP 特地跑了出來代表發生了 → 大事

例 The department store holds two big sales events every year.
這間百貨公司每年舉辦兩場大型特賣會。

extent
[ɪk`stɛnt]
名 程度；範圍
★ ★ ★ ★

= ex出 + tent伸展

記憶TIP 可以向外伸展的 → 範圍

例 To a certain extent, he is responsible for the delay.
他對這次的延誤負有部分責任。

factor
[`fæktə]
名 因素；要素
★ ★ ★ ★

= fact做 + or物品，名詞

記憶TIP 使事物運作的物質 = 因素

例 One of the main factors for global warming is the carbon emissions from our cars.
造成全球暖化的主因之一是車輛的碳排放。

25

global
[`globl]
形 全球的
★ ★ ★ ★ ★

= **glob球體** + **al…的，形容詞**

記憶TIP 整個球體的 = 全球的

例 If we can translate our instructions into seven different languages, our global sales are sure to be increased.
若能將我們的說明書翻譯成七種不同的語言，我們的全球銷售量一定能增加。

26

harmful
[`harmfəl]
形 有害的
★ ★

= **harm損害** + **ful具…性質的，形容詞**

記憶TIP 具損害性質的 = 有害的

例 It can be harmful to sales if our marketing strategies are not appropriate.
若行銷策略不當，將有害於我們的銷售。

27

hidden
[`hɪdn̩]
形 隱藏的；隱密的
★ ★ ★

= **hid隱藏** + **den被…的，形容詞**

記憶TIP 被隱藏起來的 = 隱密的

例 The secret marketing strategies should be hidden.
祕密行銷策略應該被隱藏起來。

28

ignore
[ɪg`nor]
動 忽視；忽略
★ ★ ★

= **ignor不知道** + **e動作，動詞**

記憶TIP 假裝不知道 = 忽視；忽略

例 The shopkeeper never ignores his customers in his shop.
這位店長不曾忽視店裡的顧客。

29

imprudent
[ɪm`prudn̩t]
形 不謹慎的
★ ★

= **im不** + **prud小心** + **ent…性質的，形容詞**

記憶TIP 不小心的性質 = 不謹慎的

例 The new assistant is an imprudent lady who always forgets to tell her boss the dates of the meeting.
這名新助理是位不謹慎的女士，時常忘記告訴老闆開會的日期。

30

jeopardize
[`dʒɛpəd,aɪz]
動 危害;使…瀕臨危險
★ ★ ★ ★

= **jeo玩** + **pard分開的** + **ize使成為…,動詞**

記憶TIP 沒有團結而分開玩就會造成 → 危害

例 Do not be rude to your boss, or you may jeopardize your chances of success.
不要對你的老闆無禮,否則會危及你成功的機會。

 31

layout
[`le,aʊt]
名 版面編排;版面設計
★ ★ ★

= **lay躺著** + **out外** **複**

記憶TIP 躺在外面供人觀賞的樣式 = 版面設計

例 I have to stay at the office to check the layout of the new smart phone flyer.
我得留在公司檢查新智慧型手機傳單的版面設計。

 32

leaflet
[`liflɪt]
名 傳單 **動** 發送傳單
★ ★ ★

= **leaf葉子** + **let小物,名詞**

記憶TIP 像枝葉一樣擴散出去的小東西 = 傳單

例 Tony has to get up early to give out the leaflets for his new shop.
湯尼必須早起,以發放他的新開店面宣傳單。

 33

majority
[mə`dʒɔrətɪ]
名 多數;過半數
★ ★ ★ ★

= **major大的/主要的** + **ity狀態,名詞**

記憶TIP 大部分的狀態 = 多數;過半數

例 The majority of the customers use smart phones in Taiwan now.
現今在台灣,多數顧客使用智慧型手機。

 34

market
[`mɑrkɪt]
名 市場
★ ★ ★ ★ ★

= **mark交易** + **et地方,名詞**

記憶TIP 發生交易的地方 = 市場

例 Certain kinds of the cell phones from that company are not welcomed in the market.
那間公司的某幾款手機在市場上並不受歡迎。

35

measure
[ˋmɛʒɚ]
名 措施；手段
★ ★ ★ ★

= **meas**度量 + **ure**過程/結果，名詞

記憶TIP 測量過後需進行的因應手段 = 措施

例 In order to make sure there is no mistake, certain measures should be taken.
為確保沒有錯誤，需採取特定的措施。

 36

mental
[ˋmɛntl̩]
形 精神的；心理的
★ ★ ★ ★

= **ment**心/精神 + **al**…的，形容詞

記憶TIP 心理或精神上的 = 精神的；心理的

例 People always link customers' mental states with marketing strategies.
人們總是把顧客的心理狀態和行銷策略連結在一起。

 37

minority
[maɪˋnɔrətɪ]
名 少數
★ ★ ★

= **minor**少數的 + **ity**狀態，名詞

記憶TIP 數量少的狀態 = 少數

例 The new cellphone we are making this year is mainly designed for the minority market.
我們今年製作的新手機專為小眾市場設計。

 38

mistake
[mɪˋstek]
名 錯誤 **動** 弄錯
★ ★ ★

= **mis**錯誤 + **take**拿

記憶TIP 拿錯了 = 錯誤；弄錯

例 The CEO made the big mistake of revealing their secret project to the public.
總裁犯了大錯，將祕密企劃公諸於眾。

 39

observe
[əbˋzɝv]
動 觀察
★ ★ ★

= **ob**上 + **serv**看 + **e**動作，動詞

記憶TIP 從上面看下來 = 觀察

例 One of the marketing manager's duties is to observe market trends.
行銷經理的職責之一是觀察市場趨勢。

40

peculiar
[pɪˋkjuljɚ]
形 特殊的
★ ★ ★

= peculi個人私藏 + ar…的，形容詞

記憶TIP 留下來當作個人收藏的東西通常是比較
→ 特殊的

例 The new CEO's peculiar Taiwanese-Chinese accent makes people in the meeting confused.

這位新總裁特殊的台灣國語腔調使與會者感到困惑。

 41

pioneer
[ˏpaɪəˋnɪr]
名 先驅者；開拓者 **動** 開闢
★ ★ ★

= pione腳 + er做…的人，名詞

記憶TIP 先走到的人 = 先驅者

例 People say that Steve Jobs from Apple Inc. was the pioneer of the smart phone.

人們說蘋果公司的史帝夫・賈伯斯是智慧型手機的開拓者。

 42

population
[ˏpɑpjəˋleʃən]
名 人口
★ ★

= popul人民 + ation結果，名詞

記憶TIP 全部的人民 = 人口

例 The population in this capital city is about three million.

這個首都的人口約為三百萬人。

 43

potential
[pəˋtɛnʃəl]
形 潛在的；可能的 **名** 潛能
★ ★ ★ ★

= po首先 + tent伸展 + ial…的，形容詞

記憶TIP 先伸展開來的原本就有 → 潛能

例 We do not want this dispute to scare away those potential investors.

我們不希望這次的爭端嚇跑那些潛在投資者。

 44

prevail
[prɪˋvel]
動 流行；普遍
★ ★ ★ ★

= pre超過 + vail強

記憶TIP 強到超過其他東西而流行起來 = 普遍

例 A sense of crisis prevailed in the team after the new manager arrived.

在新任經理抵達後，團隊裡彌漫著一股危機感。

promote
[prə`mot]
動 1.促進 2.促銷
★ ★ ★ ★

= **pro向前** + **mot推** + **e動作，動詞**

記憶TIP 向前推的動作 = 促進；促銷

例 In order to promote the new dish, the chef decided to give a small plate of it to every customer as a free sample.
為了宣傳新菜色，主廚決定給每個顧客一小盤免費試吃。

promotion
[prə`moʃən]
名 促銷；宣傳
★ ★ ★ ★

= **pro往前** + **mot移動** + **ion過程/結果，名詞**

記憶TIP 讓銷售量往前移動 = 促銷；宣傳

例 There will be a big promotion of our new products next week.
下星期將會有一場新產品的促銷會。

promotional
[prə`moʃənḷ]
形 促銷的
★ ★ ★

= **promotion促銷/宣傳** + **al…的，形容詞**

記憶TIP 促銷的 = 促銷的

例 The company gave each worker a promotional product for free.
公司免費贈送每位員工一個促銷產品。

publicity
[pʌb`lɪsətɪ]
名 1.名聲 2.宣傳；宣傳品
★ ★ ★

= **publ大眾** + **ic…的** + **ity情況，名詞**

記憶TIP 用來讓大眾周知的東西 = 宣傳

例 Several TV commercial slots have been bought to increase the publicity of our new product.
已買下數個電視廣告時段，以宣傳我們的新產品。

publicize
[`pʌblɪ,saɪz]
動 替…做宣傳
★ ★

= **publ大眾** + **ic…的** + **ize使成為…，動詞**

記憶TIP 讓大眾周知的動作 = 替…做宣傳

例 We invited a superstar to publicize our new shampoo.
我們邀請了一位巨星來替我們的新洗髮精做宣傳。

50 readership
[`ridɚʃɪp]
名 讀者們
★

= read閱讀 + er做…的人 + ship身分，名詞

記憶TIP 閱讀者的身分 = 讀者們

例 The book publisher hopes this book can have a readership of about 50,000.
這家圖書出版商希望這本書可以擁有五萬名讀者。

51 relate
[rɪ`let]
動 與…相關
★ ★ ★

= re回 + late拿

記憶TIP 回去拿有關的東西 = 與…相關

例 The decrease of our sales is related to the bad reputation of our products.
銷售量的下降與我們產品的壞名聲有關。

52 representative
[ˌrɛprɪ`zɛntətɪv]
名 代表 形 具代表性的
★ ★

= re再次 + pre前面 + sent感覺 + ative性質，名詞

記憶TIP 再次把好的感覺往前放 = 代表

例 Mandy will be the representative of our department at the international marketing meeting.
曼蒂將代表本部門參加這場國際行銷會議。

53 reputation
[ˌrɛpjə`teʃən]
名 名聲；名譽
★ ★ ★

= reput名聲 + ation結果，名詞

記憶TIP re=再次，put=放進去，會讓人想再一次放東西進去表示有 → 名聲

例 Our company has a good reputation in this field.
本公司在此一領域擁有好名聲。

54 salesmanship
[`selsmən.ʃɪp]
名 銷售術
★ ★ ★

= sales賣 + man人 + ship狀態，名詞

記憶TIP 賣東西的人所使用的技術 = 銷售術

例 Joy will take a course in salesmanship at this university for his future job.
為了將來的工作，喬伊將會在這所大學修習銷售術。

55

trademark
[`tred,mɑrk]
名 商標
★ ★ ★ ★

= trade交易 + mark標記 複

記憶TIP 做生意、商業交易上使用的標記 = 商標

例 Seeing the smiley face, I know it is the special trademark of my father's company.

看著這個微笑商標，我知道它專屬於我父親的公司。

56

uniqueness
[ju`niknɪs]
名 獨特性
★ ★ ★

= unique獨一無二的 + ness性質，名詞

記憶TIP 獨一無二的性質 = 獨特性

例 The new watch, which is very popular among kids, has a webcam function as its uniqueness.

廣受兒童歡迎的新手錶具備獨特的視訊功能。

57

vacillate
[`væsḷ,et]
動 猶豫；躊躇
★ ★

= vacill搖擺 + ate做⋯，動詞

記憶TIP 沒有辦法做決定，一直搖擺著 = 猶豫

例 Peter usually vacillates between two very similar products because he doesn't want to pay more.

彼得通常會在兩種非常相似的產品間猶豫不決，因為他不想多付錢。

58

vilify
[`vɪlə,faɪ]
動 誹謗
★

= vil(e)惡劣/卑下 + ify使成為⋯，動詞

記憶TIP 使人對某人產生惡劣觀感的動作 = 誹謗

例 The company tried to find the person who vilified its reputation.

那家公司試圖找出誹謗其名譽的人。

59

widespread
[`waɪd,sprɛd]
形 普遍的；分佈廣的
★ ★ ★ ★

= wide廣泛地 + spread散佈 複

記憶TIP 廣泛地分佈著 = 普遍的

例 The commercial has already become widespread before the release of the new product.

在新產品上市前，這個廣告早已廣為人知。

3 客戶開發
Client Development

學習範疇 顧客關係管理、客戶開發拜訪
非學不可的59個必考重點字

MP3 012

01 apologize
[ə`pɑlə‚dʒaɪz]
動 道歉
★ ★ ★

= **apo反應** + **log談論** + **ize使成為…，動詞**

記憶TIP 反應之前談論時的不當行為 = 道歉

例 Vicky apologized to her customer for being dishonest about the price of the house she sold to them.

薇琪向顧客道歉，因為她在賣房子給他們時，沒有誠實告知價格。

02 apology
[ə`pɑlədʒɪ]
名 歉意；道歉
★ ★ ★

= **apo反應** + **logy言談/談論**

記憶TIP 反應之前言談時的不當行為 = 道歉

例 I did not expect that they would accept my apologies.

我並不期待他們接受我的道歉。

03 bigot
[`bɪgət]
名 偏執的人；頑固者
★ ★

= **bi(=by)藉著** + **got(=God)上帝**

記憶TIP 一直憑藉著上帝之名而不願低頭的人 = 偏執的人；頑固者

例 Bigots refuse to go to this shop because of the person who owns it.

因為店主的緣故，頑固者拒絕光顧這家店。

04 bury
[`bɛrɪ]
動 給予…大量的資訊
★ ★ ★

= **bur埋藏** + **y做…，動詞**

記憶TIP 將埋藏很久的東西釋出 → 給予…大量的資訊

例 Burying your customers with information may revolt them.

讓顧客接收過量的資訊，可能會造成他們的反感。

clientele
[ˌklaɪən`tɛl]
名 顧客(總稱)
★ ★

= client客戶 + ele人，名詞

記憶TIP 你的全體委託客戶 = 顧客(總稱)

例 Most of our clientele is above the age of sixty-five.
我們大部分的顧客都超過六十五歲。

committed
[kə`mɪtɪd]
形 忠誠的；堅定的
★ ★ ★

= com徹底的 + mit派送 + ted有…的，形容詞

記憶TIP 將東西徹底送達 = 忠誠的

例 As a loyal man, Tom is committed to his wife and family.
忠心的湯姆對他的老婆和家人很忠誠。

compliment
[`kɑmpləmənt]
動 名 讚美；恭維
★ ★ ★ ★

= com加強 + pli填滿 + ment過程/結果，名詞

記憶TIP 原本不完整的被刻意加強填滿 = 讚美

例 The assistant was complimented by her boss on her working speed.
這位助理的老闆稱讚她的工作效率。

complimentary
[ˌkɑmplə`mɛntərɪ]
形 表示恭維的；充滿敬意的
★ ★ ★

= compliment讚美 + ary有關…的，形容詞

記憶TIP 有關讚美的 = 表示恭維的

例 Tina's boss has been complimentary about her good working attitude.
蒂娜的老闆對於她認真的工作態度讚譽有加。

consensus
[kən`sɛnsəs]
名 共識；合意
★ ★ ★ ★

= con一起 + sens意見 + us結果，名詞

記憶TIP 大家的意見相同 = 共識；合意

例 We finally reached a consensus after a long discussion.
經過一段長時間的討論後，我們終於達成了共識。

10 consequence
[`kɑnsə,kwɛns]
名 結果；後果
★ ★ ★ ★

= con完全 + sequ跟隨 + ence狀態，名詞

記憶TIP 完全跟隨到最後的狀態 = 結果；後果

例 Each salesperson has to visit three clients a day based on the consequences of our company.
根據公司政策，每位業務員一天要拜訪三個客戶。

11 considerate
[kən`sɪdərɪt]
形 體貼的；體諒的
★ ★ ★ ★

= consider考慮 + ate…性質的，形容詞

記憶TIP 替別人考慮的 = 體貼的；體諒的

例 Joe is very considerate because he always reminds us what to bring before meetings.
喬非常體貼，他總是在會議前提醒我們該帶什麼。

12 customer
[`kʌstəmɚ]
名 顧客
★ ★ ★ ★ ★

= cu一起 + stom習慣 + er做…的人，名詞

記憶TIP 已經變成習慣而常常來的人 = 顧客

例 The customers are satisfied with the service this company provides.
顧客們對於這間公司提供的服務感到滿意。

13 decide
[dɪ`saɪd]
動 決定
★ ★ ★ ★

= de向下 + cid切 + e動作，動詞

記憶TIP 看好了(想清楚了)就向下切了 = 決定

例 The manager decided to visit our overseas clients.
經理決定要去拜訪我們的海外客戶。

14 defect
[`difɛkt]
名 缺點；缺陷
★ ★ ★

= de相反 + fect做

記憶TIP 把東西做反了 = 缺點；缺陷

例 Although they have tried their best to solve the problem, there are still some defects.
雖然他們已盡全力解決問題，但仍然有一些缺點。

denial
[dɪˋnaɪəl]
名 否認；否定；拒絕
★ ★ ★ ★

= de加強 + nial否定

記憶TIP 加強否定 = 否認

例 Her boss shook his head in denial for the new project.
她的老闆搖搖頭，否定了這項新企劃。

---

dismal
[ˋdɪzm̩]
形 憂鬱的；陰沈的
★ ★

= dis(=dies)每天 + mal壞的

記憶TIP 每天的狀態都不好就會是 → 憂鬱的

例 I do not like a dismal salesperson to visit my house.
我不喜歡陰沉的業務員來拜訪我家。

---

expression
[ɪkˋsprɛʃən]
名 1.表情 2.表示
★ ★ ★ ★

= ex外面 + press放置 + ion過程/結果，名詞

記憶TIP 把想法或心情放在外面 = 表情；表示

例 Our customers encouraged us by showing their happy expressions.
顧客們露出幸福的表情，使我們得到了鼓舞。

---

familiar
[fəˋmɪljə]
形 熟悉的；親近的
★ ★ ★

= famil家庭 + iar…的，形容詞

記憶TIP 像家人一樣的 = 熟悉的；親近的

例 After selling the same products for two months, I am very familiar with their functions.
在銷售相同的產品兩個月後，我對於它們的功能相當熟悉。

---

familiarize
[fəˋmɪljəˌraɪz]
動 使熟悉；使親近
★ ★

= familiar熟悉的 + ize使成為…，動詞

記憶TIP 使成為熟悉的 = 使熟悉；使親近

例 Tom tried to familiarize himself with the use of the new computer software.
湯姆試著摸熟新版電腦軟體的使用方式。

20

feedback
[`fid,bæk]
名 回饋意見
★★★★

= **feed餵養** + **back往回** 複

記憶TIP 將別人給你的往回餵養 = 回饋意見

例 The company cares a lot about the customers' feedback.
這間公司非常在乎顧客的回饋意見。

21

fieldwork
[`fild,wɜk]
名 實地拜訪客戶
★★

= **field田野** + **work工作** 複

記憶TIP 親自深入田野工作 = 實地拜訪客戶

例 After the busy fieldwork, James went home exhausted.
在忙碌的實地拜訪客戶後，詹姆士筋疲力竭地回家。

22

flatter
[`flætə]
動 諂媚；奉承
★★★

= **flat平坦的** + **ter動作/過程，動詞**

記憶TIP 說出順耳的話 = 諂媚；奉承

例 I do not like my co-worker who flatters our boss all the time.
我不喜歡那個一天到晚諂媚老闆的同事。

23

fraudulent
[`frɔdʒələnt]
形 欺詐的；欺騙的
★★

= **fraud欺騙** + **u(連字)** + **lent…的，形容詞**

記憶TIP 欺騙的 = 欺詐的；欺騙的

例 His fraudulent behavior is so shocking that we decided to send him to the police.
他的詐欺行為如此令人震驚，以至於我們決定將他送警法辦。

24

frisky
[`frɪskɪ]
形 活躍的
★★★

= **frisk愛玩/活潑** + **y有…的，形容詞**

記憶TIP 愛玩且活潑的 = 活躍的

例 Tom is pretty frisky in this department so everyone knows him.
湯姆在這個部門頗為活躍，所以每個人都知道他。

hard-nosed
[`hɑrd,nozd]
形 頑強的;倔強的
★ ★ ★ ★

= **hard硬的** + **nose鼻子** + **d有…的,形容詞** **複**

記憶TIP 鼻子很硬,意志堅強的 = 頑強的

例 As a salesperson, I found it difficult to talk to a hard-nosed man like him.
身為業務員,我覺得跟像他這樣倔強的人談話很困難。

helpful
[`hɛlpfəl]
形 有助益的
★ ★ ★ ★ ★

= **help幫助** + **ful有…的,形容詞**

記憶TIP 有幫助的 = 有助益的

例 It is helpful for your business if you call on your clients regularly.
定期拜訪你的客戶,對你的生意會有幫助。

highlight
[`haɪ,laɪt]
動 強調;使突出
★ ★ ★ ★

= **high高的** + **light光線** **複**

記憶TIP 把某個地方的光線打亮 = 強調;使突出

例 We highlight certain terms in the report and explain them carefully before our customers sign this contract.
在顧客簽訂合約之前,我們會強調並詳細解釋報告中的幾項特定條款。

informal
[ɪn`fɔrml̩]
形 非正式的
★ ★ ★

= **in不** + **form格式** + **al…的,形容詞**

記憶TIP 不符合格式的 = 非正式的

例 It is very difficult to find new customers in this informal meeting.
要在這場非正式會議中發掘新顧客非常困難。

information
[,ɪnfɚ`meʃən]
名 資訊;消息
★ ★ ★ ★

= **in用** + **form形式** + **ation結果,名詞**

記憶TIP 用特定的形式來告知 → 資訊;消息

例 Try to tell new customers all the information about our company.
試著將我們公司的所有資訊告知新顧客。

30

insult
[ɪn`sʌlt]
動 侮辱;羞辱;辱罵
★★★

= in入內 + sult跳

記憶TIP 進去別人家裡跳是一種 → 侮辱

例 The reason we don't want to do business with them is because they tend to insult all the companies after signing contracts.

我們不願跟他們做生意的原因,是因為他們傾向於在簽約後侮辱所有的公司。

31

interrupt
[ˌɪntə`rʌpt]
動 打斷;中斷
★★★★

= inter中間 + rupt破裂

記憶TIP 把東西從中間弄破 = 打斷;中斷

例 The clients may feel uncomfortable if you interrupt their lives by calling them too often.

若你太常打電話給客戶,打擾到他們的生活,可能會使他們感到不舒服。

32

introduce
[ˌɪntrə`djus]
動 介紹;引見
★★★★

= intro入內 + duc引導 + e動作,動詞

記憶TIP 把人或物引導入內的動作 = 介紹

例 I have to introduce my co-workers to the new manager one by one.

我必須向新任經理一一介紹我的同事。

33

invitation
[ˌɪnvə`teʃən]
名 1.邀請 2.請帖
★★★★

= invit邀請 + ation結果,名詞

記憶TIP 用來提出邀請的物品 = 請帖

例 After receiving an invitation for the big international meeting, I know that we may get more orders by the end of this year.

在接到這場大型國際會議的邀請函後,我知道在今年底之前,我們也許會接到更多訂單。

34

invite
[ɪn`vaɪt]
動 邀請
★★★

= in進入 + vite渴望

記憶TIP 渴望某人參與投入,因而提出 → 邀請

例 Our top salesman was invited to a large event in Taipei.

我們的頂尖業務員受邀參加一場在台北的大型盛會。

irritate
[`ɪrə,tet]
動 激怒；使惱怒
★ ★ ★

= **irri刺激** + **ate做…，動詞**

記憶TIP 刺激他人的動作 = 激怒；使惱怒

例 Tina's clients were irritated by her unexpected actions.
蒂娜的客戶被她突如其來的行為給激怒了。

irritated
[`ɪrə,tetɪd]
形 被激怒的；惱火的
★ ★ ★

= **irri刺激** + **ated被…的，形容詞**

記憶TIP 被刺激而導致憤怒的 = 被激怒的

例 The irritated manager will fire the new salesman.
那位惱火的經理將會開除那位新任業務員。

manner
[`mænə]
名 禮貌；規矩
★ ★ ★

= **man人** + **ner物品/器具，名詞**

記憶TIP 人與人相處需要有 → 禮貌；規矩

例 Good manners may gain you customers and orders.
良好的規矩也許能幫你爭取到顧客和訂單。

opposite
[`ɑpəzɪt]
形 1.相反的 2.對立的
★ ★ ★ ★

= **op對面** + **pos放** + **ite…的，形容詞**

記憶TIP 放在對面的 = 相反的；對立的

例 Try not to hold opposite opinions with your new clients.
試著不要跟你的新客戶持相反意見。

patience
[`peʃəns]
名 耐心；耐性
★ ★ ★

= **pati忍受** + **ence狀態，名詞**

記憶TIP 持續忍受的狀態 = 耐心；耐性

例 With great patience, Mary got the order from the narrow-minded man.
瑪莉因著強大的耐心，從這位心胸狹窄的男人手中爭取到了訂單。

perhaps
[pə`hæps]
副 或許；也許
★ ★ ★ ★

= **per由於** + **hap機遇** + **s…地，副詞**

記憶TIP 由於機遇要憑運氣，所以說不準 = 或許

例 Perhaps Ms. Wanda will buy your products after asking you so many questions.
在問了那麼多問題後，也許汪達女士會購買你的產品。

persuade
[pə`swed]
動 說服；規勸
★ ★ ★

= **per通過** + **suade悅耳**

記憶TIP 用悅耳的言語來通過別人的認知 = 說服

例 The top salesperson has her own way to persuade customers to buy her products.
這位頂尖業務員自有一套說服顧客買單的方法。

photograph
[`fotə͵græf]
名 照片 **動** 拍照
★ ★ ★

= **photo照片** + **graph圖表**

記憶TIP 如同圖表般的照片 = 照片

例 Becky decided to buy the products after seeing the photograph of a lady using them.
在看過一名女士使用產品的照片後，蓓琪便決定要購買。

please
[pliz]
動 取悅；討好
★ ★ ★

= **pleas高興** + **e動作，動詞**

記憶TIP 使他人高興的動作 = 取悅；討好

例 In order to please his client, John sent three boxes of fruit to him.
為了取悅客戶，約翰送了他三盒水果。

pleasure
[`plɛʒə]
名 愉快；喜悅
★ ★ ★ ★

= **pleas高興** + **ure過程，名詞**

記憶TIP 高興的過程 = 愉快

例 It is my pleasure to be your first client.
能夠成為你的首位客戶，我感到榮幸。

45

practice
[`præktɪs]
動 名 練習
★ ★ ★ ★

= **pract實際/做** + **ice動作，動詞**

記憶TIP 實際做做看 = 練習

例 Practicing talking in front of the mirror is always the key to a successful presentation.
在鏡子前練習說話是使簡報成功的關鍵。

46

prepare
[prɪ`pɛr]
動 準備；籌備
★ ★ ★

= **pre先前** + **pare安排**

記憶TIP 之前就先安排好 = 準備

例 Before going to a meeting, please be well prepared.
開會前請做好萬全的準備。

47

pretend
[prɪ`tɛnd]
動 伴裝；假裝
★ ★ ★

= **pre向前** + **tend擴展**

記憶TIP 裝出有向前擴展的能力 = 伴裝；假裝

例 Some customers pretended to have interest in buying our product, but in fact, they just want to get the free samples.
有些顧客會假裝有興趣購買我們的產品，但事實上他們只是想拿免費的試用包而已。

48

punctuality
[ˌpʌŋktʃʊ`ælətɪ]
名 嚴守時間；準時
★ ★ ★

= **punct刺** + **ual…的** + **ity性質，名詞**

記憶TIP 尖細的刺象徵著能遵守細節 = 準時

例 One of my clients does not have punctuality, so normally I have to wait for her at least one hour every time we meet.
我有一位客戶從不準時，所以每次我們見面，我通常都要等她至少一小時。

49

pushy
[`pʊʃɪ]
形 堅持己見的
★ ★ ★

= **push推** + **y有…的，形容詞**

記憶TIP 一直將自己的意見推出去 = 堅持己見的

例 My boss is so pushy that many of my co-workers want to quit.
我的老闆過於堅持己見，導致許多同事想辭職。

50

question
[`kwɛstʃən]
名 問題；疑問 動 質疑
★ ★ ★ ★

= quest尋求 + ion結果，名詞

記憶TIP 尋求的結果 = 問題；疑問

例 Because the price of our products is high, the customer asked a lot of questions before buying them.

由於我們的產品價格高昂，那位顧客在購買前問了許多問題。

51

readiness
[`rɛdɪnɪs]
名 準備就緒
★ ★ ★

= read(y)準備 + i + ness狀態，名詞

記憶TIP 準備好的狀態 = 準備就緒

例 My client has shown a readiness to buy the products.

我的客戶已準備好要購買產品了。

52

recant
[rɪ`kænt]
動 取消；撤回
★ ★

= re回 + cant唱

記憶TIP 不可以公開唱，被要求回家唱 = 撤回

例 Their boss's attitude is the key reason that we want to recant the order.

他們老闆的態度是我們想取消訂單的主因。

53

relationship
[rɪ`leʃən,ʃɪp]
名 關係；人際關係
★ ★ ★ ★

= relat相關 + ion結果 + ship身分，名詞

記憶TIP 有相關的身分 = 關係；人際關係

例 Keeping a good relationship with your customers is the key to your future orders.

和顧客保持良好的關係，是你往後取得訂單的關鍵。

54

reliable
[rɪ`laɪəbl]
形 可信賴的；可靠的
★ ★ ★ ★

= reli依靠 + able可…的，形容詞

記憶TIP 可以依靠的 = 可信賴的；可靠的

例 Jane is a reliable salesperson who listed every possibility for her customers to choose.

珍是一位可靠的業務，她列出了所有的可能性供顧客選擇。

remember
[rɪˋmɛmbɚ]
動 記得；記住
★ ★ ★ ★

= re再次 + member成員

記憶TIP 再次成為記憶中的一員 = 記得；記住

例 Remember to take the stamp with you in case your client wants to sign the contract right away.
記得攜帶印章，以備你的客戶想要立刻簽約。

---

reminder
[rɪˋmaɪndɚ]
名 1.提醒物 2.提示
★ ★ ★

= re再次 + mind心中 + er物品，名詞

記憶TIP 再次放在心中提醒自己的物品 = 提醒物

例 The poster is a reminder of our rules in this department.
這張佈告提示著這個部門的常規。

---

service
[ˋsɝvɪs]
名 服務
★ ★ ★ ★ ★

= serv服侍 + ice過程，名詞

記憶TIP 服侍的過程 = 服務

例 The service in this shop is good; I enjoyed it very much.
這家店的服務不錯，我非常滿意。

---

stickler
[ˋstɪklɚ]
名 頑固的人
★ ★

= stick木樁 + ler做…的人，名詞

記憶TIP 想法像木樁一樣堅固的人 = 頑固的人

例 If your boss is a stickler, you had better ask his point of view before making any decisions.
如果你的老闆是個頑固的人，你在做決定之前最好先問過他的意見。

---

willing
[ˋwɪlɪŋ]
形 樂意的；願意的
★ ★ ★ ★ ★

= will意願 + ing使…的，形容詞

記憶TIP 使有意願的 = 樂意的；願意的

例 My co-workers are willing to show you our newest products at the fair.
在展覽中，我的同事樂意向你展示我們的最新商品。

4 合約協定
Contracts and Agreements

學習範疇 契約、協議、溝通與協商談判
非學不可的64個必考重點字

∩ MP3 018

01 abbreviation
[əˌbrivɪ`eʃən]
名 縮寫字
★ ★ ★

= **ab去** + **brev短** + **iation結果，名詞**

記憶TIP 把較長的單字縮成短的 = 縮寫字

例 Please avoid using abbreviations in a formal contract.
在正式合約中，請避免使用縮寫字。

02 abide
[ə`baɪd]
動 遵守；服從
★ ★ ★

= **a在** + **bide等待**

記憶TIP 在等待去做應該做的事 = 遵守；服從

例 The boss asked new employees to read the contract carefully and abide by the office rules.
老闆要求新進員工仔細閱讀合約並遵守辦公室規定。

03 above
[ə`bʌv]
介 1.在上面 2.超過
★ ★ ★ ★

= **ab接近** + **ove上面**

記憶TIP 接近上面的某一個地方 = 在上面

例 People who would like to rent the house which I have mentioned above should read the contract carefully.
欲承租上述提及之房屋者，請仔細閱讀合約內容。

04 accept
[ək`sɛpt]
動 接受；同意
★ ★ ★ ★

= **ac給** + **cept抓住**

記憶TIP 已經抓住了所以只好 → 接受；同意

例 People should think twice before they accept the terms shown in the contract.
在接受合約中所揭示的條款之前，應再三考慮清楚。

acceptance
[ək`sɛptəns]
名 接受；贊同
★ ★ ★

= **ac給** + **cept抓住** + **ance狀態，名詞**

記憶TIP 已經抓住的狀態 = 接受

例 After gaining acceptance among those companies, asking them to sign the contract will be the next step.
在取得那些公司的同意後，下一步是要求他們簽約。

---

acronym
[`ækrənɪm]
名 首字母縮略字
★ ★

= **acro首字母** + **nym名字**

記憶TIP 由每個單字的首字母所結合而成的字 = 首字母縮略字

例 The acronym for Tatung System Technologies, Inc. is TSTI.
大同世界科技股份有限公司的首字母縮略字是TSTI。

---

additional
[ə`dɪʃənḷ]
形 附加的；額外的
★ ★ ★

= **ad朝著** + **d(連字)** + **i放** + **tion狀態** + **al…的，形容詞**

記憶TIP 在原有的東西上放東西 = 額外的

例 They requested some additional services in their contract.
他們在合約中要求一些附加服務。

---

address
[ə`drɛs]
動 1.寫信(給) 2.寫上地址
★ ★ ★ ★

= **ad朝著** + **dress直接**

記憶TIP 直接對著…連繫 → 直接寫信 = 寫信給

例 Please address this new agreement to the members who didn't attend the meeting.
請把這份新的協定寄給那些未出席會議的會員。

---

against
[ə`gɛnst]
介 違反；反對
★ ★ ★ ★

= **again再次** + **st站立**

記憶TIP 因為反對所以不停地站起來 = 反對

例 According to the contract, people who act against the terms will be fined.
按照合約，違反條款的人將會被罰款。

agree
[ə`gri]
動 同意；意見一致
★ ★ ★ ★

= **a向** + **gree意願**

記憶TIP 朝向自己的意願而去 = 同意

例 The main opposition to the new project was that it would cost too much, so many people didn't agree with it.

反對這份新企劃的主要理由是其成本過高，很多人因此而不贊同。

---

arbitration
[ˌɑrbə`treʃən]
名 裁定；公斷
★ ★

= **arbit去判斷** + **ration過程，名詞**

記憶TIP 去判斷的過程 = 裁定

例 We have to go to the arbitration to verify who should be fined because it is not in the contract.

由於該項目不在合約中，我們必須尋求裁定以確認誰應被罰款。

---

autograph
[`ɔtə͵græf]
名 動 親筆簽名
★ ★ ★ ★

= **auto自己** + **graph寫**

記憶TIP 把自己的名字寫下來 = 親筆簽名

例 Please autograph on the second page of this contract.

請在合約的第二頁簽名。

---

benefit
[`bɛnəfɪt]
名 利益；利潤 **動** 對⋯有益
★ ★ ★ ★ ★

= **bene好** + **fit去做**

記憶TIP 朝著好的方向去做就會產生 → 利益

例 According to the contract, both of the parties' benefits are protected.

按合約，兩方當事人的利益皆受到保護。

---

binding
[`baɪndɪŋ]
形 具有約束力的
★ ★

= **bind綑綁** + **ing使⋯的，形容詞**

記憶TIP 綁起來的 = 具有約束力的

例 Those members asked for a legally binding contract to protect their rights.

那些會員要求一份具法律約束力的合約，以保護他們的權益。

15

coax
[koks]
動 誘哄；哄騙
★ ★

= **co一起** + **ax軸**

記憶TIP 把某人視為軸心，用欺騙的言語繞著他轉 = 誘哄；哄騙

例 The boss coaxed every employee into signing the secret contract.
老闆誘哄每一位員工簽署祕密合約。

 16

commencement
[kə`mɛnsmənt]
名 開始；發端
★ ★ ★

= **com一起** + **mence開始** + **ment過程，名詞**

記憶TIP 一起開始 = 開始；發端

例 Jason will have a short speech at the commencement of the contest.
傑森將在比賽開始前發表一小段演說。

 17

commit
[kə`mɪt]
動 使承擔義務；使做出保證
★ ★ ★ ★

= **com完全** + **mit送**

記憶TIP 完全交託，予以信任 = 使承擔義務

例 The law commits to protect everyone's rights.
法律保障每個人的權利受到保護。

 18

commitment
[kə`mɪtmənt]
名 1.承諾 2.責任
★ ★ ★ ★

= **com完全** + **mit送** + **ment過程，名詞**

記憶TIP 完全交託 = 承諾

例 It is difficult for me to make any commitment now.
對於目前的我而言，做出承諾是困難的。

 19

compensation
[ˌkɑmpən`seʃən]
名 賠償金；補償金
★ ★ ★

= **com相同** + **pens衡量** + **ation結果，名詞**

記憶TIP 取得的量要相同，否則須支付 → 賠償金

例 The company will give them a compensation for their loss.
公司將發放一筆賠償金以彌補他們的損失。

condemn
[kənˋdɛm]
動 譴責；責難
★ ★ ★

= con強加 + demn傷害/懲罰

記憶**TIP** 強加傷害於他人者應該受到 → 譴責

例 People should be condemned if they try to violate the contract.
試圖違反合約者應受譴責。

---

 condition
[kənˋdɪʃən]
名 情況；狀況
★ ★ ★ ★ ★

= con一起 + dit說 + ion過程，名詞

記憶**TIP** 一起把過程說出來，以便了解 → 情況

例 The employers should provide meals and higher pay in the condition of any overtime.
如果有加班的情形，雇主應提供餐點和較高的工資。

---

 consent
[kənˋsɛnt]
名 **動** 同意；答應
★ ★ ★ ★

= con一起 + sent想

記憶**TIP** 大家一起想出來的，應表示 → 同意

例 With his parents' consent, we finally can go abroad.
有了他父母的同意，我們終於可以出國了。

---

 consider
[kənˋsɪdə]
動 考慮；細想
★ ★ ★ ★

= con一起 + sider星星

記憶**TIP** 一起觀測星象來決定事情 = 考慮；細想

例 We did not have enough time to consider the terms of the contract.
我們沒有足夠的時間仔細斟酌合約條款。

---

 consideration
[kənsɪdəˋreʃən]
名 考慮
★ ★ ★

= consider考慮 + ation過程/結果，名詞

記憶**TIP** 仔細思考的過程或結果 = 考慮

例 Before they sign the contract, careful consideration is needed.
在他們簽約之前，需要經過仔細的考慮。

contract
[kən`trækt]
動 締約；訂定契約
★ ★ ★ ★ ★

= con一起 + tract拉/抽

記憶**TIP** 彼此相互牽扯在一起 = 締約；訂定契約

例 Our company contracts with several local agencies, so you can get free services there.
本公司與數家當地經銷商簽有合約，所以你可以在那些商家得到免付費服務。

disclose
[dɪs`kloz]
動 揭發；透露；公開
★ ★ ★ ★

= dis去除 + close關閉

記憶**TIP** 除去關閉狀態的動作 = 揭發；透露

例 The details of the contract have been disclosed to the public.
合約的細節已公諸於眾。

discredit
[dɪs`krɛdɪt]
動 使不足信
★ ★

= dis無 + cred相信 + it行走

記憶**TIP** 無法相信其可行性 = 使不足信

例 In order to discredit the contract between her and Mr. Brown, Jane even provided a copy of a videotape.
珍為了證明和伯朗先生的簽約不足採信，她甚至提供了一捲錄影帶。

discretion
[dɪ`skrɛʃən]
名 謹慎；考慮周全
★

= dis無法 + cret相信 + ion狀態，名詞

記憶**TIP** 在無法信任的狀態下會較為 → 謹慎

例 My father always reminds me that discretion is the key to success.
我爸爸總是提醒我：謹慎是成功的關鍵。

dissolution
[ˌdɪsə`luʃən]
名 (契約等的)解除
★ ★

= dis分開 + solut鬆 + ion結果，名詞

記憶**TIP** 使合約鬆開的結果 = (契約等的)解除

例 The dissolution can be approved when both sides agree.
當雙方皆同意時，便可解除合約。

30

duration
[dju`reʃən]
名 持續期間
★ ★ ★

= dur持續 + at在…地方 + ion過程，名詞

記憶TIP 在某個地方持續著的過程 = 持續期間

例 The duration of the contract is twenty-five years.
這份合約的持續期間為二十五年。

 31

except
[ɪk`sɛpt]
介 除…之外
★ ★ ★ ★

= ex外 + cept拿

記憶TIP 把…拿出去 = 除…之外

例 The details of the contract cannot be changed except when both the parties agree to fix it or sign a new one.
除非雙方都同意修改或重簽合約，否則不得更動合約的細節。

 32

exclusion
[ɪk`skluʒən]
名 被排除在外的事物
★ ★ ★

= ex外 + clus關閉 + ion結果，名詞

記憶TIP 被關在外面的東西 = 被排除在外的事物

例 In this contract, exclusions are not allowed to be added.
這份合約不得附加排外條款。

 33

exemption
[ɪg`zɛmpʃən]
名 (義務等的)免除；豁免
★ ★ ★

= ex外 + empt拿 + ion結果，名詞

記憶TIP 把原本持有的東西往外拿 = 免除

例 We did add an exemption of responsibility to the contract we signed last month.
我們確實有在上個月所簽訂的合約中加上免責條款。

 34

expiration
[ˌɛkspə`reʃən]
名 終結；期滿
★ ★ ★ ★

= expir斷氣/滿期 + ation結果，名詞

記憶TIP 斷氣的結果 = 終結；期滿

例 The expiration of our contract was last Wednesday.
我們的合約於上週三到期。

35 following
[`faləwɪŋ]
形 以下的 名 下列事物
★ ★ ★ ★

= follow跟隨 + ing使…的，形容詞

記憶TIP 跟隨在後的 = 以下的；下列事物

例 Please prepare the following items for the meeting later.
請為待會要開的會備齊下列物品。

36 fulfill
[fʊl`fɪl]
動 履行；實現
★ ★ ★ ★

= ful有…的 + fill使充滿

記憶TIP 使原本答應的狀態被充滿 = 實現

例 I know I have to try very hard to fulfill the contract.
我知道我必須非常努力才能履行合約。

37 herein
[ˌhɪr`ɪn]
副 此中；於此
★ ★

= here在這裡 + in強調 複

記憶TIP 強調就是在這裡 = 此中；於此

例 I cannot find the copy of the contract which has been enclosed herein this file.
我找不到已封入這個文件夾的那份合約。

38 hereinafter
[ˌhɪrɪn`æftə]
副 以下
★

= here在這裡 + in強調 + after之後 複

記憶TIP 強調就是在這裡之後的 = 以下

例 The house owner, hereinafter A, will not pay for the gas bill.
以下稱為甲方的屋主將不會支付瓦斯費。

39 heretofore
[`hɪrtəˌfor]
副 直到此時；在此之前
★

= here在這裡 + to到 + fore之前 複

記憶TIP 在到這裡之前 = 在此之前

例 Heretofore, the contract is unofficial and not binding for either party.
在此之前，這份非正式合約對兩方都不具約束力。

40

implied
[ɪmˋplaɪd]
形 暗指的;含蓄的
★ ★ ★

= im入內 + pli折 + ed有…的,形容詞

記憶TIP 裡面有東西折起來的 = 暗指的

例 In the meeting, we thought the nodding from our boss was a kind of implied consent.
會議中,我們以為老闆的點頭代表著默許。

 41

marked
[mɑrkt]
形 被標記的;標示出的
★ ★

= mark標示 + ed被…的,形容詞

記憶TIP 被標示出來的 = 被標記的

例 In the contract, the pay day is marked.
合約中標示著付款日。

 42

modification
[ˏmɑdəfəˋkeʃən]
名 修正
★ ★ ★

= modi調和 + fic做 + ation結果,名詞

記憶TIP 做了調和之後的結果 = 修正

例 We do not allow any modification of the contract.
我們不允許對合約做出修改。

 43

obligation
[ˏɑbləˋgeʃən]
名 義務
★ ★ ★ ★

= ob去 + liga約束 + tion結果,名詞

記憶TIP 每個人都應該被約束去做的事 = 義務

例 After signing the contract, we are under the obligation to fulfill it.
簽訂合約後,我們有履約的義務。

 44

premise
[ˋprɛmɪs]
名 假設;前提
★ ★ ★

= pre在前面 + mise送

記憶TIP 在事情還沒發生前就先送出的 → 假設

例 The major premise of this contract is to build up a win-win situation for both of us.
這份合約的主要前提是為我們雙方建立一個雙贏的局面。

45

promise
[`pramɪs]
動 名 承諾；保證
★ ★ ★ ★

= pro在前面 + mise送

記憶TIP 在事情還沒發生前就先說出 → 承諾

例 The government promised to solve the flood problem by 2015.
政府承諾在二〇一五年之前解決水患問題。

 46

protect
[prə`tɛkt]
動 保護；防護
★ ★ ★ ★

= pro在前面 + tect掩蓋

記憶TIP 在前面做掩蓋的動作 = 保護；防護

例 People try to protect their rights by signing contracts.
人們藉由簽訂合約來保護自身的權益。

 47

protocol
[`protə,kal]
名 協議；標準程序 **動** 擬定
★ ★ ★

= proto首先/原始 + col在一起

記憶TIP 大家會在一開始先制訂 → 協議

例 The protocol for asking for reimbursement is very complicated in the contract.
合約中，請求補償的標準程序相當複雜。

 48

rectify
[`rɛktə,faɪ]
動 矯正；改正
★ ★

= recti(=rectus)直的 + fy使成為…，動詞

記憶TIP 使彎的東西變直 = 矯正；改正

例 Tom tried to rectify the mistake he made last week.
湯姆試著改正他上週所犯下的錯誤。

 49

refer
[rɪ`fɝ]
動 談到；提及
★ ★ ★ ★

= re回 + fer拿/產生

記憶TIP 回到原本產生話題的地方 = 談到；提及

例 The contract does not refer to who is responsible for the loss of damage during shipping.
合約中未提及運送過程中遺失的損害責任歸屬。

50 render
[`rɛndɚ]
動 交付檢查;送審
★ ★

= **re再次** + **n** + **der給**

記憶TIP 再次給出去 = 交付檢查;送審

例 After the contract is signed, it is normal for the seller to render the company license.
合約簽訂後,賣方將公司執照交付檢查屬正常程序。

51 repossession
[ˌripəˋzɛʃən]
名 附買回交易;回購
★ ★

= **re再次** + **pos放** + **sess坐** + **ion結果,名詞**

記憶TIP possession=所有物,再次變成自己的所有物 = 附買回交易;回購

例 People would like to buy products with a repossession contract of.
人們喜歡購買附有買回交易合約的產品。

52 repurchase
[riˋpɝtʃəs]
動 重新買回
★ ★ ★

= **re再次** + **pur向前** + **chase追**

記憶TIP 再次朝前方追回 = 重新買回

例 My sister asked the seller to repurchase the products she bought two weeks ago.
我姊姊要求賣方重新買回她兩週前購買的產品。

53 rescind
[rɪˋsɪnd]
動 廢止;取消
★

= **re反** + **sci認知** + **nd動作,動詞**

記憶TIP 把原本的認知否定掉 = 廢止;取消

例 The contract was rescinded a month ago because of the new law.
由於新法的緣故,這份合約在一個月之前廢止。

54 responsibility
[rɪˌspɑnsəˋbɪlətɪ]
名 責任;義務
★ ★ ★ ★

= **re回** + **spons承諾/答應** + **ibil可…的** + **ity狀態,名詞**

記憶TIP 可以回應諾言的狀態 = 責任;義務

例 The driver should take the responsibility for the missing products.
這位司機應該為遺失的產品負責。

standard
[`stændəd]
形 標準的 **名** 標準
★ ★ ★ ★

= **stand站立** + **ard…的，形容詞**

記憶TIP 站立在那裡做榜樣的 = 標準的

例 I would like to post this parcel with standard shipping to the UK.
我要用標準運送方式將這個小包裹寄去英國。

stipulate
[`stɪpjə,let]
動 規定；約定
★ ★ ★

= **sti站立** + **pul拉** + **ate做…，動詞**

記憶TIP 使具約束力、得以立足的動作 = 規定

例 Before signing the contract, remember to stipulate the extra conditions we discussed last night.
在簽約前，記得約定好我們昨晚所討論的額外條件。

support
[sə`port]
名 動 支持；資助
★ ★ ★ ★

= **sup在下面** + **port拿**

記憶TIP 在下面拿著 = 支持；資助

例 Your parents are always the people who support you in every way.
你的父母是一直在各方面支持你的人。

terminate
[`tɜmə,net]
動 終止；結束
★ ★ ★ ★

= **term期限** + **in在內** + **ate做…，動詞**

記憶TIP 在期限之內完成任務 = 終止；結束

例 Their legal counselor advised them to terminate the contract.
他們的法律顧問建議他們終止合約。

treaty
[`tritɪ]
名 約定；協議；契約
★ ★ ★ ★

= **treat論述** + **y性質，名詞**

記憶TIP 具論述性質之物 = 約定；協議

例 Instead of calling the police at the scene of their car accident, the drivers made a private treaty.
車禍駕駛沒有請警方到事故現場，而是私下做了協議。

60

underlie
[ˌʌndɚˋlaɪ]
動 構成…的基礎
★ ★ ★

= under在…下面 + lie躺著 複

記憶**TIP** 在下面躺著的原則 = 構成…的基礎

例 The issue which underlies the international meeting is human rights.
人權是這場國際會議的基礎議題。

 61

violation
[ˌvaɪɚˋleʃən]
名 違反；侵犯
★ ★ ★

= viol違犯 + ation行為，名詞

記憶**TIP** 違犯的行為 = 違反；侵犯

例 Due to the violation of the contract, Jason is accused.
傑森因為違反合約而被控告。

 62

warrant
[ˋwɔrənt]
名 **動** 1.保證 2.授權
★ ★ ★ ★

= warr確保 + ant物品，名詞

記憶**TIP** 用以確保權益的物品 = 保證；授權

例 From now on, we will warrant what you buy for three years.
從現在起，我們將提供您的購買品三年保固。

 63

withdraw
[wɪðˋdrɔ]
動 撤回；撤銷
★ ★ ★

= with向後 + draw拖 複

記憶**TIP** 將原本該往前的拖住並往後丟 = 撤回

例 My boss insists on withdrawing the investment in your company.
我的老闆堅持撤回對貴公司的投資。

 64

witness
[ˋwɪtnɪs]
名 證人；證據 **動** 為…作證
★ ★ ★

= wit知道 + ness性質，名詞

記憶**TIP** 知道實情的人 = 證人

例 Before they sign the contract, they have to find two people as witnesses.
簽訂合約前，他們必須先找兩名見證人。

5 商務法規
Business Law

學習範疇 法令、擔保、法院與告訴流程
非學不可的63個必考重點字

01
accessory
[æk`sɛsərɪ]
名 從犯；同謀
★ ★

= ac向 + cess走 + ory做…的人，名詞

記憶TIP 跟在別人的後面走進去做壞事 = 從犯

例 Tom might be one of the accessories to the theft of company money.
湯姆也許是竊取公司款的從犯之一。

02
accuse
[ə`kjuz]
動 控告；指控
★ ★ ★ ★

= ac反對 + cuse造成

記憶TIP 反對所造成的後果，所以提出 → 控告

例 Mr. White was accused of stealing secret plans from his previous company.
懷特先生被控從他先前工作的公司竊取機密計畫。

03
acquit
[ə`kwɪt]
動 宣告無罪；無罪釋放
★ ★ ★

= ac向 + quit自由

記憶TIP 向自由走去 → 恢復自由 = 無罪釋放

例 Because the police could not find the evidence, the jury acquitted Mr. Brown.
由於警方找不到證據，陪審團便宣告伯朗先生無罪。

04
adjudication
[ə,dʒudɪ`keʃən]
名 判決；宣告(破產等)
★ ★

= ad去 + judic判斷 + ation結果，名詞

記憶TIP 法官做出判斷後的結果 = 判決

例 When his mom heard the adjudication from the judge, she fainted.
他的媽媽在聽取法官宣讀判決的時候昏到了。

05
affidavit
[,æfə`devɪt]
名 宣誓書；口供書
★

= af向 + fidavit發誓

記憶TIP 向大家發誓所說的是真的 = 宣誓書

例 The two parties should sign the affidavit before the trail.
在審判開始前，兩造都應該簽署宣誓書。

allegation
[ˌælə`geʃən]
名 主張；申述
★ ★ ★

= alleg宣稱 + ation過程/結果，名詞

記憶TIP 強烈地宣稱某種訴求的過程 = 主張

例 We still do not understand Peter's allegation against his ex-boss.

我們還是無法理解彼得對於他前任老闆的控訴。

appeal
[ə`pil]
動 上訴；訴請判決 名 上訴
★ ★ ★ ★

= ap向 + peal驅動

記憶TIP 向法院驅動(推動)訴求 = 上訴

例 As far as I know, they will not appeal against the copyright issue.

據我所知，他們將不會針對版權議題提出上訴。

arraignment
[ə`renmənt]
名 傳訊；提訊
★ ★

= arraign傳訊 + ment結果，名詞

記憶TIP 傳訊的結果 = 傳訊；提訊

例 The judge conducted the arraignment of the suspects last week.

法官在上個星期傳喚了嫌疑犯。

arrest
[ə`rɛst]
動 逮捕；拘留
★ ★ ★

= ar去 + rest停留

記憶TIP 停留在一個地方，哪裡也不能去 = 逮捕

例 The thief was arrested by the police and he will be in jail for three months.

這個小偷被警察逮捕，並且將會入獄三個月。

attorney
[ə`tɜnɪ]
名 律師
★ ★ ★ ★

= at向 + torn(=turn)轉動 + ey性質，名詞

記憶TIP 出去交涉，讓事情有轉圜餘地者 = 律師

例 There were about ten people who volunteered to be her attorney, so she now has a team for the case of her son's kidnapping.

大約有十個人自願擔任她的律師，所以她兒子的綁架案件目前有一整組律師團。

authenticate
[ɔ`θɛntɪˌket]
動 1.證明…為真 2.鑑定
★ ★ ★

= **aut(=auto)自身** + **hent行為者** + **ic…的** + **ate做…，動詞**

記憶TIP 自己就是行為者，所以能 → 證明…為真

例 We are waiting for the report to authenticate the relationship between this father and son.
我們正在等待證明這對父子關係的報告。

---

bailiff
[`belɪf]
名 法警(美)
★ ★ ★

= **bail法律相關的** + **iff人，名詞**

記憶TIP 跟法律相關的人員 = 法警

例 I cannot believe that the one who will be put in jail is a bailiff.
我真不敢相信那個即將被送進監獄的人是一名法警。

---

confess
[kən`fɛs]
動 坦承；坦白
★ ★ ★ ★

= **con一起** + **fess宣佈**

記憶TIP 把做過的事和盤托出 = 坦承；坦白

例 It is always a wise decision to confess the mistakes you made before people discover them.
在被別人發現之前就坦承你所犯下的錯誤，一向是明智的選擇。

---

contravene
[ˌkɑntrə`vin]
動 1.違反(法律) 2.反駁
★ ★ ★

= **contra相反的** + **ven來** + **e動作，動詞**

記憶TIP 做出相反的動作 = 違反(法律)；反駁

例 Tom contravened the children's protection law and was arrested.
湯姆觸犯了兒童保護法，因而被逮捕。

---

conviction
[kən`vɪkʃən]
名 定罪；證明有罪
★ ★ ★

= **con完全** + **vict征服** + **ion過程，名詞**

記憶TIP 完全征服的過程 = 定罪

例 In order to make his conviction, the police blocked off the whole neighborhood to find evidence.
為了證明他有罪，警察封鎖了整個地區來尋找證據。

16 counterfeit

[`kaʊntɚˌfɪt]

名 仿冒品 動 仿冒
★ ★

= counter相反的 + feit做，動詞

記憶TIP 跟著人家做，但是卻做成反的 = 仿冒

例 It is difficult to distinguish the real one from these counterfeits.

要從這些仿冒品中辨識出真品是有困難的。

---

17 culpability

[kʌlpə`bɪlətɪ]

名 有罪性；苛責
★

= culp過失 + ability可…性，名詞

記憶TIP 有犯錯、過失的性質 = 有罪性

例 Only the lawyers know the details of the culpability in this case.

只有律師知道這個案件有罪程度的細節。

---

18 culprit

[`kʌlprɪt]

名 被告；被控訴者
★ ★

= culp過失 + rit人，名詞

記憶TIP 有過失的人 = 被告；被控訴者

例 Sue was the culprit of this missing product.

蘇要為這件遺失的產品負責。

---

19 custody

[`kʌstədɪ]

名 拘留；監禁
★ ★ ★

= cus控告 + to到 + dy狀態，名詞

記憶TIP 因為被控告，所以得進入「拘留」的狀態

例 After being kept in custody for two days, Tom decided to be a good man and quit being a pickpocket.

在被拘留了兩天後，湯姆決定要從良，停止做扒手。

---

20 defend

[dɪ`fɛnd]

動 1.辯護 2.防衛
★ ★ ★ ★

= de離開 + fend打擊

記憶TIP 為了使敵人離開而予以打擊 = 防衛

例 Our marketing manager tries very hard to defend his position and asks my coworkers and me to work hard for him.

我們的行銷經理奮力保護他的職位，並要求我和我的同事們為他賣命。

21

deprive
[dɪ`praɪv]
動 剝奪；使喪失
★ ★ ★ ★

= **de去除** + **priv個人/私人** + **e動作，動詞**

記憶TIP 去除個人身上原有的權利 = 剝奪

例 The mayor was accused of bribery, deprived of his office and put in the jail.
市長被控收賄，遭到免除公職並被關進監獄。

22

detention
[dɪ`tɛnʃən]
名 1.拘留 2.滯留
★ ★

= **de向下** + **tent伸/張開** + **ion結果，名詞**

記憶TIP 權力向下伸張，使他人遭到 → 拘留

例 After detention with the police, John decided to leave this country.
在遭警方拘留後，約翰決定要離開這個國家。

23

edict
[`idɪkt]
名 官方命令；勒令
★ ★

= **e出** + **dict說**

記憶TIP 由官員出來說明 = 官方命令

例 The king issued a royal edict to deprive the man's job.
國王發佈皇室命令，免除了那個男人的職務。

24

evade
[ɪ`ved]
動 逃避；躲避
★ ★ ★ ★

= **e出** + **vad行走** + **e動作，動詞**

記憶TIP 走出去 = 逃避；躲避

例 The killer planned to evade arrest by changing his name and hairstyle.
殺人犯打算藉由改名換姓和變換髮型來躲避追捕。

25

evict
[ɪ`vɪkt]
動 1.逐出(房客) 2.收回(財產)
★ ★ ★

= **e出** + **vict征服**

記憶TIP 房客被征服了，所以要搬出去 = 逐出

例 The landlord evicted all the tenants and sold the house last week.
房東逐出所有的房客，並在上週售出房屋。

26
evidence
[`ɛvədəns]
名 證據
★ ★ ★

= **e出** + **vid看** + **ence性質，名詞**

記憶TIP 具備看得出來的性質 = 證據

例 Please show me evidence that you are innocent.
請出示證據，證明你的清白。

27
evident
[`ɛvədənt]
形 明顯的
★ ★ ★

= **e出** + **vid看** + **ent…性質的，形容詞**

記憶TIP 是很容易看得出來的 = 明顯的

例 It is evident that she has a cold.
她顯然是感冒了。

28
exact
[ɪg`zækt]
形 確實的；確切的
★ ★ ★ ★ ★

= **ex外** + **act做**

記憶TIP 做事時，裡裡外外都要做到好 = 確實的

例 According to the exact date and money on the receipt she gave me, I know that she is very honest.
根據她提供的收據上確切的日期和金額，我知道她非常誠實。

29
execution
[ˌɛksɪ`kjuʃən]
名 執行；履行
★ ★ ★

= **ex徹底** + **ecut(e)行動** + **ion過程，名詞**

記憶TIP 徹底行動的過程 = 執行；履行

例 The execution of this plan is very time consuming.
執行這個計畫非常耗時。

30
forum
[`fɔrəm]
名 具有管轄權的法院
★ ★

= **for(=force)力** + **um地方，名詞**

記憶TIP 具備權力的地方 = 具有管轄權的法院

例 According to the contract, people have to go to the forum if they disclose the details of the business contracts.
根據合約，洩露商業合約細節者，須前往具有管轄權的法院。

31

fugitive
[`fjudʒətɪv]
名 逃犯；逃亡者
★ ★

= fug逃走 + itive做…的人，名詞

記憶**TIP** 要逃走的人 = 逃犯；逃亡者

例 The handsome man we met last night is a fugitive from a neighborhood robbery.
我們昨晚遇見的那位英俊男子是社區搶案的逃犯。

32

garnishment
[`gɑrnɪʃmənt]
名 扣押令；傳票
★

= garnish裝飾 + ment產物，名詞

記憶**TIP** 以為是裝飾紙，結果是其他物品 = 傳票

例 Kenny got a garnishment yesterday.
肯尼昨天收到了一張傳票。

33

guilty
[`gɪltɪ]
形 1.有罪的 2.內疚的
★ ★ ★

= guilt內疚/過失 + y有…的，形容詞

記憶**TIP** 因為有過失，所以心裡感覺到 → 內疚的

例 Even though he killed two children, he still doesn't feel guilty.
即使他殺了兩名兒童，他仍然沒有內疚感。

34

hearing
[`hɪrɪŋ]
名 聽證會
★ ★ ★

= hear聽 + ing行為，名詞

記憶**TIP** 大家都來聽的這個行為 = 聽證會

例 The victim's parents will both be at the hearing tomorrow.
受害者的雙親明天都將出席聽證會。

35

innocent
[`ɪnəsn̩t]
形 1.無罪的 2.純潔的
★ ★ ★

= in沒有 + noc傷害 + ent…性質的，形容詞

記憶**TIP** 證明是沒有傷害人的 = 無罪的

例 There is no evidence to prove that the mother is innocent of infant maltreatment.
沒有證據可以證明這位媽媽沒有虐待幼兒。

institution
[ˌɪnstə`tjuʃən]
名 機構;團體
★ ★ ★ ★

= **in內** + **stitut設立** + **ion結果,名詞**

記憶TIP 在裡面設立團體 = 機構

例 The Red Cross is a well-known international institution for charity.
紅十字會是眾所周知的國際慈善團體。

---

intention
[ɪn`tɛnʃən]
名 意圖;目的
★ ★ ★

= **in入內** + **tent伸** + **ion結果,名詞**

記憶TIP 把手伸到裡面去一定是有 → 意圖;目的

例 My brother signed the contract, although he did not understand the intentions of the clauses.
即使我哥哥不了解條文的意圖,他還是簽了合約。

---

judge
[dʒʌdʒ]
名 法官 **動** 判斷
★ ★ ★

= **judg(=judic)判斷** + **e動作,動詞**

記憶TIP 去判斷的人或這個動作 = 法官;判斷

例 The judge tried his best to make the right judgment for the case.
這位法官盡全力為這起案件做出正確的判決。

---

justify
[`dʒʌstəˌfaɪ]
動 為…辯護;證明合法
★ ★ ★

= **just公正** + **ify使成為…,動詞**

記憶TIP 讓事情變得公正合法 = 為…辯護

例 The boy's mother justified her son's behavior and even tried to cover the truth for him.
男孩的媽媽為兒子的行為辯護,甚至試圖幫他掩蓋事實。

---

lawsuit
[`lɔˌsut]
名 訴訟
★ ★

= **law法律** + **suit訴訟** 複

記憶TIP 與法律有關的訴訟 = 訴訟

例 Because of his dog abuse, some dog lovers decided to file a lawsuit against the man.
由於這名男子虐狗,一些愛狗人士決定要控告他。

lawyer
[`lɔjɚ]
名 律師
★ ★ ★

= **law法** + **y…的** + **er做…的人，名詞**

記憶TIP 研讀法律，靠解讀法律維生的人 = 律師

例 If you want to sue someone, you had better ask a lawyer for advice.

如果你想控告某人，你最好先尋求律師的建議。

---

legal
[`ligl]
形 1.法律上的 2.合法的
★ ★ ★ ★

= **leg法律** + **al…的，形容詞**

記憶TIP 法律相關的 = 法律上的；合法的

例 In this case, only lawyers can tell you the legal ways to handle things.

就此情況而言，只有律師能告訴你合法的處理方式。

---

legitimate
[lɪ`dʒɪtəmɪt]
形 1.合法的 2.正當的
★ ★ ★

= **legitim合法** + **ate…性質的，形容詞**

記憶TIP 性質合法的 = 合法的

例 Before the rich man died, he wrote his legitimate heir into his will.

在這名富人逝世之前，他把合法繼承人寫入遺囑。

---

objection
[əb`dʒɛkʃən]
名 抗議；反對
★ ★

= **ob反** + **ject投射** + **ion過程，名詞**

記憶TIP 反過來投射物品表示 → 抗議；反對

例 Those young adults made an objection against the new law.

那些年輕人提出抗議反對新法。

---

obligatory
[ə`blɪgə͵torɪ]
形 有義務的
★

= **oblig義務** + **atory有…的，形容詞**

記憶TIP 有義務的 = 有義務的

例 When stopped by the police for speeding, showing your ID is obligatory.

當因超速而被警察攔下時，你有義務出示身分證明。

46

offender
[ə`fɛndə]
名 1.違法者 2.冒犯者
★ ★

= offend冒犯 + er做…的人，名詞

記憶TIP 冒犯法律的人 = 違法者；冒犯者

例 It is time for the government to give those offenders a lesson.
該是政府給那些違法者一個教訓的時候了。

47

penalty
[`pɛnḷtɪ]
名 處罰；刑罰；罰款
★ ★ ★

= penal處罰 + ty事物，名詞

記憶TIP 用於處罰的事物 = 處罰；刑罰；罰款

例 The penalty of drunk driving in Taiwan is the strictest in the world.
台灣的酒駕刑責是全世界最重的。

48

petition
[pə`tɪʃən]
名 請願書；申請書
★ ★

= pet要求/尋找 + ition產物，名詞

記憶TIP 為提出要求而寫的產物 = 請願書

例 After discovering his wife's affair with another man, he filed a divorce petition.
在發現他的老婆和其他男人發生婚外情後，他便提出了離婚的申請。

49

prohibit
[prə`hɪbɪt]
動 禁止
★ ★ ★

= pro之前 + hibit保持

記憶TIP 一直保持在前方的障礙物 = 禁止

例 The new law prohibits leaving a child in the car alone, and the parents will be fined if they do so.
新法禁止將孩童單獨留在車上，若家長這麼做將會被處以罰鍰。

50

prosecution
[ˌprɑsɪ`kjuʃən]
名 起訴；檢舉
★ ★ ★

= pro之前 + secut跟隨 + ion過程，名詞

記憶TIP 需要事先進行的手續過程 = 起訴；檢舉

例 The dog lovers started a prosecution against the man who abused stray dogs.
愛狗人士檢舉了那名虐待流浪狗的男子。

51

remit
[rɪ`mɪt]
動 赦免；寬恕
★ ★ ★

= re回 + mit送

記憶TIP 把原本要懲處的案件往回送 = 赦免

例 His parents hope his sentence can be remitted.
他的父母親希望他的刑責可被赦免。

52

reprove
[rɪ`pruv]
動 指責；責備
★ ★

= re回 + prove證明

記憶TIP 回頭做出證明並提出 → 指責；責備

例 He was reproved for letting his dog out and pee everywhere.
他因為放狗出來到處撒尿而受到指責。

53

sanction
[`sæŋkʃən]
名 動 批准；認同
★ ★

= sanct神聖的 + ion行為的過程/結果，名詞

記憶TIP 神聖的行為是被認可的 = 批准；認同

例 We need to have an official sanction to build a house here.
我們需要獲得官方批准才能在這裡蓋房子。

54

sentence
[`sɛntəns]
動 名 判決；宣判
★ ★

= sent看 + ence狀態，名詞

記憶TIP 法官審理完案件後把人送(sent)到特定地點進行 → 判決；宣判

例 John was sentenced to death after killing twenty innocent children.
在殺害了二十名無辜的孩童後，約翰被判處死刑。

55

statement
[`stetmənt]
名 1.陳述 2.口供 3.報告書
★ ★ ★

= state陳述 + ment結果，名詞

記憶TIP 陳述後產生的結果 = 陳述；口供

例 The judge did not agree with the statement from this murderer.
法官不認同這名殺人犯的供詞。

56

summon
[`sʌmən]
動 1.傳喚 2.召集
★ ★ ★

= sum下 + mon叫喚/提醒

記憶TIP 叫喚在下面的人 = 傳喚；召集

例 The judge summoned a few students in this class to court as witnesses of the bullying.
法官傳喚了這個班上的幾名學生，以霸凌案件的證人身分到庭。

 57

suspect
[`sʌspɛkt]
名 嫌疑犯 形 可疑的
★ ★

= su從下面 + spect看

記憶TIP 從下面往上看，懷疑對方是 → 嫌疑犯

例 About ten girls went to court to identify the robbery suspect.
約有十名女孩到法院指認強盜嫌疑犯。

 58

testimony
[`tɛstə,monɪ]
名 證詞
★ ★ ★

= testi作證 + mony(=ment)結果/產物，名詞

記憶TIP 作證之物 = 證詞

例 The boy's testimony put this kidnapper in jail.
男孩的證詞讓這名綁架犯伏法。

 59

trespasser
[`trɛspæsɚ]
名 侵入者；違反者
★ ★ ★

= tres橫穿 + pass通過 + er做…的人，名詞

記憶TIP 要穿越私人土地的人 = 入侵者

例 The police took those trespassers who broke into my office yesterday to jail.
警察把那些昨天侵入我辦公室的人送進監獄。

 60

truth
[truθ]
名 事實；真實性
★ ★ ★

= tru(e)真實的 + th性質，抽象名詞

記憶TIP 真實的性質 = 事實；真實性

例 People want to find out the truth from the missing videotape.
人們想要從遺失的錄影帶中找出事實的真相。

unbiased
[ʌn`baɪəst]
形 無偏見的；公正的
★ ★

= un沒有 + bias傾斜 + ed有…的，形容詞

記憶TIP 沒有傾斜的 = 無偏見的；公正的

例 This unbiased judge is now taking control of this civil case.
這名公正的法官現正接手這起民事案件。

verdict
[`vɜdɪkt]
名 (陪審團的)裁決；裁定
★ ★

= ver真實的 + dict說

記憶TIP 說出真實的話之後就決定了 → 裁決

例 Once the mayor receives an official verdict, he will then discuss with his lawyer whether or not to appeal against the ruling.
市長一接到正式裁決，便會和他的律師討論是否針對裁決提起上訴。

whereas
[hwɛr`æz]
連 1.鑑於(法律用語) 2.反之
★ ★ ★ ★

= where這裡 + as如同 複

記憶TIP 就如同在這裡 = 鑑於(法律用語)

例 We are sorry to inform you that the products you bought from our website will be canceled whereas a shipping accident.
很抱歉，鑑於運輸事故，我們要通知您在本網站上購買的產品將被取消。

應考片語

admissible evidence 可採納的證據 ★
bail bondsman 保釋人(提供保釋金的人) ★
burden of proof 提供證據之責任 ★★★
circumstantial evidence 旁證；間接證據 ★★
civil case 民事訴訟 ★★★
common law 普通法 ★★★
in force 有效力地 ★★★★
minor violation 輕微違法 ★★
Supreme Court 最高法院 ★★★
under oath 已發誓的 ★★

生活饗宴

Entertainment and Life

1 影音媒體
Movies, Media and Music

學習範疇 電影、電視、音樂、視聽媒體
非學不可的48個必考重點字

MP3 031

amplify
[`æmplə.faɪ]
動 放大(聲音)；強調
★ ★ ★

= ampli充滿 + fy使成為…，動詞

記憶TIP 使充滿聲音 = 放大(聲音)；強調

例 The music was amplified by the speakers.
擴音器放大了音樂聲。

billboard
[`bɪl.bord]
名 告示牌；廣告牌
★ ★ ★

= bill文件 + board板子 複

記憶TIP 公告文件的板子 = 告示牌；廣告牌

例 Did you see the poster on the downstairs billboard?
你有看到樓下告示牌上的海報嗎？

blockbuster
[`blɑk.bʌstə]
名 賣座電影
★ ★ ★

= block座位區 + buster特別巨大的人或物 複

記憶TIP 座位區的人數總是特別多，代表它是一部
→ 賣座電影

例 I haven't seen that blockbuster yet.
我還沒看過那部賣座電影。

broadcast
[`brɔd.kæst]
名 廣播；廣播節目 動 播送
★ ★

= broad廣大的 + cast投擲 複

記憶TIP 將消息投射向廣大民眾 = 廣播

例 Gary is listening to the broadcast of a baseball game.
蓋瑞正在收聽一場棒球比賽的廣播。

censor
[`sɛnsə]
動 檢查(出版物) 名 審查員
★ ★ ★

= cens評估 + or做…的人/物品，名詞

記憶TIP 評估的人或需要被審查的物 = 檢查

例 In the past, the government censored all publications in advance.
過去政府會事先檢查所有出版物。

06

chorus
[`korəs]
名 1.合唱 2.合唱團 動 合唱
★ ★

= chor跳舞 + us狀態，名詞

記憶TIP 如跳舞般，需要大家配合的狀態 = 合唱

例 The chorus is singing "White Christmas" in the concert hall.
合唱團正在音樂廳裡演唱〈白色聖誕〉。

07

cinema
[`sɪnəmə]
名 電影；電影院
★ ★ ★

= cine動 + ma狀態，名詞

記憶TIP 前方螢幕裡的人會動的狀態 = 電影

例 There are a few cinemas in the neighborhood of the train station.
火車站附近有幾家電影院。

08

compose
[kəm`poz]
動 譜曲；作曲
★ ★

= com一起 + pose放

記憶TIP 把音符一起放進去 = 譜曲

例 He composes a lot of songs for the singer.
他為這位歌手譜寫許多歌曲。

09

composition
[ˏkampə`zɪʃən]
名 1.作曲 2.寫作
★ ★ ★

= compos作曲 + ition狀態，名詞

記憶TIP 作曲的狀態 = 作曲

例 Diana majors in composition at music school.
黛安娜在音樂學校主修作曲。

10

concert
[`kansət]
名 音樂會；演奏會
★ ★ ★

= con共同 + cert確定

記憶TIP 確定會共同參加演出 = 音樂會

例 Fred has asked Linda to go to a live rock concert with him.
佛瑞德已邀請琳達和他一起參加一場現場的搖滾音樂會。

coterie
[`kotərɪ]
名 圈內人；夥伴
★ ★

= **co一起** + **terie做…的人，名詞**

記憶TIP 一起做事的人 = 圈內人；夥伴

例 The nominated screenplay was written by a small coterie of writers.
被提名的電影劇本是由一小群圈內寫手所寫的。

duet
[dju`ɛt]
名 二重奏
★ ★

= **du兩** + **et小物，名詞**

記憶TIP 兩種樂器一起演奏 = 二重奏

例 They picked a duet for piano and violin.
他們挑選了鋼琴和小提琴的二重奏。

episode
[`ɛpə‚sod]
名 (電視劇等)一齣；一集
★ ★ ★

= **epi在…之外** + **sode來**

記憶TIP 在原劇情之外又來了新的情節 = 一齣；一集

例 Fanny hurried home to watch the final episode of the TV series.
芬妮匆忙回家看這部電視影集的完結篇。

favorite
[`fevərɪt]
形 最喜愛的
★ ★ ★ ★

= **favor喜愛** + **ite具…觀點的，形容詞**

記憶TIP 具喜愛觀點的 = 最喜愛的

例 The radio is playing my favorite song.
收音機正播放著我最喜愛的歌曲。

highlight
[`haɪ‚laɪt]
名 最重要、最精采的部分
★ ★ ★

= **high高的/重要的** + **light光** 複

記憶TIP 在重要處打上燈光 → 最重要、最精采的部分

例 This match was the highlight of the volleyball tournament.
這場比賽是排球聯賽中最精采的部分。

instrument
[`ınstrəmənt]
名 樂器
★ ★

= **instru教** + **ment行為過程/結果，名詞**

記憶TIP 通常需要一段教學過程才學得會 → 樂器

例 I'm considering learning a musical instrument.
我正考慮學一種樂器。

---

lyric
[`lırık]
名 歌詞
★ ★

= **lyr七弦琴** + **ic藝術，名詞**

記憶TIP 用來搭配七弦琴聲的吟唱藝術 = 歌詞

例 The lyrics of the love song are heartbreaking.
這首情歌的歌詞令人心碎。

---

melody
[`mɛlədı]
名 旋律
★

= **mel曲調** + **ody歌**

記憶TIP 有曲調的歌 = 旋律

例 The mother was humming a melody to her child.
這位母親對著她的孩子哼了一首旋律。

---

multimedia
[mʌltı`midıə]
形 多媒體的；使用多媒體的
★ ★

= **multi多** + **media媒體** 複

記憶TIP 多種媒體的 = 多媒體的

例 Multimedia devices enable users to manipulate text, graphics, video, and so on.
多媒體裝置讓使用者能夠操作文字、圖像、影音等。

---

music
[`mjuzık]
名 音樂
★ ★ ★

= **mus沉思** + **ic藝術，名詞**

記憶TIP 沉思的時候可以聽 → 音樂

例 Julia has a talent for music.
茱莉亞有音樂天分。

21

musical
[ˋmjuzɪkl̩]
形 (關於)音樂的 名 音樂劇
★ ★

= music音樂 + al…的，形容詞

記憶TIP 跟音樂相關的 = (關於)音樂的

例 Kevin started his musical career very early.
凱文很早就開始了他的音樂生涯。

22

musician
[mjuˋzɪʃən]
名 音樂家
★ ★

= music音樂 + ian從事…者，名詞

記憶TIP 從事音樂工作的人 = 音樂家

例 The musician cares very little for fame and gain.
這位音樂家不太在乎名利。

23

novel
[ˋnɑvl̩]
形 新穎的；新奇的
★ ★ ★

= nov新穎 + el…的，形容詞

記憶TIP 新穎的 = 新穎的；新奇的

例 Vicky likes those novel kitchen gadgets.
薇琪喜歡那些新穎的廚用小器具。

24

overture
[ˋovɚtʃɚ]
名 前奏曲；序曲
★ ★

= overt明顯的 + ure行為結果，名詞

記憶TIP 以明顯的姿態揭開序幕 = 序曲

例 I was fascinated by the overture of the play.
我對這齣歌劇的前奏曲著了迷。

25

popularity
[ˌpɑpjəˋlærətɪ]
名 流行；普及
★ ★ ★ ★

= popular通俗的 + ity性質，名詞

記憶TIP 通俗的性質 = 流行；普及

例 The growing popularity of biking increased their sales volume.
逐漸流行的騎單車活動增加了他們的銷售額。

preference
[`prɛfərəns]
名 偏好；偏愛
★ ★ ★ ★

= pre預先 + fer拿 + ence狀態，名詞

記憶TIP 預先被拿走的狀態 = 偏好；偏愛

例 Amber has a preference for purple and blue.
安柏偏好紫色和藍色。

premiere
[prɪ`mjɛr]
名 首映；初次上演
★ ★ ★

= prem第一 + iere場合

記憶TIP 第一次出現的場合 = 首映

例 His new film will have its premiere at the movie festival.
他的新片將在電影節首映。

preview
[`pri͵vju]
名 (電影等的)試映；試演
★ ★ ★

= pre先 + view看

記憶TIP 在別人還沒看之前就先看 = 試映

例 They will treat us to a preview of the new movie.
他們將請我們觀賞這部新電影的試映。

producer
[prə`djusɚ]
名 製片人；製作人
★ ★ ★

= produc生產 + er做…的人，名詞

記憶TIP 把影片生產出來的人 = 製片人；製作人

例 Allow me to introduce the producer of the TV show to you.
容我向你介紹這個電視節目的製作人。

quartet
[kwɔr`tɛt]
名 四重奏
★ ★

= quart四 + et小物，名詞

記憶TIP 四種樂器一起演奏 = 四重奏

例 A quartet is a piece of music for four singers or four instruments.
四重奏是有四位演唱者或四個樂器的樂曲。

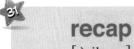

recap
[`rikæp]
動 重述要點
★ ★ ★

= re再次 + cap拿/取

記憶TIP 把重點再次拿取出來 = 重述要點

例 Can you recap the points included in his speech?

你可以重述他演說裡所包含的重點嗎？

recent
[`risṇt]
形 現今的；最近的
★ ★ ★ ★

= re再次 + cent新的

記憶TIP 再次是新的 = 現今的；最近的

例 In recent years, he traveled Africa from end to end.

他在最近幾年遊遍了非洲。

recital
[rɪ`saɪtḷ]
名 獨奏會；獨唱會
★ ★

= re回來 + cit召喚 + al行為，名詞

記憶TIP 召喚回來的行為 = 獨奏會

例 Jane's violin recital has been postponed to next Sunday.

珍的小提琴獨奏會已延到下個星期日。

recognizable
[`rɛkəg͵naɪzəbḷ]
形 可辨認的；可識別的
★ ★

= re再次 + cogniz知道 + able可…的，形容詞

記憶TIP 可以再次知道的 = 可辨認的

例 Carl was scarcely recognizable as the boy I had known.

我幾乎認不出卡爾，那個我曾經熟識的男孩。

recognize
[`rɛkəg͵naɪz]
動 辨認；認出
★ ★ ★ ★

= re再次 + cogn知 + 使成為…，動詞

記憶TIP 再次知道 = 認出

例 Yvonne recognized him at once by his beard.

伊芳藉由他的山羊鬍立刻認出了他。

36

recording
[rɪˋkɔrdɪŋ]
形 錄音的；錄影的 名 錄音
★

= record記錄 + ing使…的，形容詞

記憶TIP 記錄聲音或影像的 = 錄音的；錄影的

例 Jack has an appointment with the recording engineer tonight.
傑克今晚與錄音工程師有約。

 37

release
[rɪˋlis]
名 發行(電影、書或音樂)
★ ★ ★

= re再次 + lease出租

記憶TIP 再次出租 = 發行

例 Emma is waiting for the release of the singer's new album.
艾瑪等待著這位歌手的新專輯發行。

 38

replay
[ˋriple]
名 動 重演；重播
★ ★

= re再次 + play演出

記憶TIP 再次演出 = 重演；重播

例 You can always push the button to replay a sentence.
你可以隨時按鈕重複播放一個句子。

 39

revive
[rɪˋvaɪv]
動 重新流行
★ ★

= re再次 + viv活 + e動作，動詞

記憶TIP 再次活躍起來 = 重新流行

例 Miniskirts were revived on the fashion runway.
迷你裙在時尚伸展台上重新流行。

 40

rock'n'roll
[ˋrɑkənˋrol]
名 搖滾樂
★ ★

= rock搖 + 'n'(=and)和 + roll滾

記憶TIP 聽了會讓人想又搖又滾的音樂 = 搖滾樂

例 This party is exclusive to rock'n'roll.
這場派對專屬於搖滾樂。

solo
[`solo]
名 1.獨奏;獨唱 2.獨唱曲
★ ★ ★

= sol單獨 + o狀態,名詞

記憶TIP 單獨出現的狀態 = 獨奏;獨唱

例 Charlotte finished her solo perfectly.
夏綠蒂完美地完成了她的獨奏。

subject
[`sʌbdʒɪkt]
名 主題
★ ★ ★ ★ ★

= sub向下 + ject拋

記憶TIP 向下拋出的想法 = 主題

例 He raised an interesting subject of conversation.
他開了一個有趣的話題。

subscribe
[səb`skraɪb]
動 訂閱
★ ★ ★

= sub向下 + scribe寫

記憶TIP 把名字寫在訂單下面 = 訂閱

例 Ben subscribed to the weekly magazine to keep abreast of the times.
班訂閱這本週刊雜誌以跟上時代。

succeed
[sək`sid]
動 成功
★ ★ ★

= suc在…之下 + ceed走

記憶TIP 私底下一直在進步就會 → 成功

例 She succeeded in her efforts to stop drinking.
她戒酒的努力成功了。

trailer
[`trelɚ]
名 (電影等的)預告片;片花
★ ★ ★

= trail蹤跡 + er物品,名詞

記憶TIP 透露電影內容蛛絲馬跡的物品 = 預告片

例 The trailer of the movie is very attractive to me.
這部電影的預告片對我有很大的吸引力。

46

trio
[`trɪo]
名 三重唱(奏)樂團
★ ★

= tri三 + o狀態，名詞

記憶TIP 需要三個人的狀態 = 三重唱樂團

例 A trio may consist of a piano, a violin and a cello.
三重奏樂團可由鋼琴、小提琴和大提琴組成。

47

vocalist
[`vokəlɪst]
名 歌手；聲樂家
★ ★

= vocal聲音的 + ist從事…者，名詞

記憶TIP 用聲音賺錢的人 = 歌手；聲樂家

例 It seems that she has become an outstanding vocalist.
她似乎已成為出色的歌手。

48

volume
[`valjəm]
名 音量
★ ★ ★

= volu卷 + me狀態，名詞

記憶TIP 把聲音卷上(調高)或卷下(調低) = 音量

例 He came to complain about the volume of the television.
他來抱怨電視的音量。

 應考片語

background music (電影、電視的)背景音樂 ★★
box office 售票室；收入；票房 ★★★★
generation gap 代溝(指因年齡差距造成彼此的不了解) ★★★
lead character 主角 ★★
put up with 忍受；容忍 ★★
signature tune 特色曲調(指某位歌手、作曲家獨有的風格) ★★
soap opera 肥皂劇(以家庭為主題的電視連續劇) ★★
talk show 訪談節目；脫口秀 ★

2 藝文展演
Exhibitions and Performing Arts

學習範疇 戲劇、藝術欣賞、展覽與表演
非學不可的62個必考重點字

MP3 036

absorb
[əb`zɔrb]
動 使全神貫注
★ ★ ★

= **ab離開** + **sorb吸收**

記憶TIP 雜念離開，專心吸收 = 使全神貫注

例 Mr. Smith's cancer research absorbs him.
史密斯先生全神貫注於癌症研究。

---

admirable
[`ædmərəbl]
形 值得讚揚的；極好的
★ ★ ★

= **ad向** + **mir驚奇** + **able可…的，形容詞**

記憶TIP 表現令人驚奇，所以是 → 值得讚揚的

例 He made an admirable attempt to rescue the girl.
他試圖救那個女孩，這一點值得讚揚。

---

admission
[əd`mɪʃən]
名 門票；(會場的)進入許可
★ ★ ★

= **ad使** + **miss送** + **ion行為結果，名詞**

記憶TIP 使人可以被送進去 = 門票

例 The admission fee is ten dollars for children.
兒童的門票費用是十美元。

---

adore
[ə`dor]
動 崇拜；敬愛
★ ★

= **ad向** + **ore懇求**

記憶TIP 向某人表示懇求與愛慕 = 崇拜；敬愛

例 Joanna adores the integrity of the judge.
喬安娜崇拜這位法官的正直。

---

appealing
[ə`pilɪŋ]
形 吸引人的
★ ★ ★

= **ap向** + **peal推動** + **ing令人…的，形容詞**

記憶TIP 推動到人的內心深處 = 吸引人的

例 I found her proposal very appealing.
我發現她的提案非常吸引人。

06

applaud
[ə`plɔd]
動 鼓掌
★ ★ ★

= **ap向** + **plaud喝采**

記憶TIP 向人喝采的動作 = 鼓掌

例 His funny acting made everyone laugh and applaud.
他滑稽的演出讓每個人都鼓掌大笑。

 07

articulation
[ɑr,tɪkjə`leʃən]
名 1.(清楚的)發音 2.清晰度
★ ★

= **articul連接點** + **ation行為產物，名詞**

記憶TIP 把字句清楚地連接起來的行為 = 發音

例 No one will understand what you are saying unless your articulation improves.
除非你的發音變好，不然沒有人能聽懂你說的話。

 08

audience
[`ɔdɪəns]
名 聽眾；觀眾
★ ★ ★

= **audi聽** + **ence狀態，名詞**

記憶TIP 處於聆聽狀態的人 = 聽眾

例 The audience clapped for the opera singer warmly.
觀眾熱烈地為歌劇演唱家鼓掌。

 09

awesome
[`ɔsəm]
形 極棒的
★ ★ ★

= **awe敬畏** + **some…性質的，形容詞**

記憶TIP 具備讓人敬畏的性質 = 極棒的

例 Do you want to apply for the most awesome job in the world?
你想申請全世界最棒的工作嗎？

 10

ballet
[bæ`le]
名 芭蕾(舞蹈)
★ ★

= **ball舞會** + **et小物，名詞**

記憶TIP 舞蹈的一種 = 芭蕾(舞蹈)

例 The girls' ballet performance began at seven p.m.
女孩們的芭蕾演出於晚上七點開始。

11

brochure
[bro`ʃur]
名 小冊子
★ ★ ★ ★

= broch針 + ure行為的結果，名詞

記憶TIP 因為小，所以只針對重點說 = 小冊子

例 We booked a hotel according to the travel brochure.
我們根據這本旅遊手冊預訂了一家飯店。

 12

circus
[`sɝkəs]
名 馬戲團
★ ★

= circ圓形 + us場地

記憶TIP 在圓形的場地做表演 = 馬戲團

例 Several of my relatives came into town for the circus.
我的幾位親戚為了馬戲團表演而進城。

 13

climax
[`klaɪmæks]
名 高潮(最精采的部分)
★ ★

= clim傾斜 + ax大

記憶TIP 故事中起伏最大的部分 = 高潮

例 Just a moment; I'm reading the climax of the story.
稍待片刻，我正讀到這個故事的高潮部分。

 14

comedy
[`kamədɪ]
名 喜劇
★ ★

= com一起 + edy狀態，名詞

記憶TIP 看了之後會一起進入開心的狀態 = 喜劇

例 The TV comedy series has a laugh in every scene.
這部電視喜劇影集的每個鏡頭都有令人發笑的地方。

 15

conflict
[`kɑnflɪkt]
名 衝突；矛盾
★ ★ ★

= con一起 + flict打擊

記憶TIP 打成一團 = 衝突

例 His own inner conflict caused him great anguish.
他自身的內在衝突對他造成了極大的痛苦。

connotation
[ˌkɑnəˋteʃən]
名 含蓄；言外之意
★ ★

= con共同 + not標示 + ation行為產物，名詞

記憶TIP 共同理解的隱蔽標示 = 言外之意

例 Some words have got negative connotations.
有些字已含有負面的言外之意。

---

critic
[ˋkrɪtɪk]
名 批評家；評論家
★ ★ ★ ★

= crit批評 + ic做…的人，名詞

記憶TIP 做出批評的人 = 評論家

例 The critics praised his paintings very highly.
評論家們給予他的畫作很高的評價。

---

depict
[dɪˋpɪkt]
動 描述；敘述
★ ★ ★

= de完全 + pict描繪

記憶TIP 把事情完整描繪出來 = 描述；敘述

例 His novel depicts a male office worker's life in modern society.
他的小說描述一個男性上班族在現代社會中的生活。

---

disturb
[dɪsˋtɝb]
動 打擾；使…感到困擾
★ ★

= dis加強 + turb混亂

記憶TIP 加強混亂程度的動作 = 打擾

例 Excuse me, may I disturb you for a while?
請問，我可以打擾你一會兒嗎？

---

downhill
[ˋdaʊnˌhɪl]
形 副 每況愈下
★ ★

= down向下 + hill山丘 複

記憶TIP 走下山丘(走下坡) = 每況愈下

例 That actor's career went downhill after he became addicted to alcohol.
那名演員在染上酒癮後，他的事業每況愈下。

21

dramatic
[drə`mætɪk]
形 戲劇化的
★ ★ ★

= **drama戲劇** + **tic…的，形容詞**

記憶TIP 戲劇的 = 戲劇化的

例 The dramatic news inspired us to try again.
這個戲劇化的消息鼓舞了我們再次嘗試。

 22

enrich
[ɪn`rɪtʃ]
動 使豐富
★ ★ ★ ★

= **en使** + **rich豐富**

記憶TIP 使豐富 = 使豐富

例 The experiences in Paris enriched my life.
在巴黎的經歷豐富了我的生活。

 23

entertain
[ˌɛntɚ`ten]
動 使娛樂；使歡樂
★ ★ ★

= **enter進入** + **tain握住**

記憶TIP 進入並且抓住人的內心 = 使娛樂

例 All children were entertained by the magician.
魔術師讓所有孩子都很開心。

 24

entertainer
[ˌɛntɚ`tenɚ]
名 專業演員；藝人
★ ★ ★

= **entertain使歡樂** + **er做…的人，名詞**

記憶TIP 以娛樂大眾為業的人 = 專業演員

例 He is a great entertainer of the twentieth century.
他是二十世紀優秀的專業演員。

 25

entertainment
[ˌɛntɚ`tenmənt]
名 娛樂；消遣
★ ★ ★

= **entertain使歡樂** + **ment狀態，名詞**

記憶TIP 使歡樂的狀態 = 娛樂；消遣

例 The movie theater is an important entertainment place for us.
對我們來說，這家電影院是重要的娛樂場所。

enthusiastic
[ɪn͵θjuzɪˋæstɪk]
形 充滿熱忱的；熱情的
★ ★ ★

= **en在內** + **thus神** + **iast從事…者** + **ic…的，形容詞**

記憶TIP 因為神充滿其中，所以是 → 充滿熱忱的

例 Our leader is very enthusiastic about the movement.
我們的領袖對這場運動非常充滿熱忱。

---

excite
[ɪkˋsaɪt]
動 激動；使…感到興奮
★ ★

= **ex外** + **cite喚起**

記憶TIP 內心的感動被喚出 = 激動

例 Robin was excited about the secret mission.
這項祕密任務使羅賓感到興奮。

---

exhibit
[ɪgˋzɪbɪt]
動 展出；顯示
★ ★ ★ ★

= **ex出** + **hibit拿**

記憶TIP 把作品拿出去 = 展出；顯示

例 The master's sculptures will be exhibited in the gallery soon.
這位大師的雕刻品即將在美術館展出。

---

exhibition
[͵ɛksəˋbɪʃən]
名 展覽；展示
★ ★ ★

= **exhibit展出** + **ion行為過程/結果，名詞**

記憶TIP 展出的過程及結果 = 展覽；展示

例 The exhibition features china from the Qing Dynasty.
這個展覽展出清朝的瓷器。

---

exit
[ˋɛgzɪt]
名 1.離開 2.出口
★ ★ ★ ★

= **ex出去** + **it走**

記憶TIP 走出去 = 離開

例 The actor makes his exit from the stage.
這個演員退場(從舞臺離開)。

31

finale
[fɪ`nɑlɪ]
名 終場；結尾
★ ★ ★ ★

= fin結束 + ale行為的結果，名詞

記憶TIP 結束的狀況 = 終場；結尾

例 The grand finale of the story is just what the children expected.
故事的大結局正是孩子們所期待的。

32

genre
[`ʒɑnrə]
名 文藝作品的類別
★ ★

= gen種類 + re與⋯有關，名詞

記憶TIP 與種類有關 = 文藝作品的類別

例 Louis has a preference for novels in the horror genre.
路易士偏愛恐怖類型的小說。

33

hobby
[`hɑbɪ]
名 嗜好；休閒
★ ★ ★

= hobb淘氣的小妖精 + y狀態，名詞

記憶TIP 從事休閒活動時，總是如小精靈般呈淘氣的狀態。

例 My hobbies are golf, music and chess.
我的嗜好是打高爾夫球、聽音樂和下棋。

34

infant
[`ɪnfənt]
形 初生的 名 嬰兒
★ ★

= in無 + fant說

記憶TIP 沒有說話能力的 = 初生的

例 The infant company was based in Italy.
初創的公司以義大利為基地。

35

irony
[`aɪrənɪ]
名 諷刺；諷喻
★ ★ ★

= iron鐵的 + y性質，名詞

記憶TIP 如鐵一般令人難以消化的話語 = 諷刺

例 "That's wonderful!" she said with irony.
「那太棒了！」她帶著諷刺說。

36

legacy
[`lɛgəsɪ]
名 1.遺產 2.留給後世的典範
★ ★ ★

= leg選 + acy性質，名詞

記憶TIP 選出繼承者後，便交付 → 遺產

例 In his will, he left his entire legacy to charities.
他在遺囑中將全部的遺產都留給了慈善團體。

37

leisure
[`liʒɚ]
名 休閒時間 形 空閒的
★ ★ ★

= leis被允許 + ure行為結果，名詞

記憶TIP 被允許做個人私事的時間 = 休閒時間

例 I have been working all day without a moment's leisure.
我已工作了一整天，沒有片刻的休閒時間。

38

make-up
[`mek͵ʌp]
名 化妝
★ ★ ★

= make製作 + up上面

記憶TIP 在臉上製作(創作) = 化妝

例 She abnormally wore little make-up on her face.
她反常地在臉上化了一點妝。

39

monologue
[`manl͵ɔg]
名 獨白(戲劇中的一人演出)
★ ★ ★

= mono單一個 + logue談話

記憶TIP 一個人的談話 = 獨白

例 Grace has practiced the monologue for three weeks.
葛瑞絲已練習這段獨白三個星期了。

40

nostalgia
[nɑs`tældʒɪə]
名 鄉愁
★ ★ ★

= nost家 + alg痛苦 + ia不適，名詞

記憶TIP 因為想家而感到痛苦、不適 = 鄉愁

例 Maggie has spent many sleepless nights by reason of nostalgia
梅姬因為鄉愁而度過了許多失眠夜。

41

occasion
[ə`keʒən]
名 場合；重大活動；盛典
★ ★ ★ ★ ★

= **oc加強** + **cas降落** + **ion行為結果，名詞**

記憶TIP 流程安排落定後，便能進行 → 重要活動

例 Her evening dress was well-suited to the occasion.
她的晚禮服非常適合這個場合。

 42

opera
[`ɑpərə]
名 歌劇
★ ★

= **oper工作** + **a名詞**

記憶TIP 表演的工作 → 歌劇

例 Dennis is very fond of opera.
丹尼斯非常喜愛歌劇。

 43

pamphlet
[`pæmflɪt]
名 小冊子
★ ★ ★ ★ ★

= **pam全部** + **phl愛** + **et小物，名詞**

記憶TIP 充滿愛情詩歌的小物 = 小冊子

例 They handed the pamphlets out to a lot of passengers.
他們把小冊子發給許多旅客。

 44

pantomime
[`pæntə,maɪm]
名 默劇
★ ★

= **panto耶誕節的兒童劇** + **mime模仿的動作劇**

記憶TIP 模仿的動作劇 = 默劇

例 Pantomimes are based on traditional or fairy stories and are usually performed at Christmas.
默劇以傳統或童話故事為基礎，通常在聖誕節演出。

 45

passionate
[`pæʃənɪt]
形 熱情的；激昂的
★ ★ ★ ★

= **pass感情** + **ion行為結果** + **ate…的，形容詞**

記憶TIP 富有感情的 = 熱情的；激昂的

例 The lawyer made a passionate speech just now.
律師剛才發表了激昂的演說。

patron
[`petrən]
名 贊助者；資助者
★ ★ ★

= **patr父** + **on行為者，名詞**

記憶TIP 如父親般提供資源的人 = 贊助者

例 The billionaire is also a patron of the temple.
這位億萬富翁也是這座寺廟的贊助者。

---

perceive
[pə`siv]
動 感受
★ ★ ★

= **per通過** + **ceiv拿/抓** + **e動作，動詞**

記憶TIP 通過內心抓出對方想傳達的意思 = 感受

例 Could you perceive the freshness of this early spring morning?
你可以感受到這個初春早晨的清新嗎？

---

perform
[pə`fɔrm]
動 表演；演出
★ ★ ★ ★ ★

= **per通過** + **form模式**

記憶TIP 透過特定模式進行 → 表演；演出

例 He began performing in the late sixties, singing and acting.
他在六〇年代後期開始表演唱歌和演戲。

---

performance
[pə`fɔrməns]
名 表演
★ ★ ★ ★ ★

= **perform演出** + **ance狀態，名詞**

記憶TIP 演出的狀態 = 表演

例 Bonnie has a marvelous gift for performance.
邦妮在表演方面擁有非凡的天賦。

---

permit
[pə`mɪt]
動 准許；容許
★ ★ ★ ★ ★

= **per通過** + **mit送**

記憶TIP 通過後便可放行 = 准許；容許

例 Nonmembers are permitted to use the treadmills during weekdays.
允許非會員在平日使用跑步機。

playwright
[`ple͵raɪt]
名 劇作家
★ ★

= play戲劇 + wright製作者 複

記憶TIP 戲劇的製作者 = 劇作家

例 The playwright has been nominated two times for the Oscars.

這位劇作家已獲得兩次奧斯卡金像獎提名。

rehearsal
[rɪ`hɜsl̩]
名 排練；排演
★ ★ ★

= rehears預演 + al行為，名詞

記憶TIP 預演的行為 = 排練；排演

例 Their band is scheduled to start rehearsals the day after tomorrow.

他們的樂團預定後天開始排練。

repose
[rɪ`poz]
名 休息
★ ★

= re回來 + pose放置

記憶TIP 回來放好東西後便能 → 休息

例 The worker was exhausted and had a sad face in repose.

這個工人精疲力竭，休息時臉上顯露憂傷。

showpiece
[`ʃo͵pis]
名 展示品；展覽品
★ ★ ★

= show展示 + piece部分/作品 複

記憶TIP 展示的作品 = 展示品；展覽品

例 This exquisite showpiece caught everyone's attention.

這件精緻的展示品引起每個人的注意。

spectator
[spɛk`tetɚ]
名 觀眾
★ ★ ★ ★

= spect看 + ator動作者，名詞

記憶TIP 觀看的人 = 觀眾

例 Over ten thousand spectators watched the final game.

超過一萬名觀眾觀看了這場決賽。

56

stage
[stedʒ]
名 1.舞台 2.階段
★ ★ ★ ★

= **sta站** + **ge地方，名詞**

記憶TIP 站著的地方 = 舞台

例 The mayor went on stage and made an opening speech.
市長走上舞台致開幕詞。

57

ticket
[`tɪkɪt]
名 票；票券
★ ★ ★ ★ ★

= **tick小棍** + **et小物，名詞**

記憶TIP 用小棍棒當做票 = 票；票券

例 Rose queued for one hour to get free tickets to see the concert.
蘿絲排隊一小時，拿到觀看這場演唱會的免費門票。

58

tragedy
[`trædʒədɪ]
名 悲劇
★ ★ ★

= **trag悲慘的** + **edy性質，名詞**

記憶TIP 悲慘的性質 = 悲劇

例 We were very moved by Shakespeare's tragedies.
莎士比亞的悲劇深深感動了我們。

59

vibrate
[`vaɪbret]
動 震動；振動
★ ★ ★ ★

= **vibr振動** + **ate做…，動詞**

記憶TIP 振動的動作 = 震動；振動

例 The windows vibrate whenever a heavy truck passes.
每當重型卡車經過時，窗戶就會震動。

60

villain
[`vɪlən]
名 壞人；惡棍
★ ★

= **villa別墅** + **in從事…工作的人，名詞**

記憶TIP 做壞事的人住在別墅裡 = 壞人；惡棍

例 Few people recognized him as the villain in many movies.
很少人認出他是許多部電影中的壞人。

61

vivid
[`vɪvɪd]
形 栩栩如生的
★ ★ ★

= viv活 + id…的，形容詞

記憶TIP 表現活躍的 = 栩栩如生的

例 The very vivid dream last night really upset me.
昨晚那個非常栩栩如生的夢實在讓我心煩意亂。

62

wonderful
[`wʌndəfəl]
形 極好的；美妙的
★ ★ ★ ★

= wonder驚奇/奇怪 + ful多…的，形容詞

記憶TIP 好到令人感到驚訝的 = 極好的；美妙的

例 The day of your birth was the most wonderful day in our lives.
你出生的那天是我們的生命中最美妙的一天。

 應考片語

art gallery 藝廊 ★★★

curtain call 謝幕 ★★★

dinner theater (餐後有戲劇表演的)餐館劇院 ★★★

double bill 兩個節目的同場演出 ★★

dress circle (劇場)特別座；特別席 ★★★

dress rehearsal 彩排；總排演 ★★★★

dressing room 更衣室；化妝室 ★★★★

from time to time 偶爾；有時 ★★★★★

get into 進入 ★★★★★

introductory tour (博物館、藝廊內)簡介導覽 ★★★

line up 排隊；排隊等候 ★★★★

opera house 歌劇院；劇場 ★★★

show business 演藝事業 ★★

switch off 關掉(手機等電子設備) ★★★★

3 美食饗宴
Food and Drink

學習範疇 餐廳、烹飪、飲酒、聚餐筵席
非學不可的43個必考重點字

---

abstemious
[æb`stimɪəs]
形 有節制的
★ ★

= **ab脫離** + **stem骨幹** + **ious…性質的，形容詞**

記憶TIP 脫離骨幹後，自己就必須要 → 有節制的

例 He is an abstemious person who never drinks too much.
他是個有節制的人，從不過量飲酒。

---

appetizer
[`æpə͵taɪzə]
名 開胃菜
★ ★ ★

= **appet向…追求** + **izer物品，名詞**

記憶TIP 吃完就會想要追著吃其他菜 = 開胃菜

例 You can choose an appetizer and a main course besides the soup.
除了湯之外，你可以選擇一份開胃菜和一份主菜。

---

bakery
[`bekərɪ]
名 麵包店；烘焙坊
★ ★ ★ ★

= **bak烘培** + **ery地方，名詞**

記憶TIP 烘焙的地方 = 麵包店；烘焙坊

例 Shall we meet at the bakery around the corner?
我們在附近的麵包店碰面好嗎？

---

banquet
[`bæŋkwɪt]
名 宴會；盛宴 **動** 設宴款待
★ ★ ★ ★

= **banqu凳子** + **et小物，名詞**

記憶TIP 大家坐在凳子上聚餐 = 宴會；盛宴

例 Justin invited her to the yearly banquet at the National Palace Museum.
賈斯汀邀請她參加在國立故宮博物院的年度宴會。

---

beverage
[`bɛvərɪdʒ]
名 飲料
★ ★ ★ ★ ★

= **bever喝** + **age行為結果，名詞**

記憶TIP 喝的東西 = 飲料

例 The hotel lounge is known for its alcoholic beverages.
這間飯店會客廳以含酒精的飲料而聞名。

06

bottle
[`batḷ]
名 瓶子
★ ★ ★

= bott桶子 + le小物，名詞

記憶TIP 桶子的縮小版 = 瓶子

例 Could you buy me a bottle of milk on your way home?
你可以在回家路上幫我買一瓶牛奶嗎？

 07

chopstick
[`tʃɑp͵stɪk]
名 筷子(常作複數)
★ ★ ★

= chop切碎食物 + stick棒子 複

記憶TIP 用來切碎食物的棒子 = 筷子

例 He ate a bowl of beef noodles with chopsticks.
他用筷子吃了一碗牛肉麵。

 08

dairy
[`dɛrɪ]
名 乳品店 形 牛奶的
★ ★ ★ ★

= dai揉麵團的人 + ry地方，名詞

記憶TIP 揉麵團者工作的地方 = 乳品店

例 Dairy products are very nutritious and healthy.
牛奶製品營養豐富且有益健康。

 09

delicacy
[`dɛləkəsɪ]
名 美味；佳餚
★ ★ ★ ★

= delic誘惑 + acy性質，名詞

記憶TIP 誘惑食慾的東西 = 美味；佳餚

例 Caviar is considered an expensive delicacy.
魚子醬被認為是昂貴的美味。

 10

delicious
[dɪ`lɪʃəs]
形 美味的
★ ★ ★ ★

= delic誘惑 + ious具…性質的，形容詞

記憶TIP 足以誘惑食慾的 = 美味的

例 I have ordered a delicious birthday cake for you.
我為你訂購了一個美味的生日蛋糕。

dessert
[dɪ`zɜt]
名 點心;甜點
★ ★ ★ ★

= **des移開** + **sert聯結**

記憶TIP 移走最後一道菜,供應點心 = 甜點

例 Helen chose to have pudding for dessert.
海倫選擇吃布丁做為甜點。

---

drive-through
[`draɪv`θru]
名 點取餐車道
★ ★ ★

= **drive開車** + **through通過** 複

記憶TIP 可以直接開車通過的點餐、取餐道路 = 點取餐車道

例 They decided to buy their lunch at the drive-through burger bar.
他們決定在點取餐車道漢堡吧買午餐。

---

excessive
[ɪk`sɛsɪv]
形 過量的
★ ★ ★ ★

= **ex出去** + **cess走** + **ive具…性質的,形容詞**

記憶TIP 走出範圍以外的 = 過量的

例 He has an excessive enthusiasm for baseball.
他對於棒球有著極度的狂熱。

---

favorable
[`fevərəbl̩]
形 贊同的;適合的
★ ★ ★ ★

= **favor贊成** + **able可…的,名詞**

記憶TIP 可贊成的 = 贊同的;適合的

例 It is encouraging to receive your favorable support.
得到你的贊同支持令人鼓舞。

---

highchair
[`haɪˌtʃɛr]
名 高腳椅;附托盤的嬰兒椅
★ ★

= **high高的** + **chair椅子** 複

記憶TIP 高的椅子 = 高腳椅

例 Does the restaurant have highchairs for small children?
這間餐廳有幼童用的高腳椅嗎?

16

indulge
[ɪnˋdʌldʒ]
動 沉迷於；滿足(慾望等)
★ ★ ★ ★

= in入內 + dulg允許 + e動作，動詞

記憶**TIP** 允許一直在裡面的動作 = 沉迷於

例 She indulged herself in a long, hot bath after work.
下班後，她讓自己享受一個長時間的熱水澡。

 17

indulgency
[ɪnˋdʌldʒənsɪ]
名 嗜好；愛好
★ ★ ★

= indulge沉迷於 + ncy狀態，名詞

記憶**TIP** 沉迷於某個狀態 = 嗜好

例 A cigarette after dinner is the old man's only indulgency.
晚飯後一根菸是這位老先生唯一的嗜好。

 18

ingredient
[ɪnˋgridɪənt]
名 (烹調的)原料
★ ★ ★

= in入內 + gredi過程 + ent物品，名詞

記憶**TIP** 在烹煮過程中要加入的物品 = 原料

例 Put in the remaining ingredients and stir well.
放入剩餘的原料並充分攪拌。

 19

luncheon
[ˋlʌntʃən]
名 午餐；(正式的)午餐會
★ ★ ★ ★ ★

= lunch午餐 + eon物質，名詞

記憶**TIP** 正式的午餐 = 午餐會

例 A luncheon for the managers will be held at the end of this month.
這個月底將舉辦經理們的午餐會。

 20

material
[məˋtɪrɪəl]
名 食材
★ ★ ★ ★

= materi物質 + al行為/行為的結果，名詞

記憶**TIP** 可以吃的物質 = 食材

例 Her refrigerator is stuffed with cooking materials.
她的冰箱塞滿了烹飪食材。

21

milkshake
[`mɪlkʃek]
名 奶昔
★ ★

= milk牛奶 + shake搖動 複

記憶TIP 把牛奶搖動後的產物 = 奶昔

例 As for the milkshake, I like strawberry flavor.
說到奶昔,我喜歡草莓口味。

22

odorous
[`odərəs]
形 有味道的(香的或難聞的)
★ ★ ★

= odor氣味 + ous具…性質的,形容詞

記憶TIP 有氣味的 = 有味道的

例 The transparent liquid in the jar is odorous.
寬口瓶裡的透明液體有味道。

23

omnivorous
[ɑm`nɪvərəs]
形 無所不吃的
★ ★

= omni全部 + vor吞食 + ous…性質的,形容詞

記憶TIP 全部都吃的 = 無所不吃的

例 Flies are omnivorous, eating alomost anything.
蒼蠅無所不吃,幾乎什麼東西都吃。

24

order
[`ɔrdə]
動 點餐;點菜
★ ★ ★ ★ ★

= ord次序 + er動作/過程,動詞

記憶TIP 要依序排隊點餐 = 點餐

例 I have ordered you beer and fries.
我幫你點了啤酒和炸薯條。

25

prefer
[prɪ`fɝ]
動 偏好…;更喜歡…
★ ★ ★ ★ ★

= pre前 + fer拿

記憶TIP 在別人還沒拿之前就拿 = 偏好…

例 I prefer walking alone to bicycling with you.
我偏好一個人走路勝過和你一起騎自行車。

26

recipe
[`rɛsəpɪ]
名 食譜
★ ★ ★ ★

= re回來 + cipe拿

記憶TIP 把美食的製作過程拿回來 = 食譜

例 Melissa inherited her grandma's traditional recipe.
梅麗莎繼承了她祖母的傳統食譜。

27

seasoning
[`siznɪŋ]
名 調味料；調味
★ ★

= season調味 + ing動作的過程，名詞

記憶TIP 調味的過程會加入 → 調味料

例 The seasoning in the beef stew is not enough.
燉牛肉裡的調味料不夠。

28

secret
[`sikrɪt]
形 祕密的 名 祕密；祕訣
★ ★ ★ ★

= se分離 + cret生長

記憶TIP 分離後各自生長的這件事情是 → 祕密的

例 They have gotten married at a secret location.
他們已在祕密的地點結婚了。

29

self-service
[`sɛlf sɜvɪs]
名 自助
★ ★ ★

= self自己 + service服務 複

記憶TIP 需要自己服務自己的 = 自助

例 In a self-service restaurant, you have to take the cutlery yourself.
在自助式餐廳，你必須自己拿餐具。

30

serve
[sɜv]
動 侍候(顧客)；供應(飯菜)
★ ★ ★ ★ ★

= serv服侍 + e動作，動詞

記憶TIP 服侍的動作 = 侍候(顧客)；供應(飯菜)

例 It's better to serve chocolate brownies warm.
供應溫熱的巧克力布朗尼比較好。

simmer
[`sɪmə]
動 煨；燉
★ ★

= **simm慢慢煮** + **er動作/過程，動詞**

記憶TIP 慢慢煮的動作 = 煨；燉

例 Let the sauce simmer for a while until it is boiling.
讓醬汁煮一會兒直到沸騰。

starve
[stɑrv]
動 餓死；捱餓
★ ★ ★

= **starv捱餓/死掉** + **e動作，動詞**

記憶TIP 餓到快死掉 = 餓死；捱餓

例 Many refugees starved to death on the sea.
很多難民在海上餓死了。

surprise
[sə`praɪz]
名 驚喜；驚奇
★ ★ ★ ★

= **sur在上面** + **prise拿**

記憶TIP 突然從上面拿走 = 驚喜；驚奇

例 We have a surprise for you: we're engaged!
我們有個驚喜要告訴你：我們訂婚了！

takeaway
[`tekə,we]
名 外帶；外賣
★ ★ ★

= **take拿** + **away離開** **複**

記憶TIP 把餐點拿走帶離 = 外帶；外賣

例 We made a stop and brought two takeaway meals home.
我們停留了一下，帶了兩份外賣回家。

taste
[test]
動 嚐起來… **名** 味道
★ ★ ★ ★

= **tast觸覺/味覺** + **e動作，動詞**

記憶TIP 吃到的味覺和感觸 = 嚐起來…

例 The melon tastes sweeter than I thought.
這個甜瓜嚐起來比我想像的還甜。

36

tasty
[`testɪ]
形 美味的；好吃的
★ ★ ★ ★

= `tast味覺` + `y有…的，形容詞`

記憶TIP 有味道的 = 美味的；好吃的

例 Could you recommend me a tasty dish?
你可以推薦我一道好吃的菜嗎？

 37

tenderloin
[`tɛndɚˏlɔɪn]
名 (牛、豬的)里肌肉
★ ★

= `tender嫩的` + `loin腰肉` **複**

記憶TIP 最嫩的腰肉 = (牛、豬的)里肌肉

例 Tenderloin is softer and easier to chew.
里肌肉比較嫩，容易咀嚼。

 38

title
[`taɪtḷ]
名 (菜餚)名稱；標題
★ ★ ★ ★ ★

= `tit銘刻` + `le器具，名詞`

記憶TIP 刻出來的名字 = (菜餚)名稱

例 The title of the main course is "Buddha Jumps over the Wall."
主菜的名稱是「佛跳牆」。

 39

token
[`tokən]
名 標誌；象徵
★ ★ ★

= `tok表現` + `en小物，名詞`

記憶TIP 用來表現的小物品 = 標誌

例 Raising a white flag is regarded as a token of surrender.
舉白旗被視為投降的象徵。

 40

undercut
[`ʌndɚˏkʌt]
名 (牛、豬的)腰肉
★ ★

= `under在…之下` + `cut一塊肉片` **複**

記憶TIP 在腰部之下切出來的一塊肉片 = 腰肉

例 The undercut weighs nearly two kilograms.
這塊腰肉差不多兩公斤重。

vegetable
[`vɛdʒətəbl]
名 蔬菜 形 植物的
★ ★ ★ ★

= **veget植物** + **able可…的物品，名詞**

記憶TIP 可以吃的植物 = 蔬菜

例 We planted several kinds of vegetables in our garden.
我們在庭院裡種了幾種蔬菜。

vegetarian
[ˌvɛdʒəˋtɛrɪən]
名 素食者
★ ★ ★ ★

= **veget蔬菜** + **arian從事…者，名詞**

記憶TIP 吃素的人 = 素食者

例 Our restaurant has a special menu for vegetarians.
我們餐廳有素食者的特別菜單。

waiter
[`wetɚ]
名 服務生(男)
★ ★ ★ ★ ★

= **wait服侍** + **er做…的人，名詞**

記憶TIP 服侍者 = 服務生(男)

例 Her cousin works as a waiter in a hotel.
她堂哥在一家飯店裡當服務生。

應考片語

afternoon tea 下午茶 ★★★★
fast food 速食 ★★★★
food stand 小吃攤 ★★★
in season 當季的 ★★★
instant noodles 速食麵；泡麵 ★★★★
main course 主菜 ★★★★
on the house 免費的 ★★★
scrambled eggs 炒蛋 ★★★
today's special 今日特餐；本日推薦 ★★★

4 日常單字
Everyday Vocabulary

學習範疇 日常活動、天候、日期、色彩
非學不可的49個必考重點字

MP3 047

anchor
[`æŋkə]
名 新聞主播
★ ★ ★ ★

= anch角 + or做…的人，名詞

記憶TIP 坐在看台上較突出角落的人 = 新聞主播

例 She used to be the anchor for the 30-minute evening news.
她曾經是三十分鐘晚間新聞的主播。

---

anniversary
[ˏænə`vɜsərɪ]
名 週年紀念；週年紀念日
★ ★ ★ ★

= anni年 + vers轉 + ary性質，名詞

記憶TIP 每年都會轉回來 = 週年紀念日

例 They went to Japan to celebrate their tenth wedding anniversary.
他們去日本慶祝他們的結婚十週年紀念日。

---

annoy
[ə`nɔɪ]
動 使…感到困擾
★ ★ ★

= an在中間 + noy恨

記憶TIP 內心之間有點恨意 = 使…感到困擾

例 It annoyed me that I didn't have time to go shopping.
沒有時間去逛街使我感到困擾。

---

basketball
[`bæskɪtˏbɔl]
名 籃球
★ ★

= basket籃網 + ball球 **複**

記憶TIP 要投進籃網的球 = 籃球

例 The most popular sport in our class is basketball.
我們班上最受歡迎的運動是籃球。

---

childish
[`tʃaɪldɪʃ]
形 幼稚的
★ ★ ★

= child兒童 + ish如…的，形容詞

記憶TIP 如兒童一般的 = 幼稚的

例 Mary has a childish face.
瑪麗有一張幼稚的臉。

colloquial
[kə`lokwɪəl]
形 口語的；會話的
★ ★ ★

= **col**一起 + **loqu**說 + **ial**⋯的，形容詞

記憶TIP 大家一起說的 = 口語的；會話的

例 Please use colloquial expressions to explain the essay to the class.
請使用口語化的表達向全班解說這篇論文。

contentment
[kən`tɛntmənt]
名 滿意；知足
★ ★ ★

= **con**一起 + **tent**包含 + **ment**狀態，名詞

記憶TIP 包含了所有的一切，因此感到 → 滿意

例 She got a feeling of contentment when she finished reading the novel.
當她讀完這本小說時，有種心滿意足的感覺。

convoy
[kən`vɔɪ]
動 為⋯護航；護送
★ ★ ★

= **con**一起 + **voy**路

記憶TIP 陪同著一起上路 = 為⋯護航；護送

例 The ocean liner was convoyed across the Pacific.
這艘遠洋客輪被護送渡過太平洋。

courtesy
[`kɝtəsɪ]
名 禮貌；禮節
★ ★ ★ ★

= **court**獻殷勤 + **esy**狀態，名詞

記憶TIP 獻殷勤的狀態 = 禮貌；禮節

例 The gentleman behaves with the utmost courtesy towards the lady.
這位紳士十分有禮貌地對待這位女士。

crucial
[`kruʃəl]
形 決定性的；重要的
★ ★ ★ ★ ★

= **cruc**關鍵 + **ial**⋯的，形容詞

記憶TIP 關鍵的 = 決定性的；重要的

例 Improved satisfaction is crucial to the future of our restaurant.
滿意度的提升對我們餐廳的前途至關重要。

11

cycling
[`saɪkl̩ɪŋ]
名 騎腳踏車兜風
★ ★

= cycl騎腳踏車 + ing行為，名詞

記憶TIP 騎腳踏車的行為 = 騎腳踏車兜風

例 The quiet lane along the riverside is ideal for cycling.
沿著河畔的那條安靜小路非常適合騎腳踏車兜風。

12

daily
[`delɪ]
形 日常生活的
★ ★ ★ ★

= dai日 + ly…性質的，形容詞

記憶TIP 每日的 = 日常生活的

例 I want to be part of your daily life.
我想成為你日常生活的一部分。

13

delighted
[dɪ`laɪtɪd]
形 喜悅的；高興的
★ ★ ★

= de完全 + light光亮 + ed有…的，形容詞

記憶TIP 使內心變光亮的 = 喜悅的；高興的

例 Your family will be delighted to hear of your success.
你的家人聽到你成功的消息會很高興。

14

detest
[dɪ`tɛst]
動 厭惡；憎惡
★ ★ ★

= de向下/降 + test測驗

記憶TIP 因為厭惡，所以一直進行降級測驗。

例 My son detested being photographed since he was little.
我兒子從小就討厭拍照。

15

disgust
[dɪs`gʌst]
動 1.感到噁心 2.厭惡
★ ★ ★

= dis沒有 + gust風味

記憶TIP 原本的味道沒有了 = 感到噁心

例 The sight of the rotting food disgusted me.
看見腐敗的食物令我感到噁心。

downtown
[ˌdaʊnˋtaʊn]
名 市區；鬧區
★ ★ ★ ★

= **down去市中心** + **town城市** 複

記憶TIP 往城市的中心走＝市區；鬧區

例 The new library will be built in this area of the downtown.
新的圖書館將建在市區的這個區域裡。

---

embrace
[ɪmˋbres]
動 擁抱
★ ★ ★ ★

= **em向內** + **brace支撐**

記憶TIP 透過擁抱，提供內心支持的力量。

例 Sophia hurried forward and embraced her lover passionately.
蘇菲亞快步上前，熱情擁抱她的戀人。

---

energetic
[ˌɛnɚˋdʒɛtɪk]
形 充滿活力的；精力充沛的
★ ★ ★

= **energ活力** + **etic…的，形容詞**

記憶TIP 有活力的＝充滿活力的；精力充沛的

例 He is so energetic that no one can keep up with him.
他如此充滿活力以致沒有人可以跟得上他。

---

exceed
[ɪkˋsid]
動 超過；超出
★ ★ ★ ★

= **ex向外** + **ceed行走**

記憶TIP 向外走過頭了＝超過；超出

例 The tennis player's performance exceeded all expectations.
這位網球選手的表現超乎所有人的預期。

---

farewell
[ˋfɛrˋwɛl]
形 送別的 **名** 告別；送別
★ ★ ★

= **fare行走** + **well很好地** 複

記憶TIP 祝福他人前程美好的＝送別的

例 They are planning a farewell party for the retired colleagues.
他們正在為即將退休的同事籌劃送別派對。

gossip
[`gɑsəp]
名 八卦；流言 **動** 傳播流言
★ ★ ★

= **go去/從事** + **ssip啜飲**

記憶TIP 每個人都想去汲取一小口 = 流言

例 There has been a lot of gossip about her divorce.
關於她離婚已有很多八卦。

---

greeting
[`ɡritɪŋ]
名 問候；招呼
★ ★ ★ ★

= **greet問候** + **ing行為，名詞**

記憶TIP 問候的行為 = 問候；招呼

例 We exchanged greetings in the hotel lobby.
我們在飯店大廳裡互相問候。

---

headline
[`hɛd͵laɪn]
名 頭條；頭條新聞
★ ★ ★ ★

= **head頭** + **line一行文字** **複**

記憶TIP 放在開頭的一行文字 = 頭條新聞

例 The Color Run is in the headlines again.
彩色路跑再次成為頭條新聞。

---

hilarious
[hɪ`lɛrɪəs]
形 極可笑的；好笑的
★ ★ ★

= **hilar高興** + **ious具…性質的，形容詞**

記憶TIP 使人很高興的 = 極可笑的；好笑的

例 It was hilarious when the clown first slipped on the ice.
小丑第一次在冰上滑倒的時候非常好笑。

January
[`dʒænjʊ͵ɛrɪ]
名 一月
★ ★ ★ ★ ★

= **Janu門神** + **ary功能，名詞**

記憶TIP 於一年之首，具有門神的功能 = 一月

例 The child was born in January.
這個小孩在一月出生。

journalist
[ˋdʒɝnəlɪst]
名 新聞記者
★ ★ ★ ★

= **journal日報** + **ist從事⋯者，名詞**

記憶TIP 從事日報相關行業者 = 新聞記者

例 Carol is a journalist by occupation.
凱蘿的職業是新聞記者。

laminate
[ˋlæmə,net]
動 將⋯護貝
★ ★

= **lamin薄層** + **ate做⋯，動詞**

記憶TIP 使變成薄層 = 將⋯護貝

例 The teacher asked me to laminate the photo as soon as possible.
老師要求我儘快將照片護貝。

lifestyle
[ˋlaɪf,staɪl]
名 生活方式
★ ★ ★ ★

= **life生活** + **style風格** **複**

記憶TIP 生活的風格 = 生活方式

例 I enjoyed my lifestyle very much.
我很喜歡我的生活方式。

litter
[ˋlɪtɚ]
名 垃圾；廢棄物 **動** 弄亂
★ ★ ★

= **litt躺** + **er物品，名詞**

記憶TIP 隨意躺在地上的物品 = 垃圾；廢棄物

例 There was a pile of litter in the backyard.
後院裡有一堆廢棄物。

lottery
[ˋlɑtɚɪ]
名 樂透；彩券
★ ★ ★

= **lott抽籤/命運** + **ery功能，名詞**

記憶TIP 具有決定命運功能的抽籤 = 樂透；彩券

例 I never dreamed that he would buy lottery tickets every other day.
我做夢也沒有想到他會每隔一天就買一次彩券。

Monday
[ˋmʌnde]
名 星期一
★ ★ ★ ★ ★

= **Mon月** + **day日**

記憶TIP 看月亮的日子 = 星期一

例 Bob usually goes hiking on Mondays.
鮑伯通常在星期一去健行。

---

party
[ˋpɑrtɪ]
名 派對;宴會
★ ★ ★ ★

= **part分開** + **y狀態,名詞**

記憶TIP 使分離的人再度聚首 = 派對;宴會

例 We met at a party three years ago.
我們在三年前的一場派對上相遇。

---

passion
[ˋpæʃən]
名 熱情;激情
★ ★ ★

= **pass感情** + **ion行為過程,名詞**

記憶TIP 深刻體驗情感的過程 = 熱情;激情

例 The mayor spoke with great passion in front of the people.
市長在群眾面前充滿熱情地演說著。

---

pedicure
[ˋpɛdɪk.jʊr]
名 足部美甲
★ ★

= **ped足** + **i(連字)** + **cure治療**

記憶TIP 足部問題治療 = 足部美甲

例 Nina had a pedicure in the beauty parlor this morning.
妮娜今天早上在美容院做了足部美甲。

---

pervert
[ˋpɜvɜt]
名 行為反常者;變態
★ ★

= **per完全** + **vert轉**

記憶TIP 行徑完全轉化成變態了 = 行為反常者

例 My parents worried that the pervert might show up again.
我父母擔心那個變態可能會再次出現。

36

routine
[ru`tin]
名 例行公事；慣例
★ ★ ★ ★ ★

= rout路線 **+** ine性質，名詞

記憶TIP 性質如同每天要走的路線 = 例行公事

例 The students have to change their daily routine at the camp.
學生們在營隊中必須改變他們的日常慣例。

 37

second
[`sɛkənd]
名 秒
★ ★ ★ ★

= sec追隨 **+** ond狀態，名詞

記憶TIP 每一秒都緊追在後 = 秒

例 It only takes five seconds to lock the door.
鎖門只需要花費五秒鐘的時間。

 38

shave
[ʃev]
動 刮鬍子
★ ★ ★

= shav刮/剃 **+** e動作，動詞

記憶TIP s(=sprout發芽)+have(有) → 把冒出來的鬍子刮掉 = 刮鬍子

例 Aaron washed his face and shaved before the date.
艾倫在約會前洗臉並刮鬍子。

 39

soccer
[`sɑkɚ]
名 足球
★ ★ ★

= socc(=As"soc"iation Football)英式足球的縮寫 **+** er暱稱，名詞

記憶TIP 英式足球的另稱 = 足球

例 Let's play soccer together after lunch.
午餐之後我們一起玩足球吧。

 40

sunny
[`sʌnɪ]
形 陽光普照的；晴朗的
★ ★ ★ ★

= sunn太陽 **+** y多…的，形容詞

記憶TIP 多太陽的 = 陽光普照的

例 Our picnic day was warm and sunny.
我們去野餐那天的天氣暖和又晴朗。

41

swimming
[`swɪmɪŋ]
名 游泳
★ ★

= **swimm游泳** + **ing行為，名詞**

記憶TIP 游泳的行為 = 游泳

例 They give the children swimming lessons.
他們給孩子們上游泳課。

 42

talkative
[`tɔkətɪv]
形 健談的
★ ★ ★ ★

= **talk講話** + **ative…性質的，形容詞**

記憶TIP 很愛講話的 = 健談的

例 My niece is a very talkative child.
我的外甥女是個非常愛說話的孩子。

 43

tennis
[`tɛnɪs]
名 網球
★ ★

= **ten握住** + **n(連字)** + **is性質，名詞**

記憶TIP 要緊緊握住球拍的球類運動 = 網球

例 Joe wants to be a tennis player when he grows up.
喬長大以後想成為網球選手。

 44

thunder
[`θʌndɚ]
名 雷；雷聲
★ ★ ★

= **thund聲音** + **er物品，名詞**

記憶TIP 在雲下面(under)發出巨大聲響 = 雷聲

例 A clap of thunder frightened the baby.
一聲雷鳴嚇到了嬰兒。

 45

tranquility
[træŋ`kwɪlətɪ]
名 平靜；安寧
★ ★ ★

= **tran越過** + **quil安靜** + **ity狀態，名詞**

記憶TIP 越過安靜的狀態 = 平靜；安寧

例 The early morning tranquility is replaced by the sounds of traffic.
一早的寧靜被交通的種種聲響取代。

undertake
[ˌʌndɚˋtek]
動 從事；進行
★ ★ ★ ★

= under屬於 + take拿取 複

記憶TIP 把歸於己職的工作拿去做 = 從事；進行

例 Bill undertook the difficult task of combining two companies.
比爾進行合併兩家公司的困難任務。

vacuum
[ˋvækjuəm]
動 用吸塵器清潔
★ ★

= vacu空的 + um動作，動詞

記憶TIP 清空灰塵的動作 = 用吸塵器清潔

例 My mom told me to vacuum the carpets once a week.
我媽叫我每個禮拜用吸塵器清潔地毯一次。

weekend
[ˋwikˋɛnd]
名 週末
★ ★ ★ ★ ★

= week星期 + end結束 複

記憶TIP 一個星期的尾聲 = 週末

例 Frank will go on a business trip this coming weekend.
法蘭克下個週末將要去出差。

windy
[ˋwɪndɪ]
形 起風的；有風的
★ ★

= wind風 + y有…的，形容詞

記憶TIP 有風的 = 起風的

例 It was windy and Gill felt a little cold.
起風了，吉兒覺得有點冷。

常見縮寫

a.m. 午前(自凌晨十二點至中午十二點) = ante meridiem ★★★★★
p.m. 午後(自中午十二點至半夜十二點) = post meridiem ★★★★★

5 生活用品
Daily Necessities

學習範疇 生活雜貨、服飾、清潔與保養
非學不可的42個必考重點字

 MP3 052

---

battery
[`bætərɪ]
名 電池
★ ★ ★ ★

= **batt打擊** + **ery物品，名詞**

記憶TIP 產生電力，使電器運轉的物品 = 電池

例 Using rechargeable batteries is more eco-friendly.
使用可再充電的電池比較環保。

---

blackboard
[`blæk͵bord]
名 黑板
★ ★ ★

= **black黑色的** + **board板子** **複**

記憶TIP 黑色的板子 = 黑板

例 The transfer student wrote her name on the blackboard.
這個轉學生將她的名字寫在黑板上。

---

blanket
[`blæŋkɪt]
名 毛毯；毯子
★ ★

= **blank空白的** + **et小物，名詞**

記憶TIP 由羊毛所編織而成的白布 = 毛毯；毯子

例 It's cold in the cabin; please give me another blanket.
機艙裡很冷；請再給我一條毛毯。

---

blazer
[`blezə]
名 運動上衣
★ ★

= **blaz鮮明的色彩** + **er物品，名詞**

記憶TIP 色彩鮮艷的運動上衣 = 運動上衣

例 Holes have been worn into his blazer.
他的運動上衣已破了好幾個洞。

---

bucket
[`bʌkɪt]
名 水桶
★ ★

= **buck竹籠** + **et小物，名詞**

記憶TIP 竹籠般的容器 = 水桶

例 Wayne drew water in a bucket from a nearby stream.
韋恩從附近的小溪汲水到水桶裡。

cigarette
[ˌsɪgəˋrɛt]
名 香菸
★ ★ ★

= **cigar雪茄** + **ette小物，名詞**

記憶TIP 像雪茄般的小物 = 香菸

例 The salesman smokes a packet of cigarettes every day.
這個業務員每天抽一包香菸。

closet
[ˋklɑzɪt]
名 壁櫥；碗櫥；衣櫥
★ ★ ★

= **clos關閉** + **et小物，名詞**

記憶TIP 關起來的櫃子 = 壁櫥；碗櫥；衣櫥

例 I once saw a rat running into the closet.
我曾經看過一隻老鼠跑進這個壁櫥。

clothesline
[ˋkloz͵laɪn]
名 曬衣繩
★ ★

= **clothes衣服** + **line線/繩** 複

記憶TIP 用來晾衣服的線 = 曬衣繩

例 She hung the washed clothes on the clothesline.
她把洗好的衣服掛在曬衣繩上。

conditioner
[kənˋdɪʃənɚ]
名 潤絲精
★ ★

= **condition處於良好狀態** + **er物品，名詞**

記憶TIP 使髮質處於良好狀態的物品 = 潤絲精

例 Emily uses conditioner to keep her hair shiny.
艾蜜莉使用潤絲精使頭髮保有光澤。

cushion
[ˋkuʃən]
名 墊子；抱枕
★ ★ ★

= **cush墊子** + **ion產品，名詞**

記憶TIP 當坐墊用的產品 = 墊子；抱枕

例 The cat snuggled down on the cushion and fell asleep.
這隻貓舒服地蜷伏在墊子上睡著了。

11

drawer
[`drɔə]
名 抽屜
★ ★ ★

= draw抽/拉 + er物品，名詞

記憶TIP 可以抽拉的物品 = 抽屜

例 You can find a rubber stamp in the upper drawer.
你可以在上層的抽屜裡找到一個橡皮圖章。

 12

duster
[`dʌstə]
名 雞毛撢子；除塵布
★ ★

= dust灰塵 + er物品，名詞

記憶TIP 用來撢除灰塵的物品 = 雞毛撢子

例 The housekeeper used a duster to remove dust from the piano.
管家用雞毛撢子去除鋼琴的灰塵。

 13

earring
[`ɪr͵rɪŋ]
名 耳環
★ ★

= earr耳朵 + ing用於…的物品，名詞

記憶TIP 用在耳朵上的物品 = 耳環

例 Nicole's earrings were shining in the sunlight.
妮可的耳環在陽光中閃閃發亮。

 14

hammer
[`hæmə]
名 鐵鎚
★ ★

= hamm火腿 + er物品，名詞

記憶TIP 用來敲軟火腿肉的物品 = 鐵鎚

例 Terry decided to buy a hammer in the hardware store.
泰瑞決定在這家五金行裡買一把鐵鎚。

 15

handkerchief
[`hæŋkə͵tʃɪf]
名 手帕
★ ★

= hand手 + ker覆蓋 + chief頭

記憶TIP 隨手攜帶用來覆蓋頭的布 = 手帕

例 He caught a cold and blew his nose with a handkerchief a lot.
他得了感冒，老是用手帕擤鼻涕。

hanger
[`hæŋɚ]
名 衣架；掛鉤
★ ★ ★

= **hang吊/懸掛** + **er物品，名詞**

記憶TIP 用來吊掛東西的物品 = 衣架；掛鉤

例 She hung her raincoat on a plastic hanger.
她把她的雨衣掛在塑膠衣架上。

ironing
[`aɪɚnɪŋ]
名 燙衣服
★ ★

= **iron熨/燙平** + **ing行為，名詞**

記憶TIP 用熨斗燙平的行為 = 燙衣服

例 I was doing laundry and ironing all afternoon.
我一整個下午都在洗衣服跟燙衣服。

jacket
[`dʒækɪt]
名 夾克；風衣
★ ★

= **jack男子名** + **et小物，名詞**

記憶TIP 男子身上穿的外套 = 夾克；風衣

例 I'm looking for a man in a black leather jacket.
我在找一個穿著黑色皮夾克的男子。

kettle
[`kɛtl̩]
名 快煮壺
★ ★ ★

= **kett碗/壺** + **le小物，名詞**

記憶TIP 可以直接插電加熱的水壺 = 快煮壺

例 The water in the kettle has nearly come to the boil.
快煮壺裡的水快要開了。

lotion
[`loʃən]
名 乳液(液狀)
★ ★ ★

= **lot洗** + **ion行為的結果，名詞**

記憶TIP 盥洗後要擦的東西 = 乳液

例 He playfully rubbed suntan lotion on her back.
他鬧著玩地將防曬乳液擦在她的背上。

21

magnet
[`mægnɪt]
名 磁鐵
★ ★

= magn磁 + et小物，名詞

記憶TIP 有磁性的物品 = 磁鐵

例 Joyce bought a fridge magnet as a souvenir of the trip.
喬依絲買了一個冰箱磁鐵做為這趟旅行的紀念品。

22

mattress
[`mætrɪs]
名 床墊
★ ★ ★

= mat地墊 + tress物品，名詞

記憶TIP 把地墊丟在地上睡覺 = 床墊

例 It is comfortable to sleep on a newly bought mattress.
睡在新買的床墊上很舒服。

23

necessity
[nə`sɛsətɪ]
名 必需品
★ ★ ★

= ne需要 + cess行走 + ity性質，名詞

記憶TIP 需要這個物品才能行走 = 必需品

例 When attending an important meeting, a name card is one of the necessities.
參加重要會議時，名片是必需品之一。

24

necklace
[`nɛklɪs]
名 項鍊
★ ★ ★ ★

= neck脖子 + lace帶子 複

記憶TIP 脖子上的裝飾帶 = 項鍊

例 The dress is a perfect match for the pearl necklace.
這件洋裝和這條珍珠項鍊十分相配。

25

newspaper
[`njuz,pepɚ]
名 報紙
★ ★ ★ ★ ★

= news新聞 + paper紙/文件 複

記憶TIP 告知人們新聞的文件 = 報紙

例 We read the writer's articles in the newspaper.
我們從報紙上讀到這位作家的文章。

26

overalls
[`ovəˌɔlz]
名 連身衣；工作褲
★ ★ ★

= **over遍及** + **all完全地** + **s名詞複數** 複

記憶TIP 覆蓋範圍遍及全身的服裝 = 連身衣

例 The workers in the cotton fields are all in blue overalls.
在棉花田裡的工人都穿著藍色的連身衣。

27

pajamas
[pə`dʒæməs]
名 睡衣
★ ★

= **pa腳** + **jamas長袍**

記憶TIP 遮蓋到腳的長袍 = 睡衣

例 She was wearing striped pajamas that night.
那晚她穿著條紋睡衣。

28

panties
[`pæntɪs]
名 婦女或兒童之內褲
★

= **pant褲子** + **ies小物，名詞**

記憶TIP 小件的褲子 = 婦女或兒童之內褲

例 My younger brother doesn't like to wear panties.
我弟弟不喜歡穿內褲。

29

raincoat
[`renˌkot]
名 雨衣
★ ★ ★

= **rain雨** + **coat外套** 複

記憶TIP 下雨時穿的外套 = 雨衣

例 Bring a raincoat with you in case it starts to rain.
帶著一件雨衣以防開始下雨。

30

razor
[`rezə]
名 剃刀
★ ★ ★

= **raz刮** + **or器具，名詞**

記憶TIP 刮的工具 = 剃刀

例 The barber put the razor on his throat and then started to shave.
理髮師把剃刀放在他的喉嚨上然後開始刮鬍子。

refrigerator
[rɪ`frɪdʒəˌretə]
名 冰箱
★ ★

= **re重複** + **frigerat使冷卻** + **or器具，名詞**

記憶TIP 可以使東西重複冷卻的器具 = 冰箱

例 Put perishable food such as meat and milk into the refrigerator.
將肉和牛奶之類容易腐壞的食物放進冰箱。

---

scale
[skel]
名 體重計；磅秤
★ ★ ★

= **scal登/爬** + **(l)e小物，名詞**

記憶TIP 站上去後數字開始往上爬的物品 = 體重計；磅秤

例 She is afraid to stand on a scale after childbirth.
生產後，她害怕站上體重計。

---

screwdriver
[`skruˌdraɪvə]
名 螺絲起子
★ ★

= **screw螺絲釘** + **driver打入的工具** **複**

記憶TIP 將螺絲釘打入的工具 = 螺絲起子

例 Let's try loosening the screw with the screwdriver.
用這把螺絲起子旋鬆螺絲釘試試。

---

slipper
[`slɪpə]
名 拖鞋
★ ★

= **slipp滑倒** + **er物品，名詞**

記憶TIP 防止滑倒所穿的物品 = 拖鞋

例 He used to wear slippers in the laboratory often.
他從前常在實驗室裡穿拖鞋。

---

sneaker
[`snikə]
名 球鞋
★ ★

= **sneak鬼鬼祟祟** + **er做…的人，名詞**

記憶TIP 行動鬼鬼祟祟的人穿著 → 球鞋

例 Josephine took off her sneakers and entered the classroom.
喬瑟芬脫掉她的球鞋進了教室。

statue
[`stætʃʊ]
名 雕像
★ ★ ★ ★

= stat站立 + ue物品，名詞

記憶TIP 站立的物品 = 雕像

例 The Statue of Liberty will also be closed for a week.
自由女神像也將關閉一星期。

---

stroller
[`strolɚ]
名 嬰兒推車
★ ★

= stroll散步 + er物品，名詞

記憶TIP 用來推著嬰兒散步的物品 = 嬰兒推車

例 This path is not wide enough for the stroller.
這條小徑對嬰兒推車而言不夠寬。

---

sweater
[`swɛtɚ]
名 毛衣
★ ★ ★

= sweat汗 + er物品，名詞

記憶TIP 穿了會使人發熱流汗的物品 = 毛衣

例 That yellow sweater is made of wool.
那件黃色的毛衣是用羊毛做的。

---

toaster
[`tostɚ]
名 烤麵包機
★ ★

= toast烤/吐司 + er物品，名詞

記憶TIP 用來烤吐司的機器 = 烤麵包機

例 Our toaster is out of order.
我們的烤麵包機故障了。

---

toothbrush
[`tuθˏbrʌʃ]
名 牙刷
★ ★

= tooth牙齒 + brush刷子 複

記憶TIP 清潔牙齒的刷子 = 牙刷

例 This toothbrush is a free gift attached to the bag of tissues.
這支牙刷是這袋紙巾的附贈品。

toothpaste
[`tuθ,pest]
名 牙膏
★★

= tooth牙齒 + paste糊狀物 複

記憶TIP 清潔牙齒的糊狀物 = 牙膏

例 The toothpaste tastes of mint.
這牙膏有薄荷的味道。

underwear
[`ʌndɚ,wɛr]
名 內衣
★★

= under在…裡面 + wear穿 複

記憶TIP 穿在外衣裡面的衣服 = 內衣

例 The young couple jumped into the lake in their underwear.
這對年輕夫妻穿著內衣跳進湖裡。

應考片語

alarm clock 鬧鐘 ★★

can opener 開罐器 ★★

cotton swab 棉花棒 ★★

dish washer 洗碗機 ★★

dress code 服裝規定 ★★★

electric radiator 電暖爐 ★★

fabric softener 衣物柔軟精 ★★

get dressed 穿上衣服 ★★★

hair dryer 吹風機 ★★★

high heels 高跟鞋 ★

ironing board 燙衣板 ★★

key chain 鑰匙圈 ★★

microwave oven 微波爐 ★★

mosquito net 蚊帳 ★★

nail clipper 指甲剪；指甲刀 ★★

put on 穿上(衣物等) ★★★★

sun block 防曬乳；防曬油 ★★

tool kit 工具箱 ★★★

Chapter

3

人事管理

Personnel Management

1 人才招募
Recruitment

2 應徵面試
Job Application and Interview

3 聘雇職訓
Hiring and Training

4 薪資福利
Wages and Employee Welfare

5 評核敘獎
Evaluation and Award

1 人才招募
Recruitment

學習範疇 求才、資格條件、能力與經歷
非學不可的61個必考重點字

MP3 057

01 ability
[ə`bɪlətɪ]
名 能力；才能
★ ★ ★ ★ ★

= **abil**有能力的 + **ity**狀態，名詞

記憶**TIP** 有能力的狀態 = 能力；才能

例 The job requires certain computer abilities.
這份工作需要特定的電腦才能。

---

02 accountability
[ə‚kaʊntə`bɪlətɪ]
名 負有責任；可倚賴
★ ★ ★ ★

= **ac**去 + **count**數 + **ability**可…性，名詞

記憶**TIP** 可以去把帳算好 = 可倚賴

例 To establish accountability is very important.
建立一套歸責制度是相當重要的。

---

03 adept
[ə`dɛpt]
形 熟練的；內行的 名 能手
★ ★ ★ ★

= **ad**處在 + **ept**抵達

記憶**TIP** 處在抵達成功的位置 = 熟練的；內行的

例 He is adept at his business in the Sales Department.
他很熟悉營業部的業務。

---

04 affiliate
[ə`fɪlɪ‚et]
動 附屬於
★ ★ ★

= **af**去 + **fili**兒子 + **ate**做…，動詞

記憶**TIP** 使成為兒子的動作 = 附屬於

例 Our office was affiliated with Tina's company for recruitment.
我們辦公室協同蒂娜的公司合作徵募事宜。

---

05 affinity
[ə`fɪnətɪ]
名 1.情投意合 2.密切關係
★ ★

= **af**去 + **fini**完成 + **ty**狀態，名詞

記憶**TIP** 關係好到可以一起去完成某件大事 = 情投意合；密切關係

例 That large company is looking for a man with a great affinity for their company.

那間大公司正在尋找與他們志趣相投的人。

amateur
[`æmə,tʃur]
名 業餘者；外行
★ ★ ★ ★

= **amat去愛** + **eur做…的人，名詞**

記憶TIP 出於愛好(非正職)從事活動的人 = 業餘者；外行

例 As an amateur in commercial business, Jenny's aggressive attitude wins her compliments from the manager.
身為商業新手，珍妮的積極態度贏得經理的讚美。

ambition
[æm`bɪʃən]
名 抱負
★ ★ ★ ★

= **amb環繞** + **it行走** + **ion行為的結果，名詞**

記憶TIP 為了目標而來回走著 = 抱負

例 With great ambition, Ryan plans to have his own business in the UK.
萊恩懷有遠大抱負，打算在英國經營自己的事業。

ambitious
[æm`bɪʃəs]
形 有野心的；野心勃勃的
★ ★ ★ ★

= **amb環繞** + **it行走** + **ious具…性質的，形容詞**

記憶TIP 有目標且決定要來回走著的 = 有野心的

例 It is not easy to hire an ambitious salesman.
要雇用到一名有野心的業務員並不容易。

appearance
[ə`pɪrəns]
名 外表；外貌
★ ★ ★

= **ap使** + **pear出現** + **ance情況，名詞**

記憶TIP 出現在他人眼前的樣子 = 外表

例 The lady who got the job has an ugly appearance but a nice heart.
獲得錄取的那位女士面惡心善。

apprentice
[ə`prɛntɪs]
名 學徒；徒弟
★ ★ ★

= **ap去** + **pren捉** + **tice行為的結果，名詞**

記憶TIP 捉來當學徒 = 學徒；徒弟

例 We are hiring some new apprentices in our factory.
本工廠正在招聘新學徒。

aptitude
[`æptəˌtjud]
名 天資;才能
★ ★ ★ ★

= **apt適合的** + **itude性質,名詞**

記憶TIP 天生適合的特性 = 天資;才能

例 Because of Johnny's aptitude, he became our marketing manager within two years.
由於強尼的才能,他在兩年內當上我們的行銷經理。

---

artisan
[`ɑrtəzṇ]
名 工匠;技工
★ ★ ★

= **art技巧** + **isan聖人**

記憶TIP 技藝非凡的人 = 工匠;技工

例 We have to hire a part-time artisan to do this work during weekends.
我們需要雇用一名兼職技工在週末期間做這份工作。

---

aspect
[`æspɛkt]
名 方面;觀點
★ ★ ★ ★ ★

= **a向** + **spect看**

記憶TIP 對事物的看法 = 方面;觀點

例 What are the main aspects of your new job?
你的新工作主要有哪些面向?

---

attempt
[ə`tɛmpt]
名 企圖;嘗試 **動** 試圖去做
★ ★ ★ ★

= **at去** + **tempt嘗試**

記憶TIP 嘗試去做 = 企圖;嘗試

例 John failed in the attempt to sell all their products in two days.
約翰企圖在兩天內賣光所有的產品,但是沒有成功。

---

candidate
[`kændədet]
名 1.應徵者 2.候選人
★ ★ ★ ★

= **candid光明磊落** + **ate做…的人,名詞**

記憶TIP 光明磊落的人才可以來應徵 = 應徵者

例 Amy was one of the candidates for this position.
艾咪是這個職務的應徵者之一。

capability
[ˌkepəˋbɪlətɪ]
名 能力；才幹
★ ★ ★ ★

= **capabil有能力的** + **ity狀態，名詞**

記憶TIP 有能力的狀態 = 能力；才幹

例 Johnny doesn't have the capability to bring the best out in his employees.
強尼沒有激發員工最佳潛能的能力。

---

capable
[ˋkepəbḷ]
形 有能力的
★ ★ ★ ★ ★

= **cap頭** + **able能…的，形容詞**

記憶TIP 在前頭的人較有能力 = 有能力的

例 John is capable of putting out the project on his own.
約翰有能力獨自完成這項企劃。

---

career
[kəˋrɪr]
名 1.經歷；生涯 2.職業
★ ★ ★ ★ ★

= **car跑** + **eer從事…的活動，名詞**

記憶TIP 為了生活而奔波的經過 = 經歷；生涯

例 He was a worker in a small factory, but now he is in a business career.
他曾是一家小工廠的工人，但是他目前在商業界。

---

certificate
[səˋtɪfəkɪt]
名 證書；執照
★ ★ ★ ★

= **certify證明** + **cate程度/等級，名詞**

記憶TIP 用來證明程度和等級的物品 = 證書

例 To apply for this job, you have to send in a copy of your university certificate with the form.
欲應徵這份工作，你得連同申請表一併繳交你的大學畢業證書。

---

college
[ˋkɑlɪdʒ]
名 大學；學院
★ ★ ★ ★

= **col一起** + **lege挑選**

記憶TIP 一起挑選要就讀的科系 - 大學；學院

例 What do you plan to do after college?
大學畢業後你打算做什麼？

21
commentator
[`kɑmən͵tetɚ]
名 評論者；評註者
★ ★ ★

= comment評論 + ator做…的人，名詞

記憶TIP 做評論的人 = 評論者；評註者

例 I want to be a news commentator for that newspaper.
我想成為那間報社的新聞評論員。

22
competent
[`kɑmpətənt]
形 有能力的；稱職的
★ ★ ★ ★

= com一起 + pet尋找 + ent…性質的，形容詞

記憶TIP 尋找能夠一起並肩作戰的 = 有能力的

例 Jennifer is a competent manager and she has helped her company win a lot of awards.
珍妮佛是一位稱職的經理，她已幫她的公司贏得許多獎項。

23
cross-reference
[`krɔs`rɛfərəns]
名 動 互相參照
★ ★ ★

= cross交叉 + reference參考 複

記憶TIP 交叉參考 = 互相參照

例 Cross-referencing with interviewees' ex-employers before hiring them is a useful way to know more about the future employees.
和面試者的前雇主進行互相參照，是得知未來員工更多資訊的有效方式。

24
demanding
[dɪ`mændɪŋ]
形 高要求的；使人吃力的
★ ★ ★ ★

= de加強 + mand命令 + ing使…的，形容詞

記憶TIP 加強命令的 = 高要求的；使人吃力的

例 The young adults nowadays do not want any demanding jobs.
現在的年輕人不想從事吃力的工作。

25
effectively
[ɪ`fɛktɪvlɪ]
副 有效地
★ ★ ★ ★

= ef出去 + fect做 + ive使…的 + ly…地，副詞

記憶TIP 使做出效果來地 = 有效地

例 The boss was glad to see that John effectively found the person he wanted in a week.
得知約翰在一週內就找到他要的人，老闆感到開心。

enlist
[ɪn`lɪst]
動 徵募;招募
★ ★ ★

= **en入內** + **list名單**

記憶TIP 列入名單中 = 徵募;招募

例 The company plans to enlist about one hundred workers for the first stage of the building.
那間公司計劃為第一階段之興建招募約一百名工人。

---

enroll
[ɪn`rol]
動 登記;把…記入名冊
★ ★ ★ ★

= **en入內** + **roll名冊**

記憶TIP 寫入名冊中 = 登記

例 The secretary enrolled our names.
祕書登記了我們的名字。

---

expert
[`ɛkspɚt]
名 專家;能手
★ ★ ★ ★

= **ex加強** + **pert學**

記憶TIP 在學術上很專精 = 專家;能手

例 Johnny hired a few experts to help him interview the candidates.
強尼雇用了幾位專家協助他面試應徵者。

---

greenhorn
[`grin,hɔrn]
名 新手;菜鳥
★ ★ ★

= **green綠色的** + **horn角** **複**

記憶TIP 綠色的角代表全新 = 新手

例 As greenhorns, we do not have the right to ask for a day off.
身為菜鳥,我們沒有要求休假的權利。

---

headhunter
[`hɛd,hʌntɚ]
名 獵人才者
★ ★ ★ ★

= **head頭** + **hunt打獵** + **er做…的人,名詞**

記憶TIP 打獵搜尋人頭(主管)的人 = 獵人才者

例 It was such a big surprise to get a call from the headhunter.
接到獵人才者的電話讓我大感驚訝。

31

impact
[ɪm`pækt]
動 衝擊;產生影響
★ ★ ★ ★ ★

= im朝向 + pact打

記憶TIP 朝著目標打下去 = 衝擊;產生影響

例 The newbies may impact those who do not do their work at the office.
新人們也許會對那些尸位素餐者造成衝擊。

 32

increase
[ɪn`kris]
動 增加;增強
★ ★ ★ ★ ★

= in使 + creas成長 + e動作,動詞

記憶TIP 使需求成長 = 增加

例 My neighbors said that the big shop will increase their job openings next month.
我的鄰居說這間大型商店將會在下個月增加職缺。

33

inexperienced
[ˌɪnɪk`spɪrɪənst]
形 經驗不足的;生澀的
★ ★ ★

= in沒有 + experience經驗 + d…的,形容詞

記憶TIP 沒有經驗的 = 經驗不足的;生澀的

例 The person conducting the interviews was very inexperienced.
那位負責處理面試的人非常缺乏經驗。

 34

initiative
[ɪ`nɪʃətɪv]
名 進取心
★ ★ ★ ★

= initiat開始 + ive性質,名詞

記憶TIP 主動開始行動 = 進取心

例 He did not have the initiative to start his own business.
他沒有自立門戶的進取心。

 35

internship
[`ɪntɝnˌʃɪp]
名 實習時期
★ ★ ★

= intern內部的 + ship狀態/身分,名詞

記憶TIP 因為技巧不熟練,只能在內部作業 = 實習時期

例 Johnny did very well during his internship.
強尼在實習期間表現得非常好。

involvement
[ɪn`vɑlvmənt]
名 牽連；連累
★ ★ ★ ★

= **involve包含** + **ment行為，名詞**

記憶TIP 包含在內的行為 = 牽連；連累

例 I have too many things to do, so I don't want to have involvement in recruitment.
我有太多事要做，所以不想與招募事宜扯上關係。

---

mature
[mə`tjʊr]
形 成熟的
★ ★ ★ ★

= **matur成熟** + **e…的，形容詞**

記憶TIP 成熟的 = 成熟的

例 We want a mature lady just like you to be our assistant.
我們要一位像你一樣成熟的女士擔任我們的助理。

---

nationality
[ˏnæʃə`nælətɪ]
名 國籍
★ ★ ★

= **nation國家** + **al…的** + **ity狀態，名詞**

記憶TIP 屬於某個國家 = 國籍

例 My new boss is of British nationality.
我的新老闆為英國籍。

---

newbie
[`njubi]
名 新手；菜鳥
★ ★ ★

= **new新的** + **bie(=boy)人，名詞**

記憶TIP 新來的人 = 新手；菜鳥

例 Be confident when you are teaching those newbies.
當你在教育那些新手時要有自信。

---

novice
[`nɑvɪs]
名 初學者；新手
★ ★ ★

= **nov新** + **ice人，名詞**

記憶TIP 新的人 = 初學者；新手

例 He is a novice at teaching English.
他是個英語教學新手。

occupation
[ˌɑkjə`peʃən]
名 職業；工作
★ ★ ★ ★

= oc在 + cup佔有 + ation狀態，名詞

記憶TIP 在某個職務上佔有一席之地 = 職業

例 He is a taxi driver by occupation.
他的職業是計程車司機。

opening
[`opənɪŋ]
名 缺額；空缺
★ ★ ★ ★

= open打開 + ing行為/作業，名詞

記憶TIP 打開公司的門讓新人進來 = 缺額；空缺

例 Do you know of any openings in your department?
你有聽說貴部門開出任何職缺嗎？

opportunity
[ˌɑpə`tjunətɪ]
名 機會；良機
★ ★ ★ ★

= op靠近 + portun港口的 + ity性質，名詞

記憶TIP 靠近港口就有機會上船 = 機會

例 We can see lots of information for current job opportunities here.
我們可以在這裡看到許多工作機會的資訊。

professional
[prə`fɛʃənl̩]
名 專家 形 專業的
★ ★ ★ ★ ★

= pro前 + fess說 + ion狀態 + al…的，形容詞

記憶TIP 專業到可以在前面公開演說的 = 專業的

例 Joy is a highly professional administrator.
喬伊是一位專業度高的管理者。

qualification
[ˌkwɑləfə`keʃən]
名 資格；能力
★ ★ ★ ★

= qualif使合格 + icat造成… + ion狀態，名詞

記憶TIP 造成合格的狀態 = 資格；能力

例 I would like to know the qualifications for an airline pilot.
我想要知道民航機師的資格要求。

recommend
[ˌrɛkəˋmɛnd]
動 推薦；介紹
★ ★ ★ ★

= **re再次** + **commend稱讚**

記憶TIP 在別人面前再次稱讚 = 推薦；介紹

例 John is the person who I highly recommend to your new company.
我強力推薦約翰加入你的新公司。

recruit
[rɪˋkrut]
動 招募
★ ★ ★ ★

= **re再次** + **cruit生長**

記憶TIP 再次使人數成長 = 招募

例 You can recruit from top universities in this area first.
你可以先從這個領域中的頂尖大學開始招募人才。

recruiter
[rɪˋkrutɚ]
名 招募人員
★ ★ ★

= **re再次** + **cruit生長** + **er做…的人，名詞**

記憶TIP 再次使人數成長的人 = 招募人員

例 As a recruiter, remember to ask the interviewees some proper questions.
身為招募者，記得詢問面試者一些恰當的問題。

recruitment
[rɪˋkrutmənt]
名 招募新人
★ ★

= **re再次** + **cruit生長** + **ment狀態，名詞**

記憶TIP 再次增加人數的狀態 = 招募新人

例 We hope to get three hundred new workers from this recruitment.
透過這次招募，我們希望能募得三百位新工人。

reinforce
[ˌriɪnˋfors]
動 1.增強 2.補充
★ ★ ★ ★

= **re再次** + **in向內** + **force強迫**

記憶TIP 再次加強內部 = 增強

例 This company reinforced their competitiveness by hiring more experts for their research department.
藉由雇用更多專家加入研究部門，這間公司的競爭力增強了。

requirement
[rɪˋkwaɪrmənt]
名 1.要求 2.必要條件
★ ★ ★ ★ ★

= re徹底 + quire詢問 + ment結果，名詞

記憶TIP 徹底詢問的結果 = 要求；必要條件

例 The requirement for this job is master's degree.
碩士學位是這份工作的必要條件。

---

rookie
[ˋrʊkɪ]
名 菜鳥；新人
★ ★

= rook(=recruit)招募 + ie小物，名詞

記憶TIP 招募來的新人 = 菜鳥；新人

例 The rookies have to be trained in our headquarters for at least three months.
新人需要在總部受訓至少三個月。

---

significant
[sɪgˋnɪfəkənt]
形 重要的；值得注意的
★ ★ ★

= sign記號 + ific去做 + ant…性質的，形容詞

記憶TIP 在上面加上記號的 = 重要的

例 It is significant to add your work experience to your résumé.
在履歷中加入你的工作經驗是重要的。

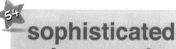
sophisticated
[səˋfɪstɪˌketɪd]
形 富有經驗的
★ ★ ★

= soph智慧 + ist人 + icated有…的，形容詞

記憶TIP 有智慧的人 = 富有經驗的

例 Our boss hired a new assistant who used to be a sophisticated business woman.
我們老闆雇用了一位富有商業經驗的女助理。

---

specialize
[ˋspɛʃəlˌaɪz]
動 專門從事；專攻
★ ★ ★ ★ ★

= special專門的 + ize使成為…，動詞

記憶TIP 專門做某件事 = 專門從事

例 Dr. Wang specialized in children's diseases.
王醫師專治兒科疾病。

56

specialty
[`spɛʃəltɪ]
名 專長;專業
★ ★ ★

= **special專門的/特殊的** + **ty性質,名詞**

記憶TIP 專門的特殊技能 = 專長;專業

例 We need to hire a person whose specialty is in science.
我們需要雇用一位科學專才。

 57

tenderfoot
[`tɛndɚ͵fut]
名 無經驗的新手
★ ★ ★

= **tender柔嫩的** + **foot腳**

記憶TIP 宛如新生兒般的嫩腳 = 無經驗的新手

例 It is easy to tell who the tenderfoot of this career is.
分辨誰是這一行的新手很簡單。

 58

thoroughness
[`θɝonɪs]
名 徹底;完全;仔細
★ ★ ★

= **thorough透徹的** + **ness狀態,名詞**

記憶TIP 透徹的狀態 = 徹底;完全;仔細

例 People said that being the boss's assistant, one requires thoroughness and diligence.
聽說細心和勤奮是擔任老闆助理的必要條件。

 59

vacant
[`vekənt]
形 空缺的;閒置的
★ ★ ★

= **vac空** + **ant…性質的,形容詞**

記憶TIP 空的 = 空缺的;閒置的

例 The position of marketing manager is vacant now that Mark is retired.
行銷經理的職位因馬克退休而閒置。

 60

vacate
[`veket]
動 空出;搬出
★ ★ ★

= **vac空** + **ate做…,動詞**

記憶TIP 清空 = 空出;搬出

例 The manager tried to vacate a job in our department, but it is really difficult.
經理試著騰出一個本部門的職缺,但很困難。

61

visibility

[ˌvɪzəˋbɪlətɪ]

名 能見度；明顯性

★ ★ ★

= vis看 + ibility可…性，名詞

記憶TIP 可以看得見的特性 = 能見度；明顯性

例 In order to increase his visibility and get a nice job in the future, he spent a lot of time on this project.

為了增加能見度以便將來獲得一份好工作，他在這份企劃上花了很多時間。

應考片語

background check 背景調查 ★★★★

contract employee 約聘人員 ★★★

hidden job market 潛在工作市場 ★★

human resources 人力資源；人事部門 ★★★★★

job opening 職缺 ★★★★

in order to 為了要… ★★★★★

look to 依賴；依靠；指望 ★★★★

meet the requirements 符合需求 ★★★★

rising star 明日之星；後起之秀 ★★★

stay on top of 獲知最新訊息；了解(事情的)進展 ★★★★

swing shift 中班；小夜班(從下午三、四點至半夜) ★★★

technically competent 具技術能力的 ★★★

top quality 最高品質 ★★

up in the air 懸而未決；尚未決定的 ★★★

work experience 工作經驗 ★★★★

常見縮寫

C.V. 履歷表 = curriculum vitae ★★★

MA 文學碩士 = Master of Arts ★★★

Ph.D. 博士學位 = Doctor of Philosophy ★★★

2 應徵面試
Job Application and Interview

學習範疇 求職申請、面試、態度及應對
非學不可的69個必考重點字

---

accomplish
[ə`kɑmplɪʃ]
動 達成；實現
★ ★ ★ ★

= **ac去** + **compl填滿** + **ish使成為…，動詞**

記憶TIP 去把該做的事填滿 = 達成；實現

例 John has accomplished his mission successfully, so he got the job he wanted.
約翰成功達成任務，因此得到了他要的工作。

---

accurate
[`ækjərɪt]
形 精確的；準確的
★ ★ ★ ★

= **accur準確** + **ate…性質的，形容詞**

記憶TIP 準確的性質 = 精確的；準確的

例 We need you to put accurate information about your previous working experience into your CV.
我們需要你把先前工作經驗的精確資訊寫入履歷表中。

---

achievement
[ə`tʃivmənt]
名 1.成就 2.完成
★ ★ ★

= **achieve完成** + **ment狀態，名詞**

記憶TIP 完成的狀態 = 成就；完成

例 The feeling of achievement makes her happy.
成就感讓她開心。

---

adaptable
[ə`dæptəbḷ]
形 1.適合的 2.能適應的
★ ★ ★

= **ad使** + **apt適合** + **able可…的，形容詞**

記憶TIP 可以適合的 = 適合的；能適應的

例 The most adaptable man for this job is John from your department.
貴部門的約翰是最適合這份工作的人。

---

applicant
[`æpləkənt]
名 申請者
★ ★ ★ ★ ★

= **ap去** + **plic折疊** + **ant做…的人，名詞**

記憶TIP 去把申請書折起來的人 = 申請者

例 There are about five hundred applicants applying for this position.
這個職位約有五百名申請者。

06

appropriate
[ə`proprɪˌet]
形 適當的；合適的
★ ★ ★ ★ ★

= **ap去** + **propri適當的** + **ate…性質的，形容詞**

記憶TIP 使適當的 = 適當的；合適的

例 During the interview, please ask appropriate questions only.

面談時，請詢問適當的問題即可。

 07

aspire
[ə`spaɪr]
動 嚮往
★ ★ ★ ★

= **a去** + **spire呼吸**

記憶TIP 很想去外面呼吸 = 嚮往

例 The boy aspired to become an engineer in this company.

男孩渴望成為這間公司的工程師。

 08

attitude
[`ætətjud]
名 態度；心態
★ ★ ★ ★ ★

= **att適合** + **itude狀態，名詞**

記憶TIP 適合的狀態 = 態度；心態

例 Your attitude in front of the interviewers may lead to results.

你在主考官面前的態度可能影響你的面試結果。

 09

bachelor
[`bætʃələ]
名 學士
★ ★ ★ ★ ★

= **bachel單身** + **or做…的人，名詞**

記憶TIP 剛念完大學的人通常都還單身 = 學士

例 This job requires at least a bachelor's degree in business.

這份工作要求至少有商學學士學位。

 10

background
[`bækˌgraund]
名 背景；出身
★ ★ ★ ★

= **back背後** + **ground場所**

記憶TIP 背後的場所 = 背景；出身

例 Johnson's rich background might be one of the reasons that he got this job.

強森的豐富背景也許是他得到這份工作的原因之一。

blacklist
[`blæk.lɪst]
動 列入黑名單 名 黑名單
★ ★ ★ ★

= black黑色的 + list名單 複

記憶TIP 黑色的(狀況不好的)名單 = 黑名單

例 Because of his lazy working attitude, Peter was blacklisted as a bad worker.
由於工作態度懶散,彼得被列入劣等員工的黑名單。

confidence
[`kɑnfədəns]
名 信心;自信
★ ★ ★ ★

= con一起 + fid信賴 + ence狀態,名詞

記憶TIP 可以被信賴的狀態 = 信心;自信

例 Having confidence is one of the keys to winning the job you want.
擁有自信是你贏得理想工作的關鍵之一。

confident
[`kɑnfədənt]
形 有自信的
★ ★ ★

= con一起 + fid信賴 + ent…性質的,形容詞

記憶TIP 覺得可以被信賴的 = 有自信的

例 Be confident while you are applying for a job.
當你在申請工作時要有自信。

constantly
[`kɑnstəntlɪ]
副 不斷地;時常地
★ ★ ★

= con一起 + stant站 + ly…地,副詞

記憶TIP 始終站在一起地 = 不斷地;時常地

例 She is constantly changing her mind about what job she wants.
關於想做的工作,她經常變換心意。

consult
[kən`sʌlt]
動 1.與…商量 2.請教
★ ★ ★ ★ ★

= con一起 + sult跳

記憶TIP 跳進來一起討論 = 與…商量;請教

例 The managers consulted an expert before they decided who to hire.
經理們在決定雇用人選之前,請教了一位專家。

degree
[dɪ`gri]
名 學位
★ ★ ★ ★ ★

= de離開 + gree走

記憶TIP 離開學校走入社會前會拿到 → 學位

例 They hired a lady who got her degree in the UK.

他們雇用了一位擁有英國學歷的女士。

demeanor
[dɪ`minɚ]
名 1.舉止；行為 2.風度
★ ★ ★

= de完全 + mean表示 + or物品，名詞

記憶TIP 代表態度的物品 = 舉止；行為

例 Joe had a negative demeanor during his interview, so he failed.

喬在面試時舉止消極，所以他沒有通過。

describe
[dɪ`skraɪb]
動 形容；敘述
★ ★ ★ ★ ★

= de向下 + scribe寫

記憶TIP 把狀況寫下來 = 形容；敘述

例 Every candidate has to describe himself or herself to the examiner.

每位應試者都必須向主考官描述自己。

dignity
[`dɪgnətɪ]
名 尊嚴
★ ★ ★

= dign有價值 + ity性質，名詞

記憶TIP 覺得活得很有價值 = 尊嚴

例 The candidate answered the questions with not only dignity but also confidence.

這位應試者帶著尊嚴和自信回答問題。

direct
[də`rɛkt]
形 直接的
★ ★ ★ ★

= di分別 + rect直的

記憶TIP 每一個都分別是直的 = 直接的

例 Joy was sad about the direct rejection from the examiner.

喬伊對於被主考官直接拒絕感到難過。

disposition
[ˌdɪspəˈzɪʃən]
名 1.傾向 2.性格；性情
★ ★ ★ ★

= dis分別 + pos放 + ition行為的結果，名詞

記憶TIP 被分別放置的個性 = 傾向；性格

例 After being asked some unfamiliar questions, Jenny showed a nervous disposition.
在被問了幾個不熟的問題後，珍妮顯得緊張。

---

education
[ˌɛdʒʊˈkeʃən]
名 教育
★ ★ ★ ★ ★

= e出去 + duc引導 + ation行為的結果，名詞

記憶TIP 把本質引導出來 = 教育

例 John cannot get the job without his higher education certificate.
沒有這張高等學歷證明，約翰是無法得到這份工作的。

---

eligible
[ˈɛlɪdʒəbḷ]
形 有資格的；合格的
★ ★ ★ ★ ★

= e出去 + lig選擇 + ible可…的，形容詞

記憶TIP 有能力可以被選出的 = 有資格的

例 John is the most eligible applicant for this position because of his work experience.
約翰的工作經驗使他成為最適合這個職位的人。

---

enterprising
[ˈɛntɚˌpraɪzɪŋ]
形 有事業心的
★ ★ ★

= enter進入 + pris握取 + ing具備…的，形容詞

記憶TIP 在內心有想要握緊的 = 有事業心的

例 Her husband is an enterprising person.
她的老公是個有事業心的人。

---

enthusiasm
[ɪnˈθjuzɪˌæzəm]
名 熱情；熱忱
★ ★ ★

= en裡面 + thusi(=thus)神 + asm行為，名詞

記憶TIP 心裡面有神，行為便帶有 → 熱情；熱忱

例 The key reason for her to get this job is her enthusiasm for painting.
她對畫畫的熱情是她得到這份工作的主因。

evaluation
[ɪˌvæljuˈeʃən]
名 評價；評鑑
★ ★ ★ ★

= **e去** + **valu價值** + **ation行為的結果，名詞**

記憶TIP 把價值說出來 = 評價；評鑑

例 They will take a general evaluation one year after their training.
他們將在受訓一年後接受整體評鑑。

---

exaggerate
[ɪgˈzædʒəˌret]
動 誇大；誇張
★ ★

= **ex向外** + **agger推** + **ate做…，動詞**

記憶TIP 向外推的動作 = 誇大；誇張

例 Please do not exaggerate your education and work experience.
請勿誇大你的學歷及工作經驗。

---

examinee
[ɪgˌzæməˈni]
名 應試者
★ ★ ★ ★

= **examin檢驗** + **ee受…的人，名詞**

記憶TIP 受檢驗的人 = 應試者

例 Three out of the twenty examinees can get the job.
二十位應試者中有三位能得到這份工作。

---

experience
[ɪkˈspɪrɪəns]
名 經驗
★ ★ ★ ★ ★

= **ex出外** + **peri試驗** + **ence情況，名詞**

記憶TIP 去嘗試後所得到的體驗 = 經驗

例 Both of the candidates have experience working in big companies.
這兩位應試者都有在大公司工作過的經驗。

---

expertise
[ˌɛkspəˈtiz]
名 專業知識；專業技術
★ ★ ★ ★ ★

= **ex出外** + **pert學** + **ise性質，名詞**

記憶TIP 對某個領域有格外傑出的學識 = 專業知識；專業技術

例 This job requires nursing expertise.
這份工作需要護理專業技術。

graduate
[`grædʒʊˌet]
動 畢業
★ ★ ★ ★ ★

= `grad階段` + `uate做…，動詞`

記憶TIP 完成某階段的學習 = 畢業

例 He had already gotten his ideal job before he graduated from the famous university.
在他從這間知名大學畢業之前，就已經找到一份心目中的理想工作了。

gratitude
[`grætəˌtjud]
名 感恩；感謝
★ ★ ★ ★

= `grat歡喜` + `itude狀態，名詞`

記憶TIP 表現出歡喜的狀態 = 感恩；感謝

例 Johnny got an email from Johnson who showed his gratitude for hiring him as his assistant.
強尼收到了一封強森寄來的電子郵件，感謝他雇用他為助理。

hard-working
[ˌhɑrd`wɜkɪŋ]
形 努力工作的；勤勉的
★ ★ ★ ★

= `hard努力` + `work工作` + `ing…的，形容詞` **複**

記憶TIP 努力工作的 = 努力工作的；勤勉的

例 People in this office all know that the newbie is a hard-working man.
辦公室裡的人都知道這位菜鳥是個勤勉的人。

hesitant
[`hɛzətənt]
形 遲疑的
★ ★ ★ ★

= `hesit黏` + `ant…性質的，形容詞`

記憶TIP he(他)+sit(坐)+ant(螞蟻)，要他坐在螞蟻堆上 → 遲疑的

例 His hesitant attitude made him lose a lot of points during the interview.
他遲疑的態度使他在面談時丟了很多分數。

industrious
[ɪn`dʌstrɪəs]
形 勤勉的；努力的
★ ★ ★

= `indu進入` + `stri建造` + `ous…性質的，形容詞`

記憶TIP 一直在內建造的 = 勤勉的

例 We welcome an industrious man to work with us.
我們歡迎勤勉者跟我們一起工作。

36

ingratiate
[ɪn`greʃɪˌet]
動 使得到⋯歡心；迎合
★

= **in向** + **grat喜好** + **iate做⋯，動詞**

記憶TIP 朝某人的喜好前進 = 使得到⋯歡心

例 One of the candidates sang a song to ingratiate the examiners during the interview.
一位應徵者在面試時唱歌，討主考官歡心。

37

integrity
[ɪn`tɛgrətɪ]
名 正直；誠實
★ ★ ★

= **integr完整** + **ity狀態，名詞**

記憶TIP 將狀況完整呈現 = 正直；誠實

例 We like Joy because of her integrity.
我們因為喬伊的正直而喜歡她。

38

interview
[`ɪntəˌvju]
動 面試；面談
★ ★ ★

= **inter在中間** + **view看**

記憶TIP 到中間看一看 = 面試；面談

例 Do some research to get more understanding about the company before you go to the interview.
面試前先做些調查，以多加了解這間公司。

39

interviewee
[ˌɪntəvju`i]
名 接受面試者
★ ★ ★

= **inter在中間** + **view看** + **ee受⋯的人，名詞**

記憶TIP 到中間接受看一看的人 = 接受面試者

例 I cannot believe that one of the interviewees is my best friend.
我真不敢相信其中一位面試者是我最好的朋友。

40

interviewer
[`ɪntəvjuə]
名 面試官
★ ★ ★

= **inter在中間** + **view看** + **er做⋯的人，名詞**

記憶TIP 在中間看並問話的人 = 面試官

例 The manager was the interviewer for the salesman.
那位經理是業務員的面談官。

layman
[`lemən]
名 門外漢；外行人
★ ★ ★

= lay擱放 + man人

記憶TIP 對某事一竅不通，只能先擱著的人 = 門外漢；外行人

例 This is an easy job; even a layman can do it.
這是一份簡單的工作，甚至連門外漢都做得來。

---

license
[`laɪsns]
名 執照；證書
★ ★ ★ ★

= lic允許 + ense性質，名詞

記憶TIP 允許做某事的證照 = 執照；證書

例 The candidate has ten licenses in related business and computer areas.
這位應試者有十張相關行業與電腦領域的執照。

---

master
[`mæstə]
名 碩士學位
★ ★ ★ ★

= mast偉大的 + er做…的人，名詞

記憶TIP 在某領域比別人專精、偉大 = 碩士學位

例 Ryan's master's degree helped him a lot during the interview.
面談時，萊恩的碩士學位幫了他很大的忙。

---

objective
[əb`dʒɛktɪv]
形 客觀的；無偏見的
★ ★ ★

= ob反 + ject投 + ive具…性質的，形容詞

記憶TIP 投反對票來表示客觀 = 客觀的

例 We need an objective examiner to interview our applicants.
我們需要一位客觀的主考官來面談申請者。

---

optimistic
[ˌɑptə`mɪstɪk]
形 樂觀的
★ ★ ★

= opt希望 + im最 + ist人 + ic…的，形容詞

記憶TIP 覺得最有希望的人 = 樂觀的

例 His optimistic attitude gained him this position.
他的樂觀態度使他贏得了這個職位。

ostentatious
[ˌɑstɛnˋteʃəs]
形 炫耀的；賣弄的
★

= os之前 + tent張開/伸展 + atious具…性質的，形容詞

記憶TIP 向前面伸張開來的 = 炫耀的；賣弄的

例 The examiners do not like candidates with ostentatious attitudes.
面試官不喜歡態度炫耀的應試者。

outgoing
[ˋaʊtˌgoɪŋ]
形 外向的
★ ★ ★

= out外出 + go走 + ing令人…的，形容詞

記憶TIP 喜歡走出去面對人群的 = 外向的

例 We need an outgoing and responsible boy to work for us.
我們需要一位外向且有責任感的男孩為我們工作。

overview
[ˋovɚˌvju]
名 概要；概述
★ ★ ★ ★

= over在上面 + view看

記憶TIP 從上面看下來 = 概要；概述

例 The overview of your work experience is not very clear. Can you please talk about it in person?
你的工作經驗概要不是很清楚。可以請你親自描述嗎？

pastime
[ˋpæsˌtaɪm]
名 消遣；娛樂
★ ★ ★

= pas(t)過去 + time時間

記憶TIP 使時間很快就過去 = 消遣；娛樂

例 Knowing employees' favorite pastimes may help the boss know more about employees' personalities.
知道員工最喜愛的消遣也許能幫助老闆更了解員工的個性。

persistence
[pɚˋsɪstəns]
名 堅持；持久
★ ★ ★ ★

= per從頭到腳 + sist站立 + ence狀態，名詞

記憶TIP 一直站在那裡 = 堅持；持久

例 His persistence at applying for the same job might be the reason John gets this job.
堅持申請同一份工作也許是約翰獲得這份工作的原因。

150

pessimistic
[ˌpɛsəˈmɪstɪk]
形 悲觀的
★ ★ ★

= **pess悲觀** + **im最** + **ist人** + **ic…的，形容詞**

記憶TIP 覺得最悲觀的人 = 悲觀的

例 The interviewees all felt very pessimistic after the interview with John.
在和約翰面試後，每位應試者都感到悲觀。

portfolio
[portˈfolɪˌo]
名 代表作品選輯
★ ★ ★ ★

= **port拿** + **folio對折紙**

記憶TIP 從對折的資料中選出 = 代表作品選輯

例 Hank put some of his work into this portfolio and sent it to the company before the interview.
面試前，漢克把一些作品放入代表作品選輯，並寄去那家公司。

preface
[ˈprɛfɪs]
名 序言；引語
★ ★ ★

= **pre先前** + **face面**

記憶TIP 在前面就先看到的文字 = 序言；引語

例 I would like Mr. Brown to write a preface for my résumé.
我想請伯朗先生幫我寫履歷序。

prejudice
[ˈprɛdʒədɪs]
名 偏見；成見
★ ★ ★

= **pre先前** + **judic評判** + **e情況，名詞**

記憶TIP 在還沒做之前就先評判 = 偏見；成見

例 Do not show any prejudice against the examiners during the interview.
不要在應試時對面試官懷有偏見。

profession
[prəˈfɛʃən]
名 職業
★ ★ ★ ★

= **pro向前** + **fess談論** + **ion行為，名詞**

記憶TIP 可站在前面談論的事 = 職業

例 Johnson's profession is a doctor.
強森的職業是醫生。

56
proficiency
[prə`fɪʃənsɪ]
名 精通；熟練
★ ★ ★ ★

= **pro向前** + **fic做** + **iency狀態，名詞**

記憶TIP 做得好，名列前茅 = 精通；熟練

例 Tom has great proficiency in painting.
湯姆非常精通繪畫。

57
qualified
[`kwɑlə,faɪd]
形 合格的；勝任的
★ ★ ★ ★

= **qualif使合格** + **ied有…的，形容詞**

記憶TIP 使合格的 = 合格的；勝任的

例 You are qualified for this position and we will give you the work contract by Friday.
你符合這份工作的資格，我們會在週五前給你工作的合約。

58
realization
[,rɪəlaɪ`zeʃən]
名 實現；體現
★ ★ ★

= **real真實的** + **iz使成為…** + **ation行為，名詞**

記憶TIP 使變得真實 = 實現；體現

例 The realization of his dream all depends on his parents' support.
他的夢想得以實現，全賴他雙親的支持。

59
reference
[`rɛfərəns]
名 1.推薦人 2.提及
★ ★ ★ ★

= **refer涉及** + **ence情況，名詞**

記憶TIP 有涉及的人或物 = 推薦人；提及

例 John didn't make any reference to his former employer.
約翰沒有提及他的前僱主。

60
reject
[rɪ`dʒɛkt]
動 拒絕；駁回
★ ★ ★

= **re相反** + **ject投**

記憶TIP 投反對票 = 拒絕；駁回

例 The headhunter rejected finding a manager for the famous telephone company.
這位獵人才者拒絕幫這間知名電話公司找經理人才。

61

resourceful
[rɪˋsorsfəl]
形 富有機智的；有策略的
★ ★ ★

= **re再次** + **source來源** + **ful有…的，形容詞**

記憶TIP 每次都可以找到泉源的 = 富有機智的

例 Hank was a resourceful man and he always impressed every interviewer.
漢克富有機智，總是令每位面試官印象深刻。

 62

self-disciplined
[ˌsɛlfˋdɪsəplɪnd]
形 自律的
★ ★ ★

= **self自我** + **disciplin(e)紀律** + **ed有…的，形容詞** **複**

記憶TIP 有自我紀律的 = 自律的

例 In order to make the examiners think that he is self-disciplined, John provided a testimonial from his ex-boss.
為了讓主考官認為他為人自律，約翰提供了一份前任老闆的推薦信。

 63

sensible
[ˋsɛnsəbḷ]
形 明智的
★ ★ ★

= **sens感覺** + **ible可…的，形容詞**

記憶TIP 可以感覺到的 = 明智的

例 Wendy is a sensible and capable lady, so she is suitable for the job we provide.
溫蒂是明智能幹的女士，因此適合我們提供的職位。

 64

sociable
[ˋsoʃəbḷ]
形 好交際的
★ ★ ★

= **soci結交** + **able易…的，形容詞**

記憶TIP 容易結交朋友的 = 好交際的

例 We are looking for a sociable man to be a manager in our company.
我們正在尋找一位好交際者擔任本公司的經理。

 65

stingy
[ˋstɪndʒɪ]
形 小氣的
★ ★

= **sting刺** + **y有…的，形容詞**

記憶TIP 有刺的 = 小氣的

例 If you are too stingy, people will not work for you.
若你太小氣，不會有人想替你工作。

testimonial
[ˌtɛstə`monɪəl]
名 推薦書；推薦信
★★

= testi作證 + moni單一 + al行為的結果，名詞

記憶TIP 一封證明的信 = 推薦書；推薦信

例 The testimonial from my prior manager is very helpful.
我的前任經理提供的推薦信很有幫助。

transcript
[`træn,skrɪpt]
名 成績單
★★★★

= tran轉換 + script寫

記憶TIP 將表現轉換為分數後寫下 = 成績單

例 I have enclosed my high school transcript and also detailed information about my work experience in the résumé.
我已在履歷中附上高中成績單和工作經驗詳情。

verbally
[`vɝblɪ]
副 口頭地；言詞上
★★★

= verb字詞 + al…的 + ly…地，副詞

記憶TIP 字詞的使用上 = 口頭地；言詞上

例 The examiner verbally agreed with Tina working in the sales department.
面試官口頭答應蒂娜到業務部門工作。

well-spoken
[`wɛl`spokən]
形 能言善道的
★★★

= well好地 + spoken說話…的 複

記憶TIP 話說得好的 = 能言善道的

例 Tina was well-spoken during the interview and thus made all the examiners surprised.
蒂娜在面試時能言善道，使所有主試官感到驚訝。

應考片語

available upon request 要求後即提供 ★★
cover letter 求職信(附於履歷表前) ★★★
declining letter 未聘信(通知未能聘用) ★★
employment gap 員工缺額 ★★
employment history 工作資歷 ★★
look up to 尊敬；尊重 ★★★★

3 聘雇職訓
Hiring and Training

學習範疇 雇用、訓練、工作分派、離職
非學不可的63個必考重點字

---

appoint
[əˋpɔɪnt]
動 任命；指派
★ ★ ★

= **ap去** + **point指定**

記憶TIP 指定去做某事 = 任命；指派

例 Johnson appointed the newbie in his department as his assistant.
強森指派他的部門新人為他的助理。

---

appointment
[əˋpɔɪntmənt]
名 任命；委派
★ ★ ★

= **ap去** + **point指定** + **ment行為，名詞**

記憶TIP 指定去做某事的行為 = 任命；委派

例 We hope the appointment of a new manager of the Human Resources Department is true.
我們希望新任人資部經理的任命是真的。

---

assiduous
[əˋsɪdʒuəs]
形 勤勉的
★

= **as朝向** + **sidu坐** + **ous具…性質的，形容詞**

記憶TIP 朝向工作坐下來 = 勤勉的

例 The newbies should have an assiduous learning attitude in the office.
新進人員在辦公室應秉持勤勉的學習態度。

---

assign
[əˋsaɪn]
動 分派；選派
★ ★ ★ ★

= **as朝向** + **sign做記號**

記憶TIP 在指派的物品上做記號 = 分派；選派

例 Our boss assigned this case to the newbies in green.
我們老闆把這個案件分派給新進菜鳥。

---

assignment
[əˋsaɪnmənt]
名 (分派的)任務；工作
★ ★ ★

= **assign選派** + **ment行為，名詞**

記憶TIP 選派的工作 = 任務；工作

例 The novices should be given not only a lot of training classes but also assignments.
新進人員不僅應接受大量的訓練，也該承接任務。

06

assistant
[ə`sɪstənt]
名 助理；助手
★ ★ ★

= **assist幫忙/協助** + **ant做…的人，名詞**

記憶**TIP** 幫忙的人 = 助理；助手

例 Jenny will give the new assistant some training classes before she works for the busy director.

在這名新助理替忙碌的主任工作之前，珍妮要幫她上幾堂訓練課。

 07

associate
[ə`soʃɪˌet]
動 結交；交往
★ ★ ★

= **as使** + **soci同伴** + **ate做…，動詞**

記憶**TIP** 使變成同伴 = 結交；交往

例 He associates with all sorts of famous bosses.

他結識來自各行各業的知名老闆。

 08

attentiveness
[ə`tɛntɪvnɪs]
名 注意；專注
★ ★

= **at向** + **tent握/持** + **ive具…性質的** + **ness性質，名詞**

記憶**TIP** 朝向把握住的某事 = 注意；專注

例 We provide some training classes for attentiveness.

我們提供一些訓練專注力的課程。

 09

complacent
[kəm`plesṇt]
形 滿足的；自滿的
★ ★

= **com一起** + **plac滿足** + **ent…性質的，形容詞**

記憶**TIP** 使大家滿足 = 滿足的；自滿的

例 John will fire his complacent assistant because she only does what she thinks is right.

約翰要解雇那位自滿的助理，因為她只做自認為正確的事。

 10

compliant
[kəm`plaɪənt]
形 順從的；應允的
★ ★ ★

= **com一起** + **pli折** + **ant…性質的，形容詞**

記憶**TIP** 跟著大家一起折 = 順從的；應允的

例 John is a compliant novice. Because of his learning attitude, we all like him.

約翰是位順從的新人。我們都因為他的學習態度而喜

歡他。

conduct
[kənˋdʌkt]
動 處理；經營
★ ★ ★ ★

= con一起 + duct引導

記憶TIP 引導大家一起做事 = 處理；經營

例 The boss hired agents to conduct his company's affairs.
老闆雇用代理人處理公司事務。

consultation
[ˌkɑnsəlˋteʃən]
名 諮詢；諮商
★ ★ ★

= con一起 + sult跳 + ation行為的過程，名詞

記憶TIP 跳進來一起討論 = 諮詢；諮商

例 The difficulties among us should be resolved by consultations.
我們之間的困境應透過諮商來解決。

contribute
[kənˋtrɪbjut]
動 貢獻；提供
★ ★ ★

= con一起 + tribut分配/給予 + e動作，動詞

記憶TIP 一起分擔並給予出去 = 貢獻；提供

例 I hope the rookie can also contribute to the discussion.
我希望新進成員在討論時也能發表意見。

determine
[dɪˋtɝmɪn]
動 決定；下決心
★ ★ ★

= de加強 + termin界限 + e動作，動詞

記憶TIP 訂出清楚而明確的界限 = 決定；下決心

例 My boss's encouragement made me determined to go on with my career.
老闆的鼓勵使我下定決心繼續發展我的職涯。

develop
[dɪˋvɛləp]
動 發展；逐漸產生
★ ★ ★ ★

= de展開 + velop包裝

記憶TIP 把包裝展開來 = 發展；逐漸產生

例 From making mistakes and solving problems, you can develop your own proficiency.
你可以從犯錯和解決問題中，逐漸建立起你的專業。

diligent
[`dɪlədʒənt]
形 勤勉的;勤奮的
★ ★ ★

= di分開 + lig選擇 + ent有…性質的,形容詞

記憶TIP 努力分開選東西的 = 勤勉的;勤奮的

例 Mary is known to everyone in this company for her diligent working attitude.
瑪莉在這間公司以勤奮的工作態度聞名。

---

discharge
[dɪs`tʃɑrdʒ]
動 解雇;使免職
★ ★ ★

= dis沒有 + charge責任

記憶TIP 把責任給免除掉 = 解雇;使免職

例 After a big mistake, John was discharged by our boss.
在犯了一個大錯後,約翰遭到老闆的解雇。

---

dismiss
[dɪs`mɪs]
動 解雇;遣散
★ ★ ★

= dis分開 + miss投

記憶TIP 分別把人員丟出公司 = 解雇;遣散

例 The greedy and lazy manager was dismissed from his job.
那位貪婪而懶惰的經理被開除了。

---

embarrassing
[ɪm`bærəsɪŋ]
形 令人尷尬的
★ ★ ★ ★

= em入內 + barra橫木 + ssing使…的,形容詞

記憶TIP 把橫木放在裡面 = 令人尷尬的

例 It was embarrassing that I was taught some computer skills by a novice today.
今天我被一位新進人員指導電腦技巧,真令人尷尬。

---

employ
[ɪm`plɔɪ]
動 雇用;聘請
★ ★ ★

= em入內 + ploy折

記憶TIP 折(捲)在工作裡面 = 雇用;聘請

例 My boss will employ a few workers for the new clinic.
我的老闆將替那間新診所雇用幾名員工。

employee
[ˌɛmplɔɪˋi]
名 員工;雇員
★ ★ ★ ★ ★

= employ雇用 + ee受…的人,名詞

記憶TIP 受雇用的人 = 員工;雇員

例 The manager asks each employee to work overtime for thirty minutes every day.
經理要求每位員工每天加班三十分鐘。

employer
[ɪmˋplɔɪə]
名 雇主;老闆
★ ★ ★ ★

= employ雇用 + er做…的人,名詞

記憶TIP 執行雇用的人 = 雇主;老闆

例 One of the reasons for me to leave my prior company was the selfish employer who always thinks about himself.
我離開先前公司的理由之一,是那個總是只想到自己的自私老闆。

engage
[ɪnˋgedʒ]
動 雇用;聘用
★ ★ ★

= en入內 + gage保證

記憶TIP 保證進入某公司 = 雇用;聘用

例 The new manager was engaged by our new shop in Tainan.
那位新任經理受雇於我們在台南的新店面。

engagement
[ɪnˋgedʒmənt]
名 雇用;雇用期
★ ★ ★

= en入內 + gage保證 + ment行為,名詞

記憶TIP 保證進入某公司的行為 = 雇用;雇用期

例 The singer signed a contract for a two-week engagement.
那位歌手簽了一份為期兩週的合約。

excel
[ɪkˋsɛl]
動 精通;擅長
★ ★ ★

= ex出去 + cel上升

記憶TIP 把程度提升上去 = 精通;擅長

例 We need to hire a new assistant who excels at typing and website page design.
我們需要雇用一位精通打字和網頁設計的新助理。

26

full-time
[`fuɫ`taɪm]
形 全職的；專任的
★ ★ ★ ★

= **full充滿** + **time時間** （複）

記憶TIP 充滿上班時間的 = 全職的；專任的

例 Our company only hires full-time employees.
本公司只雇用全職員工。

 27

generate
[`dʒɛnə͵ret]
動 造成；引起
★ ★ ★

= **gener生產** + **ate做…，動詞**

記憶TIP 使生產出來 = 造成；引起

例 Investment generates higher incomes.
投資帶來較高的收入。

 28

gifted
[`gɪftɪd]
形 有天賦的
★ ★ ★

= **gift禮物** + **ed有…的，形容詞**

記憶TIP 天生就擁有的禮物 = 有天賦的

例 Ryan is really a gifted salesperson. He sold all the products in a week.
萊恩真是個有天分的銷售員。他在一週內賣光所有的產品。

 29

handbook
[`hænd͵bʊk]
名 手冊
★ ★ ★ ★

= **hand手** + **book書** （複）

記憶TIP 放在手中參考的書 = 手冊

例 Each newcomer will get a handbook for salesperson and company instruction before the training.
每位新進同仁都會在受訓前拿到一本銷售員手冊和公司介紹。

 30

identify
[aɪ`dɛntə͵faɪ]
動 識別；確認
★ ★ ★

= **ident一樣** + **ify使成為…，動詞**

記憶TIP 視為同樣的 = 識別；確認

例 Identifying each customer's face is part of our jobs.
識別每位顧客的面孔是我們的工作之一。

indication
[ˌɪndəˋkeʃən]
名 1.暗示 2.表示
★★★

= **in入內** + **dic說** + **ation行為的結果，名詞**

記憶TIP 在裡面說而沒有公開說 = 暗示

例 There are indications that the boss will get angry soon.
有跡象顯示老闆快要生氣了。

instruct
[ɪnˋstrʌkt]
動 指導；吩咐
★★★

= **in進入** + **struct建造**

記憶TIP 到腦子裡去建造知識 = 指導；吩咐

例 Tina instructed Leo to deliver the files to the department managers.
蒂娜吩咐李奧分送檔案給部門經理。

instruction
[ɪnˋstrʌkʃən]
名 教導；指導；指示
★★★★

= **in進入** + **struct建造** + **ion行為的過程，名詞**

記憶TIP 進入腦子建造知識的過程 = 教導；指導

例 The novices had carried out the boss's instructions to the letter.
新人一絲不苟地按老闆的指示辦事。

instructor
[ɪnˋstrʌktɚ]
名 教導者；指導者
★★★

= **in進入** + **struct建造** + **or做…的人，名詞**

記憶TIP 進入腦子建造知識的人 = 教導者

例 During the training courses, we assign individual instructors to each newcomer.
受訓期間，我們分派個別指導者給每位新進員工。

lay-off
[ˋleˌɔf]
名 解雇；裁員
★★★

= **lay放置** + **off離開** 複

記憶TIP 被編制到離開公司的組別 = 解雇；裁員

例 These workers were shocked to hear the news of the lay-off.
聽聞裁員的消息，這些工人感到震驚。

36

mentor
[`mɛntɚ]
名 1.指導者 2.良師益友
★ ★ ★

= **ment精神** + **or做…的人，名詞**

記憶**TIP** 在精神層面可以給意見的人 = 指導者

例 Mr. Wang was my mentor when I was in the sales department.
王先生是我在營業部時的指導者。

37

offer
[`ɔfɚ]
名 就職邀請
★ ★ ★

= **of靠近** + **fer拿**

記憶**TIP** 拿到工作 = 就職邀請

例 After taking a full-day exam and three days' pre-training courses, I got the job offer.
在一整天的考試以及三天的職前訓練後，我得到了工作的就職邀請。

38

overall
[`ovɚˌɔl]
形 總的；全面的
★ ★ ★ ★ ★

= **over在…上面** + **all全部**

記憶**TIP** 從上面往下看到的全部 = 總的；全面的

例 All in all, it is quite impressive to see the overall effect of the training courses.
總的說來，訓練課程的整體效果看起來相當令人滿意。

39

overwhelm
[ˌovɚ`hwɛlm]
動 壓倒；戰勝
★ ★ ★ ★

= **over過分** + **whelm淹沒**

記憶**TIP** 淹沒過了 = 壓倒；戰勝

例 Getting her dream job makes her overwhelmed with joy.
得到理想中的工作使她欣喜若狂。

40

paperwork
[`pepɚˌwɝk]
名 文書工作；書面作業
★ ★ ★

= **paper紙** + **work工作** 複

記憶**TIP** 需要用到紙的文書性質工作 = 文書工作

例 Part of my job is doing lots of paperwork for my boss in the office.
在辦公室幫老闆處理大量的書面作業，是我其中一部分的工作。

part-time
[`part`taɪm]
形 兼職的；兼任的
★ ★ ★ ★

= part部分 + time時間 **複**

記憶TIP 只用一部分的時間來工作 = 兼職的

例 After getting a part-time job in the evening, Anita has become very busy.
晚上開始兼差後，艾妮塔變得非常忙碌。

---

permanent
[`pɜmənənt]
形 永久的
★ ★ ★ ★

= per從頭到尾 + man停留 + ent…的，形容詞

記憶TIP 從頭到尾都停留的 = 永久的

例 John got a permanent position in our telephone company.
約翰在我們的電信公司有一份終身職。

---

precondition
[ˌprikən`dɪʃən]
名 先決條件
★ ★

= pre事先 + condition狀況/條件

記憶TIP 事先的狀況 = 先決條件

例 The precondition for getting this job offer is passing the company test.
得到這份就職邀請的先決條件是通過公司測試。

---

preparation
[ˌprɛpə`reʃən]
名 準備；預備
★ ★ ★ ★

= pre之前 + par準備 + ation行為產物，名詞

記憶TIP 在需要之前就準備好 = 準備；預備

例 We plan to spend the whole afternoon for the meeting preparation.
我們打算用整個下午的時間準備會議。

---

probation
[pro`beʃən]
名 試用期；見習期
★ ★ ★

= prob試驗 + ation行為產物，名詞

記憶TIP 試驗的狀態 = 試用期；見習期

例 John was a mechanic who was on probation.
約翰是一名見習技師。

progress
[`prɑgrɛs]
名 進步；進展
★ ★ ★ ★ ★

= pro往前 + gress走

記憶TIP 往前走的狀態 = 進步；進展

例 We didn't see any progress from Anne, so we may ask her to take the training classes again.

我們沒看見安有任何進步，所以我們也許會要求她再度受訓。

quickly
[`kwɪklɪ]
副 快速地；迅速地
★ ★ ★ ★

= quick快速的 + ly…地，副詞

記憶TIP 快速地做 = 快速地；迅速地

例 The trainer tried to quickly explain the company rules to all the trainees.

訓練員試著對受訓者迅速解釋公司的規定。

reconsider
[ˏrikən`sɪdə]
動 重新考慮
★ ★ ★

= re再次 + consider考慮

記憶TIP 再次考慮 = 重新考慮

例 The managers reconsidered hiring Frank after they found out about Frank's previous working attitude.

經理們在得知法蘭克之前的工作態度後，重新考慮雇用他。

redundant
[rɪ`dʌndənt]
形 1.多餘的 2.被解雇的
★ ★

= re再次 + dund水波 + ant…性質的，形容詞

記憶TIP 再次如水波般流走的 = 被解雇的

例 Fifty men have just been made redundant at the local factory.

當地工廠已有五十名員工遭解雇。

repeat
[rɪ`pit]
動 重複；反覆
★ ★ ★ ★

= re再次 + peat要求

記憶TIP 要求再做一次 = 重複；反覆

例 The trainer repeated the instruction so that the trainees could write down what she said.

訓練員重複說明指示，以讓受訓者寫下她的敘述。

repetition
[ˌrɛpɪˋtɪʃən]
名 1.重複；反覆 2.背誦
★ ★ ★

= re再次 + pet(=peat)要求 + ition行為，名詞

記憶TIP 要求重複做的行為 = 重複；反覆

例 I always tell those novices that repetition helps when learning new things.
我經常告訴新人，背誦有助於學習新事物。

resign
[rɪˋzaɪn]
動 辭職
★ ★ ★ ★

= re再次 + sign簽名

記憶TIP 再簽一次名 = 辭職

例 The novice resigned right after the training courses finished.
訓練課程一結束，那位新人便辭職了。

resignation
[ˌrɛzɪgˋneʃən]
名 1.辭職 2.辭職信
★ ★ ★

= resign辭職 + ation行為產物，名詞

記憶TIP 辭職的行為或物品 = 辭職；辭職信

例 Mary put her resignation on her manager's desk and went home without saying goodbye to us.
瑪莉把辭職信放在經理的桌上，沒有跟我們道別就回家了。

resource
[ˋrɪsors]
名 資源；財力；物力
★ ★ ★ ★

= re再次 + source來源

記憶TIP 可以再次取用的來源 = 資源

例 In order to train our new staff, Tom found a lot of resources to share with them.
為了訓練新進員工，湯姆找了許多資源與他們分享。

retainer
[rɪˋtenə]
名 雇員
★ ★

= re再次 + tain握住 + er做⋯的人，名詞

記憶TIP 再次握住工作機會的人 = 雇員

例 We need extra retainers for our wedding party.
我們的婚禮派對需要額外的雇員。

56

strenuous
[`strɛnjʊəs]
形 奮發的；激烈的
★ ★

= strenu穩固 + ous具…性質的，形容詞

記憶TIP 要穩固是需要非常努力的 = 奮發的

例 He made strenuous efforts to improve his computer skills.
他奮發提升電腦技能。

57

success
[sək`sɛs]
名 成功；成就
★ ★ ★ ★

= suc在下面 + cess走

記憶TIP 在下面腳踏實地才會 → 成功；成就

例 John has achieved remarkable success in his work.
約翰在工作方面績效卓著。

58

supervisor
[`supɚˌvaɪzɚ]
名 監督者；督導
★ ★ ★ ★

= super在上面 + vis看 + or做…的人，名詞

記憶TIP 在上面監看的人 = 監督者；督導

例 Joe was my supervisor during my training section.
在我受訓期間，喬是我的督導。

59

tardy
[`tɑrdɪ]
形 遲到的；晚的
★ ★ ★

= tard慢 + y有…的，形容詞

記憶TIP 動作慢的 = 遲到的；晚的

例 The tardy man is one of our top salesmen, and he has a privilege to go to work late.
那個遲到的人是我們的頂尖業務員，他有晚點進公司的特權。

60

temporary
[`tɛmpəˌrɛrɪ]
形 暫時的；臨時的
★ ★ ★

= tempor時間 + ary有關…的，形容詞

記憶TIP 有時間性的 = 暫時的；臨時的

例 Giving rookies the training courses is only a temporary job for me.
替新人上訓練課程只是我暫時的工作。

61

thoroughly
[`θɜolɪ]
副 徹底地；極其；非常
★ ★ ★

= **thorough 徹頭徹尾的** + **ly…地，副詞**

記憶TIP 從頭到尾都在做 = 徹底地；極其

例 It seems that the training classes are thoroughly helpful because all of the novices can do their work well.
看來訓練課程極有幫助，因為所有的新人都能把工作做好。

62

workload
[`wɜk͵lod]
名 工作量
★ ★ ★

= **work 工作** + **load 承載** **複**

記憶TIP 工作的承載量 = 工作量

例 Johnny has too much workload, so he went home late many days last week.
強尼的工作量太大，因此他上週有好幾天都很晚回家。

63

workplace
[`wɜk͵ples]
名 工作場所
★ ★ ★ ★ ★

= **work 工作** + **place 地方** **複**

記憶TIP 工作的地方 = 工作場所

例 Remember to turn off your cell-phone when you are in the workplace with your boss.
與老闆在工作場所時，記得把手機關掉。

應考片語

keep up with 跟上；迎頭趕上 ★★★★
on schedule 如期；按預定時間 ★★★
on track 步上軌道的；如計畫中的 ★★★
team player 團隊工作者 ★★★
time off 休假；請假 ★★★
training course 訓練課程 ★★
work ethic 工作倫理 ★★★
work force 勞動力；員工 ★★★
work hours 工時 ★★★
working day 工作日 ★★★

4 薪資福利
Wages and Employee Welfare

學習範疇 薪水、獎金分紅、休假與福利
非學不可的39個必考重點字

 MP3 077

01

acceptable
[əkˈsɛptəbl̩]
形 可以接受的
★ ★ ★

= **accept接受** + **able可⋯的，形容詞**

記憶TIP 可以接受的 = 可以接受的

例 It is not acceptable for our boss to pay such a high salary to an assistant.
我們老闆不接受支付一位助理如此高薪。

02

allowance
[əˈlauəns]
名 津貼；零用金
★ ★ ★

= **allow許可** + **ance性質，名詞**

記憶TIP 允許花用的錢 = 津貼；零用金

例 Our boss promised to give an extra allowance of two thousand dollars to us this month.
老闆答應這個月要給我們兩千元的額外津貼。

03

amount
[əˈmaunt]
名 數量
★ ★ ★ ★ ★

= **a強調** + **mount增長/上升**

記憶TIP 強調增加的量 = 數量

例 John got a big amount of money as his sales bonus last week.
約翰上週拿到了一大筆銷售獎金。

04

anticipation
[ænˌtɪsəˈpeʃən]
名 期望；預期
★ ★ ★ ★

= **anti在之前** + **cip拿** + **ation行為產物，名詞**

記憶TIP 在之前就抱持著的信念 = 期望；預期

例 My anticipation for salary is thirty thousand dollars.
我期望的薪資是三萬元。

05

approval
[əˈpruvl̩]
名 同意；准許
★ ★ ★ ★

= **ap向** + **prov證明** + **al行為，名詞**

記憶TIP 向他人證明的行為 = 同意；准許

例 John didn't give his approval for my raise.
約翰沒有同意讓我加薪。

---

backsliding
[`bækslaɪdɪŋ]
名 退步；墮落
★ ★

= back往後 + slid流動 + ing行為，名詞

記憶TIP 往後流動的行為 = 退步；墮落

例 Due to the backsliding of employee welfare, Jack was thinking about quitting.
由於員工福利變差，傑克正考慮離職。

belie
[bɪ`laɪ]
動 辜負；使落空
★ ★

= be是 + lie說謊

記憶TIP 不是事實而是謊言 = 辜負；使落空

例 This sales report belied the hope for raise.
這份銷售報告使得加薪的希望落空。

beneficial
[ˏbɛnə`fɪʃəl]
形 有益的
★ ★ ★

= bene好 + fic做 + ial…的，形容詞

記憶TIP 做好事就會有益處 = 有益的

例 It would be beneficial to boost the morale of team members by giving them some extra bonuses.
給予組員額外的獎金有助於提昇小組士氣。

checkup
[`tʃɛkˏʌp]
名 身體健康檢查
★ ★ ★ ★

= check檢查 + up向上/徹底地

記憶TIP 將身體從上到下徹底檢查一遍 = 身體健康檢查

例 All of the workers will go to the hospital for the yearly checkup.
所有的工人將到醫院接受一年一度的身體健康檢查。

criterion
[kraɪ`tɪrɪən]
名 (判斷的)標準；準則
★ ★ ★ ★

= crit判斷 + er做…的人 + ion行為結果，名詞

記憶TIP 人去做判斷所需依循的準則 = 標準

例 The criterion for the raise is the number of orders they got this year.
加薪的標準在於今年所接到的訂單數量。

dividend
[`dɪvə,dɛnd]
名 紅利；股息
★

= divid分配 + end行為產物，名詞

記憶TIP 把多賺得的分配出來 = 紅利；股息

例 The company gives us a dividend every three years.
公司每三年發放一次紅利給我們。

exclude
[ɪk`sklud]
動 將…排除在外
★ ★ ★ ★

= ex外面 + clud關閉 + e動作，動詞

記憶TIP 把東西關在外面 = 將…排除在外

例 The company excluded Joe from the raise because he was always late to work last month.
公司沒讓喬加薪，因為他上個月上班總是遲到。

flexible
[`flɛksəbl̩]
形 可變通的；靈活的
★ ★ ★

= flex彎曲 + ible可…的，形容詞

記憶TIP 可以彎曲的 = 可變通的；靈活的

例 We need an insurance plan that is more flexible.
我們需要更有彈性的保險計畫。

generous
[`dʒɛnərəs]
形 慷慨的；大方的
★ ★ ★ ★

= gener生 + ous具…性質的，形容詞

記憶TIP 生產量多就會大方給予 = 慷慨的

例 A generous bonus from a company makes every worker happy.
公司發放的豐厚紅利使每位員工開心。

honorarium
[,ɑnə`rɛrɪəm]
名 謝禮；報酬
★ ★

= honor榮譽 + arium表地點或器具，名詞

記憶TIP 給予象徵榮譽的器具 = 謝禮；報酬

例 We will give an honorarium to Mr. Brown for the advice he provided.
我們將給予提供建議的伯朗先生一份謝禮。

include
[ɪn`klud]
動 包含…在內
★ ★ ★ ★ ★

= in在裡面 + clud關閉 + e動作，動詞

記憶TIP 關在裡面 = 包含…在內

例 Group insurance is included in the employees' welfare.
團體保險包含在員工福利之內。

income
[`ɪn,kʌm]
名 收入；收益；所得
★ ★ ★ ★

= in入內 + come走過來/產生

記憶TIP 走進裡面來的東西 = 收入；收益；所得

例 The only income she has is from her part-time job.
她僅有的收入來自於她的兼差工作。

instead
[ɪn`stɛd]
副 作為替代
★ ★ ★ ★

= in入內 + stead代替

記憶TIP 把物品放在裡面當成替補 = 作為替代

例 When our boss is too busy, he lets me go instead.
當老闆太忙時，他會讓我代替他去。

limited
[`lɪmɪtɪd]
形 有限的
★ ★ ★

= limit界限 + ed有…的，形容詞

記憶TIP 有界限的 = 有限的

例 The amount of money we have is limited.
我們擁有的金錢數量有限。

motivate
[`motə,vet]
動 給予動機；刺激
★ ★ ★ ★

= motiv動機 + ate做…，動詞

記憶TIP 使有動機 = 給予動機；刺激

例 The high income motivated a lot of young adults to apply for this position.
高收入成為許多年輕人申請這份工作的動機。

21

motivation
[ˌmotə`veʃən]
名 動機
★ ★ ★ ★

= **mot**移動 + **ivat**做… + **ion**行為的結果，名詞

記憶**TIP** 使移動的狀態或原因 = 動機

例 I am sure that the employees who get very little money from this company have little motivation for working hard.
我確信這間公司的低薪員工不太有認真工作的動機。

 22

negotiable
[nɪ`goʃɪəbl̩]
形 可協商的
★ ★ ★

= **negoti**溝通 + **able**可…的，形容詞

記憶**TIP** 可以溝通的 = 可協商的

例 The pay in this small company is negotiable.
這間小公司的薪水是可以談的。

 23

paycheck
[`peˌtʃɛk]
名 薪資支票
★ ★ ★

= **pay**薪資 + **check**支票 複

記憶**TIP** 用來支付薪資的支票 = 薪資支票

例 Mr. Brown was sure that everyone has already got their paychecks.
伯朗先生確信每個人都已拿到薪資支票了。

 24

payday
[`peˌde]
名 發薪日
★ ★ ★

= **pay**薪資 + **day**日 複

記憶**TIP** 支付薪資的日子 = 發薪日

例 The employees usually have a nice afternoon tea on payday.
員工們通常會在發薪日好好吃一頓下午茶。

 25

payroll
[`peˌrol]
名 薪水帳冊；發薪名單
★ ★ ★

= **pay**薪資 + **roll**捲 複

記憶**TIP** 支付薪資的名單捲軸 = 薪水帳冊

例 The accountant was surprised to see that there are only five employees on the payroll of this company.
會計師對於這間公司的薪水帳冊上只有五名員工感到驚訝。

percent
[pəˋsɛnt]
名 百分之一 形 副 百分之…
★ ★ ★ ★

= per每 + cent百分之一

記憶TIP 每一百分之一 = 百分之一

例 We may get at least ten percent of the project bonus this time.
我們這次也許能得到至少一成的企劃獎金。

premium
[ˋprimɪəm]
名 獎金；額外費用
★ ★

= pr(e)之前 + em拿 + ium物品，名詞

記憶TIP 因為之前的努力而拿到的物品 = 獎金

例 For each sale, I can get about five hundred dollars as a premium.
我可以就每筆交易拿到約五百元的獎金。

presume
[prɪˋzum]
動 假設；推測
★ ★ ★ ★

= pre事先 + sum拿 + e動作，動詞

記憶TIP 事先就拿 = 假設；推測

例 I presume our boss will approve of the plan.
我推測我們老闆會贊成這項計畫。

provide
[prəˋvaɪd]
動 提供；供給
★ ★ ★ ★ ★

= pro事先 + vid看 + e動作，動詞

記憶TIP 事先看才知道要準備什麼 = 提供；供給

例 The newcomers would like to know what welfare our company provides.
新進同仁想了解公司提供哪些福利。

receive
[rɪˋsiv]
動 收到；接受
★ ★ ★ ★

= re回來 + ceiv拿 + e動作，動詞

記憶TIP 回過頭來拿 = 收到；接受

例 I don't know why I haven't received the raise my boss promised me a month ago.
不知為何，我尚未得到老闆在上個月承諾要給我的加薪。

173

31

restriction
[rɪ`strɪkʃən]
名 限制
★ ★ ★

= **re再次** + **strict拉緊** + **ion行為的結果，名詞**

記憶TIP 被再次拉緊的行為 = 限制

例 There is a restriction about our vacation in the contract.

合約中有一條關於休假的限制。

32

salary
[`sælərɪ]
名 薪水；薪資
★ ★ ★ ★

= **sal鹽** + **ary物品，名詞**

記憶TIP 在古代，工作後是發鹽當作工資 = 薪水

例 I get not only the salary but also the experience I want in this company.

我在這間公司得到的不只有薪水，還有我想要的經驗。

33

similar
[`sɪmələ]
形 相似的
★ ★ ★ ★

= **simil同樣** + **ar…的，形容詞**

記憶TIP 看似同樣的 = 相似的

例 I get similar salary to my previous company, but better welfare in this company.

我拿到的薪水和之前的公司差不多，但在這家公司得到比較好的福利。

34

specific
[spɪ`sɪfɪk]
形 1.明確的 2.特殊的
★ ★ ★ ★ ★

= **spec看** + **ific…的，形容詞**

記憶TIP 大家都看得清楚的 = 明確的

例 Please make specific demands on your salary.

請針對你的薪資做出明確的要求。

35

supplementary
[ˌsʌpləˈmɛntərɪ]
形 補充的；追加的
★ ★

= **sup在下面** + **ple充滿** + **ment行為的過程** + **ary有關…的，形容詞**

記憶TIP 在下面遞補使其充滿 = 補充的；追加的

例 We have a supplementary bonus to our salary this month.

我們這個月的薪水有外加補充獎金。

36

unfair
[ʌn`fɛr]
形 不公平的；不公正的
★ ★ ★

= un沒有 + fair公平的

記憶TIP 沒有公平的 = 不公平的；不公正的

例 I think it is unfair that people who do the same jobs get different wages.
我覺得同工不同酬是不公平的。

 37

vacation
[ve`keʃən]
名 假期；休假
★ ★ ★

= vac空的 + ation行為產物，名詞

記憶TIP 不用去上班的空閒狀態 = 假期

例 We can get a free vacation to Europe after we reach the goal of this project.
在達成企劃目標之後，我們就可以免費去歐洲度假。

 38

various
[`vɛrɪəs]
形 各種各樣的；形形色色的
★ ★ ★ ★

= vari變化 + ous具…性質的，形容詞

記憶TIP 有變化的 = 各種各樣的

例 By showing our identification cards, we can get a twenty percent discount in various shops.
透過出示識別證，我們可以在許多商店享八折優惠。

 39

welfare
[`wɛl.fɛr]
名 福利
★ ★ ★ ★

= wel好 + fare行走/過活

記憶TIP 使人能好好過活 = 福利

例 It has been said that the board doesn't take care of the welfare of the retired.
據說董事會不照顧退休員工的福利。

應考片語

annual leave 年假 ★★★

company trip 公司旅遊 ★★

labor insurance 勞工保險 ★★★

leave of absence 留職停薪 ★★

maternity leave 產假 ★★★

sick leave 病假 ★★★★

5 評核敘獎
Evaluation and Award

學習範疇 考績評量、晉升與降職、退休
非學不可的53個必考重點字

MP3 081

aggressive
[ə`grɛsɪv]
形 有進取精神的；有幹勁的
★ ★ ★

= ag向 + gress走 + ive具…性質的，形容詞

記憶TIP 向前行走的 = 有進取精神的；有幹勁的

例 The aggressive salesman was promoted as our department manager.
那位積極的業務員被拔擢為本部門的經理。

annuity
[ə`njuətɪ]
名 年金；年金保險
★

= annu年 + ity性質，名詞

記憶TIP 每年都可以領取的給付額 = 年金

例 Henry spent his annuity on this building.
亨利把年金花在這棟建築物上。

assume
[ə`sjum]
動 1.假設 2.採取；採用
★ ★ ★ ★

= as去 + sum拿 + e動作，動詞

記憶TIP 拿去用 = 採取；採用

例 I assumed that he had gone to another company.
我猜他去別間公司了。

award
[ə`wɔrd]
名 獎品；獎狀 動 授予…獎
★ ★ ★ ★

= a向外 + ward看

記憶TIP 放在外面給人看，當作表揚的物品 = 獎品

例 The new product earned Johnson the best design award.
這個新產品讓強森贏得最佳設計獎。

brilliant
[`brɪljənt]
形 傑出的；優秀的
★ ★ ★ ★

= brilli寶石 + ant…性質的，形容詞

記憶TIP 像寶石般的出色 = 傑出的；優秀的

例 Johnson's brilliant presentation gained him an extra bonus for next month.
強森傑出的簡報表現使他獲得下個月的額外獎金。

06

cognition
[kɑɡˋnɪʃən]
名 認知；知識
★ ★ ★

= cogn知道 + ition行為的過程，名詞

記憶TIP 知道的過程 = 認知；知識

例 In her cognition, Jenny is too young to be a manager.
她認為珍妮太年輕，無法勝任經理一職。

 07

congratulate
[kənˋɡrætʃəˌlet]
動 恭喜；祝賀
★ ★ ★

= con一起 + grat高興 + ulate做…，動詞

記憶TIP 大家一起為某事高興 = 恭喜；祝賀

例 I congratulate you on your promotion.
我恭喜你升遷。

 08

congratulation
[kənˌɡrætʃəˋleʃən]
名 恭喜；祝賀
★ ★ ★ ★

= con一起 + grat高興 + ulat做… + ion行為的過程，名詞

記憶TIP 大家一起為某事高興的狀態 = 恭喜

例 Congratulations on your retirement!
祝賀你退休！

 09

contribution
[ˌkɑntrəˋbjuʃən]
名 貢獻
★ ★ ★ ★

= con一起 + tribut給予 + ion行為的結果，名詞

記憶TIP 大家一起給予 = 貢獻

例 It was because of Jason's contribution that our products can be seen all over the world.
由於傑森的貢獻，讓我們的產品能夠被全世界看見。

 10

convince
[kənˋvɪns]
動 說服；使確信
★ ★ ★ ★

= con徹底 + vinc征服 + e動作，動詞

記憶TIP 將人的信念徹底征服 = 說服；使確信

例 They convinced the manager to fix the retirement policy.
他們說服經理修訂退休政策。

debatable
[dɪ`betəbḷ]
形 可爭辯的；可爭論的
★ ★

= debat爭論 + able可…的，形容詞

記憶TIP 可爭論的 = 可爭辯的；可爭論的

例 That's a debatable point, so not everyone would agree with her opinion.
那是一個爭論點，並非每個人都會同意她的看法。

---

demote
[dɪ`mot]
動 降級
★ ★

= de向下 + mote移動

記憶TIP 級數向下移動 = 降級

例 I can't believe that Mark was demoted just because he forgot to buy our boss a cup of coffee.
我不敢相信馬克遭降職的原因竟然只是忘記幫老闆買咖啡。

---

dereliction
[ˌdɛrə`lɪkʃən]
名 遺棄；怠慢
★

= de完全 + re向後 + lict留 + ion狀態，名詞

記憶TIP 被完全遺留在後面的狀態 = 遺棄；怠慢

例 Tom's dereliction of duty was seen by our manager.
經理發現湯姆怠忽職守。

---

deserve
[dɪ`zɝv]
動 應受；該得；值得
★ ★ ★ ★

= de向下 + serv服務 + e動作，動詞

記憶TIP 下去服務人群的動作 = 應受；該得

例 After these years of hard work, you deserve this promotion.
經過了這幾年的努力，這次的升職是你應得的。

---

downgrade
[`daʊnˌgred]
動 使降級；使降職
★ ★

= down向下 + grade等級 複

記憶TIP 使等級向下 = 使降級；使降職

例 Joe was downgraded because he didn't reach the department goal for this year.
喬因為沒有達成今年的部門目標而被降職。

16

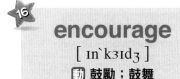

encourage
[ɪnˋkɝɪdʒ]
動 鼓勵；鼓舞
★ ★ ★ ★

= **en使向內** + **cour心** + **age動作，動詞**

記憶TIP 使心動的動作 = 鼓勵；鼓舞

例 Don't encourage her laziness by doing things for her.
別幫她做事，這會助長她的懶散。

17

entirely
[ɪnˋtaɪrlɪ]
副 完全地
★ ★ ★ ★

= **en使向內** + **tire涉及** + **ly…地，副詞**

記憶TIP 使向內涉及地 = 完全地

例 The boss said that Mark was entirely qualified for the raise.
老闆說馬克完全符合加薪的資格。

18

entrust
[ɪnˋtrʌst]
動 信託；委託
★ ★

= **en使向內** + **trust相信**

記憶TIP 使相信 = 信託；委託

例 My boss entrusted me as the department manager when he was away for his holiday.
老闆委託我在他度假期間代理部門經理。

19

especially
[əˋspɛʃəlɪ]
副 特別；尤其
★ ★ ★ ★ ★

= **e出** + **speci觀看** + **al…的** + **ly…地，副詞**

記憶TIP 外觀看起來較突出地 = 特別；尤其

例 We need to be especially careful when filling the retirement application form.
我們在填寫退休申請表時需要特別小心。

20

evaluate
[ɪˋvæljʊˏet]
動 為…評價；評估
★ ★ ★

= **e在外** + **valu價值** + **ate做…，動詞**

記憶TIP 在外面給予價值 = 為…評價；評估

例 Johnson's performance was evaluated as "Grade A," so he got a raise this month.
強森的表現被評為優等，因此他這個月加薪了。

excellent
[`ɛkslənt]
形 優秀的；優異的
★ ★ ★ ★

= ex出 + cell上升 + ent…性質的，形容詞

記憶TIP 程度比一般人高的 = 優秀的；優異的

例 Your excellent performance won an extra ten thousand dollars as a bonus for our team.
你的優異表現替本團隊額外贏得了一萬元。

---

exciting
[ɪk`saɪtɪŋ]
形 令人興奮的
★ ★ ★ ★

= ex出 + cit激起 + ing令人…的，形容詞

記憶TIP 令人內心激動不已 = 令人興奮的

例 Winning the extra bonus is exciting.
贏得額外的獎金令人興奮。

---

gratuity
[grə`tjuətɪ]
名 (退休時的)慰勞金
★

= grat高興 + uity物品，名詞

記憶TIP 讓勞資雙方好聚好散的物品 = 慰勞金

例 Mr. Bateman got his gratuity this week and he plans to spend the money on travelling.
貝特曼先生本週收到了慰勞金，並打算把錢花在旅遊上。

---

idea
[aɪ`diə]
名 主意；想法
★ ★ ★ ★

= ide看 + a產物，名詞

記憶TIP 看完之後的感受 = 主意；想法

例 It was Mr. Jenson's idea to fix the retirement policy.
修訂退休政策是詹森先生的想法。

---

incentive
[ɪn`sɛntɪv]
形 鼓勵的 名 鼓勵；動機
★ ★ ★ ★

= in裡面 + cent唱歌 + ive具…性質的，形容詞

記憶TIP 在裡面唱歌的 = 鼓勵的

例 The salesperson has no incentive to work harder because his manager decided to cancel the sales bonus.
這名業務員沒有努力工作的動力，因為他的經理決定取消業務獎金。

intend
[ɪnˋtɛnd]
動 打算；想要
★ ★ ★ ★

= **in入內** + **tend伸張**

記憶**TIP** 從內心伸張出來的想法 = 打算；想要

例 Jason intends to appoint his son to manage the company after he retires.
傑森打算在退休後，派他的兒子經營公司。

---

mediocre
[ˏmidɪˋokɚ]
形 中等的；平凡的；二流的
★ ★ ★

= **medi中間** + **ocre具…性質的，形容詞**

記憶**TIP** 在中間的 = 中等的；平凡的；二流的

例 The employees all know that John is a mediocre manager.
所以的員工都知道約翰是一位二流的經理。

---

nervous
[ˋnɝvəs]
形 緊張的
★ ★ ★

= **nerv神經** + **ous具…性質的，形容詞**

記憶**TIP** 神經質的 = 緊張的

例 I was very nervous when we were having the competition with your team.
當我們在和你們的團隊競賽時，我很緊張。

---

obtain
[əbˋten]
動 得到；獲得
★ ★ ★ ★

= **ob接近** + **tain握住**

記憶**TIP** 接近並且將機會握住 = 得到；獲得

例 John obtained a higher position after he finished his master's degree.
在完成碩士學位後，約翰獲得了較高的職位。

---

opprobrium
[əˋprobrɪəm]
名 恥辱；咒罵
★

= **op反對** + **prob調查** + **rium物品，名詞**

記憶**TIP** 因為覺得恥辱，所以反對調查 = 恥辱

例 He had to undergo the opprobrium of a public trial.
他必須面對公開審判的恥辱。

31

outlook
[`aut͵luk]
名 遠景；想法
★ ★ ★ ★

= out外 + look看

記憶TIP 往外看 = 遠景；想法

例 Mary's outlook for her future career surprised everyone.
瑪莉對於其未來職涯的遠景使每個人感到意外。

 32

overjoyed
[͵ovɚ`dʒɔɪd]
形 狂喜的；極度高興的
★ ★

= over超過 + joy喜悅 + ed有…的，形容詞

記憶TIP 開心到太超過 = 狂喜的；極度高興的

例 Mark was overjoyed when he was promoted.
馬克在受到提拔時極度開心。

 33

pension
[`pɛnʃən]
名 退休金；養老金
★ ★ ★

= pens花費 + ion行為的結果，名詞

記憶TIP 公司要付的錢 = 退休金；養老金

例 In order to get higher pensions, we have to work three more years.
為了多拿一點退休金，我們必須再工作三年。

 34

prepared
[prɪ`pɛrd]
形 準備好的；有準備的
★ ★ ★

= pre之前 + pare安排 + d有…的，形容詞

記憶TIP 之前就安排好的 = 準備好的；有準備的

例 Once you are prepared, great chances will come.
一旦你做好準備，大好機會就會降臨。

 35

privilege
[`prɪvl̩ɪdʒ]
動 給予…特權 名 特權
★ ★ ★

= privi個人的 + leg法 + e動作，動詞

記憶TIP 個別處理的法律就是跟一般人不同 = 給予…特權

例 The manager's privilege is to have a three-hour lunch break during a day.
經理的特權是一天有三個小時的午膳時間。

promising
[`prɑmɪsɪŋ]
形 有前途的；大有可為的
★ ★ ★ ★

= **pro向前** + **mis發送** + **ing有…的，形容詞**

記憶TIP 比一般人先發送出特徵來的 = 有前途的

例 Because of Johnson's hard work, our boss said he is a promising worker in our factory.
由於強森努力工作，老闆說他是本工廠一位大有前途的勞工。

prove
[pruv]
動 證明；證實
★ ★ ★

= **prov試驗** + **e動作，動詞**

記憶TIP 試驗的動作是為了要 → 證明；證實

例 Mary has proved herself unreliable.
瑪莉的表現證明她靠不住。

recognition
[ˌrɛkəgˋnɪʃən]
名 賞識；表彰
★ ★ ★

= **recogn認出** + **ition行為的過程，名詞**

記憶TIP 被大家所認出 = 賞識；表彰

例 She received recognition for her many achievements.
她因為成就眾多而受到表彰。

recommendation
[ˌrɛkəmɛnˋdeʃən]
名 推薦；建議
★ ★ ★

= **re再次** + **commend稱讚** + **ation行為產物，名詞**

記憶TIP 再次稱讚的行為 = 推薦；建議

例 Tom found his assistant by personal recommendation.
湯姆經由私人引薦找到了他的助理。

refusal
[rɪˋfjuzḷ]
名 拒絕
★ ★ ★

= **re再次** + **fus流** + **al行為，名詞**

記憶TIP 再次流回去 = 拒絕

例 When I asked my boss for three days off, he shook his head in refusal.
當我向老闆請三天假時，他搖頭表示拒絕。

41

regularly
[`rɛɡjələlɪ]
副 定期地；規律地
★ ★ ★

= regul控制 + ar…的 + ly…地，副詞

記憶TIP 有控制地做著的 = 定期地；規律地

例 Our CEO meets with department managers regularly to discuss business.
我們的執行長定期與部門經理開會討論業務。

 42

remarkable
[rɪ`mɑrkəbl]
形 非凡的；卓越的
★ ★ ★

= re再次 + mark標記 + able可…的，形容詞

記憶TIP 可再次標註記號的 = 非凡的；卓越的

例 Mr. Benson is a remarkable product designer.
班森先生是一位傑出的產品設計師。

 43

remove
[rɪ`muv]
動 移動；調動；移除
★ ★ ★

= re再次 + move移動

記憶TIP 再動一次 = 移動；調動；移除

例 Please remove Jenny from the list of seasonal bonuses because she is not in our department any more.
請把珍妮從季獎金名單中刪除，因為她已經不在本部門了。

 44

renowned
[rɪ`naund]
形 著名的；有名的
★ ★ ★

= re再次 + nown知名 + ed有…的，形容詞

記憶TIP 再次提起的名字 = 著名的；有名的

例 Tony's company is one of the most renowned manufacturer for cellphones in the world.
湯尼的公司是全球最知名的手機製造商之一。

 45

retire
[rɪ`taɪr]
動 退休
★ ★ ★

= re向後 + tire拉

記憶TIP 把職位拉回來 = 退休

例 Our manager plans to retire next year.
我們的經理打算在明年退休。

review
[rɪ`vju]
名 1.復審 2.回顧 動 檢查
★ ★ ★ ★ ★

= re再次 + view看

記憶TIP 再看一次 = 復審；回顧；檢查

例 The manager will ask a person to review our health insurance later this month.
經理會在本月下旬請人檢查我們的健康保險。

reward
[rɪ`wɔrd]
動 酬謝 名 報酬；獎賞
★ ★ ★ ★

= re再次 + ward注視

記憶TIP 讓大家再次注視他 = 酬謝；獎賞

例 The reward for this sales competition is a vacation to Europe.
這場業務競賽的獎勵是去歐洲度假。

satisfaction
[ˌsætɪs`fækʃən]
名 滿足；滿意
★ ★ ★

= satis充足 + fact做 + ion行為的結果，名詞

記憶TIP 完全做好就會令人 → 滿足；滿意

例 After receiving the award, we can see his satisfaction on his face.
在他獲獎後，我們可以從他的臉上看到滿足的表情。

top-notch
[`tap`natʃ]
形 頂尖的；一流的
★ ★ ★

= top頂端 + notch標示 複

記憶TIP 標示其狀況是頂尖的 = 頂尖的；一流的

例 In my opinion, Johnson is really a top-notch salesman and he should be promoted.
我認為強森真的是一位頂尖業務員，他應該被晉升。

transfer
[træns`fɝ]
動 轉調(單位)
★ ★ ★ ★

= trans轉變 + fer拿

記憶TIP 轉變到其他地方 = 轉調

例 Jenny will be transferred to another department next week.
珍妮將於下週轉調至其他部門。

51

useful
[`jusfəl]
形 有用的；有益處的
★ ★ ★ ★

= use有用 + ful有…的，形容詞

記憶TIP 有用的 = 有用的；有益處的

例 Gray is useful to our company, although he is sixty-five years old.

雖然葛瑞已六十五歲，他還是對本公司很有幫助。

 52

vested
[`vɛstɪd]
形 既定的(法律用語)
★

= vest穿衣 + ed有…的，形容詞

記憶TIP 衣服已經穿好出門了 = 既定的

例 We are glad to hear that the retirement pension is vested by the labor law.

得知退休金已制定於勞基法中，我們感到開心。

 53

worried
[`wɜɪd]
形 感到擔憂的；擔心的
★ ★ ★

= worri擔心 + ed感到…的，形容詞

記憶TIP 感到擔心的 = 感到擔憂的；擔心的

例 We are not worried about our retirement application since we already know our company's retirement policy.

由於我們已了解公司的退休政策，所以並不擔心退休申請。

應考片語

aim high 有雄心壯志；力爭上游 ★★
by a long shot 大幅領先 ★★
cut out to be 天生適合… ★★
give...a shot 給…一次機會 ★★★
go after 追求… ★★★
go for it 放膽嘗試；努力爭取 ★★★★
go through 通過(考驗)；經歷(困難) ★★★
pep talk 鼓勵的話 ★★★
performance rating 績效評核 ★★
think straight 頭腦清晰地思考 ★★
turn out 結果變成… ★★★★

Chapter

4

健康及
醫療

Health and Medical

1 健康保險
Health Insurance

 學習範疇　保險契約、仲介、保費、索賠　非學不可的51個必考重點字

MP3 087

activate
[`æktə,vet]
動 使生效
★ ★ ★

= act行動 + iv具…性質的 + ate做…，動詞

記憶TIP 使狀況動起來 = 使生效

例 Your insurance policy has been activated ever since you signed it.
你的保險單從你簽了名之後就生效了。

adjustment
[ə`dʒʌstmənt]
名 調整
★ ★ ★

= ad向 + just適當 + ment行為的過程，名詞

記憶TIP 推向適當方向的過程 = 調整

例 Is there any clause that you want to make an adjustment on?
您是否有想要調整的條款呢？

afford
[ə`ford]
動 負擔得起…
★ ★ ★ ★

= af向 + ford前方

記憶TIP 有能力向前方行進的動作 = 負擔得起…

例 For economic reasons, we can't afford such high-priced insurance right now.
出於經濟因素，我們此刻無法負擔如此高額的保險。

affordable
[ə`fordəbl̩]
形 可負擔得起的
★ ★ ★

= afford負擔得起 + able可…的，形容詞

記憶TIP 可以負擔得起的 = 可負擔得起的

例 This perfect insurance would only be affordable for the wealthy.
只有富人負擔得起這個完整無缺的保險。

agent
[`edʒənt]
名 仲介人；經紀人
★ ★ ★ ★ ★

= ag做 + ent…的人，名詞

記憶TIP 不親自去做，委託或授權他人協助作業 = 仲介人

例 Albert has an appointment with an insurance agent this afternoon.

亞伯特今天下午與一位保險仲介人有約。

assurance
[ə`ʃʊrəns]
名 人身保險
★ ★ ★

= `as朝` + `sur安全` + `ance狀態，名詞`

記憶TIP 朝著自己的安全做考量 = 人身保險

例 She took out an assurance policy as soon as she heard a friend died of cancer.
她一聽到有個朋友死於癌症，就辦理了一份人身保險。

beneficiary
[ˌbɛnə`fɪʃərɪ]
名 受益人；受惠者
★ ★ ★

= `bene好` + `fic做` + `iary與…有關的人，名詞`

記憶TIP 接受好處的人 = 受益人；受惠者

例 She is one of the three beneficiaries of her mother's policy.
她是她母親的三位保險受益人之一。

boundless
[`baʊndlɪs]
形 無窮的；無限的
★ ★ ★ ★

= `bound界限` + `less沒有…的，形容詞`

記憶TIP 沒有界限的 = 無窮的；無限的

例 The compensation amount for hospitalization is boundless in my policy.
我的住院治療保險理賠金額無上限。

broker
[`brokɚ]
名 經紀人；掮客
★ ★ ★

= `broke破產的` + `(e)r做…的人，名詞`

記憶TIP 幫破產而不能公開投資的人經手做事 = 經紀人；掮客

例 Could you introduce your insurance broker to me?
你可以介紹你的保險經紀人給我嗎？

capitation
[ˌkæpə`teʃən]
名 均攤；按人頭計算
★

= `cap頭` + `it走` + `ation行為產物，名詞`

記憶TIP 依照走進去的人頭來算 = 按人頭計算

例 You will have a pharmaceutical benefit account based on capitation.
你將會有一個按人頭計算的藥費權益帳戶。

casualty

[`kæʒjuəltɪ]

名 意外事故

★ ★ ★

= cas意外發生 + ual…的 + ty情況，名詞

記憶TIP 發生意外的狀況 = 意外事故

例 Do you have a casualty insurance policy already?

你買意外險了嗎？

---

coinsurance

[ˌkoɪn`ʃurəns]

名 共同保險

★ ★

= co一起 + insurance保險

記憶TIP 一起保險的狀態 = 共同保險

例 The payment is split between an employer and a worker in our health coinsurance.

在我們的共同健康保險中，支付的款項由雇主和員工均攤。

---

console

[kən`sol]

動 安慰；撫慰

★ ★ ★

= con互相 + sol安慰 + e動作，動詞

記憶TIP 安慰的動作 = 安慰；撫慰

例 Being an insurance agent, I have to console people in sadness sometimes.

身為一位保險仲介人，我有時必須安慰情緒悲傷的人。

---

convertible

[kən`vɜtəbḷ]

形 可轉換的；可改變的

★ ★

= con互相 + vert轉動 + ible可…的，形容詞

記憶TIP 可以互相轉動的 = 可轉換的；可改變的

例 To my surprise, he has a convertible life insurance policy.

令我吃驚的是，他有一份可轉換的人壽險保單。

---

coverage

[`kʌvərɪdʒ]

名 保險項目；保險範圍

★ ★ ★

= cover覆蓋 + age行為的結果，名詞

記憶TIP 保險所覆蓋的範圍 = 保險項目

例 You can read your policy's coverage in the list on the next page.

你可以在下一頁的表單中讀到你的保單保險項目。

16

deductible
[dɪ`dʌktəbḷ]
形 可扣除的 **名** 扣除條款
★

= **de除去** + **duct引導** + **ible可…的，形容詞**

記憶TIP 可除去引導的狀況 = 可扣除的

例 Only if a single accident's bill has exceeded the deductible in your policy will they pay out the compensation.
唯有單一事故的帳單金額已超出你保單中的扣除條款，他們才會支付賠償金。

17

deviation
[ˌdivɪ`eʃən]
名 誤差；偏向
★ ★ ★

= **de反向** + **vi路** + **ation行為產物，名詞**

記憶TIP 走反方向的路導致 → 誤差；偏向

例 There was little deviation between the benefit I have got from the insurer and my expectation.
我獲得的保險賠償和我期望的差不多。

18

disadvantage
[ˌdɪsəd`væntɪdʒ]
名 壞處；不利條件
★ ★ ★ ★

= **dis不** + **advantage優點/有利條件**

記憶TIP 不是優點 = 壞處；不利條件

例 Do you honestly think that there is no disadvantage in this policy?
你真的認為這份保單沒有壞處嗎？

19

dishonest
[dɪs`ɑnɪst]
形 不誠實的
★ ★ ★

= **dis不** + **honest誠實的**

記憶TIP 不誠實的 = 不誠實的

例 Her insurance broker is a dishonest person.
她的保險經紀人是個不誠實的人。

20

distort
[dɪs`tɔrt]
動 扭曲；曲解
★ ★ ★

= **dis分開** + **tort捲纏**

記憶TIP 把分開的東西捲纏在一起 = 扭曲；曲解

例 The insurance agent distorts reality; he categorizes policies as all good or all bad.
這位保險經紀人扭曲事實；他將保險二分為全好的或全壞的。

21

distress
[dɪ`strɛs]
名 悲痛；窮苦
★ ★ ★

= dis不 + tress伸直

記憶TIP 沒有把心結伸直 = 悲痛；窮苦

例 Insurance might be a comfort to your distress some day in the future.
在未來的某天，保險可能會是你悲痛的安慰。

 22

doubtful
[`daʊtfəl]
形 可疑的；令人生疑的
★ ★ ★

= doubt懷疑 + ful有…的，形容詞

記憶TIP 令人懷疑的 = 可疑的；令人生疑的

例 You may not be able to use this doubtful treatment to make a claim to the insurer.
你可能無法拿這種令人生疑的治療法向保險業者索賠。

 23

doubtfulness
[`daʊtfəlnɪs]
名 可疑；懷疑
★

= doubt懷疑 + ful有…的 + ness性質，名詞

記憶TIP 有令人懷疑的性質 = 可疑；懷疑

例 The claim will not be acceptable if there is any doubtfulness.
如果有任何可疑之處，索賠就不會被批准。

 24

encompass
[ɪn`kʌmpəs]
動 包含；圍繞
★ ★ ★

= en使向內 + compass範圍

記憶TIP 使在範圍內 = 包含；圍繞

例 Choosing this encompassing insurance package is better for you and your family.
選擇這份全面包含的保險組合對你和你的家人比較好。

 25

exclusive
[ɪk`sklusɪv]
形 排外的；除外的
★ ★ ★

= ex外 + clus關 + ive具…性質的，形容詞

記憶TIP 使關在外面的 = 排外的；除外的

例 This policy covers you and your children exclusive of your parents.
這份保單的保險對象涵蓋你和你的孩子，不包括你的父母。

26

explanation

[ˌɛkspləˋneʃən]

名 說明；解釋

★ ★ ★

= ex出 + plan平易 + ation行為產物，名詞

記憶TIP 用平易近人的淺顯字句作出解釋 = 說明

例 Austin was impressed by his lucid explanation of the insurance.
他針對這份保險清楚易懂的說明讓奧斯汀印象深刻。

27

impartial

[ɪmˋparʃəl]

形 公正的；無偏見的

★ ★

= im沒有 + part部分 + ial…的，形容詞

記憶TIP 不會只顧到某部分的 = 公正的

例 A good insurance broker will offer impartial advice to all clients.
一位好的保險經紀人會提供公正的建議給所有的客戶。

28

indemnity

[ɪnˋdɛmnɪtɪ]

名 (損害的)賠償；補償

★ ★

= in無 + demn傷害 + ity情況，名詞

記憶TIP 傷害發生後盡可能降低甚至歸零 = 賠償

例 The victim's family had not been given indemnity from prosecution.
受害者家屬還沒有從提起訴訟中得到賠償。

29

insurance

[ɪnˋʃurəns]

名 1.保險(契約) 2.保險業

★ ★ ★

= in入內 + sur安全 + ance性質，名詞

記憶TIP 進入保單的安全範圍之內 = 保險(契約)

例 She has expertise in the field of insurance.
她具備保險方面的專業知識。

30

insurer

[ɪˋʃurɚ]

名 保險業者；保險公司

★ ★

= in入內 + sur安全 + er做…的人，名詞

記憶TIP 從事保障人身資產安全工作的人 = 保險業者；保險公司

例 Their insurer paid out for half of the earthquake damage.
他們的保險業者償付了半數的地震損失。

31

lifetime
[`laɪf,taɪm]
形 終身的；一生的
★ ★ ★

= life生命 + time時間 複

記憶TIP 生命的所有時間 = 終身的；一生的

例 I took out this lifetime life insurance ten years ago.

我十年前辦理了這份終身的人壽保險。

 32

limitation
[,lɪmə`teʃən]
名 限制；限度
★

= limit限制 + ation行為產物，名詞

記憶TIP 限制的結果 = 限制；限度

例 This paragraph of the policy is about the time limitations of prosecution.

保單裡的這個段落是有關提起訴訟的時間限制。

 33

listed
[`lɪstɪd]
形 表列出的
★ ★ ★

= list名單 + ed有…的，形容詞

記憶TIP 在名單上的 = 表列出的

例 All the medical treatments covered by the policy are listed on the page.

這份保單所涵蓋的所有治療都表列在這一頁上。

 34

long-term
[`lɔŋ,tɜm]
形 長期的
★ ★ ★

= long長久的 + term期間 複

記憶TIP 長期間的 = 長期的

例 Please take time to consider long-term insurance.

請花些時間仔細考慮長期保險。

 35

modified
[`madə,faɪd]
形 修飾的；修改的
★ ★ ★

= modify修飾 + ed有…的，形容詞

記憶TIP 有修飾的 = 修飾的；修改的

例 I will show you the modified policy next time we meet.

下次見面時，我會給你看看修改後的保單。

overinsured
[`ovɚɪn`ʃʊrd]
形 超額投保的
★★

= **over超過** + **insure保險** + **d有…的，形容詞**
復

記憶TIP 超過保險的 = 超額投保的

例 It is strange that her husband has an overinsured policy.
她先生有一份超額投保的保單，真奇怪。

paralysis
[pə`ræləsɪs]
名 麻痺；癱瘓
★

= **para在…旁** + **lysis鬆**

記憶TIP 一旁的肌肉鬆掉無法控制 = 麻痺；癱瘓

例 The insurance company issued a denial of claim to a man with paralysis of the legs.
這家保險公司對一名雙腿癱瘓的男子聲明拒絕給付。

percentage
[pɚ`sɛntɪdʒ]
名 百分比；比例
★★★

= **per每** + **cent百分之一** + **age數量，名詞**

記憶TIP 每百分之一的數量 = 百分比；比例

例 What percentages of patients have basic medical insurance?
有基本醫療保險的病人佔百分之幾呢？

provider
[prə`vaɪdɚ]
名 (醫療服務)提供者
★★★

= **pro在前** + **vid看** + **er做…的人，名詞**

記憶TIP 在前方觀察狀況的人 = 提供者

例 To make a claim, you have to gather certificates signed by the medical providers.
要向保險公司索賠，你必須收集由醫療提供者所簽署的證明書。

renewal
[rɪ`njuəl]
名 (契約)展期；續訂
★★★★

= **re再次** + **new新的** + **al行為，名詞**

記憶TIP 再次更新合約關係 – 展期；續訂

例 The insurance agent reminded Lucy of her policy's renewal.
保險仲介人提醒露西她的保單需展期。

41

rescission
[rɪ`sɪʒən]
名 (因隱瞞原有病情而)退保
★

= re回來 + sciss剪斷 + ion行為的過程，名詞

記憶TIP 把合約關係剪斷 = 退保

例 The relapse of my illness last month resulted in the rescission.
我的舊疾上個月復發，導致退保。

 42

rider
[`raɪdə]
名 (文件後)附文；附加條款
★ ★ ★

= ride騎 + (e)r物品，名詞

記憶TIP 附從於主要條文之後的物品 = 附文

例 Changes and further information are contained in the rider.
變更和進一步的資訊包含在附加條文中。

 43

settlement
[`sɛtḷmənt]
名 清算；結帳
★ ★ ★

= settle結算 + ment行為的過程/結果，名詞

記憶TIP 結算帳款的行為 = 清算；結帳

例 There are several ways to delay the settlement of your annual premium.
你的年度保險費有幾種延後結算的方式。

 44

short-term
[`ʃɔrt`tɝm]
形 短期的
★ ★ ★ ★

= short短的 + term期間 複

記憶TIP 短的期間 = 短期的

例 I took out short-term life insurance for the sake of my parents.
我為了我的父母而辦理了短期的人壽保險。

 45

solace
[`sɑlɪs]
名 安慰；慰藉
★ ★

= sol安慰 + ace狀態，名詞

記憶TIP 安慰的狀態 = 安慰；慰藉

例 Your son hoped that the policy could be a solace to you.
你們的兒子希望這份保單可以成為你們的安慰。

staunch
[stɔntʃ]
形 可靠的；堅固的
★

= **sta站立** + **unch…的，形容詞**

記憶**TIP** 堅持地站在那裡 = 可靠的；堅固的

例 I assure you that this policy will become a staunch friend and ally in the future.
我向你保證，這份保單未來將成為一個可靠的朋友和盟友。

transgression
[trænsˋgrɛʃən]
名 違反；違法
★

= **trans越過** + **gress走** + **ion行為的結果，名詞**

記憶**TIP** 行為越過了法律 = 違反；違法

例 They stopped selling this insurance because it will soon be considered a transgression of the new laws.
他們停賣了這種保險，因為它即將違反新法。

truthfulness
[ˋtruθfəlnɪs]
名 誠實；真實
★ ★

= **truth真實** + **ful有…的** + **ness性質，名詞**

記憶**TIP** 有著真實的性質 = 誠實；真實

例 Some of my relatives praised the insurance agent's truthfulness.
我的一些親戚讚許這位保險仲介人的誠實。

understatement
[ˋʌndəˏstetmənt]
名 不充分的陳述
★ ★

= **under不足** + **state說明** + **ment行為的結果，名詞**

記憶**TIP** 說明不足的狀況 = 不充分的陳述

例 The insurer will not accept the understatement of the accident.
保險業者不會接受這種不充分的事故陳述。

underwriter
[ˋʌndəˏraɪtə]
名 保險商
★ ★

= **under在下面** + **write寫** + **(e)r做…的人，名詞** 複

記憶**TIP** 寫在保約下方的負責人 = 保險商

例 The underwriter will decide the charge for insurance for the activity later.
這位保險商稍後將決定這場活動的保險費用。

51

veracity

[vəˈræsətɪ]

名 誠實；真實

★★

= ver真實 + acity性質，名詞

記憶TIP 真實的性質 = 誠實；真實

例 They were moved by his veracity and would like to take out his company's insurance.
他們被他的誠實所感動，因而願意辦理他公司的保險。

應考片語

covered expenses 保險涵蓋費用 ★★

denial of claim 拒絕給付 ★★★

dental insurance 牙科保險 ★★★

disability insurance 傷殘保險 ★★

effective date 生效日 ★★★

electronic health record 電子健康記錄 ★★

fee-for-service 付費醫療行為的 ★

hazardous activity 危險活動；有風險的活動 ★★

in-hospital surgery 住院手術 ★

major medical insurance 重症醫療保險 ★★

medical cost 醫療費用 ★★★

medical record 醫療記錄 ★★★

named perils 指定風險的保險；特定理賠保險 ★

noncancelable policy 無法取消的保險 ★★

preexisting condition (在投保之前)既有病情 ★★

premium rate 保險費率 ★★★

raise an opinion 提出意見 ★★

refer to 1.參考 2.提及 ★★★★★

risk class 風險層級 ★★

second opinion 第二意見(指另外尋求之建議) ★★

student health insurance 學生健康保險 ★★

waiting period 等候期(承保後至保險生效間) ★★

2 醫事行為
Medical Practice

 學習範疇 醫護、科別、診斷、症狀減緩　非學不可的54個必考重點字

---

aftercare
[`æftɚ͵kɛr]
名 術後照護
★ ★ ★

= after在…之後 + care照顧 複

記憶TIP 在手術之後的照顧 = 術後照護

例 As part of the treatment, George accepted six weeks of aftercare.

喬治接受了六週的術後照護，作為治療的一部分。

---

alleviate
[ə`livɪ͵et]
動 減輕；緩和
★ ★ ★

= al去 + levi輕 + ate做…，動詞

記憶TIP 將症狀減輕 = 減輕；緩和

例 A cup of hot coffee might alleviate your migraine.

一杯熱咖啡或許能減輕你的偏頭痛。

---

ambulance
[`æmbjələns]
名 救護車
★ ★

= ambul走 + ance狀態，名詞

記憶TIP 看到後要趕緊走避的車 = 救護車

例 Molly heard the wailing of an ambulance siren at midnight.

茉莉在午夜時聽到救護車警笛的尖嘯聲。

---

attend
[ə`tɛnd]
動 照料；護理
★ ★

= at去 + tend照料

記憶TIP 去照顧病人 = 照料；護理

例 The doctor will attend to you in fifteen minutes.

醫生十五分鐘後會來為你看病。

---

bandage
[`bændɪdʒ]
名 繃帶 動 用繃帶包紮
★ ★

= band帶子 + age行動的產物，名詞

記憶TIP 用來固定傷口的帶子 = 繃帶

例 The nurse put some ointment and a bandage on the cut on her finger.

護理師在她手指的傷口上擦了些藥膏並放上繃帶。

06

Band-Aid
[`bænd,ed]
名 護創膠布
★ ★ ★

= Band帶子 + Aid援助 複

記憶TIP 用來援助傷口的帶子 = 護創膠布

例 I need a Band-Aid for the small wound on my foot.
我腳上的小傷口需要一個護創膠布。

 07

benign
[bɪ`naɪn]
形 良性的；有益健康的
★ ★ ★

= ben好的 + ign產生

記憶TIP 生產出來的東西是好的 = 良性的

例 It was a benign tumor, not cancer.
它是良性腫瘤，不是癌症。

 08

completely
[kəm`plitlɪ]
副 完全地；徹底地
★ ★ ★ ★

= complete完全的 + ly…地，副詞

記憶TIP 完全地 = 完全地；徹底地

例 The storm had completely destroyed the ship.
這場暴風雨已完全摧毀這艘船。

 09

deaden
[`dɛdṇ]
動 1.緩和 2.使麻木
★

= dead無感覺的 + en使變成…，動詞

記憶TIP 使對狀況較沒感覺 = 緩和；使麻木

例 They use morphine to deaden the pain in her stomach.
他們用嗎啡來緩解她的胃痛。

 10

diagnose
[,daɪəg`noz]
動 診斷
★ ★

= dia通過 + gnos知道 + e動作，動詞

記憶TIP 通過檢查而得知 = 診斷

例 Our dog was diagnosed with heart disease.
我們的狗被診斷出患有心臟病。

11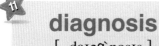

diagnosis
[ˌdaɪəɡˋnosɪs]
名 診斷；診斷結果；診斷書
★ ★ ★

= dia通過 + gnos知道 + is情況，名詞

記憶TIP 通過檢查得知情況 = 診斷

例 The test report confirmed the diagnosis of my disease.
檢驗報告證實了我的疾病診斷。

12

dose
[dos]
動 (按劑量)給⋯服藥 名 一劑
★ ★

= dos給 + e動作，動詞

記憶TIP 給的動作 = 給⋯服藥

例 Dr. Green gave the patient one dose of penicillin.
格林醫生給了這名病人一劑盤尼西林。

13

elasticity
[ɪˌlæsˋtɪsətɪ]
名 彈性；彈力
★ ★

= elast易延展 + ic⋯的 + ity性質，名詞

記憶TIP 易延展的性質 = 彈性；彈力

例 You can do some facial exercises to help maintain the skin's elasticity.
你可以做些臉部運動，有助維持皮膚的彈性。

14

examine
[ɪɡˋzæmɪn]
動 檢查；診察
★ ★ ★

= ex出 + amine秤

記憶TIP 出去秤秤(衡量)狀況 = 檢查；診察

例 Her husband asked the other doctor to examine his wife.
她的先生要求另一位醫生診察他的太太。

15

fatal
[ˋfetḷ]
形 致命的
★ ★ ★

= fat(=fate)宿命 + al⋯的，形容詞

記憶TIP 攸關宿命的 = 致命的

例 He had suffered a fatal heart attack this morning.
他今天早上已遭受一次致命的心臟病發作。

16

follow-up
[`falo͵ʌp]
形 後續的；增補的
★ ★ ★

= follow隨著 + up在…上 複

記憶TIP 緊跟在後的 = 後續的

例 A social worker will make follow-up visits with the sick boy.
一位社工將會對這個生病的男孩進行後續隨訪。

17

gynecology
[͵gaɪnə`kɑlədʒɪ]
名 婦科
★

= gyneco女性 + logy學科

記憶TIP 跟女性有關的科別 = 婦科

例 Ruth took a medical course in gynecology.
露絲選讀了一門婦科醫學課程。

18

hopefully
[`hopfəlɪ]
副 1.懷抱希望地 2.但願
★ ★ ★

= hope希望 + ful充滿…的 + ly…地，副詞

記憶TIP 充滿希望地 = 懷抱希望地

例 Hopefully I can lose weight next month.
但願下個月我可以減輕體重。

19

hospital
[`hɑspɪt̩l]
名 醫院
★ ★ ★

= hospit照顧賓客 + al行為，名詞

記憶TIP 照顧暫時停留者的地方 = 醫院

例 My boss was discharged from the hospital yesterday.
我的上司昨天出院了。

20

immediately
[ɪ`midɪɪtlɪ]
副 立即地；馬上地
★ ★ ★

= immedi直接 + ate…性質的 + ly…地，副詞

記憶TIP 直接去做地 = 立即地

例 They transferred her to the operation room immediately.
他們立即將她轉往手術室。

imperturbable
[ˌɪmpəˈtɝbəbl̩]
形 沉著的；冷靜的
★

= im不 + per完全的 + turb攪亂 + able能⋯的，形容詞

記憶TIP 完全不會被攪亂的 = 沉著的；冷靜的

例 Later on, Walter became imperturbable and tranquil.
後來，華特變得沉著而平靜。

---

inoculate
[ɪnˈɑkjəˌlet]
動 預防接種
★

= inocul移植 + ate做⋯，動詞

記憶TIP 移植對抗細菌的疫苗 = 預防接種

例 The nurse inoculated my son with a polio vaccine.
護士幫我兒子注射了小兒麻痺疫苗。

---

inveterate
[ɪnˈvɛtərɪt]
形 根深的；積習的
★

= in進入 + veter年紀 + ate⋯性質的，形容詞

記憶TIP 年紀漸增而慢慢養成的 = 根深的；積習的

例 Of course it's hard for him to quit smoking; he is an inveterate smoker.
要他戒菸當然很困難；他是個老菸槍。

---

lessen
[ˈlɛsn̩]
動 減輕
★ ★ ★

= less較少的 + en使變成⋯，動詞

記憶TIP 變少的動作 = 減輕

例 Rebecca's headache was already lessening.
蕾貝卡的頭痛已正在減輕。

---

maternal
[məˈtɝnl̩]
形 母親的；母性的
★ ★ ★

= mater母 + nal⋯的，形容詞

記憶TIP 母性的 = 母親的；母性的

例 Maternal drug use will harm the unborn child.
母親吸毒將會危害尚未出生的小孩。

26

mitigate
[`mɪtəˌget]
動 使緩和；減輕
★ ★ ★ ★ ★

= mitig溫和 + ate做…，動詞

記憶TIP 使狀況變溫和 = 使緩和；減輕

例 Let me tell you the way to mitigate your exposure to harmful radiation.
讓我告訴你減少暴露於有害輻射線的方法。

 27

mollify
[`mɑləˌfaɪ]
動 緩和；減輕
★ ★

= moll軟化/安定 + ify使成為…，動詞

記憶TIP 使狀況較為軟化和安定 = 緩和；減輕

例 Debby tried to mollify his anger, but what could she do?
黛比想要緩和他的怒氣，但她能做什麼呢？

 28

negative
[`nɛgətɪv]
形 1.陰性的 2.否定的
★ ★ ★ ★

= neg否定 + ative…性質的，形容詞

記憶TIP 否定性質的 = 陰性的；否定的

例 The pregnancy test was negative again.
懷孕檢驗的結果又呈陰性。

 29

neglect
[nɪg`lɛkt]
動 忽視；忽略
★ ★ ★

= neg否定 + lect集合

記憶TIP 故意不去集合或配合 = 忽視；忽略

例 Your health is not worthy of neglecting for your job.
不值得為了工作忽略你的健康。

 30

nurse
[nɜs]
動 看護 **名** 護士
★ ★ ★

= nurs飼養/養育 + e動作，動詞

記憶TIP 養育、照顧的動作 = 看護

例 The nurse injected the drug into my arm.
護士把藥注入我的手臂。

patient
[`peʃənt]
名 病人 形 有耐心的
★ ★ ★ ★

= **pati忍受** + **ent…的人，名詞**

記憶TIP 需要忍受痛苦的人 = 病人

例 She volunteered to take care of cancer patients.
她自願照顧癌症病人。

---

pediatrics
[ˌpidɪˈætrɪks]
名 小兒科
★ ★

= **ped兒童** + **iatr治療** + **ics學科，名詞**

記憶TIP 專門治療兒童的學科 = 小兒科

例 The girl was put in a pediatrics ward.
那個女孩住進了小兒科病房。

---

physician
[fɪˈzɪʃən]
名 內科醫生
★ ★ ★

= **physic醫學** + **ian從事…者，名詞**

記憶TIP 醫學工作的從事者 = 內科醫生

例 Paul had spent thirty-five years as a physician.
保羅當了三十五年的內科醫生。

---

positive
[`pɑzətɪv]
形 1.確定的 2.陽性的
★ ★ ★ ★

= **posit放置** + **ive具…性質的，形容詞**

記憶TIP 放在對的位置上 = 確定的

例 We have no positive proof of his illness yet.
我們還沒有他生病的確實證明。

---

precisely
[prɪˈsaɪslɪ]
副 精確地；確切地
★ ★ ★ ★

= **pre前面** + **cise剪** + **ly…地，副詞**

記憶TIP 在前方剪掉不需要的 = 精確地；確切地

例 The tumor can be precisely located during laser surgery.
在雷射手術中可以確切定位腫瘤的位置。

36 proliferation

[prə͵lɪfə`reʃən]

名 活化；激增

★ ★

= pro向前 + li滋養 + fer拿 + ation結果，名詞

記憶TIP 不斷地向前滋養 = 活化；激增

例 Smoking may trigger the proliferation of lung cancer cells.

抽菸可能引起肺癌細胞激增。

37 psychological

[͵saɪkə`lɑdʒɪk̩l]

形 心理的；心理上的

★ ★

= psycho心理 + logy學科 + cal…的，形容詞

記憶TIP 心理學科上的 = 心理的；心理上的

例 He needs more psychological support to face the truth.

他需要更多心理上的支持來面對事實。

38 recover

[rɪ`kʌvɚ]

動 恢復元氣

★ ★ ★ ★

= re再次 + cover覆蓋

記憶TIP 再次把被破壞的部分覆蓋住 = 恢復元氣

例 I am happy to know that your son has fully recovered.

我很高興得知你兒子已完全恢復元氣了。

39 recovery

[rɪ`kʌvərɪ]

名 恢復；病癒

★ ★ ★

= re再次 + cover覆蓋 + y情況，名詞

記憶TIP 再次覆蓋的狀況 = 恢復；病癒

例 My secretary made a slow recovery from influenza.

我的秘書緩慢地從流行性感冒病癒了。

40 recuperate

[rɪ`kjupə͵ret]

動 恢復；挽回

★

= re再次 + cuper拿 + ate做…，動詞

記憶TIP 再次拿回來的動作 = 恢復；挽回

例 She is still recuperating from a serious shin injury.

她嚴重的脛部受傷仍在恢復中。

recuperation
[rɪˌkjupəˋreʃən]
名 恢復;挽回
★

= re再次 + cuper拿 + ation狀態,名詞

記憶TIP 再次拿回來的狀態 = 恢復;挽回

例 We came to congratulate you on your recuperation.
我們前來祝賀你的恢復。

recurrent
[rɪˋkɝənt]
形 一再發生的;定期發生的
★ ★

= re再次 + curr跑 + ent…性質的,形容詞

記憶TIP 再次跑過的 = 一再發生的;定期發生的

例 He has had a recurrent fever in the morning for the past three days.
他在過去三天的早上反覆地發燒。

remedy
[ˋrɛmədɪ]
名 治療法;治療 **動** 醫治
★ ★ ★

= re回 + med治療 + y狀態,名詞

記憶TIP 回來接受治療的狀態 = 治療法;治療

例 I prefer a natural remedy to treat a cough.
我寧願選擇一種自然療法來醫治咳嗽。

rescue
[ˋrɛskju]
動 解救
★ ★ ★

= re再次 + s出去 + cue搖動

記憶TIP 再次出動去解救 = 解救

例 The firefighter bravely rescued the boy from the burning house by breaking down the door and carrying him to safety.
消防員英勇破門而入,從失火的房屋中安全救出了這個男孩。

save
[sev]
動 救;挽救
★ ★ ★

= sav挽救 + e動作,動詞

記憶TIP 挽救的動作 = 救;挽救

例 Please try your best to save him.
請你們盡全力挽救他。

46

sensitive
[`sɛnsətɪv]
形 敏感的；過敏的
★ ★ ★

= sens感覺 + itive具…性質的，形容詞

記憶TIP 很有感覺的 = 敏感的；過敏的

例 You'd better use gentle cosmetics for sensitive skin.
你最好使用為敏感肌膚設計的溫和化妝品。

 47

specialist
[`spɛʃəlɪst]
名 專科醫生
★ ★ ★

= special特別的 + ist從事…者，名詞

記憶TIP 專攻某特殊科別的人 = 專科醫生

例 Our neighbor has seen a mental specialist already.
我們的鄰居已看過一位心理專科醫生。

 48

stretcher
[`strɛtʃɚ]
名 擔架
★ ★ ★

= stretch伸/拉直 + er物品，名詞

記憶TIP 可以馬上伸縮和拉直的物品 = 擔架

例 The two ambulance attendants carried the man on a stretcher.
這兩位救護車隨員用擔架抬起這個男子。

 49

surgeon
[`sɝdʒən]
名 外科醫生
★ ★ ★

= surg手動工作 + eon做…的人

記憶TIP 需要動手操作器械的醫生 = 外科醫生

例 The surgeon will perform a major operation the next day.
這位外科醫生隔天將執行一台大手術。

 50

surgery
[`sɝdʒərɪ]
名 外科；外科醫學
★ ★ ★

= surg手動工作 + ery狀態，名詞

記憶TIP 用手開刀操作的科別 = 外科；外科醫學

例 Roger finished his practical training in surgery.
羅傑完成了他在外科的實習訓練。

symptom
[`sɪmptəm]
名 症狀；徵候
★ ★ ★ ★

= sym一起 + ptom落下

記憶TIP 一起落下的症狀 = 症狀；徵候

例 There are many patients with flu symptoms in the clinic.
診所裡有許多帶有流行性感冒症狀的病人。

treatment
[`tritmənt]
名 治療；治療法
★ ★ ★ ★

= treat醫療 + ment行為的過程，名詞

記憶TIP 醫療的方式 = 治療；治療法

例 This ointment is an effective treatment for soothing bruises.
這款軟膏對於減輕瘀青具有療效。

vaccinate
[`væksṇ͵et]
動 接種疫苗
★ ★

= vaccin牛 + ate做…，動詞

記憶TIP 最早的疫苗用來預防牛痘 = 接種疫苗

例 Have you had your dog vaccinated against rabies?
你已讓你的狗兒接種狂犬病疫苗了嗎？

wounded
[`wundɪd]
形 受傷的
★ ★ ★

= wound受傷 + ed有…的，形容詞

記憶TIP 受傷的 = 受傷的

例 We took the wounded animal to the vet.
我們將受傷的動物帶去看獸醫。

應考片語

medical history 病史 ★★
pull through 渡過危機；恢復健康 ★★★
recovery room 手術後恢復室 ★★
warning sign 病徵 ★★

3 疾病症狀
Diseases and Symptoms

學習範疇 疾病、外傷、疼痛、病理反應
非學不可的60個必考重點字

 MP3 *098*

---

abscess
[`æbsɛs]
名 膿瘡
★ ★

= **abs遠離** + **cess走**

記憶TIP 發現膿瘡時，要趕緊使其遠離 = 膿瘡

例 In an abscess, a thick, yellowish liquid has collected.
在膿瘡中已堆積了淡黃色的黏稠液體。

---

acute
[ə`kjut]
形 1.急性的 2.劇烈的
★ ★

= **acu尖的** + **te…的，形容詞**

記憶TIP 很尖銳的 = 急性的；劇烈的

例 That climber fell ill with acute appendicitis.
那位登山者得了急性闌尾炎。

---

allergic
[ə`lɜdʒɪk]
形 對…過敏的
★ ★ ★

= **all其他** + **erg動作** + **ic…的，形容詞**

記憶TIP 會有其他反應動作的 = 對…過敏的

例 I appreciate your kindness, but I'm allergic to seafood.
謝謝你的好意，但我對海鮮過敏。

---

allergy
[`ælədʒɪ]
名 過敏
★ ★ ★

= **all其他** + **ergy動作**

記憶TIP 會產生其他的反應動作 = 過敏

例 My niece has an allergy to pollen.
我姪女對花粉過敏。

---

blister
[`blɪstə]
動 使起水泡 名 水泡
★ ★

= **blist暴風** + **er動作/過程，動詞**

記憶TIP 在皮膚的表面起風暴 = 使起水泡

例 Your skin will blister if you touch the sap of the plant.
如果你碰到這株植物的汁液，你的皮膚就會起水泡。

breakdown
[`brek,daun]
名 (精神、體力等)衰弱
★ ★ ★ ★

= break打破 + down向下 複

記憶**TIP** 身心狀況遭破壞、走下坡 = 衰弱

例 She divorced a couple of years ago and had a breakdown then.
她幾年前離了婚,當時一度精神衰弱。

---

bronchitis
[bran`kaItıs]
名 支氣管炎
★

= bronch氣管 + itis炎症,名詞

記憶**TIP** 氣管發生炎症 = 支氣管炎

例 My daughter's cold is growing worse; I worry that it may turn into bronchitis.
我女兒的感冒更嚴重了;我擔心可能會變成支氣管炎。

---

cancer
[`kænsɚ]
名 癌症
★ ★ ★

= canc蟹 + er物品,名詞

記憶**TIP** 和毒螃蟹一樣可怕,橫行無阻 = 癌症

例 His sister died of lung cancer five years ago.
他姊姊五年前死於肺癌。

---

catching
[`kætʃɪŋ]
形 傳染性的
★ ★

= catch捉住 + ing使…的,形容詞

記憶**TIP** 容易捉住病菌的 = 傳染性的

例 Do you know chicken pox is a catching disease?
你知道水痘是傳染性疾病嗎?

---

conscious
[`kanʃəs]
形 有意識的;有知覺的
★ ★ ★

= con加強 + sci知道 + ous具…性質的,形容詞

記憶**TIP** 確實是知道的狀態 = 有意識的

例 Grandpa spoke to us in his conscious moments.
外公在神志清醒的片刻和我們說了話。

consciousness
[`kɑnʃəsnɪs]
名 意識；知覺
★ ★ ★

= conscious有意識的 + ness情況，名詞

記憶TIP 有意識的狀況 = 意識；知覺

例 She was in a coma for days, but now she has regained consciousness.
她昏迷了幾天，但現在已經恢復意識了。

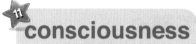

contagious
[kən`tedʒəs]
形 具傳染性的
★ ★ ★

= con一起 + tag接觸 + ious…性質的，形容詞

記憶TIP 一起接觸就會傳染的特性 = 具傳染性的

例 In fact, eczema is not a contagious disease.
事實上，濕疹是不具傳染性的疾病。

---

dehydration
[ˌdihaɪ`dreʃən]
名 1.脫水 2.乾燥
★ ★ ★

= de不足 + hydration水合作用

記憶TIP 水分不足的 = 脫水；乾燥

例 Offer him more water in case he is suffering from dehydration.
多給他一些水以防他可能會脫水。

---

diabetes
[ˌdaɪə`bitiz]
名 糖尿病
★ ★

= dia在…之間 + be走 + tes名詞

記憶TIP 糖分在身體之間走過 = 糖尿病

例 Tom inherited diabetes from his father's family.
湯姆從他父親的家族遺傳了糖尿病。

---

diarrhea
[ˌdaɪə`rɪə]
名 腹瀉
★ ★ ★

= dia透過 + rrhea流動

記憶TIP 使液體流通過腸胃的狀態 = 腹瀉

例 She is recovering from an attack of diarrhea.
她的腹瀉快要痊癒了。

disability
[ˌdɪsəˋbɪlətɪ]
名 殘障；殘疾
★ ★ ★

= dis沒有 + abili能力 + ty狀態，名詞

記憶TIP 沒有某種能力的狀態 = 殘障；殘疾

例 The facilities are still insufficient for people with disabilities.
殘障人士所需要的設施仍然不足。

disable
[dɪsˋebḷ]
動 使傷殘
★ ★ ★

= dis沒有 + able能力

記憶TIP 沒有某種能力 = 使傷殘

例 Although disabled by leg wounds in the accident, he crawled to ask for help.
雖然他在事故中因為腿傷而殘廢了，但他仍然爬著去求救。

disease
[dɪˋziz]
名 病；疾病
★ ★ ★ ★

= dis不 + ease快活

記憶TIP 不舒服、不快活 = 病；疾病

例 We try to cure diseases so that people may live longer.
我們設法治療疾病，使人們能活得更久。

diseased
[dɪˋzizd]
形 害病的；不健全的
★ ★ ★

= dis不 + ease快活 + d有…的，形容詞

記憶TIP 感到不舒服的 = 害病的；不健全的

例 The child has a diseased heart and a transplant is the only hope.
這個孩子有顆不健全的心臟，而移植是唯一的希望。

disorder
[dɪsˋɔrdɚ]
名 失調；不適 動 使失調
★ ★ ★ ★

= dis沒有 + order秩序

記憶TIP 狀況沒有按秩序進行 = 失調；不適

例 Some kind of nerve disorder might cause paralysis of the legs.
某種神經失調可能導致雙腿麻痺。

dizzy
[`dɪzɪ]
形 頭暈的；頭暈目眩的
★ ★ ★ ★

= dizz眼花 + y有⋯的，形容詞

記憶TIP 會導致眼花的 = 頭暈的

例 She felt slightly dizzy and disoriented when she stood up.
她站起來時覺得有點頭暈而且失去方向感。

epidemic
[ˌɛpɪ`dɛmɪk]
名 傳染病 形 傳染的
★ ★ ★ ★

= epi在⋯中間 + dem人 + ic⋯的，形容詞

記憶TIP 在人與人之間的 = 傳染的

例 An enterovirus epidemic is sweeping through Taiwan.
一種腸病毒傳染病正襲擊著臺灣。

exhausted
[ɪg`zɔstɪd]
形 精疲力竭的
★ ★ ★ ★

= ex出去 + haust抽/吸 + ed有⋯的，形容詞

記憶TIP 把力氣抽出去的 = 精疲力竭的

例 She was too exhausted to describe the tragedy in detail.
她十分精疲力竭而無法詳細敘述那場災難。

feverish
[`fivərɪʃ]
形 發燒的；發熱的
★ ★

= fever發燒 + ish像⋯的，形容詞

記憶TIP 像是發燒的 = 發燒的；發熱的

例 The feverish kid asks only for cold drinks.
這個發燒的小孩只要喝冷飲。

fitness
[`fɪtnɪs]
名 健康
★ ★ ★ ★ ★

= fit健康的 + ness狀態，名詞

記憶TIP 身體健康的狀況 = 健康

例 I improved my fitness by playing squash three times a week.
我藉由一星期打三次壁球增進了健康。

26

fracture
[`fræktʃə]
名 骨折
★ ★ ★ ★

= **fract裂/破碎** + **ure行為過程/結果，名詞**

記憶TIP 骨頭裂開或破碎 = 骨折

例 At least one-ninth of the people over sixty-five have sustained a fracture.
六十五歲以上的人至少有九分之一已遭受過一次骨折。

27

health
[hɛlθ]
名 健康
★ ★ ★ ★

= **heal治癒/恢復健康** + **th狀態，名詞**

記憶TIP 身體器官完全治癒的狀態 = 健康

例 This company cares about their employees' health a lot and provides regular checkups.
這間公司非常注重員工的健康，並提供定期身體檢查。

28

healthful
[`hɛlθfəl]
形 有益健康的
★ ★

= **health健康** + **ful具…性質的，形容詞**

記憶TIP 充滿健康的 = 有益健康的

例 Let's go camping to breathe the healthful mountain air.
我們去露營，呼吸有益健康的山間空氣吧。

29

healthy
[`hɛlθɪ]
形 健康的
★ ★ ★ ★

= **health健康** + **y有…的，形容詞**

記憶TIP 是健康的 = 健康的

例 The young couple has two healthy children.
這對年輕夫妻有兩個健康的孩子。

30

illness
[`ɪlnɪs]
名 疾病；患病
★ ★ ★ ★

= **ill生病** + **ness狀態，名詞**

記憶TIP 生病的狀態 = 疾病；患病

例 The professor returned to his hometown to recover from an illness.
這位教授回到他的故鄉養病。

31

immune
[ɪˋmjun]
形 免疫的
★ ★ ★ ★ ★

= im入內 + mune服務

記憶TIP 到體內去服務 = 免疫的

例 Her immune problem hindered her from getting pregnant.
免疫問題阻礙了她懷孕。

 32

infection
[ɪnˋfɛkʃən]
名 1.傳染 2.傳染病
★ ★ ★ ★

= in入內 + fect做 + ion過程/結果，名詞

記憶TIP 病菌進入體內發作 = 傳染

例 Be careful not to expose yourself to infection.
小心別讓自己暴露於傳染範圍。

 33

infectious
[ɪnˋfɛkʃəs]
形 傳染的；傳染性的
★ ★ ★

= infect傳染 + ious具…性質的，形容詞

記憶TIP 具傳染性的 = 傳染的

例 Measles is an acute and highly infectious disease.
麻疹是一種急性且高傳染性的疾病。

 34

inflame
[ɪnˋflem]
動 發炎；紅腫
★ ★ ★ ★

= in入內 + flame火焰

記憶TIP 病菌進入體內引發火焰 = 發炎；紅腫

例 The doctor prescribed eye drops for his inflamed eyes.
醫生為他發炎的眼睛開了眼藥水的處方。

 35

influenza
[ˏɪnfluˋɛnzə]
名 流行性感冒
★ ★ ★

= in入內 + flu流動 + enza疾病狀態，名詞

記憶TIP 造成病菌到處流動的狀況 = 流行性感冒

例 The students were inoculated against influenza.
學生們已注射預防針對抗流行性感冒。

injure
[`ɪndʒɚ]
動 傷害；損害
★ ★ ★ ★

= **in不** + **jure正確**

記憶TIP 使用方式不正確就會造成 → 傷害

例 Two workers were injured when the factory burnt down.
工廠燒毀的時候，兩名工人受傷了。

injured
[`ɪndʒəd]
形 受傷的
★ ★

= **injure傷害** + **d有…的，形容詞**

記憶TIP 有傷害的 = 受傷的

例 The injured woman had a superficial burn.
這位受傷的女士有一處皮膚燒傷。

injury
[`ɪndʒərɪ]
名 傷害；損害
★ ★ ★

= **injur受傷** + **y狀態，名詞**

記憶TIP 受傷的狀態 = 傷害；損害

例 Three tourists sustained slight injuries in the bomb blast.
三名觀光客在這場炸彈爆炸案中輕微受傷。

insomnia
[ɪn`samnɪə]
名 不眠症；失眠
★ ★ ★

= **in沒有** + **somn睡眠** + **ia疾病名稱，名詞**

記憶TIP 沒有睡眠的疾病 = 不眠症；失眠

例 More exercise might help cure insomnia.
多運動可能有助於治療失眠。

migraine
[`maɪgren]
名 偏頭痛
★ ★ ★

= **mi一半** + **graine頭骨**

記憶TIP 頭的半邊在痛 = 偏頭痛

例 This time the migraine is behind my eyes.
這次的偏頭痛在我的眼睛後面。

41

morbid
[`mɔrbɪd]
形 疾病的；疾病所致的
★ ★

= morb疾病 + id…的，形容詞

記憶TIP 有疾病的 = 疾病的；疾病所致的

例 They shouldn't give birth to children because they inherited their parents' morbid genes.
他們遺傳了父母的致病基因，因此不應該生育小孩。

 42

nausea
[`nɔʃɪə]
名 噁心；作嘔；暈船
★ ★ ★

= naus船 + ea不可數名詞

記憶TIP nau+sea(大海)，因為暈船而引起的噁心感 = 噁心；作嘔；暈船

例 The pregnant woman had spells of nausea last night.
這位孕婦昨晚感到一陣陣噁心。

 43

painful
[`penfəl]
形 疼痛的
★ ★ ★ ★ ★

= pain疼痛 + ful多…的，形容詞

記憶TIP 充滿疼痛的 = 疼痛的

例 His tooth was so painful that he stopped eating anything.
他的牙齒疼痛難忍以致他不再吃任何東西了。

 44

poorly
[`purlɪ]
形 身體不佳的；有病的
★ ★

= poor差/體弱 + ly…性質的，形容詞

記憶TIP 身體狀況差的 = 身體不佳的；有病的

例 I spoke to Ruby by phone this morning and she was doing quite poorly.
我今早和露比通了電話，她病得相當重。

 45

problem
[`prɑbləm]
名 問題；毛病
★ ★ ★ ★

= pro在前面 + blem投

記憶TIP 在前端投下障礙就會產生 → 問題；毛病

例 I think there may be a problem in my spine.
我想我的脊椎可能有問題。

rabies
[`rebiz]
名 狂犬病
★ ★

= **rab(=rage)憤怒的** + **ies狀態，名詞**

記憶TIP 得了狂犬病的動物會很憤怒 = 狂犬病

例 We must beware of dogs or any animals with rabies.
我們必須當心患有狂犬病的狗或任何動物。

---

robust
[ro`bʌst]
形 強健的；結實的
★ ★

= **robus橡木** + **t…的，形容詞**

記憶TIP 如橡木般結實強壯的 = 強健的；結實的

例 The police officer is a robust young man.
這位警察是個身強力壯的年輕男子。

---

run-down
[`rʌn͵daʊn]
形 精疲力竭的；衰弱的
★ ★

= **run跑** + **down下去** **複**

記憶TIP 健康狀況跑下坡 = 精疲力竭的；衰弱的

例 She was too run-down from the cold to work.
她因感冒而精疲力竭得無法工作。

---

salubrious
[sə`lubrɪəs]
形 (氣候、空氣)有益健康的
★

= **salubri健全的** + **ous具…性質的，形容詞**

記憶TIP 具健全性質的 = 有益健康的

例 Charles is enjoying breathing the salubrious country air.
查爾斯正享受地呼吸著有益健康的農村空氣。

---

segregated
[`sɛgrɪ͵getɪd]
形 被隔離的
★ ★

= **se分別** + **greg聚集** + **ate動作** + **d被…的，形容詞**

記憶TIP 被分別集合起來的 = 被隔離的

例 Cholera patients must be segregated.
霍亂病人必須被隔離。

severely

[sə`vɪrlɪ]

副 嚴重地

★ ★ ★

= **severe嚴重的** + **ly…地，副詞**

記憶TIP 很嚴重的 = 嚴重地

例 She survived the flood, but she was severely injured.

這場洪水她倖免於死，但嚴重受傷。

---

sickness

[`sɪknɪs]

名 疾病；患病

★ ★ ★ ★

= **sick生病** + **ness狀態，名詞**

記憶TIP 生病的狀況 = 疾病；患病

例 Two of my colleagues were absent because of sickness.

我的兩位同事因病缺席。

---

stifle

[`staɪfḷ]

動 使窒息；悶死

★ ★ ★ ★

= **stif停止/僵直** + **le動作，動詞**

記憶TIP 使呼吸停止的動作 = 使窒息；悶死

例 The police broke through the door and found a woman stifled by a pillow.

警方破門而入，發現一名婦人被枕頭悶死。

---

suffocate

[`sʌfə,ket]

動 使窒息；把…悶死

★ ★ ★

= **suf下面** + **foc喉** + **ate做…，動詞**

記憶TIP 往下壓住喉嚨的動作 = 使窒息

例 Being in a room filled with tobacco fumes almost suffocated her.

身在充滿香菸煙霧的房間裡幾乎使她窒息。

---

susceptible

[sə`sɛptəbḷ]

形 易受…影響的；敏感的

★ ★ ★

= **sus在下** + **cept拿** + **ible易…的，形容詞**

記憶TIP 被拿到下面去 = 易受…影響的

例 The little girl with cancer was susceptible to viruses due to her low immunity.

這個罹患癌症的女孩因為免疫力低，容易受到病毒的影響。

tumor
[`tjumɚ]
名 腫瘤；腫塊
★ ★ ★

= **tum腫脹** + **or物品，名詞**

記憶TIP 有腫脹狀況的物品 = 腫瘤；腫塊

例 He is going to undergo a surgical removal of a tumor.
他即將接受腫瘤的外科切除。

---

ulcer
[`ʌlsɚ]
名 潰瘍
★ ★ ★

= **ulc受傷** + **er物品，名詞**

記憶TIP 一種受傷的狀況 = 潰瘍

例 My mouth has an ulcer as a result of staying up late.
我的口腔由於熬夜而出現潰瘍。

---

unhealthy
[ʌn`hɛlθɪ]
形 不健康的
★ ★

= **un不** + **health健康** + **y有…的，形容詞**

記憶TIP 不健康的 = 不健康的

例 Here comes an unhealthy looking man with a poor complexion.
來了一位氣色不佳、看起來不健康的男子。

---

upset
[ʌp`sɛt]
形 不適的；不舒服的
★ ★ ★

= **up向上** + **set放**

記憶TIP 重物向上放，被壓得不舒服 = 不適的

例 Milk often upsets her stomach.
她喝牛奶後常常感到胃不舒服。

---

well-being
[`wɛl`biɪŋ]
名 安康；福利
★ ★ ★

= **well好** + **be是…的** + **ing狀態，名詞** 複

記憶TIP 是好的狀態 = 安康；福利

例 Dancing can bring a sense of well-being.
跳舞可以帶來安康的感覺。

221

4 藥物治療 Medications

學習範疇　藥品、處方、副作用、濫用藥
非學不可的55個必考重點字

MP3 c104

01 abuse
[ə`bjuz]
動 名 濫用；妄用
★ ★ ★ ★

= ab離開 + use使用

記憶TIP 離開正規的使用方式 = 濫用；妄用

例 You must stop him from abusing drugs.
你必須阻止他濫用藥物。

02 addiction
[ə`dɪkʃən]
名 上癮
★ ★ ★

= ad針對 + dict說 + ion過程/結果，名詞

記憶TIP 每次的話題都針對某件事說 = 上癮

例 His mother helped him fight his drug addiction.
他的母親幫助他對抗毒癮。

03 adverse
[æd`vɝs]
形 不利的；有害的
★ ★

= ad離開 + verse轉動

記憶TIP 機器不轉了 → 不利的；有害的

例 She was tired of the adverse effects of drugs.
她對藥物的有害副作用感到厭煩了。

04 alternative
[ɔl`tɝnətɪv]
名 替代品 形 替代的
★ ★ ★

= alternat交替 + ive性質，名詞

記憶TIP 可以交替代換的物品 = 替代品

例 New ways to treat rheumatism may provide an alternative to painkillers.
治療風濕病的新方法可能提供止痛藥的替代品。

05 antibiotic
[ˌæntɪbaɪ`ɑtɪk]
名 抗生素
★ ★

= anti相反 + biotic生物

記憶TIP 用來對抗體內病菌生物的藥 = 抗生素

例 The doctor may dose you a course of antibiotics to kill the bacteria.
醫生可能給你服用一系列的抗生素來殺死細菌。

apply
[ə`plaɪ]
動 使用⋯藥物；塗敷
★ ★ ★ ★

= **ap向** + **ply束縛**

記憶TIP 把病情給束縛住的動作 = 使用⋯藥物

例 A hospital nurse applied the ointment sparingly to the cut on my finger.
一位醫院護士將少許藥膏塗在我手指的傷口上。

capsule
[`kæpsḷ]
名 膠囊
★ ★ ★ ★

= **caps盒子** + **ule小物，名詞**

記憶TIP 裝藥粉的小盒子 = 膠囊

例 Each capsule contains hundreds of miniature pellets.
每個膠囊都含有幾百顆微小的顆粒。

combination
[,kɑmbə`neʃən]
名 結合；合併
★ ★

= **com一起** + **bin二個** + **ation產物，名詞**

記憶TIP 把兩個東西結合在一起 = 結合；合併

例 A combination of factors led to his illness.
各種因素的結合致使他生病了。

complication
[,kɑmplə`keʃən]
名 併發症
★ ★

= **com在一起** + **plic疊合** + **ation產物，名詞**

記憶TIP 一起合併出現的狀況 = 併發症

例 Blindness is one of the complications of diabetes.
失明是糖尿病的併發症之一。

dietician
[,daɪə`tɪʃən]
名 營養師
★ ★ ★

= **diet飲食** + **ic⋯的** + **ian從事⋯者，名詞**

記憶TIP 幫人做飲食調整工作的人 = 營養師

例 The dietician advised me that I should eat more vegetables.
營養師建議我應該多吃蔬菜。

disinfectant
[ˌdɪsɪnˋfɛktənt]
名 消毒劑 形 消毒的
★

= dis不 + infect感染 + ant物品，名詞

記憶TIP 使不受感染的物品 = 消毒劑

例 They washed all the towels and sheets with disinfectant.
他們用消毒劑清洗所有的毛巾和床單。

---

dosage
[ˋdosɪdʒ]
名 (藥的)劑量；服法
★ ★

= dos配藥 + age結果，名詞

記憶TIP 配藥的結果 = (藥的)劑量；服法

例 In regards to the dosage, please consult a doctor.
至於劑量，請向醫師請教。

---

drawback
[ˋdrɔˌbæk]
名 缺點；障礙
★ ★ ★ ★

= draw拉 + back後面 複

記憶TIP 把狀況往後拉 = 缺點；障礙

例 The biggest drawback of the therapy is that it's too expensive.
這種療法的最大缺點是太昂貴了。

---

drowsy
[ˋdrauzɪ]
形 想睡的；昏昏欲睡的
★ ★

= drows瞌睡 + y有…的，形容詞

記憶TIP 打瞌睡的 = 想睡的；昏昏欲睡的

例 Take some sleeping tablets and you will feel drowsy soon.
吃些安眠藥，你很快就會覺得昏昏欲睡。

---

feeble
[ˋfibl̩]
形 虛弱的；無力的
★ ★ ★

= fee哭泣 + ble…的，形容詞

記憶TIP 哭到沒有力氣的 = 虛弱的；無力的

例 Jonathan saw a feeble old man lying on the bed.
強納生看見一位虛弱的老先生躺在床上。

first-aid
[`fɜst`ed]
形 急救的；急救用的
★ ★ ★ ★

= first第一/最先 + aid救援 複

記憶TIP 第一優先救援的 = 急救的；急救用的

例 We have prepared ample first-aid equipment for the large event.
我們已為這場大型活動準備了充裕的急救用設備。

functional
[`fʌŋkʃənḷ]
形 有功能的；起作用的
★ ★ ★

= funct功能 + ion結果 + al…的，形容詞

記憶TIP 結果是有功能的 = 有功能的；起作用的

例 The surgery is as functional as we had expected.
這個手術如我們所預期的起了作用。

interaction
[ˌɪntə`rækʃən]
名 交互作用；互相影響
★ ★ ★ ★

= inter在…之間 + act動作 + ion過程，名詞

記憶TIP 在中間交互運作的狀態 = 交互作用

例 Shirley is researching the interaction between physical and emotional illness.
雪莉正在研究身體不適與精神疾病之間的交互作用。

itchy
[`ɪtʃɪ]
形 癢的
★ ★ ★

= itch癢 + y有…的，形容詞

記憶TIP it+chy → it(它)在上面就會發癢 = 癢的

例 This shampoo is able to soothe an itchy scalp.
這種洗髮精能夠舒緩發癢的頭皮。

laxative
[`læksətɪv]
名 瀉藥
★ ★

= lax放鬆 + at(e)作用 + ive性質，名詞

記憶TIP 具有放鬆作用的藥 = 瀉藥

例 Foods that ferment rapidly in the stomach are natural laxatives.
能在胃裡快速發酵的食物是天然的瀉藥。

licensed
[`laɪsn̩st]
形 有執照的
★ ★ ★

= **lic被准許** + **en動作** + **sed有…的，形容詞**

記憶TIP 被准許執行某動作的 = 有執照的

例 I have no trust in him even though he is a licensed doctor.
即使他是個有執照的醫生，我就是不信任他。

liniment
[`lɪnəmənt]
名 擦劑；搽劑
★

= **lini線** + **ment行為的結果，名詞**

記憶TIP 塗在線上 = 擦劑；搽劑

例 Andrew rubbed the liniment onto his lower legs to reduce pain and stiffness.
安德魯將擦劑擦在他的小腿上以減輕疼痛和僵硬。

lozenge
[`lɑzɪndʒ]
名 1.藥錠 2.菱形
★

= **loz厚片** + **enge物品，名詞**

記憶TIP 厚一點的藥品 = 藥錠

例 Janet bought a box of throat lozenges in the pharmacy.
珍娜在藥局裡買了一盒潤喉片。

medication
[ˌmɛdɪ`keʃən]
名 藥物治療
★ ★ ★

= **medic醫藥的** + **ation產物，名詞**

記憶TIP 使用藥物的產物 = 藥物治療

例 At present, are you on any medication?
你現在正接受任何藥物治療嗎？

medicine
[`mɛdəsn̩]
名 藥物；藥品
★ ★ ★ ★

= **medic醫藥的** + **ine物品，名詞**

記憶TIP 醫藥的物品 = 藥物；藥品

例 Do you want to try this new medicine?
你想試試看這種新的藥物嗎？

mixture
[`mɪkstʃɚ]
名 混合；混雜
★ ★ ★ ★

= **mix混合** + **ture過程/結果，名詞**

記憶**TIP** 東西混合後的狀態 = 混合；混雜

例 I am sick with a mixture of headache, giddiness and nausea.
我患了頭痛、暈眩和噁心的混合症狀。

observable
[əb`zɝvəbl̩]
形 可觀察到的
★ ★

= **observ觀察** + **able可…的，形容詞**

記憶**TIP** 可以觀察的 = 可觀察到的

例 Please record any observable progress of the patient.
請將這位病人任何可觀察到的進步都記錄下來。

ointment
[`ɔɪntmənt]
名 藥膏；軟膏
★ ★ ★

= **oint塗抹** + **ment過程/結果，名詞**

記憶**TIP** 用來塗抹的東西 = 藥膏；軟膏

例 I have applied the vet-suggested ointment on my cat.
我幫我的貓擦了獸醫建議的藥膏。

outweigh
[aʊt`we]
動 比…更重要；更有價值
★ ★ ★

= **out超越** + **weigh重量** 複

記憶**TIP** 超越原有的重量 = 比…更重要

例 The advantages of the treatment largely outweigh the disadvantages.
這種治療的優點遠超過缺點。

over-the-counter
[ˌovɚðə`kaʊntɚ]
形 無處方的
★ ★ ★

= **over超越** + **the那個** + **counter櫃台** 複

記憶**TIP** 在櫃台就可以買到的藥 = 無處方的

例 He dosed himself with basic, over-the-counter remedies.
他給自己服用基礎的無處方成藥。

31

painkiller
[`pen,kɪlɚ]
名 鎮痛劑；止痛藥
★ ★ ★

= pain疼痛 + kill殺 + er物品，名詞 複
記憶TIP 可以把疼痛殺掉的物品 = 鎮痛劑
例 His doctor prescribed painkillers for him.
他的醫生為他開了止痛藥的處方。

 32

pharmaceutical
[ˌfɑrməˋsjutɪkḷ]
形 藥的；製藥的
★

= pharmac藥 + eut做 + ical…的，形容詞
記憶TIP 做藥的 = 藥的；製藥的
例 A Swiss pharmaceutical company engaged
Dr. Davis as a consultant.
一家瑞士製藥公司聘請了戴維斯醫生當顧問。

 33

pharmacist
[`fɑrməsɪst]
名 藥劑師
★ ★ ★

= pharmac藥 + ist從事…者，名詞
記憶TIP 從事藥物相關工作的人 = 藥劑師
例 The pharmacist is trained and qualified to
prepare and sell medicines.
藥劑師受過訓練並具備調製和販售藥物的資格。

 34

pharmacy
[`fɑrməsɪ]
名 藥局；藥房
★ ★ ★

= pharmac藥 + y性質，名詞
記憶TIP 可以買到藥品的地方 = 藥局；藥房
例 Don't forget to buy the drugs by prescription
in the pharmacy next door.
別忘了到隔壁藥局憑醫生處方購買藥物。

 35

prescribe
[prɪˋskraɪb]
動 開…處方
★ ★ ★ ★

= pre先 + scrib寫 + e動作，動詞
記憶TIP 請醫生先寫 = 開…處方
例 Would you prescribe sleeping pills for me?
你能為我開安眠藥的處方嗎？

36

pressing
[`prɛsɪŋ]
形 緊急的;迫切的
★ ★

= press壓 + ing引起…的,形容詞

記憶**TIP** 需要壓的狀態 = 緊急的;迫切的

例 Those refugees are in pressing need of relief.
那些難民急需救濟。

 37

preventive
[prɪ`vɛntɪv]
形 預防的;預防性的
★ ★ ★

= pre之前 + vent來 + ive具…性質的,形容詞

記憶**TIP** 事前就先來做的 = 預防的;預防性的

例 This non-profit institution is aimed at popularizing preventive health programs.
這個非營利機構致力於推廣預防性的保健計畫。

 38

reaction
[rɪ`ækʃən]
名 反應
★ ★ ★ ★

= re回來 + act動作 + ion過程/結果,名詞

記憶**TIP** 回應的動作 = 反應

例 Some people have life-threatening reactions to anaesthetics.
某些人對於麻醉藥劑有致命的反應。

 39

refill
[ri`fɪl]
動 (依處方籤)重新領藥
★ ★ ★ ★

= re再次 + fill充滿

記憶**TIP** 再次把藥罐填滿 = 重新領藥

例 I refilled the drugs according to the prescription.
我依據處方籤重新領了藥。

 40

relief
[rɪ`lif]
名 (負擔)減輕;(痛苦)解除
★ ★ ★ ★ ★

= re再次 + lief輕

記憶**TIP** 再次把痛苦變輕 = 減輕;解除

例 The bottle of lotion gave him some relief.
這瓶藥劑解除了他的 些痛苦。

41

sedative
[`sɛdətɪv]
名 鎮靜劑
★ ★

= sed坐 + ative性質，名詞

記憶TIP 使人安靜坐下的物品 = 鎮靜劑

例 They use morphine as a sedative rather than as a narcotic.
他們使用嗎啡作為鎮靜劑，而不是致幻毒品。

 42

sleepy
[`slipɪ]
形 想睡的
★ ★ ★

= sleep睡覺 + y有…的，形容詞

記憶TIP 快要睡著的 = 想睡的

例 The steady motion of the train made me feel sleepy.
火車的穩定晃動讓我想睡。

 43

sporadic
[spo`rædɪk]
形 偶爾發生的；分散的
★ ★

= spor分散的 + adic…的，形容詞

記憶TIP 分散出現的 = 偶爾發生的

例 Some people will have a sporadic itch due to the salve.
有些人對這種軟膏會有偶發性的發癢情形。

 44

steroid
[`stɪrɔɪd]
名 類固醇
★ ★

= ster固醇類 + oid有點像…，名詞

記憶TIP 固醇類相關藥物 = 類固醇

例 Weight gain is only one of the significant short-term side effects of steroids.
體重增加只是類固醇主要的短期副作用之一。

 45

suppository
[sə`pazə͵torɪ]
名 栓劑
★

= sup向下 + posit放置 + ory功能，名詞

記憶TIP 在下面放置的東西 = 栓劑

例 He put one suppository into his rectum before bed.
他在睡前將一個栓劑放入他的直腸。

sustain
[sə`sten]
動 承受；維持
★ ★ ★ ★

= **sus在…之下** + **tain握**

記憶TIP 可以在下面握住的 = 承受；維持

例 A firefighter died early this morning of injuries sustained in yesterday's explosion.
一名在昨天的爆炸中受傷的消防隊員今天清晨過世了。

sympathy
[`sɪmpəθɪ]
名 同情；同情心
★ ★ ★

= **sym一起** + **path感覺** + **y性質，名詞**

記憶TIP 一起感覺到彼此的心情 = 同情；同情心

例 They wanted to show their sympathies for your sickness.
他們想要對你的生病表示同情。

tablet
[`tæblɪt]
名 藥片
★ ★ ★

= **table平的** + **t物品，名詞**

記憶TIP 平平的藥片 = 藥片

例 These tablets can speed up your metabolism to expel the allergic reaction faster.
這些藥片可以加速你的新陳代謝，以更快排除過敏反應。

tampon
[`tæmpɑn]
名 1.止血棉球 2.衛生棉條
★ ★

= **tamp輕拍** + **on上面**

記憶TIP 在流血的地方輕拍並放上 → 止血棉球

例 You can use a tampon if you have to go swimming during your period.
如果你必須在生理期間去游泳，可以使用衛生棉條。

therapeutic
[ˌθɛrə`pjutɪk]
形 治療的；有療效的
★

= **therap治療** + **eutic…的，形容詞**

記憶TIP 治療的 = 治療的；有療效的

例 Pamela is doing research regarding the therapeutic effects of meditation.
潘蜜拉正在進行一個關於冥想的治療效果的研究。

51 thermometer
[θɚˋmɑmətɚ]
名 溫度計
★ ★

= thermo熱 + meter量計

記憶TIP 測量熱度的儀表 = 溫度計

例 We must send her to the hospital when the thermometer reads over 40 degrees centigrade.
當溫度計上的讀數超過攝氏四十度時，我們必須送她去醫院。

52 tonic
[ˋtɑnɪk]
名 補藥
★ ★ ★

= ton滋補的 + ic物品，名詞

記憶TIP 滋補的物品 = 補藥

例 Taking some health tonics once in a while may make you feel less tired.
偶爾吃些健康補藥也許能讓你感覺較不疲累。

53 tranquilizer
[ˋtræŋkwɪˏlaɪzɚ]
名 鎮靜劑；精神安定劑
★ ★ ★

= tran超越 + quil休息 + ize使成為… + (e)r物品，名詞

記憶TIP 使其休息的東西 = 鎮靜劑

例 The ape fell asleep just after we injected tranquilizer into its arm.
這隻猿在我們將鎮靜劑注入牠的手臂之後就睡著了。

54 visible
[ˋvɪzəbl]
形 可見的；明顯的
★ ★ ★

= vis看 + ible可…的，形容詞

記憶TIP 可以看見的 = 可見的；明顯的

例 The teacher knew his student had chicken-pox due to the visible spots on his arms.
因為在他手臂上那些明顯的疹子，老師知道他的學生得了水痘。

55 vitamin
[ˋvaɪtəmɪn]
名 維他命；維生素
★ ★ ★ ★

= vit生命 + amin物質，名詞

記憶TIP 維持生命的物質 = 維他命；維生素

例 Liver, chili powder, sweet potatoes, carrots and many other foods are rich in vitamin A.
肝臟、辣椒粉、地瓜、紅蘿蔔以及其他食物富含維生素A。

5 人體
Human Body

學習範疇 器官、部位、體型、身體現象
非學不可的31個必考重點字

01

abdominal
[əb`damən!]
形 腹部的
★ ★

= **ab離** + **dom放** + **inal…的，形容詞**

記憶TIP 存放即將離開人體的排泄物之處 = 腹部的

例 His mother underwent an abdominal operation last month.

他母親上個月接受了一次腹部手術。

02

appendix
[ə`pɛndɪks]
名 盲腸；闌尾
★ ★

= **ap去** + **pend懸掛** + **ix名詞**

記憶TIP 掛在小腸的最後一節，沒有用途的器官 = 盲腸；闌尾

例 A surgeon removed the woman's inflamed appendix.

一位外科醫生摘除了這個婦人發炎的盲腸。

03

artery
[`artərɪ]
名 動脈
★ ★ ★

= **arter要道** + **y性質，名詞**

記憶TIP 血液的主要道路 = 動脈

例 Blocked arteries may be the cause of high blood pressure.

堵塞的動脈可能是血壓高的起因。

04

birthmark
[`bɝθ,mark]
名 胎記
★ ★ ★

= **birth出生** + **mark標記** 複

記憶TIP 一出生就有的記號 = 胎記

例 There is a shaded birthmark on her right cheek.

她的右臉頰上有個顏色較淡的胎記。

05

bloody
[`blʌdɪ]
形 流血的；血紅的
★ ★ ★

= blood血 + y有…的，形容詞

記憶TIP 有血的 = 流血的；血紅的

例 Our coach gave the thief a bloody nose.
我們的教練把小偷打到流鼻血。

 06

chubby
[`tʃʌbɪ]
形 微胖的；圓胖的
★ ★ ★

= chubb鰽魚 + y有…的，形容詞

記憶TIP 像鰽魚般的圓胖 = 微胖的；圓胖的

例 The babysitter held the chubby baby in her arms.
保姆將微胖的嬰兒抱在懷裡。

 07

dribble
[`drɪbl̩]
動 滴下；細流
★ ★ ★

= dribb滴下 + le動作，動詞

記憶TIP 滴下的動作 = 滴下；細流

例 The baby has just dribbled down his neckerchief.
嬰兒剛才流口水，弄濕了他的圍兜。

 08

elbow
[`ɛlbo]
名 肘；肘部
★ ★ ★

= el前端 + bow弓

記憶TIP 可以弓起手臂前端的部分 = 肘；肘部

例 She slipped in the bathtub, bruising both elbows.
她在浴缸裡滑倒，兩個手肘都瘀傷了。

 09

exhale
[ɛks`hel]
動 呼出；呼氣
★ ★ ★

= ex向外 + hale強拉/硬拖

記憶TIP 把空氣向外拖拉而出 = 呼出；呼氣

例 Draw a deep breath, hold it for five seconds, and exhale.
深吸一口氣、憋住五秒鐘，然後呼出。

eyeball
[`aɪ,bɔl]
名 眼球
★ ★ ★

= eye眼睛 ＋ ball球狀物 〈複〉

記憶TIP 眼睛裡的球狀物＝眼球

例 A tiny piece of glass stuck in his left eyeball.
他的左眼球裡卡了一小片玻璃。

eyebrow
[`aɪ,braʊ]
名 眉毛
★ ★ ★

= eye眼睛 ＋ brow眉毛 〈複〉

記憶TIP 眼睛上面的眉毛＝眉毛

例 I will only trim my eyebrows before going out.
我只有在出門前才會修整我的眉毛。

eyelid
[`aɪ,lɪd]
名 眼皮；眼瞼
★ ★

= eye眼睛 ＋ lid蓋子 〈複〉

記憶TIP 眼睛上的蓋子＝眼皮；眼瞼

例 She cried to sleep last night so her eyelids were swollen.
她昨晚哭到睡著，所以她的眼皮浮腫了。

fingerprint
[`fɪŋgɚ,prɪnt]
名 指紋；指印
★ ★ ★ ★

= finger手指 ＋ print印 〈複〉

記憶TIP 印在手指上的紋路＝指紋；指印

例 Even twins can not have the same fingerprints.
甚至連雙胞胎也無法擁有相同的指紋。

forearm
[`for,arm]
名 前臂
★ ★

= fore前部 ＋ arm手臂

記憶TIP 手臂的前部＝前臂

例 My forearm touched the heater accidentally and got burned.
我的前臂不小心碰到電暖器而燙傷了。

inhale
[ɪn`hel]
動 吸入；吸氣
★★★

= in進入 + hale強拉/硬拖

記憶TIP 把空氣強拉進來 = 吸入；吸氣

例 The runner wore a dust mask to avoid inhaling too much powder in the Color Run.
這位跑步者戴著防塵口罩，避免在彩色路跑中吸入過多粉末。

---

insides
[`ɪn,saɪdz]
名 腸胃
★★

= in入內 + sides邊

記憶TIP 在身體裡邊的東西 = 腸胃

例 I am scheduled to have an ultrasonic examination on my insides tomorrow.
我排定明天要做腸胃的超音波檢查。

---

kidney
[`kɪdnɪ]
名 腎臟
★★★

= kid肚子 + ney蛋

記憶TIP 肚子裡面長得很像蛋的器官 = 腎臟

例 There is a usual shortage of kidneys for transplantation.
供移植用的腎臟經常短缺。

---

knuckle
[`nʌk!]
名 關節
★★

= knuck骨 + le小物，名詞

記憶TIP 骨頭和骨頭交界處的連結小物 = 關節

例 Tina's knuckles were white as she gripped my arm in fear.
蒂娜恐懼地握緊我的手臂時，她的指關節發白。

---

mustache
[`mʌstæʃ]
名 小鬍子；髭
★★★

= mus嘴巴 + tache接觸

記憶TIP 接觸到嘴巴的毛髮 = 小鬍子；髭

例 Edward has decided to grow a mustache.
艾德華已決定要留小鬍子。

organic
[ɔr`gænɪk]
形 1.器官的 2.有機的
★ ★ ★

= organ器官 + ic…的，形容詞

記憶TIP 器官的 = 器官的；有機的

例 Too rich a diet could result in organic disorders.
過度油膩的飲食可能導致器官功能失調。

overweight
[ˌovɚ`wet]
形 過重的；超重的
★ ★ ★

= over超過 + weight重量 複

記憶TIP 超過應有的重量 = 過重的；超重的

例 She is overweight by three kilograms according to her dietician.
據她的營養師所說，她超重三公斤。

oxygen
[`aksədʒən]
名 氧氣
★ ★ ★

= oxy氧 + gen生產

記憶TIP 氧的生產 = 氧氣

例 The mouse in the jar died from lack of oxygen.
罐子裡的老鼠因缺氧而死。

physical
[`fɪzɪkḷ]
名 身體檢查 形 身體的
★ ★ ★

= physic物理 + al行為，名詞

記憶TIP 檢查身體的物理狀況 = 身體檢查

例 Douglas took a physical before going abroad.
道格拉斯在出國前做了身體檢查。

plump
[plʌmp]
形 豐滿的；胖嘟嘟的
★ ★

= plu充滿 + mp…的，形容詞

記憶TIP 身體充滿了油脂 = 豐滿的；胖嘟嘟的

例 The father gave his son a pinch on his plump face.
這個爸爸在他兒子胖嘟嘟的臉上擰了一下。

25

reflex
[`riflɛks]
名 反射作用 形 反射的
★ ★ ★

= re再次 + flex彎/折

記憶TIP 再次折回去 = 反射作用

例 The doctor tapped Nancy's knees with a rubber hammer to test her reflexes.
醫生用橡膠鎚輕敲南西的膝蓋，測驗她的反射動作。

 26

respiration
[ˌrɛspə`reʃən]
名 呼吸
★ ★

= re回來 + spir呼吸 + ation行為產物，名詞

記憶TIP 來回呼氣與吸氣的動作 = 呼吸

例 The nurse was gauging his respiration rate when you called.
你打電話過來時，護士正在測量他的呼吸速率。

 27

scalp
[skælp]
名 頭皮
★ ★

= scal殼 + p名詞

記憶TIP 頭上的殼 = 頭皮

例 He couldn't keep the dandruff from flaking off his scalp.
他無法阻止頭皮屑從他的頭皮脫落。

 28

skinny
[`skɪnɪ]
形 極瘦的；皮包骨的
★ ★ ★

= skinn皮膚 + y有…的，形容詞

記憶TIP 只剩下皮膚的 = 極瘦的；皮包骨的

例 When I first met her, she was a skinny little girl.
我第一次見到她時，她是個瘦得皮包骨的小女孩。

 29

tonsil
[`tɑnsḷ]
名 扁桃腺
★ ★ ★

= ton音調 + sil名詞

記憶TIP 在舌頭的後側，跟音調相關的腺體 = 扁桃腺

例 Viruses or germs can cause inflammation of the tonsils.
病毒或細菌會引起扁桃腺發炎。

windpipe
[`wɪnd,paɪp]
名 氣管
★ ★ ★

= wind風 + pipe管子 複

記憶TIP 傳送風(氣體)的管子 = 氣管

例 The food in his windpipe made him choke.
他氣管中的食物使他窒息了。

---

wrinkle
[`rɪŋkl]
名 皺紋 動 使起皺紋
★ ★ ★

= wrink扭轉 + le物品，名詞

記憶TIP 扭轉後形成的皺褶 = 皺紋

例 The old gentleman's face was covered with wrinkles.
這位年老紳士的臉上佈滿了皺紋。

 應考片語

Adam's apple 喉結 ★★
baby tooth 乳齒；乳牙 ★★
belly button 肚臍 ★★
biological clock 生理時鐘 ★★★★
blood pressure 血壓 ★★★★
blood vessel 血管 ★★★
bridge of the nose 鼻梁 ★★
funny bone 肘部恥骨端 ★★★
gall bladder 膽囊 ★★
immune system 免疫系統 ★★★
index finger 食指 ★★★
involuntary muscle 不隨意肌 ★★
little finger 小指 ★★★
middle finger 中指 ★★★
ring finger 無名指 ★★★
sensory nerve 感覺神經 ★★
upper arm 上臂 ★★★
voluntary muscle 隨意肌 ★★

Chapter

5

產品管控及公司治理

Product Control and Corporate Governance

1 產品管控
Product Quality Control

2 產品開發
Product Development and Innovation

3 董監事會
Board of Directors, Supervisors, and Committees

4 部門職銜
Departments and Accountability

5 租賃
Rental and Lease

1 產品管控
Product Quality Control

學習範疇 設立品質標準、提升效率效能
非學不可的48個必考重點字

MP3 113

01

analogous
[ə`næləgəs]
形 類似的；可比擬的
★

= **analog相似** + **ous具…性質的，形容詞**

記憶TIP 具相似性質的 = 類似的；可比擬的

例 The quality of the product is analogous to the soil of a plant.
產品的品質好比植物的土壤。

02

avoid
[ə`vɔɪd]
動 避免
★ ★ ★ ★

= **a使** + **void空的**

記憶TIP 使變空不在 = 避免

例 Please check carefully before you send out the products to avoid unhappy returns.
產品寄出前請仔細檢查，以避免不滿意的退貨。

03

baseline
[`beslaɪn]
名 基線；底線
★ ★ ★

= **base基礎** + **line線** **複**

記憶TIP 基礎線、基準線 = 基線；底線

例 The baseline of our products you had put down a year ago is not useful now.
你去年設下的產品基準現在不合用了。

04

benchmark
[`bɛntʃ.mark]
名 基準；水準點
★ ★ ★ ★

= **bench工作臺** + **mark記號** **複**

記憶TIP 在工作臺上做記號，告知要做到的 → 基準

例 I think we had better raise the benchmark for making new products.
我想我們最好提升製作新產品的水準點。

05

collectively
[kə`lɛktɪvlɪ]
副 全體地；共同地
★ ★ ★

= **col一起** + **lect挑選** + **ively具…性質地，副詞**

記憶TIP 全部的人共同挑選 = 全體地；共同地

例 The teachers collectively are very happy to meet up with the new students.
全體老師對於和新同學見面都感到相當高興。

common
[`kɑmən]
形 共通的；共同的
★ ★ ★ ★ ★

= com一起 + mon單一

記憶TIP 一同遵循的單一標準 = 共通的

例 Because Tony didn't check carefully, all the products have the common mistake.
由於湯尼沒有仔細檢查，導致所有的產品都有這個共同的錯誤。

continually
[kən`tɪnjʊəlɪ]
副 不停地；一再地
★ ★ ★

= con完全 + tin保持 + ual…的 + ly…地，副詞

記憶TIP 完全保持地 = 不停地；一再地

例 My boss cannot accept the machine making the same mistake continually.
我的老闆不能接受這台機器一再出現相同的錯誤。

criticize
[`krɪtɪˌsaɪz]
動 批評
★ ★ ★ ★

= critic評判 + ize使成為…，動詞

記憶TIP 評判的動作 = 批評

例 Johnson criticized the new products in front of the board.
強森在董事面前批評新產品。

cumulative
[`kjʊmjʊˌlətɪv]
形 漸增的；蓄積的
★ ★ ★

= cumulat堆積 + ive具…性質的，形容詞

記憶TIP 具堆積性質的 = 漸增的；蓄積的

例 We need a person to deal with the cumulative complaints among the customers.
我們需要有人處理日益累積的客訴。

cutback
[`kʌtˌbæk]
名 減少
★ ★ ★ ★

= cut減下 + back回來 複

記憶TIP 往回減下 = 減少

例 My boss tried everything possible to make more cutbacks in spending.
我的老闆盡其所能地縮減開支。

11

diagram
[`daɪə,græm]
名 圖表；圖解 動 用圖表示
★ ★ ★

= dia通過 + gram寫或畫畫之物

記憶TIP 用畫的或寫的來表示 = 圖表；圖解

例 On the wall of the office hung a procedure diagram.
辦公室的牆上掛著一張流程圖。

 12

discrete
[dɪ`skrit]
形 分離的；不連接的
★ ★

= dis離 + crete分離

記憶TIP 個別分出去 = 分離的；不連接的

例 It is not easy to put those discrete parts into a whole piece.
要把這些分離的零件完整組合起來是不容易的。

 13

durability
[,djʊrə`bɪlətɪ]
名 耐久性
★ ★ ★

= dur持續 + ability可…性，名詞

記憶TIP 可以持續的能力 = 耐久性

例 Our new products have great durability.
我們的新產品耐久性極佳。

 14

effect
[ɪ`fɛkt]
名 結果；效果 動 造成；導致
★ ★ ★ ★

= ef出 + fect做

記憶TIP 做出東西來 = 結果；效果

例 This important quality control step had a great effect upon the future of our company.
這個重要的品管步驟對我們公司的將來影響很大。

 15

efficient
[ɪ`fɪʃənt]
形 有效率的
★ ★ ★ ★ ★

= effic做出 + ient…性質的，形容詞

記憶TIP 可以做出東西來的 = 有效率的

例 We are trying to make an efficient machine for our customers.
我們試著為顧客製作一台有效率的機器。

encounter
[ɪn`kaʊntɚ]
動 遭遇(困難、危險)
★ ★ ★ ★

= **en使** + **counter反對的**

記憶TIP 面對到持相反意見的人 = 遭遇

例 We have encountered some problems in dealing with old customers.
我們在處理老顧客上遇到了一些問題。

enhance
[ɪn`hæns]
動 加強；增進
★ ★ ★ ★ ★

= **en使** + **hance高**

記憶TIP 使內在能力變高 = 加強；增進

例 In order to enhance the workers' operation skills, the boss hired a trainer.
為了增進工人的操作技巧，老闆雇用了一位訓練員。

escalation
[ˌɛskə`leʃən]
名 逐步上升
★ ★ ★ ★

= **e朝** + **scala爬** + **tion行為產物，名詞**

記憶TIP 朝上面爬 = 逐步上升

例 In order to satisfy the steady escalation of sales, our boss decided to build a new factory.
為滿足逐漸上升的銷售量，我們的老闆決定建造一間新工廠。

evoke
[ɪ`vok]
動 招致；引起
★ ★ ★ ★

= **e出** + **voke喊叫**

記憶TIP 向外喊叫 = 招致；引起

例 The board members' argument may evoke a big crisis in the company.
董事會成員間的爭執也許會引發公司的重大危機。

expectancy
[ɪk`spɛktənsɪ]
名 期望；期望值
★ ★

= **ex外** + **pect看** + **ancy狀態，名詞**

記憶TIP 往外看的狀態 = 期望；期望值

例 We have no idea about our boss's seasonal profit expectancy.
我們不知道老闆的季營收期望值。

245

exposure
[ɪk`spoʒɚ]
名 暴露
★★★

= ex外 + pos放 + ure結果，名詞

記憶TIP 放在外面 = 暴露

例 We cannot read this fax because of its exposure to the sun.
由於這份傳真受到陽光曝晒，我們無法閱讀。

---

external
[ɪk`stɜnəl]
形 來自外部的；外在的
★★★★

= exter外面 + nal…的，形容詞

記憶TIP 在外面的 = 來自外部的；外在的

例 Who is responsible for the external business?
由誰負責對外業務？

---

fabricate
[`fæbrɪ͵ket]
動 製造；組裝
★★★

= fabric構造 + ate做…，動詞

記憶TIP 依構造製作 = 製造；組裝

例 Our department is in charge of fabricating the final part of this bike.
本部門負責組裝這台腳踏車的最後一個部分。

---

foremost
[`for͵most]
形 1.最前的 2.最重要的
★★★★★

= fore先前 + most最…的，形容詞

記憶TIP 最前面的 = 最前的；最重要的

例 Tom is foremost in line for a promotion and a raise.
湯姆列在晉級加薪的第一順位。

---

gamut
[`gæmət]
名 全部；整個範圍
★★

= gam成群 + ut狀態，名詞

記憶TIP 成群的狀態 = 全部；整個範圍

例 Tom's company conducted our whole gamut of raw material examinations.
湯姆的公司處理我們所有原物料的檢驗。

impede
[ɪm`pid]
動 阻礙；妨礙
★ ★ ★ ★

= **im入內** + **ped腳** + **e動作，動詞**

記憶TIP 裡面多了一隻腳 = 阻礙；妨礙

例 The scheduled progress had been impeded by the argument between these two departments.
這兩個部門間的爭執已妨礙到預定的進度。

improve
[ɪm`pruv]
動 改進；改善
★ ★ ★ ★ ★

= **im進入** + **prov試驗** + **e動作，動詞**

記憶TIP 使試驗成功 = 改進；改善

例 The Sales Department held a meeting to improve their service.
為改善服務，業務部門開了一次會。

inevitable
[ɪn`ɛvətəbl̩]
形 不可避免的
★ ★ ★ ★

= **in沒有** + **e出去** + **vit生命** + **able可…的，形容詞**

記憶TIP 生命中沒有其他出路的 = 不可避免的

例 Raising our price was inevitable after we redesigned our wrapping.
在我們重新設計包裝後，漲價是不可避免的。

inspect
[ɪn`spɛkt]
動 檢查；審查
★ ★ ★ ★

= **in入內** + **spect看**

記憶TIP 入內查看 = 檢查；審查

例 In order to inspect these products, it took those workers three hours to move out the boxes.
為了檢查這些產品，那些勞工花了三個小時的時間把箱子搬出去。

intrinsic
[ɪn`trɪnsɪk]
形 本身的；固有的
★ ★ ★

= **intr向內** + **insic在內部**

記憶TIP 本來在內部就有的 = 本身的；固有的

例 We are facing difficulties that are intrinsic to such a situation.
我們正面臨著這種情勢本身固有的困難。

31

maladjusted
[ˌmælə`dʒʌstɪd]
形 失調的；不適應的
★ ★ ★ ★

= mal不良 + adjust調整 + ed有⋯的，形容詞

記憶TIP 調適不良的 = 失調的；不適應的

例 He was maladjusted to this inanimate job in the factory and eventually decided to quit.
他無法適應這份單調的工廠工作，最終決定辭職。

 32

manage
[`mænɪdʒ]
動 管理；經營
★ ★ ★ ★ ★

= man手 + age做⋯，動詞

記憶TIP 親手去做 = 管理；經營

例 We need to hire an experienced person to manage our factory.
我們需要雇用一位有經驗的人來管理我們的工廠。

 33

paramount
[`pærəˌmaunt]
形 最重要的；主要的
★ ★ ★

= para旁邊 + mount上升

記憶TIP 在一旁默默上升的 = 最重要的；主要的

例 The profits of the company are paramount.
公司的利潤是最重要的。

 34

precision
[prɪ`sɪʒən]
名 精確；準確
★ ★ ★

= pre事先 + cis剪 + ion結果，名詞

記憶TIP 先剪好、預備好的較精確 = 精確；準確

例 The machines in our factory have to be made with great precision.
本工廠的機器必須非常精確地製造。

 35

preliminary
[prɪ`lɪməˌnɛrɪ]
形 預備的；初步的
★ ★ ★

= pre之前 + limin門檻 + ary有關⋯的，形容詞

記憶TIP 放在門檻的前面準備開始 = 預備的

例 Tony and his friends are making the preliminary arrangements to start a new company.
湯尼和朋友們正著手於開創一家新公司的初步安排。

pressure
[`prɛʃɚ]
名 壓力
★ ★ ★ ★

= press壓 + ure結果，名詞

記憶TIP 壓下去的結果 = 壓力

例 The workers have to deal with lots of pressure from the boss.

工人們必須承受老闆所施加的壓力。

---

prevention
[prɪ`vɛnʃən]
名 預防；防止
★ ★ ★

= pre之前 + vent來 + ion行為產物，名詞

記憶TIP 提前做好的行為措施 = 預防；防止

例 John said that the prevention cost will be around two million dollars.

約翰表示預防成本將會在兩百萬元左右。

---

prolific
[prə`lɪfɪk]
形 多產的；富於…的
★ ★ ★

= pro往前 + lif生命 + ic…的，形容詞

記憶TIP 一直向前產出的 = 多產的

例 I can't believe that John is going to sell this prolific factory.

我不敢相信約翰要賣掉這間產量大的工廠。

---

pursuit
[pɚ`sut]
名 追求；尋求
★ ★ ★

= pur向前 + suit追

記憶TIP 向前追 = 追求；尋求

例 Our boss is in pursuit of making good quality products.

我們的老闆追求製造高品質的產品。

---

recondite
[`rɛkən͵daɪt]
形 深奧的；不易懂的
★

= re向後 + cond藏 + ite…性質的，形容詞

記憶TIP 向後隱藏起來的 = 深奧的；不易懂的

例 The pie chart is too recondite for those workers to understand.

這個圓餅圖對那些員工而言太過深奧，以至於無法理解。

recur
[rɪ`kɝ]
動 再發生；復發
★ ★

= **re再次** + **cur跑**

記憶TIP 再跑一次 = 再發生；復發

例 Problems with product quality control do recur sometimes.
產品的品質管理問題的確會一再發生。

regulate
[`rɛgjə͵let]
動 規定；制訂規章
★ ★ ★ ★

= **regul有規律** + **ate做…，動詞**

記憶TIP 使有規律 = 規定；制訂規章

例 It is important for the Board to regulate suitable rules about quality control.
對董事會而言，制訂一套合適的品管規章是重要的。

regulation
[͵rɛgjə`leʃən]
名 規定；標準
★ ★ ★ ★

= **regul有規律** + **ation行為產物，名詞**

記憶TIP 使保有規律的狀態或物品 = 規定；標準

例 Our boss, Mr. White, has set some new regulations about quality control.
我們的老闆懷特先生已訂出一些品質控管的新規定。

reliability
[rɪ͵laɪə`bɪlətɪ]
名 可信賴度；可靠
★ ★ ★

= **reli依靠** + **ability可…性，名詞**

記憶TIP 有能力被依靠 = 可信賴度；可靠

例 People in this field know that this company has high reliability.
本產業的從業者都知道這間公司高度可靠。

retrench
[rɪ`trɛntʃ]
動 節省；刪除
★ ★

= **re向後** + **trench切**

記憶TIP 把用不到的向後切除 = 節省；刪除

例 Our boss wants to retrench the expenditure of the materials.
我們的老闆想要節省原料開支。

46

rework
[ri`wɜk]
動 重做；修訂
★★★

= re再次 + work工作

記憶**TIP** 再把工作做一次 = 重做；修訂

例 Please give us one more week to rework this machine.
請再給我們一週的時間修正這台機器。

 47

stoppage
[`stapɪdʒ]
名 停工；罷工
★★★

= stopp(=stop)停止 + age狀態，名詞

記憶**TIP** 停止的狀態 = 停工；罷工

例 Since we haven't got any orders from our clients for one month, our manager plans to have a stoppage.
由於我們已經一個月未接到客戶訂單，我們的經理打算要停工。

 48

vital
[`vaɪtl]
形 極其重要的；必不可少的
★★★★

= vit生命 + al…的，形容詞

記憶**TIP** 與生命相關的 = 極其重要的

例 It is vital to check our products carefully before shipping them out.
在出貨之前仔細檢查我們的產品，這一點非常重要。

應考片語

cause and effect 因果 ★★★

expected life 預期使用壽命 ★★

failure rate 產品不良率；產品失敗率 ★★★

fishbone diagram 魚骨圖 ★★★

flow chart 流程圖 ★★★

in either case 無論在哪種情況下 ★★★

shut down 關閉；停工 ★★★

under control 在控制中 ★★★

2 產品開發
Product Development and Innovation

學習範疇 產品設計與開發、創造與創新
非學不可的65個必考重點字

🎧 MP3 118

abort
[ə`bɔrt]
動 (計畫等)失敗；使中止
★ ★ ★

= **ab離開** + **ort產生**

記憶TIP 從繼續產生的狀態離開 = 失敗；使中止

例 I can't believe that our new project has been aborted.
我不敢相信我們的新企劃已被喊停。

ambivalence
[æm`bɪvələns]
名 猶豫；舉棋不定
★ ★

= **ambi兩者皆** + **val強壯** + **ence情況，名詞**

記憶TIP 兩個都很強壯，所以難以決定 = 猶豫

例 His ambivalence made his boss angry.
他的舉棋不定使他的老闆生氣。

ameliorate
[ə`miljəˌret]
動 改良；改善
★ ★

= **a去** + **melior更好** + **ate做…，動詞**

記憶TIP 使往更好的方向去 = 改良；改善

例 The expert said that this machine can ameliorate the speed of production.
專家說這台機器可以改善生產的速度。

breakthrough
[`brekˌθru]
名 突破；創新
★ ★ ★ ★

= **break打破** + **through通過** + **複**

記憶TIP 打破舊制 = 突破；創新

例 This great invention is a two-year breakthrough for our team.
這個偉大的發明是本團隊兩年來的一項突破。

confound
[kən`faund]
動 使混亂；使困惑
★ ★ ★

= **con一起** + **found基礎**

記憶TIP 地基都打在同一個地方 = 使混亂

例 John doesn't know what to do after hearing the confounding test result.
在得知這個令人困惑的測試結果後，約翰不知道該怎

麼辦。

conscientious
[ˌkɑnʃɪˋɛnʃəs]
形 認真的;勤懇的
★ ★ ★

= **conscient自覺的** + **ious具…性質的,形容詞**

記憶**TIP** 有自覺的人對事情很要求 = 認真的

例 Our manager believes that his assistant, Mary, is conscientious about her work.
我們的經理認為他的助理瑪莉工作認真。

correlation
[ˌkɔrəˋleʃən]
名 相互關係;關聯
★ ★

= **cor一起** + **relation關係**

記憶**TIP** 彼此有相關聯 = 相互關係;關聯

例 There is a correlation between the production speed and the quality of the products.
製造的速度與產品的品質之間互有關聯。

creative
[kriˋetɪv]
形 有創造力的
★ ★ ★ ★

= **creat創造** + **ive具…性質的,形容詞**

記憶**TIP** 具創造性質的 = 有創造力的

例 We are looking for a person who is creative and conscientious.
我們正在尋找一位有創造力和認真的人。

creativity
[ˌkrieˋtɪvətɪ]
名 創造力
★ ★ ★

= **creat創造** + **iv具…性質的** + **ity狀態,名詞**

記憶**TIP** 創造的狀態 = 創造力

例 Jason is an important member in our team because of his creativity.
傑森因其創造力而成為本團隊的重要成員。

dedicate
[ˋdɛdəˌket]
動 致力於…;獻身…
★ ★ ★

= **de完全** + **dic表明** + **ate做…,動詞**

記憶**TIP** 完全將自身表明的動作 = 致力於…

例 Mr. Brown dedicated his life to inventing new products for our company.
伯朗先生終身致力於為本公司發明新產品。

dedication
[ˌdɛdəˈkeʃən]
名 專心致力
★ ★ ★

= **de完全** + **dic表明** + **ation行為產物，名詞**

記憶TIP 完全將自身表明的狀態 = 專心致力

例 Jason's dedication to invention gained the respect of his colleagues.
傑森致力於研發的精神贏得了同事們的尊敬。

---

design
[dɪˈzaɪn]
名 動 設計；構思
★ ★ ★ ★

= **de向下** + **sign記號**

記憶TIP 把腦中的點子轉成符號寫下來 = 設計

例 Jason has great ideas about designing, so he has been promoted to manager of the Product Design Department.
傑森有著很棒的設計構想，所以他被提拔為商品設計部的經理。

---

designer
[dɪˈzaɪnə]
名 設計師
★ ★ ★ ★

= **design設計** + **er做…的人，名詞**

記憶TIP 做設計的人 = 設計師

例 Johnny is one of the top machine designers in our department.
強尼是本部門頂尖的機械設計師之一。

---

development
[dɪˈvɛləpmənt]
名 發展結果；產物
★ ★ ★ ★

= **de展開** + **velop包裝** + **ment過程/結果，名詞**

記憶TIP 把外包裝展開，呈現 → 發展結果；產物

例 Our boss was satisfied with the development of our products.
老闆對於我們產品的發展感到滿意。

---

difficulty
[ˈdɪfəˌkʌltɪ]
名 困難；難題
★ ★ ★ ★

= **dif不** + **fic做** + **ult…的** + **y性質，名詞**

記憶TIP 不好做的性質 = 困難；難題

例 Although the team is facing great difficulty, I believe we can solve it soon.
雖然團隊正面臨重大困難，我相信我們很快就能解決。

16

disparate
[`dɪspərɪt]
形 不同的；異類的
★ ★

= **dis不** + **par相等** + **ate…性質的，形容詞**

記憶TIP 性質不相等的 = 不同的；異類的

例 In order to deal with the disparate opinions among his team, Mr. Wang will hold a meeting this afternoon.
為處理團隊內的歧見，王先生將在今天下午舉行會議。

17

distinctive
[dɪ`stɪŋktɪv]
形 與眾不同的；特殊的
★ ★ ★

= **dis分開** + **tinct標記** + **ive具…性質的，形容詞**

記憶TIP 需要分開標記的 = 與眾不同的；特殊的

例 We expect the research team to give us a distinctive product.
我們期待研究團隊能提供與眾不同的產品給我們。

18

distinguish
[dɪ`stɪŋgwɪʃ]
動 區別；識別
★ ★ ★

= **dis分開** + **tingu標記** + **ish使成為…，動詞**

記憶TIP 分開來標示的動作 = 區別；識別

例 It is important to distinguish between right and wrong.
明辨是非當然要緊。

19

effort
[`ɛfɜt]
名 努力；盡力
★ ★ ★ ★

= **ef外** + **fort強壯的**

記憶TIP 到外面去展現強壯 = 努力；盡力

例 Although his efforts had no chance of success, he keeps trying his best.
雖然他的努力將歸徒勞，他仍然全力以赴。

20

emerge
[ɪ`mɝdʒ]
動 浮現；(問題)發生；顯露
★ ★ ★ ★

= **e跳出** + **merg沉** + **e動作，動詞**

記憶TIP 從下沉的狀態中跳出來 = 浮現；發生

例 Nothing emerged from the bilateral talks, so John left with disappointment.
雙邊會談沒有結果，所以約翰帶著失望離開了。

emulate
[`ɛmjə,let]
動 同…競爭；盡力趕上
★

= **emul競爭** + **ate做…，動詞**

記憶TIP 做競爭的動作 = 同…競爭；盡力趕上

例 Emulating Johnny's company is our goal this year.
我們今年的目標是盡力趕上強尼的公司。

---

engineer
[,ɛndʒə`nɪr]
名 工程師；技師
★ ★ ★

= **engine引擎/器械** + **er做…的人，名詞**

記憶TIP 做引擎的人 = 工程師；技師

例 It is the engineer's duty to fix the malfunctioning machine.
維修這台故障的機器是工程師的責任。

---

environment
[ɪn`vaɪrənmənt]
名 環境；四周狀況
★ ★ ★ ★

= **en在內** + **viron周圍** + **ment結果，名詞**

記憶TIP 環繞在周圍的狀況 = 環境；四周狀況

例 We try to keep our work environment clean when we are doing experiments.
做實驗時，我們試著保持工作環境的整潔。

---

execute
[`ɛksɪ,kjut]
動 執行；履行
★ ★ ★

= **execut執行** + **e動作，動詞**

記憶TIP 執行的動作 = 執行；履行

例 We plan to execute a new project from the research team next month.
我們打算在下個月執行研究團隊的新企劃。

---

exertion
[ɪg`zɝʃən]
名 努力；費力
★ ★ ★

= **ex出** + **ert連接** + **ion行為過程/結果，名詞**

記憶TIP 把東西從裡面連接到外面 = 努力；費力

例 He failed at the project in spite of all his exertions.
儘管他費盡力氣，企劃還是失敗了。

Chapter 5

26

expedite
[`ɛkspɪ͵daɪt]
動 迅速執行
★ ★

= `ex出` + `ped腳` + `ite動作，動詞`

記憶TIP 用腳走出去 = 迅速執行

例 Please expedite this project.
請迅速執行這項企劃。

27

experiment
[ɪk`spɛrəmənt]
名 動 實驗；試驗
★ ★ ★

= `ex加強` + `peri試驗` + `ment過程，名詞`

記憶TIP 進行試驗的過程 = 實驗；試驗

例 We have to do more experiments to gather the right results for our project.
我們得多做一些實驗，以為企劃蒐集正確的結果。

28

extant
[ɪk`stænt]
形 現存的；尚存的
★ ★

= `ex外` + `(s)t站` + `ant…性質的，形容詞`

記憶TIP 到現在還站得出來的 = 現存的；尚存的

例 This is the only extant copy of the car which was designed two hundred years ago.
這是兩百年前所設計的車款僅存的設計原稿。

29

facilitator
[fə`sɪlə͵tetə]
名 促進者；便利措施
★ ★

= `facilit容易做` + `ator人/物，名詞`

記憶TIP 使容易做的人或物 = 促進者；便利措施

例 Johnny quit his job as a project facilitator in this company.
強尼辭掉了在這間公司擔任企劃促進者的職務。

30

failure
[`feljə]
名 失敗
★ ★ ★ ★ ★

= `fail失敗` + `ure結果，名詞`

記憶TIP 失敗的結果 = 失敗

例 The board was very angry about the failure from the marketing department.
董事會對於行銷部門這次的失敗感到相當生氣。

31

formulate
[`fɔrmjə,let]
動 規劃(制度)；想出(計畫)
★ ★ ★

= **form模式** + **ul…的** + **ate做…，動詞**

記憶TIP 使成為特定的模式 = 規劃；想出

例 My boss urged us to formulate a new project for our next season.
老闆催我們構思下一季的新企劃。

 32

headway
[`hɛd,we]
名 進展；進步；成功
★ ★ ★

= **head出發前往** + **way方法** **複**

記憶TIP 已經找到邁向目標的方法 = 進展；進步

例 We are happy to see that our team has a great headway in cellphone development.
看到本團隊在手機開發上有所進展，我們感到開心。

33

imagine
[ɪ`mædʒɪn]
動 想像；猜想
★ ★ ★ ★

= **imagin想像** + **e動作，動詞**

記憶TIP 想像的動作 = 想像；猜想

例 Can you imagine how tired we were when we finished this big project?
你可以想像當我們完成這個重大企劃時有多疲累嗎？

 34

incur
[ɪn`kɝ]
動 招致；帶來
★ ★ ★

= **in入內** + **cur跑**

記憶TIP 跑到裡面去 = 招致；帶來

例 Mr. Brown is asked to pay the expenses incurred.
有人要求伯朗先生支付那筆衍生費用。

 35

in-depth
[`ɪn`dɛpθ]
形 深入的；徹底的
★ ★ ★ ★

= **in入內** + **depth深度** **複**

記憶TIP 到更深的裡面去 = 深入的；徹底的

例 John was asked by my boss to conduct an in-depth study about potential customers.
我的老闆要求約翰進行潛在顧客的深入研究。

innovate
[`ɪnə,vet]
動 改革；創新
★ ★ ★

= **in入內** + **nov新的** + **ate做…，動詞**

記憶TIP 把裡面的東西換成新的 = 改革；創新

例 Innovating this machine costs our research team a lot of money.
創新這台機器花了我們的研究團隊許多錢。

---

innovation
[,ɪnə`veʃən]
名 革新；創新
★ ★ ★ ★

= **in入內** + **nov新的** + **ation行為產物，名詞**

記憶TIP 內部換新的狀態 = 革新；創新

例 The innovation of space travel during this century has made the world seem smaller.
太空旅行在本世紀的革新讓世界似乎變小了。

---

innovative
[,ɪnə`vetɪv]
形 創新的
★ ★ ★

= **in入內** + **nov新的** + **ative具…性質的，形容詞**

記憶TIP 內部的性質換新 = 創新的

例 Jenny is working in a young, innovative company.
珍妮在一家富創新精神的新公司上班。

---

innovator
[`ɪnə,vetə]
名 創新者；改革者
★ ★ ★

= **innovat革新** + **or做…的人，名詞**

記憶TIP 執行革新的動作者 = 創新者；改革者

例 Mr. Bob is the innovator of the smart phones.
包柏先生是智慧型手機的改革者。

---

inspiration
[,ɪnspə`reʃən]
名 靈感
★ ★ ★ ★

= **in入內** + **spir呼吸** + **ation行為產物，名詞**

記憶TIP 進入腦袋裡注入新鮮的空氣 = 靈感

例 My pet bird is the inspiration for this new machine.
這台新機器的靈感來自於我的寵物鳥。

inspire
[ɪn`spaɪr]
動 鼓舞；給⋯靈感
★ ★ ★ ★

= **in入內** + **spir呼吸** + **e動作，動詞**

記憶TIP 吹入新鮮空氣 = 鼓舞；給⋯靈感

例 The malfunctioning machine inspired the inventor with new thoughts about his invention.
故障的機器給了這位發明家一些有關發明的新構思。

intelligence
[ɪn`tɛlədʒəns]
名 智能；智慧
★ ★ ★ ★

= **intel在其中** + **lig選擇** + **ence性質，名詞**

記憶TIP 要在兩者之間做出選擇需要 → 智慧

例 Tony is obviously a man of very high intelligence.
湯尼顯然是個非常聰明的人。

invent
[ɪn`vɛnt]
動 發明；創新
★ ★ ★ ★

= **in在⋯之上** + **vent來**

記憶TIP 把東西想出來 = 發明；創新

例 We all want to know who invented the 3D printer.
我們都想知道發明3D立體印表機的人是誰。

inventive
[ɪn`vɛntɪv]
形 1.發明的 2.有創造力的
★ ★ ★

= **invent發明** + **ive具⋯性質的，形容詞**

記憶TIP 具發明性質的 = 發明的；有創造力的

例 Who is the most inventive employee in your office?
在你們的辦公室裡，誰是最有創造力的員工？

laboratory
[`læbrə,torɪ]
名 實驗室；研究室
★ ★ ★

= **labor工作** + **atory地方，名詞**

記憶TIP 工作的地方 = 實驗室；研究室

例 In order to finish the experiment before today's meeting, Joy stayed in the laboratory last night.
為了在今天開會前完成實驗，喬伊昨晚留在研究室裡。

laborious
[lə`borɪəs]
形 費力的；吃力的
★ ★ ★

= **labor工作** + **ious具…性質的，形容詞**

記憶TIP 需要工作的 = 費力的；吃力的

例 Checking all the reports was a slow, laborious job.
核對所有的報告是件耗時又費力的工作。

---

logical
[`lɑdʒɪkl]
形 合邏輯的；合理的
★ ★ ★

= **log說話** + **ic情況** + **al…的，形容詞**

記憶TIP 說的話能讓人理解 = 合邏輯的；合理的

例 Mr. White may accept this logical research result from your team.
懷特先生也許會接受貴團隊這項合理的研究結果。

---

method
[`mɛθəd]
名 方法；手段
★ ★ ★ ★

= **meth循著** + **od路**

記憶TIP 沿著路走 = 方法；手段

例 There must be a certain method to get those results.
一定能透過某種特定的方法獲得那些結果。

---

methodology
[ˌmɛθəd`ɑlədʒɪ]
名 方法論
★ ★

= **method方法** + **ology理論，名詞**

記憶TIP 方法的理論 = 方法論

例 We do not always follow the rules of the methodology we learned at school.
我們並非總是遵照在學校學到的方法論規則。

---

outdated
[ˌaut`detɪd]
形 過時的；舊式的
★ ★ ★

= **out超過** + **date日期** + **d有…的，形容詞**

記憶TIP 超過日期的 = 過時的；舊式的

例 It seems that the design from that company is outdated.
那間公司的設計作品似乎是過時的。

overcome
[ˌovɚˋkʌm]
動 戰勝；克服
★ ★ ★ ★

= **over超越** + **come來**

記憶TIP 超越困難而來 = 戰勝；克服

例 Remember that we are teammates, so we have to overcome difficulties together in the future.
別忘了我們是隊友，所以未來必須一起克服困難。

---

painstaking
[ˋpenzˌtekɪŋ]
形 勤勉的；刻苦的
★ ★ ★

= **pains辛苦/努力** + **tak拿** + **ing令人…的，形容詞** **複**

記憶TIP 很辛苦地在做事 = 勤勉的；刻苦的

例 She is making painstaking efforts to work in the lab.
她在實驗室裡勤勉地努力工作著。

---

paradigm
[ˋpærəˌdaɪm]
動 範例
★ ★ ★ ★

= **para旁邊** + **digm例子**

記憶TIP 放在旁邊參考的例子 = 範例

例 Can you give us more paradigms about your idea?
關於你的構想，可否給我們多一點範例呢？

---

parameter
[pəˋræmətɚ]
動 變數；參數
★ ★ ★

= **para旁邊** + **meter儀表**

記憶TIP 放在旁邊參考的記錄表 = 變數；參數

例 The parameters of this experiment are color and size.
這個實驗的變數是顏色和尺寸。

---

perpetuate
[pɚˋpɛtʃuˌet]
動 使永久存在；使不朽
★ ★

= **per從頭到尾** + **petu尋找** + **ate做…，動詞**

記憶TIP 一直存在著的尋找動作 = 使永久存在

例 Mr. Brown hopes to invent great work that can be perpetuated.
伯朗先生希望發明出可被永久保存的偉大作品。

56
persistent
[pɚˋsɪstənt]
形 堅持不懈的；固執的
★ ★ ★ ★

= **per從頭到尾** + **sist站** + **ent…性質的，形容詞**

記憶TIP 從頭到尾站著的 = 堅持不懈的；固執的

例 The company gave extra bonuses to those who were persistent and hardworking.
公司給那些堅持不懈又認真工作的人額外的獎金。

 57
practical
[ˋpræktɪkḷ]
形 實用的；實際的
★ ★ ★ ★

= **pract做** + **ical…的，形容詞**

記憶TIP 實際可做的 = 實用的；實際的

例 The invention from your team is very practical.
貴團隊的創作品非常實用。

 58
prodigy
[ˋprɑdədʒɪ]
動 奇蹟；奇觀；奇才
★ ★ ★

= **pro在前** + **dig挖掘** + **y性質，名詞**

記憶TIP 在前面就先挖掘出 = 奇蹟；奇觀；奇才

例 He was such a prodigy that he used a 3D printer to make a life-sized car.
他是一名奇才，能用3D立體印表機做出一台實際尺寸的車子。

 59
prolong
[prəˋlɔŋ]
動 拉長；延長
★ ★ ★

= **pro向前** + **long長的**

記憶TIP 向前伸長 = 拉長；延長

例 Johnny is the person who prolonged the research for about twenty days.
強尼就是那位延長研究時間約二十天的人。

 60
proposition
[ˏprɑpəˋzɪʃən]
名 建議；提議
★ ★ ★

= **pro事先** + **posit放置** + **ion結果，名詞**

記憶TIP 事先放置的假設答案 = 建議；提議

例 A proposition was made by Johnny to all the board members.
強尼向全體董事會成員提出了一個建議。

reformation
[ˌrɛfəˈmeʃən]
名 改革；革新
★ ★ ★

= **re再次** + **form形式** + **ation結果，名詞**

記憶TIP 再次組成特定形式 = 改革；革新

例 What we really need is the reformation of our sales department and also the research team.
我們真正需要的是業務部門和研究團隊的改革。

research
[rɪˈsɝtʃ]
名 動 研究；探究
★ ★ ★ ★

= **re再次** + **search尋找**

記憶TIP 一再地尋求最佳解答 = 研究；探究

例 The research team is always the most powerful part of our company.
研究團隊一向是我們公司最強大的部分。

solve
[sɑlv]
動 1.解決 2.解釋
★ ★ ★ ★

= **solv解開** + **e動作，動詞**

記憶TIP 把問題給解開的動作 = 解決；解釋

例 In order to solve the problem, John, the manager of our research department, decided to go back to the headquarters in New York to ask for help.
為解決此問題，我們的研發經理約翰決定回紐約的總部尋求幫助。

variable
[ˈvɛrɪəbḷ]
形 可變的 **名** 變數
★ ★ ★

= **vari變化** + **able可…的，形容詞**

記憶TIP 有變化性的 = 可變的；變數

例 Please tell us the variables of this experiment.
請告訴我們這個實驗的變數。

wipe
[waɪp]
動 擦拭；去除
★ ★ ★

= **wip擦** + **e動作，動詞**

記憶TIP 擦的動作 = 擦拭；去除

例 Before you do any experiment, remember to wipe out the previous results you have.
在做任何實驗之前，記得去除原有的結果。

3 董監事會
Board of Directors, Supervisors, and Committees

學習範疇 董監事會、委員會、議程相關非學不可的68個必考重點字

---

alignment
[ə`laɪnmənt]
名 結盟；組合
★ ★

= **a去** + **lign線** + **ment結果，名詞**

記憶TIP 成為同一陣線的結果 = 結盟；組合

例 We hope to see more customers after the alignment with Mr. Bush's shop.
我們希望在跟布希先生的店結盟後能帶來更多顧客。

---

announce
[ə`naʊns]
動 宣佈；發佈
★ ★ ★ ★

= **an向** + **nounce說**

記憶TIP 對著大家說 = 宣佈；發佈

例 We are waiting for our manager to announce our new duties.
我們正等著經理宣佈我們的新職務。

---

approbation
[ˌæprə`beʃən]
名 認可；核准
★ ★

= **ap去** + **prob檢查** + **ation行為產物，名詞**

記憶TIP 去檢查完後才認可 = 認可；核准

例 We have not yet received the approbation of the board for carrying out the plan.
我們尚未獲得董事會批准實施該計畫。

---

argue
[`ɑrgjʊ]
動 爭論；辯論
★ ★ ★ ★

= **argu明亮** + **e動作，動詞**

記憶TIP 真理愈辯愈明 = 爭論；辯論

例 One of the board members argued against the plan.
董事會成員之一據理反對這個計畫。

---

assembly
[ə`sɛmblɪ]
名 1.集會 2.與會者
★ ★

= **as在** + **sembl相關連** + **y情況，名詞**

記憶TIP 把相關連的人物放在一起 = 集會

例 There is a monthly assembly of the board members at headquarters today.
今天在總部有董事會成員的月會。

auditorium
[ˌɔdə`torɪəm]
名 會堂；禮堂
★ ★ ★

= audit聽 + orium場所，名詞

記憶TIP 用來聽講的場所 = 會堂；禮堂

例 Mark is holding a meeting in the auditorium.
馬克正在禮堂主持一場會議。

ballot
[`bælət]
名 選票 動 (不記名)投票
★ ★ ★

= bal投 + lot籤

記憶TIP 投下寫有意見的籤 = 選票；投票

例 Her name has been put on the ballot.
她已被列為候選人。

bereft
[bɪ`rɛft]
形 失去⋯的
★ ★

= be使 + reft離開

記憶TIP reft→left(離開)，使離開 = 失去⋯的

例 After the board decided to fire some of the important managers in this office, the company was bereft of focus.
在董事會決定解雇一些重要主管後，整間公司便失去了重心。

collusion
[kə`luʒən]
名 共謀；勾結
★ ★

= col一起 + lus玩 + ion過程/結果，名詞

記憶TIP 一起玩樂不務正業 = 共謀；勾結

例 The board decided to fire our manager because he was working in collusion with the enemy company.
董事會決定開除我們的經理，因為他和敵對公司勾結。

commentary
[`kɑmən,tɛrɪ]
名 評論
★ ★ ★

= com徹底 + ment評論 + ary狀態，名詞

記憶TIP 徹底評論的狀態 = 評論

例 It has been said that our boss is good at giving commentary on the world business situation.
據說我們的老闆擅長於評論世界商業局勢。

committee
[kə`mɪtɪ]
名 委員會
★ ★ ★ ★

= **com完全** + **mitt(=mit)送** + **ee受⋯的人，名詞**

記憶TIP 把意見完全交付給一群人 = 委員會

例 The new manager was on the finance committee.

那位新任經理曾是財務委員會的一員。

---

concerning
[kən`sɝnɪŋ]
介 關於
★ ★ ★

= **concern關於** + **ing表達狀態，介係詞**

記憶TIP 有關⋯的狀態 = 關於

例 The board meeting was concerning the marketing plan of our new products.

那次董事會議是關於我們新產品的行銷計畫。

---

concur
[kən`kɝ]
動 同意；贊成
★ ★

= **con一起** + **cur跑**

記憶TIP 一起朝相同的方向跑 = 同意；贊成

例 The board did not concur with Mr. White's proposal.

董事會不同意懷特先生的提案。

---

connote
[kən`not]
動 意味著；暗示
★ ★

= **con共同** + **note標示**

記憶TIP 做出共同理解的標示 = 意味著；暗示

例 Mary's presentation connoted her ideas about the new project.

瑪莉的簡報暗示了她對於新企劃的想法。

---

corrupt
[kə`rʌpt]
動 使腐敗；賄賂
★ ★ ★ ★

= **cor一起** + **rupt破裂**

記憶TIP 大家一起變得破敗 = 使腐敗；賄賂

例 Complete power corrupts the board.

絕對的權力使董事會腐敗。

corruption
[kə`rʌpʃən]
名 腐敗；貪汙
★ ★ ★ ★

= cor一起 + rupt破裂 + ion結果，名詞

記憶TIP 一起破敗的結果 = 腐敗；貪汙

例 If the corruption is not ended right away, the company may face bankruptcy very soon.
若貪腐不立即停止，這間公司可能很快就會面臨破產。

council
[`kaunsḷ]
名 會議
★ ★ ★ ★ ★

= coun共同 + cil召集

記憶TIP 召集大家一起參與 = 會議

例 They will hold a council to discuss the proposal.
他們將開會討論這個提案。

decision
[dɪ`sɪʒən]
名 決定；果斷
★ ★ ★ ★

= de離開 + cis切 + ion結果，名詞

記憶TIP 切了就離開 = 決定；果斷

例 My boss lacks decision.
我的老闆缺乏決斷力。

declaration
[dɛklə`reʃən]
名 宣佈；宣告
★ ★ ★ ★

= declar宣佈 + ation過程/結果，名詞

記憶TIP 宣佈的過程 = 宣佈；宣告

例 The leader of the board issued a declaration of the new manager of the sales department.
董事會主席宣佈業務部門的新任經理。

deny
[dɪ`naɪ]
動 否認；否定
★ ★ ★ ★

= de加強 + ny否定

記憶TIP 堅決的否定 = 否認；否定

例 The board denied their bad decision.
董事會否認了他們的壞決定。

deplorable
[dɪˋplorəbḷ]
形 可嘆的；可悲的
★ ★

= de完全 + plor喊 + able可…的，形容詞

記憶TIP 可以完全放聲大喊的 = 可嘆的；可悲的

例 Each board member was upset about the deplorable condition of their company.
每一位董事會成員都對於公司悲慘的狀況感到心煩。

disclaimer
[dɪsˋklemɚ]
名 放棄；拒絕
★ ★ ★

= dis否定 + claim聲明 + er物品，名詞

記憶TIP 聲明否定的物品 = 放棄；拒絕

例 John issued a disclaimer about rumors of his retirement.
約翰聲明他並未散佈欲退休的謠言。

disrupt
[dɪsˋrʌpt]
動 使分裂；使瓦解
★ ★ ★

= dis分離 + rupt破裂

記憶TIP 破裂分離 = 使分裂；使瓦解

例 I cannot believe that the board was disrupted after Mr. White left.
我不敢相信董事會在懷特先生離開後就分裂了。

elect
[ɪˋlɛkt]
動 選舉；遴選
★ ★ ★ ★ ★

= e出去 + lect選

記憶TIP 推選出去的動作 = 選舉；遴選

例 Each board member has the right to elect the new leader of the board.
每位董事會成員都有權遴選新的董事會領導人。

election
[ɪˋlɛkʃən]
名 選舉；當選
★ ★ ★ ★

= e出去 + lect選 + ion過程/結果，名詞

記憶TIP 推選出去的過程與結果 = 選舉；當選

例 The election for the new chairman of the board will be held in January.
董事會新任主席的選舉將在一月份舉行。

elicit
[ɪ`lɪsɪt]
動 引出；誘出
★ ★

= **e出去** + **lic合法** + **it走**

記憶**TIP** 從合法的狀態裡走出來 = 引出；誘出

例 After much questioning, my boss elicited the truth from one of the board members.
經多次詢問後，我的老闆自董事會成員之一誘出了實情。

elucidate
[ɪ`lusə‚det]
動 闡明；說明
★ ★ ★

= **e出去** + **lucid明晰** + **ate做…，動詞**

記憶**TIP** 出去將事情變得明晰 = 闡明；說明

例 I hope you can elucidate your proposal to the board in person.
我希望你可以親自跟董事會說明你的提案。

elucidative
[ɪ`lusə‚detɪv]
形 闡釋的；說明的
★ ★

= **e出去** + **lucid明晰** + **ative…性質的，形容詞**

記憶**TIP** 出去使事情明晰的 = 闡釋的；說明的

例 Can you please give us a more elucidative outline of the plan?
可以請你給我們更詳盡的計畫大綱嗎？

enlighten
[ɪn`laɪtn̩]
動 1.啟發 2.教導
★ ★ ★

= **en入內** + **light明亮的** + **en使變成…，動詞**

記憶**TIP** 使內心變得明亮 = 啟發；教導

例 John tried his best to enlighten the investors about the right investment choice.
約翰盡全力教導投資者有關投資的正確選擇。

evince
[ɪ`vɪns]
動 表明；顯示出
★ ★

= **e完全** + **vinc征服** + **e動作，動詞**

記憶**TIP** 完全不留下疑問地讓人了解 = 表明

例 By looking at Johnny's report, his hard work had been evinced.
強尼的報告顯示出他的努力。

function
[`fʌŋkʃən]
名 功能；作用 動 起作用
★ ★ ★ ★

= **funct做/功能** + **ion結果，名詞**

記憶TIP 有功能的結果 = 功能；作用

例 Making important decisions for this company is the main function of the board.
董事會的主要功能是幫公司做出重要決策。

gathering
[`gæðərɪŋ]
名 集會；聚集
★ ★ ★

= **gather聚集** + **ing行為，名詞**

記憶TIP 聚集的行為 = 集會；聚集

例 The gathering of salesmen will be held tomorrow.
業務員的集會將在明天舉行。

humility
[hju`mɪlətɪ]
名 謙卑；謙遜
★ ★ ★

= **hum地** + **ility性質，名詞**

記憶TIP 如大地一般廣納萬物 = 謙卑；謙遜

例 People in this company all know that our boss is a man with humility.
這家公司的人都知道我們的老闆是一位謙卑的人。

illustrate
[`ɪləstret]
動 闡明；說明
★ ★ ★ ★

= **il加強** + **lustr光** + **ate做…，動詞**

記憶TIP 使更加明亮 = 闡明；說明

例 We need someone from the board to illustrate this new project to us.
我們需要董事會的成員來跟我們說明這個新企劃。

infer
[ɪn`fɝ]
動 推斷；推論
★ ★ ★ ★

= **in入內** + **fer拿**

記憶TIP 把內心的猜想拿出來 = 推斷；推論

例 It can be inferred that the board might ask John, the chairman, to do the presentation tomorrow.
可以推論出董事會也許會要求主席約翰於明天進行簡報。

inference
[`ɪnfərəns]
名 推斷；推論
★ ★ ★

= infer推論 + ence狀態，名詞

記憶TIP 推論的狀態 = 推斷；推論

例 It is not easy to make the right inference.
做出正確的推斷並不容易。

initiate
[ɪ`nɪʃɪˌet]
動 開始；創始
★ ★ ★ ★

= in入內 + it行走 + iate做…，動詞

記憶TIP 開始往內走動 = 開始；創始

例 The committee was initiated one month ago.
這個委員會創立於一個月前。

inquiry
[ɪn`kwaɪrɪ]
名 1.詢問 2.調查
★ ★ ★ ★ ★

= in入內 + quir詢問 + y狀態，名詞

記憶TIP 入內詢問的狀態 = 詢問；調查

例 In order to find out who would go to the new office, the board made an inquiry.
為了得知誰有意願去新辦公室，董事會做了一份調查。

intent
[ɪn`tɛnt]
名 意圖；目的
★ ★ ★ ★

= in入內 + tent伸展

記憶TIP 要到裡面伸展的狀態 = 意圖；目的

例 We really want to know Mr. White's intent about this new project.
我們很想知道懷特先生對於這個新企劃的意圖。

interpret
[ɪn`tɜprɪt]
動 解釋；說明
★ ★ ★

= inter在之間 + pret傳開

記憶TIP 在問題中把答案傳開 = 解釋；說明

例 John was asked to interpret the new project to the Board.
約翰被要求向董事會說明這份新企劃。

interruption
[ˌɪntəˋrʌpʃən]
名 中止；打斷
★ ★ ★ ★

= **inter在之間** + **rupt破裂** + **ion結果，名詞**

記憶TIP 在一段對話之間打破插入 = 中止；打斷

例 His constant interruptions interfere with my work.
他的頻繁干擾妨礙到我的工作。

involve
[ɪnˋvɑlv]
動 包含；需要；意味著
★ ★ ★ ★

= **in入內** + **volv滾/捲** + **e動作，動詞**

記憶TIP 捲入其中 = 包含；需要；意味著

例 Careful considerations should be involved when people are choosing the leader of the board.
當人們在選擇董事會的領導者時，應該要慎重考慮。

lengthy
[ˋlɛŋθɪ]
形 冗長的；囉唆的
★ ★ ★ ★

= **leng長度** + **thy多…的，形容詞**

記憶TIP 長度過多的 = 冗長的；囉唆的

例 The lengthy speech made me sleepy.
那場冗長的演說使我想睡。

liaison
[ˌlɪeˋzɑn]
名 聯絡；聯繫
★ ★ ★

= **lia綑綁** + **is使成為…** + **on狀態，名詞**

記憶TIP 綑綁在一起的狀態 = 聯絡；聯繫

例 John has everyone's email address because he is our liaison assistant.
約翰有每個人的電子郵件地址，因為他是我們的聯絡助理。

merger
[ˋmɝdʒɚ]
名 (公司等的)合併；整併
★ ★ ★

= **merg沉沒/浸** + **er物品，名詞**

記憶TIP 沉沒的公司被其他公司給 → 合併

例 The merger of these two baby-care shops will create another talking point in this area.
這兩間嬰兒用品店的合併將成為這個地區的另一個話題。

46

mobilize
[`mobḷ,aɪz]
動 動員起來；調動
★ ★ ★ ★

= **mobil可動的** + **ize使成為…，動詞**

記憶TIP 使成為可動的 = 動員起來；調動

例 In order to mobilize the managers from different departments to the meeting, John sent out more than forty emails.

為了動員不同部門的經理前來這場會議，約翰寄出超過四十封的電子郵件。

47

newsletter
[`njuz`lɛtə]
名 商務通訊
★ ★ ★

= **news新聞** + **letter信件** **複**

記憶TIP 告知對方新消息的信件 = 商務通訊

例 The chairman of the board writes a special marketing report in the newsletter.

董事會主席在商務通訊上寫了一篇行銷特報。

48

obliterate
[ə`blɪtə,ret]
動 消除；消滅
★ ★

= **ob去除** + **liter文字** + **ate做…，動詞**

記憶TIP 去除多餘文字的動作 = 消除；消滅

例 We have to obliterate the record of the meeting.

我們必須消除會議記錄。

49

ordinance
[`ɔrdɪnəns]
名 法令；條文
★ ★

= **ordin命令** + **ance性質，名詞**

記憶TIP 命令的性質 = 法令；條文

例 I don't think the ordinance of overtime work will be passed.

我不認為超時加班的法令會被通過。

50

outcome
[`aut,kʌm]
名 成果；結果
★ ★ ★ ★

= **out出** + **come來**

記憶TIP 做出來的狀況 = 成果；結果

例 The outcome of the new products will be mentioned in the board meeting.

新產品的成果將會在董事會議中提及。

oversee
[ovɚ`si]
動 監視；監督；看管
★ ★ ★ ★

= **over在上面** + **see看**

記憶TIP 從上往下看 = 監視；監督；看管

例 In order to oversee the new products, John has to go to the factory twice a day.
為了監督新產品，約翰一天要去工廠兩次。

periodically
[pɪrɪ`adɪk ̩lɪ]
副 1.週期性地 2.定期地
★ ★

= **period時期/期間** + **ical…的** + **ly…地，副詞**

記憶TIP 有時期性地 = 週期性地；定期地

例 Investment decisions will be discussed in the meeting periodically.
投資決策將定期在會議中討論。

policy
[`paləsɪ]
名 政策；方針
★ ★ ★ ★

= **polic城市** + **y性質，名詞**

記憶TIP 管理城市所需的策略 = 政策；方針

例 The new policy about jobless teachers is not clear.
關於流浪教師的新政策模糊不清。

ponder
[`pandɚ]
動 深思；仔細考慮
★ ★ ★

= **pond衡量** + **er動作，動詞**

記憶TIP pond(池塘)，繞著池塘邊走邊想事情的人是在 → 深思；仔細考慮

例 The boss pondered which lady to hire for his new store.
老闆深思著他新開的店應該雇用哪一位女士。

posture
[`pastʃɚ]
名 立場；態度
★ ★ ★

= **pos放** + **ture行為的結果，名詞**

記憶TIP 放東西的樣子告訴他人你的 → 立場

例 During the meeting, the manager did not show his posture on raising the product's price.
會議中，經理並沒有針對提高產品價格表達立場。

priority
[praɪˋɔrətɪ]
名 優先；優先權
★ ★ ★ ★

= prior首要的 + ity狀態，名詞

記憶TIP 位居第一的首要狀態 = 優先；優先權

例 The board members have the priority to choose their seats in the meeting.
董事會成員在會議中有優先選擇座位的權利。

---

puzzling
[ˋpʌzḷɪŋ]
形 令人困惑的
★ ★ ★

= puzzl困惑 + ing令人…的，形容詞

記憶TIP 令人困惑的 = 令人困惑的

例 It is puzzling to hear about John's retirement.
得知約翰退休的消息令人費解。

---

rebuke
[rɪˋbjuk]
動 指責；訓斥
★ ★ ★

= re再次 + buke打

記憶TIP 再打一次 = 指責；訓斥

例 Johnson was rebuked by his boss because of his mistake.
強森因為犯錯而受老闆指責。

---

referral
[rɪˋfɝəl]
名 提及；參考
★ ★ ★

= re回來 + ferr拿 + al行為，名詞

記憶TIP 把需要的部分拿回來 = 提及；參考

例 Mr. Thomas made a referral about his new project in the meeting.
湯瑪士先生在會議中提及他的新企劃。

---

register
[ˋrɛdʒɪstɚ]
動 正式提出
★ ★ ★ ★

= re再次 + gister帶來/產生

記憶TIP 再次帶來提出就算是 → 正式提出

例 John has registered for his retirement.
約翰已正式提出退休申請。

remark
[rɪ`mɑrk]
動 評論；談論
★ ★ ★ ★

= re回來 + mark標記

記憶TIP 回來做標記在上面 = 評論；談論

例 Kevin remarked on the increase in sales in the meeting.
凱文在會議上談論增加的銷售額。

session
[`sɛʃən]
名 會期；開會
★ ★ ★

= sess坐 + ion過程/結果，名詞

記憶TIP 坐著討論的過程 = 會期；開會

例 The last session ended yesterday.
上一個會期在昨天結束。

sitting
[`sɪtɪŋ]
名 開會；會期
★ ★ ★

= sitt(=sit)坐 + ing行為，名詞

記憶TIP 坐著討論的行為 = 開會；會期

例 The sitting is on Monday.
會期是在星期一。

subsidiary
[səb`sɪdɪˌɛrɪ]
形 輔助的；附帶的
★ ★

= sub向下 + sid坐 + iary有關…的，形容詞

記憶TIP 可以安心向下坐的 = 輔助的

例 We need to see the subsidiary clauses to the contract we are going to sign.
我們需要看到即將簽署的合約中的附帶條款。

susceptible
[sə`sɛptəbḷ]
形 易受影響的
★ ★ ★

= sus下 + cept拿 + ible可…的，形容詞

記憶TIP 可以輕易被拿下的 = 易受影響的

例 They are all susceptible to advertising.
他們都容易受到廣告的影響。

66

takeover

[`tek͵ovə]

名 接收；接管

★ ★ ★ ★

= take取得 + over支配 複

記憶TIP 取得支配權 = 接收；接管

例 It is hard to believe his takeover of our department.

很難相信他會接管本部門。

67

vote

[vot]

動 名 投票；表決

★ ★ ★ ★

= vot發願 + e動作，動詞

記憶TIP 表達意願的動作 = 投票；表決

例 Mr. Johnson was voted as the new leader of the board.

強森先生被選為董事會的新領袖。

68

worthwhile

[`wɜθ`hwaɪl]

形 值得的；值得做的

★ ★ ★ ★

= worth價值 + while當…的時候 複

記憶TIP 有價值的時候 = 值得的；值得做的

例 It was a worthwhile contribution to our company to investigate the potential market.

調查潛在市場對我們公司而言是值得做出的貢獻。

應考片語

adhere to 1.堅持 2.擁護 ★★★

approved list 同意名單 ★★

bring up 提到；談起 ★★★★

figure out 理解；想出 ★★★★

get through 突破難關；解決問題 ★★★

meet the needs 符合需求 ★★★

press conference 記者會 ★★★

sign-in sheet 簽到表 ★★★

topic of interest 討論主題 ★★★

try out 嘗試 ★★★

4 部門職銜
Departments and Accountability

學習範疇 部門、職務、權責及任務委派
非學不可的61個必考重點字

01

administer
[əd`mɪnəstə]
動 管理；經營
★ ★ ★ ★

= **ad對** + **minist管理** + **er動作，動詞**

記憶TIP 對…進行管理的動作 = 管理；經營

例 It takes brains to administer a large company.
管理大公司需要有頭腦。

02

advisor
[əd`vaɪzə]
名 顧問
★ ★ ★ ★

= **ad對** + **vis看** + **or做…的人，名詞**

記憶TIP 能看出關鍵給予建議的人 = 顧問

例 We will hire a new advisor for our new department store.
我們將為新的百貨公司雇用一位新顧問。

03

becoming
[bɪ`kʌmɪŋ]
形 合適的；適宜的
★ ★ ★

= **be使** + **com靠近** + **ing令人…的，形容詞**

記憶TIP 使情況令人易靠近的 = 合適的；適宜的

例 Our winter uniform is very becoming on you.
我們的冬季制服非常適合你穿。

04

below
[bə`lo]
介 在…之下；低於
★ ★ ★ ★

= **be在** + **low低矮的**

記憶TIP 在低矮處 = 在…之下；低於

例 In order to work below that CEO, John went to Paris for the interview.
為了在那位總裁手下工作，強尼前往巴黎參加面試。

05

blue-collar
[`blu`kɑlə]
形 藍領的；勞工階級的
★ ★

= **blue藍色** + **collar領子** **複**

記憶TIP 藍色領子的 = 藍領的；勞工階級的

例 As a blue-collar operator in a factory, Johnny's father still saves money for Johnny to go to university.

身為一位藍領階級的工廠作業員，強尼的爸爸還是存
錢供強尼念大學。

06

C-level
[`si,lɛvl]
形 高階的
★ ★ ★

= **C(=chief)領袖/主要的** + **level層級** 複

記憶**TIP** C開頭的工作階級名稱，如CEO/CFO/
CIO/CSO等 = 高階的

例 All the C-level staff was asked to be in the
meeting yesterday.
所有的高階主管都被找去開昨天的那場會。

07

coalition
[,koə`lıʃən]
名 結合；聯合
★ ★ ★

= **co一起** + **al生長** + **ition行為產物，名詞**

記憶**TIP** 一起生長的狀態 = 結合；聯合

例 The coalition between these two departments
will be a big shock to those workers.
這兩個部門的結合對那些勞工而言會是一大震撼。

08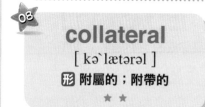

collateral
[kə`lætərəl]
形 附屬的；附帶的
★ ★

= **col一起** + **later邊** + **al…的，形容詞**

記憶**TIP** 一併放在旁邊的 = 附屬的；附帶的

例 He will be assigned to one of the collateral
sections.
他將被分派至其中一個附屬部門。

09

confront
[kən`frʌnt]
動 面臨；遭遇
★ ★ ★ ★

= **con一起** + **front面對**

記憶**TIP** 一起面對 = 面臨；遭遇

例 Confronting the angry employees is the best
way to show his sincerity.
勇敢面對那些生氣的員工是他展現誠意的最佳方式。

10

consultant
[kən`sʌltənt]
名 顧問
★ ★ ★

= **consult諮詢** + **ant做…的人，名詞**

記憶**TIP** 可諮詢的對象 = 顧問

例 You can go to our consultant for some advice.
你可以向我們的顧問尋求一些建議。

11

cooperation
[ko͵ɑpəˋreʃən]
名 合作；協力
★ ★ ★ ★

= **co一起** + **oper工作** + **ation行為產物，名詞**

記憶TIP 一起工作的行為 = 合作；協力

例 The success of the project relies on the cooperation of all involved parties.
這項企劃的成功有賴於所有相關部門的合作。

12

counsel
[ˋkaʊnsḷ]
動 名 1.商議 2.勸告
★ ★ ★ ★

= **coun共同** + **sel召集**

記憶TIP 召集大家一起想辦法 = 商議

例 The new assistants like to be counselled by Johnny because he is always kind and patient.
新助理們喜歡尋求強尼的建議，因為他總是仁慈而有耐心。

13

delegation
[͵dɛləˋgeʃən]
名 代表；代表團
★ ★ ★ ★

= **de強調** + **leg選** + **ation行為產物，名詞**

記憶TIP 強調選出者具有代表性 = 代表；代表團

例 Peggy, who is in the delegation from our headquarters, will be our V.I.P. today.
來自我們總公司的代表佩姬，將會是我們今天的重要貴賓。

14

deploy
[dɪˋplɔɪ]
動 名 展開；部署；調度
★ ★ ★

= **de除去** + **ploy折疊**

記憶TIP 除去折疊的狀態 = 展開；部署；調度

例 Johnny was deployed to the new office in Taipei.
強尼被調度到台北的新辦事處。

15

director
[dəˋrɛktə]
名 主管；主任
★ ★ ★

= **di貫穿** + **rect拉直/正** + **or做…的人，名詞**

記憶TIP 貫穿整體作業流程，把生產事業拉上正軌的人 = 主管；主任

例 Meg is one of the important directors of our office.
梅格是本辦公室的重要主管之一。

dominate
[`dɑmə,net]
動 支配；統治；佔重要地位
★ ★ ★ ★

= **domin 支配/統治** + **ate 做…，動詞**

記憶TIP 做支配的動作 = 支配；統治

例 It is Mr. Brown who has the power to dominate all workers in the factory.
伯朗先生是有權支配工廠裡所有員工的人。

embark
[ɪm`bɑrk]
動 從事；著手
★ ★ ★ ★

= **em 入內** + **bark 小船**

記憶TIP 先進入小船內開始做 = 從事；著手

例 The group embarked on a campaign to get people to vote.
那個團體展開了一場動員人民投票的運動。

empower
[ɪm`pauə]
動 准許；使能夠
★ ★ ★ ★

= **em 向內** + **power 力量**

記憶TIP 向裡面給予處理事情的能量 = 准許；使能夠

例 The new manager was empowered to represent our company.
授權這位新任經理代表本公司。

entitle
[ɪn`taɪtḷ]
動 授予(職位或權力)
★ ★ ★

= **en 使** + **title 權力**

記憶TIP 使有權力 = 授予(職位或權力)

例 John was entitled to be the team leader because of his powerful speech.
由於約翰強而有力的演說，他被授銜為組長。

equivalent
[ɪ`kwɪvələnt]
名 相等物 **形** 相同的
★ ★ ★

= **equi 相等** + **val 力/價值** + **ent 狀態，名詞**

記憶TIP 價值相等之物 = 相等物

例 His answer is equivalent to a refusal.
他的答案等於是拒絕。

examiner
[ɪgˋzæmɪnɚ]
名 檢查員；審查員
★ ★ ★

= **ex出** + **amin秤** + **er做…的人，名詞**

記憶TIP 秤出差異的人 = 檢查員；審查員

例 The examiner never left the office to make sure there was no cheating.
審查員一刻也沒有離開辦公室，以確保無作弊情事。

---

executive
[ɪgˋzɛkjʊtɪv]
名 經理；業務主管
★ ★ ★ ★

= **execut執行** + **ive性質，名詞**

記憶TIP 負責執行經營方針的人 = 經理

例 The CEO is the chief executive in our company.
總裁是我們公司的首要主管。

---

expansion
[ɪkˋspænʃən]
名 擴展；擴張
★ ★ ★

= **ex出** + **pan展開** + **sion行為過程，名詞**

記憶TIP 伸展出去 = 擴展；擴張

例 The new office building is large to allow room for expansion.
新的辦公大樓很大，有可供擴展的空間。

---

headquarter
[ˋhɛdˋkwɔrtɚ]
動 設立總部
★ ★ ★

= **head頭** + **quarter駐地** **複**

記憶TIP 設立重要幹部駐守的地方 = 設立總部

例 My boss plans to headquarter in Taipei.
我的老闆打算在台北設立總部。

---

incumbent
[ɪnˋkʌmbənt]
形 1.現職的 2.負有責任的
★ ★

= **in在** + **cumb依靠** + **ent…性質的，形容詞**

記憶TIP 可以依靠的 = 現職的；負有責任的

例 Mr. Brown is the incumbent CEO, and we all respect him.
伯朗先生是現任總裁，我們都很尊敬他。

interfere
[ˌɪntɚˈfɪr]
動 干涉；干預
★ ★ ★

= inter互相 + fere打

記憶TIP 相互對打來干預彼此 = 干涉；干預

例 We do not want you to interfere with this case since it's not the business of your department.
由於這項業務與貴部門無關，我們不希望你加以干涉。

laborer
[ˈlebərɚ]
名 勞工
★ ★ ★ ★

= labor勞動 + er做…的人，名詞

記憶TIP 從事勞動的人 = 勞工

例 The laborers in that factory usually work twelve hours a day.
那間工廠的勞工一天通常工作十二個小時。

leadership
[ˈlidɚʃɪp]
名 領導地位；領導才能
★ ★ ★ ★

= lead領導 + er做…的人 + ship身分，名詞

記憶TIP 擔任領導人的身分 = 領導地位

例 Tom took over the leadership of the company.
湯姆接掌了公司的領導權。

loyalty
[ˈlɔɪəltɪ]
名 忠誠；忠心
★ ★ ★

= loyal忠心的 + ty狀態，名詞

記憶TIP 忠心的狀態 = 忠誠；忠心

例 Ryan is the best employee in our company because of his loyalty.
萊恩因為忠誠而為本公司的最佳員工。

management
[ˈmænɪdʒmənt]
名 管理；經營
★ ★ ★

= man手 + age動作 + ment過程，名詞

記憶TIP 用手處理事務 = 管理；經營

例 Effective teamwork is from great management.
有效的團隊合作來自於良好的管理。

31

manager
[`mænɪdʒ]
名 經理；管理人
★ ★ ★ ★

= **manag管理** + **er做…的人，名詞**

記憶TIP 負責管理的人 = 經理；管理人

例 John was fired by the strict manager in this department.
約翰被這個部門嚴厲的經理解雇。

 32

managerial
[ˌmænə`dʒɪrɪəl]
形 管理人的；管理方面的
★ ★ ★

= **manager管理人** + **ial…的，形容詞**

記憶TIP 管理人的 = 管理人的；管理方面的

例 Johnny was assigned to the marketing department due to a managerial decision.
管理階層決定分派強尼至行銷部門。

 33

mediator
[`midɪˌetə]
名 調停者
★ ★ ★

= **medi中間** + **at做…** + **or做…的人，名詞**

記憶TIP 居間溝通的人 = 調停者

例 I think a mediator is needed between these two departments.
我想這兩個部門之間需要一位調停者。

 34

messenger
[`mɛsndʒə]
名 信差；使者
★ ★ ★

= **messeng訊息** + **er做…的人，名詞**

記憶TIP 傳送訊息的人 = 信差；使者

例 I didn't see the messenger today, so the letter from Mr. Brown must be delayed.
我今天沒有看到信差，所以伯朗先生的信一定會受到耽擱。

 35

miserably
[`mɪzərəblɪ]
副 悲慘地；可悲地
★ ★

= **miser痛苦** + **ab可…的** + **ly…地，副詞**

記憶TIP 痛苦地 = 悲慘地；可悲地

例 Our factory ended miserably in July.
本工廠在七月時悲慘地歇業了。

negotiator

[nɪˋgoʃɪˏetə]

名 交涉者；協商者

★ ★ ★

= **negotiat談判** + **or做⋯的人，名詞**

記憶TIP 去進行談判的人 = 交涉者；協商者

例 In order to solve this problem, we really need a good negotiator.
我們真的需要一位好的協商者來解決這個問題。

---

nominal

[ˋnɑmənḷ]

形 名義上的；有名無實的

★ ★

= **nomin提名** + **al⋯的，形容詞**

記憶TIP 有被提名但無實權的 = 名義上的

例 John is nothing but a nominal CEO for the company.
約翰只不過是公司的名義總裁罷了。

---

nominate

[ˋnɑməˏnet]

動 任命；指定

★ ★ ★

= **nomin提名** + **ate做⋯，動詞**

記憶TIP 提名的動作 = 任命；指定

例 Our manager nominated Johnny to be the personal assistant of the new CEO.
我們經理指派強尼擔任新總裁的私人助理。

---

nomination

[ˏnɑməˋneʃən]

名 提名；任命

★ ★ ★

= **nomin提名** + **ation行為產物，名詞**

記憶TIP 提名的行為 = 提名；任命

例 The nomination for the team leader from our manager was denied by the CEO.
由經理提名的團隊領導者遭總裁否決。

---

nominee

[ˏnɑməˋni]

名 被提名者

★ ★ ★

= **nomin提名** + **ee受⋯的人，名詞**

記憶TIP 受到提名的人 = 被提名者

例 I do not want to be one of the nominees for the position.
我不想成為該職位的被提名者之一。

operative
[`ɑpərətɪv]
形 有效的；起作用的
★ ★

= oper工作 + ative…性質的，形容詞

記憶TIP 工作有發揮作用的 = 有效的；起作用的

例 The new notice has been operative for two days.
新通知已經生效兩天了。

outsource
[`autsɔrs]
動 對外採購；委外；外包
★ ★ ★ ★

= out外 + source來源

記憶TIP 從外部找到供貨來源 = 對外採購

例 We have to outsource from foreign countries this time since we cannot find the things we need in Taiwan.
由於我們在台灣找不到需要的東西，所以這次必須從國外採購。

overlap
[ˌovəˋlæp]
動 與…部分重疊
★ ★ ★

= over在上面 + lap重疊

記憶TIP 在上面的部分重疊 = 與…部分重疊

例 My work overlaps with some coworkers', so they covered for me when I was in the meeting.
我的工作和其他同事的有部分重疊，所以當我去開會時，他們會幫我代班。

paymaster
[`peˌmæstə]
名 (薪水)發款員；主計官
★ ★

= pay支付/薪酬 + master掌控者 複

記憶TIP 掌控薪酬支付的人 = 發款員；主計官

例 The paymaster was sick last week, so our salaries may be delayed.
主計官上週生病，所以我們的薪資也許會遲付。

predominate
[prɪˋdɑməˌnet]
動 主宰；支配
★ ★ ★

= pre先 + domin支配 + ate做…，動詞

記憶TIP 先行支配的動作 = 主宰；支配

例 It is easy to understand the idea that the company's interest should predominate over personal interest, but few people can really follow it.

理解公司利益應放在個人利益之前是容易的，但很少
人能確實遵循。

= pre前 + sid坐 + ent…的人，名詞

記憶TIP 坐在前面的人 = 總裁

例 I feel sad to know that the president passed away during the meeting yesterday.
得知總裁在昨天開會時離世，我感到難過。

= pro往前 + ject拋

記憶TIP 把想法往前拋 = 企劃

例 Please follow the steps in this project.
請按照這份企劃的步驟。

= re再次 + ly結合

記憶TIP 因為信賴而再次結合 = 依賴；仰賴

例 The boss doesn't have to rely on any assistants to remind him of his working schedule.
老闆不需依賴任何助理提醒他工作行程。

= re再次 + quir詢問 + e動作，動詞

記憶TIP 一再詢問的動作 = 需要

例 It requires hard work and a little luck to have a successful future life.
擁有成功的未來生活需要認真工作和一點運氣。

= re回 + spons許諾 + ible可…的，形容詞

記憶TIP 可回來兌現承諾的 = 負責任的

例 He holds a responsible position within the company.
他在公司擔負重任。

51

secretary
[`sɛkrə,tɛrɪ]
名 祕書
★ ★ ★

= secret祕密的 + ary做…的人，名詞

記憶TIP 在公司裡處理機密文件的人 = 祕書

例 May is a private secretary to the company chairman.
梅是該公司董事長的私人祕書。

52

section
[`sɛkʃən]
名 部門；處；科
★ ★ ★ ★

= sect切 + ion結果，名詞

記憶TIP 將公司切成很多部分，形成 → 部門

例 Joy and Johnny are working at different sections in this office.
喬伊和強尼在這個辦公室裡的不同部門工作。

53

skilled
[skɪld]
形 熟練的；有技能的
★ ★ ★

= skill技巧 + ed有…的，形容詞

記憶TIP 有技巧的 = 熟練的；有技能的

例 The old master said that a skilled technician takes years to train.
老師傅說一名熟練的技師需要許多年時間的培訓。

54

spokesperson
[`spoks,pɝsn]
名 發言人
★ ★ ★

= spokes說話 + person人 複

記憶TIP 負責說話的人 = 發言人

例 Mr. Brown is the spokesperson in this department.
伯朗先生是這個部門的發言人。

55

subordinate
[sə`bɔrdnɪt]
形 1.下級的 2.隸屬的
★ ★ ★

= sub下 + ordin順序 + ate…性質的，形容詞

記憶TIP 排序在比較下面的 = 下級的；隸屬的

例 John ordered his subordinate engineers to hand in a monthly report.
約翰要求手下的工程師繳交月報告。

56

substitute
[`sʌbstə,tjut]
名 代替物；遞補者 動 替代
★ ★ ★

= **sub下** + **st站** + **itute人/物，名詞**

記憶TIP 站在下面的人或物 = 代替物；遞補者

例 Before Johnny comes back, Mark is his substitute in this department.
在強尼回來前，馬克是他在本部門的代理人。

 57

substitution
[,sʌbstə`tjuʃən]
名 1.代替 2.代用品；替換物
★ ★ ★

= **sub下** + **st站** + **itut人/物** + **ion結果，名詞**

記憶TIP 站在下面用來替換的人或物 = 代替

例 John will be in substitution of Michael due to his underperformance.
由於麥可表現欠佳，約翰將代司其職。

 58

typist
[`taɪpɪst]
名 打字員
★ ★

= **typ打字** + **ist從事⋯者，名詞**

記憶TIP 從事打字的人 = 打字員

例 His main duty is to find and point out the typos for those typists.
他的主要職責是替那些打字員找出和指出拼字錯誤。

 59

unit
[`junɪt]
名 (公司內部之)單位
★ ★ ★ ★

= **uni單一** + **t狀態，名詞**

記憶TIP 單一個的狀態 = 單位

例 Johnny leads the delegation from our unit to the meeting.
強尼帶領本單位的代表團去參加會議。

 60

volition
[vo`lɪʃən]
名 意志；決斷力
★ ★

= **vol意志** + **ition行為產物，名詞**

記憶TIP 發揮意志力的結果 = 意志；決斷力

例 He needs volition to deal with this case.
他需要決斷力來處理這個案件。

white-collar
[hwaɪt`kɑləˇ]
形 白領階級的
★★

= white白色的 + collar領子 複

記憶TIP 穿戴白領子工作的人 = 白領階級的

例 People who work in our office are so-called white-collar workers, and they also get high salaries.
本辦公室的工作者是所謂的白領階級員工，他們領有高薪。

應考片語

Accounts Dept. 會計部門 ★★
direct supervisor 直屬上司 ★★
fat cat 肥貓(指領高薪、有權勢的高級主管) ★★
graphic designer 平面設計師 ★★
in charge of 1.負責掌管 2.對⋯負責 ★★★★
manual worker 體力勞動者；手工勞動者 ★★
Marketing Dept. 行銷部門 ★★
organization chart 組織圖表 ★★★
Personnel Dept. 人事部門 ★★
private secretary 私人祕書 ★★★
product manager 產品經理 ★★★
Purchasing Dept. 採購部門 ★★
Sales Dept. 銷售部門 ★★
vice president 副總裁 ★★

常見縮寫

CEO 行政總裁 = chief executive officer ★★★
HR 人力資源 = human resources ★★★★
PR 公關 = public relations ★★★

5 租賃
Rental and Lease

 學習範疇 出租、承租、租金、物業管理
非學不可的55個必考重點字

MP3
£138

---

 apartment
[ə`partmənt]
名 公寓
★ ★ ★

= **a 使** + **part 部分** + **ment 結果，名詞**

記憶TIP 將樓房分割成個別的小部分 = 公寓

例 My wife and I are living in a small apartment near my office.
我和老婆住在鄰近我辦公室的一間小公寓裡。

---

 bedroom
[`bɛd,rum]
名 臥室
★ ★

= **bed 床** + **room 房間** 複

記憶TIP 有床的房間 = 臥室

例 Gary rents a house with seven big bedrooms for his family.
蓋瑞為家人租了一棟有七間大臥室的房子。

---

 biweekly
[baɪ`wiklɪ]
形 雙週的；每兩週一次的
★ ★ ★ ★

= **bi 兩個** + **week 星期** + **ly …性質的，形容詞**

記憶TIP 兩星期一次的 = 雙週的；每兩週一次的

例 Please remember to pay the biweekly rent to our landlord on time.
請記得準時繳交雙週租金給房東。

---

 charter
[`tʃartə]
動 租；包租
★ ★ ★

= **chart 圖表** + **er 動作，動詞**

記憶TIP 確認過圖表後承租 = 租；包租

例 Chartering a whole building for the party is what I want to do for my birthday.
租下整棟房屋舉辦派對，是我生日時想做的事。

---

 condominium
[`kandə,mɪnɪəm]
名 各戶有獨立產權的公寓
★ ★

= **con 共同** + **dom 房子** + **in 入內** + **ium 地方，名詞**

記憶TIP 公寓為私有，其他設施屬共同擁有 = 各戶有獨立產權的公寓

例 Mr. Brown rents a condominium next to this

---

big shopping center.
伯朗先生在這間大型購物中心旁租了一棟獨立產權公寓。

06

controversial
[ˌkɑntrəˋvɝʃəl]
形 有爭議的；可疑的
★ ★ ★

= contro反對 + vers轉 + ial…的，形容詞

記憶TIP 因反對而在討論時不斷轉換發言對象 = 有爭議的；可疑的

例 We know it is controversial to rent the top floor as a private garden.
我們知道租用頂樓作為私人花園是有爭議的。

07

curfew
[ˋkɝfju]
名 宵禁
★ ★ ★

= cur跑 + few少

記憶TIP 到了晚上就少在外面跑 = 宵禁

例 I am not used to living in a building with curfew after eleven o'clock at night.
我不習慣住在晚間十一點後有宵禁的大樓。

08

decrepit
[dɪˋkrɛpɪt]
形 衰老的；破舊的
★ ★

= de向下 + crep生長 + it…的，形容詞

記憶TIP 皺紋往下生長 = 衰老的；破舊的

例 The old woman rents a decrepit house alone.
這位老婆婆獨自租用一間破舊的房子。

09

dislodge
[dɪsˋlɑdʒ]
動 1.逐出 2.用力移動
★ ★

= dis不 + lodge出租房屋

記憶TIP 不再出租房屋，便把房客給 → 逐出

例 The little girl dislodged the toy from its tight packaging.
小女孩從緊繃的包裝裡用力取出玩具。

---

dormitory
[`dɔrmə،torɪ]
名 宿舍
★ ★ ★

= dorm睡覺 + it走 + ory地方，名詞

記憶TIP 睡覺的地方 = 宿舍

例 Our company provides a dormitory for the novices to live in, but they still have to pay five hundred dollars a month for the water and electricity.
本公司提供新進同仁宿舍，但他們仍需支付一個月五百元的水電費用。

---

duplex
[`djuplɛks]
名 (上下兩層)雙層樓公寓
★ ★

= du兩個 + plex疊

記憶TIP 兩層樓疊在一起 = 雙層樓公寓

例 I hope to find a duplex in this area for my family.
我希望能夠在這個區域為家人找到一間雙層樓公寓。

---

during
[`djʊrɪŋ]
介 在⋯期間
★ ★ ★ ★ ★

= dur持續 + ing表達狀態，介係詞

記憶TIP 持續的一段期間 = 在⋯期間

例 During the lease, you cannot enter this room without my permission.
租賃期間，你不能未經我同意就進入這個房間。

---

edifice
[`ɛdəfɪs]
名 大廈；雄偉的建築物
★ ★

= edif建物 + ice物質，名詞

記憶TIP 高大的建築物 = 大廈；雄偉的建築物

例 Do you know who owns this edifice around the corner?
你知道誰擁有轉角的那棟大廈嗎？

---

empty
[`ɛmptɪ]
形 空的；未佔用的
★ ★ ★ ★

= empt拿 + y多⋯的，形容詞

記憶TIP 多拿到的空間 = 空的；未佔用的

例 After paying the rent, we plan to move into that empty house next week.
付過租金後，我們打算在下週搬入那間空屋。

existing
[ɪg`zɪstɪŋ]
形 現存的；現行的
★ ★ ★

= exist存在 + ing使…的，形容詞

記憶TIP 目前存在的 = 現存的；現行的

例 They tried to find ways of making the existing system work better.
他們試著找尋使現行制度運作得更好的方法。

expel
[ɪk`spɛl]
動 驅逐；趕走
★ ★ ★ ★

= ex向外 + pel推

記憶TIP 向外推，驅逐出去 = 驅逐；趕走

例 John didn't pay the monthly rent, so he was expelled by the landlady.
約翰因為沒有付月租，所以被房東小姐趕走了。

fixed
[fɪkst]
形 固定的；制式的
★ ★ ★

= fix固定 + ed有…的，形容詞

記憶TIP 使固定的 = 固定的；制式的

例 The tenant hoped the landlady would provide a fixed lease.
房客希望房東小姐提供制式租約。

gradually
[`græd ʒʊəlɪ]
副 逐漸地
★ ★ ★ ★

= grad等級 + ual…的 + ly…地，副詞

記憶TIP 依照級數慢慢地 = 逐漸地

例 After renting this house for ten years, we gradually love this house and neighborhood.
租了這間房子十年後，我們逐漸愛上它和這個社區。

horrible
[`hɔrəbl]
形 1.糟糕的 2.恐怖的
★ ★ ★

= horr怕 + ible可…的，形容詞

記憶TIP 情況令人害怕的 = 糟糕的；恐怖的

例 Because the tenant has never cleaned this house, the house looks horrible.
由於房客從未打掃過這間房子，所以它看起來很恐怖。

20

housing
[`haʊzɪŋ]
名 1.住房供給 2.房屋；住宅
★ ★ ★

= hous房子 + ing行為，名詞

記憶TIP 有房子可藏身的 = 住房供給

例 My boss has to spend at least fifty thousand dollars a month on employees' housing.
我們老闆一個月最少要在員工宿舍上花費五萬元。

 21

humidity
[hju`mɪdətɪ]
名 濕氣；濕度
★ ★ ★

= hum潮濕 + id…的 + ity情況，名詞

記憶TIP 潮濕的情況 = 濕氣；濕度

例 The humidity of this house is too high, so the wooden furniture is rotten.
這間房子過於潮濕，所以木製傢俱都腐朽了。

 22

importune
[ˌɪmpɚ`tjun]
動 向…強求
★ ★

= im強調 + port拿 + une動作，動詞

記憶TIP 強取的動作 = 向…強求

例 I didn't understand why our landlord importuned us for the extra decoration fee.
我不懂為何房東要向我們強收額外的裝潢費。

 23

interior
[ɪn`tɪrɪɚ]
形 內部的 名 內部
★ ★ ★ ★

= inter在其中 + ior比較…，形容詞

記憶TIP 在比較中間的 = 內部的

例 Our landlord doesn't want the interior of his house to be changed.
我們的房東不希望他的房屋內部被改變。

 24

landlady
[`lænd͵ledɪ]
名 女房東；女地主
★ ★ ★

= land土地 + lady女士 複

記憶TIP 擁有這片土地的女士 = 女房東

例 The landlady has the right to check the house we rent regularly.
房東小姐有權定期檢查我們承租的房屋。

25

landlord
[`lænd,lɔrd]
名 房東;地主(男性)
★ ★ ★

= **land土地** + **lord所有者** 複

記憶TIP 土地的所有者 = 房東;地主

例 Our landlord is a kind man who provides all the furniture we need.
我們的房東很慷慨,提供我們需要的所有傢俱。

 26

leakage
[`likɪdʒ]
名 漏;洩漏(水、瓦斯)
★ ★

= **leak漏出** + **age過程/結果,名詞**

記憶TIP 漏出的過程 = 漏;洩漏

例 The tenants discovered the leakage of the water in the bathroom.
房客發現廁所漏水。

 27

lease
[lis]
動 出租 名 租賃
★ ★ ★ ★ ★

= **leas讓** + **e動作,動詞**

記憶TIP 把東西租讓出去 = 出租;租賃

例 The lease between Mr. White and me is five years.
我和懷特先生之間的租約是簽五年。

 28

lessee
[lɛs`i]
名 承租人
★ ★ ★

= **less少的** + **ee受…的人,名詞**

記憶TIP 東西比較少的人 = 承租人

例 Jason is the lessee of this house on the contract.
在合約上,傑森是這間房屋的承租人。

 29

lessor
[`lɛsɔr]
名 出租人
★ ★ ★

= **less少的** + **or做…的人,名詞**

記憶TIP 使自己的東西變少的人 = 出租人

例 As the lessor, Mary paid the maintenance fee for the house before she rented it to her tenants.
身為出租人,瑪莉在出租房屋給房客之前支付了維修費用。

MP3
141

locksmith
[`lɑk͵smɪθ]
名 鎖匠
★★

= lock鎖 + smith工匠 複

記憶TIP 製作鎖的工匠 = 鎖匠

例 Our landlady asked a locksmith to fix the door lock for us.
我們的房東小姐找了鎖匠來幫我們修理門鎖。

monthly
[`mʌnθlɪ]
形 每月的；每月一次的
★★★★

= month月 + ly…性質的，形容詞

記憶TIP 具按月性質的 = 每月的

例 Tony forgot to pay the monthly rent this month, so our landlord was a little bit mad.
湯尼這個月忘了繳房租，所以我們的房東有點生氣。

occupancy
[`ɑkjəpənsɪ]
名 1.佔有；佔有期 2.居住
★★

= occup佔領 + ancy情況，名詞

記憶TIP 佔領的情況 = 佔有；佔有期；居住

例 During the occupancy, the tenants have the right to decide the decoration in the house.
居住期間，房客有權決定房內的裝潢方式。

opportune
[͵ɑpɚ`tjun]
形 恰好的；及時的；適宜的
★★

= op朝向 + port拿 + une…性質的，形容詞

記憶TIP 剛好朝向拿著的方向 = 恰好的；及時的

例 We are glad to find this opportune house for our office.
能找到這間適合當辦公室的房子，我們感到開心。

option
[`ɑpʃən]
名 選擇；選項
★★★★

= opt選擇 + ion過程/結果，名詞

記憶TIP 選擇的過程與結果 = 選擇

例 The landlady provided three options for us to choose, and we love one of the houses in this neighborhood.
房東小姐提供我們三個選擇，而我們喜愛這一區的其中一間房子。

298

35

owner
[`onɚ]
名 擁有者；所有權人
★ ★ ★ ★ ★

= own擁有 + er做…的人，名詞

記憶TIP 擁有的人 = 擁有者；物主

例 As the owner of this house, I know I have the obligation of paying the house tax.
身為這棟房屋的屋主，我知道我有義務支付房屋稅。

36

perennial
[pə`rɛnɪəl]
形 終年的；常年的
★ ★

= per完全 + enn年 + ial…的，形容詞

記憶TIP 完全貫穿一整年的 = 終年的

例 The perennial shortage of capital is causing our boss to decide to sell this office building.
終年的資金短缺使得我們老闆決定賣掉這棟辦公大樓。

37

perfect
[`pɝfɪkt]
形 完美的；理想的
★ ★ ★

= per完全 + fect做

記憶TIP 做得很徹底的 = 完美的；理想的

例 I hope to find a perfect house for my family to live.
我希望找到一間理想的房子給我的家人住。

38

period
[`pɪrɪəd]
名 時期；期間
★ ★ ★ ★ ★

= peri周圍 + od路

記憶TIP 在四周圍走路的時候 = 時期；期間

例 Our boss will pay you for your rental in Taipei during the training period.
受訓期間，我們老闆會幫你支付台北的租屋費用。

39

plumber
[`plʌmɚ]
名 水管工人
★ ★ ★

= plumb鉛 + er做…的人，名詞

記憶TIP 做鉛管的人 = 水管工人

例 I have to hire a plumber to fix the pipe in the kitchen for the tenants.
我必須幫房客請一位水管工人來修理廚房的水管。

prepay
[pri`pe]
動 預付；提前繳納
★ ★ ★

= **pre事先** + **pay付款**

記憶TIP 事先付款 = 預付；提前繳納

例 We were asked to prepay one month's rent in the contract.
在合約裡，我們被要求預付一個月的房租。

rarely
[`rɛrlɪ]
副 極少地；罕見地
★ ★ ★ ★

= **rare珍貴的/稀有的** + **ly…地，副詞**

記憶TIP 珍貴稀少地 = 極少地；罕見地

例 I've rarely seen such a beautiful mountain scene.
我很少看到這麼漂亮的山景。

rebuild
[ri`bɪld]
動 重建；改建
★ ★

= **re再次** + **build建造**

記憶TIP 再次建造 = 重建；改建

例 Rebuilding this school requires everyone's help.
這間學校的重建需要每個人的幫忙。

recompense
[`rɛkəmˏpɛns]
動 1.酬謝；回報 2.賠償
★ ★ ★

= **re回來** + **com共同** + **pens衡量** + **e動作，動詞**

記憶TIP 衡量後償還回來 = 酬謝；回報；賠償

例 In order to recompense the loss of the landlord, we have to pay about ten thousand dollars.
為了補償房東的損失，我們需支付約一萬元。

refer
[rɪ`fɝ]
動 把…歸因於
★ ★ ★ ★ ★

= **re回來** + **fer拿**

記憶TIP 把原因拿回來 = 把…歸因於

例 When we mentioned the broken toilet, he referred to the previous tenant as the culprit.
當我們提及壞掉的馬桶時，他歸責於前一位房客。

refurbish
[rɪˋfɝbɪʃ]
動 刷新；重新裝飾
★ ★ ★ ★

= **re再次** + **furb明亮** + **ish使成為…，動詞**

記憶TIP 再次變得明亮 = 刷新；重新裝飾

例 Can you refurbish the room before you move out?
你可以在搬出前重新粉刷這個房間嗎？

rental
[ˋrɛntḷ]
名 1.租賃 2.租金
★ ★ ★ ★

= **rent租金** + **al行為，名詞**

記憶TIP 收租金的行為 = 租賃

例 While living in Kaohsiung, Emily's rental was on the fourth floor of a very lovely lady's house.
當艾蜜莉住在高雄時，她向一位可愛的女士租用位於四樓的房子。

repair
[rɪˋpɛr]
動 修理；修繕
★ ★ ★

= **re重新** + **pair成對**

記憶TIP 重新組裝成對 = 修理；修繕

例 Our landlady will hire someone to repair the toilet tomorrow.
我們的房東小姐明天會請人來修理馬桶。

resident
[ˋrɛzədənt]
名 住客；居民
★ ★ ★ ★

= **resid居住** + **ent…的人，名詞**

記憶TIP 居住在這裡的人 = 住客；居民

例 I can't believe that there are so many residents living in this area.
我不敢相信這個區域住了這麼多人。

sometimes
[ˋsʌmˌtaɪmz]
副 有時候；偶爾
★ ★ ★ ★ ★

= **some一些** + **times次數** **複**

記憶TIP 有一些次數地 = 有時候；偶爾

例 Sometimes we can see big trucks driving on the road near our house.
我們有時可以看到大卡車開在家附近的馬路上。

50

sublease

[`sʌbˌlis]

名 動 分租；轉租

★ ★ ★

= sub在…之下 + lease出租

記憶TIP 再度向下分租出去 = 分租；轉租

例 You are not allowed to sublease the house without informing the landlord.

未告知房東就轉租這棟房子是不被允許的。

 51

sublet

[sʌb`lɛt]

動 分租給…

★ ★ ★

= sub在…之下 + let租

記憶TIP 在私底下再度出租 = 分租給…

例 The house is too big for Gary to live in alone, so he wants to sublet it to a few friends of his.

這棟房子蓋瑞自己住太大了，所以他想要分租給他的一些朋友。

 52

subtenant

[sʌb`tɛnənt]

名 轉租租戶；分租人

★ ★

= sub在…之下 + tenant租屋人

記憶TIP 在租屋人之下分租的人 = 轉租租戶

例 Jason had two classmates as his subtenants in the flat he rented when he was a college student.

當傑森還是大學生時，他把公寓轉租給兩位同學。

 53

tenant

[`tɛnənt]

名 承租人；房客

★ ★ ★ ★

= ten保持 + ant做…的人，名詞

記憶TIP ten(十隻)+ant(螞蟻)，有十隻螞蟻住在這裡 = 承租人；房客

例 As tenants, we have the right to ask our landlord to fix the light for us.

身為房客，我們有權要求房東幫我們修理電燈。

 54

utility

[ju`tɪlətɪ]

名 公用事業(水電等)

★ ★ ★ ★

= util有用的 + ity性質，名詞

記憶TIP 民生必需用品 = 公用事業

例 We have to share the utilities with another company in this building.

我們必須和這棟大樓的另外一間公司分攤水電費。

55

wallpaper
[`wɔl,pepɚ]
名 壁紙
★ ★ ★

= wall牆壁 + paper紙 複

記憶TIP 貼在牆壁上的紙 = 壁紙

例 We are not satisfied with the color of the wallpaper.
我們不滿意壁紙的顏色。

應 考 片 語

break a lease 破壞租約；不遵守租約 ★★
dining room 餐廳；用餐處 ★★★
get out of 離開…；逃避… ★★★★
in exchange for 交換 ★★★
instead of 代替 ★★★★
keep promise 遵守承諾 ★★★
leasing contract 租賃契約 ★★
living room 客廳 ★★
more than 多於；不只 ★★★★
parking space 停車場 ★★
sign a lease 簽署租約 ★★★
subject to 容易遭受… ★★★

NOTE

Chapter

6

旅遊及 出差

Travel and Business Trip

1 旅遊
Travel

學習範疇 旅遊、證件、大眾交通、賞景
非學不可的58個必考重點字

🎧 MP3 144

abroad
[ə`brɔd]
副 在國外;到國外
★ ★ ★ ★

= **a在上面** + **broad寬闊的**

記憶TIP ab(abc代表外國)+road(路),在外國的路上 = 在國外;到國外

例 John called you several times while you were traveling abroad.
約翰在你出國旅遊時打了好幾通電話找你。

accompany
[ə`kʌmpənɪ]
動 陪同;伴隨
★ ★ ★

= **ac去** + **com一起** + **pan麵包** + **y動作,動詞**

記憶TIP 一起去吃麵包的動作 = 陪同;伴隨

例 Tony wanted Mary to accompany him on the business trip.
湯尼希望瑪莉陪同他出差。

agency
[`edʒənsɪ]
名 代辦處;經銷處;仲介
★ ★ ★ ★

= **ag去行動** + **ency性質,名詞**

記憶TIP 代替客戶行動的地方 = 代辦處;經銷處

例 Tom's company has agencies in major cities around the world.
湯姆的公司在全球的主要城市都設有代辦處。

ascend
[ə`sɛnd]
動 登高;上升
★ ★

= **a去** + **scend爬**

記憶TIP 爬上去 = 登高;上升

例 They enjoy watching the smoke ascend slowly to the sky.
他們喜歡看著煙霧裊裊升上天空。

backpack
[`bæk͵pæk]
動 背包旅行 **名** 背包
★ ★ ★

= **back後面** + **pack背包**

記憶TIP 揹起後背包去旅行 = 背包旅行

例 You need to have great courage to backpack in this country.
在這個國家進行背包旅行需要極大的勇氣。

---

bicycle
[`baɪsɪk!̩]
名 腳踏車；自行車
★ ★ ★

= **bi兩個** + **cycle圈/輪**

記憶TIP 有兩個輪胎的 = 腳踏車；自行車

例 Bicycles are provided for the guests in this hotel.
提供腳踏車給這間飯店的房客。

---

boutique
[bu`tik]
名 精品店
★ ★ ★

= **bout商店** + **ique小物，名詞**

記憶TIP 販賣精緻小物的商店 = 精品店

例 I bought this beautiful scarf at the new boutique in town.
我在城裡那間新開的精品店買了這條漂亮的圍巾。

---

climate
[`klaɪmɪt]
名 氣候
★ ★ ★

= **clim傾斜** + **ate結果，名詞**

記憶TIP 因地球傾斜而產成了變化萬千的 → 氣候

例 I could not bear living in that tropical climate in Africa.
我無法忍受在非洲的熱帶氣候區生活。

---

conventional
[kən`vɛnʃən!̩]
形 慣例的；傳統的
★ ★ ★

= **con一起** + **vent來** + **ion行為** + **al…的，形容詞**

記憶TIP 大家都會一起這麼做的 = 慣例的

例 You had better read more about the conventional dietary habits of the country that you are going to before your business trip.
在你出差之前，最好多了解出差國的傳統飲食習慣。

conversation
[ˌkɑnvəˋseʃən]
名 對話;對談
★ ★ ★ ★

= con相互 + vers轉/交替 + ation行為,名詞

記憶TIP 互相交替著在談話的狀態 = 對話;對談

例 Tom and our boss had a long conversation yesterday afternoon.

湯姆和我們的老闆昨天下午談了很久。

crossing
[ˋkrɔsɪŋ]
名 1.橫越 2.十字路口
★ ★ ★

= cross橫渡 + ing行為,名詞

記憶TIP 橫渡的行為 = 橫越;十字路口

例 When you pass the crossing, remember to walk faster.

當你穿越十字路口時,記得要走快一點。

cruise
[kruz]
動 緩慢航行;漫遊
★ ★

= cruis巡航 + e動作,動詞

記憶TIP 仔細看的航行動作 = 緩慢航行;漫遊

例 Cruising around the beach used to be my favorite thing to do in summer.

在海邊閒晃曾是我在夏天最愛做的事。

deluxe
[dɪˋlʌks]
形 奢華的;高級的
★ ★ ★ ★

= de強調 + luxe奢侈的

記憶TIP 相當奢侈的 = 奢華的;高級的

例 The deluxe room costs a lot more than the normal one.

豪華型客房比一般客房貴得多。

double-decker
[ˋdʌblˋdɛkɚ]
名 雙層巴士
★ ★ ★

= double兩/雙層的 + decker甲板層 複

記憶TIP 有兩個夾層的車 = 雙層巴士

例 A big, red double-decker was parked outside the hotel.

一輛大型的紅色雙層巴士停在飯店外面。

enjoyment
[ɪn`dʒɔɪmənt]
名 樂趣；享受
★ ★ ★

= **enjoy享受樂趣** + **ment過程/結果，名詞**

記憶TIP 享受樂趣的過程與結果 = 樂趣；享受

例 I work in the library for enjoyment.
我為了享受樂趣而在圖書館裡工作。

exotic
[ɛg`zɑtɪk]
形 異國風情的；奇特的
★ ★ ★

= **ex外面** + **otic…的，形容詞**

記憶TIP 與外國有關的 = 異國風情的；奇特的

例 During our stay, we saw lots of exotic birds from the jungles of Brazil.
在停留期間，我們看到了許多來自巴西叢林的珍奇鳥類。

expedition
[ˌɛkspɪ`dɪʃən]
名 探險；考察
★ ★ ★

= **ex出去** + **ped腳** + **ition行為，名詞**

記憶TIP 用腳走到外面去 = 探險；考察

例 Tom was on an expedition to explore the Antarctic.
湯姆參加了遠征南極的探險隊。

famous
[`feməs]
形 著名的；具名聲的
★ ★ ★ ★

= **fam(e)名望** + **ous具…性質的，形容詞**

記憶TIP 有名望的 = 著名的；具名聲的

例 This city is famous for the ancient buildings and grape wine.
這座城市以古蹟建築和葡萄酒聞名。

ferry
[`fɛrɪ]
名 渡輪 **動** 乘渡輪
★ ★ ★

= **ferr攜帶/運輸** + **y工具，名詞**

記憶TIP 可以攜帶人的運輸工具 = 渡輪

例 Only one small boat ferries those people back and forth.
僅有一隻小船載運那些人往返。

forecast
[`for͵kæst]
名 預報 動 預測；預報
★ ★ ★ ★

= fore之前 + cast投射

記憶TIP 事先就投射出的播報 = 預報

例 People in that country usually do not believe the weather forecast.
那個國家的人通常不相信天氣預報。

headshot
[`hɛd͵ʃɑt]
名 證件照
★ ★ ★ ★

= head頭 + shot照片 複

記憶TIP 只有拍攝頭部的照片 = 證件照

例 Before you are applying for your new passport, you have to take a new headshot.
在申請新護照之前，你必須拍攝新的證件照。

hitch-hike
[`hɪtʃ͵haɪk]
動 名 搭便車旅行
★ ★ ★

= hitch勾住 + hike徒步旅行 複

記憶TIP 勾住車子跟著旅行 = 搭便車旅行

例 I will go hitch-hiking to Kenting next month.
我將在下個月搭便車旅行至墾丁。

impressive
[ɪm`prɛsɪv]
形 令人印象深刻的
★ ★ ★

= im入內 + press壓 + ive具…性質的，形容詞

記憶TIP 把印象壓進腦子裡 = 令人印象深刻的

例 The most impressive thing in this tour is the little monkeys in the zoo.
這趟旅程中最令人印象深刻的是動物園裡的小猴子。

inbound
[`ɪn͵baʊnd]
形 返回國內的
★ ★ ★

= in入內 + bound邊界

記憶TIP 進入邊界之內的 = 返回國內的

例 The first inbound train will depart at seven o'clock in the morning.
第一班返國列車將於早上七點鐘出發。

inhabitant
[ɪn`hæbətənt]
名 居民；居住者
★ ★ ★ ★

= in在內 + habit住 + ant做…的人，名詞

記憶TIP 住在裡面的人＝居民；居住者

例 To my surprise, the inhabitants of the island were friendly.
令我驚訝的是，這座島嶼上的居民很友善。

itinerary
[aɪ`tɪnə,rɛrɪ]
名 旅程；旅遊計畫
★ ★ ★

= itiner旅行 + ary物品，名詞

記憶TIP 與旅行相關的物品＝旅程；旅遊計畫

例 Tony gave us a copy of the itinerary a week before our trip.
旅遊前一週，湯尼給了我們一份旅遊計畫。

journey
[`dʒɜnɪ]
名 旅程；旅行
★ ★ ★ ★

= journ日 + ey狀態，名詞

記憶TIP 一天的行程＝旅程；旅行

例 During the journey, we saw hundreds of horses and cows.
旅途中，我們看到了上百隻的馬和乳牛。

landscape
[`lænd,skep]
名 (陸上的)風景；景色
★ ★ ★

= land陸地 + scape樣子/景色

記憶TIP 陸地上的樣子＝風景；景色

例 The peaceful landscape can be seen from the hill.
可從山丘上眺望寧靜的景色。

local
[`lokḷ]
形 地方性的；當地的
★ ★ ★ ★

= loc場所 + al…的，形容詞

記憶TIP 那個場所的＝地方性的；當地的

例 We came here to taste not only the local food but the handmade rice wine.
我們來這裡不僅嘗到了在地美食，也喝了手釀小米酒。

luggage
[`lʌgɪdʒ]
名 行李
★ ★ ★ ★

= **lugg拖/拉** + **age行為，名詞**

記憶TIP 需要拖或拉的行囊 = 行李

例 Our luggage will be carried to the hotel room by the porter.
我們的行李將由搬運工送至飯店房間。

---

luxurious
[lʌg`ʒurɪəs]
形 豪華的；奢侈的
★ ★ ★

= **luxur奢侈** + **ious具…性質的，形容詞**

記憶TIP 具奢侈性質的 = 豪華的；奢侈的

例 The room that we stayed in featured luxurious decoration and furniture.
我們住的那個房間以奢華的裝飾和傢俱為特色。

---

magnificent
[mæg`nɪfəsənt]
形 壯麗的；宏偉的
★ ★ ★

= **magni大** + **fic做** + **ent…性質的，形容詞**

記憶TIP 做得很大的 = 壯麗的；宏偉的

例 Helen also visited a magnificent palace in the city.
海倫也參觀了一座城裡的宏偉宮殿。

---

memorial
[mə`morɪəl]
形 紀念的 名 紀念碑
★ ★

= **memor記憶** + **ial…的，形容詞**

記憶TIP 用來留住記憶的 = 紀念的

例 It is a memorial to the men who died in the war.
這是為戰亡者設立的紀念碑。

---

migrate
[`maɪˏgret]
動 1.遷移 2.(侯鳥)遷徙
★ ★ ★

= **migr遷居** + **ate做…，動詞**

記憶TIP 遷移居住地的動作 = 遷移；遷徙

例 Large numbers of birds migrate south every winter.
每年冬季，大量的鳥類向南遷徙。

modest
[`mɑdɪst]
形 適度的；審慎的
★ ★ ★ ★

= mod度量 + est最…的，形容詞

記憶TIP 經過衡量的 = 適度的；審慎的

例 Compared to others, Mary has a modest attitude when she works.
與其他人相比，瑪莉有較審慎的工作態度。

motorcycle
[`motɚ͵saɪkl]
名 機車；摩托車
★ ★

= motor馬達的 + cycle腳踏車 複

記憶TIP 接上馬達的腳踏車 = 機車；摩托車

例 You can rent a motorcycle from this place and return it at another place in this city.
在這個城市裡，你可以在甲地租借一輛機車而在乙地還車。

mountain
[`maʊntṇ]
名 山；山脈 形 山的
★ ★ ★

= mount山 + ain狀態，名詞

記憶TIP 山的狀態 = 山；山脈

例 It has been said that this mountain road leads to a famous gold mine.
據說這條山路通往一座知名的金礦場。

outdoor
[`aʊt͵dor]
形 戶外的
★ ★

= out外 + door門 複

記憶TIP 在門外的 = 戶外的

例 Leave your work for tomorrow and let's do some outdoor activities now.
把工作留給明天，現在一起做些戶外活動吧！

passage
[`pæsɪdʒ]
名 通行；通過
★ ★ ★ ★ ★

= pass通過 + age行為過程/結果，名詞

記憶TIP 通過的行為 = 通行；通過

例 The road is not wide enough to allow the passage of our bus.
這條路不夠寬，我們的巴士無法通過。

passport
[`pæs͵port]
名 護照；通行證
★ ★ ★ ★ ★

= pass通過 + port港口 複

記憶TIP 通過港口時需要的文件 = 護照

例 Jenny found that she had forgotten to take her passport with her when she got to the airport.
珍妮到達機場時，發現她忘了帶護照。

peaceful
[`pisfəl]
形 祥和的；平和的
★ ★ ★

= peace和平 + ful具…性質的，形容詞

記憶TIP 具和平性質的 = 祥和的；平和的

例 We had a peaceful morning when all the managers went out for their important meeting.
當所有的經理出外參加重要會議時，我們度過了一個平靜的早晨。

picturesque
[͵pɪktʃə`rɛsk]
形 美麗如畫的
★ ★

= picture圖畫 + sque樣子

記憶TIP 像圖畫的樣子 = 美麗如畫的

例 I really enjoy walking in this picturesque village.
我非常喜愛漫步於這個風景如畫的村莊。

placid
[`plæsɪd]
形 平靜的；寧靜的
★ ★ ★

= plac使高興 + id…的，形容詞

記憶TIP 平淡卻愉悅的 = 平靜的；寧靜的

例 I would like to have a placid life after retiring.
我想在退休後過著平靜的生活。

postcard
[`post͵kɑrd]
名 明信片
★ ★ ★ ★

= post郵寄 + card卡片 複

記憶TIP 可以郵寄出去的卡片 = 明信片

例 I like to send postcards to my friends while I am on holiday.
我喜歡在度假時寄明信片給朋友。

sanctuary
[`sæŋktʃu‚ɛrɪ]
名 聖殿；教堂
★ ★

= sanctu神聖的 + ary地方，名詞

記憶TIP 神聖的地方 = 聖殿；教堂

例 This building used to be a sanctuary for Christians.
這座建築物曾是基督教的聖殿。

season
[`sizn̩]
名 季節
★ ★ ★ ★

= seas播種 + on上面

記憶TIP 按氣候與時節播種 = 季節

例 Fall is the best season for tourists to visit Taiwan because the weather is much more comfortable than other seasons.
秋季氣候較其他季節舒服，是來台觀光的最佳季節。

sightseeing
[`saɪt‚siɪŋ]
名 遊覽；觀光
★ ★ ★ ★

= sight名勝 + see看 + ing行為，名詞 複

記憶TIP 參觀名勝的行為 = 遊覽；觀光

例 After the meeting, we still decided to go sightseeing in town.
會議後，我們仍決定到城裡觀光。

souvenir
[‚suvə`nɪr]
名 紀念品
★ ★ ★

= sou下面 + ven來 + ir物品，名詞

記憶TIP 看到就知道來過的物品 = 紀念品

例 My coworker brought us some souvenirs from New Zealand.
我的同事從紐西蘭帶了些紀念品給我們。

stopover
[`stɑp‚ovɚ]
名 (全程機票的)中途停留
★ ★ ★

= stop逗留 + over在…期間 複

記憶TIP 在中間逗留的狀態 = 中途停留

例 Please book a hotel stay for a stopover between flights for our guests.
請幫我們的旅客預訂一間在飛行班次間中途停留的住宿旅館。

tourism
[`turɪzəm]
名 旅遊業；觀光業
★ ★ ★ ★

= **tour**旅行 + **ism**行為，名詞

記憶**TIP** 從事旅行相關的行業 = 旅遊業；觀光業

例 Our mayor said that tourism is a key income for our city.
市長說觀光業是本市重要的收入來源。

---

tourist
[`turɪst]
名 觀光客；遊客
★ ★ ★ ★

= **tour**旅行 + **ist**從事…者，名詞

記憶**TIP** 從事旅行者 = 觀光客；遊客

例 Kenting is full of beach tourists in the summer.
墾丁的夏天充斥著沙灘遊客。

---

tranquil
[`træŋkwɪl]
形 寧靜的；平靜的
★ ★ ★

= **tran**超越 + **quil**安靜的

記憶**TIP** 比安靜還要安靜 = 寧靜的；平靜的

例 I cannot believe that we came to this tranquil village for our business trip.
我不敢相信我們會到這個寧靜的鄉村出差。

---

unattended
[ˏʌnə`tɛndɪd]
形 無人照顧的；未被看管的
★ ★ ★ ★

= **un**無 + **at**至 + **tend**伸展 + **ed**…的，形容詞

記憶**TIP** 沒有人會到，或管轄未伸展到的 = 無人照顧的；未被看管的

例 Kids should not be left unattended on the playground.
孩童在遊樂場中不該無人看管。

---

village
[`vɪlɪdʒ]
名 村莊；村落
★ ★

= **villa**農舍 + **(a)ge**地點，名詞

記憶**TIP** 農舍聚集的地方 = 村莊；村落

例 We plan to go to that village and start a new factory there.
我們打算前往那座村莊，並在那裡設立一間新工廠。

55

visa
[`vizə]
名 簽證
★ ★ ★ ★ ★

= vis看 + a名詞

記憶**TIP** 入境時需要被看到的文件 = 簽證

例 We do not need visa to go to Japan for a short visit.
前往日本短期旅行不需要簽證。

56

visit
[`vɪzɪt]
動 名 參觀；拜訪
★ ★ ★ ★

= vis看 + it走

記憶**TIP** 走去看看 = 參觀；拜訪

例 We visited a famous wildlife zoo during our business trip to South Africa.
我們到南非出差時，參觀了一座知名的野生動物園。

57

voyage
[`vɔɪɪdʒ]
名 動 航海；旅行；乘船旅行
★ ★ ★

= voy航行/路 + age做…，動詞

記憶**TIP** 航行的狀態與行為 = 航海；旅行

例 It took Joy three months to voyage from here to the UK.
喬伊花了三個月的時間從這裡航行到英國。

58

waterfall
[`wɔtə‚fɔl]
名 瀑布
★ ★

= water水 + fall落差/落下 複

記憶**TIP** 水因高低落差而向下傾瀉，形成 → 瀑布

例 I cannot forget the place where the river came pouring down in a waterfall off the hill.
河流從山丘傾瀉而下形成瀑布的地方令我無法忘懷。

應考片語

business trip (因工作)出差 ★ ★ ★ ★
en route 在途中地 ★ ★ ★ ★
garment bag 攜帶用衣物袋 ★ ★
information center 旅遊資訊服務中心 ★ ★ ★
personal belongings 個人隨身行李 ★ ★ ★
scenic spot (旅遊)景點 ★ ★ ★
set off 出發；啟程 ★ ★ ★ ★

2 飛行相關
Airplane Travel

 學習範疇　機場、機上、行李、出入過境
非學不可的40個必考重點字

MP3
150

aircraft
[`ɛr, kræft]
名 航空器;飛機
★ ★ ★

= air空中 + craft飛機 複

記憶TIP 空中的飛機 = 航空器;飛機

例 The new airline company bought thirty aircrafts from our company, and they plan to buy ten more.

這間新的航空公司跟本公司買了三十架飛機,而他們打算再買十架。

airfare
[`ɛrfɛr]
名 飛機票價
★ ★ ★

= air空中 + fare運費 複

記憶TIP 在空中飛的運費 = 飛機票價

例 Tony was asked to pay all his airfare in a lump sum ten days before his flight.

湯尼被要求在搭機前十天一次付清機票費用。

airline
[`ɛr, laɪn]
名 航線;航空公司
★ ★ ★ ★ ★

= air空中 + line交通線 複

記憶TIP 空中的交通線 = 航線

例 This airline only offers economy class on their flights from Taiwan to Japan.

這間航空公司從台灣飛往日本的航班僅提供經濟艙。

airport
[`ɛr, port]
名 機場
★ ★ ★ ★ ★

= air空中 + port港口 複

記憶TIP 空中的港口 = 機場

例 Amsterdam Airport is the largest airport in Europe, so lots of passengers enjoy spending time there while they are waiting for their flights.

阿姆斯特丹機場是歐洲最大的機場,許多旅客等待航班時喜歡在那裡消磨時間。

05

airsick

[`ɛr͵sɪk]

形 暈機的

★ ★ ★ ★

= air空中 + sick生病 複

記憶TIP 一飛到空中就生病 = 暈機的

例 Tom is a person who feels airsick or carsick easily, so he seldom goes traveling.
湯姆容易暈機或暈車,所以他很少去旅行。

06

altitude

[`æltə͵tjud]

名 高度;海拔

★ ★ ★

= alti高的 + tude程度,名詞

記憶TIP 高的程度 = 高度;海拔

例 I could feel the air pressure when the plane was flying at an altitude of 6,000 feet.
當飛機飛行在六千英尺的高度時,我可以感受得到氣壓。

07

arrival

[ə`raɪvl̩]

名 抵達;到達

★ ★ ★ ★ ★

= ar到 + riv河岸 + al行為,名詞

記憶TIP 到達河岸的行為 = 抵達;到達

例 I really need to know the arrival time of our clients.
我真的需要知道我們的客戶何時抵達。

08

carousel

[͵kæru`zɛl]

名 行李轉盤

★ ★ ★ ★

= car完全 + ousel出去

記憶TIP 把行李全部放在上面送出去 = 行李轉盤

例 It is not easy to find my luggage on the crowded carousel.
要在擁擠的行李轉盤上找到我的行李並不容易。

09

carry-on

[`kærɪ͵ɑn]

形 可隨身攜帶的

★ ★ ★ ★

= carry攜帶 + on上面/身上 複

記憶TIP 攜帶在身上 = 可隨身攜帶的

例 There are some regulations about carry-on baggage on the plane.
有一些關於手提行李帶上飛機的規定。

10

concourse
[`kɑnkors]
名 機場中央大廳
★ ★ ★ ★

= con一起 + course流動

記憶TIP 各個國家的人一起在這裡流動 = 機場中央大廳

例 This is the smallest concourse that I have ever seen.
這是我見過最小的機場中央大廳。

 11

departure
[dɪ`pɑrtʃɚ]
名 離開；啟程
★ ★ ★ ★ ★

= de分開 + part部分 + ure過程/結果，名詞

記憶TIP 分開一部分的過程 = 離開；啟程

例 Kevin missed his flight because he got the wrong information about the departure time.
凱文得到錯誤的起飛時間資訊，因而沒搭上班機。

 12

disembark
[ˌdɪsɪm`bɑrk]
動 登陸；上岸；下車
★ ★ ★

= dis不 + em入內 + bark船

記憶TIP 不在船裡面了 = 登陸；上岸；下車

例 After the plane got to the airport, all the passengers were disembarking through the jetway.
飛機抵達機場後，全體乘客通過空橋下機。

 13

domestic
[də`mɛstɪk]
形 國內的
★ ★ ★ ★

= dom房子 + est最高級 + ic…的，形容詞

記憶TIP 房子最多的 = 國內的

例 People can get a free domestic flight ticket by joining this activity.
參加此活動者可免費獲得一張國內線機票。

 14

e-ticket
[`i`tɪkɪt]
名 電子機票
★ ★ ★ ★

= e電子 + ticket票券 複

記憶TIP 電子的票券 = 電子機票

例 It is my first time to buy an e-ticket on the Internet.
這是我第一次在網路上購買電子機票。

15

= `fast牢固的` + `en使變成…，動詞`

記憶TIP 使變得牢固的動作 = 繫牢；綁緊

例 All the passengers have to fasten their seat belts before the flight takes off.
在飛機起飛前，全體乘客必須繫牢安全帶。

16

= `head頭` + `phone聽筒` `複`

記憶TIP 掛在頭上可以聽到聲音 = 頭戴式耳機

例 I think I need to buy better headphones for my new computer.
我想，我需要為新電腦買一副較好的頭戴式耳機。

17

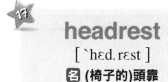

= `head頭` + `rest休息` `複`

記憶TIP 可以讓頭休息的物品 = (椅子的)頭靠

例 The headrest of my seat on the plane had a stinky smell, so I asked one of the flight attendants if I could move to one of those empty seats.
我在機上的座位頭靠有臭味，所以我詢問空服員是否能把我換至其他空位。

18

international
[ˌɪntɚˈnæʃən̩l]
形 國際性的；國際間的
★ ★ ★ ★ ★

= `inter之間的` + `nation國家` + `al…的，形容詞`

記憶TIP 在國與國之間的 = 國際性的；國際間的

例 The legislator held a press conference at the international airport.
這位立法委員在國際機場舉辦了一場記者會。

19

jetway
[ˈdʒɛtˌwe]
名 (搭飛機用)空橋
★ ★

= `jet飛機` + `way路` `複`

記憶TIP 上下飛機時要走的路 = 空橋

例 The cabin crew stood at the end of the jetway to guide the passengers to their seats on the plane.
空服員站在空橋的尾端，引導乘客移步至飛機上的座位。

20

landing
[`lændɪŋ]
名 (飛機)降落；著陸
★ ★ ★

= land使降落 + ing行為，名詞

記憶TIP 使降落的行為 = 降落；著陸

例 Please stay in your seat before landing.
飛機降落前，請留在您的座位上。

 21

nearby
[`nɪr,baɪ]
副 在附近地 形 附近的
★ ★ ★ ★

= near靠近 + by在旁邊

記憶TIP 靠近旁邊 = 在附近地

例 Besides the crying baby, there are some noisy kids nearby.
除了那個哭泣的嬰兒外，附近還有一些吵鬧的孩童。

 22

necessary
[`nɛsə,sɛrɪ]
形 必需的；必要的
★ ★ ★ ★

= ne不 + cess退讓 + ary有關…的，形容詞

記憶TIP 說什麼都不退讓的 = 必需的；必要的

例 Before each flight, checking carefully is necessary.
在每次飛行之前，仔細檢查是必要的。

 23

no-show
[`no,ʃo]
名 訂了位，卻未出現的旅客
★

= no沒有 + show出現 複

記憶TIP 沒有出現 = 訂了位，卻未出現的旅客

例 Tony had paid one thousand dollars for the no-show charge to the airline because he forgot to cancel the booking.
湯尼因為忘了取消訂位，而需支付臨時取消費用一千元給航空公司。

 24

occupied
[`ɑkjʊpaɪd]
形 已佔用的；在使用的
★ ★ ★ ★

= oc在 + cup掠奪 + ied有…的，形容詞

記憶TIP 把東西掠奪過來佔為已有 = 已佔用的

例 After meal service, all the toilets on the plane are occupied.
在供餐後，機上的廁所都被佔用了。

25

passenger
[`pæsṇdʒɚ]
名 乘客；旅客
★ ★ ★ ★ ★

= passeng通過 + er做…的人，名詞

記憶TIP 準備要通過的人 = 乘客；旅客

例 The passengers whose ages are below ten can get a free gift from the airline company.
十歲以下的乘客可獲得航空公司準備的免費禮物。

 26

prosaic
[proˋzeɪk]
形 普通的；平凡的
★

= pro向前/在前 + saic轉/彎

記憶TIP 該在前面轉彎就在前面轉彎的 = 普通的

例 The prosaic quality of service is one of the reasons people do not want to choose this airline.
平淡無奇的服務是大家不想選擇這間航空公司的原因之一。

 27

red-eye
[ˋrɛd͵aɪ]
形 夜班飛機的
★ ★

= red紅色的 + eye眼睛 **複**

記憶TIP 讓人的眼睛因太累而變紅的航班 = 夜班飛機的

例 I am used to taking the red-eye flight and I can usually sleep very well on the plane.
我習慣搭乘夜班飛機，而且我在飛機上通常可以睡得很好。

 28

refreshment
[rɪˋfrɛʃmənt]
名 點心
★ ★ ★ ★

= re再次 + fresh清新 + ment結果，名詞

記憶TIP 吃了會讓人再次感到清新的東西 = 點心

例 Helen enjoys the refreshments and the meals provided on the plane.
海倫喜歡機上提供的點心和餐食。

29

reimburse
[͵riɪmˋbɝs]
動 償還；歸還
★ ★ ★

= re再次 + im進入 + burse袋子/錢囊

記憶TIP 重新把錢放入他人的袋子中 = 償還

例 Mary gave the photocopy of her flight ticket to our manager to reimburse the travel cost.
瑪莉把機票影本交給經理以核銷差旅費用。

reschedule
[ri`skɛdʒʊl]
動 重新安排…的時間
★ ★ ★

= **re再次** + **schedule安排行程**

記憶TIP 再次安排行程 = 重新安排…的時間

例 Because of the coming typhoon, we have to not only reschedule our travel plans but also buy new flight tickets.
由於颱風即將來襲，我們不僅需要重新安排旅遊計畫，也要重新購買機票。

reticent
[`rɛtəsn̩t]
形 謹慎的
★ ★

= **re再次** + **tic安靜** + **ent在…狀態的，形容詞**

記憶TIP 再次靜下心來做事的 = 謹慎的

例 A reticent airline will try to discourage babies on red-eye flights.
一間謹慎的航空公司會試圖防止嬰兒搭乘夜間航班。

rotten
[`rɑtn̩]
形 腐爛的；爛掉的
★ ★

= **rott腐敗** + **en由…製成的，形容詞**

記憶TIP 由腐敗物構成的 = 腐爛的；爛掉的

例 I cannot believe that the plane I took from Taipei to Japan served rotten meals.
我不敢相信我搭乘的台北飛日本班機供應壞掉的食物。

seated
[`sitɪd]
形 就座的
★ ★ ★

= **seat位置** + **ed有…的，形容詞**

記憶TIP 有位置的 = 就座的

例 The flight attendant asked all the passengers to wait there and be seated before the light turned green.
空服員要求所有的乘客在燈號轉綠之前，待在座位上等候。

slogan
[`slogən]
名 口號；標語
★ ★ ★

= **slo扭轉** + **gan大叫**

記憶TIP 大叫幾聲來扭轉局勢 = 口號；標語

例 The biggest airline in Taiwan has changed their slogan successfully.
臺灣最大的航空公司已成功更改了他們的標語。

35

smuggle
[`smʌgḷ]
動 走私；非法禁運
★ ★

= **smugg潛逃** + **le動作，動詞**

記憶TIP 偷偷逃走的動作 = 走私；非法禁運

例 People who smuggle illegal drugs will be put in jail.
走私非法藥物者會被送入牢房。

 36

spectacle
[`spɛktəkḷ]
名 景象；奇觀
★ ★ ★

= **spect看** + **acle物品，名詞**

記憶TIP 值得觀看的東西 = 景象；奇觀

例 It might be a spectacle for people who are from the countryside to see a giant airplane.
對於鄉下人而言，看到一架巨大的飛機宛如見證奇觀。

37

= **term終止期** + **in入內** + **al結果，名詞**

記憶TIP 航程進入終止狀態之處 = 航空站

例 Please go to the second terminal of this airport by our shuttle bus.
請搭乘我們的接駁車前往機場的第二航廈。

38

= **trans橫越** + **it走**

記憶TIP 橫越走過 = 過境；經過

例 In order to save more money, John chose to buy a plane ticket which has to transit through three airports from Taiwan to the UK.
為了多省點錢，約翰選擇購買需過境三座機場的台灣到英國的機票。

39

= **turb攪亂/轉動** + **ul…的** + **ence狀態，名詞**

記憶TIP 在空中攪亂的狀態 = 亂流

例 The strong turbulence was the main reason that caused the engine of the plane to malfunction.
強烈的亂流是造成飛機引擎故障的主因。

upright
[`ʌp,raɪt]
形 挺直的；垂直的
★ ★ ★ ★

= up向上 + right正直的/恰當的

記憶TIP 向上挺直的 = 挺直的；垂直的

例 To return the seat to the upright position, you can simply press the button on the side of the armrest.
如欲將椅背調直，只要按下扶手旁的按鈕即可。

應考片語

airport tax 機場稅 ★★
aisle seat 靠走道的座位 ★★★
baggage allowance 行李限重 ★★
baggage check 托運行李 ★★
baggage claim 托運行李提領單 ★★★★
boarding pass 登機證 ★★★★
business class (飛機)商務艙 ★★★★
cabin crew (飛機)座艙內機組人員 ★★★★
check-in counter 報到櫃檯 ★★★★
customs clearance 關稅申報 ★★★★
duty-free shop 免稅商店 ★★★
economy class 經濟艙 ★★★★
first class 頭等艙 ★★★
flight attendant 空服員 ★★★★
flight number 班機號碼 ★★★★
jet lag (搭機後)時差 ★★★★★
metal detector 金屬探測器 ★★
name tag 名牌(放在包包或行李上) ★★★
passport control 護照檢查 ★★★
reading light (飛機上)閱讀燈 ★★★★
security check 安全檢查 ★★
take off 起飛 ★★★★
transit passenger 過境旅客 ★★
transit visa 過境簽證 ★★
window seat 靠窗的座位 ★★★

3 住宿相關
Accommodations

學習範疇　旅館、設施與器材、服務人員
非學不可的41個必考重點字

01

accommodation
[əˌkɑməˈdeʃən]
名 住宿
★ ★ ★

= **ac到** + **com一起** + **mod方法** + **ation行為產物，名詞**

記憶TIP 在一起並用同一種方法生活 = 住宿

例 We have to keep the receipt for our accommodation and travelling expenses so that we can get money back from our company.
我們必須保留住宿和差旅費的收據才能向公司請款。

02

balcony
[`bælkənɪ]
名 陽台；露台
★ ★ ★

= **balc梁木** + **ony地方，名詞**

記憶TIP 用梁木搭起來的地方 = 陽台；露台

例 The room in which John stayed in Paris has a big balcony.
約翰在巴黎留宿的房間有一個大陽台。

03

bellhop
[`bɛlˌhɑp]
名 飯店服務人員
★ ★

= **bell門鈴** + **hop跳躍** 複

記憶TIP 聽到門鈴聲便迅速起身服務的人 = 飯店服務人員

例 When the bellhop arrived, we were playing cards.
當那位飯店服務人員到達時，我們正在玩牌。

04

campsite
[`kæmpˌsaɪt]
名 (露營)營地
★ ★

= **camp露營** + **site地點** 複

記憶TIP 露營的地點 = 營地

例 We will stay in this campsite tonight.
我們今晚將住在這個營地。

commissionaire
[kə͵mɪʃənˈɛr]
名 門口警衛；看門人
★ ★

= **commission委任** + **aire人，名詞**

記憶TIP 受委託站在門口的人 = 門口警衛

例 There are two commissionaires standing at the gate of the five-star hotel.
這間五星級飯店的大門口站著兩名警衛。

commonly
[ˈkamənlɪ]
副 普遍地；一般地
★ ★ ★ ★

= **common普通的** + **ly…地，副詞**

記憶TIP 普通地 = 普遍地；一般地

例 This kind of hotel is commonly called a B&B (Bed and Breakfast).
這種旅館一般稱之為民宿(供應住宿及早餐)。

doorman
[ˈdor͵mæn]
名 門房；看門人
★ ★ ★ ★

= **door門** + **man人** **複**

記憶TIP 看門的人 = 門房；看門人

例 The doorman will take our baggage to the room for us.
門房會幫我們把行李拿到房間。

elevator
[ˈɛlə͵vetə]
名 電梯
★ ★ ★ ★

= **e上** + **lev舉起** + **ator器具，名詞**

記憶TIP 能向上舉起重物的器械 = 電梯

例 This elevator can take fifteen people at the same time.
這台電梯可同時搭載十五個人。

equip
[ɪˈkwɪp]
動 裝備；配備
★ ★ ★ ★

= **e外** + **quip船**

記憶TIP 船要出海前需要先準備東西 = 裝備

例 It is a modern, bright, well-equipped hotel.
那是一家現代化、明亮且設備完善的飯店。

fastidious
[fæs`tɪdɪəs]
形 愛挑剔的
★ ★

= **fas驕傲** + **tidi討厭** + **ous具⋯性質的，形容詞**

記憶TIP 驕傲並令人討厭的 = 愛挑剔的

例 Surprisingly, the fastidious visitors are satisfied with the room service this hotel provides.

出乎意料地，這些愛挑剔的訪客對於這間飯店所提供的客房服務感到滿意。

felicitous
[fə`lɪsətəs]
形 適當的
★ ★

= **felicit得體/恰當** + **ous具⋯性質的，形容詞**

記憶TIP 具備得體、恰當性質的 = 適當的

例 The manager tries his best to find felicitous ways to improve the quality of their room service.

這位經理盡全力找尋適當的方式來增進他們的客房服務品質。

guesthouse
[`gɛst,haʊs]
名 賓館；小型家庭旅館
★ ★ ★

= **guest客人** + **house房子** **複**

記憶TIP 請客人住的地方 = 賓館；小型家庭旅館

例 The guesthouse owner plans to hold a big party for all of the guests tonight.

賓館主人打算在今晚為所有賓客舉辦一場大型派對。

hospitality
[,haspɪ`tælətɪ]
名 好客；殷勤招待
★ ★ ★ ★

= **hospit客人** + **ality狀態，名詞**

記憶TIP 如客人般對待的狀態 = 好客；殷勤招待

例 The B&B owners are a couple from Taiwan who have a lot of hospitality.

這間民宿的主人是一對來自台灣的好客夫妻。

hotel
[ho`tɛl]
名 旅館；飯店
★ ★ ★ ★ ★

= **hot客人** + **el地方，名詞**

記憶TIP 給客人住的地方 = 旅館；飯店

例 This hotel provides better service than other ones, so more and more people tends to stay here on their holiday.

這間旅館提供較佳的服務，所以有越來越多的人想在度假時入住。

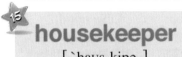
housekeeper
[`haʊsˌkipɚ]
名 管家
★ ★ ★

= house房子 + keep保持 + er做…的人，名詞 複

記憶**TIP** 讓房子保持乾淨的人 = 管家

例 Do you know who the head housekeeper of this big hotel is?
你知道這間大飯店的房務部主管是誰嗎？

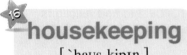
housekeeping
[`haʊsˌkipɪŋ]
名 房間清理服務
★ ★ ★ ★

= house房子 + keep保持 + ing行為，名詞 複

記憶**TIP** 讓房子保持乾淨的服務 = 房間清理服務

例 We do not provide any housekeeping service before 10 am.
我們在早上十點前不提供房間清理服務。

---

imagination
[ɪˌmædʒəˈneʃən]
名 想像力；創造力
★ ★ ★

= imagin想像 + ation行為產物，名詞

記憶**TIP** 想像的狀態 = 想像力；創造力

例 John used his wild imagination to build his first children's theme park hotel.
約翰運用瘋狂的想像力，建造出他的第一座兒童主題公園飯店。

---

imminent
[`ɪmənənt]
形 (危險)逼近的；迫近的
★ ★ ★

= im進入 + min突出 + ent在…狀態的，形容詞

記憶**TIP** 危機就在眼前，即將突出(發生、浮現) = 逼近的；迫近的

例 The hotel is now in imminent danger of collapse.
該飯店目前瀕臨倒塌。

indulgence
[ɪnˋdʌldʒəns]
名 沈溺；放縱；嗜好
★ ★ ★

= in入內 + dulg仁慈/順從 + ence性質，名詞

記憶TIP 順從內心的渴望 = 沈溺；放縱；嗜好

例 The old man's only indulgence is a glass of wine during weekends.
在週末喝一杯葡萄酒是這位老人唯一的嗜好。

insert
[ɪnˋsɝt]
動 插入；嵌入
★ ★ ★ ★

= in入內 + sert放置

記憶TIP 放到裡面去 = 插入；嵌入

例 It is easy to read the data you want from this computer; you just have to insert your SD card.
用這台電腦讀取你要的資料很容易，只需將你的記憶卡插入即可。

laundry
[ˋlɔndrɪ]
名 洗衣房；洗衣店
★ ★ ★ ★

= lau洗 + nd動作 + ry地方，名詞

記憶TIP 洗衣服的地方 = 洗衣房；洗衣店

例 Just turn right at the corner and you will see a laundry on your left.
在轉角處右轉，你就會在左手邊看到一間洗衣店。

lobby
[ˋlabɪ]
名 大廳；門廊
★ ★ ★ ★ ★

= lobb小屋 + y地方，名詞

記憶TIP 前往度假小屋的入口處 = 大廳；門廊

例 After our meal, let's meet at the lobby of this hotel.
我們用完餐後，在這間飯店的大廳碰面吧。

midmorning
[ˋmɪdˌmɔrnɪŋ]
名 上午中段時間(十點左右)
★ ★

= mid中間 + morning早上

記憶TIP 早上的中間時段 = 上午中段時間

例 Customers usually check out between midmorning and noon.
房客通常在上午十點之後、中午之前退房。

24

minibar
[`mɪnɪbar]
名 (旅館房內的)冰箱酒櫃
★ ★ ★

= mini小的 + bar吧台

記憶TIP 房裡的小吧台 = 冰箱酒櫃

例 The drinks in the minibar are very expensive.
冰箱酒櫃內的飲料非常昂貴。

 35

overbook
[ˌovə`buk]
動 過量預訂
★ ★ ★

= over超過 + book預訂

記憶TIP 超過預訂量 = 過量預訂

例 The rooms which I like in this hotel have been overbooked, so the owner hopes we can choose another room.
這間旅館裡我喜歡的房間已被過量預訂,所以業主希望我們選擇其他房間。

 36

private
[`praɪvɪt]
形 私人的;非公開的
★ ★ ★ ★ ★

= priv個人 + ate…性質的,形容詞

記憶TIP 屬於個人性質的 = 私人的;非公開的

例 It is not easy to stay a night in this private hotel.
要在這間私人旅館留宿一晚並不容易。

 37

reception
[rɪ`sɛpʃən]
名 接待櫃檯
★ ★ ★ ★ ★

= re回來 + cept拿 + ion過程/結果,名詞

記憶TIP 在飯店裡回來拿鑰匙的地方 = 接待櫃檯

例 You have to show your ID card when you check in at the reception.
在接待櫃檯辦理入住登記時,你必須出示身分證。

 38

receptionist
[rɪ`sɛpʃənɪst]
名 接待員
★ ★ ★

= reception接待櫃檯 + ist從事…者,名詞

記憶TIP 在接待櫃檯的人員 = 接待員

例 There are two receptionists standing there at the door.
有兩位接待員站在門的旁邊。

reconfirm

[ˌrikən`fɝm]

動 再次確認

★ ★ ★

= **re再次** + **confirm確認**

記憶TIP 再次確認的動作 = 再次確認

例 You had better reconfirm your reservation before you set off for your holiday.
出發度假前，你最好再次確認你的訂房。

---

reservation

[ˌrɛzə`veʃən]

名 預約；預訂

★ ★ ★ ★

= **re回來** + **serv保持** + **ation行為產物，名詞**

記憶TIP 在顧客回來前先保留好 = 預約；預訂

例 Tom's reservation has been canceled because he didn't pay the deposit before the second of May.
湯姆的訂房遭取消，因為他沒有在五月二日前支付訂金。

---

resort

[rɪ`zɔrt]

名 度假勝地；名勝

★ ★ ★

= **re再次** + **sort出現**

記憶TIP 經常再次出現遊客的地方 = 度假勝地

例 One of our travel plans this month is to go to that famous resort in Kenting.
我們這個月的旅遊計畫之一是前往墾丁的那個知名度假勝地。

---

satisfactory

[ˌsætɪs`fæktərɪ]

形 令人滿意的

★ ★ ★

= **satis充足** + **fact做** + **ory…性質的，形容詞**

記憶TIP 做得很充足的 = 令人滿意的

例 Of all the hotels he has stayed in, only one was satisfactory.
在他所住過的所有飯店中，只有一間令他滿意。

---

selection

[sə`lɛkʃən]

名 可供選擇的範圍；精選品

★ ★ ★

= **se分開** + **lect選** + **ion過程/結果，名詞**

記憶TIP 選出需要的並分離出來 = 精選品

例 The selection of our room package is usually cheaper.
我們的精選套房專案通常比較優惠。

self-catering
[ˌsɛlf`ketərɪŋ]
形 自炊式的
★ ★

= **self自己** + **cater供應伙食** + **ing使…的，形容詞** 複

記憶TIP 自己供應伙食的 = 自炊式的

例 We also have a self-catering project for customers to choose.
我們也有自炊式專案供顧客選擇。

separate
[`sɛpəˌrɪt]
形 個別的；獨立的
★ ★ ★ ★

= **se分開** + **par就緒** + **ate…性質的，形容詞**

記憶TIP 分開準備好的 = 個別的；獨立的

例 In this hotel, each room is equipped with a separate shower room.
在這間飯店裡，每個房間都設有獨立淋浴室。

sojourn
[`sodʒɝn]
動 逗留；旅居
★ ★

= **so在下面** + **journ一日**

記憶TIP 過著往後的日子 = 逗留；旅居

例 The little girl had sojourned in the big city for two days before she was found by the police.
在警察發現這名小女孩之前，她已在這座大城市中逗留了兩天。

stay
[ste]
動 名 停留；暫住
★ ★ ★ ★ ★

= **sta站/安置** + **y狀態，名詞**

記憶TIP 安置下來的動作 = 停留；暫住

例 The old couple decided to stay at this old inn for a night.
這對老夫婦決定在這間舊旅舍留宿一夜。

towel
[`tauəl]
名 毛巾
★ ★ ★

= **tow洗** + **el物品，名詞**

記憶TIP 用來清洗的物品 = 毛巾

例 I can understand why the hotel towels are white.
我可以了解為何飯店的毛巾是白色的。

unsanitary
[ʌn`sænə‚tɛrɪ]
形 不衛生的；不清潔的
★ ★

= **un不** + **sanit健全的** + **ary有關…的，形容詞**

記憶TIP 整潔方面不健全 = 不衛生的；不清潔的

例 People do not like to go to unsanitary hotels although their prices are low.
即便價格便宜，人們並不喜歡入住不衛生的飯店。

until
[ən`tɪl]
介 直到…為止
★ ★ ★ ★ ★

= **un不** + **til拖**

記憶TIP 到這裡就不再拖下去了 = 直到…為止

例 The room will not be cleaned until 2:00 pm.
直到下午兩點才會打掃這個房間。

vacancy
[`vekənsɪ]
名 空房；空處
★ ★ ★ ★

= **vac空** + **ancy狀態，名詞**

記憶TIP 表示空的狀態 = 空房；空處

例 There is a vacancy on the tenth floor of this building.
這棟建築物的十樓有一間空房。

應考片語

check in 投宿登記 ★★★★

checkout time 退房時間 ★★★★

complimentary breakfast 免費早餐 ★★★

continental breakfast 歐式早餐(含土司、培根、蛋等) ★★★

fire alarm 火災警報器 ★★★★

fire exit 防火逃生出口 ★★★★

fitness center 健身中心 ★★

hot tub 浴缸 ★★

Internet access 網路連線 ★★★

pillow case 枕頭套 ★★

wake-up call 提醒起床服務 ★★★★

youth hostel 青年旅舍 ★★★

4 車輛租賃
Renting Cars

 學習範疇　駕駛、汽車配備、租賃契約書
非學不可的43個必考重點字

 MP3 159

 01

agreement
[ə`grimənt]
名 協定；協議
★ ★ ★ ★

= agree同意 + ment結果，名詞

記憶TIP 同意的結果 = 協定；協議

例 The lease agreement has to be signed before you use our cars.
在你使用我們的車之前，必須先簽訂這份租賃協議。

 02

airbag
[`ɛr͵bæg]
名 汽車安全氣囊
★ ★ ★

= air空氣 + bag袋子 複

記憶TIP 充滿空氣的袋子 = 汽車安全氣囊

例 When the accident happened, the airbag didn't inflate, so the driver was badly injured.
安全氣囊於意外發生時並沒有充氣，駕駛因此受了重傷。

 03

assistance
[ə`sɪstəns]
名 協助；幫忙
★ ★ ★

= as處在 + sist站 + ance狀態，名詞

記憶TIP 站著幫忙的狀態 = 協助；幫忙

例 Do you know which number I should call for the roadside assistance service?
你知道道路救援服務應撥打的號碼嗎？

 04

automobile
[`ɔtəmə͵bil]
名 汽車 形 汽車的
★ ★ ★

= auto自動的 + mobile汽車

記憶TIP 自動的汽車 = 汽車

例 The car that you are going to rent is the latest automobile on the market.
你要租的那輛車是市面上的最新車款。

 05

breakage
[`brekɪdʒ]
名 破損；毀壞
★ ★

= break破壞 + age過程/結果，名詞

記憶TIP 破壞的過程與結果 = 破損；毀壞

例 The car insurance will cover all the risk of breakage.
汽車保險將承擔所有的損壞風險。

careen
[kə`rin]
動 (車子)急速搖晃行駛
★ ★

= **car車子** + **een使變成…，動詞**

記憶TIP 快速行車的動作 ＝ 急速搖晃行駛

例 There was a car careening on the road and finally it was stopped by the police.
有一輛車在馬路上急速搖晃著行駛，最後被警察攔了下來。

chauffeur
[`ʃofɚ]
名 (私家車)司機
★ ★

= **chauff擦熱** + **eur做…的人，名詞**

記憶TIP 負責暖車的人 ＝ 司機

例 Our company also provides qualified chauffeurs for people who rent a car but do not want to drive themselves.
本公司也為不想自行開車的租車者提供合格的司機。

collide
[kə`laɪd]
動 相撞；碰撞
★ ★ ★ ★

= **col在一起** + **lide打擊**

記憶TIP 撞擊在一起 ＝ 相撞；碰撞

例 Their car collided with another car.
他們的車與另一台車相撞。

compact
[`kɑmpækt]
名 契約；合同
★ ★ ★ ★

= **com共同** + **pact契約/協定**

記憶TIP 共同談定的協議 ＝ 契約；合同

例 A compact with Tom's car company has just been signed.
剛剛與湯姆的汽車公司簽訂了一紙合約。

concern
[kən`sɝn]
動 使關心 **名** 關心的事
★ ★ ★

= **con共同** + **cern區別/弄清楚**

記憶TIP 一起把狀況搞清楚 ＝ 使關心

例 We are concerned with the safety of the car we rent the most.
我們最關心的是租用之車輛的安全性。

consume
[kən`sum]
動 花費；消耗
★ ★ ★ ★

= **con完全** + **sume拿走**

記憶TIP 把東西全部拿走 = 花費；消耗

例 I think Tom knows how much gas is consumed per kilometer by this large car.
我想湯姆知道這輛大型車每公里的耗油量。

---

curtail
[kɜ`tel]
動 縮減；削減
★ ★

= **cur短** + **tail剪**

記憶TIP 剪短 = 縮減；削減

例 In order to curtail the cost of gasoline, people try to turn off the AC.
為了縮減汽油開支，人們試著關掉冷氣。

---

deliberately
[dɪ`lɪbərɪtlɪ]
副 故意地；蓄意地
★ ★ ★ ★

= **de加強** + **liber衡量** + **ate…性質的** + **ly…地，副詞**

記憶TIP 刻意加以衡量地 = 故意地；蓄意地

例 Do not deliberately overtake the cars on the highway.
在高速公路上不要蓄意超車。

---

deposit
[dɪ`pɑzɪt]
名 保證金；押金；訂金
★ ★ ★ ★

= **de向下** + **posit放**

記憶TIP 先放下去的錢 = 保證金；押金；訂金

例 You have to pay five hundred dollars as the deposit to rent the car.
你必須支付五百元的保證金以租用這輛車。

---

direction
[də`rɛkʃən]
名 方向；方位
★ ★ ★ ★

= **di貫穿** + **rect直** + **ion結果，名詞**

記憶TIP 直直貫穿以確認 → 方向；方位

例 According to the GPS, we are heading in the wrong direction.
根據衛星定位導航，我們現在正往錯誤的方向前進。

driver
[`draɪvə]
名 駕駛員；司機
★ ★ ★ ★

= drive駕駛 + (e)r做…的人，名詞

記憶TIP 駕駛的人＝駕駛員；司機

例 The driver of that expensive car is a pop singer.
那台昂貴轎車的駕駛是一位流行歌手。

---

exterior
[ɪk`stɪrɪə]
形 外表的 **名** 外貌
★ ★ ★

= exter外 + ior…的，形容詞

記憶TIP 在外面的＝外表的；外貌

例 Jenny likes this car because of its stylish exterior design.
珍妮因為這台車時尚的外型設計而喜歡它。

---

gouge
[gaudʒ]
動 欺騙；欺詐
★ ★

= goug穿洞 + e動作，動詞

記憶TIP 把實情穿洞編織謊言＝欺騙；欺詐

例 I have been gouged by this car rental company before.
我曾被這間租車公司欺騙過。

---

headlight
[`hɛd,laɪt]
名 (汽車)頭燈；前照燈
★ ★ ★ ★

= head頭 + light燈 **複**

記憶TIP 車頭的燈＝頭燈；前照燈

例 Just press the red button and then the headlight will turn on.
只要按下紅色的按鈕就能打開頭燈。

---

incidental
[,ɪnsə`dɛntl̩]
形 意料外的；偶發的
★ ★ ★

= in向內 + cid落 + ent狀態 + al…的，形容詞

記憶TIP 不小心向裡面落下的＝意料外的

例 I had an incidental meeting with a former boyfriend in a rental company.
我在租車公司與一位前男友意外相遇。

31

incredulous
[ɪn`krɛdʒələs]
形 不輕信的；懷疑的
★ ★

= in不 + cred信任 + ulous具…性質的，形容詞

記憶TIP 不願意信任的 = 不輕信的；懷疑的

例 The incredulous wife asked her husband to take out all the things from his pockets.
這位多疑的妻子要求丈夫拿出口袋裡所有的東西。

 32

limousine
[ˌlɪmə`zin]
名 大型豪華轎車
★ ★ ★

= lim門檻 + ous具…性質的 + ine物品，名詞

記憶TIP 豪華的基本門檻就是擁有一台 → 大型豪華轎車

例 It is very expensive to rent this limousine for just a few hours.
租用這台大型豪華轎車幾個小時就非常貴了。

 33

locate
[lo`ket]
動 使座落於；確定…的地點
★ ★ ★

= loc地點 + ate做…，動詞

記憶TIP 定位所在地點 = 使座落於

例 The rental company is located on Main Street.
租車公司位於梅茵街。

 34

manual
[`mænjʊəl]
形 (汽車)手排的；手動的
★ ★ ★ ★

= manu手 + al…的，形容詞

記憶TIP 用手做動作的 = 手排的；手動的

例 It is a car with a five-speed manual transmission.
這是一台有五段變速檔的手排車。

 35

membership
[`mɛmbɚˌʃɪp]
名 會員資格
★ ★ ★

= member會員 + ship身分，名詞

記憶TIP 具有會員的身分 = 會員資格

例 Before you rent our cars, you need to have membership in our company.
在租用我們的車之前，你需要先成為本公司的會員。

26

mileometer
[maɪˋlɑmɪtɚ]
名 里程表
★ ★

= mileo英里 + meter測量表

記憶TIP 測量英里數的儀表 = 里程表

例 The mileometer is an instrument in a car that shows how many miles it has travelled.
里程表是一種車內儀器，顯示車輛已行駛的英里數。

27

minivan
[ˋmɪnɪˌvæn]
名 小卡車
★ ★ ★

= mini小的 + van有蓋小貨車

記憶TIP 小台的有蓋小貨車 = 小卡車

例 A minivan can carry around 7 to 8 people at once.
小卡車一次可以載大約七至八個人。

28

modify
[ˋmɑdəˌfaɪ]
動 更改；修改
★ ★ ★ ★

= mod度量/方法 + ify使成為…，動詞

記憶TIP 根據測量的結果做調整 = 更改；修改

例 It is not easy to modify this machine, so you had better take your car to a mechanic!
這種機器不容易改，所以你還是把車牽去給技工吧！

29

occurrence
[əˋkɝəns]
名 發生；事件
★ ★ ★

= oc之前 + curr流動 + ence狀態，名詞

記憶TIP 在眼前流動(發生)的事 = 發生；事件

例 Car accidents around this intersection are common occurrences.
這個交叉路口附近經常發生車禍。

30

panic
[ˋpænɪk]
形 驚慌的 動 使恐慌
★ ★ ★

= pan恐慌 + ic…的，形容詞

記憶TIP 心生恐慌的 = 驚慌的；使恐慌

例 The young driver felt panic when he hit an old man on the road.
這名年輕駕駛在路上撞到一位老人時，感到很驚慌。

31

petrol
[`pɛtrəl]
名 汽油(英)
★ ★ ★ ★

= **petr石** + **ol油**

記憶TIP 石油 = 汽油(英)

例 We have to find a petrol station first before we get on the highway.
在上高速公路之前，我們必須先找一間加油站。

32

photo
[`foto]
名 照片
★ ★ ★ ★

= **phot光** + **o物品，名詞**

記憶TIP 需感光才能顯像的物品 = 照片

例 I can show you the photos of our cars, then you can decide which car you want to rent.
在你決定要租用哪一輛車之前，我可以給你看看車子的照片。

33

pile-up
[`paɪl͵ʌp]
名 連環車禍
★ ★ ★

= **pile擠/堆積** + **up上面** 複

記憶TIP 多輛車推擠在一起 = 連環車禍

例 I saw a four-car pile-up on my way to work.
我在上班途中看到了一起四輛車的連環車禍。

34

position
[pə`zɪʃən]
名 位置；地點
★ ★ ★

= **posit放置** + **ion結果，名詞**

記憶TIP 放東西的地方 = 位置；地點

例 The new car used to be shown in this position.
新車原本是放在這個位置展示的。

35

prompt
[prɑmpt]
形 敏捷的；及時的
★ ★ ★ ★

= **pro向前** + **mpt拿**

記憶TIP 在別人出手之前就拿走了 = 敏捷的

例 The child was saved by Tom's prompt action after the accident.
湯姆在車禍後的及時行動救了那個孩子。

resilience
[rɪˋzɪlɪəns]
名 彈性；恢復力
★ ★

= re回來 + sili跳 + ence性質，名詞

記憶**TIP** 具備來回彈跳的特性＝彈性；恢復力

例 I am not sure if the resilience coefficient of this pneumatic tire meets the requirement.
我不確定這個橡膠輪胎的彈性係數是否符合規定。

reverse
[rɪˋvɝs]
動 顛倒；翻轉
★ ★ ★ ★

= re回來 + vers轉動 + e動作，動詞

記憶**TIP** 轉回來的動作＝顛倒；翻轉

例 Tom and John's positions are now reversed.
湯姆和約翰的地位現在顛倒過來了。

roadster
[ˋrodstɚ]
名 敞篷小客車
★ ★ ★

= road路 + ster物品，名詞

記憶**TIP** 馬路上的亮眼小物＝敞篷小客車

例 Although John has a car, he still rented a roadster to enjoy the beautiful sunlight and the clean air on his holiday.
雖然約翰有車，他在度假時仍租了一台敞篷小客車，以享受美好的陽光和乾淨的空氣。

scrutinize
[ˋskrutn̩ˌaɪz]
動 細查；細看
★ ★

= scrutin搜尋 + ize使成為…，動詞

記憶**TIP** 搜尋的動作＝細查；細看

例 Please scrutinize the car you are going to rent closely.
請仔細檢查你即將租用的車。

sedan
[sɪˋdæn]
名 轎車
★ ★ ★

= sed(=sid)坐 + an物品，名詞

記憶**TIP** 可以乘坐的車＝轎車

例 I would like to rent a sedan for a week.
我想要租用一台轎車一個星期。

41 sideswipe
[`saɪd,swaɪp]
動 擦撞
★ ★ ★

= side旁邊 + swipe擦過 〈複〉
記憶TIP 從旁邊擦過 = 擦撞
例 Tony's client has sideswiped a bus just now, so he has to go to the scene of the incident.
湯尼的客戶剛和一台巴士擦撞，所以他必須前往事故現場。

42 sober
[`sobɚ]
形 清醒的
★ ★ ★ ★

= sob啜泣 + er…的，比較級形容詞
記憶TIP 哭完後就會是 → 清醒的
例 John always drives on the road sober.
約翰總是在清醒的狀態開車上路。

43 vehicle
[`viɪkḷ]
名 車輛
★ ★ ★ ★

= vehi運送 + cle物品，名詞
記憶TIP 運輸用的物品 = 車輛
例 This vehicle has been carefully washed and polished.
這輛車已被仔細地清洗和打蠟了。

NOTE

5 搭火車
Taking Trains

學習範疇 車站、票務、路線、旅客車廂
非學不可的49個必考重點字

---

advance
[əd`væns]
形 提前的；預付的
★ ★ ★ ★

= **ad處在** + **vance前面**

記憶TIP 在前面 = 提前的；預付的

例 We do not provide any advance booking for this train.
這列火車不提供預先訂票。

---

announcement
[ə`naʊnsmənt]
名 宣告；通知
★ ★ ★ ★

= **an向** + **nounce講述** + **ment過程，名詞**

記憶TIP 向大家講述的過程 = 宣告；通知

例 When you get to the train station, please listen to the announcement carefully.
抵達火車站後，請仔細聆聽廣播通知。

---

approach
[ə`protʃ]
動 接近 **名** 即將抵達
★ ★ ★

= **ap到** + **proach近/接近**

記憶TIP 到了附近 = 接近；即將抵達

例 When you see the red light flash, it means the train is approaching.
當你看到紅燈在閃爍，代表火車正在接近中。

---

carriage
[`kærɪdʒ]
名 客車廂
★ ★ ★

= **carri攜帶** + **age場所，名詞**

記憶TIP 可以載運旅客的車廂 = 客車廂

例 Taking drinks on the carriages of this train is not allowed.
禁止在這輛火車的客車廂內喝飲料。

---

comfortable
[`kʌmfətəbl̩]
形 舒適的；舒服的
★ ★ ★

= **comfort舒適** + **able可⋯的，形容詞**

記憶TIP 可感到舒適的 = 舒適的；舒服的

例 The train is equipped with the newest comfortable chairs for every passenger.
這輛火車配備著最新型的舒適座椅供乘客使用。

06
compartment
[kəm`partmənt]
名 (火車上)小客房
★ ★ ★

= **com一起** + **part部分** + **ment結果，名詞**

記憶TIP 火車上一部分的空間 = 小客房

例 There were eight compartments in each car of the train.
那輛火車的每節車廂有八個小客房。

 07
conductor
[kən`dʌktə]
名 車掌
★ ★ ★

= **conduct指揮** + **or做⋯的人，名詞**

記憶TIP 在車上指揮的人 = 車掌

例 As a conductor, John has to collect payments from passengers on the train.
身為一位車掌，約翰必須在火車上向乘客收取車資。

 08
corridor
[`kɔrɪdɔr]
名 走廊；迴廊
★ ★

= **corr跑** + **idor地方，名詞**

記憶TIP 供人走動或跑的地方 = 走廊；迴廊

例 Lots of people are waiting to get refunds in the corridor.
許多人在走廊上等待退款。

 09
crowded
[`kraʊdɪd]
形 擁擠的
★ ★ ★ ★

= **crowd擁擠** + **ed有⋯的，形容詞**

記憶TIP 有擁擠狀況的 = 擁擠的

例 It is two weeks before Chinese New Year, and the train station is crowded with people who come to book tickets.
春節的兩週前，火車站擠滿了前來預訂車票的人。

 10
depart
[dɪ`part]
動 出發；啟程
★ ★ ★ ★

= **de離** + **part分開**

記憶TIP 離開前往別處的動作 = 出發；啟程

例 The train is going to depart in three minutes.
這班火車將在三分鐘後出發。

derail
[dɪˋrel]
動 出軌
★ ★

= **de離** + **rail軌道**

記憶TIP 離開軌道 = 出軌

例 The serious accident happened because the train derailed in heavy snow.
火車在大雪中出軌，造成這場嚴重的事故。

engaged
[ɪnˋgedʒd]
形 被佔用的；使用中的
★ ★ ★ ★

= **en使** + **gage保證** + **d被…的，形容詞**

記憶TIP 保證不離開 = 被佔用的；使用中的

例 The conductor's time is fully engaged in checking passengers' tickets.
這位車掌的時間全用來檢查乘客的車票。

florist
[ˋflorɪst]
名 花商；花店
★ ★

= **flor花** + **ist從事…者，名詞**

記憶TIP 販賣花的人 = 花商；花店

例 There is a florist next to the train station.
火車站旁有一間花店。

handbag
[ˋhænd͵bæg]
名 手提包
★ ★ ★ ★

= **hand手** + **bag袋子** **複**

記憶TIP 手上的提袋 = 手提包

例 There is a place under the seats for passengers to put their handbags.
座位下方有可供乘客放置手提包的空間。

homebound
[ˋhom͵baund]
形 回家的；返家的
★ ★ ★

= **home家** + **bound前往的**

記憶TIP 往家的方向前進 = 回家的；返家的

例 Jerry is happy to take this homebound train.
傑瑞開心的搭乘這班返家列車。

16

impatient
[ɪm`peʃənt]
形 不耐煩的
★ ★ ★

= **im不** + **patient耐心的**

記憶TIP 沒有耐心的 = 不耐煩的

例 The serious delay of the train made all the passengers impatient.
車班的嚴重誤點讓所有的乘客不耐煩。

 17

indicator
[`ɪndə͵ketə]
名 指示計;指示燈
★ ★ ★

= **in向** + **dic說明** + **at做…** + **or物品,名詞**

記憶TIP 說明方向的物品 = 指示計;指示燈

例 When the door opens, the indictor will become green.
當車門開啟時,指示燈會變成綠色。

 18

inspector
[ɪn`spɛktə]
名 檢查員
★ ★ ★

= **in入內** + **spect看** + **or做…的人,名詞**

記憶TIP 到裡面查看票的人 = 檢查員

例 The young inspector smiled and took our tickets from our hands politely.
年輕的驗票員微笑著,禮貌地將我們手中的票收走。

 19

itinerant
[aɪ`tɪnərənt]
形 巡迴的;流動的
★ ★

= **it走** + **iner內部** + **ant…性質的,形容詞**

記憶TIP 繞著內部走動的 = 巡迴的;流動的

例 You can see many itinerant vendors gather around the train station.
你可以看到車站周圍聚集著許多流動攤販。

 20

location
[lo`keʃən]
名 所在地;位置
★ ★ ★ ★

= **locat確定位置** + **ion結果,名詞**

記憶TIP 在某個特定的位置 = 所在地;位置

例 Could you give me the precise location of the train station?
你能給我火車站的精確位置嗎?

locker
[`lɑkɚ]
名 寄物櫃
★ ★ ★ ★

= **lock鎖** + **er物品，名詞**

記憶TIP 可以上鎖的櫃子 = 寄物櫃

例 Passengers can put their large baggage in the lockers in the station.
乘客可以將他們的大件行李放在車站的寄物櫃裡。

---

locomotive
[ˌlokɚ`motɪv]
名 火車頭
★ ★ ★

= **loco地方** + **mot移動** + **ive性質，名詞**

記憶TIP 帶領整列火車隨處移動 = 火車頭

例 The modern locomotive was designed by Mr. Gray.
這個現代化的火車頭是由葛瑞先生所設計的。

---

migratory
[`maɪgrəˌtorɪ]
形 遷移的
★ ★

= **migr遷移** + **at動作** + **ory…性質的，形容詞**

記憶TIP 具備遷移性質的 = 遷移的

例 Some people travel like migratory birds.
有些人像候鳥一般四處旅行。

---

newsstand
[`njuzˌstænd]
名 報紙攤；報刊櫃
★ ★ ★ ★

= **news新聞** + **stand攤位** **複**

記憶TIP 販賣新聞報的攤位 = 報紙攤；報刊櫃

例 You can buy some drinks at the newsstand in the station.
你可以在火車站裡的報紙攤買些飲料。

---

one-way
[`wʌnˌwe]
形 單程的；單向的
★ ★ ★ ★

= **one單一** + **way方向** **複**

記憶TIP 單一方向的 = 單程的；單向的

例 I would like to buy a one-way ticket to Tainan.
我要買一張到台南的單程票。

outbound
[`aʊt`baʊnd]
形 向外去的；駛向外國的
★ ★ ★ ★

= out外 + bound前往的

記憶TIP 前往外地的 = 向外去的；駛向外國的

例 Please read the sign carefully because there is also an outbound train at the same platform but traveling in a different direction.
請仔細閱讀標示，因為在同一月台上也有一班駛向外國但不同方向的火車。

outside
[`aʊt`saɪd]
副 在外面 形 外面的
★ ★ ★ ★

= out外 + side邊

記憶TIP 在外邊的 = 在外面；外面的

例 Call me when you get off the train; I will be outside of the station.
當你下火車時打個電話給我，我會在車站外面。

overseas
[`ovə`siz]
形 海外的 副 在海外
★ ★ ★

= over超過 + seas海

記憶TIP 越過海洋的 = 海外的；在海外

例 This train was made by an overseas company, so we have to hire a person to go there and learn the way to maintain it.
這輛火車是由一家海外公司製造的，所以我們必須雇一個人到那裡去學習維修方法。

peddler
[`pɛdlə]
名 小販
★ ★ ★

= pedd腳 + le動作 + (e)r做…的人，名詞

記憶TIP 用腳走路賣東西的人 = 小販

例 I know a peddler who is selling baby hats and clothes outside of the train station.
我知道火車站外有個賣嬰兒帽和嬰兒服的小販。

peregrination
[ˌpɛrəgrɪ`neʃən]
名 遊歷；旅行
★

= peregrin周遊的 + ation行為產物，名詞

記憶TIP 四處旅遊的狀態 = 遊歷；旅行

例 It is a big challenge for Tom to have a long peregrination alone.
對湯姆而言，獨自一人長途旅行是一大挑戰。

pickpocket
[`pɪk,pɑkɪt]
名 扒手 動 扒竊
★ ★ ★

= pick撿起 + pocket口袋 複

記憶TIP 到別人的口袋裡撿東西的人 = 扒手

例 John is the youngest pickpocket that I have ever seen.
約翰是我見過最年輕的扒手。

platform
[`plæt,fɔrm]
名 月台
★ ★ ★ ★ ★

= plat平坦的 + form形狀/狀態，名詞

記憶TIP 平坦的狀態 = 月台

例 Please go to platform three if you want to go to Taipei.
如果你要前往台北，請至第三月台。

porter
[`portɚ]
名 (機場、車站)搬運工人
★ ★ ★

= port拿 + er做…的人，名詞

記憶TIP 負責拿行李的人 = 搬運工人

例 Do not worry about the baggage because there will be a porter to help us.
不用擔心行李，因為會有一名搬運工人協助我們。

railroad
[`rel,rod]
名 鐵路 動 用鐵路運送
★ ★ ★ ★ ★

= rail鐵軌 + road路 複

記憶TIP 鐵軌鋪出來的路 = 鐵路

例 Do not play or throw stones on the railroad.
別在鐵軌上嬉戲或者扔石頭。

railway
[`rel,we]
名 (英)鐵路；鐵道
★ ★ ★ ★ ★

= rail鐵軌 + way路 複

記憶TIP 鐵軌鋪出來的路 = 鐵路；鐵道

例 The invention of the railway made everything change.
鐵道的發明改變了一切。

randomly
[`rændəmlɪ]
副 任意地；隨機地
★ ★ ★

= rand倉促/草率 + om性質 + ly…地，副詞

記憶TIP 倉促且草率地做事 = 任意地；隨機地

例 Tony doesn't like the seat which was selected randomly from the system.
湯尼不喜歡系統隨機挑選的座位。

region
[`ridʒən]
名 區域；地帶
★ ★ ★ ★

= reg統治 + ion地方，名詞

記憶TIP 受統治的地方 = 區域；地帶

例 This train travels through the southwest region.
這輛火車行經整個西南區域。

regular
[`rɛgjələ]
形 規律的；正規的
★ ★ ★ ★

= regul控制 + ar…的，形容詞

記憶TIP 因為有控制，所以能平均出現 = 規律的

例 Driving the train was a change from his regular duties.
開火車不是他平時的工作。

reserved
[rɪ`zɜvd]
形 被預訂的
★ ★ ★

= re回來 + serv保持 + ed被…的，形容詞

記憶TIP 旅客回來前便保留好的 = 被預訂的

例 It is not easy to buy train tickets during Christmas because all the tickets have been reserved.
聖誕節期間的火車票不好買，因為所有的車票都已被預訂了。

safety
[`seftɪ]
名 安全；平安
★ ★ ★ ★

= safe安全的 + ty狀態，名詞

記憶TIP 安全的狀態 = 安全；平安

例 All the members were led to a place of safety.
所有的成員都被引導到一個安全的地方。

signal
[`sɪɡn̩]
名 信號；標誌 動 發出信號
★ ★ ★

= sign標記 + al結果，名詞

記憶TIP 標記的結果 = 信號；標誌

例 The train has to stop when the signal is red.
信號為紅色時，火車必須停駛。

---

smoking
[`smokɪŋ]
名 吸菸；抽菸
★ ★

= smok抽菸 + ing行為，名詞

記憶TIP 抽菸的行為 = 吸菸；抽菸

例 John hates smoking in the smoking area.
約翰討厭在吸菸區抽菸。

---

station
[`steʃən]
名 車站
★ ★ ★ ★

= sta站 + tion過程/結果，名詞

記憶TIP 站著等車的地方 = 車站

例 You can buy many kinds of local products in the train station.
你可以在火車站買到多種地方特產。

---

terminus
[`tɝmənəs]
名 終點；終點站(英)
★ ★

= termin界限 + us地點，名詞

記憶TIP 到達邊界的最終站 = 終點；終點站

例 I would like to know where the terminus is.
我想知道終點站在哪裡。

---

timetable
[`taɪm͵tebl̩]
名 時刻表
★ ★ ★ ★

= time時間 + table列表 複

記憶TIP 可以看到相關時間的列表 = 時刻表

例 There is a big timetable of the trains on the right sIde of the wall.
右側的牆面上有巨幅的火車時刻表。

46

toilet
[`tɔɪlɪt]
名 廁所；洗手間
★ ★ ★

= toil布/網 + et小物，名詞

記憶TIP 放置小塊擦手布的地方 = 廁所；洗手間

例 Please go to the toilet before you get on this train because the toilets on the train are usually dirty.

請在搭這班火車前先上個洗手間，因為火車上的廁所通常很髒。

 47

transportation
[ˌtrænspəˋteʃən]
名 交通工具；交通方式
★ ★ ★

= transport運輸 + ation行為產物，名詞

記憶TIP 運輸的方式 = 交通工具；交通方式

例 There are many kinds of transportation for you to take to Tainan, and going by train is what I recommend.

到台南的交通方式有很多種，而我建議你搭火車。

 48

trolley
[`trɑlɪ]
名 手推車
★ ★

= troll滾動 + ey物品，名詞

記憶TIP 有滾輪的車子 = 手推車

例 We have to use three trolleys to carry the parts of these heavy machines.

我們需要用到三台手推車來運送這些重機械的零件。

 49

weekday
[`wikˌde]
名 平常日(週一至週五)
★ ★ ★ ★ ★

= week星期 + day日子 複

記憶TIP 在一個星期裡面需要工作的日子 = 平常日

例 I go to work by train during the weekdays.
我在平常日搭火車上班。

應考片語

call at 停靠於… ★★★
day return 當日來回票 ★
dining car (火車)餐車 ★★

Chapter

7

金融及
預算

Finance and Budgeting

1 投資金融
Investment and Finance

學習範疇 投資、股票市場、金融、景氣
非學不可的56個必考重點字

MP3 169

01 accumulation
[ə,kjumjə`leʃən]
名 積累;積聚
★ ★

= **ac向** + **cumul堆積** + **ation行為產物,名詞**

記憶TIP 堆積的結果 = 積累;積聚

例 It takes time and effort to get an accumulation of wealth and knowledge.
財富和知識需要花費時間和努力累積。

02 affluence
[`æfluəns]
名 豐富;富裕
★ ★

= **af向** + **flu流動** + **ence狀態,名詞**

記憶TIP 金錢往裡面流動 = 豐富;富裕

例 This investment project will let us live in affluence.
這項投資企劃將使我們生活優裕。

03 affluent
[`æfluənt]
形 富饒的;富裕的
★ ★ ★

= **af向** + **flu流動** + **ent在…狀態的,形容詞**

記憶TIP 金錢往裡面流動的 = 富饒的;富裕的

例 The successful investment made his company affluent within two months.
成功的投資使他的公司在兩個月內變得富裕。

04 appreciation
[ə,priʃɪ`eʃən]
名 增值;漲價
★ ★ ★ ★

= **ap對** + **preci價** + **ation行為產物,名詞**

記憶TIP 針對價值進行提升 = 增值;漲價

例 I am sure the appreciation is possible, but not in two months.
我相信有增值的可能,但不是在兩個月內。

05 assess
[ə`sɛs]
動 對…進行估價;評價
★ ★ ★ ★

= **as向** + **sess坐**

記憶TIP 使某物之價值能坐定 = 對…進行估價

例 They will hire an accountant to assess their property.
他們將雇用一名會計師來估定他們的資產。

356

 06

avail
[ə`vel]
動 有益；有幫助 **名** 效用
★ ★ ★ ★

= a去 + vail強壯

記憶TIP 強壯的人去了就有幫助 = 有益；有幫助

例 Knowing his money was stolen, no words availed to pacify him.
在得知遭竊後，說什麼都無法使他平靜下來。

 07

conservative
[kən`sɜvətɪv]
形 謹慎的；保守的
★ ★ ★

= con一起 + serv保持 + ative具⋯性質的，形容詞

記憶TIP 一起小心保持的 = 謹慎的；保守的

例 My mother is a conservative investor, and she puts money only in her savings account.
我媽媽是個謹慎的投資者，她只把錢存入她的儲蓄帳戶中。

 08

currency
[`kɜənsɪ]
名 貨幣；通貨
★ ★ ★ ★

= curr流動的 + ency性質，名詞

記憶TIP 流通中的金錢 = 貨幣；通貨

例 China and Taiwan use different currencies.
中國和台灣使用不同的貨幣。

 09

decline
[dɪ`klaɪn]
動 名 下跌；減少；衰退
★ ★

= de向下 + cline傾斜

記憶TIP 向下傾斜而倒退 = 下跌；減少；衰退

例 Tony didn't sleep well last night because the stock market declined yesterday.
因為昨天股市下跌，所以湯尼昨晚沒睡好。

 10

deflate
[dɪ`flet]
動 (通貨)緊縮
★

= de除去 + flat吹 + e動作，動詞

記憶TIP 除去灌入的氣體 = (通貨)緊縮

例 In Japan, the stock market has deflated for two years.
日本的股市已緊縮了兩年。

depression
[dɪˋprɛʃən]
名 不景氣；蕭條(期)
★ ★ ★

= de向下 + press壓 + ion結果，名詞

記憶TIP 經濟情勢向下壓縮，造成 → 不景氣

例 John lost his job during the depression last year.
約翰在去年的經濟蕭條期失業了。

devalue
[diˋvælju]
動 (貨幣)貶值
★ ★

= de向下降 + value價值

記憶TIP 把價值降低 = (貨幣)貶值

例 The car we bought last year has devalued 30% so far.
我們去年買的車至今已經貶值了三成。

discern
[dɪˋzɜn]
動 分辨；識別
★

= dis分離 + cern分開

記憶TIP 將不同種類分開 = 分辨；識別

例 It is not easy to discern the difference between various investment policies in the market.
分辨市場上各種投資方案的差異並不容易。

diversify
[dɪˋvɜsə͵faɪ]
動 使多樣化
★ ★

= di(=dis)分離 + vers移轉 + ify使成為…，動詞

記憶TIP 分別移轉使樣式變多 = 使多樣化

例 John is thinking of diversifying his stock holdings.
約翰正打算使他的持股多樣化。

downward
[ˋdaʊnwəd]
形 下降的；日趨沒落的
★ ★

= down向下 + ward朝向…的，形容詞

記憶TIP 朝向下方移動的 = 下降的

例 John's business went downward after he hired the new employees.
雇用了新員工之後，約翰的生意愈來愈差。

equity
[`ɛkwətɪ]
名 普通股；股票
★ ★ ★

= **equ相等** + **ity性質，名詞**

記憶TIP 平均分配股息紅利的股票 = 普通股

例 Mr. Benson awards his employees with equities.
班森先生以普通股獎勵他的員工。

---

exchange
[ɪks`tʃendʒ]
名 交易所；市場 **動** 交換
★ ★ ★ ★

= **ex出/外** + **change交換**

記憶TIP 拿出東西做交換的地方 = 交易所

例 I know two famous agents in this stock exchange.
我認識這間股票交易所裡的兩位知名經紀人。

---

finance
[faɪ`næns]
名 金融；財政
★ ★ ★ ★

= **fin結束** + **ance情況，名詞**

記憶TIP 帳目的最終狀況 = 金融；財政

例 People are waiting for the rise of finance.
人們正等待金融情勢的興起。

---

fluctuation
[ˌflʌktʃʊ`eʃən]
名 波動；變動
★ ★

= **fluc流動** + **tuat造成** + **ion結果，名詞**

記憶TIP 造成流動的狀態 = 波動；變動

例 We believe that the fluctuations in government policy will cause a great impact on overseas trading.
我們認為政策的變動將對海外貿易造成重大的影響。

---

foundation
[faʊn`deʃən]
名 1.基礎；根據 2.基金會
★ ★ ★

= **found建立/創立** + **ation行為產物，名詞**

記憶TIP 創立之初需要先打好 → 基礎

例 The rumor about inside trading has no foundation in fact.
有關內線交易的謠言毫無事實根據。

hesitate
[`hɛzə,tet]
動 遲疑；猶豫
★ ★ ★ ★

= **hesit黏** + **ate動作，動詞**

記憶TIP he(他)+sit(坐)+ate(吃)，他不知道要先坐下來還是先吃東西 = 遲疑；猶豫

例 It is an important investment project, so those bosses hesitated for a while before they made the decision.
這是一項重要的投資案，所以那些老闆們在做決定之前遲疑了一下。

---

holding
[`holdɪŋ]
名 持有股份；保有地
★ ★ ★

= **hold握住** + **ing行為，名詞**

記憶TIP 握住的東西 = 持有股份；保有地

例 Johnny has a lot of holdings in our company.
強尼持有本公司大量的股份。

---

impoverish
[ɪm`pɑvərɪʃ]
動 使貧窮；使赤貧
★ ★ ★

= **im入內** + **pover貧窮** + **ish使成為…，動詞**

記憶TIP 使成為貧窮的狀態 = 使貧窮

例 The lack of a marketing team made Johnny's company impoverished in the end.
缺少行銷團隊使得強尼的公司最終陷入赤貧。

---

index
[`ɪndɛks]
名 表示；跡象
★ ★ ★ ★

= **in內部** + **dex(=dic)說**

記憶TIP 將裡面的內容說出來 = 表示；跡象

例 I don't like to invest in anything because the ups and downs may become the index of my mood.
我不喜歡投資，因為行情的升跌會變成我的心情指標。

---

inflate
[ɪn`flet]
動 抬高(物價)；(通貨)膨脹
★ ★ ★

= **in裡面** + **flat吹** + **e動作，動詞**

記憶TIP 使物價如同內部被灌了氣一般地膨脹 = 抬高(物價)；(通貨)膨脹

例 The businessmen inflated the price of the sugar.

商人抬高了糖的價格。

invest
[ɪn`vɛst]
動 投資；投入
★ ★ ★ ★ ★

= **in入內** + **vest授予/賦予**

記憶TIP 賦予入股的權力 = 投資；投入

例 Mr. Brown is going to invest in the project you just presented in the meeting.
伯朗先生將投資你剛才在會議中呈報的企劃。

---

investment
[ɪn`vɛstmənt]
名 投資；投資額；投資物
★ ★ ★ ★

= **invest投資** + **ment過程/結果，名詞**

記憶TIP 投資的過程或結果 = 投資；投資額

例 John has a total investment of three million dollars in this building.
約翰總共投資了三百萬元在這棟大樓上。

---

investor
[ɪn`vɛstɚ]
名 投資者；出資人
★ ★ ★

= **invest投資** + **or做…的人，名詞**

記憶TIP 做投資的人 = 投資者；出資人

例 The investors of this building will hold their annual meeting tomorrow.
這棟大樓的投資者將在明天舉行年度會議。

---

lucrative
[`lukrətɪv]
形 有利可圖的；賺錢的
★ ★

= **lucr獲得** + **ative具…性質的，形容詞**

記憶TIP 獲得利潤的 = 有利可圖的；賺錢的

例 My boss decided to put more money into this business after seeing the lucrative future.
看到未來有利可圖後，我們老闆決定在這筆生意上投注更多資本。

---

luxury
[`lʌkʃərɪ]
名 奢侈品；奢華
★ ★ ★

= **luxur奢侈/鋪張** + **y物品，名詞**

記憶TIP 奢侈鋪張的物品 = 奢侈品

例 Our mother always reminds us not to buy luxury goods.
我們的母親總是提醒我們別買奢侈品。

31

miscalculate
[`mɪs`kælkjə,let]
動 計算錯誤
★ ★

= mis錯誤 + calculate計算

記憶TIP 錯誤的計算 = 計算錯誤

例 Our accountant has miscalculated our salaries.
我們的會計算錯了我們的薪資。

 32

monetize
[`mʌnə,taɪz]
動 定為貨幣
★

= mone錢 + tize使成為…，動詞

記憶TIP 認定為錢的動作 = 定為貨幣

例 The New Taiwan Dollar was monetized in 1961.
新台幣在西元一九六一年被定為貨幣。

 33

needy
[`nidɪ]
形 貧窮的；貧困的
★ ★

= need需要 + y有…的，形容詞

記憶TIP 樣樣都需要的 = 貧窮的；貧困的

例 After his company went bankrupt, he lived a needy life.
在他的公司破產後，他就過著貧困的生活。

 34

offset
[`ɔf,sɛt]
動 抵銷；補償
★ ★

= off離開/去除 + set約定

記憶TIP 把原本的約定給移除 = 抵銷；補償

例 They need to sell their house to offset the loss.
他們需要變賣房子以彌補損失。

 35

penurious
[pə`njʊrɪəs]
形 1.貧困的 2.小氣的
★

= penur貧窮 + ous具…性質的，形容詞

記憶TIP 具有貧窮性質的 = 貧困的；小氣的

例 We have no idea when he became such a penurious man.
我們不知他何時變得如此窮困。

profit
[`prafɪt]
動 獲益 **名** 利潤；收益
★ ★ ★ ★

= pro在前面 + fit做

記憶TIP 在別人還沒做之前做，較有機會 → 獲益

例 We do not believe that the shop can profit in one year.
我們不相信這間店可在一年內獲利。

profitability
[ˌprafɪtə`bɪlətɪ]
名 收益性；利益率
★

= profit收益 + ability可…性，名詞

記憶TIP 有收益能力 = 收益性；利益率

例 There is profitability in that breakfast shop.
那間早餐店具有收益性。

profitable
[`prafɪtəbḷ]
形 可獲利的
★ ★ ★

= profit收益 + able可…的，形容詞

記憶TIP 可以有收益的 = 可獲利的

例 The investors proved that the investment plan is profitable.
投資者證實這項投資計畫是可獲利的。

prospect
[`praspɛkt]
名 前景；(成功的)可能性
★ ★ ★ ★

= pro向前 + spect看

記憶TIP 向前看 = 前景；(成功的)可能性

例 This company's prospects of great margin attract many investors.
這間公司光明的獲利前景吸引許多出資者。

prospectus
[prə`spɛktəs]
名 上市說明書
★

= pro向前 + spect看 + us物品，名詞

記憶TIP 說明公司前景規劃的物品 = 上市說明書

例 I would like to see the prospectus of your company.
我想看看貴公司的上市說明書。

provision
[prə`vɪʒən]
名 1.預備 2.供應
★ ★

= **provi提供** + **sion結果，名詞**

記憶TIP 準備好可供使用 = 預備；供應

例 He works hard to make provisions for his children's education.
他努力工作，為孩子的教育做準備。

---

record-breaking
[`rɛkəd͵brekɪŋ]
形 破記錄的
★

= **record記錄** + **break打破** + **ing使…的，形容詞** **複**

記憶TIP 使記錄被打破的 = 破記錄的

例 Johnny's company has made a record-breaking profit in the last three years.
強尼的公司突破了近三年來的獲利記錄。

---

remuneration
[rɪ͵mjunə`reʃən]
名 報酬；酬金
★

= **re回** + **muner禮物** + **ation結果，名詞**

記憶TIP 做完事情後的回禮 = 報酬；酬金

例 Mary got a remuneration of 10% of the earnings from our shop.
瑪莉獲得本店一成的利潤做為報酬。

---

scandal
[`skændl̩]
名 醜聞
★ ★

= **scand爬** + **al結果，名詞**

記憶TIP 到外面亂爬的結果是發生 → 醜聞

例 The scandal had a great impact on Johnny's business.
那則醜聞對強尼的公司有很大的影響。

---

shareholder
[`ʃɛr͵holdə]
名 股東；持股人
★ ★ ★

= **share股票** + **hold持有** + **er做…的人，名詞** **複**

記憶TIP 持有股票的人 = 股東

例 As one of the shareholders, Johnny was invited to the dinner.
身為股東之一，強尼受邀請參加晚宴。

46

speculate
[`spɛkjə,let]
動 投機；做投機買賣
★ ★

= **spec看** + **ul…的** + **ate做…，動詞**

記憶TIP 看到商機後的動作 = 投機

例 John has speculated shares for about three years.

約翰已從事股票投機買賣約三年的時間。

47

speculation
[,spɛkjə`leʃn]
名 投機；投機買賣
★ ★ ★

= **spec看** + **ul…的** + **ation行為產物，名詞**

記憶TIP 只用看的就決定要做的事 = 投機

例 Mary's speculations in stocks led to her bankruptcy.

瑪莉進行的股票投機買賣致使她破產。

48

speculator
[`spɛkjə,letə]
名 投機者；投機商人
★ ★

= **spec看** + **ul…的** + **ator做…的人，名詞**

記憶TIP 看到商機的人 = 投機者；投機商人

例 People said that those speculators chose the wrong time to buy the bonds.

有人說那些投機者選錯了購買債券的時間。

49

stockbroker
[`stak,brokə]
名 股票經紀人
★ ★ ★ ★

= **stock股票** + **broker代理人** **複**

記憶TIP 股票代理人 = 股票經紀人

例 The famous stockbroker is now taking a vacation.

那位知名的股票經紀人目前正在度假。

50

trustee
[trʌs`ti]
名 (財產、業務)受託管理人
★ ★

= **trust相信** + **ee受…的人，名詞**

記憶TIP 被相信的人 = (財產、業務)受託管理人

例 He lost his job as the trustee last week.

他在上週失去了財產受託管理人的工作。

51

turnaround
[`tɝnə,raʊnd]
名 (經濟等)突然好轉
★ ★ ★

= turn轉/變 + around反向轉 複

記憶TIP 向相反的方向轉 = 突然好轉

例 Many experts said that a turnaround in the stock market will come soon.
許多專家表示股市即將好轉。

52

turnover
[`tɝn,ovə]
名 營業額
★ ★ ★ ★

= turn轉/變 + over掌控 複

記憶TIP 把商品變成錢 = 營業額

例 This new breakfast shop has a turnover about $500,000 each month.
這間新早餐店的每月營業額約五十萬元。

53

vary
[`vɛrɪ]
動 變化；變更
★ ★ ★ ★

= var不同的 + y使成為…，動詞

記憶TIP 成為不同的 = 變化；變更

例 Opinions of great investment vary from person to person.
關於好投資的見解因人而異。

54

venture
[`vɛntʃə]
名 冒險事業 動 以…做賭注
★ ★

= vent來 + ure過程/結果，名詞

記憶TIP 直接就來的過程與結果 = 冒險事業

例 Anna wants to venture all her money on this stock.
安娜想把她所有的錢投注在這支股票上。

55

volatile
[`vɑlətɪl]
形 反覆無常的；易變的
★

= vola飛 + tile…的，形容詞

記憶TIP 一直飛來飛去的 = 反覆無常的；易變的

例 I lost a lot of money in the volatile stock market last year.
我去年在大起大落的股市裡損失慘重。

wealthy
[`wɛlθɪ]
形 富有的；富裕的
★ ★ ★

= **wealth財富** + **y有…的，形容詞**

記憶TIP 有財富的 ＝ 富有的；富裕的

例 After he invested in a small island in 1990, John has had a wealthy life.
在西元一九九〇年投資了一座小島後，約翰就過著富裕的生活。

應考片語

asset-backed securities 資產擔保證券 ★
asset turnover 資產週轉率 ★★
barren capital 資本缺乏 ★★
bear market 熊市(空頭市場) ★★★
blue chip 績優股 ★★★
bonus share 分紅股 ★★★
bull market 牛市(多頭市場) ★★★
clearing and settlement 清算；結算 ★★
convertible bond 可轉換債券 ★★
fund custodian bank 基金託管銀行 ★
in the black 有盈餘 ★★★
in the red 虧損；負債 ★★★
inside trading 內線交易 ★★★
middle class 中產階級 ★★
pull out 撤資 ★★★
sell off (股票等的)跌價 ★★
stock market 股票市場 ★★
the ups and downs (股市)行情起伏 ★★
trading volume 交易量 ★★★
windfall profit 暴利 ★★★

2 銀行業務
Banking Matters

學習範疇 日常行務、借貸、現金流動等
非學不可的34個必考重點字

account
[ə`kaunt]
名 帳戶
★ ★ ★ ★

= ac向 + count數

記憶TIP 用來數和計算 = 帳戶

例 You can apply for a new account here for your overseas income.
你可以在這裡為你的海外收入申請一個新帳戶。

alert
[ə`lɜt]
名 警戒 形 警覺的
★ ★

= al在…之上 + ert監視

記憶TIP 隨時處於監視的狀態 = 警戒；警覺的

例 My account has been marked on alert after June.
我的帳戶已在六月後被列為警戒戶。

arrears
[ə`rɪrz]
名 1.欠款 2.(工作)拖延
★

= ar至 + rears背部

記憶TIP 把該完成的工作放在背部 = (工作)拖延

例 Because of the arrears of rent, Mary has to move by Friday.
由於拖欠房租，瑪莉必須在星期五之前搬走。

attain
[ə`ten]
動 獲得；達到
★ ★

= at向 + tain抓住

記憶TIP 將目標抓住 = 獲得；達到

例 Work hard and then you may attain what you expect.
努力工作就有可能獲得你所期待的。

bankbook
[`bæŋk‚buk]
名 存摺
★ ★ ★

= bank銀行 + book本子 複

記憶TIP 銀行的本子 = 存摺

例 I need to get a new bankbook for this account.
我需要一本這個帳戶的新存摺。

banknote
[`bæŋknot]
名 鈔票
★ ★ ★

= bank銀行 + note紙幣 複

記憶TIP 銀行發行的紙幣 = 鈔票

例 He gave the accountant a pile of banknotes.
他給了那位會計人員一大疊鈔票。

cashback
[`kæʃˌbæk]
名 現金回饋
★

= cash現金 + back回來 複

記憶TIP 把現金拿回來 = 現金回饋

例 I would like to apply for a cashback credit card.
我要申請一張現金回饋信用卡。

collectable
[kə`lɛktəbḷ]
形 可收集的
★ ★

= col一起 + lect挑選 + able可…的，形容詞

記憶TIP 挑選完後放在一起的 = 可收集的

例 Our customers' personal information is not collectable on any account.
我們顧客的個人資料在任何情況下都不可被收集。

contraction
[kən`trækʃən]
名 緊縮；收縮
★ ★

= con一起 + tract抽拉 + ion結果，名詞

記憶TIP 抽拉成一團的狀態 = 緊縮；收縮

例 Our company has been influenced by capital contraction.
本公司已受到資本緊縮的影響。

contrary
[`kɑntrɛrɪ]
形 相反的；對立的
★ ★ ★ ★

= contr反對 + ary有關…的，形容詞

記憶TIP 反對的 = 相反的；對立的

例 We thought Jason could get a loan from the bank, but because of Mr. Wu's contrary advice, he didn't.
我們以為傑森能獲得銀行貸款，但因為吳先生的反對意見而沒有得到。

11
contrive
[kən`traɪv]
動 設計;發明
★ ★

= con一起 + trive比喻

記憶TIP 把比喻放在一起做出東西 = 設計;發明

例 The team contrived a new loan plan.
這個團隊設計出新的貸款計畫。

 12
creditor
[`krɛdɪtɚ]
名 債權人;貸方
★

= credit借貸 + or做…的人,名詞

記憶TIP 借款給別人的人 = 債權人;貸方

例 Please inform the creditor that he has to complete the payment within a week.
請通知債權人需在一週內完成付款。

 13
debtor
[`dɛtɚ]
名 債務人;借方
★

= debt債務 + or做…的人,名詞

記憶TIP 背負債務的人 = 債務人;借方

例 There are some debtors gathering together in the central park.
有一些債務人聚集在中央公園裡。

 14
endorse
[ɪn`dɔrs]
動 背書;在(票據)背面簽名
★ ★

= en在裡面 + dorse後面

記憶TIP 在背後簽名以示擔保內容物 = 背書

例 Mary has already endorsed the check.
瑪莉已在這張支票上背書。

 15
endorsement
[ɪn`dɔrsmənt]
名 背書;簽署
★ ★

= endorse背書 + ment結果,名詞

記憶TIP 背書的結果 = 背書;簽署

例 The lady signed her name in the space marked for endorsement.
這位女士在標示背書處簽下她的名字。

16

expire
[ɪk`spaɪr]
動 滿期；屆期
★ ★ ★ ★

= **ex出去** + **pir呼吸** + **e動作，動詞**

記憶TIP 時間到，可以出去呼吸 = 滿期；屆期

例 Remember to re-sign the contract before it expires.

記得在合約期滿前重新簽約。

17

interest
[`ɪntərɪst]
名 利息
★ ★ ★ ★

= **inter在中間** + **est存在**

記憶TIP 從已經有的錢裡面孳生出來的錢 = 利息

例 If you put your money in the bank, you may get a little bit of interest.

若你把錢存放在銀行裡，可拿到少許利息。

18

interval
[`ɪntəvḷ]
名 間隔；間歇
★ ★

= **inter在中間** + **val牆**

記憶TIP 有牆隔在中間 = 間隔；間歇

例 We like to talk about investment between work intervals.

我們喜歡在工作的空檔聊投資。

19

moneylender
[`mʌnɪˌlɛndə]
名 放款人；放債人
★

= **money錢** + **lend借出** + **er做…的人，名詞** **複**

記憶TIP 把錢借出去的人 = 放款人；放債人

例 Tom is one of the moneylenders for our company, so we provide a VIP card for him.

湯姆是我們公司的放款人之一，所以我們提供一張貴賓卡給他。

20

mortgage
[`mɔrgɪdʒ]
名 抵押借款 **動** 抵押
★ ★

= **mort死** + **gage擔保**

記憶TIP 以死做擔保 = 抵押借款；抵押

例 The bank foreclosed a mortgage on the property.

銀行取消了該筆財產的抵押贖回權。

note
[not]
名 紙鈔；紙幣
★ ★ ★

= not標記 + e物品，名詞

記憶TIP 以做有標記的紙當作貨幣 = 紙鈔

例 John sent me ten thousand-dollar notes.
約翰寄給我十張千圓面額的紙鈔。

outstanding
[`aut͵stændɪŋ]
形 未償付的；未解決的
★ ★ ★ ★

= out出 + stand站 + ing使⋯的，形容詞

記憶TIP 站在外面的就是還沒付錢的 = 未償付的

例 We still have three outstanding bills to pay this week.
我們這個星期還需支付三張未付帳單。

overcharge
[`ovɚ`tʃɑrdʒ]
動 溢收(款)；超扣(款)
★ ★ ★

= over超過 + charge收費

記憶TIP 超收的費用 = 溢收(款)；超扣(款)

例 I prefer to get the money which was overcharged on the last visit in cash.
我希望以現金方式收到上次參觀時的溢收款。

overdraft
[`ovɚ͵dræft]
名 透支
★ ★

= over超過 + draft匯票/匯款單

記憶TIP 超過原本預定金額的匯款導致 → 透支

例 Joe's mother was very surprised to discover an overdraft on Joe's account again.
喬的母親非常驚訝地發現喬的帳戶又透支了。

overdraw
[`ovɚ`drɔ]
動 透支
★ ★ ★ ★

= over超過 + draw提取/領取

記憶TIP 提領的金額超過存款 = 透支

例 Mary will overdraw this month if she keeps buying things.
瑪莉若持續購物，這個月將會透支。

overdue
[`ovə`dju]
形 1.過期的 2.未兌的
★ ★ ★

= over超過 + due期限

記憶TIP 超過期限的 = 過期的

例 The landlord was very angry about his tenant's overdue rent.
房東對於房客遲繳房租相當生氣。

payee
[pe`i]
名 受款方；收款人
★

= pay付款 + ee受…的人，名詞

記憶TIP 接受付款的人 = 受款方；收款人

例 I don't know who the payee is.
我不知道誰是受款方。

repayment
[rɪ`pemənt]
名 付還；償還
★

= re回 + pay付款 + ment結果，名詞

記憶TIP 把錢往回付 = 付還；償還

例 We need to make the repayment as soon as possible.
我們需要儘快付還款項。

security
[sɪ`kjʊrətɪ]
名 擔保(品)；保證
★ ★ ★

= se脫離 + cur照顧 + ity狀態，名詞

記憶TIP 脫離照顧的狀態前須先提出 → 擔保

例 As far as I know, a life-insurance policy may serve as security for a loan.
據我所知，人壽保險可做為貸款的擔保品。

teller
[`tɛlə]
名 銀行出納員
★ ★ ★

= tell講述 + er做…的人，名詞

記憶TIP 告訴人家帳戶裡還有多少餘額的人 = 銀行出納員

例 Ann worked as a teller in a local bank.
安在一家當地銀行擔任出納員。

thrifty
[`θrɪftɪ]
形 節儉的；節約的
★ ★

= thrift節儉 + y有…的，形容詞

記憶TIP 有在節儉的 = 節儉的；節約的

例 Mary is a thrifty housekeeper.
瑪莉是一個節儉的管家。

unlock
[ʌn`lɑk]
動 解鎖；開鎖
★ ★ ★

= un沒有 + lock上鎖

記憶TIP 把上鎖的變成沒有上鎖的 = 解鎖

例 She doesn't know the six-digit code to unlock her bank card.
她不知道解開提款卡的六位數密碼。

unpaid
[ʌn`ped]
形 未付的
★ ★ ★

= un沒有 + paid付費的

記憶TIP 還沒有付費的 = 未付的

例 There is an unpaid bill on the kitchen table.
廚房的桌上有張未付帳單。

withdrawal
[wɪð`drɔəl]
名 提款
★ ★ ★ ★

= with往回 + draw提取/領取 + al行為，名詞

記憶TIP 把存款提領回來的行為 = 提款

例 It is not our bank's policy to deduct interest on withdrawals.
扣除提款利息並非本銀行的政策。

應考片語

compound interest 複利 ★★
current account 活期帳戶 ★★
debit card 現金卡(直接於帳戶內扣款) ★★★
direct debit (從帳戶中)直接扣款 ★★★
interest rate 利率 ★★★
personal loan 個人借貸 ★★
savings account 儲蓄存款帳戶 ★★★

3 財務報表
Financial Statements

學習範疇　資產與負債、損益、前景預測
非學不可的50個必考重點字

---

ahead
[ə`hɛd]
副 預先；事前
★ ★ ★ ★ ★

= **a在** + **head頭**

記憶TIP　處在最開始的地方 = 預先；事前

例 Our boss hopes he can get this year's financial report ahead of the meeting.
我們老闆希望他可以在開會前拿到今年的財務報告。

---

amortize
[`æmətaɪz]
動 分期償還(債務)
★

= **a到** + **mort死** + **ize使成為…，動詞**

記憶TIP　將債務給分開來結束掉 = 分期償還

例 We want to amortize the national loan within five years.
我們想要在五年內分期償還國民貸款。

---

annual
[`ænjʊəl]
形 年度的；每年的
★ ★ ★ ★

= **annu年** + **al…的，形容詞**

記憶TIP　每年一次的 = 年度的；每年的

例 Mr. Benson wants to see our annual sales report as soon as possible.
班森先生想要儘快看到我們的年度銷售報告。

---

arbitrage
[`ɑrbətradʒ]
名 套利
★ ★ ★

= **arbitr裁判** + **age過程/結果，名詞**

記憶TIP　判斷哪一方有利便從中套取利益 = 套利

例 Rita earned a lot from the arbitrage.
瑞塔從套利中賺了很多錢。

---

ascending
[ə`sɛndɪŋ]
形 上升的
★ ★

= **a去** + **scend爬** + **ing使…的，形容詞**

記憶TIP　爬上去的 = 上升的

例 As an investor, I am glad to see the ascending stock price.
身為一名投資者，我看到股價上升很開心。

06
assessment
[ə`sɛsmənt]
名 評估；估計
★ ★ ★

= as向 + sess坐 + ment過程/結果，名詞

記憶TIP 坐在旁邊以進行客觀的 → 評估

例 The assessment of our company from this accountant made our boss angry.
這位會計師替本公司做的估價令老闆生氣。

 07
asset
[`æsɛt]
名 資產；財產
★ ★ ★ ★

= as向 + set足夠

記憶TIP 足夠的物資 = 資產；財產

例 The company reported total assets worth $1.9 million.
公司公佈總資產值為一百九十萬美元。

 08
blemish
[`blɛmɪʃ]
動 使有缺點；玷汙
★ ★

= blem帶青色的 + ish使成為…，動詞

記憶TIP 打到有點黑青 = 使有缺點；玷汙

例 John's reputation was blemished by a newspaper article alleging he'd evaded his taxes.
由於一篇報導宣稱約翰曾逃稅，他的名譽因此遭玷汙。

 09
circumvent
[,sɝkəm`vɛnt]
動 規避；防止…發生
★

= circum環繞 + vent來到

記憶TIP 繞路而來 = 規避；防止…發生

例 In order to circumvent the loss of the investors' confidence, regular financial reports are needed.
為了避免投資者失去信心，需要定期公佈財務報告。

 10
copious
[`kopɪəs]
形 大量的；冗長的
★ ★ ★

= cop充滿 + ious具…性質的，形容詞

記憶TIP 充滿許多內容的 = 大量的；冗長的

例 Your company's financial report is too copious for investors to read.
貴公司的財務報告對投資者來說太過冗長，以至於難以閱讀。

11

corresponding
[ˌkɔrɪˋspɑndɪŋ]
形 對應的；相當的
★ ★ ★

= cor相同 + respond反應 + ing使…的，形容詞

記憶TIP 反應相同的 = 對應的；相當的

例 You can download the financial report and its corresponding chart on the Internet.
你可以上網下載財務報告以及和其對應的圖表。

12

degrade
[dɪˋgred]
動 使降級
★ ★

= de往下 + grade等級

記憶TIP 使等級往下降 = 使降級

例 Mr. Marker didn't know he was degraded.
馬克先生不知道他被降級了。

13

deregulation
[dɪˌrɛgjʊˋleʃən]
名 撤銷管制規定；去管制化
★ ★

= de去除 + regula規矩 + tion結果，名詞

記憶TIP 將規矩去除 = 撤銷管制規定；去管制化

例 Both Mark and I need to study more about deregulation.
我和馬克都需要多加研究撤銷管制規定。

14

detailed
[ˋdiˋteld]
形 詳細的；精細的
★ ★ ★

= de分開 + tail剪 + ed有…的，形容詞

記憶TIP 仔細地分開剪 = 詳細的；精細的

例 Please give us a more detailed report about your company's financial status.
請給我們貴公司更詳盡的財務狀況報告。

15

downturn
[ˋdaʊntɝn]
名 (經濟)衰退；下降
★ ★

= down向下 + turn轉

記憶TIP 經濟狀況向下轉 = (經濟)衰退；下降

例 We cannot find the reason to explain the downturn in our company this year.
我們找不出解釋本公司今年生產衰退的原因。

drastically
[`dræstɪkḷɪ]
副 大幅地；激烈地
★ ★ ★

= drastic激烈的 + ally…地，副詞

記憶TIP 激烈而有效率地 = 大幅地；激烈地

例 It has been said that the costs of logistics drastically decrease globally.
據說全球的物流成本大幅地降低。

---

economic
[ˌikə`namɪk]
形 經濟上的
★ ★ ★ ★

= econom經濟 + ic…的，形容詞

記憶TIP 泛指經濟的 = 經濟上的

例 They bought an old house as their office for economic reasons.
出於經濟上的原因，他們買了一棟舊房子做為他們的辦公室。

---

economy
[ɪ`kanəmɪ]
名 經濟；經濟情況
★ ★ ★ ★

= eco房子 + nom管理 + y情況，名詞

記憶TIP 管理房子需要錢 = 經濟；經濟情況

例 Taiwan's economy was growing rapidly in 1980's.
台灣的經濟在八〇年代快速成長。

---

explain
[ɪk`splen]
動 解釋；說明
★ ★ ★ ★ ★

= ex出去 + plain清楚的

記憶TIP 出去講清楚 = 解釋；說明

例 It is not easy to explain the chart without reading the report.
沒有讀過報告的話，是很難解釋這張圖表的。

---

fiduciary
[fɪ`djuʃɪˌɛrɪ]
形 信託的；信用發行的
★ ★ ★

= fid相信 + u(連字) + ciary有關…的，形容詞

記憶TIP 信得過的 = 信託的；信用發行的

例 Who has fiduciary duty to these stock holders?
誰對這些股東負有信託責任？

fluctuate
[`flʌktʃʊˌet]
動 波動;變動
★ ★ ★

= **fluctu波** + **ate做…，動詞**

記憶TIP 波浪的動作 = 波動;變動

例 The price of our stock fluctuates according to the financial report.
我們的股價隨著財務報告而波動。

---

foresee
[for`si]
動 預見;預知
★ ★ ★

= **fore事先** + **see看**

記憶TIP 事先看見 = 預見;預知

例 The downturn of the economy has been foreseen by our boss.
我們的老闆已經預見經濟的衰退。

---

government
[`gʌvənmənt]
名 政府
★ ★ ★ ★

= **govern統治** + **ment過程/結果，名詞**

記憶TIP 負責統治的單位 = 政府

例 What can the government do to help those bankrupt factories?
政府能做什麼來幫助那些破產的工廠呢?

---

growth
[groθ]
名 成長;發展
★ ★ ★ ★ ★

= **grow成長** + **th狀態，名詞**

記憶TIP 成長的狀態 = 成長;發展

例 The rate of overall industrial growth was above ten percent this year.
今年的工業總增長率超過百分之十。

---

happen
[`hæpən]
動 發生
★ ★ ★ ★ ★

= **happ(=hap)運氣** + **en使變成…，動詞**

記憶TIP 不是故意的，是運氣 = 發生

例 Nobody knows what happened to his company.
沒有人知道他的公司發生了什麼事。

implication
[ˌɪmplɪˋkeʃən]
名 含意；暗示
★ ★ ★

= im裡面 + plic折疊 + ation行為產物，名詞

記憶TIP 裡面折疊著另一層意義 = 含意；暗示

例 I resent your implication that our company's stock price is going to decrease.
我討厭你暗示著我們公司的股價將會下跌。

---

imply
[ɪmˋplaɪ]
動 暗示；意味著
★ ★ ★ ★

= im裡面 + ply折疊

記憶TIP 裡面折疊著另一層意義 = 暗示

例 The financial report implied a better stock price in the future.
這份財務報告暗示著未來會有較高的股價。

---

infancy
[ˋɪnfənsɪ]
名 初期；未發達階段
★ ★

= in不會 + fan說話 + cy狀態，名詞

記憶TIP 嬰兒還不會說話的時期 = 初期

例 Our shop was still in its infancy.
我們的店當時仍處於發展初期。

---

inspiring
[ɪnˋspaɪrɪŋ]
形 激勵人心的
★ ★ ★ ★

= in進入 + spir呼吸 + ing令人…的，形容詞

記憶TIP 吸入清爽的空氣 = 激勵人心的

例 After reading the inspiring financial report, more investors bought our stock.
在看過令人振奮的財務報告後，有更多的投資者購買我們的股票。

---

invisible
[ɪnˋvɪzəbḷ]
形 無形的；看不見的
★ ★ ★

= in沒有 + vis看見 + ible可…的，形容詞

記憶TIP 沒有被看見的 = 無形的；看不見的

例 It has been said that insurance is one of Britain's most profitable invisible exports.
據說，保險業是英國獲利最大的無形出口之一。

31

liability
[ˌlaɪəˋbɪlətɪ]
名 1.負債；債務 2.不利條件
★ ★ ★

= **li綁** + **ability能力**

記憶TIP 將能力給束縛起來 = 不利條件

例 Heavy liabilities forced Mr. Brown's company into bankruptcy.
沈重的債務迫使伯朗先生的公司破產。

 32

liable
[ˋlaɪəbl̩]
形 負有法律責任；有義務的
★ ★ ★ ★

= **li綁** + **able可…的，形容詞**

記憶TIP 被責任綁住的 = 負有法律責任

例 The shipping company said that they will be liable for damage.
貨運公司表示他們將為損害負責。

 33

liquidation
[ˌlɪkwɪˋdeʃən]
名 (債務)償付；(公司)清盤
★

= **liquid液體** + **ation行為產物，名詞**

記憶TIP 把液體倒光來償還債務 = (債務)償付

例 The bankrupt company has gone into liquidation.
這家破產的公司已進入清盤程序。

 34

manifest
[ˋmænəˌfɛst]
動 表露；顯示 形 顯然的
★ ★ ★

= **mani手** + **fest打**

記憶TIP 打手勢 = 表露；顯示

例 If you read their financial report carefully, you may realize that it manifested the very high risk of investing in the company.
若仔細閱讀財務報告，你會發現投資這間公司的風險顯然很高。

 35

nevertheless
[ˌnɛvəðəˋlɛs]
副 然而；不過
★ ★ ★ ★

= **never從不** + **the冠詞** + **less較少**

記憶TIP 從來都沒有過 - 然而；不過

例 The experts said that the company had a loss last quarter, but nevertheless a potential to profit in the following quarter.
專家表示這間公司上一季虧損，不過下一季有獲利的潛力。

36

overestimate
[ˏovəˋɛstəˏmet]
動 對…評價過高；高估
★ ★ ★

= over超過 + estim計算 + ate做…，動詞

記憶TIP 估計得超過了 = 對…評價過高；高估

例 Our boss has overestimated the assets of this company.
我們的老闆已高估了這間公司的資產。

 37

potency
[ˋpotn̩sɪ]
名 潛力；力量
★

= poten有力的 + cy性質，名詞

記憶TIP 在某方面很有力 = 潛力；力量

例 Our stock price has the potency to rise by twenty percent in six months.
我們的股價有在六個月內上升兩成的潛力。

 38

pounce
[pauns]
動 1.猛撲 2.抓住不放
★ ★

= pounc猛擊 + e動作，動詞

記憶TIP 猛擊的動作 = 猛撲

例 Investors pounced at our stocks when they discovered our company's potential.
當投資者發現本公司的潛力時，他們緊抓住我們的股票不放。

 39

precise
[prɪˋsaɪs]
形 精確的；明確的
★ ★ ★ ★

= pre先 + cise切

記憶TIP 先量好、切好的 = 精確的；明確的

例 Our boss's instructions were not precise, so they are difficult to follow.
我們老闆的指示不明確，所以難以遵循。

 40

predict
[prɪˋdɪkt]
動 預測；預言
★ ★ ★ ★

= pre事先 + dict說

記憶TIP 事先說出 = 預測；預言

例 The expert predicted that our stock price will rise next year.
這位專家預測我們的股價明年會上漲。

predictable
[prɪ`dɪktəbļ]
形 可預測的；可預言的
★ ★ ★

= pre事先 + dict說 + able可…的，形容詞

記憶TIP 可以事先說的 = 可預測的；可預言的

例 The outcome is not always predictable.
後果並非總是可預料的。

pre-empt
[prɪ`ɛmpt]
動 先佔有；先取得
★ ★

= pre事先 + empt拿

記憶TIP 事先就拿到 = 先佔有；先取得

例 Mr. Benson suggested that our company pre-empt an attempt to enter the Japanese market.
班森先生建議我們公司採取先機，進軍日本市場。

quarterly
[`kwɔrtəlɪ]
形 按季度的 副 一季一次地
★ ★ ★ ★

= quarter四分之一 + ly…地，副詞

記憶TIP 一個季節地 = 按季度的；一季一次地

例 We transfer the quarterly bonus to our investors directly from the bank.
我們直接從銀行將每季分紅轉帳給出資者。

recession
[rɪ`sɛʃən]
名 (經濟的)衰退
★ ★ ★

= recess後退 + ion過程/結果，名詞

記憶TIP 經濟狀況往後退 = (經濟的)衰退

例 Some European countries are sliding into the depths of recession.
一些歐洲國家的經濟正落入衰退的深淵。

revenue
[`rɛvə,nju]
名 收入；收益
★ ★ ★ ★ ★

= re回 + ven來 + ue物品，名詞

記憶TIP 投資後的回收 = 收入；收益

例 Taxes provide most of the government's revenue.
政府大部分的收入來自稅金。

46

rigorous
[`rɪgərəs]
形 嚴密的；精確的
★ ★ ★

= **rigor 嚴密** + **ous 具…性質的，形容詞**

記憶TIP 具嚴密性質的 = 嚴密的；精確的

例 We protect our investors with a rigorous control on the stock price.
我們藉由嚴密控管股價來保護我們的投資者。

47

snapshot
[`snæp,ʃɑt]
名 簡要印象；點滴的了解
★ ★ ★

= **snap 快速** + **shot 拍攝** 複

記憶TIP 因為拍攝得很快，所以無法深入了解 = 簡要印象；點滴的了解

例 In order to give our potential investors a snapshot of our company, we need to provide our financial report to them.
為了讓潛在投資者對本公司有概略的了解，我們需要提供財務報告給他們。

48

suggest
[sə`dʒɛst]
動 建議；提議
★ ★ ★ ★

= **sug 下** + **gest 提出**

記憶TIP 往下提出意見 = 建議；提議

例 Mr. Johnson suggested that we show our financial report to our investors during the meeting.
強森先生建議我們在開會時出示財務報告給投資者。

49

temerity
[tə`mɛrətɪ]
名 魯莽；冒失
★

= **temer 畏懼** + **ity 情況，名詞**

記憶TIP 因為畏懼而莽撞行事 = 魯莽；冒失

例 He lost a lot of money in the stock market because of his temerity.
他的魯莽使得他在股市損失慘重。

50

underestimate
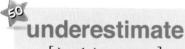
[`ʌndə`ɛstə,met]
動 低估；看輕
★ ★ ★ ★

= **under 在…以下** + **estim 計算** + **ate 做…，動詞**

記憶TIP 估計得太低下了 = 低估；看輕

例 Many experts think that the accountant underestimated this company.
許多專家認為這位會計師低估了這間公司。

4 財務會計
Financial Accounting

學習範疇 會計、審計、帳務查核、簿記
非學不可的55個必考重點字

01

accountant
[əˋkauntənt]
名 會計師；會計人員
★★★★

= **ac去** + **count數** + **ant做⋯的人，名詞**

記憶TIP 去做數錢動作的人＝會計師；會計人員

例 Our company will hire a new accountant.
本公司將會雇用一位新的會計人員。

02

accretion
[əˋkriʃən]
名 資產增加
★★

= **ac去** + **cret生長** + **ion過程/結果，名詞**

記憶TIP 去讓資產生長＝資產增加

例 Because of the rising stock price, the accretion of our company estates is accelerated.
由於股價上漲，本公司的資產快速增加。

03

accrue
[əˋkru]
動 (利息等)孳生；積累
★

= **ac去** + **crue生長**

記憶TIP 持續生長累積＝孳生；積累

例 The interest in this account accrues on a monthly basis.
這個帳戶按月生息。

04

appreciate
[əˋpriʃɪˌet]
動 (土地、貨幣)增值
★★★

= **ap對** + **preci價** + **ate做⋯，動詞**

記憶TIP 針對價值做變動＝(土地、貨幣)增值

例 As far as I know, our land will continue to appreciate.
據我所知，我們的土地將持續增值。

05

approximate
[ə`prɑksəmɪt]
形 近似的；大概的
★ ★ ★ ★

= **ap向** + **prox近** + **im做…** + **ate…性質的，形容詞**

記憶TIP 差距最近的 = 近似的

例 I can't believe that they have the approximate calculations.
我不敢相信他們有著近似的計算結果。

 06

audit
[`ɔdɪt]
動 名 審計；查帳
★ ★ ★ ★

= **audi聽** + **t做…，動詞**

記憶TIP 仔細聽帳務上的細節 = 審計；查帳

例 His account will be audited before his departure.
在他離開前，他的帳戶將受到審核。

 07

auditor
[`ɔdɪtə]
名 查帳員；稽核員
★ ★

= **audit查帳** + **or做…的人，名詞**

記憶TIP 查帳的人員 = 查帳員；稽核員

例 John is one of the auditors who will come this afternoon.
約翰是今天下午要過來的稽核員之一。

 08

bailout
[`bel,aut]
名 緊急(財政)援助
★ ★ ★

= **bail遞送** + **out出去** **複**

記憶TIP 將金錢遞送出去救援 = 緊急(財政)援助

例 His company needs a bailout from the bank again.
他的公司再度需要銀行的緊急財政援助。

 09

balance
[`bæləns]
名 帳戶餘額
★ ★ ★ ★

= **ba兩個** + **lance盤子**

記憶TIP 兩邊各放一個盤子保持平衡 = 帳戶餘額

例 The balance of this account is higher than our company account.
這個帳戶的餘額比本公司的還要多。

bankrupt
[`bæŋkrʌpt]
形 破產的
★ ★ ★ ★ ★

= **bank銀行** + **rupt破裂**

記憶TIP 銀行的帳戶是破掉的 = 破產的

例 I can't believe that our company was bankrupt.
我不敢相信我們公司破產了。

---

bankruptcy
[`bæŋkrʌptsɪ]
名 破產；倒閉
★ ★ ★ ★ ★

= **bank銀行** + **rupt破裂** + **cy狀態，名詞**

記憶TIP 在銀行的信用破裂 = 破產；倒閉

例 The company was facing bankruptcy last month, so lots of workers lost their jobs.
這間公司上個月面臨破產，有很多工人因此失業。

---

bookkeeping
[`bʊk͵kipɪŋ]
名 記帳；簿記
★ ★

= **book本子** + **keep保持** + **ing行為，名詞** **複**

記憶TIP 把帳戶的動態記錄在本子裡保存 = 記帳

例 One of the new assistant's duties is to deal with the bookkeeping.
新助理的職責之一是處理簿記事宜。

---

budget
[`bʌdʒɪt]
名 預算；經費 **動** 編列預算
★ ★ ★ ★ ★

= **budg錢包** + **et小物，名詞**

記憶TIP 要在錢包裡放多少錢 = 預算；經費

例 The city government budgeted one million dollars for a new library.
市政府為新建圖書館編列了一百萬美元的預算。

---

calculate
[`kælkjə͵let]
動 計算；估算
★ ★ ★ ★ ★

= **calcul石頭** + **ate做…，動詞**

記憶TIP 用石頭來當作計算工具 = 計算；估算

例 The accountant calculated the value of his company.
這位會計師估算他的公司價值。

checkbook
[`tʃɛk, buk]
名 支票簿
★ ★ ★

= check支票 + book本子 複

記憶TIP 開支票的本子 = 支票簿

例 He forgot to take his checkbook with him today.
他今天忘了帶支票簿。

collection
[kə`lɛkʃən]
名 收集(帳款)
★ ★ ★

= col一起 + lect挑選 + ion過程，名詞

記憶TIP 一起到挑好的店去收帳 = 收集(帳款)

例 Please make the collection of debts by Friday.
請在星期五之前收完帳款。

completion
[kəm`pliʃən]
名 完成；結束
★ ★ ★

= com一起 + plet裝滿 + ion結果，名詞

記憶TIP 一起把東西給裝滿 = 完成；結束

例 After the completion of the course, you will get a certificate for accounting.
課程結束後，你將獲得一張會計證照。

comply
[kəm`plaɪ]
動 依從；順從
★ ★ ★

= com完全 + ply充滿

記憶TIP 充分理解意思並完全遵從 = 依從；順從

例 The new employee tries her best to comply her boss's requests.
這位新員工盡全力順從老闆的要求。

deceptive
[dɪ`sɛptɪv]
形 1.欺騙的 2.虛假的
★ ★ ★

= de離開 + cept拿 + ive具…性質的，形容詞

記憶TIP 利用不當手法把東西拿走 = 欺騙的

例 Your loan request has been rejected because of deceptive financial reports.
由於財務報告造假，你的貸款申請已被拒絕。

20

deduct
[dɪˋdʌkt]
動 扣除；減除
★ ★ ★

= **de離開** + **duct引導**

記憶TIP 引導某筆金額離開 = 扣除；減除

例 Our boss deducted the insurance fee from our salaries.
老闆從我們的薪資裡扣除了保險費。

 21

defer
[dɪˋfɚ]
動 推遲；延期
★ ★ ★

= **de沒有** + **fer拿/帶**

記憶TIP 沒有拿到就會需要 → 推遲；延期

例 We need to defer our loan to next year.
我們必須把貸款延期到明年。

 22

deferral
[dɪˋfɚəl]
名 延期
★ ★

= **de沒有** + **ferr拿/帶** + **al結果，名詞**

記憶TIP 沒有拿到的結果 = 延期

例 You have to pay an extra five percent interest for the deferral of the payment.
由於你延遲付款，必須額外支付百分之五的利息。

 23

deficit
[ˋdɛfɪsɪt]
名 赤字；不足額
★ ★ ★ ★

= **de減少** + **fic使** + **it狀態，名詞**

記憶TIP 使金額減少 = 赤字；不足額

例 Most people do not understand the meaning of a foreign trade deficit.
多數人不了解對外貿易逆差的含意。

 24

devaluation
[ˌdivæljʊˋeʃən]
名 貶值
★ ★ ★

= **de向下** + **valu價值** + **ation行為產物，名詞**

記憶TIP 將價值往下壓 = 貶值

例 There is a big devaluation of the price of gold.
黃金的價格大幅度貶值。

25

discrepancy
[dɪ`skrɛpənsɪ]
名 不一致；不符
★ ★

= dis遠離 + crep破裂 + ancy狀態，名詞

記憶TIP 破裂且遠離原本的狀態 = 不一致

例 There was a discrepancy between these two accountants' reports.
這兩位會計師的報告有不一致之處。

26

duplicate
[`djupləkɪt]
形 複製的 名 副本
★ ★ ★

= du兩個 + plic折 + ate…性質的，形容詞

記憶TIP 將東西折成兩個一樣的 = 複製的

例 This duplicate of the accounting document is for Mr. Brown.
這份會計文件的副本是要給伯朗先生的。

27

duty
[`djutɪ]
名 1.稅 2.義務
★ ★ ★ ★ ★

= dut付 + y性質，名詞

記憶TIP 有支付的義務 = 稅

例 Customs duties are paid on imported goods.
進口的商品需繳納關稅。

28

economically
[,ikə`namɪk]ɪ]
副 在經濟上；節儉地
★ ★

= econom經濟 + ical…的 + ly…地，副詞

記憶TIP 在經濟上地 = 在經濟上

例 They work hard and live economically to save money for their son.
為了存錢給兒子，他們認真工作、節儉生活。

29

economize
[ɪ`kɑnə,maɪz]
動 節約；節省
★ ★

= econom經濟 + ize使成為…，動詞

記憶TIP 符合最大經濟效益的動作 = 節約

例 We economized by riding bikes instead of taking taxis.
我們以騎腳踏車代替搭計程車節省開支。

emphasis
[`ɛmfəsɪs]
名 強調；重點
★ ★ ★ ★ ★

= em在裡面 + pha外貌 + sis狀態，名詞

記憶TIP 內在的容貌比外貌更需要被 → 強調

例 The meeting has placed emphasis on financial support.
本會議的重點在於財務資助。

encash
[ɛn`kæʃ]
動 (將支票等)兌現
★ ★ ★

= en使 + cash現金

記憶TIP 使支票變成現金 = 兌現

例 I would like to encash this check.
我想兌現這張支票。

eventually
[ɪ`vɛntʃʊəlɪ]
副 最後；終於
★ ★ ★ ★ ★

= e出現 + vent到來 + ual…的 + ly…地，副詞

記憶TIP 後來才出現的 = 最後；終於

例 Eventually, we finished checking all the accounts that have been blocked.
最後，我們完成所有凍結帳戶的檢查。

expenditure
[ɪk`spɛndɪtʃɚ]
名 消費；支出
★ ★ ★

= ex出去 + pend衡量 + iture結果，名詞

記憶TIP 衡量後支出的費用 = 消費；支出

例 I can't believe that my son's expenditures this week amount to ten thousand dollars.
我真不敢相信我兒子這星期花了一萬元。

expense
[ɪk`spɛns]
名 費用；支出
★ ★ ★ ★ ★

= ex出去 + pens衡量 + e結果，名詞

記憶TIP 衡量後支出的費用 = 費用；支出

例 She said the office expenses were too big.
她說辦公室的花費太大了。

35

feasible
[`fizəb!]
形 可行的；行得通的
★ ★ ★ ★

= feas做 + ible可⋯的，形容詞

記憶TIP 可以做的 = 可行的；行得通的

例 He has tried every feasible way to earn money.
他已試過各種可行的賺錢方式。

36

footnote
[`fut͵not]
動 作腳註 名 腳註
★ ★ ★

= foot腳 + not記號 + e動作，動詞 複

記憶TIP 在腳邊做記號 = 作腳註

例 John has footnoted his advice in the letter to his accountant.
約翰已在給會計師的信件中加註意見。

37

hesitation
[͵hɛzə`teʃən]
名 遲疑；猶豫
★ ★ ★ ★

= hesit黏 + ation行為產物，名詞

記憶TIP 要說的話還黏在腦子裡 = 遲疑；猶豫

例 Johnny showed his hesitation when his boss asked him to make up a financial report.
當約翰的老闆要求他捏造一份財務報告時，他面露遲疑。

38

homogeneous
[͵homə`dʒɪnɪəs]
形 同種的；同質的
★ ★ ★

= homo相同 + gene基因 + ous具⋯性質的，形容詞

記憶TIP 具相同基因的性質 = 同種的；同質的

例 Writing two homogeneous financial reports will not take him too long.
寫兩份性質相同的財務報告不會花他太久的時間。

39

inalienable
[ɪn`eljənəb!]
形 不能讓與的
★ ★ ★

= in不 + alien轉讓 + able可⋯的，形容詞

記憶TIP 不可以轉讓的 = 不能讓與的

例 The accountant was sure that the money was inalienable.
會計師確定那筆錢是不能讓與的。

indebted
[ɪn`dɛtɪd]
形 負債的
★ ★ ★

= in在 + debt負債 + ed有…的，形容詞

記憶TIP 在負債的狀況中 = 負債的

例 Their company is heavily indebted to the bank.
他們的公司積欠銀行大筆債務。

---

insolvent
[ɪn`salvənt]
形 無力償還的；破產的
★ ★

= in不 + solv鬆的 + ent在…狀態的，形容詞

記憶TIP 財務狀況不寬鬆的 = 無力償還的

例 Joe used to drive an expensive car and wear posh clothes, but now he is only an insolvent old man living in penury.
喬過去開昂貴的車、穿時髦的衣服，但他現在只是一個無力償債且生活拮据的老人。

---

jeopardy
[`dʒɛpədɪ]
名 危機；危險的處境
★ ★ ★ ★

= jeo玩 + pard分開 + y情況，名詞

記憶TIP 分開來玩遊戲是危險的 = 危機

例 There will be big jeopardy in our company if we still hide the truth of our financial problem.
若我們持續隱瞞我們的財務問題，公司將面臨嚴重的危機。

---

journal
[`dʒɜnḷ]
名 流水帳；日誌
★ ★ ★

= journ日 + al結果，名詞

記憶TIP 記下每日的行為或花費 = 流水帳

例 I want to keep a journal of each transaction in this shop.
我想用流水帳記錄這間店的每一筆交易。

---

journalize
[`dʒɜnḷ͵aɪz]
動 記入流水帳；記入日誌
★ ★ ★

= journal日誌 + ize使成為…，動詞

記憶TIP 把帳記入日誌中的動作 = 記入日誌

例 Amy was asked to journalize each transaction in this food stand.
有人要艾咪把這個小吃攤的每一筆交易記入流水帳。

45

maintain
[men`ten]
動 1.保持；維持 2.扶養
★ ★ ★ ★ ★

= main手 + tain握

記憶TIP 用手握住 = 保持；維持

例 Mr. Brown maintains his child in college.
伯朗先生扶養念大學的小孩。

 46

mathematical
[ˌmæθə`mætɪkḷ]
形 數學的；數學上的
★ ★ ★

= mathematic數學 + al…的，形容詞

記憶TIP 數學的 = 數學的；數學上的

例 It was weird for Tom, whose math was bad in
school, to solve this difficult mathematical
question successfully.
在校數學成績不好的湯姆成功解開了這道困難的數學
題，有點奇怪。

 47

misgiving
[mɪs`gɪvɪŋ]
名 擔憂；不安
★ ★ ★

= mis沒有 + giving禮物/給予物

記憶TIP 該給禮物而沒有給 = 擔憂；不安

例 My heart is full of misgivings about what the
accountant did for our company.
對於那位會計師對本公司做的事，我的心中充滿擔憂。

 48

moral
[`mɔrəl]
形 道德的 名 道德
★ ★ ★

= mor禮貌/習俗 + al…的，形容詞

記憶TIP 依據習俗的禮貌行為 = 道德的

例 To make a moral judgment for my customers
is my duty.
替顧客做出合乎道德的判斷是我的職責。

 49

omit
[o`mɪt]
動 省略；刪去
★ ★ ★ ★

= o超過 + mit送

記憶TIP 已經過了傳送的時間所以只好 → 省略

例 In order to evade taxes, my boss omitted
some information.
為了避稅，我們老闆省略了一些資訊。

50

overstate
[`ovɚ`stet]
動 把…講得過分；誇大
★ ★ ★

= over超過 + state情況/陳述

記憶TIP 超乎真實情況的陳述 = 誇大

例 The boss likes to overstate how rich he was.
老闆喜歡誇大他過去的富有程度。

 51

perfidious
[pɚ`fɪdɪəs]
形 不誠實的；背信棄義的
★ ★

= per遠離 + fid信任 + ious具…性質的，形容詞

記憶TIP 遠離信任的 = 不誠實的；背信棄義的

例 Because of tax evasion, the perfidious
accountant was fined.
由於逃漏稅，這位不誠實的會計師遭罰款。

 52

periodic
[ˌpɪrɪ`adɪk]
形 週期性的；定期的
★ ★ ★

= peri周圍/環 + od路 + ic…的，形容詞

記憶TIP 繞行周圍的環狀路線 = 週期性的；定期
的

例 As a boss of this shop, John makes a periodic
visit.
身為這家店的老闆，約翰定期視察這家店。

 53

property
[`prapɚtɪ]
名 財產；地產
★ ★ ★ ★

= proper正當的 + ty狀態，名詞

記憶TIP 正當的擁有物 = 財產；地產

例 He has several properties in this country.
他在這個國家擁有幾筆地產。

 54

remain
[rɪ`men]
動 剩下；餘留
★ ★ ★ ★

= re後 + main留

記憶TIP 留在後面 = 剩下；餘留

例 About onc million dollars may remain after we
pay for the bill.
在我們支付帳單後，大約會剩下一百萬元。

55

takings
[`tekɪŋz]
名 進款；收入
★ ★ ★

= tak拿 + ings行為，名詞

記憶TIP 拿進來的款項 = 進款；收入

例 The boss has waited for a week, but he still could not see the takings of the sales.
老闆已經等了一週，但仍然沒看到銷售進款。

應考片語

absorbed fee 自行吸收的費用(不外加至客戶身上) ★★

account title 帳戶名稱 ★★★

account value 帳戶價值(帳戶內資產) ★★★

accounting period 會計年度(進行會計結算的時期) ★★★

adjustable rate 可調整利率 ★★

calendar year 月曆年度(自一月至十二月) ★★★★★

carbon copy 複本(用複寫紙) ★★★★

cash flow 現金流轉 ★★★

charge account 記帳戶頭 ★★

circulating capital 流動資本 ★★

clearing account 清空的帳戶；餘額為零的帳戶 ★

credit limit 信用額度 ★★★★

credit rating 信用評等 ★★

current assets 流動資產 ★★★★

financial advice 財務建議 ★★

financial health 財務健全度 ★★

financial record 財務記錄 ★★★

fiscal year 財政年度 ★★★★

fixed capital 固定資本 ★★★

intangible assets 無形資產(如專利、商標等) ★★

liquid assets 流動資產(如股票、現金等) ★★

on a monthly basis 每月一次 ★★★

operating cost 營運成本 ★★

petty cash 手邊可運用的現金 ★★

5 稅務事宜
Tax Matters

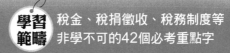

學習範疇 稅金、稅捐徵收、稅務制度等
非學不可的42個必考重點字

---

01 avocation
[ˌævəˈkeʃən]
名 副業
★ ★ ★

= **a非** + **vocation職業**

記憶TIP 非專職的行業 = 副業

例 Amy did not file her extra income from her avocation.
艾咪沒有申報額外的副業收入。

---

02 barometer
[bəˈrɑmətɚ]
名 (喻)顯示變化的事物
★ ★ ★

= **baro重量** + **meter測量表**

記憶TIP 測量重量變化的儀表 = 顯示變化的事物

例 The stock market is a barometer of business.
股票市場是顯示商業動態的晴雨表。

---

03 bothersome
[ˈbɑðɚsəm]
形 麻煩的；令人討厭的
★ ★ ★

= **bother打擾** + **some…性質的，形容詞**

記憶TIP 具打擾性質的 = 麻煩的；令人討厭的

例 Dealing with those tax documents is bothersome.
處理那些稅務文件很麻煩。

---

04 citizen
[ˈsɪtəzn̩]
名 公民；市民
★ ★ ★ ★

= **citi城市** + **zen成員，名詞**

記憶TIP 城市裡的成員 = 公民；市民

例 Our country gives our citizens certain rights.
我們的國家給予公民一定程度的權利。

---

05 civilian
[sɪˈvɪljən]
名 平民；百姓
★ ★ ★

= **civ城市** + **il的** + **ian從事…者，名詞**

記憶TIP 城市裡的人 = 平民；百姓

例 All civilians above the age of 18 have the right to vote for the president.
所有年滿十八歲的平民都有票選總統的權利。

complex
[`kɑmplɛks]
形 複雜的；難懂的
★ ★ ★ ★

= com一起 + plex重疊

記憶TIP 多項事物重疊在一起 = 複雜的

例 I do not like to report tax because it is a complex process.
我不喜歡報稅，因為報稅的過程很複雜。

contemporary
[kən`tɛmpə͵rɛrɪ]
形 1.當代的 2.同時期的
★ ★ ★ ★

= con一起 + tempor時代 + ary…的，形容詞

記憶TIP 同一個時代的 = 當代的；同時期的

例 Her lecture is on contemporary Taiwanese novelists.
她的演講是關於台灣的當代小說家。

contest
[`kɑntɛst]
名 競爭；角逐
★ ★ ★ ★

= con一起 + test考試

記憶TIP 一起考試來爭名次 = 競爭；角逐

例 A bitter contest developed between the two men for that accounting management position.
那兩人為了得到會計經理一職而展開了激烈的競爭。

continuous
[kən`tɪnjʊəs]
形 連續的；不斷的
★ ★ ★ ★

= con一起 + tin握住 + uous…性質的，形容詞

記憶TIP 一個接著一個的握在一起 = 連續的

例 As long as you are a citizen in Taiwan, you have to pay tax as a continuous duty.
只要你是台灣的公民，就必須承擔支付稅金的連續責任。

current
[`kɝənt]
形 現今的；目前的
★ ★ ★ ★ ★

= curr流 + ent在…狀態的，形容詞

記憶TIP 至今仍流通的狀態 = 現今的；目前的

例 My current tax status is as a shop owner.
我目前的報稅身分是店主。

 11

curtly
[`kɜtlɪ]
副 簡短地；簡要地
★ ★ ★

= curt簡明的 + ly…地，副詞

記憶TIP 簡明地＝簡短地；簡要地

例 I need you to tell me your problem curtly.
我需要你簡短地告訴我你的問題。

 12

declare
[dɪ`klɛr]
動 申報(納稅品)
★ ★ ★ ★ ★

= de完全 + clare清楚

記憶TIP 完全說明清楚＝申報

例 Please remember to declare your income tax before the end of May.
請記得在五月底前申報所得稅。

 13

decrease
[dɪ`kris]
動 減少；變小
★ ★ ★ ★

= de沒有 + crease成長

記憶TIP 沒有成長＝減少；變小

例 The tax payers in this area decreased by about ten percent in two years.
這個區域的報稅人口在兩年內減少約一成。

 14

deduction
[dɪ`dʌkʃən]
名 扣除；減除
★ ★ ★

= de離開 + duct引導 + ion過程/結果，名詞

記憶TIP 引導某筆金額離開＝扣除；減除

例 I do not understand tax deductions.
我不了解扣除稅額。

 15

dependent
[dɪ`pɛndənt]
名 受撫養家屬
★ ★ ★

= de向下 + pend懸掛 + ent…的人，名詞

記憶TIP 需要依附他人生活的人＝受撫養家屬

例 The single mother has two dependents, so she works hard to earn money.
這位單親媽媽有兩名受撫養家屬，因此她認真工作賺錢。

disclosure
[dɪsˋkloʒɚ]
名 揭露；公開
★ ★ ★

= dis沒有 + clos關閉 + ure過程/結果，名詞

記憶TIP 沒有關閉的狀態 = 揭露；公開

例 The disclosure that John had been in prison ruined his chances for public office.
公開約翰曾坐牢一事，斷送了他謀求公職的機會。

---

distinction
[dɪˋstɪŋkʃən]
名 差別；對比
★ ★ ★

= dis分開 + tinct標記 + ion結果，名詞

記憶TIP 分開標記看出差異 = 差別；對比

例 What is the distinction between these two ways to pay tax?
這兩種報稅方式有何不同之處？

---

donate
[ˋdonet]
動 捐贈；捐獻
★ ★ ★ ★

= don給 + ate做…，動詞

記憶TIP 給的動作 = 捐贈；捐獻

例 Jason donated more than three hundred thousand dollars this year, so his tax could be reduced.
傑森今年捐款超過三十萬元，所以他可以減免稅金。

---

donation
[doˋneʃən]
名 捐贈；捐獻
★ ★ ★ ★

= don給 + ation行為產物，名詞

記憶TIP 給別人東西 = 捐贈；捐獻

例 The donation from the rich man will be put in the charity account.
這位富人的捐款將被存入慈善機構的帳戶。

---

duty-free
[ˋdjutɪˋfri]
形 免稅的
★ ★ ★ ★

= duty稅金 + free無…的 複

記憶TIP 不用附加稅金的 = 免稅的

例 People like to buy products from the duty-free shops in the airport.
人們喜歡在機場的免稅商店購買產品。

21
electronically
[ɪ͵lɛk`trɑnɪkḷɪ]
副 電子地；透過電子手段
★★

= electron電子 + ical…的 + ly…地，副詞

記憶TIP 電子化地 = 電子地；透過電子手段

例 Bob doesn't like to make the tax declarations electronically via the Internet.
鮑伯不喜歡用網路電子申報稅金。

22
equal
[`ikwəl]
形 平等的；均等的
★★★★★

= equ相等 + al…的，形容詞

記憶TIP 相等的 = 平等的；均等的

例 People have equal rights to buy train tickets.
人們有購買火車票的平等權利。

23
estimate
[`ɛstə͵met]
動 估計；估算
★★★★

= estim計算 + ate做…，動詞

記憶TIP 計算的動作 = 估計；估算

例 The Medicare cost is estimated to be two billion dollars.
老年人醫療保健制度的成本估計為二十億美元。

24
exempt
[ɪg`zɛmpt]
形 免除的；豁免的
★★★★

= ex出去 + empt拿取

記憶TIP 已經被拿取出去的 = 免除的；豁免的

例 Alice used to be exempt from income tax.
艾莉絲過去免繳所得稅。

25
facet
[`fæsɪt]
名 面；方面
★★★★

= fac面部 + et小物，名詞

記憶TIP 事物的面向 = 面；方面

例 Johnny is good at dealing with the facets of tax reduction.
強尼擅長處理稅金減免方面的事務。

file
[faɪl]
動 提出(申請)
★ ★ ★ ★

= **fil線** + **e動作，動詞**

記憶TIP 按規則呈線列狀提出申請 = 提出(申請)

例 Please file the tax return before October.
請在十月之前提出退稅申請。

---

hence
[hɛns]
副 因此；由此
★ ★ ★ ★ ★

= **hen由此** + **ce…地，副詞**

記憶TIP 由此地 = 因此；由此

例 The luxury tax is effective now; hence, it will be more expensive to buy a fur coat.
奢侈稅已經上路了，因此毛皮大衣的價格將會更昂貴。

---

illegal
[ɪ`lig!]
形 非法的；違法的
★ ★ ★

= **il不是** + **legal合法的**

記憶TIP 不合法律的 = 非法的；違法的

例 It is illegal to evade tax.
逃稅是違法的。

---

impose
[ɪm`poz]
動 徵(稅)
★ ★ ★

= **im在上面** + **pos放** + **e動作，動詞**

記憶TIP 在物品的價格上增加稅金 = 徵(稅)

例 The expensive car was imposed.
那輛昂貴的車被課了稅。

---

penalize
[`pin!ˌaɪz]
動 對…處刑
★ ★ ★

= **penal處罰** + **ize使成為…，動詞**

記憶TIP 處罰的動作 = 對…處刑

例 Johnny evaded his income tax, so he was penalized ten thousand dollars.
強尼因漏繳所得稅而被罰款一萬元。

possess
[pəˋzɛs]
動 持有；擁有
★ ★ ★ ★

= **pos放置** + **sess坐**

記憶TIP 放在自己的座位上 = 持有；擁有

例 My boss possessed this building, but he sold it to another rich man.
我的老闆擁有這棟建築物，但他把它賣給了另一個有錢人。

procrastinate
[proˋkræstəˌnet]
動 拖延；耽擱
★ ★ ★

= **pro贊成** + **crastin直到明天** + **ate做…，動詞**

記憶TIP 贊成將事情留到明天再做 = 拖延

例 John procrastinated filing his tax and was fined.
約翰延遲報稅，因而被罰款。

regardless
[rɪˋgɑrdlɪs]
副 不管怎樣地；不顧
★ ★ ★ ★

= **re反覆** + **gard看** + **less缺少…地，副詞**

記憶TIP 不願意專心反覆看 = 不管怎樣地；不顧

例 My husband will sell this old car regardless of the tax problems.
我的老公將會不顧稅務問題賣掉這台舊車。

seniority
[sinˋjɔrətɪ]
名 年資；年長
★ ★

= **sen年長** + **ior較** + **ity狀態，名詞**

記憶TIP 較年長的狀態 = 年資；年長

例 Your seniority will dictate how much you will get when you retire.
你的年資將決定你可以領多少退休金。

subtract
[sʌbˋtrækt]
動 減掉；去掉
★ ★ ★ ★

= **sub在下面** + **tract拉**

記憶TIP 往下拉 = 減掉；去掉

例 Because of the tax refund policy, about one thousand dollars will be subtracted from the cost of this coat.
這件外套的價格將依退稅政策減去一千元。

36

taxable
[`tæksəbḷ]
形 可課稅的；應納稅的
★ ★ ★ ★

= tax稅 + able可⋯的，形容詞

記憶TIP 可以納稅的 = 可課稅的

例 Land, cars, and houses are taxable.
土地、車子和房屋皆應納稅。

 37

taxation
[tæks`eʃən]
名 稅；稅收
★ ★ ★ ★

= tax稅 + ation行為產物，名詞

記憶TIP 稅金 = 稅；稅收

例 Taxation is used to benefit people who live on this island.
稅收用於嘉惠這座島嶼上的居民。

 38

taxpayer
[`tæks͵peɚ]
名 納稅人
★ ★ ★

= tax稅 + pay支付 + er做⋯的人，名詞 複

記憶TIP 支付稅金的人 = 納稅人

例 As a taxpayer, I have the right to use the library.
身為一名納稅人，我有權使用圖書館。

 39

tenable
[`tɛnəbḷ]
形 經得起批判的
★ ★ ★

= ten保持 + able可⋯的，形容詞

記憶TIP 可以保持的 = 經得起批判的

例 It is not tenable to evade tax duties.
逃漏稅是經不起批判的。

 40

ultimately
[`ʌltəmɪtlɪ]
副 最終地；終極地
★ ★ ★ ★

= ultim最後 + ate做⋯ + ly⋯地，副詞

記憶TIP 最後做地 = 最終地；終極地

例 Ultimately, we have to pay 10% of our income as income tax.
我們最終必須繳納收入的一成為所得稅。

venial
[`vinjəl]
形 可原諒的；輕微的(罪)
★★

= ven誘惑 + ial…的，形容詞

記憶TIP 誘惑是屬於較輕微的罪 = 可原諒的

例 It is venial if you only forget to pay tax.
若你只是忘了繳稅，是可原諒的。

withhold
[wɪðˋhold]
動 保留(稅金)
★★★

= with有 + hold握住

記憶TIP 先行持有握住 = 保留(稅金)

例 Ten percent of our personal salary will be withheld for government taxes.
將保留一成的個人薪資作為政府的稅收。

應考片語

capital levy 財產稅；資本課稅 ★★
death duty 遺產稅 ★★
estate tax 房地產遺產稅 ★★
gift tax 贈與稅 ★★
hidden tax 隱藏稅 ★★
income tax declaration 所得稅申報書 ★★★
interest income 利息收入 ★★
itemized deduction 列舉扣除額 ★★
progressive tax 漸進式稅率 ★★★
property tax 房地產稅 ★★
self-employment income 個人營業收入 ★★
tax bracket 稅率級次 ★★
tax dodger 逃稅者 ★★
tax evasion 漏稅；逃稅 ★★
tax shelter (合法)避稅方案 ★★
unearned income 非工作所得(指紅利、利息等) ★★
value-added tax 增值稅 ★★

NOTE

Chapter

8

辦公室
事務

Office Affairs

1 開會議程
Meetings and Agendas

2 溝通協商
Communication and Negotiations

3 郵件傳真
Letters, E-mails, and Faxes

4 電腦網路
Internet and Computer Peripherals

5 辦公用品
Office Supplies

1 開會議程
Meetings and Agendas

 學習範疇 出席、討論、意見表達、作結
非學不可的66個必考重點字

🎧 MP3 e194

absence
[`æbsn̩s]
名 缺席；未到
★ ★ ★

= ab離開 + sence存在

記憶TIP 不存在這個地方＝缺席；未到

例 John's absence was because of his father's death.
約翰是因為他爸爸過世而缺席。

absent
[`æbsn̩t]
形 缺席的；未到的
★ ★ ★

= ab離開 + sent存在的

記憶TIP 不存在的狀況＝缺席的；未到的

例 Mark was absent in the morning meeting, so our boss was very angry.
馬克未出席晨會，所以我們的老闆很生氣。

adjourn
[ə`dʒɝn]
動 休會；暫停開會
★ ★

= ad離開 + journ一天

記憶TIP 在會議中先離開一天＝休會；暫停開會

例 The meeting was adjourned until tomorrow, so we still have a little time to prepare.
會議暫停到明天，所以我們仍然有一點準備時間。

advice
[əd`vaɪs]
名 建議；忠告
★ ★ ★ ★

= ad向 + vice看

記憶TIP 告訴人家要往哪邊看＝建議；忠告

例 My teacher gave me some advice on my performance.
我的老師針對我的表演給了一些意見。

advise
[əd`vaɪz]
動 建議；忠告
★ ★ ★ ★

= ad向 + vise看

記憶TIP 告訴人家要往哪邊看＝建議；忠告

例 John advised against the franchise with local shops.
約翰建議不要和當地商店結盟。

alleged
[ə`lɛdʒd]
形 可疑的；靠不住的
★ ★

= al向 + lege指定 + d有…的，形容詞

記憶TIP 大家都向他指定要東西的狀況是 → 可疑的

例 Mark is alleged to take kickbacks, so the managers will come and have a meeting about that later.
馬克被懷疑收受回扣，所以稍晚經理們會前來召開一場相關會議。

ambiguous
[æm`bɪgjuəs]
形 模糊不清的；曖昧的
★ ★ ★

= ambi周圍 + gu(=go)行走 + ous具…性質的，形容詞

記憶TIP 不停在四周圍繞圈子的態度 = 曖昧的

例 It is very confusing to hear that the president has an ambiguous stance toward this issue.
得知總裁對於這個議題的立場曖昧，相當令人困惑。

articulate
[ɑr`tɪkjəlɪt]
形 發音清晰的；可聽懂的
★ ★ ★

= articul連接 + ate…性質的，形容詞

記憶TIP 說話時，字句之間都有連接起來 = 發音清晰的；可聽懂的

例 It is very important for a news anchor to have an articulate voice.
對於新聞主播而言，擁有清晰的發音是相當重要的。

attendance
[ə`tɛndəns]
名 1.到場；出席 2.出席人數
★ ★

= attend出席參加 + ance情況，名詞

記憶TIP 出席參加的情況 = 到場；出席

例 The attendance for this party is about fifty people.
這場派對的出席人數大約有五十人。

attendee
[ətɛn`di]
名 出席者；與會者
★ ★

= attend出席參加 + ee受…的人，名詞

記憶TIP 受邀出席參加的人 = 出席者；與會者

例 There was a famous attendee at this party, and everyone wanted to take pictures with him.
這場派對有一位知名的出席者，大家都想跟他合照。

attentive

[əˋtɛntɪv]

形 全神貫注的；集中的

★ ★ ★

= at向 + tent延伸 + ive具…性質的，形容詞

記憶TIP 將精神與注意力往中間延伸 = 全神貫注的；集中的

例 During the meeting, please be attentive and write down everything useful for our department.

開會時請全神貫注，並記錄對本部門有幫助的內容。

---

cancellation

[ˏkænsḷˋeʃən]

名 取消

★ ★ ★

= cancel取消 + lation行為產物，名詞

記憶TIP 將原本的活動取消 = 取消

例 The bad weather caused the cancellation of the picnic.

壞天氣導致野餐取消了。

---

clarify

[ˋklærəˏfaɪ]

動 澄清；闡明

★ ★ ★

= clar清楚 + ify使成為…，動詞

記憶TIP 讓事情更清楚 = 澄清；闡明

例 The manager tried to clarify the policy towards the nuclear power plant.

經理試圖闡明關於核電廠的政策。

---

commence

[kəˋmɛns]

動 開始；著手

★ ★ ★

= com一起 + mence開始

記憶TIP 一起開始做 = 開始；著手

例 The meeting is scheduled to commence at 8 a.m. tomorrow.

這場會議預計於明天早上八點召開。

---

comment

[ˋkamɛnt]

名 評論；評語 動 發表評論

★ ★ ★

= com完全 + ment注意

記憶TIP 完全留意某物之後發表 → 評論；評語

例 We accept any comments on this event.

我們接受對於此事件的任何評論。

 16
concentrate
[`kɑnsən,tret]
動 專注於
★ ★ ★ ★

= con一起 + centr中心 + ate做…，動詞

記憶TIP 一起關注放在中心點的東西 = 專注於

例 They all concentrate on the projects they are working on.
他們都專注於他們正在進行的企劃上。

 17
conclude
[kən`klud]
動 為…作總結；下結論
★ ★ ★

= con一起 + clud關閉 + e動作，動詞

記憶TIP 大家的意見一起在這裡作結的動作 = 為…作總結；下結論

例 The meeting was concluded by our CEO, Mr. Brown.
這場會議由我們的總裁——伯朗先生作總結。

 18
conclusion
[kən`kluʒən]
名 總結；結論
★ ★ ★ ★

= con一起 + clus關閉 + ion結果，名詞

記憶TIP 大家的意見一起在這裡作結的結果 = 總結；結論

例 People do not agree with the final conclusion from the government.
人們不認同政府最後所作的總結。

 19
concoct
[kən`kɑkt]
動 1.捏造 2.圖謀；策劃
★ ★

= con一起 + coct煮/調配

記憶TIP 把現實和虛幻調配在一起 = 捏造

例 A ridiculous story was concocted by Jane as an excuse for her absence.
珍為她的缺席編造了一個十分荒謬的故事。

 20
concrete
[`kɑnkrit]
形 具體的；具象的
★ ★ ★ ★

= con一起 + crete成長

記憶TIP 一起產生具體的成長 – 具體的；具象的

例 We need a concrete action to protect our works.
我們需要一個具體的行動來保護我們的作品。

21

consequently
[`kɑnsə,kwɛntlɪ]
副 結果；因此
★ ★ ★

= con完全 + sequ跟隨 + ent有…性質的 + ly…地，副詞

記憶TIP 完全跟著之前的原因而走 = 結果；因此

例 Mark always does his best in his position and consequently was promoted by his boss to be the manager of this department.
馬克在工作上總是盡心盡力，因此被他的老闆拔擢為這個部門的經理。

 22

convention
[kən`vɛnʃən]
名 會議；大會
★ ★ ★ ★

= con一起 + vent來 + ion結果，名詞

記憶TIP 一起參與討論 = 會議；大會

例 We are going to talk about the bonus we should have in the convention.
我們將在會議上討論我們應得的獎金。

 23

convoke
[kən`vok]
動 召集
★ ★ ★

= con一起 + voke叫喊

記憶TIP 在大家的前面大聲呼喊 = 召集

例 Our boss convoked all the salespeople in this department to his office.
老闆召集了這個部門的所有業務員到他的辦公室。

 24

covert
[`kʌvət]
形 隱蔽的 名 隱蔽處
★ ★

= con完全 + vert移轉

記憶TIP 完全移轉到人家看不到的地方 = 隱蔽的

例 Mark always casts covert glances on his presentation notes.
馬克總是偷瞄他的簡報筆記。

 25

culpable
[`kʌlpəbḷ]
形 該責備的；有罪的
★ ★

= culp過失/罪 + able有…的，形容詞

記憶TIP 有過失的 = 該責備的；有罪的

例 Mark was culpable for the typo in the ads.
馬克該為廣告中的錯字負責。

debate
[dɪ`bet]
名 動 辯論；爭辯
★ ★ ★ ★

= de向下 + bate打架

記憶TIP 正在「爭論」中，再往下發展的結果就是打架了 = 辯論；爭辯

例 There is a fierce debate between these two teams.
這兩組之間有一場激烈的辯論。

delegate
[`dɛləgɪt]
名 會議代表；代表團成員
★ ★ ★

= de來自 + legate指派

記憶TIP 受到某團體所指派而來 = 會議代表

例 There are seven delegates going to the meeting held by the police.
有七名代表前去參加警察所舉辦的會議。

designate
[`dɛzɪg‚net]
動 委派；選任
★ ★ ★ ★

= de向下 + sign標示 + ate做…，動詞

記憶TIP 決定人選後便做上記號 = 委派；選任

例 Mary was designated to go to the ceremony.
瑪莉受指派參加那場典禮。

dispute
[dɪ`spjut]
動 名 爭論；爭執
★ ★ ★

= dis不同 + pute思考

記憶TIP 因為想法不同而有所 → 爭論；爭執

例 Peter disputed over the property of the car with his brother.
彼得與他的弟弟為了汽車的所有權而爭執。

distract
[dɪ`strækt]
動 使分心
★ ★ ★ ★

= dis不同 + tract引

記憶TIP 心思被牽引到不同的地方 = 使分心

例 Try not to distract your customers by giving them too much information about our products.
試著不要給予顧客太多的產品資訊導致他們分心。

emphasize

[`ɛmfə,saɪz]

動 強調；著重

★ ★ ★

= em在裡面 + pha外貌 + size使成為…，動詞

記憶TIP 強調內在容貌的動作 = 強調；著重

例 The salesman tried his best to emphasize the best quality of his products.

這名業務員盡全力強調其產品的品質極佳。

express

[ɪk`sprɛs]

動 表達；表示

★ ★ ★ ★ ★

= ex向外 + press壓

記憶TIP 把心裡的意見或想法往外壓出去讓人知道 = 表達；表示

例 People expressed their anger by wearing red T-shirts.

人們藉由穿著紅T恤來表達他們的憤怒。

final

[`faɪnḷ]

形 最後的；最終的

★ ★ ★ ★ ★

= fin結束 + al…的，形容詞

記憶TIP 在尾端結束了的 = 最後的；最終的

例 The final agreement that the team had reached will be invalidated.

這個團隊所達成的最終共識將會是無效的。

finalize

[`faɪnḷ,aɪz]

動 完成；結束

★ ★ ★

= final最後的 + ize使成為…，動詞

記憶TIP 最後面的動作 = 完成；結束

例 John finalized his speech by telling a joke.

約翰以一則笑話來結束他的演說。

fluent

[`fluənt]

形 流暢的；通順的

★ ★ ★ ★

= flu流 + ent…的，形容詞

記憶TIP 流動的 = 流暢的；通順的

例 I cannot speak fluent Japanese, but my English is very good.

我的日文說得不流利，但是我的英文很好。

grievance
[`ɡrivəns]
名 抱怨;不滿;牢騷
★ ★

= griev悲傷 + ance狀態,名詞

記憶TIP 悲傷的狀態下容易 → 抱怨;不滿;牢騷

例 The final issue is about the grievance against our customer service.
最後一項議題是關於我們客服的抱怨。

handout
[`hændaut]
名 講義;提綱
★ ★ ★

= hand手 + out出去 複

記憶TIP 將手中的東西給出去 = 講義;提綱

例 Please get a copy of the handout before you go to the meeting.
請在你去開會之前先拿一份講義。

invalidate
[ɪn`vælə,det]
動 使無效
★ ★ ★

= in無 + valid有效的 + ate做…,動詞

記憶TIP 讓東西沒有效果 = 使無效

例 Our investment plan was invalidated in the meeting yesterday.
我們的投資計畫在昨天的會議中被宣告無效。

irrelevant
[ɪ`rɛləvənt]
形 不相關的;無關的
★ ★ ★

= ir無 + re再次 + lev舉起 + ant…的,形容詞

記憶TIP 不會再拿起來了所以是 → 不相關的

例 Please remove any irrelevant issues from the agenda.
請把所有不相關的議題從議程中移除。

issue
[`ɪʃju]
名 議題;討論提案
★ ★ ★ ★ ★

= iss出去 + ue走

記憶TIP 把心裡的想法拿出去走一圈,討論討論 = 議題;討論提案

例 One of the important issues this year is human rights.
人權是今年的重要議題之一。

lecture
[`lɛktʃə]
名 動 演講；授課
★ ★ ★ ★

= lect收集 + ure過程，名詞

記憶TIP 把收集到的資訊與知識拿出來分享 = 演講；授課

例 This lecture is about international marketing.
這場演說是關於國際行銷。

---

 meaningful
[`minɪŋfəl]
形 意味深長的；有意義的
★ ★ ★ ★

= mean意義 + ing行為 + ful有…的，形容詞

記憶TIP 有意義的行為 = 意味深長的；有意義的

例 Please provide more meaningful suggestions in the meeting.
請在會議中多提供一些有意義的建議。

---

 minute
[`mɪnɪt]
名 會議記錄
★ ★ ★

= min小 + ute物品，名詞

記憶TIP 把會議中每一分鐘(minute)所講的小細節記錄下來 = 會議記錄

例 Reviewing the minutes from the last meeting is very useful.
回顧上一次的會議記錄是非常有幫助的。

---

 motion
[`moʃən]
名 動議；提案
★ ★ ★

= mot移動 + ion結果，名詞

記憶TIP 移動原先的議案 = 動議；提案

例 All the employees agreed with the motion to expand their working hours.
全體員工皆同意延長工時的提案。

---

 object
[`abdʒɪkt]
名 目的；宗旨
★ ★ ★ ★

= ob向 + ject擲

記憶TIP 在會議中要向大家投擲的重點 = 目的

例 The object of discussion for the next meeting will be the introduction to our new product.
下次會議的討論主題是我們新產品的簡介。

outline
[`aʊt͵laɪn]
名 大綱；概要 動 概述
★ ★ ★

= out外 + line線

記憶TIP 把外面的線條勾勒出來 = 大綱；概要

例 Our manager put the outline of his presentation on the first page of the handout.
我們的經理把他的簡報大綱放在講義的第一頁。

overt
[o`vɝt]
形 公然的；明顯的
★ ★

= o脫離 + vert轉動

記憶TIP 從轉動中脫離的動作很明顯 = 公然的

例 My co-worker made an overt act of disgust when our boss said we had to stay for another meeting.
當老闆說我們必須留下來參加另一場會議時，我的同事公然表達厭惡。

panel
[`pænḷ]
名 討論小組；專門小組
★ ★ ★

= pan全部 + el行為，名詞

記憶TIP 所有的相關人員都在這裡 = 討論小組

例 We will hold a panel discussion about the new products this evening.
今天晚上我們將舉行一場關於新產品的小組討論會。

participant
[par`tɪsəpənt]
名 參與者；與會者
★ ★ ★

= parti部分 + cip拿 + ant做⋯的人，名詞

記憶TIP 有拿到其中一部分的人 = 參與者

例 Please remind all the participants to go to the meeting on time.
請提醒所有的參與者準時赴會。

participate
[par`tɪsə͵pet]
動 參加；參與
★ ★ ★ ★

= parti部分 + cip拿 + ate做⋯，動詞

記憶TIP 拿取其中一部分的動作 = 參加；參與

例 There are about twenty people from our company participating in this big meeting.
本公司約有二十個人參加這場大型會議。

51

pointer
[`pɔɪntɚ]
名 指示物;投影片用指示器
★ ★ ★

= **point指著** + **er物品,名詞**

記憶TIP 用來指示的物品 = 指示物

例 The pointer is very useful when I am doing a big presentation.
當我進行大型簡報時,投影片用指示器非常實用。

 52

postpone
[post`pon]
動 使延期;延遲
★ ★ ★

= **post後面** + **pon放** + **e動作,動詞**

記憶TIP 把原定日期往後放 = 使延期;延遲

例 Our meeting will be postponed until next week.
我們的會議將延到下個星期。

 53

present
[`prɛzn̩t]
形 出席的;與會的
★ ★ ★ ★ ★

= **pre之前** + **se在** + **nt在…狀態的,形容詞**

記憶TIP 之前就在那個地方的 = 出席的;與會的

例 Our manager will be present at the ceremony.
我們的經理將會出席那場典禮。

 54

proposal
[prə`pozl̩]
名 提議;提案
★ ★ ★ ★ ★

= **pro往前** + **pos放** + **al行為,名詞**

記憶TIP 把想法往前放 = 提議;提案

例 Our CEO likes the proposal from Wendy and plans to make it our project next year.
我們的總裁喜歡溫蒂的提案,並打算讓它成為我們明年的企劃。

 55

propose
[prə`poz]
動 提出建議;提案
★ ★ ★ ★

= **pro往前** + **pos放** + **e動作,動詞**

記憶TIP 把想法往前放的動作 = 提出建議;提案

例 Mark proposed his idea of going swimming at the pool this evening.
馬克提議晚上到游泳池游泳。

quote
[kwot]
動 引述；引用
★★★

= **quot引用** + **e動作，動詞**

記憶TIP 引用的動作 = 引述；引用

例 People like to quote the sayings of famous people in their speeches.
人們喜歡在演講時引述名人的格言。

represent
[ˌrɛprɪˋzɛnt]
動 代表；作為⋯的代表
★★★★

= **re再一次** + **present呈現**

記憶TIP 再一次出現 = 代表；作為⋯的代表

例 No one will represent our department at the annual meeting in Paris this year.
今年沒有人代表本部門參加巴黎的年度會議。

seminar
[ˋsɛməˌnɑr]
名 專題討論會
★★★

= **semin種子** + **ar物品，名詞**

記憶TIP 如同種子一般來自各地的代表一同進行討論 = 專題討論會

例 Experts in crime from all over the world will attend the seminar.
來自世界各地的犯罪專家都會參加這場專題討論會。

settle
[ˋsɛtl̩]
動 解決(問題)；平息(糾紛)
★★★★

= **sett放下** + **le動作/過程，動詞**

記憶TIP 把事情給放下 = 解決(問題)；平息(糾紛)

例 Our CEO tried to settle the problem by paying money to the victims.
我們的總裁試著用給受害者錢來解決問題。

smoothly
[ˋsmuðlɪ]
副 流暢地；平順地
★★★

= **smooth滑順的** + **ly⋯地，副詞**

記憶TIP 滑順地做某個動作 = 流暢地；平順地

例 Mark made his presentation smoothly, and this is also one reason he won the contest.
馬克的簡報極為流暢，這也是他獲勝的原因之一。

stance
[stæns]
名 立場；態度
★ ★ ★

= st站立 + ance狀態，名詞

記憶TIP 以站立的位置來表達 → 立場；態度

例 His stance toward the expansion of working hours is unclear.
他對於延長工時的立場曖昧不明。

strengthen
[`strɛŋθən]
動 加強；強化
★ ★ ★

= strength力量 + en加強動作，動詞

記憶TIP 把力量給加強 = 加強；強化

例 We hope to strengthen the coalition between these two companies.
我們希望能夠強化這兩家公司的合作關係。

submit
[səb`mɪt]
動 提交；呈遞
★ ★ ★ ★

= sub在…之下 + mit投/送

記憶TIP 由下往上遞送報告 = 提交；呈遞

例 I expect those projects will be submitted next week before our CEO arrives.
我希望那些企劃能在總裁下週抵達之前遞交。

symposium
[sɪm`pozɪəm]
名 討論會；座談會
★ ★

= sym一起 + pos放置 + ium地方，名詞

記憶TIP 共同針對幾個放在一起的議題進行討論 = 討論會；座談會

例 We will hold an international symposium in New York next month.
我們下個月將會在紐約舉辦一場國際研討會。

unanimous
[ju`nænəməs]
形 全體一致的；無異議的
★ ★ ★ ★ ★

= un無 + anim精神 + ous…的，形容詞

記憶TIP 沒有其他精神(想法)的 = 全體一致的

例 A unanimous agreement had been reached by the team.
這個團隊已達成全體一致的決議。

420

workshop
[`wɜk,ʃɑp]
名 工作坊；研討會
★★★

= work工作 + shop聚集的地方 複

記憶TIP 聚在一處工作或討論 = 工作坊；研討會

例 We were asked to attend the workshop yesterday.
昨天我們被要求參加那場工作坊。

應考片語

adverse opinion 反面意見 ★★

begin with 以…開始 ★★★

body language 肢體語言(利用身體動作表達意思) ★★★

conference call 電話會議 ★★

draw attention 吸引注意力 ★★★

in favor of 贊同；同意 ★★★

issue a statement 發表聲明 ★★★

key point 重點；要點 ★★★

Ladies and Gentlemen 各位女士先生 ★★★

lecture theater 演講廳 ★★

minute book 記錄簿 ★★★

negotiating table 談判桌 ★★★

opening remarks 開場白(通常由主席致詞) ★★

panel discussion 座談會；小組討論會 ★★★

present a proposal to 向…提出建議 ★★★★

settle a dispute 解決爭端 ★★★

show of hands 舉手表決(以舉手方式表示同意與否) ★★★

so...that... 如此…以至於… ★★★★★

visual aids 視覺輔助工具(如投影片、海報等) ★★

wrap up 為…作總結 ★★★

常見縮寫

AGM 年會；年度例行會議 = **annual general meeting** ★★

AOB 其他議案；其他提案 = **any other business** ★★

2 溝通協商
Communication and Negotiations

 學習範疇　理解與誤解、情緒、對話障礙
非學不可的62個必考重點字

 MP3 201

 01

ambiguity
[ˌæmbɪˋgjuətɪ]
名 意義不明確
★ ★ ★

= ambi周圍 + gu(=go)行走 + ity狀態，名詞

記憶TIP 在周圍繞圈子的狀態 = 意義不明確

例 In order to avoid ambiguity, please clarify your words.
為了避免模稜兩可的情況，請把你的話說清楚。

 02

argument
[ˋɑrgjəmənt]
名 爭論；爭執
★ ★ ★

= argu明亮 + ment過程，名詞

記憶TIP 真理愈辯愈明的過程 = 爭論；爭執

例 We had an argument about the payment with that shop keeper.
我們和那位店長為了一筆款項起了爭執。

 03

ascertain
[ˌæsɚˋten]
動 查明；確定
★ ★ ★

= as去 + certain確定的

記憶TIP 去確認清楚 = 查明；確定

例 I was asked to ascertain if there are enough chairs in this office.
有人要我確認這間辦公室的椅子是否足夠。

 04

barrier
[ˋbærɪr]
名 障礙；阻隔
★ ★ ★

= barr(=bar)柵欄 + ier物品，名詞

記憶TIP 用柵欄將物品給阻隔起來 = 障礙；阻隔

例 Figuring out the barriers in business communication is very important.
理解商業溝通上的障礙是非常重要的。

 05

brainstorming
[ˋbrenˌstɔrmɪŋ]
名 腦力激盪
★ ★ ★

= brain大腦 + storm衝擊 + ing行為，名詞 複

記憶TIP 使大腦的迴路相互衝擊 = 腦力激盪

例 Our manager recommends we use brainstorming to create new ways to attract customers.

422

經理建議我們用腦力激盪創造出吸引顧客的新方法。

bullish
[`bulɪʃ]
形 樂觀的；看漲的
★ ★ ★

= **bull沸騰** + **ish如…的，形容詞**

記憶TIP 對事物抱持著沸騰的想法 = 樂觀的

例 He is bullish about the negotiation with our clients.
他對於跟我們客戶的協商感到樂觀。

collaboration
[kə,læbə`reʃən]
名 合作；同心協力
★ ★ ★

= **col一起** + **labor勞動** + **ation行為產物，名詞**

記憶TIP 大家一起做事情 = 合作；同心協力

例 The collaboration of the workers is what he is pleased to see.
員工的齊力合作是他所樂見的。

colleague
[`kɑlig]
名 同事；同僚
★ ★ ★

= **col一起** + **league同盟**

記憶TIP 一起在同一個聯盟裡面的人 = 同事

例 One of the new colleagues in our department will assist our CEO to communicate with the overseas clients.
本部門的一位新同事將協助總裁跟海外的客戶溝通。

communication
[kə,mjunə`keʃən]
名 溝通；交流
★ ★ ★ ★

= **communicat(e)交流** + **ion過程，名詞**

記憶TIP 相互交流意見的過程 = 溝通；交流

例 The communication they had last night was not effective.
他們昨天晚上的溝通沒有成效。

comprehension
[,kɑmprɪ`hɛnʃən]
名 理解；理解力
★ ★ ★

= **com完全** + **prehen抓住** + **sion結果，名詞**

記憶TIP 完全抓住事情的重點 = 理解；理解力

例 According to my comprehension, we won't get the invoice from this shop.
據我的理解，這家商店不會提供發票給我們。

11

contention
[kən`tɛnʃən]
名 論點;主張
★ ★ ★

= con一起 + tent包含 + ion結果,名詞

記憶TIP 把想法放在一起後提出 → 論點;主張

例 His contention needs to be supported by various experiments.
他的論點需要多項實驗的支持。

 12

coordinate
[ko`ɔrdn̩et]
動 協調;調節
★ ★ ★

= co相同 + ordin次序 + ate做…,動詞

記憶TIP 使處於相同的次序中 = 協調;調節

例 We tried our best to coordinate projects with Jenny's department.
我們盡全力與珍妮的部門協調企劃。

 13

cowboy
[`kaʊbɔɪ]
名 莽撞的人
★ ★

= cow乳牛 + boy男孩 複

記憶TIP 趕牛的牧童騎著馬橫衝直撞 = 莽撞的人

例 It is not easy for Peter to get a promotion due to his reputation as a cowboy.
由於彼得的莽撞人盡皆知,他要升遷是不容易的。

 14

critical
[`krɪtɪkl̩]
形 批判的;批評的
★ ★ ★

= crit評判 + ical…的,形容詞

記憶TIP 帶著評判的眼光看待事情 = 批判的

例 Critical thinking is one of the important abilities his boss asks for.
批判性思考是他老闆所要求的其中一項重要能力。

 15

discourage
[dɪs`kɜɪdʒ]
動 使心灰意冷;使沮喪
★ ★ ★ ★

= dis沒有 + courage勇氣

記憶TIP 讓人失去原有的勇氣 = 使心灰意冷

例 John was discouraged about failing this negotiation.
約翰對於這次的協商失敗感到沮喪。

discuss
[dɪ`skʌs]
動 討論；商談
★ ★ ★ ★ ★

= **dis分開** + **cuss切/震動**

記憶TIP 分別將腦中的點子說出來 = 討論；商談

例 We need time to discuss the business trip in May.
我們需要找時間討論五月份的出差。

discussion
[dɪ`skʌʃən]
名 討論；商談
★ ★ ★ ★

= **discuss討論** + **ion過程，名詞**

記憶TIP 討論的過程 = 討論；商談

例 We have had a discussion about the new product's ad.
我們已經討論過新產品的廣告了。

enthuse
[ɪn`θjuz]
動 激發…的熱忱
★ ★ ★ ★

= **en在其中** + **thus神** + **e動作，動詞**

記憶TIP 因為心中有神所以得到了啟示，繼而 → 激發…的熱忱

例 John provided a big box of candy as a prize to enthuse the whole team.
約翰提供了一大盒糖果當作獎品，以激發整個團隊的熱忱。

extension
[ɪk`stɛnʃən]
名 (電話)分機
★ ★ ★

= **extens伸展開** + **ion結果，名詞**

記憶TIP 由一台主機延伸出許多台 → (電話)分機

例 I don't have your extension number.
我沒有你的分機號碼。

fruitless
[`frutlɪs]
形 無成果的
★ ★

= **fruit果實** + **less沒有…的，形容詞**

記憶TIP 沒有果實的 = 無成果的

例 All his efforts to make his own business are fruitless.
他在創業上的所有努力一無所成。

21

garbled
[`gɑrbḷd]
形 被混淆的；搞亂了的
★ ★ ★

= garb曲解 + led被…的，形容詞

記憶TIP 被曲解的話容易讓人混淆 = 被混淆的

例 We were garbled when Jane left without saying a word.
當珍沒說一句話就離開時，我們都感到一頭霧水。

 22

harmonize
[`hɑrmə‚naɪz]
動 使協調；和諧
★ ★ ★

= harmon和諧 + ize使成為… ，動詞

記憶TIP 使和諧 = 使協調；和諧

例 In order to harmonize the company development plan, the boss and the C-levels need to have a meeting.
為了協調公司的發展計畫，老闆和高階主管們必須開一場會。

 23

harmony
[`hɑrmənɪ]
名 和睦；融洽
★ ★ ★ ★

= harmon和諧 + y狀態，名詞

記憶TIP 和諧的狀態 = 和睦；融洽

例 The supervisor hopes to see the harmony in cross-departmental communication after this meeting.
主管希望在這次會議後看到部門間和睦溝通的狀況。

 24

impulse
[`ɪmpʌls]
名 衝動；一時的念頭
★ ★ ★

= im在…中 + pulse脈搏

記憶TIP 在脈搏強烈跳動的狀態中 = 衝動

例 Judy has the impulse to quit her job.
茱蒂有股想要辭職的衝動。

 25

inflict
[ɪn`flɪkt]
動 給予打擊；使承受損傷
★ ★

= in往裡面 + flict打擊

記憶TIP 被往裡面打擊 = 給予打擊；使承受損傷

例 After the news, the reputation of the team had been inflicted with scandal.
在這則新聞之後，這個團隊的名聲已遭醜聞損害。

36

insight
[`ɪn,saɪt]
名 洞察力
★ ★ ★ ★ ★

= in入內 + sight看

記憶TIP 看得到問題核心的能力＝洞察力

例 Everyone expects that the manager should have good insight into the company's future.
人人都期待經理能對公司的未來具備良好的洞察力。

37

intercom
[`ɪntɚ,kɑm]
名 1.對講機 2.內部電話
★ ★ ★ ★

= inter互相 + com溝通(=communication)

記憶TIP 可以互相溝通的東西＝對講機

例 The intercom line is not working, so please find someone to fix it as soon as possible.
內部電話的線路壞掉了，請儘快找人來修理。

28

inundate
[`ɪnʌn,det]
動 撲來；壓倒
★ ★

= in入內 + und波浪 + ate做…，動詞

記憶TIP 大浪向內襲擊而來＝撲來；壓倒

例 A feeling of anger inundated Peter when he found out his communication failed.
當彼得發現溝通失敗時，一股憤怒感向他撲來。

29

isolate
[`aɪsḷ,et]
動 孤立；隔離
★ ★ ★

= isol島 + ate做…，動詞

記憶TIP 把人放在四面環海的孤島上＝孤立

例 Everyone tried to isolate the mad colleague in the office.
在辦公室裡，大家都試圖要孤立這個瘋癲的同事。

30

message
[`mɛsɪdʒ]
名 訊息；口信
★ ★ ★ ★ ★

= mess發送 + age結果，名詞

記憶TIP 發送出原本放在心裡的話＝訊息；口信

例 Please leave a message if I am not at my dcsk.
如果我不在位置上，請留言。

misunderstand

[ˌmɪsʌndɚˋstænd]

動 誤解；誤會

★ ★ ★

= **mis錯誤** + **understand理解**

記憶TIP 對事件有錯誤的理解 = 誤解；誤會

例 I think Mr. Brown misunderstood the purpose of having this meeting.

我想伯朗先生誤解了開這場會的目的。

---

negotiate

[nɪˋgoʃɪˏet]

動 談判；協商

★ ★ ★ ★ ★

= **neg沒有** + **oti空閒** + **ate做…，動詞**

記憶TIP 因為沒有多餘的空閒時間，所以需要 → 談判；協商

例 After negotiating with this salesperson, we signed the contract.

在與這名業務員協商後，我們便簽了約。

---

obvious

[ˋɑbvɪəs]

形 明顯的

★ ★ ★ ★

= **ob向** + **vi路** + **ous具…性質的，形容詞**

記憶TIP 朝著有路的方向走去 = 明顯的

例 It is obvious to see from her introduction that she likes that tall man.

從她介紹的方式可以明顯看出她喜歡那位高大男子。

---

obviously

[ˋɑbvɪəslɪ]

副 明顯地；顯然地

★ ★ ★ ★

= **ob向** + **vi路** + **ous…性質的** + **ly…地，副詞**

記憶TIP 朝著有路的方向走去地 = 明顯地

例 Obviously, she doesn't like to talk to the man.

她顯然不喜歡跟那個男人講話。

---

occur

[əˋkɝ]

動 被想到；被想起

★ ★ ★

= **oc朝** + **cur跑**

記憶TIP 某件事突然往腦袋裡跑 = 被想到

例 It just occurred to me that I forgot to tell everyone the time of the next meeting.

我突然想到我忘記跟大家說下次開會的時間了。

offense
[əˋfɛns]
名 冒犯；觸怒
★ ★ ★

= **of反對** + **fense抵擋**

記憶TIP 說出引人反感、起防備心的話 = 冒犯

例 I didn't mean to give offense by saying those words.
我說那些話並沒有冒犯之意。

oppose
[əˋpoz]
動 反對；反抗
★ ★ ★

= **op反對** + **pose放置**

記憶TIP 反對原本放置的人事物 = 反對；反抗

例 The salesman opposed the plan with no reasons.
那位業務員不帶任何理由地反對這個計畫。

perspective
[pɚˋspɛktɪv]
名 看法；觀點
★ ★ ★ ★

= **per透過** + **spect看** + **ive性質，名詞**

記憶TIP 透過觀察形成看法 = 看法；觀點

例 The boss wants to know your perspective.
老闆想要知道你的看法。

persuasion
[pɚˋsweʒən]
名 說服；勸說
★ ★ ★

= **per透過** + **sua(de)悅耳** + **sion過程，名詞**

記憶TIP 透過悅耳的字句讓人接受意見 = 說服

例 Tony may want to hear quite a lot of persuasion before he buys the product.
在購買產品前，湯尼也許想要聽到大量的勸說。

point
[pɔɪnt]
名 要點；論點
★ ★ ★ ★ ★

= **point目標/指向**

記憶TIP 指著目標，代表那是重點 = 要點；論點

例 The point he wants to make is not clear.
他想要強調的重點並不明確。

41

preclude
[prɪ`klud]
動 阻止;妨礙
★ ★ ★

= pre先前 + clude關閉

記憶TIP 在人要進來前就關閉起來 = 阻止;妨礙

例 There must be some reasons precluding his promotion.
一定有什麼原因阻礙著他的升遷。

 42

privacy
[`praɪvəsɪ]
名 個人隱私
★ ★ ★

= priv個人/私自 + acy性質,名詞

記憶TIP 完全屬於個人的私事 = 個人隱私

例 Please give me some space and respect my privacy.
請給我一些空間,並尊重我的隱私。

 43

rational
[`ræʃənl]
形 合理的;理性的
★ ★ ★

= ration定量配給 + al…的,形容詞

記憶TIP 定量配給的 = 合理的;理性的

例 We want a rational reason for her resignation.
關於她的辭職,請給我們一個合理的理由。

 44

reasonable
[`riznəbl]
形 通情達理的;合理的
★ ★ ★ ★

= reason理由 + able有…的,形容詞

記憶TIP 因為有理由,所以是 → 通情達理的

例 It is easy to communicate with a reasonable man.
和通情達理的人溝通是容易的。

 45

recapitulate
[ˌrikə`pɪtʃəˌlet]
動 扼要重述
★ ★

= re再次 + capit頭 + ulate做…,動詞

記憶TIP 再把重點說一次的動作 = 扼要重述

例 The duty of the assistant is to recapitulate to our boss the key ideas mentioned in the meetings.
助理的職責是對老闆扼要重述開會時所提到的重點。

reluctance
[rɪ`lʌktəns]
名 勉強；不情願
★ ★ ★

= re反對 + luct對抗 + ance狀態，名詞

記憶TIP 所做的事是違反心意的 = 勉強；不情願

例 His boss agreed to his proposal with a little reluctance.

他的老闆帶著一絲勉強同意了他的提案。

remind
[rɪ`maɪnd]
動 提醒；使想起
★ ★ ★ ★

= re再次 + mind記憶

記憶TIP 使再次記憶起某物 = 提醒；使想起

例 As an assistant, I have to remind my manager of every meeting he has every day.

身為一名助理，我必須提醒經理他每天所需參加的每一場會議。

sanguine
[`sæŋgwɪn]
形 懷著希望的；樂觀的
★ ★

= sangui血 + ne由…製成的，形容詞

記憶TIP 流傳下去的血脈代表著希望 = 懷著希望的；樂觀的

例 Johnson is not sanguine about his leave.

強森對於休假不抱希望。

schedule
[`skɛdʒul]
名 行程表；日程安排表
★ ★ ★ ★

= sched小紙片 + ule小物，名詞

記憶TIP 寫在小張紙片上，表示今天要完成的事 = 行程表；日程安排表

例 I have no idea about my schedule for next week.

我不清楚我下個星期的日程安排。

signify
[`sɪgnə,faɪ]
動 表示；示意
★ ★ ★

= sign記號 + ify使成為…，動詞

記憶TIP 用記號標示出代表的意義 = 表示；示意

例 Johnson nodded to signify his agreement with his employee's vacation.

強森點頭同意讓他的員工休假。

51.

subjectively
[səb`dʒɛktɪvlɪ]
副 主觀地
★ ★ ★ ★

= subject主體 + ive具…性質的 + ly…地,副詞

記憶TIP 從主體的角度出發地 = 主觀地

例 Do not make any decisions subjectively, or you lose the whole business one day.
做決定時勿主觀,否則總有一天你會賠上整筆生意。

 52.

succumb
[sə`kʌm]
動 屈服
★ ★ ★

= suc跟著 + cumb橫躺

記憶TIP 跟著前面的人橫躺下來 = 屈服

例 Those employees do not succumb to the request of postponing payday to the tenth.
那些員工不肯同意將發薪日延後至十號的要求。

 53.

surmise
[sə`maɪz]
動 推測;猜測
★ ★ ★ ★

= sur在上面 + mis投 + e動作,動詞

記憶TIP 投注思考在…上面 = 推測;猜測

例 Jenny surmised that Tom would take the job.
珍妮猜測湯姆會接受這份工作。

 54.

tension
[`tɛnʃən]
名 (精神)緊張;緊張狀況
★ ★ ★

= tens緊繃 + ion過程,名詞

記憶TIP 很緊繃的狀態 = 緊張;緊張狀況

例 I can feel the tension in the office after the fight between these two managers.
這兩位經理吵完架後,我可以感受到辦公室內的緊張氣氛。

 55.

trivial
[`trɪvɪəl]
形 瑣碎的;不重要的
★ ★ ★ ★

= tri三個 + vi路 + al…的,形容詞

記憶TIP 三條平凡的道路 = 瑣碎的;不重要的

例 Please stop the trivial complaints. We can do something really fun.
請停止瑣碎的抱怨,我們可以做些真正有趣的事。

unable
[ʌn`ebḷ]
形 無能力的；不能的
★ ★ ★ ★ ★

= **un沒有** + **able能…的，形容詞**

記憶TIP 沒有能力做某件事的 = 無能力的

例 She was unable to meet her clients' needs, so she lost her job as a salesperson.
她無法滿足客戶的需求，因此失去了業務員的工作。

undermine
[͵ʌndɚ`maɪn]
動 詆毀；暗中破壞
★ ★ ★

= **under在…下面** + **mine挖掘**

記憶TIP 在下面偷偷地挖掘 = 暗中破壞

例 John never undermines his friends, and this is also the reason he's so popular.
約翰從不詆毀朋友，這也是他如此受歡迎的原因。

understand
[͵ʌndɚ`stænd]
動 了解；理解
★ ★ ★ ★

= **under在…下面** + **stand站著**

記憶TIP 站在表象之下才能理解意義 = 了解

例 People could not understand why the government did not tell the truth.
人們不能理解為何政府不說出實情。

understanding
[͵ʌndɚ`stændɪŋ]
名 了解；理解
★ ★ ★

= **understand了解** + **ing行為，名詞**

記憶TIP 了解的行為 = 了解；理解

例 He was doubted to have any real understanding of the new project.
他受到是否真正理解這份新企劃的質疑。

viewpoint
[`vju͵pɔɪnt]
名 觀點；見解
★ ★ ★ ★ ★

= **view看** + **point點** **複**

記憶TIP 觀察事物的切入點 = 觀點；見解

例 I think I have grasped Mr. Brown's viewpoint.
我想我已經理解伯朗先生的觀點了。

61

volunteer
[ˌvɑlən`tɪr]
名 志願者 動 自願做⋯
★ ★ ★

= volunt願意 + eer從事⋯的人，名詞

記憶TIP 自己願意去做事的人 = 志願者

例 Nobody volunteered to go to New York on business.
沒有人自願去紐約出差。

62

worry
[`wɝɪ]
動 擔心；擔憂
★ ★ ★

= worr煩惱 + y動作，動詞

記憶TIP 煩惱的動作 = 擔心；擔憂

例 John worries about his deadline for the report.
約翰擔心著報告的截止期限。

應考片語

bag of snakes 未知的問題情境 ★

blow one's buffer 使某人失去頭緒 ★★

bubble it up 將議題提交給上級討論 ★★

communications gap 交流隔閡 ★★

cultural value 文化價值觀 ★★

draw up plans 擬定計畫 ★★★

fall guy 代罪羔羊；擔罪者 ★★

garbled extracts 斷章取義 ★★

give the nod 同意、贊同某件計畫或提案 ★★★

go along with 1.和⋯一起 2.同意某人 ★★★★

point of view 觀點；見解；態度 ★★★★★

point out 指出；提出 ★★★★★

put oneself in sb's shoes 設身處地為他人想 ★★★

reason sb into 說服某人做⋯；勸說某人做⋯ ★★★★

subject matter 話題；題材；內容 ★★★

time zone 時區 ★★★

turn off 關掉；關閉 ★★★

write a proposal 撰寫提案 ★★★

write a report 寫報告 ★★

3 郵件傳真
Letters, E-mails, and Faxes

學習範疇　郵務、E-mail、傳真、撰寫信件
非學不可的61個必考重點字

---

addressee
[ˌædrɛˋsi]
名 收件人；收信人
★ ★ ★

= **ad對** + **dress直接** + **ee受…的人，名詞**

記憶TIP 直接收到信件的人 = 收件人；收信人

例 Please write down the addressee of this contract.
請寫下這份合約的收件人。

---

attach
[əˋtætʃ]
動 附加；附上
★ ★ ★

= **at向** + **tach栓住**

記憶TIP 朝信件栓上附屬物 = 附加；附上

例 Please attach our invoice to the letter.
請隨信附上我們的發票。

---

attachment
[əˋtætʃmənt]
名 (信件或電郵的)附件
★ ★ ★

= **at向** + **tach栓** + **ment結果，名詞**

記憶TIP 在要寄出的信件中栓上的物品 = 附件

例 I will send you an E-mail with an attachment.
我會寄一封有附件的電子郵件給你。

---

concerned
[kənˋsɝnd]
形 與…有關的
★ ★ ★

= **concern關於** + **ed有…的，形容詞**

記憶TIP 關於某件事的 = 與…有關的

例 Everyone concerned in this case has been identified.
與本案有關的人皆已確認。

---

concise
[kənˋsaɪs]
形 簡潔的；簡明的
★ ★ ★

= **con一起** + **cise切**

記憶TIP 把不必要的一併切除 = 簡潔的；簡明的

例 Please be concise when you are giving the presentation.
當你在進行簡報時，請簡明扼要。

06

confidential
[ˏkɑnfə`dɛnʃəl]
形 機密的；機要的
★ ★ ★

= `confident確信的` + `ial…的，形容詞`

記憶TIP 要再三確定過資格後才能做的 = 機密的；機要的

例 It is a confidential letter, so please sign your name after reading it.
這是一封機密信件，所以請在閱讀後簽名。

07

confirmation
[ˏkɑnfə`meʃən]
名 確認；確定
★ ★ ★

= `con完全` + `firm堅定` + `ation行為產物，名詞`

記憶TIP 堅定地確認完全無誤 = 確認；確定

例 I have received the confirmation of my new job.
我已收到新工作的確認信。

08

considering
[kən`sɪdərɪŋ]
介 考慮到…
★ ★ ★ ★

= `con一起` + `sider星星` + `ing表達狀態，介係詞`

記憶TIP 一起觀測星象來思考事情 = 考慮到

例 Considering the distance, she is not slow.
考量到距離問題，她並不算慢。

09

consistent
[kən`sɪstənt]
形 一致的
★ ★ ★ ★

= `con一起` + `sist站` + `ent有…性質的，形容詞`

記憶TIP 表達意見時是站在一起的 = 一致的

例 When you are writing English sentences, please make sure the verbs are consistent with the subjects.
當你在寫英文句子時，請檢查動詞與主詞是否一致。

10

dictate
[`dɪktet]
動 口述；使聽寫
★ ★ ★

= `dict講述` + `ate做…，動詞`

記憶TIP 講述出來的動作 = 口述；使聽寫

例 I have to finish dictating this letter before I send it out.
我必須在寄出這封信之前先完成聽寫。

disgruntled
[dɪs`grʌnt!d]
形 不高興的；不滿的
★ ★

= **dis不** + **gruntle使高興** + **d感到…的，形容詞**

記憶TIP 使其不高興的 = 不高興的；不滿的

例 Please write a letter to the disgruntled customer as soon as possible.
請儘快寫信給那位感到不滿的顧客。

---

earnest
[`ɜnɪst]
形 誠摯的；認真的
★ ★ ★

= **earn認真** + **est最…的，形容詞**

記憶TIP ear(耳朵)+nest(巢)，誠意十足到讓別人在自己的耳朵裡築巢 = 誠摯的；認真的

例 What we needed was an earnest letter from them.
我們要的是他們捎來一封誠懇的信。

---

edit
[`ɛdɪt]
動 編輯；校訂
★ ★ ★

= **e出** + **dit給**

記憶TIP 將文字修改到可以體面地給出去 = 編輯

例 I need a person to edit the letter for me.
我需要一個人來幫我編輯這封信。

---

elaboration
[ɪˌlæbə`reʃn]
名 詳細闡述
★ ★ ★

= **e徹底** + **labor工作** + **ation行為產物，名詞**

記憶TIP 清楚而徹底的工作描述 = 詳細闡述

例 An elaboration of this point will be presented in Chapter 10.
將於第十章詳盡闡述此重點。

E-mail
[`i`mel]
名 電子郵件
★ ★ ★ ★

= **E(=electronic)電子的** + **mail信件** 複

記憶TIP 透過網路寄送的電子化信件 = 電子郵件

例 I got an E-mail from Jenna every week.
我每個星期都會收到珍娜的電子郵件。

16

enclose
[ɪn`kloz]
動 把(公文或票據)一併封入
★ ★ ★

= en使 + clos關閉 + e動作，動詞

記憶TIP 把相關的文件關閉在一起 = 把(公文或票據)一併封入

例 I enclosed the document you want in the box.
我在箱子裡附上了你要的文件。

 17

enclosure
[ɪn`kloʒə]
名 (信件的)附件
★ ★ ★

= en使 + clos關閉 + ure結果，名詞

記憶TIP 把相關的文件封在一起 = (信件的)附件

例 I hope in your next E-mail you can attach the documents I asked for a month ago as enclosures.
我希望在你的下一封電子郵件中，可以把我一個月前要求的文件附上。

 18

enquire
[ɪn`kwaɪr]
動 詢問；查詢
★ ★ ★

= en使 + quire追求

記憶TIP 追求答案的過程需要 → 詢問；查詢

例 We need to enquire about the shipping fee of our order.
我們想要詢問訂單的貨運費用。

 19

entail
[ɪn`tel]
動 必需；需要
★ ★

= en使 + tail切割

記憶TIP 東西太大，有切割的必要性 = 必需

例 This document entails all the work you did in the university.
這份文件裡需要包含你在大學時期的所有作品。

 20

faithfully
[`feθfəlɪ]
副 忠實地；如實地
★ ★ ★

= faith忠誠 + ful充滿 + ly…地，副詞

記憶TIP 充滿忠誠地 = 忠實地；如實地

例 Their activities were faithfully described in the files.
他們的行動被忠實地記載在檔案裡。

fax(facsimile)
[fæks(fæk`sɪmǝlɪ)]
動 傳真 名 傳真機
★ ★ ★ ★

= **fac做** + **simile相似**

記憶**TIP** 做出和正本相似的東西 = 傳真

例 We faxed the information about our products to him three days ago.
我們在三天前就把商品的資料傳真給他了。

---

forward
[`fɔrwǝd]
動 轉寄；轉交
★ ★ ★ ★

= **for前面** + **ward向…，動詞**

記憶**TIP** 往前送的動作 = 轉寄；轉交

例 Please forward this E-mail to your friends within a week.
請在一個星期之內把這封電子郵件轉寄給你的朋友。

---

glossary
[`glɑsǝrɪ]
名 用語彙編；詞彙表
★ ★

= **gloss註解** + **ary物品，名詞**

記憶**TIP** 提供文字註解的物品 = 用語彙編

例 I think I had better look it up in the glossary to get a better understanding of this term.
我想我最好查一下用語彙編，好更加了解這個詞彙。

---

glossy
[`glɔsɪ]
形 虛有其表的；浮誇的
★ ★

= **gloss光澤** + **y有…的，形容詞**

記憶**TIP** 有光澤但無實質的 = 虛有其表的

例 People usually do not like glossy compliments.
人們通常不喜歡浮誇的讚美。

---

grateful
[`gretfǝl]
形 表示感謝的；感激的
★ ★ ★ ★

= **grate愉悅的** + **ful多…的，形容詞**

記憶**TIP** gr+ate(吃)+ful，因為吃得很愉悅所以要 → 表示感謝的；感激的

例 After the party, remember to send a grateful note to Tina.
在派對之後，記得寄一封感謝信給蒂娜。

honesty

[`ɑnɪstɪ]

名 誠實；坦率

★ ★ ★

= honest誠實 + y狀態，名詞

記憶TIP 誠實的狀態 = 誠實；坦率

例 It has been said that honesty can save you a lot of time.

有人說，誠實可以節省你很多時間。

however

[hau`ɛvɚ]

連 然而；不過

★ ★ ★ ★

= how如何 + ever永遠

記憶TIP 怎麼可能永遠？隱喻「質疑」之前說過的話 = 然而；不過

例 I came in on time; however, there was nobody there.

我準時到達，但是那裡卻一個人也沒有。

hurry

[`hɝɪ]

動 催促；使趕快

★ ★ ★ ★

= hurr匆忙 + y動作，動詞

記憶TIP 動作很匆忙 = 催促；使趕快

例 The sound of the bell hurried me to the office.

鈴聲催趕著我去辦公室。

hyphen

[`haɪfən]

名 連字號

★ ★ ★

= hyp過少 + hen一個

記憶TIP 只有一個字過少，所以需要用「連字號」來把字加長 = 連字號

例 It is an underline, not a hyphen.

這個是底線，不是連字號。

inconvenience

[ˌɪnkən`vinjəns]

名 不便；麻煩事

★ ★ ★

= in不 + con一起 + ven來 + ience情況，名詞

記憶TIP 大家不一起來就會很麻煩 = 不便

例 She apologized for the inconvenience she had caused.

她為她所造成的不便致歉。

initial
[ɪˋnɪʃəl]
名 (字的)起首字母 形 起初的
★ ★ ★

= **initi開始** + **al行為，名詞**

記憶TIP 開始的那個字母 = 起首字母

例 K.T. are the initials for Kevin Tang.
K.T.是凱文‧湯的起首字縮寫。

introduction
[ˌɪntrəˋdʌkʃən]
名 引言；序言
★ ★ ★ ★

= **intro入** + **duct引** + **ion結果，名詞**

記憶TIP 引導進入主題的一段話 = 引言；序言

例 She was asked to write the introduction for this new book.
有人要她為這本新書寫序。

keypal
[ˋkiˌpæl]
名 網友；鍵友(網路筆友)
★ ★

= **key鍵盤** + **pal朋友** 複

記憶TIP 利用敲打鍵盤在網路上交的朋友 = 網友；鍵友

例 Jenny made a lot of keypals on the Internet.
珍妮在網路上交了許多的網友。

kindly
[ˋkaɪndlɪ]
形 親切的；和藹的
★ ★ ★ ★

= **kind仁慈的** + **ly…性質的，形容詞**

記憶TIP 表現得很仁慈 = 親切的；和藹的

例 Joy is my best friend with a kindly smile and good manners.
喬伊是我的摯友，他有著親切的微笑和良好的規矩。

language
[ˋlæŋgwɪdʒ]
名 語言；用語
★ ★ ★ ★

= **langu(=lang)舌/語言** + **age結果，名詞**

記憶TIP 用口舌說出的詞語 = 語言；用語

例 When you are talking to these two V.I.P. clients, remember to use your language properly.
當你跟這兩位貴賓客戶交談時，記得使用適當的言詞。

letterhead
[`lɛtɚ,hɛd]
名 (信紙上方的)信頭
★ ★

= letter信件 + head頭 複

記憶TIP 信件的主要寄件者資訊 = 信頭

例 There is a red logo on the letterhead.
在信頭上有一個紅色的商標。

Madam
[`mædəm]
名 (正式書信中)女士
★ ★ ★ ★

= Ma(=my)我的 + dam(=lady)夫人/女士

記憶TIP 早期在法國尊稱女士為Madam。

例 In the letter, he called his ex-boss "Madam".
在信件中,他稱呼他的前任老闆為「女士」。

---

mailbox
[`mel,baks]
名 信箱;郵筒
★ ★ ★ ★

= mail郵件 + box箱子 複

記憶TIP 放郵件的箱子 = 信箱;郵筒

例 I am not the person who checks the mailbox every day.
我不是那個每天收信的人。

---

mention
[`mɛnʃən]
動 名 提及;談到
★ ★ ★ ★

= ment精神 + ion行為,動詞/名詞

記憶TIP 用心思和精神來談論 = 提及;談到

例 This letter also mentions the fee of the order.
這封信件中也提及訂單的費用。

---

moderately
[`madərItlI]
副 適度地;有節制地
★ ★ ★

= mod方法 + er比較 + ate做… + ly…地,副詞

記憶TIP 用比較適當的方法來做事 = 適度地

例 Peter answered all the questions moderately well in the meeting.
彼得在會議中十分得體地回答所有的問題。

offensive
[ə`fɛnsɪv]
形 冒犯的；令人不悅的
★ ★ ★

= offens冒犯 + ive具…性質的，形容詞

記憶TIP 具冒犯性質的 = 冒犯的；令人不悅的

例 It is offensive to force people to buy products.
強迫他人購買產品是令人不悅的。

paragraph
[`pærə,ɡræf]
名 (書信中)段落
★ ★ ★

= para旁邊 + graph寫

記憶TIP 下一段要從這一段的旁邊開始寫 = 段落

例 You can tell people your main idea in the second paragraph of your letter.
你可以在信件的第二段告訴人們你的主要想法。

parenthesis
[pə`rɛnθəsɪs]
名 圓括號
★ ★

= par旁邊 + en在 + thesis地方

記憶TIP 在文字的兩旁做標示 = 圓括號

例 There is a key point in the parentheses.
括弧內有一個重點。

postage
[`postɪdʒ]
名 郵資；郵費
★ ★

= post郵寄 + age費用，名詞

記憶TIP 郵寄時需要的費用 = 郵資；郵費

例 The postage is about one thousand dollars to send this parcel from here to the UK.
從這裡寄送這個包裹到英國的郵資大約是一千元。

postcode
[`post,kod]
名 郵遞區號(英)
★ ★

= post郵寄 + code代號 複

記憶TIP 郵寄專用的區域代碼 = 郵遞區號

例 It can shorten the shipping time if you put the postcode.
如果你有寫上郵遞區號，將能縮短寄送的時間。

previous
[`prɪvɪəs]
形 先前的；之前的
★ ★ ★ ★

= **pre之前** + **vi通過** + **ous具…性質的，形容詞**

記憶TIP 之前就已經通過或做過的 = 先前的

例 Can you tell me about your previous working experience?
可以跟我談談你先前的工作經驗嗎？

regarding
[rɪ`ɡɑrdɪŋ]
介 關於；就…而論
★ ★ ★ ★

= **re反覆** + **gard注視** + **ing表達狀態，介係詞**

記憶TIP 反覆注視著相關的人物 = 關於

例 Regarding the recent news on TV, people need to be more careful when they go mountain climbing.
根據最近的電視新聞，人們去爬山時需要更加小心。

---

reiterate
[ri`ɪtə͵ret]
動 重申；重做
★ ★

= **re再次** + **iterate重複**

記憶TIP 再重複做一次 = 重申；重做

例 John has been very patient reiterating the company policy to our new manager.
約翰很有耐心地向我們的新任經理重申公司政策。

---

relevant
[`rɛləvənt]
形 相關的；有關連的
★ ★ ★ ★

= **re再次** + **lev舉起** + **ant…性質的，形容詞**

記憶TIP 再次把東西舉起代表有關連 = 相關的

例 Please put the relevant information together for our new clients.
請替我們的新客戶整合相關的資訊。

---

reply
[rɪ`plaɪ]
動 名 回覆；回信
★ ★ ★ ★ ★

= **re回** + **ply折疊**

記憶TIP 把信件折疊後寄回 = 回覆；回信

例 He replied this letter within a day.
他在一天內就回覆了這封信。

respect
[rɪ`spɛkt]
動 尊敬 **名** 尊敬；敬意
★ ★ ★ ★ ★

= **re再次** + **spect看**

記憶TIP 再看一次表示 → 尊敬；敬意

例 The top salesman is respected by his coworkers.
這位頂尖業務員受到同事們的尊敬。

revise
[rɪ`vaɪz]
動 修改；修正
★ ★ ★ ★

= **re再次** + **vis看** + **e動作，動詞**

記憶TIP 再看一次以修正錯誤 = 修改；修正

例 The manager revised the contract and sent it to the clients.
這位經理修改了合約的內容，並且寄給了客戶。

salutation
[ˌsæljə`teʃən]
名 問候；(信件開頭)稱呼語
★ ★

= **salut致意** + **ation行為，名詞**

記憶TIP 向別人致意的行為 = 問候

例 The CEO nodded his head in salutation.
這位總裁點頭致意。

scarcity
[`skɛrsətɪ]
名 缺乏；不足
★ ★ ★

= **scarc缺乏** + **ity狀態，名詞**

記憶TIP s(小)+car(車)+city(城市)，小車在這個城市裡很缺乏 → 缺乏；不足

例 We do not want to get a letter with a scarcity of respect and politeness.
我們不想收到缺乏尊重和禮貌的信。

sincerely
[sɪn`sɪrlɪ]
副 真誠地；誠摯地
★ ★ ★ ★

= **sin沒有** + **cere腐蝕** + **ly…地，副詞**

記憶TIP 沒有壞掉的祝福 = 真摯地；誠摯地

例 He sincerely hopes they can have a chance to go back there.
他由衷希望他們能有機會回到那裡。

56

summarize
[`sʌmə,raɪz]
動 總結；概述
★ ★ ★

= summar簡易的 + ize使成為…，動詞

記憶TIP 簡單不拖泥帶水地敘述 = 總結；概述

例 The salesman used a chart to summarize his presentation.
這位業務員用一張圖表來為他的簡報做總結。

 57

terminology
[,tɜmə`nɑlədʒɪ]
名 專用語；術語
★ ★ ★

= term術語 + in在 + ology學科

記憶TIP 在特定學科中專用的術語 = 專用語

例 Please do not use too much terminology in this meeting because most of the participants are outsiders.
請不要在這場會議中使用太多的專用語，因為大部分的參與者是外行人。

 58

ubiquitous
[ju`bɪkwətəs]
形 到處存在的；普遍存在的
★ ★

= ubiquit到處 + ous具…性質的，形容詞

記憶TIP 到處都充滿著的 = 到處存在的

例 It is ubiquitous to see people work overtime.
人們超時工作是普遍存在的情況。

 59

uncertain
[ʌn`sɝtn̩]
形 不確定的
★ ★ ★

= un不 + certain確定的

記憶TIP 不確定的 = 不確定的

例 All the answers from them are uncertain.
他們給的所有答案都是不確定的。

 60

virulent
[`vɪrjələnt]
形 1.致命的 2.充滿敵意的
★ ★

= virul毒 + ent…的，形容詞

記憶TIP 有毒的東西是 → 致命的

例 John was virulent toward his coworkers.
約翰對他的同事充滿敵意。

vocabulary
[vəˋkæbjəˌlɛrɪ]
名 字彙；用字範圍
★★★

= vocabul語音 + ary物品，名詞

記憶TIP 將語音具象化後形成 → 字彙；用字範圍

例 In this letter, the writer used a lot of difficult vocabulary.
在這封信裡，作者使用了大量的困難字彙。

應考片語

because of 因為(後接名詞) ★★★★
best regards (信末問候語)謹致敬意 ★★★
break into 使分段；切分 ★★★
E-mail account 電子郵件帳號 ★★★
forwarding address 轉寄地址 ★★★
in reply to 作為…的回覆 ★★★
look forward to 期待；盼望 ★★★★
printed matter 印刷品 ★★
registered mail 掛號信 ★★
to whom it may concern (正式信件的開頭)敬啟者 ★★★
with reference to 與…有關的 ★★
yours truly (信件末)敬上 ★★★

常見縮寫

A.S.A.P. 儘早；儘快 = **as soon as possible** ★★★★
C.C. 1.(信件或電郵內)副本 2.送副本給… = **carbon copy** ★★★
i.e. 即；換言之 = **id est**(拉丁文) ★★★
PTO 請詳見背面 = **please turn over** ★★
RSVP 敬請回覆 = **repondez s'il vous plait**(法文) ★★★

4 電腦網路
Internet and Computer Peripherals

學習範疇　軟硬體、周邊設備、網路連接
非學不可的53個必考重點字

MP3 214

access
[`æksɛs]
動 名 取出資料；使用
★ ★ ★ ★

= ac向 + cess行走

記憶TIP 走向放置資料的地方 → 取出資料；使用

例 Not everyone can access this database.
並不是每個人都可以使用這個資料庫。

add-on
[`æd,ɑn]
名 (電腦)附加物；附加設備
★ ★

= add增加 + on上面 複

記憶TIP 在…上面增加之物 = 附加物

例 Some people buy this keyboard because of its add-on mouse.
有些人會因為有附加滑鼠而購買這個鍵盤。

adjust
[ə`dʒʌst]
動 調整；調節
★ ★ ★

= ad向 + just適當的

記憶TIP 朝著適當的方向進行 → 調整；調節

例 The brightness of the screen can be adjusted in one second.
螢幕的亮度可在一秒鐘之內調整好。

authorize
[`ɔθə,raɪz]
動 授權給…；批准
★ ★ ★ ★

= author作者 + ize使成為…，動詞

記憶TIP 使別人也能擁有作者的權利 = 授權給…

例 Our manger authorized his access to the database.
我們的經理授權讓他使用資料庫。

backup
[`bæk,ʌp]
名 動 (資料)備份
★ ★ ★ ★

= back後面的 + up起來 複

記憶TIP 把資料存起來放在後面備用 = 備份

例 He forgot to make a backup of the work he typed on this computer, so he has to retype it.
他忘了把他所打的資料備份在這台電腦裡，所以他必

須得重打一份。

= **brows(e)瀏覽** + **er物品，名詞**

記憶TIP 用來瀏覽網頁的物品 = 瀏覽器

例 A common function that I use quite often is opening a file in a browser.

一個我經常使用的一般功能是在瀏覽器上打開檔案。

= **buff緩衝** + **er物品，名詞**

記憶TIP 暫存快取資料的緩衝區 = 緩衝存儲器

例 In order to solve the buffer overflow problem, I asked a lot of experts.

為了要解決緩衝存儲器流量過大的問題，我詢問了許多專家。

command
[kə`mænd]
名 指令 動 指揮；命令
★ ★ ★

= **com完全** + **mand手**

記憶TIP 完全只用手來指揮別人做事 = 命令

例 The command you set for the computer to run was not working.

你對電腦所設定的指令無法執行。

compatible
[kəm`pætəbḷ]
形 相容的
★ ★ ★

= **com共同** + **pat容忍** + **ible可…的，形容詞**

記憶TIP 可以一起容忍的 = 相容的

例 I am looking for a printer which is compatible with my old computer.

我在找一台可以和我的舊電腦相容的印表機。

configure
[kən`fɪgə]
動 更改設定
★ ★ ★

= **con完全** + **figure塑造**

記憶TIP 塑造出完全不同的功能 = 更改設定

例 Mary didn't know how to configure the memory two weeks ago.

瑪莉在兩週前還不知道如何更改記憶體的設定。

connection
[kə`nɛkʃən]
名 連結；連線
★ ★ ★ ★

= **con共同** + **nect結合** + **ion結果，名詞**

記憶TIP 共同結合在一起 = 連結；連線

例 I don't know the Internet connection speed in this house.
我不知道這間房子的網路連線速度有多快。

---

cursor
[`kɜsɚ]
名 (螢幕上的)游標
★ ★

= **curs跑** + **or物品，名詞**

記憶TIP 在螢幕上跑動的東西 = 游標

例 The screen is too bright for Tom to see the cursor.
螢幕太亮，使得湯姆看不到游標。

---

cyberspace
[`saɪbɚˌspes]
名 網際空間
★ ★ ★

= **cyber網路的** + **space空間** 複

記憶TIP 網路上的空間 = 網際空間

例 Many parents worry about their kids who are lost in cyberspace.
許多父母擔心著他們迷失在網路世界裡的孩子。

---

database
[`detəˌbes]
名 資料庫；數據庫
★ ★ ★

= **data資料** + **base基礎** 複

記憶TIP 存放資料的基地 = 資料庫；數據庫

例 Only three of us can access this database.
只有我們三個人可以使用這個資料庫。

---

debug
[di`bʌg]
動 除去(程式中)錯誤
★ ★

= **de去除** + **bug蟲**

記憶TIP 去除程式裡的害蟲 = 除去錯誤

例 I think I will spend two days debugging the program.
我想我會花兩天的時間來為這個程式除錯。

16

default
[dɪˋfɔlt]
名 預設值；預設系統
★ ★ ★

= de否定 + fault錯誤

記憶TIP 如果輸入錯誤的訊息，系統會自動比對預設值而加以否定 = 預設值

例 You can just press this red button to reset the computer to factory default.
只要按下這個紅色按鈕，電腦就能回復到原廠設定。

17

delete
[dɪˋlit]
動 刪除
★ ★ ★ ★

= de離去 + lete擦拭

記憶TIP 擦拭以使汙物離開 = 刪除

例 The annual marketing report was deleted by Jane, so they have to do it again.
年度行銷報告被珍刪掉了，所以他們得重做。

18

detect
[dɪˋtɛkt]
動 偵測
★ ★ ★

= de離去 + tect掩蓋

記憶TIP 去除掩蓋的狀態以便查出 = 偵測

例 A virus was detected by the system, so we have to shut it down directly.
系統偵測到了病毒，所以我們必須直接關機。

19

download
[ˋdaʊnˌlod]
動 (經由網路)下載
★ ★ ★

= down向下 + load裝載 複

記憶TIP 把東西給裝載下來 = 下載

例 From Music Fashion Website, people can download music they love by paying a little money.
只要付一點錢，人們就可以在〈流行音樂網站〉下載他們喜歡的音樂。

20

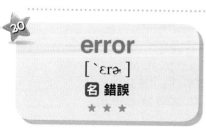

error
[ˋɛrɚ]
名 錯誤
★ ★ ★

= err犯錯 + or物品，名詞

記憶TIP 犯了錯就會產生 → 錯誤

例 The technician has fixed the error on your computer and reset the program for you.
技術人員已修正你電腦上的錯誤，並且幫你重新設定好程式。

31

firewall
[`faɪrwɔl]
名 (電腦)防火牆
★ ★ ★

= fire火 + wall牆壁 複

記憶TIP 阻擋火勢蔓延的牆壁 = 防火牆

例 We need to set the firewall of our computer properly or it may lose its functions.
我們必須把電腦的防火牆設定好,否則它可能會失去功能。

 32

flame
[flem]
名 (網路上的)惡意攻擊
★ ★

= flam火焰 + e性質,名詞

記憶TIP 故意讓東西著火 = 惡意攻擊

例 The program blocked the vicious flames from my computer.
這個程式將網路上的惡意病毒阻隔在我的電腦之外。

 33

format
[`fɔrmæt]
動 格式化;還原預設值
★ ★ ★

= form格式 + at將…,動詞

記憶TIP 將磁碟放回特定的格式中 = 格式化

例 The laptop was formatted last week, so I don't have any customer information.
這台筆記型電腦在上個星期被格式化了,所以我沒有顧客的資料。

 34

gigabyte
[`gɪgəbaɪt]
名 十億位元組;十億字節
★ ★ ★

= giga十億 + byte位元組

記憶TIP 十億個位元組 = 十億位元組

例 The computer has a storage of 320 gigabytes.
這台電腦有三千兩百億位元組的記憶體。

 35

hacker
[`hækɚ]
名 (電腦)駭客
★ ★ ★

= hack劈 + er做…的人,名詞

記憶TIP 擅自闖入電腦修改程式的人 = 駭客

例 The hacker who tried to steal confidential secrets was arrested by the police.
那名試圖竊取機密檔案的駭客被警察逮捕了。

36

hardware
[`hard͵wɛr]
名 硬體(螢幕、主機等設備)
★ ★ ★

= hard硬的 + ware製品 複

記憶TIP 看得到的有形設備 = 硬體

例 Our boss plans to update the office's hardware this year.
我們的老闆打算在今年更新辦公室的硬體設備。

37

input
[`ɪn͵pʊt]
名 動 輸入；輸入信息
★ ★ ★

= in入內 + put放 複

記憶TIP 把訊息往電腦裡面放 = 輸入

例 The person who input data into the system is Mark.
把資料輸入系統的人是馬克。

38

install
[ɪn`stɔl]
動 安裝(電腦程式等)
★ ★ ★ ★

= in入內 + stall空間

記憶TIP 把軟體放入電腦內的空間 = 安裝

例 Please help me install the new software.
請幫我安裝這個新軟體。

39

keyboard
[`ki͵bord]
名 鍵盤
★ ★ ★ ★

= key鍵 + board板 複

記憶TIP 有按鍵的板子 = 鍵盤

例 We are thinking about buying a new keyboard for my father as his birthday present.
我們正考慮買一台新鍵盤給我的爸爸，當作是他的生日禮物。

30

memory
[`mɛmərɪ]
名 記憶體；存儲器
★ ★ ★

= mem記憶 + ory功能，名詞

記憶TIP 具備記憶的功能 = 記憶體；存儲器

例 My computer memory storage is not high enough for me to store this data.
我的電腦記憶體空間不夠讓我儲存這份資料。

31

microphone
[`maɪkrə,fon]
名 麥克風
★ ★ ★

= micro微小的 + phon聲音 + e物品，名詞

記憶TIP 讓微小的聲音變大的物品 = 麥克風

例 We need microphones and webcams to conduct an Internet meeting.
我們需要麥克風和網路攝影機以進行網路會議。

32

modem
[`modəm]
名 數據機
★ ★ ★

= mod測量 + em調整

記憶TIP 用來測量和調整信號的機器 = 數據機

例 Her cellphone can serve as a modem and provide Internet access to her laptop wherever she is.
她的手機可以充當數據機，無論她人在何方，都能提供她的筆電網路連線。

33

monitor
[`mɑnətɚ]
名 監視器 動 監控；監測
★ ★ ★

= monit忠告 + or物品，名詞

記憶TIP 用來告誡的人或物 = 監視器

例 She decided to monitor the door because there is always a strange sound outside of her house at midnight.
她決定要監視這道門，因為在半夜時屋外總會有奇怪的聲音。

34

motherboard
[`mʌðɚ,bɔrd]
名 主機板
★ ★ ★

= mother母親/起源 + board板 複

記憶TIP 在電腦裡面，重要程度相當於母親一樣的 → 主機板

例 The main circuit board in this laptop is the motherboard.
這台筆記型電腦的主要電路板是這個主機板。

35

network
[`nɛt,wɝk]
名 電腦網絡
★ ★ ★ ★

= net網子 + work工作 複

記憶TIP 電腦間如編織的網子一般密集地連結在一起 = 電腦網絡

例 We lost network connection because of the blackout.

停電導致我們失去了電腦網絡的連線。

online
[`ɑnˏlaɪn]
形 在線上的 **副** 連線地
★ ★ ★ ★

= **on在…上面** + **line連接線** 複

記憶TIP 在連接線上 = 在線上的；連線地

例 Many office ladies enjoy online shopping to save time.
為了省時，許多女性上班族喜歡線上購物。

on-screen
[`ɑn`skrin]
形 螢幕上的 **副** 在螢幕上
★ ★ ★

= **on在…上面** + **screen螢幕** 複

記憶TIP 在螢幕上的 = 螢幕上的；在螢幕上

例 You have to complete the process on the on-screen number pad.
你必須使用螢幕上的數字鍵盤以完成程序。

output
[`aʊtˏpʊt]
動 名 輸出資料
★ ★ ★ ★

= **out外面** + **put放** 複

記憶TIP 把裡面的資料往外面放 = 輸出資料

例 My boss asked me to output the image into a movie-making program.
老闆請我把圖像輸出到一個影片製作程式。

portable
[`portəbl]
形 便於攜帶的；手提式的
★ ★ ★

= **port拿** + **able可…的，形容詞**

記憶TIP 可以拿著的 = 便於攜帶的；手提式的

例 For cellphone users, it is very convenient to have a portable charger.
對於手機使用者而言，擁有一台可攜式充電器是非常方便的。

program
[`progræm]
名 (電腦)程式
★ ★ ★

= **pro在前面** + **gram寫**

記憶TIP 在前面先寫下來，以供後人使用 = 程式

例 We need several program designers for this project.
這個企劃我們需要幾位程式設計師。

reboot
[ˌriˈbut]
動 重新開機
★ ★ ★

= **re再次** + **boot啟動**

記憶TIP 再次啟動電腦 = 重新開機

例 To complete the setup, you have to reboot the computer.

為了完成安裝程序，你必須重新啟動這台電腦。

router
[ˈrautɚ]
名 路由器(網路連線設備)
★ ★

= **rout(e)路線** + **er物品，名詞**

記憶TIP 架構網路連線的物品 = 路由器

例 We need a router to share the Internet connection.

我們需要一台路由器以分享網路連線。

scroll
[skrol]
動 捲動(用滑鼠滑動螢幕)
★ ★ ★

= **sc(reen)螢幕** + **roll轉動**

記憶TIP 上下滑動螢幕 = 捲動

例 People can read the online novels by scrolling down on the screen.

藉由捲動螢幕，人們可以閱讀線上小說。

server
[ˈsɝvɚ]
名 (電腦)伺服器
★ ★ ★

= **serv服務** + **er物品，名詞**

記憶TIP 電腦網絡中用來提供服務的機器 = (電腦)伺服器

例 We need people to set up the new computer server.

我們需要有人來安裝新的電腦伺服器。

shareware
[ˈʃɛrˌwɛr]
名 共享軟體
★ ★ ★

= **share分享** + **ware製品** **複**

記憶TIP 可以分享的製品 = 共享軟體

例 This movie-making software is a common piece of shareware.

這個影片製作軟體是一個常見的共享軟體。

software
[`sɔft͵wɛr]
名 軟體
★ ★ ★

= soft軟的 + ware製品 複

記憶TIP 沒有實體型態的電腦設備 = 軟體

例 Which software is the most popular for movie-making?
在影片製作方面,哪個軟體是最受歡迎的?

storage
[`storɪdʒ]
名 存儲器
★ ★ ★

= stor儲存/容納 + age結果,名詞

記憶TIP 具備一定容量的儲存空間 = 存儲器

例 The storage device that I use the most is a USB flash drive.
我最常使用的存儲設備是USB隨身碟。

upgrade
[`ʌp`gred]
動 使升級
★ ★ ★ ★

= up上面 + grade等級 複

記憶TIP 使等級往上升 = 使升級

例 My boss spent about five thousand dollars upgrading his computer.
我的老闆花了約五千元升級他的電腦。

upload
[ʌp`lod]
動 (將資料)上載;上傳
★ ★ ★ ★ ★

= up向上 + load裝載 複

記憶TIP 把資料給裝載上去 = 上載;上傳

例 Please check our website again later because we have uploaded some new products already.
因為我們已上傳了一些新產品,所以稍待一會請再上我們的網站看看。

verify
[`vɛrə͵faɪ]
動 證明;證實
★ ★ ★ ★

= veri真實/真正地 + fy使成為…,動詞

記憶TIP 使成為真正的 = 證明;證實

例 Please type in your password to verify your identity.
請輸入密碼以證明你的身分。

51

virtual
[`vɝtʃuəl]
形 虛擬的
★ ★ ★

= virtu事實上 + al…的，形容詞

記憶TIP 依據事實而模擬出來的 = 虛擬的

例 We can use virtual walls to block out unwanted spam and ads.
我們可以用虛擬牆來阻擋無用的垃圾郵件和廣告。

52

website
[`wɛb‚saɪt]
名 網站
★ ★ ★ ★ ★

= web網路 + site地方，名詞 複

記憶TIP 網路上的站點 = 網站

例 You can check the website and tell me what you think about it.
你可以看一下這個網站，然後告訴我你的想法。

53

wireless
[`waɪrlɪs]
形 無線的
★ ★ ★ ★

= wire線 + less沒有…的，形容詞

記憶TIP 沒有線的 = 無線的

例 We provide free wireless Internet access for our customers.
我們提供顧客免費的無線網路服務。

應考片語

artificial intelligence 人工智慧 ★★
card slot 插卡槽 ★★★
computer literacy 電腦使用能力 ★★
hard drive 硬碟；硬碟機 ★★★
log in 登入(電子帳號等) ★★★★
pop-up window 彈出視窗 ★★
tablet computer 平板電腦 ★★

常見縮寫

CPU 中央處理器 = **central processing unit** ★★★
LAN 局部區域網路 = **local area network** ★★★
Wi-Fi 無線相容性認證 = **Wireless Fidelity** ★★★

5 辦公用品
Office Supplies

學習範疇 辦公室用品、擺設、辦公傢俱
非學不可的37個必考重點字

---

armchair
[`ɑrm.tʃɛr]
名 扶手椅
★ ★ ★

= arm手臂 + chair椅子 複

記憶TIP 可以放手臂的椅子 = 扶手椅

例 My boss put five armchairs in the office for meetings.
我的老闆在辦公室裡放了五張開會要用的扶手椅。

---

binder
[`baɪndə]
名 文件夾
★ ★ ★

= bind裝訂 + er物品，名詞

記憶TIP 把文件裝訂在一起的物品 = 文件夾

例 I need to put these loose-leaf binders away, or I cannot do my work.
我需要把這些活頁夾歸位，否則我沒有辦法工作。

---

bookcase
[`buk.kes]
名 書櫃；書架
★ ★ ★

= book書 + case容器 複

記憶TIP 放書的容器 = 書櫃；書架

例 I have bought three new bookcases for the office.
我已經幫辦公室買了三個新的書櫃。

---

briefcase
[`brif.kes]
名 公事包
★ ★ ★

= brief簡單的 + case手提箱 複

記憶TIP 簡易的工作用手提箱 = 公事包

例 My father takes his briefcase to work every day.
我爸爸每天帶他的公事包去上班。

---

bulletin
[`bulətɪn]
名 公告；公報
★ ★ ★ ★

= bull文件 + etin物品，名詞

記憶TIP 公佈文件內容的物品 = 公告；公報

例 The manager put a post on the bulletin board just now.
經理剛剛在公佈欄上貼了一張佈告。

calculator
[`kælkjə,letə]
名 計算機
★ ★ ★

= calculat計算 + or物品，名詞

記憶TIP 用來做計算的機器 = 計算機

例 Please prepare a calculator and a pen when you come to the meeting tomorrow.
明天來開會時，請準備好一台計算機和一支筆。

calendar
[`kæləndə]
名 日曆；行事曆
★ ★ ★ ★

= calend日期/曆法 + ar物品，名詞

記憶TIP 顯示日期和曆法的物品 = 日曆

例 There is a calendar hanging on the wall to remind people of important dates.
牆壁上掛著日曆，用來提醒人們重要的日子。

carpet
[`kɑrpɪt]
名 地毯
★ ★ ★

= carp扯 + et物品，名詞

記憶TIP 扯下毛線編織而成的物品 = 地毯

例 The new carpet was stained with juice.
這片新地毯上沾有果汁的污漬。

central
[`sɛntrəl]
形 中央的；中心的
★ ★ ★ ★

= centr中心 + al…的，形容詞

記憶TIP 在中心的 = 中央的；中心的

例 We put a sculpture in the central area of the library.
我們在圖書館的中央放了一座雕像。

clipboard
[`klɪp,bord]
名 附有紙夾的筆記板
★ ★ ★

= clip夾住 + board板子 複

記憶TIP 可以夾住紙的板子 = 附有紙夾的筆記板

例 On the clipboard is the ticket from the policeman.
在附紙夾筆記板上的是警察開的罰單。

correct
[kə`rɛkt]
形 正確的 **動** 修正；訂正
★ ★ ★ ★

= cor加強 + rect拉/正

記憶TIP 把原本不正確的用力拉成正確的 = 修正

例 Please fix the errors and give me the report with correct answers.
請修正錯誤，並把答案正確的報告交給我。

directory
[də`rɛktərɪ]
名 姓名住址簿
★ ★

= direct指導/寄送 + ory功能，名詞

記憶TIP 用來連絡他人的本子 = 姓名住址簿

例 There are hundreds of customers with their telephone numbers in our company directory.
在我們公司的姓名住址簿裡，有數百名顧客的電話號碼。

document
[`dɑkjəmənt]
名 文件 **動** 記錄
★ ★ ★ ★

= docu教 + ment結果，名詞

記憶TIP 具教導/交代性質的物件 = 文件

例 She is the person who documents the time each customer leaves the shop.
她是記錄每一位顧客離店時間的人。

durable
[`djurəbḷ]
形 耐用的；經久的
★ ★ ★

= dur持久 + able可…的，形容詞

記憶TIP 可以持久的 = 耐用的；經久的

例 It is not easy to get durable office supplies.
要找到耐用的辦公室用品並不容易。

envelope
[`ɛnvə,lop]
名 信封
★ ★ ★

= en放入 + velope包/裹

記憶TIP 放入信件並包覆起來的東西 = 信封

例 The assistant usually puts customers' information into the big envelope for his boss.
這位助理通常會幫老闆把顧客的資訊放入這個大信封袋。

16

eraser
[ɪˋresɚ]
名 橡皮擦；黑板擦
★ ★ ★

= **eras擦去** + **er物品，名詞**

記憶TIP 用來擦掉字跡的物品 = 橡皮擦；黑板擦

例 The erasers we use are not easy to buy in this village.
我們用的這款橡皮擦在這個村莊裡不容易買到。

 17

furniture
[ˋfɝnɪtʃɚ]
名 傢俱；設備
★ ★ ★

= **furn生活用的** + **iture物品，名詞**

記憶TIP 生活上要用的物品 = 傢俱；設備

例 The furniture we have in our office is from our boss's mother.
辦公室裡的傢俱是我們老闆的媽媽給的。

 18

highlighter
[ˋhaɪ‚laɪtɚ]
名 螢光筆
★ ★

= **high高** + **light光線** + **er物品，名詞** 複

記憶TIP 提高亮度，使其明顯易見之物 = 螢光筆

例 We use highlighters to highlight the important clauses in the contract.
我們用螢光筆標示出合約上的重要條款。

 19

notebook
[ˋnot‚bʊk]
名 1.筆記本 2.筆記型電腦
★ ★ ★

= **note筆記** + **book書** 複

記憶TIP 可以寫上筆記的書 = 筆記本

例 The notebooks from this company are very useful.
這個公司的筆記本很實用。

 20

notepad
[ˋnotpæd]
名 便條簿；記事本
★ ★

= **note便條** + **pad墊/本子** 複

記憶TIP 記錄訊息的本子 = 便條簿；記事本

例 On the notepad, there are many things waiting for the waiters to finish.
便條簿上有許多等著服務生去完成的事。

partition
[par`tɪʃən]
名 隔板
★ ★ ★

= part分成部分 + ition行為產物，名詞

記憶TIP 把空間區隔成許多小部分的物品 = 隔板

例 The partition is too old to block the noise, so remember to ask our boss to buy a new one in the meeting.
這個隔板太舊了，無法阻隔聲音，所以記得在開會時請老闆買一個新的。

pencil
[`pɛnsḷ]
名 鉛筆
★ ★ ★

= pen羽毛 + cil小物，名詞

記憶TIP 羽毛的尖端可用來寫字 = 鉛筆

例 We used to draw pictures with pencils.
我們過去經常用鉛筆畫畫。

pending
[`pɛndɪŋ]
形 1.懸而未決的 2.迫近的
★ ★ ★

= pend懸掛 + ing使…的，形容詞

記憶TIP 還是懸掛著的狀態 = 懸而未決的

例 The pending projects are the topics of this meeting.
未定案的企劃是這次會議的主題。

profile
[`profaɪl]
名 簡介；概況
★ ★ ★ ★

= pro前面 + file線條

記憶TIP 把資料內的主線索往前拉，寫成 → 簡介

例 The assistant usually keeps the profiles of her boss's important clients in the drawer.
這位助理通常會把老闆重要客戶的簡介放在抽屜裡。

pushpin
[`puʃˌpɪn]
名 大頭圖釘
★ ★

= push推 + pin圖釘 複

記憶TIP 推就可以釘進去的圖釘 = 大頭圖釘

例 We ran out of pushpins, so please buy one box on your way to the office.
我們的大頭圖釘用完了，所以請你在來辦公室的路上買一盒。

replace
[rɪ`ples]
動 1.取代 2.將…放回原處
★ ★ ★

= re再次 + place地方/放置

記憶TIP 於原處再次放上東西 = 取代

例 The new fish bowl replaced the empty pot plant.
這個新的魚缸取代了那個空盆栽。

report
[rɪ`port]
名 報告 動 呈報；報告
★ ★ ★ ★

= re再次 + port拿

記憶TIP 拿到別人面前再說一次 = 報告；呈報

例 Ryan has to hand in his sales report tomorrow, so he is very busy at the moment.
萊恩現在很忙，因為他明天要繳交銷售報告。

scanner
[`skænɚ]
名 掃描器
★ ★ ★

= scann(=scan)掃描 + er物品，名詞

記憶TIP 用來掃描的物品 = 掃描器

例 You can only put light things on the scanner.
你只能在這台掃描器上放置重量輕的東西。

scissors
[`sɪzɚz]
名 剪刀
★ ★

= s(無義) + ciss(=cis)切/割 + ors物品，名詞

記憶TIP 用來切割東西的物品 = 剪刀

例 Left-handed people have to use specially-designed left-handed scissors.
左撇子要使用特別設計的左手用剪刀。

shredder
[`ʃrɛdɚ]
名 碎紙機
★ ★

= shredd(=shred)碎紙/條 + er物品，名詞

記憶TIP 把紙張切碎的機器 = 碎紙機

例 Peter put the important information about his office into the shredder by accident.
彼得不小心把重要的辦公室資訊放入碎紙機裡。

stapler
[`steplə]
名 訂書機
★ ★ ★

= **stapl用訂書針釘** + **er物品，名詞**

記憶TIP 釘訂書針的機器 = 訂書機

例 You can find one stapler on each desk in this office.
你在這間辦公室的每張桌子上都可找到一台訂書機。

---

stationery
[`steʃənˌɛrɪ]
名 文具
★ ★ ★ ★

= **station站/配置** + **ery物品，名詞**

記憶TIP 想像每一個station(車站)都要配置文具

例 If you need more stationery, you have to fill in this form first and then give it to the lady in pink.
如果你需要更多文具，必須先填寫這張表格，然後拿給那位穿粉紅色衣服的小姐。

---

suitcase
[`sutˌkes]
名 手提箱；小旅行箱
★ ★ ★

= **suit正式服裝** + **case手提箱** 複

記憶TIP 穿正式服裝時要拿的手提箱 = 手提箱

例 Our sales manager takes his suitcase to work every day.
我們的業務經理天天帶著手提箱上班。

---

supplement
[`sʌpləmənt]
名 補充；補給
★ ★ ★

= **sup在…以下** + **ple充滿** + **ment結果，名詞**

記憶TIP 應有的數量在正常範圍以下，需要加以充填 = 補充；補給

例 The assistant gave each salesman a supplement of blank contracts.
這位助理給了每一位業務員空白的補充合約。

---

time-consuming
[`taɪmkənˌsjumɪŋ]
形 浪費時間的；耗時的
★ ★ ★

= **time時間** + **consum耗費** + **ing使…的，形容詞** 複

記憶TIP 耗費時間的 = 浪費時間的；耗時的

例 Rewriting the whole report is very time-consuming.
重寫一整份報告非常浪費時間。

36

wastebasket
[`west,bæskɪt]
名 廢紙籃
★ ★

= waste廢棄物 + basket籃子 複

記憶TIP 拿來裝廢棄紙張的籃子 = 廢紙籃

例 The lady takes her wastebasket out by herself every day before she leaves her office.
這位女士每天下班前都會自己拿廢紙籃出去倒。

37

white-out
[`hwaɪtaʊt]
名 修正液；立可白
★ ★ ★

= white白色的 + out去除 複

記憶TIP 用白色的物質將不要的文字去除 = 修正液；立可白

例 We can use white-out to correct writing mistakes.
我們可以用立可白來修改錯字。

應考片語

answering machine 電話答錄機 ★★★
bulldog clip 大鋼夾 ★
coffee maker 咖啡機 ★★
copy machine 影印機 ★★★
desk lamp 桌燈；檯燈 ★★
extension cord 延長線 ★★
file holder 檔案夾；文件夾 ★★
filing cabinet 檔案櫃 ★★
in-house newspaper 公司內部刊物；社報 ★★
interactive pen 互動式簡報筆 ★
letter opener 拆信刀 ★★★
paper clip 迴紋針 ★★
pencil sharpener 削鉛筆機 ★★★
rubber band 橡皮筋 ★★★
smart board 電子白板 ★
smoke alarm 煙霧警報器 ★★
staple remover (釘書針)拔針器 ★★
swivel chair 旋轉椅 ★★
tape measure 卷尺 ★★

Chapter 9

貨物管理及採購
Cargo Management and Purchasing

1 物流後勤
Logistics

 學習範疇 貨物運送、運輸媒介、載貨量
非學不可的55個必考重點字

MP3
224

airfreight
[`ɛr. fret]
名 空運(貨物)
★ ★ ★

= air空中 + freight貨運 複

記憶TIP 航空貨運 = 空運(貨物)

例 The buyers have to pay for the airfreight.
買家必須支付空運費用。

arrive
[ə`raɪv]
動 抵達；到達
★ ★ ★ ★ ★

= ar到 + riv河 + e動作，動詞

記憶TIP 到達河岸 = 抵達；到達

例 Please make sure when the ship will arrive at the harbor.
請確認這艘船將於何時抵達海港。

assure
[ə`ʃʊr]
動 確認；確保
★ ★ ★ ★

= as使 + sure確定

記憶TIP 使其確定 = 確認；確保

例 The lorry drivers also have to assure customers sign their names after they get the package.
貨運司機也必須確保顧客在拿到包裹後簽名。

barrel
[`bærəl]
名 桶；一桶的量
★ ★ ★

= barr桶 + el物品，名詞

記憶TIP 以桶為單位 = 桶；一桶的量

例 Two barrels of soy sauce will be sent to your house this afternoon.
今天下午將會送兩桶醬油到你家。

built-in
[`bɪlt`ɪn]
形 內建的
★ ★ ★

= built建造 + in入內 複

記憶TIP 將東西建造在裡面＝內建的

例 The truck will have a built-in GPS for tracking customers' orders.

這輛卡車會有一套內建的衛星導航系統，以追蹤顧客的訂貨。

capacity
[kə`pæsətɪ]
名 容量；容積
★ ★ ★ ★

= cap拿 + acity能力，名詞

記憶TIP 能夠拿進來存放的量＝容量；容積

例 The capacity of this truck is too small for taking all our products.

這台卡車的容量太小，無法載送我們全部的產品。

cargo
[`kɑrgo]
名 (船/飛機/車裝載的)貨物
★ ★ ★ ★ ★

= carg裝載 + o物品，名詞

記憶TIP 所裝載的物品＝貨物

例 Our company's cargo will be unloaded from the ship later this afternoon.

我們公司的貨物會在今天下午近傍晚時從這艘船上卸下。

carrier
[`kærɪɚ]
名 1.運輸業者 2.運送人
★ ★ ★ ★

= carri運送 + er做…的人，名詞

記憶TIP 運送的人＝運輸業者；運送人

例 The carrier has to take all the responsibility for the missing cargo.

運輸業者必須對遺失的貨物負全責。

circulation
[ˌsɝkjə`leʃən]
名 流通
★ ★ ★

= circulat循環 + ion過程，名詞

記憶TIP 循環使其流通的過程＝流通

例 There were drugs in circulation in the school two years ago.

兩年前，校園裡有毒品流通。

confusion
[kən`fjuʒən]
名 困惑
★ ★ ★

= con一起 + fus倒 + ion結果，名詞

記憶TIP 都倒在一起了 = 困惑

例 The map shown on the GPS is great confusion to the lorry driver.
顯示在衛星導航上的地圖讓貨車司機十分困惑。

---

conjunction
[kən`dʒʌŋkʃən]
名 結合；連接
★ ★ ★

= con一起 + junct連接 + ion過程，名詞

記憶TIP 連接在一起的過程 = 結合；連接

例 I am not sure if it will be faster in conjunction with the local post office.
我不確定和當地的郵局結合是否會比較快。

---

considerable
[kən`sɪdərəbḷ]
形 相當多的；相當大的
★ ★ ★ ★

= con一起 + sider星星 + able能…的，形容詞

記憶TIP 所有的星星都能一起出現的 = 相當多的

例 It may take about ten people to carry this considerable sized box to the truck.
將這個尺寸相當大的箱子搬上卡車大約需要十個人。

---

consignee
[ˏkɑnsaɪ`ni]
名 到貨通知人；收件人
★ ★ ★

= con加強 + sign簽 + ee受…的人，名詞

記憶TIP 要簽收貨物的人 = 到貨通知人

例 I wrote down the wrong consignee on the parcel.
我把包裹的收件人寫錯了。

---

consignment
[kən`saɪnmənt]
名 委託；交付；運送
★ ★ ★

= consign委託 + ment過程，名詞

記憶TIP 委託的事 = 委託；交付；運送

例 There is a consignment of toys kept in the airport.
有一件託運玩具被扣留在機場。

consignor
[kənˋsaɪnə]
名 交寄者；寄件人
★

= **con加強** + **sign簽名** + **or做…的人，名詞**

記憶TIP 簽名寄件的人 = 交寄者；寄件人

例 The consignor signed in the wrong place.
交寄者簽錯了地方。

consolidation
[kənˏsaləˋdeʃən]
名 統一；合併
★ ★ ★

= **con一起** + **solid堅固** + **ation行為產物，名詞**

記憶TIP 一起變堅固 = 統一；合併

例 We may save some money after the consolidation of the shipment.
在合併貨運訂單後，我們也許能省一些錢。

---

container
[kənˋtenə]
名 貨櫃
★ ★ ★

= **con一起** + **tain包含** + **er物品，名詞**

記憶TIP 把貨物都裝在一起 = 貨櫃

例 We put our products in the containers last night.
我們在昨天晚上把產品放入貨櫃。

---

conveyer
[kənˋveə]
名 運輸裝置；傳送帶
★ ★

= **convey輸送** + **er物品，名詞**

記憶TIP 用來輸送的物品 = 運輸裝置；傳送帶

例 I need a mechanic to fix the conveyer for me before Wednesday.
我需要一位技工在星期三之前來幫我修理傳送帶。

---

customs
[ˋkʌstəmz]
名 1.海關 2.關稅
★ ★ ★ ★

= **cu加強** + **stoms習慣**

記憶TIP 加強在進出口上的習慣 = 海關；關稅

例 The cargo is kept in the customs area.
貨物被扣留在海關區。

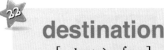

20 delay
[dɪˋle]
動 名 延遲
★ ★ ★ ★ ★

= **de去除** + **lay安置**

記憶TIP 把原本安置好的時間去除掉 = 延遲

例 Please inform our customers that their parcels will be delayed because of the typhoon.
請通知我們的顧客，他們的包裹會因為颱風而延誤。

21 delivery
[dɪˋlɪvərɪ]
名 送件；輸送
★ ★ ★ ★ ★

= **de從** + **liver使解放** + **y狀態，名詞**

記憶TIP 使貨物從一方解放到另一方 = 送件

例 This transportation company got about five hundred deliveries last week.
這間運輸公司上個星期收到了大約五百筆待送郵件。

22 destination
[ˌdɛstəˋneʃən]
名 目的地
★ ★ ★ ★

= **destin預定** + **ation動作或狀態，名詞**

記憶TIP 預定抵達的地方 = 目的地

例 Please write down the destination of this cargo clearly.
請清楚地寫下這個貨物的目的地。

23 detail
[ˋditel]
名 細節；詳情 **動** 詳述
★ ★ ★ ★ ★

= **de分開** + **tail剪**

記憶TIP 把複雜的狀況剪開 = 詳述

例 The new express man needs to know the details of the delivering process before he delivers the packages.
這位新的快遞人員需要在送貨之前先了解運送過程的細節。

24 dispatch
[dɪˋspætʃ]
動 快遞；發送
★ ★ ★ ★

= **dis擲出** + **patch塊/小片**

記憶TIP 把一小片東西擲出 = 快遞；發送

例 The express man was asked to dispatch this package to Taipei in four hours.
有人要這位快遞人員在四小時之內快遞包裹到台北。

distribute
[dɪ`strɪbjut]
動 寄送；配送
★ ★ ★ ★ ★

= **dis分開** + **tribute給**

記憶TIP 分開給東西 = 寄送；配送

例 The workers from the warehouse usually distribute goods to shops every morning.
倉庫裡的工人通常在每天早上配送商品到店家。

---

distribution
[ˌdɪstrə`bjuʃən]
名 寄送；分配
★ ★ ★ ★

= **dis分開** + **tribut(e)給** + **ion過程，名詞**

記憶TIP 分開給東西的過程 = 寄送；分配

例 We need someone to explain why the distribution was delayed.
我們需要有人來說明為何寄送會延遲。

---

distributor
[dɪ`strɪbjətɚ]
名 批發商
★ ★ ★

= **distribut分配** + **or做…的人，名詞**

記憶TIP 分配商品給零售商的人 = 批發商

例 John is a distributor of South African coffee, and he makes a lot of money.
約翰是個南非咖啡的批發商，他賺了很多錢。

---

diversion
[daɪ`vɝʒən]
名 轉移；轉向
★ ★ ★

= **di分開** + **vers轉** + **ion過程，名詞**

記憶TIP 分開轉到不同邊 = 轉移；轉向

例 We have to take diversions because of the flood.
由於水災，我們必須繞路。

---

ensure
[ɪn`ʃur]
動 保證；擔保
★ ★ ★ ★

= **en使** + **sure確實/有把握**

記憶TIP 使確定 = 保證；擔保

例 Because of the bad weather in the USA now, we cannot ensure the arrival time for this cargo.
由於美國目前的天氣較差，我們無法保證貨物的送達時間。

30

essential
[ɪ`sɛnʃəl]
形 必要的；必需的
★ ★ ★

= es強調 + sent存在 + ial…的，形容詞

記憶TIP 強調存在的必要性 = 必要的；必需的

例 It is essential to make our customers sign on this paper when they get the products.
讓顧客在收到產品時簽名在這張紙上是必要的。

31

flatcar
[`flæt͵kar]
名 平板車
★ ★

= flat平坦 + car車 複

記憶TIP 表面平坦的車 = 平板車

例 We hired a flatcar to carry our heavy machine to the factory.
我們租了一台平板車來載運我們的重機器到工廠去。

32

guarantee
[͵gærən`ti]
名 保證書；擔保 動 保證
★ ★ ★ ★

= guarant保證 + ee受…的物，名詞

記憶TIP 受到保證的物品 = 保證書

例 The transportation company guaranteed to deliver our cargo within a week.
運輸公司保證在一個星期內遞送我們的貨物。

33

inland
[`ɪnlənd]
形 內地的；內陸的
★ ★ ★

= in入內 + land土地

記憶TIP 在裡面的土地 = 內地的；內陸的

例 The lorry driver drove the inland roads to this country.
貨車司機行駛內陸道路到這個國家。

34

interchange
[͵ɪntə`tʃendʒ͵]
動 交換；互換
★ ★ ★

= inter相互 + change改變

記憶TIP 相互改變 = 交換；互換

例 They will send us the goods which we have interchanged with them tomorrow.
他們明天將會把我們跟他們交換的商品寄來。

 35

intermodal
[`ɪntə͵modl̩]
形 綜合運輸的
★

= inter相互 + mod方法 + al…的，形容詞

記憶TIP 相互交流的運送方法 = 綜合運輸的

例 The goods will be sent via intermodal transport.
這項商品會用綜合運輸的方式寄出。

 36

logistics
[lə`dʒɪstɪks]
名 物流；後勤
★★★★

= log木頭 + istics學術，名詞

記憶TIP 運送木頭的學問 = 物流；後勤

例 The logistics company we use is FedEx.
我們利用的物流公司是聯邦快遞。

 37

lorry
[`lɔrɪ]
名 卡車；貨車
★★

= lorr用力拉 + y器具，名詞

記憶TIP 可以用力拉貨物的車 = 卡車；貨車

例 The lorry driver was fired because of his drunk driving.
這位貨車司機因為酒醉駕駛而被開除。

 38

maximum
[`mæksəməm]
名 最大量 **形** 最大的
★★★

= max大 + im最…的 + um數量，名詞

記憶TIP 最大的數量 = 最大量

例 The truck can carry a maximum of fifty boxes of our products.
這台貨車最多可以載送五十箱我們的產品。

 39

minimum
[`mɪnəməm]
名 最小量 **形** 最小的
★★★

= min小 + im最…的 + um數量，名詞

記憶TIP 最小的數量 = 最小量

例 The minimum shipping fee is five hundred dollars.
運費最低金額是五百塊。

40

package
[`pækɪdʒ]
名 包裹;包
★ ★ ★ ★ ★

= pack繫緊 + age結果,名詞

記憶TIP 把貨物給繫緊 = 包裹;包

例 John has to report the missing package to his boss.
約翰必須向他的老闆報告遺失的包裹。

41

primary
[`praɪˌmɛrɪ]
形 首要的;主要的
★ ★ ★ ★

= prim首要的 + ary有關…的,形容詞

記憶TIP 首要的 = 首要的;主要的

例 In Taiwan, John is their primary customer.
約翰是他們在台灣的主要顧客。

42

protection
[prə`tɛkʃən]
名 1.保護 2.保護措施
★ ★ ★

= pro優先 + tect遮蓋 + ion過程,名詞

記憶TIP 優先遮蓋以避免危險 = 保護

例 We have to put something soft and light in between as protection for the glass.
我們必須在中間放一些輕軟的東西,當作是這個玻璃杯的保護措施。

43

rapidly
[`ræpɪdlɪ]
副 快速地;立即
★ ★ ★

= rapid迅速的 + ly…地,副詞

記憶TIP 迅速地動作 = 快速地;立即

例 The situation between these two departments had rapidly deteriorated.
這兩個部門之間的情勢已快速惡化。

44

ready
[`rɛdɪ]
形 準備好的
★ ★ ★ ★ ★

= read準備 + y有…的,形容詞

記憶TIP 有準備的 = 準備好的

例 When the packing is ready, you may post it in the local post office.
包裝完成後,你就可以在當地的郵局把它給寄出。

shipment
[`ʃɪpmənt]
名 裝運；裝載貨物
★ ★ ★ ★

= **ship運送** + **ment過程，名詞**

記憶TIP 運送的過程 = 裝運；裝載貨物

例 You may save on the shipping fee if you put all the small shipments together into one container.
如果你把所有的小件貨物放入同一個貨櫃，應該能省下一些運費。

shipper
[`ʃɪpɚ]
名 貨主；託運人
★ ★ ★

= **shipp運送** + **er做…的人，名詞**

記憶TIP 擁有運送貨物的人 = 貨主

例 Please phone the shipper and tell him that it will take a month for the delivery.
請電話通知貨主這次的運送將會花上一個月的時間。

shortage
[`ʃɔrtɪdʒ]
名 缺少；匱乏
★ ★ ★

= **short短缺** + **age結果，名詞**

記憶TIP 短缺、不足的結果 = 缺少；匱乏

例 Our government is looking for a solution on the shortage of water.
我們的政府正在為缺水尋找解決方案。

transport
[træn`spɔrt]
動 運送；運輸
★ ★ ★ ★

= **trans傳送** + **port搬運**

記憶TIP 從這裡搬到那裡 = 運送；運輸

例 We need to transport some food to that area.
我們需要運送一些食物到那個地區。

unload
[ʌn`lod]
動 卸貨
★ ★ ★ ★

= **un沒有** + **load裝載**

記憶TIP 把裝載的貨物卸除 = 卸貨

例 They will unload the goods from this vessel later.
他們稍後將會從這艘船艦上卸貨。

unsavory
[ʌn`sevərɪ]
形 1.討厭的 2.難聞的
★ ★

= **un沒有** + **savor風味** + **y有…的，形容詞**

記憶TIP 沒有味道的菜令人討厭 = 討厭的

例 The unsavory smell from that parcel makes people sick.
那個包裹的難聞氣味令人作嘔。

utilize
[`jutḷˌaɪz]
動 利用
★ ★ ★ ★

= **util有用的** + **ize使成為…，動詞**

記憶TIP 可以拿來用的 = 利用

例 We utilize airways as our transportation.
我們利用航空運輸。

vessel
[`vɛsḷ]
名 船；艦
★ ★

= **vess容器** + **el小物，名詞**

記憶TIP 可以容納很多小東西的船 = 船；艦

例 The products you ordered last week will be loaded onto the vessel tomorrow.
你上週訂購的產品會在明天裝載上船。

waterway
[`watəˌwe]
名 水路；航道
★ ★ ★

= **water水** + **way路/方法** **複**

記憶TIP 水上的路 = 水路；航道

例 Because of the flood, the waterway might be closed.
航道可能因為水災而關閉。

width
[wɪdθ]
名 寬度
★ ★ ★ ★

= **wid寬** + **th性質，名詞**

記憶TIP 寬廣度 = 寬度

例 The width of this parcel is wider than normal, so it would be very expensive to post to the UK.
這個包裹的寬度比正常的寬，所以寄到英國去的郵資會很貴。

55

within
[wɪˋðɪn]
介 在…以內；不超過
★ ★ ★ ★ ★

= with在 + in向內

記憶TIP 在裡面 = 在…以內；不超過

例 The cargo ship may arrive in your country within a week.
這艘貨船也許能在一週內抵達你的國家。

應考片語

air cargo 空運貨物 ★★★
airway bill 空運提單 ★★
arrival notice 到貨通知 ★★★★
commercial invoice 商業發票 ★★★★
container number 貨櫃號碼 ★★
customs broker 報關行 ★★★
export declaration 出口報單 ★★
gross weight 毛重；總重量 ★★★
import declaration 進口報單 ★★
local trucking 當地貨運業者 ★★
net weight 淨重 ★★★★
notify party 聯絡人 ★★
on board 在船上；在飛機上 ★★★★
packing list 裝箱單 ★★★
sign for the receipt 簽收(貨物) ★★★
take turns 輪流 ★★★★

常見縮寫

B/L 託運單；提單 = bill of lading ★★
ETA 預計到達時間 = estimated time of arrival ★★
L/C 信用狀 = letter of credit ★★★
POD 到貨證明 = proof of delivery ★★
S/O 裝運單；託運單 = shipping order ★★

2 存貨管理
Inventory Management

學習範疇 貨物分類、庫存記錄、檢理貨
非學不可的46個必考重點字

MP3 230

01 accuracy
[`ækjərəsɪ]
名 準確；正確
★ ★ ★ ★

= **ac對** + **cur注意** + **acy性質，名詞**

記憶TIP 對某物注意就會在意準確度 = 準確

例 It is very important to record the inventory with accuracy.
正確的記錄存貨是非常重要的。

02 accurately
[`ækjərɪtlɪ]
副 精確地；準確地
★ ★ ★

= **ac對** + **cur注意** + **ate做…** + **ly…地，副詞**

記憶TIP 對某物注意就會做到很精確 = 精確地

例 John can accurately tell you where to find the product you need.
約翰可以精確地告知你要找的產品在哪裡。

03 adequate
[`ædəkwɪt]
形 足夠的；足量的
★ ★ ★

= **ad往** + **equ相等** + **ate…性質的，形容詞**

記憶TIP 供應量和需求量是相等的 = 足夠的

例 We have adequate sugar in the warehouse.
我們的倉庫裡有足夠的糖。

04 allocation
[ˏælə`keʃən]
名 分配；配置
★ ★ ★

= **al到** + **locat位置** + **ion結果，名詞**

記憶TIP 到達一定的位置 = 分配；配置

例 We need more efficient allocation of human resources in our office.
我們的辦公室需要更有效率的人力配置。

05 ample
[`æmpḷ]
形 大量的；充裕的
★ ★ ★ ★

= **ampl大/寬** + **e…性質的，形容詞**

記憶TIP 又大又多的量 = 大量的；充裕的

例 This area needs an ample supply of food.
這個地區需要大量的食物供應。

06

assort
[ə`sɔrt]
動 把…分類
★ ★ ★ ★

= **as使** + **sort種類**

記憶TIP 使物品依種類放置 = 把…分類

例 Mary is in charge of assorting the products before sending them away.
瑪莉負責在寄出產品之前將產品分類。

07

assortment
[ə`sɔrtmənt]
名 分類；聚合物
★ ★ ★

= **as使** + **sort種類** + **ment過程，名詞**

記憶TIP 使物品依種類放置的過程 = 分類

例 The manager wants to know how many assortments there are in our warehouse.
經理想要知道我們的倉庫有幾種分類方式。

08

availability
[ə,velə`bɪlətɪ]
名 可得性；可用度
★ ★

= **avail有用** + **ability可…性，名詞**

記憶TIP 可以拿來用的 = 可得性

例 The warehouse keeper marked the availability in blue.
倉管員以藍色標示可得性。

09

backlog
[`bæk,lɔg]
名 存貨
★ ★

= **back後面** + **log物品**

記憶TIP 放在後面的東西 = 存貨

例 In order to prepare for the coming New Year, stores usually have a larger backlog.
為了迎戰即將到來的新年，商店通常會備有較大量的存貨。

10

calculation
[,kælkjə`leʃən]
名 計算；推測
★ ★ ★

= **calcul石頭** + **at(e)做…** + **ion過程，名詞**

記憶TIP 古代用石頭代替數字做計算 = 計算

例 The calculation of the amount of products in our warehouse will take about two days.
計算倉庫內的產品總數需要花大約兩天的時間。

catalog
[`kætəlɔg]
名 目錄；型錄 動 為…編目
★ ★ ★

= cata完全 + log物品

記憶TIP 完整說明產品內容的物品 = 目錄

例 We need a worker to catalog these products and sort them in a certain area.

我們需要一名工人來為這些產品編目，並將它們分類到特定的區域。

comprise
[kəm`praɪz]
動 包含；包括
★ ★ ★

= com一起 + prise拿取

記憶TIP 拿取後放在一起 = 包含；包括

例 The warehouse keeps lots of goods which comprise books, stationery, furniture and clothes.

倉庫裡存放許多商品，包含了書籍、文具用品、傢俱和衣服。

conserve
[kən`sɜv]
動 保存；節省
★ ★ ★

= con一起 + serve保持

記憶TIP 把東西存放在一起 = 保存；節省

例 Tom turned off the AC to conserve electricity.

湯姆關掉冷氣以省電。

consistency
[kən`sɪstənsɪ]
名 一致；符合
★ ★ ★

= con一起 + sist站 + ency狀態，名詞

記憶TIP 通通站在一起 = 一致；符合

例 There is no consistency between the list in our computer and the inventory record.

我們電腦上的清單和庫存記錄不一致。

currently
[`kɜəntlɪ]
副 目前；現在
★ ★ ★ ★

= curr流動 + ent有…性質的 + ly…地，副詞

記憶TIP 至今都還在流動地 = 目前；現在

例 There are currently thirteen cases of apples in the warehouse.

倉庫裡目前有十三箱蘋果。

deplete
[dɪ`plit]
動 用盡；使減少
★ ★ ★ ★

= **de減少** + **plete充滿**

記憶TIP 減少原本充足的數量 = 用盡；使減少

例 Our company plans to deplete the inventory of furniture.
我們公司打算要清空傢俱庫存。

---

diary
[`daɪərɪ]
名 日記；日誌
★ ★ ★

= **di日** + **ary功能，名詞**

記憶TIP 記錄日常的物品 = 日記；日誌

例 We are asked to keep a diary of events in the warehouse.
有人要我們每天記錄倉庫裡的情況。

---

eliminate
[ɪ`lɪmə,net]
動 排除；消除
★ ★ ★

= **e出/外** + **limin門檻** + **ate做…，動詞**

記憶TIP 隔絕在門檻之外 = 排除；消除

例 The item was eliminated from the inventory system after your purchase.
這項商品在你購買後已從庫存系統移除。

---

excess
[ɪk`sɛs]
形 過量的；過剩的 **名** 超過
★ ★ ★ ★

= **ex出** + **cess走**

記憶TIP 數量過多，必須往外移走 = 過量的

例 Those excess apples occupied our kitchen.
那些過剩的蘋果佔據了我們的廚房。

---

forklift
[`fɔrk,lɪft]
名 叉架起貨機
★ ★

= **fork分岔** + **lift抬起** **複**

記憶TIP 將物品抬起的分岔狀機器 = 叉架起貨機

例 There are ten forklifts in our warehouse but only four of the workers can operate them.
倉庫裡有十台叉架起貨機，但只有四位工人會操作。

21

frequently
[`frikwəntlɪ]
副 頻繁地；屢次地
★ ★ ★ ★

= frequ經常 + ent在…狀態的 + ly…地，副詞

記憶TIP 經常地 = 頻繁地；屢次地

例 Our boss asked us to check our inventory frequently.
老闆要求我們時時檢查庫存。

 22

hourly
[`aurlɪ]
副 每小時地
★ ★ ★ ★

= hour小時 + ly…地，副詞

記憶TIP 每一小時一次地 = 每小時地

例 We need to hire some hourly inventory workers as soon as possible.
我們需要儘快雇用一些計時庫存查貨工人。

 23

inventory
[`ɪnvən‚torɪ]
名 存貨清單；財產目錄
★ ★ ★ ★

= in內 + vent來 + ory物品，名詞

記憶TIP 將倉庫內存放的物品寫出來 = 存貨清單

例 Various products are shown in our inventory.
我們的存貨清單上有各式各樣的產品。

 24

itemize
[`aɪtəm‚aɪz]
動 分條列述；詳細列舉
★ ★

= item項目 + ize使成為…，動詞

記憶TIP 按照項目條列出所有物品 = 分條列述

例 The assistant has itemized the goods according to names.
助理依名稱詳細列出商品。

 25

minutely
[`mɪnɪtlɪ]
副 每隔一分鐘地；持續地
★ ★

= minute分鐘 + ly…地，副詞

記憶TIP 一分鐘接著一分鐘持續進行著 = 持續地

例 The worker checks the windows and doors minutely in the warehouse.
這個工人每分鐘檢查一次倉庫的門窗。

26

multiple
[`mʌltəpl̩]
形 複合的；多樣的
★ ★ ★ ★

= multi多 + ple…的，形容詞

記憶TIP 許多樣式的 = 多樣的

例 This is a warehouse with multiple functions.
這是一間多功能倉庫。

27

negligence
[`nɛglɪdʒəns]
名 疏忽；粗心
★ ★ ★

= neg不 + lig選擇 + ence狀態，名詞

記憶TIP 沒有好好做出選擇 = 疏忽；粗心

例 John's negligence caused the company a great loss.
約翰的粗心造成公司的極大損失。

28

negligent
[`nɛglɪdʒənt]
形 疏忽的；粗心的
★ ★ ★

= neg不 + lig選擇 + ent在…狀態的，形容詞

記憶TIP 沒有好好做出選擇的 = 疏忽的；粗心的

例 Mr. Brian had been negligent in giving the client wrong package.
布萊恩先生粗心大意，給了客戶錯誤的包裹。

29

obsolete
[`ɑbsə‚lit]
形 廢棄的；淘汰的
★ ★

= ob反 + sol太陽 + ete…的，形容詞

記憶TIP 背離太陽的照射 = 廢棄的；淘汰的

例 A waste management company has been hired to take care of the disposal of obsolete goods.
已雇用一家廢棄物處理公司來處理淘汰商品。

30

omission
[o`mɪʃən]
名 1.省略；刪除 2.疏漏
★ ★ ★ ★

= o離 + miss丟 + ion過程，名詞

記憶TIP 把東西給丟離開 = 省略；刪除；疏漏

例 Mandy had an accidental omission of a sales deal yesterday.
曼蒂昨天不小心漏報了一筆銷售。

31

pallet
[`pælɪt]
名 (搬貨用)托盤；貨板
★ ★

= **pall覆蓋** + **et小物，名詞**

記憶TIP 覆蓋著貨物的托板 = 托盤；貨板

例 We have to load the cases of apples to the pallet first.
我們必須先把一箱箱的蘋果搬上貨板。

 32

perishable
[`pɛrɪʃəbḷ]
形 易腐爛的；易腐敗的
★ ★ ★

= **perish死去** + **able易…的，形容詞**

記憶TIP 東西容易壞死的 = 易腐爛的

例 Mary forgot to put the perishable item in the freezer last night.
瑪莉昨晚忘了把易腐敗的物品放入冰櫃。

 33

preserve
[prɪ`zɝv]
動 保存；防腐
★ ★ ★

= **pre之前** + **serve保持**

記憶TIP 先保持下來 = 保存；防腐

例 Please tell us the way to preserve this perishable product.
請告訴我們這個易腐敗產品的保存方式。

 34

prioritize
[praɪ`ɔrə͵taɪz]
動 按優先順序處理
★ ★ ★

= **prior首要的** + **itize使成為…，動詞**

記憶TIP 先處理首要項目 = 按優先順序處理

例 Remember to prioritize their orders first.
記得優先處理他們的訂單。

 35

properly
[`prɑpəlɪ]
副 適當地；正確地
★ ★ ★ ★ ★

= **proper適當的** + **ly…地，副詞**

記憶TIP 適當地 = 適當地；正確地

例 Our boss was gratified to see that John handled this case properly.
看著約翰妥善處理這個案件，我們的老闆感到欣慰。

 36

quality
[`kwɑlətɪ]
名 質；品質
★ ★ ★ ★

= `qual某種特性的` + `ity性質，名詞`

記憶TIP 擁有某種特殊性質＝質；品質

例 I only buy cheap products, but my mother-in-law cares about the quality of the products very much.

我只買便宜貨，但是我婆婆相當在意產品的品質。

37

quantity
[`kwɑntətɪ]
名 量；數量
★ ★

= `quant多少` + `ity性質，名詞`

記憶TIP 量的多寡＝量；數量

例 We want to know the quantity of our products you have.

我們想知道你有我們多少數量的產品。

38

replenish
[rɪ`plɛnɪʃ]
動 把…裝滿；再補足
★ ★ ★

= `re再次` + `plen裝滿` + `ish使成為…，動詞`

記憶TIP 再次裝滿＝再補足

例 Amy was asked to replenish the shelf with soda in one hour.

艾咪受指示要在一小時內在貨架上補滿汽水。

39

stockroom
[`stɑk͵rum]
名 儲藏室
★ ★ ★

= `stock儲存` + `room房間` 複

記憶TIP 儲存物品的房間＝儲藏室

例 We do not have enough space in the stockroom, so we have to rent another place for storage.

我們的儲藏室空間不足，所以我們必須另外租用倉儲空間。

40

stocktaking
[`stɑk͵tekɪŋ]
名 庫存盤點
★ ★

= `stock存貨` + `tak拿` + `ing行為，名詞` 複

記憶TIP 把存貨拿出來清算＝庫存盤點

例 We have to do the stocktaking before Christmas.

我們必須在聖誕節之前進行庫存盤點。

41

store
[stor]
動 儲存；儲藏
★ ★ ★ ★ ★

= **stor儲存** + **e動作，動詞**

記憶TIP 儲存的動作 = 儲存；儲藏

例 The manager asked the workers to store different kinds of meats in different stockrooms.
經理要求工人把不同種類的肉放入不同的儲藏室。

42

sufficient
[sə`fɪʃənt]
形 足夠的；充分的
★ ★ ★ ★

= **suffici充分** + **ent在…狀態的，形容詞**

記憶TIP 在充分的狀態下 = 足夠的；充分的

例 They have sufficient rice supply for this area.
這個地區的稻米供應量充足。

43

superfluous
[su`pɜfluəs]
形 過剩的；多餘的
★ ★

= **super超越** + **flu流動** + **ous…性質的，形容詞**

記憶TIP 流動量超過的 = 過剩的；多餘的

例 We do not have any superfluous product left in our inventory.
我們的庫存中沒有留下多出來的產品。

44

surplus
[`sɜpləs]
名 過剩 **形** 過剩的；剩餘的
★ ★ ★ ★

= **sur超過** + **plus多**

記憶TIP 數量過多的狀態 = 過剩

例 Those farmers will gain more money from the surplus corn.
那些農夫將可從過剩的玉米中多賺一些錢。

45

unkempt
[ʌn`kɛmpt]
形 不整潔的；未整理的
★ ★

= **un不** + **kempt整潔的**

記憶TIP 不整潔的 = 不整潔的；未整理的

例 The unkempt products need to be sorted out.
未整理的產品需要整理一番。

warehouse
[ˋwɛrˏhaʊs]
名 倉庫；貨棧 動 存入倉庫
★ ★ ★

= ware貨品 + house房子 複

記憶TIP 存放貨品的房子 = 倉庫

例 I was busy warehousing the new books just now.
我剛剛忙著把新書放入倉庫。

應考片語

bar code 條碼 ★★★

bill of materials 所需材料清單(製造特定商品用) ★★

cold storage 冷藏 ★★

consignment store 寄賣店 ★

consumer goods 消費者產品 ★★

direct ship 由倉庫直送 ★★

do business with 與⋯有生意往來 ★★★

dry storage 乾貨貯存 ★★

hazardous classification 危險物品等級分類 ★

in stock 庫存有貨 ★★★★

inner pack 內包裝 ★★

inventory of supplies 供貨庫存 ★

out of stock 無庫存 ★★★★

periodic inventory system 定期盤點 ★

perpetual inventory system 永續盤點 ★

quantity in transit (指在各分公司間)運送中的貨物量 ★

quantity on hand 目前實際存貨量 ★★

quantity on order 可訂貨生產存貨量 ★★

receiving and issuing of supplies 供貨收送 ★

stock ledger card 庫存盤點帳 ★

storage cost 貯存成本 ★★

supply chain 供應鏈 ★★

tare weight 包裝重量 ★

total inventory 庫存總量 ★★

warehouse maintenance 庫房維護 ★★★

weight capacity 可承重量 ★★

3 採購 Procurement

MP3 235

01 article
[`ɑrtɪkḷ]
名 1.(物品的)一件 2.物品
★ ★ ★ ★

= art技巧 ＋ icle小物，名詞

記憶TIP 運用技巧製造的小物 ＝ 物品

例 After a day's shopping, she only bought one article.
逛了一整天的街，她只買了一件商品。

02 bargain
[`bɑrgɪn]
名 特價商品 動 討價還價
★ ★ ★

= bar排除 ＋ gain獲益

記憶TIP 排除賣方部分的獲益 ＝ 特價商品

例 It was a great bargain to buy this house at a low price.
用低價買到這間房子真是划算。

03 bazaar
[bəˋzɑr]
名 市場；商店街
★ ★ ★

= baza買 ＋ ar地方，名詞

記憶TIP 買東西的地方 ＝ 市場；商店街

例 We usually buy our food at this local bazaar near our house.
我們通常在家附近的這個當地市場購買食物。

04 cashier
[kæˋʃɪr]
名 收銀員
★ ★ ★

= cash現金 ＋ ier從事…的人，名詞

記憶TIP 從事現金交易的人 ＝ 收銀員

例 After giving the products to the cashier, I realized that I forgot to bring my wallet with me.
把商品交給收銀員之後，我才發現我忘了帶錢包。

clearance
[`klɪrəns]
名 清倉大拍賣
★ ★ ★

= clear清除 + ance情況，名詞

記憶TIP 把倉庫的存貨清除 = 清倉大拍賣

例 All of my family will go to the clearance in this shop this afternoon.
我們全家人今天下午會去逛這間商店的清倉大拍賣。

closeout
[`kloz,aut]
名 大拍賣；清倉銷售
★ ★

= close結束 + out向外 複

記憶TIP 結束營業前將庫存品對外賣出 = 大拍賣

例 We will start a closeout next Monday.
我們會從下週一開始舉辦清倉拍賣。

counter
[`kauntə]
名 櫃檯
★ ★ ★

= count計算 + er物品，名詞

記憶TIP 購物時計算價錢的地方 = 櫃檯

例 You can go to that counter to check in.
你可以到那個櫃檯辦理入住手續。

discount
[`dɪskaunt]
名 折扣 動 將…打折扣
★ ★ ★ ★

= dis不 + count計算

記憶TIP 不計價的部分 = 折扣

例 There is no discount on this product.
這個產品沒有打折。

discriminating
[dɪ`skrɪmə,netɪŋ]
形 有識別力的
★ ★

= dis離開 + criminat分辨 + ing使…的，形容詞

記憶TIP 有能力徹底分辨事物 = 有識別力的

例 My sister is very discriminating, so I like to show her the shoes I bought.
我妹妹的眼光非常好，所以我喜歡給她看我買的鞋。

drive-in
[`draɪv`ɪn]
名 得來速(開車點取餐服務)
★ ★

= drive開車 + in進來 複

記憶TIP 可以把車子開進來點餐的地方 = 得來速

例 We like to buy food from the drive-in of this restaurant.
我們喜歡在這家餐廳的得來速購買食物。

---

excruciating
[ɪk`skruʃɪˌetɪŋ]
形 使苦惱的
★ ★

= ex向外 + cruc十字 + (i)at做… + ing使… 的，形容詞

記憶TIP 在外面被釘上十字架 = 使苦惱的

例 Their son's scores were excruciating to them.
兒子的成績令他們苦惱。

---

expensive
[ɪk`spɛnsɪv]
形 昂貴的
★ ★ ★

= expens開銷 + ive有…性質的，形容詞

記憶TIP 要花很多錢(開銷很大)的 = 昂貴的

例 I have no idea why the houses in this area are so expensive.
我不理解為什麼這一區的房子這麼貴。

---

gift-wrap
[`gɪftˌræp]
動 用包裝紙包裝
★ ★

= gift禮物 + wrap包/纏繞 複

記憶TIP 把禮物給包起來 = 用包裝紙包裝

例 She gift-wraps the Christmas presents for her children every year.
她每年都幫孩子們包裝好聖誕禮物。

---

giveaway
[`gɪvəˌwe]
名 贈品 形 贈送的
★ ★ ★

= give給 + away遠離 複

記憶TIP 把東西給送走 = 贈送的

例 My son got a giveaway toothbrush after seeing the dentist.
我兒子在看完牙醫後得到一支牙刷贈品。

grocery
[`grosərɪ]
名 1.雜貨店 2.食品雜貨
★ ★ ★

= groc食品雜貨 + ery地方，名詞

記憶TIP 販賣食品雜貨的地方 = 雜貨店

例 When I was little, my mother used to ask me to buy soy sauce in this grocery.
小時候，我媽媽都會叫我去這家雜貨店買醬油。

half-price
[`hæf͵praɪs]
形 半價的
★ ★ ★

= half一半的 + price價錢 複

記憶TIP 一半的價錢 = 半價的

例 The half-price bread is not fresh.
那個半價的麵包不新鮮。

hand-picked
[`hænd`pɪkt]
形 精選的；手挑的
★ ★

= hand手 + pick挑 + ed有…的，形容詞 複

記憶TIP 用手精心挑選的 = 精選的；手挑的

例 My mother-in-law likes to buy hand-picked fruits and vegetables.
我婆婆喜歡買精選的蔬果。

harbinger
[`hɑrbɪndʒɚ]
名 通報者
★ ★

= har軍隊 + bing保護 + er做…的人，名詞

記憶TIP 受到軍隊保護的使者 = 通報者

例 We knew that Tony is one of the harbingers in the company.
我們知道湯尼是公司裡的通報者之一。

installment
[ɪn`stɔlmənt]
名 分期付款
★ ★ ★

= install調整/設置 + ment結果，名詞

記憶TIP 調整和分配付款方式 = 分期付款

例 We plan to pay this desk in installments.
我們打算用分期付款的方式來支付這張桌子的費用。

interested
[`ɪntərɪstɪd]
形 感興趣的
★ ★ ★ ★

= inter在中間 + est存在 + ed感到…的，形容詞

記憶TIP 在心中有存在感的 = 感興趣的

例 I am very interested in the house we saw yesterday.
我對於我們昨天看到的那棟房子非常感興趣。

latest
[`letɪst]
形 最新的；最近的
★ ★ ★ ★

= late晚的 + (e)st最…的，形容詞

記憶TIP 最晚期的(最靠近現在的) = 最新的

例 The latest price of this new product will be shown online.
這個新產品的最新價格將會在網路上公佈。

non-refundable
[ˌnɑnrɪ`fʌndəbl̩]
形 不可退貨的
★ ★ ★

= non無 + re回來 + fund現款 + able可… 的，形容詞 **複**

記憶TIP 不可以把錢拿回來的 = 不可退貨的

例 Please make sure you really want this chair since it is non-refundable.
請確定你真的想要這張椅子，因為它不能退。

outlet
[`aʊtˌlɛt]
名 商店；銷路
★ ★ ★ ★

= out外出 + let允許 **複**

記憶TIP 允許讓商品出去 = 商店；銷路

例 Joy likes to buy this company's products in its outlet store.
喬伊喜歡在這家公司的特賣商店購買它們的產品。

pattern
[`pætɝn]
名 圖案；花樣
★ ★ ★

= pat恰當的 + tern式樣

記憶TIP 設計得當的式樣 = 圖案；花樣

例 I really like the special pattern on my handbag.
我非常喜歡我的手提袋上的特別圖案。

payment
[`pemənt]
名 支付;付款
★ ★ ★ ★ ★

= **pay支付** + **ment過程,名詞**

記憶TIP 支付款項的過程 = 支付;付款

例 The payment can only be made in cash in this shop.
這家商店只能用現金付款。

---

prepaid
[pri`ped]
形 預付的
★ ★ ★

= **pre先前** + **paid已付的**

記憶TIP 先前就已付過款的 = 預付的

例 This telephone company provides a prepaid card for their clients.
這間電信公司為客戶提供預付卡。

---

priceless
[`praɪslɪs]
形 貴重的;無價的
★ ★ ★

= **price價錢** + **less沒有…的,形容詞**

記憶TIP 無法用金錢衡量的 = 貴重的;無價的

例 It is a priceless experience to see this cave with lots of fireflies.
看到這座充斥著螢火蟲的洞穴,真是個無價的體驗。

---

prime
[praɪm]
形 最好的;第一流的
★ ★ ★

= **prim第一** + **e…的,形容詞**

記憶TIP 第一的就是 → 最好的

例 John likes to eat the prime cuts of meat.
約翰喜歡吃上等肉品。

---

procurement
[pro`kjurmənt]
名 採購;獲得
★ ★ ★ ★

= **pro向前** + **cure留意** + **ment過程,名詞**

記憶TIP 一直留意的東西就是為了要 → 採購

例 We do not have people responsible for the procurement of vegetables.
我們沒有負責採購蔬菜的人。

purchase
[`pɝtʃəs]
名 購買；購買物 動 購買
★ ★ ★ ★ ★

= pur向前 + chase追求

記憶TIP 為了追求流行而買的東西 = 購買物

例 We purchased quite a lot of chairs and desks from your company.
我們跟貴公司購買了相當多的桌椅。

quotation
[kwo`teʃən]
名 報價；估價
★ ★ ★ ★

= quot開價 + ation行為產物，名詞

記憶TIP 開出預估的價格 = 報價

例 I got the quotation a week ago, and I will give you our order this week.
我在一週前收到了報價，這週會給你我們的訂單。

refund
[`ri.fʌnd]
名 退貨；退款
★ ★ ★ ★

= re回來 + fund現款

記憶TIP 把錢拿回來 = 退貨；退款

例 I am sorry; we do not provide tax refunds for our products.
很抱歉，我們的產品不提供退稅。

refuse
[rɪ`fjuz]
動 拒絕；不准
★ ★ ★ ★ ★

= re回 + fuse倒

記憶TIP 把要求往回倒 = 拒絕；不准

例 The salesman refused to cut down the price of this order.
業務員拒絕降低這份訂單的價格。

rip-off
[`rɪp.ɔf]
名 詐騙；敲竹槓
★ ★

= rip剝/撕扯 + off離開 複

記憶TIP 刻意剝削買家 = 詐騙；敲竹槓

例 The expensive hotel service is just a rip-off for me.
這種昂貴的飯店服務對我而言就像是敲竹槓。

shopper
[`ʃɑpɚ]
名 1.顧客 2.購物者
★ ★ ★

= shop購物 + (p)er做…的人，名詞

記憶TIP 購物的人 = 顧客；購物者

例 As one of the shoppers of this department store, I really like its shopping bags.
身為這間百貨公司的顧客，我非常喜歡它的購物袋。

showroom
[`ʃo,rum]
名 陳列室；商品展售空間
★ ★

= show展示 + room空間 複

記憶TIP 展示商品的空間 = 商品展售空間

例 We plan to put our new products in this showroom.
我們打算把新產品放進這間陳列室。

square
[skwɛr]
名 廣場
★ ★ ★

= s向外 + quare四

記憶TIP 從四面延伸出去的方形場地 = 廣場

例 This central square is usually packed with people in summer.
在夏天，這個中央廣場總是擠滿人潮。

unlimited
[ʌn`lɪmɪtɪd]
形 1.無限量的 2.無條件的
★ ★ ★

= un無 + limit限制 + ed有…的，形容詞

記憶TIP 沒有限制的 = 無限量的；無條件的

例 This restaurant provides unlimited rice for each customer.
這間餐廳無限量供應白飯給每位顧客。

unnecessary
[ʌn`nɛsə,sɛrɪ]
形 不必要的
★ ★ ★

= un無 + necessary必需的

記憶TIP 非必需的 = 不必要的

例 I think the second cell-phone is unnecessary for me.
我想我不需要第二支手機。

40

usually
[`juʒuəlɪ]
副 通常地
★ ★ ★ ★ ★

= usual通常的 + ly…地，副詞

記憶TIP 通常地 = 通常地

例 We usually go to the flower shop to buy roses and lilies.
我們通常會去那家花店買玫瑰花和百合花。

41

variety
[və`raɪətɪ]
名 多樣化；變化
★ ★ ★ ★

= vari變化 + ety狀態，名詞

記憶TIP 變化的狀態 = 多樣化；變化

例 Customers enjoy browsing the variety of hats in this shop.
顧客們喜歡在這家店裡逛逛各式帽款。

42

welcome
[`wɛlkəm]
形 受歡迎的 動 歡迎
★ ★ ★ ★

= wel好 + come來

記憶TIP 只要是來客就會被好好地招待 = 歡迎

例 Candy is always welcome among children.
糖果總是受到兒童的歡迎。

應考片語

bid price 投標價格 ★★★
by money order 用匯票付款 ★★
cash register 收銀機 ★★★
chain store 連鎖商店 ★★★
curb service 免下車購物服務(可將商品送至車上) ★
factory outlet 工廠附設商店(價格通常低廉) ★★★
for sale 出售中；待售 ★★★★
gift certificate 禮券 ★★★
large bill 大額紙鈔 ★★
list price 目錄上的定價 ★★
on sale 拍賣中的；出售中的 ★★★★
price tag 價格標籤 ★★★
purchase order 購買訂單 ★★★
small bill 小鈔 ★★

4 訂購處理
Ordering Process

學習範疇 訂單、供貨、銷貨、出貨追蹤
非學不可的40個必考重點字

---

acknowledge
[ək`nɑlɪdʒ]
動 1.承認 2.告知收到
★ ★ ★

= **ac向** + **know知道** + **ledge動作，動詞**

記憶TIP 向別人坦白知道的事 = 承認

例 Jason acknowledged that he had misplaced the order.
傑森承認他誤植了那筆訂單。

---

billion
[`bɪljən]
名 1.十億 2.大量；無數
★ ★ ★

= **bi兩次** + **llion百萬**

記憶TIP 百萬的二次方代表著 → 大量；無數

例 Our company always gets billions of orders before Chinese New Year.
本公司在農曆年前總是會接到大量的訂單。

---

certainly
[`sɝtənlɪ]
副 無疑地；確實
★ ★ ★

= **certain確定的** + **ly…地，副詞**

記憶TIP 確定地 = 無疑地；確實

例 The new product will certainly become popular in the toy market.
這項新產品必定會在玩具市場中受到歡迎。

---

classy
[`klæsɪ]
形 漂亮的；別緻的
★ ★ ★

= **class等級/品質** + **y有…的，形容詞**

記憶TIP 高等級、有品質的 = 漂亮的；別緻的

例 The cost will be over one thousand dollars for this classy hook.
這個精緻掛鉤要價超過一千元。

---

competitive
[kəm`pɛtətɪv]
形 有競爭力的
★ ★ ★

= **com一起** + **pet追求** + **itive具…性質的，形容詞**

記憶TIP 一起追逐競賽 = 有競爭力的

例 The new chair will be a great hit in the market with its competitive price.
這張具有價格競爭力的新椅子將會在市場上大賣。

06

complicated
[`kɑmplɪˌketɪd]
形 複雜的；難懂的
★ ★ ★

= **com一起** + **plic疊** + **ated被…的，形容詞**

記憶TIP 堆疊在一起的問題是 → 複雜的

例 It is complicated to come here to choose the products but order them online.
來這裡挑選產品但是卻要上網訂貨，真是複雜。

 07

confirm
[kən`fɝm]
動 確認；證實
★ ★ ★ ★

= **con完全** + **firm堅定的**

記憶TIP 完全堅定自己的答案 = 確認

例 I have confirmed the order already.
我已經確認過訂單了。

 08

continue
[kən`tɪnju]
動 繼續；持續
★ ★ ★ ★

= **con相互** + **tinu持/握** + **e動作，動詞**

記憶TIP 彼此之間持續互動 = 繼續；持續

例 We hope you can continue to provide this low-price product for us.
我們希望您可以持續供應這個低價產品給我們。

 09

convenient
[kən`vinjənt]
形 便利的；方便的
★ ★ ★ ★

= **con一起** + **ven來** + **ient有…性質的，形容詞**

記憶TIP 一起過來，在處理上是比較 → 便利的

例 People like to pay with credit cards because it is more convenient.
人們喜歡刷卡付款，因為較為便利。

 10

deadline
[`dɛdˌlaɪn]
名 截止期限；最後期限
★ ★ ★ ★ ★

= **dead不通行的** + **line線** 複

記憶TIP 過了這條線就不能再進行了 = 截止期限

例 Luckily, he put money into the bank right before the deadline.
他幸運地在期限截止前把錢存入銀行。

definitely
[`dɛfənɪtlɪ]
副 確切地；肯定地
★ ★ ★ ★

= de加強 + fin界限 + itely…地，副詞

記憶TIP 強調界限，劃分清楚 = 確切地

例 The books which I ordered online are definitely lost.
我在網路上訂的書肯定是弄丟了。

deteriorate
[dɪ`tɪrɪəˌret]
動 惡化；(品質)下降
★ ★

= de向下 + terior土地 + ate做…，動詞

記憶TIP 土地的產值往下降 = 惡化；(品質)下降

例 After the flood, the quality of their wooden products deteriorated.
水災過後，他們的木製品品質下降。

estimated
[`ɛstəˌmetɪd]
形 估計的；概估的
★ ★ ★

= estimate估算 + ed有…的，形容詞

記憶TIP 有估算過的 = 估計的；概估的

例 An estimated sum of the order is twenty thousand dollars.
這筆訂單的總額估計是兩萬元。

facade
[fə`sad]
名 表面；外觀
★ ★ ★

= fac面部 + ade狀態，名詞

記憶TIP 面部呈現的狀態 = 表面；外觀

例 He bought a lot of flowers to maintain a facade of wealth.
他買下許多花，以維持表面上的富裕。

fretful
[`frɛtfḷ]
形 煩惱的；焦躁的
★ ★

= fret煩惱 + ful多…的，形容詞

記憶TIP 充滿煩惱的 = 煩惱的；焦躁的

例 Stephanie was very fretful about her online order.
史蒂芬妮對於她的網路訂購感到十分焦躁。

16

gingerly
[`dʒɪndʒəlɪ]
形 副 極為謹慎的(地)
★ ★

= **ging角** + **er物品** + **ly…地，副詞**

記憶TIP 古代用角來傳達軍令 = 極為謹慎地

例 Please deal with these overseas orders gingerly.
請謹慎處理這些海外訂單。

 17

handle
[`hændl]
動 處理；對待
★ ★ ★ ★

= **hand手** + **le動作/過程，動詞**

記憶TIP 用手去做 = 處理；對待

例 Customers' orders are always handled with care.
顧客的訂單總是受到仔細的處理。

 18

intercept
[ˌɪntə`sɛpt]
動 攔截；截取
★ ★ ★

= **inter在中間** + **cept取得**

記憶TIP 從中間取得 = 攔截；截取

例 John successfully intercepted the vicious virus.
約翰成功地攔截了惡意病毒。

 19

missing
[`mɪsɪŋ]
形 遺失的；失蹤的
★ ★ ★

= **miss錯失** + **ing使…的，形容詞**

記憶TIP 因錯過而失去的 = 遺失的；失蹤的

例 Sorry to hear that your package is missing. Write to us if you need any help.
得知您的包裹遺失，我們很遺憾。如需協助請來信。

 20

noisome
[`nɔɪsəm]
形 有害的；有礙健康的
★ ★

= **noi使討厭** + **some產生…的，形容詞**

記憶TIP 令人產生厭惡的 = 有害的

例 I cannot believe that John bought that noisome vapor machine.
我真不敢相信約翰買了那台有礙健康的噴霧機。

official
[əˋfɪʃəl]
形 官方的；正式的
★ ★ ★ ★

= of去 + fic做事 + ial…的，形容詞

記憶TIP 具有實際執行效力的 = 官方的

例 They only provide goods for their official franchises.
他們只供貨給官方加盟店。

optimal
[ˋɑptəməl]
形 最理想的
★ ★ ★

= optim希望/選擇 + al…的，形容詞

記憶TIP 選擇自己希望的就是 → 最理想的

例 The optimal way to order their products is via the Internet.
訂購他們的產品最理想的方式就是透過網路。

otherwise
[ˋʌðɚˏwaɪz]
副 1.在其他方面 2.否則
★ ★ ★ ★

= other其他 + wise就…而言，副詞

記憶TIP 就其他情況而言 = 在其他方面

例 Please send the products before this Friday. Otherwise, we may cancel our order.
請在本週五前寄出產品，否則我們可能會取消訂單。

overlook
[ˏovɚˋluk]
動 看漏；忽略
★ ★

= over從上 + look看

記憶TIP 由上往下俯瞰，有可能會 → 看漏；忽略

例 Don't overlook any customer in our shop.
不要忽略我們店裡的任何一位顧客。

particular
[pɚˋtɪkjəlɚ]
形 特有的；獨特的；特定的
★ ★ ★

= parti分開/部分 + cular…的，形容詞

記憶TIP 把特殊的部分分出來 = 特有的

例 Before you send out the products, please check them with particular care.
在你把產品寄出之前，請特別仔細地檢查。

26

pittance
[`pɪtn̩s]
名 極少量的錢
★ ★

= **pit(t)小坑洞** + **ance狀態，名詞**

記憶TIP 僅能裝滿小坑洞的金額 = 極少量的錢

例 Those employees got not only a pittance of money, but they also worked overtime.
那些員工不僅只獲得微薄的薪資，而且還超時工作。

27

quite
[kwaɪt]
副 相當地
★ ★ ★ ★ ★

= **quit離開** + **e…地，副詞**

記憶TIP 離開需要相當大的勇氣 = 相當地

例 He doesn't quite understand the procedure of booking a flight ticket online.
他不太了解上網訂購機票的程序。

28

resolve
[rɪ`zɑlv]
動 解決；解答
★ ★ ★

= **re再次** + **solve解決**

記憶TIP 再次解決問題 = 解決；解答

例 John is in charge of resolving all the problems from our customers.
約翰負責解決我們顧客的所有問題。

29

retrieval
[rɪ`trivl̩]
名 取回；找回
★ ★ ★

= **re再次** + **triev找到** + **al行為，名詞**

記憶TIP 再次把東西找來 = 取回；找回

例 After the retrieval of the goods, the procedure will be completed.
在取回商品後，該程序將告完成。

30

retrieve
[rɪ`triv]
動 收回；重新得到
★ ★

= **re再次** + **triev找到** + **e動作，動詞**

記憶TIP 再次找到 = 收回；重新得到

例 Please retrieve the order that we placed last week.
請收回我們上個星期下的訂單。

31

summary
[`sʌmərɪ]
名 摘要；簡述
★ ★ ★ ★

= **summ概述** + **ary與…有關的物品，名詞**

記憶TIP 重點式概述 = 摘要；簡述

例 You will get the order summary right after you place the order.
在你下好訂單之後，你將會收到訂單摘要。

32

supply
[sə`plaɪ]
動 名 供應
★ ★ ★ ★ ★

= **sup在下面** + **pl補給** + **y狀態，名詞**

記憶TIP 由下往上不斷地補充 = 供應

例 Our company supplies many kinds of chairs.
本公司供應多種款式的椅子。

33

surcharge
[`sɝ.tʃɑrdʒ]
名 額外費用；附加費用
★ ★ ★

= **sur在上面** + **charge收費**

記憶TIP 另外加上去的費用 = 額外費用

例 You have to pay tax surcharges for this imported car.
你必須為這輛進口車繳納額外的稅金。

34

temporarily
[`tɛmpə.rɛrəlɪ]
副 暫時地
★ ★ ★ ★

= **tempor時間** + **ari有關…的** + **ly…地，副詞**

記憶TIP 有時間限制地 = 暫時地

例 The table you ordered will be kept in our office temporarily. After you finish the payment, it will be sent to you.
您訂購的桌子會暫時保留在我們的辦公室，待您付清貨款後就會寄出。

35

tenacious
[tɪ`neʃəs]
形 堅持的；堅韌的
★ ★

= **ten保持/握住** + **acious具…性質的，形容詞**

記憶TIP 緊緊地握住 = 堅持的

例 John won this order with his tenacious heart.
約翰以他堅定的意志贏得了這筆訂單。

unless
[ʌn`lɛs]
連 如果不；除非…
★ ★ ★ ★

= un不 + less很少

記憶TIP 在幾乎不曾發生的少數情況下 = 除非…

例 Unless you pay half of your order as the deposit, we won't send you the products.
除非你先付一半的費用當作訂金，否則我們不會把產品寄給你。

update
[ʌp`det]
動 更新(資訊)
★ ★ ★

= up向上 + date日期

記憶TIP 按日丟上最新資訊 = 更新(資訊)

例 I need to update my software on this computer.
我需要更新這台電腦上的軟體。

valid
[`vælɪd]
形 合法的；有效的
★ ★ ★

= val強 + id…的，形容詞

記憶TIP 因為合法而擁有強大的力量 = 合法的

例 The service is valid after you pay.
在你付費後，服務便生效。

validate
[`vælə,det]
動 使有效；使生效
★ ★ ★

= valid有效的 + ate做…，動詞

記憶TIP 使變成有效的動作 = 使有效；使生效

例 After we get your service card, the free after-sale service of this product will be validated.
在我們收到你的服務卡後，這項產品的免費售後服務便生效。

yearly
[`jɪrlɪ]
形 一年一度的 名 年刊
★ ★ ★

= year年 + ly…性質的，形容詞

記憶TIP 以年為單位的 = 一年一度的

例 Both of my parents will attend this yearly company sale.
我的雙親都會參加這家公司的年度拍賣。

5 單據憑證
Invoices and Vouchers

學習範疇 收據、發票、帳單、付款通知
非學不可的46個必考重點字

---

abreast
[ə`brɛst]
副 (朝同一方向)並列；並排
★ ★ ★

= **a(b)朝** + **breast胸部**

記憶TIP 胸前朝著同一個方向 = 並列；並排

例 Please put all the tickets abreast.
請把所有的票券朝同一方向排列。

---

amortization
[ə,mɔrtaɪ`zeʃən]
名 分期償還
★ ★

= **a去** + **mort殺** + **iz使成為…** + **ation行為產物，名詞**

記憶TIP 把一大筆債務殺成好幾分來 → 分期償還

例 Please do not show the amortization of this payment in the invoice.
請勿在發票上顯示這個款項的分期償還方式。

---

applicable
[`æplɪkəbḷ]
形 合用的；合適的
★ ★ ★

= **applic運用** + **able可…的，形容詞**

記憶TIP 可以運用的 = 合用的；合適的

例 Please complete this payment within seven days of receipt of an applicable invoice.
請在收到有效發票後的七日內完成付款。

---

approximately
[ə`prɑksəmɪtlɪ]
副 大約地；接近地
★ ★ ★ ★

= **ap向** + **prox近** + **im最…的** + **ate…性質的** + **ly…地，副詞**

記憶TIP 最靠近目標地 = 大約地；接近地

例 You may get your invoice within approximately ten days.
你會在大約十天內收到發票。

05

available
[ə`veləbḷ]
形 可用的；可獲得的
★ ★ ★ ★

= avail有用 + able可⋯的，形容詞

記憶TIP 可以用的 = 可用的；可獲得的

例 After completing the payment, the invoice is available for you to see online.
付款完成後，您可上網查看發票。

 06

before
[bɪ`for]
介 在⋯以前
★ ★ ★ ★

= be在 + fore之前

記憶TIP 在某事之前 = 在⋯以前

例 Please fill in the information you want before we give you the invoice.
請在我們開立發票之前，填妥你想要的資訊。

 07

belated
[bɪ`letɪd]
形 誤期的；太遲的
★ ★ ★

= be是 + late晚的 + d有⋯的，形容詞

記憶TIP 是太晚的 = 誤期的；太遲的

例 Can I give you the belated invoice back?
我可以把遲開的發票還給你嗎？

 08

conscientiously
[ˌkɑnʃɪ`ɛnʃəslɪ]
副 憑良心地
★ ★ ★

= conscient良心/良知 + ious具⋯性質的 + ly⋯地，副詞

記憶TIP 具備良知地 = 憑良心地

例 He returned the invoice conscientiously without saying a word.
他一句話也沒說，憑良心歸還了發票。

 09

consist
[kən`sɪst]
動 由⋯組成
★ ★ ★ ★

= con一起 + sist站

記憶TIP 站在一起 = 由⋯組成

例 This invoice consists of the items you bought, the date you bought them, the payment method and total.
這張發票是由你所購買的品項、購買日期、付款方式和總金額所組成。

508

coupon
[`kupɑn]
名 折扣券
★ ★ ★ ★

= coup切 + on在上面

記憶TIP 把上面的價錢切掉一部分 = 折扣券

例 We will put food coupons in the envelope together with the invoice.
我們會把食物折扣券連同發票一起放入信封。

deeply
[`diplɪ]
副 強烈地；深刻地
★ ★ ★ ★

= deep深的 + ly…地，副詞

記憶TIP 深深地 = 強烈地；深刻地

例 I told my coworkers about the missing invoice, and they were deeply surprised.
我告訴同事們發票遺失的事，他們深感驚訝。

deletion
[dɪ`liʃən]
名 刪除
★ ★ ★

= delet清掉/刪去 + ion過程，名詞

記憶TIP 把物品清掉 = 刪除

例 It is not allowed to ask for deletion of any information on the invoice.
要求刪除發票上的任何資訊是不被允許的。

description
[dɪ`skrɪpʃən]
名 形容；說明
★ ★ ★

= de向下 + script寫 + ion結果，名詞

記憶TIP 寫下相關的敘述 = 形容；說明

例 The description of the products you bought is shown on the invoice.
你所購買的產品會顯示在發票上。

directly
[də`rɛktlɪ]
副 直接地
★ ★ ★ ★

= direct直接的 + ly…地，副詞

記憶TIP 直接地 = 直接地

例 Please send the invoice to me directly.
請直接把發票寄給我。

enable
[ɪn`ebḷ]
動 使能夠；使有能力
★ ★ ★ ★

= **en 使** + **able 可…的，形容詞**

記憶TIP 是可以辦到的 = 使能夠；使有能力

例 Our company enables a partial payment to be an invoice.
本公司可以為部分付款開立發票。

---

erase
[ɪ`res]
動 消除；刪除
★ ★ ★

= **eras 刮掉** + **e 動作，動詞**

記憶TIP 刮掉的動作 = 消除；刪除

例 Only John has the power to erase the invoice records.
只有約翰有權刪除發票記錄。

---

erasure
[ɪ`reʃɚ]
名 擦去；消除
★ ★ ★

= **eras 刮掉** + **ure 過程，名詞**

記憶TIP 刮掉的過程 = 擦去；消除

例 This invoice is invalid because of a small erasure on the date.
這張發票因為日期上的小刪改而無效。

---

flawed
[flɔd]
形 有缺陷的；錯誤的
★ ★ ★

= **flaw 裂縫** + **ed 有…的，形容詞**

記憶TIP 有裂縫的 = 有缺陷的；錯誤的

例 We got a flawed invoice from their company, and we will return it to them tomorrow.
我們收到了一張他們公司寄來的錯誤發票，並將於明天退回。

---

footer
[`futɚ]
名 信末註語
★ ★ ★

= **foot 腳** + **er 物品，名詞**

記憶TIP 腳=末端，信件末端的字句 = 信末註語

例 The footer in this invoice is not very clear, so I need you to resend one.
這張發票的末端註語不太清楚，所以我需要你再寄一份。

header
[`hɛdə]
名 信首註語
★ ★ ★

= head頭 + er物品，名詞

記憶TIP 頭=首部，信件起首的字句 = 信首註語

例 The invoice number, date and customer's name will be shown on the header of the invoice.
發票編號、日期和顧客名稱將顯示於發票的起首註語。

---

indicate
[`ɪndə,ket]
動 指示；指出
★ ★ ★

= in入內 + dic說 + ate做…，動詞

記憶TIP 把內心的意向說出來 = 指示；指出

例 This big red circle in the invoice indicates dissatisfactions with the payment method from my boss.
發票上的紅色大圓圈代表著老闆不滿意付款的方式。

---

individual
[,ɪndə`vɪdʒuəl]
形 個別的；個人的 名 個人
★ ★ ★

= in無法 + divid分 + ual…的，形容詞

記憶TIP 已經無法再細分的 = 個別的；個人的

例 We provide an individual number for every invoice.
我們的每張發票各有一組個別號碼。

---

inform
[ɪn`fɔrm]
動 通知；告知
★ ★ ★ ★

= in入內 + form形式/方式

記憶TIP 向內傳達處理方式 = 通知；告知

例 John informed his customers to complete their payment within seven days.
約翰通知他的顧客要在七天內完成付款。

---

invoice
[`ɪnvɔɪs]
名 發票；發貨單
★ ★ ★

= in(=on)在上面 + voi路 + ce物品，名詞

記憶TIP 通知貨品已上路的單據 = 發票

例 We would like to know when we can receive the invoice.
我們想知道何時可以收到發票。

25

long-range
[`lɔŋ͵ rendʒ]
形 長期的
★ ★

= long長的 + range範圍 複

記憶TIP 時間範圍長的 = 長期的

例 We prefer to have a long-range cooperation with the same company.
我們傾向和同一家公司長期合作。

26

namely
[`nemlɪ]
副 即；那就是
★ ★ ★

= name名字 + ly…地，副詞

記憶TIP 所謂的名字就是… = 即；那就是

例 We expect to get the products before August second, namely next Monday.
我們希望能在八月二號，也就是下週一前收到產品。

27

normally
[`nɔrmlɪ]
副 通常地；照慣例地
★ ★ ★

= normal正常的 + ly…地，副詞

記憶TIP 和正常狀態一樣地 = 通常地；照慣例地

例 Normally, we get our monthly invoice from them before the twenty-eighth of every month.
我們通常會在每個月的二十八號之前收到他們公司的月結發票。

28

notice
[`notɪs]
名 通知；通知單 動 告知
★ ★ ★ ★

= not注意 + ice性質，名詞

記憶TIP 內容為提醒注意的東西 = 通知單

例 Please disregard this notice if you have paid the bill.
若您已付清帳款，請忽略本通知。

29

ongoing
[`ɑn͵ goɪŋ]
形 進行中的
★ ★

= on在 + go走 + ing使…的，形容詞

記憶TIP 正在走的 = 進行中的

例 It will become one of our ongoing services to provide monthly invoices to our major customers.
提供月結發票給主要顧客將成為我們現行的服務之一。

30
purpose
[`pɜpəs]
名 1.目的 2.用途
★ ★ ★ ★

= pur向前 + pose放置

記憶TIP 將欲達成的目標往前放 ＝ 目的

例 Informing buyers about the details of their purchases is one of the purposes of invoices.
發票的目的之一是通知買方其購買的細目。

31
receipt
[rɪ`sit]
名 收據
★ ★ ★

= recei收到 + pt支付

記憶TIP 證明已收到付款的單據 ＝ 收據

例 You will get a receipt after you have paid for your purchase.
在你付清帳款後，會拿到一張收據。

32
recipient
[rɪ`sɪpɪənt]
名 收件人；接收者
★ ★ ★

= recipi(=recei)收到 + ent…的人，名詞

記憶TIP 收到東西的人 ＝ 收件人；接收者

例 Please correct the recipient's name on the invoice for us and send it back soon.
請協助更正發票收件人的姓名，並請儘速寄回。

33
record
[`rɛkəd]
名 記錄；記載
★ ★ ★ ★

= re再次 + cord心

記憶TIP 於心中不停反覆 ＝ 記錄；記載

例 The record of your purchase will be kept on our website for three years.
您的購買記錄將會在本公司的網站上保留三年。

34
registration
[ˌrɛdʒɪ`streʃən]
名 註冊
★ ★ ★

= registr登記 + ation行為產物，名詞

記憶TIP 登記的行為 ＝ 註冊

例 After registration, you will be able to buy our products online.
註冊後，您將可以上網購買我們的產品。

35

request
[rɪ`kwɛst]
名 要求;請求 動 做出請求
★ ★ ★ ★

= re回 + quest詢問

記憶TIP 來回反覆地詢問 = 要求;請求

例 Our customers requested that the invoices be sent two days after they ordered.
我們的顧客要求在訂購完成後的兩天寄出發票。

36

retain
[rɪ`ten]
動 保留;留住
★ ★ ★

= re再次 + tain握住

記憶TIP 再次把東西握住 = 保留;留住

例 Please retain the invoices at least one year.
請保留發票至少一年的時間。

37

shorten
[`ʃɔrtn̩]
動 縮短;減少
★ ★ ★

= short短的 + en使變成…,動詞

記憶TIP 使變成短的 = 縮短;減少

例 Your company's name is too long. Can you please shorten it so that we can have space to write your address on the envelope?
貴公司的名字太長了。可否請您縮短,以便讓信封上有空間填寫貴公司的地址呢?

38

sorry
[`sɑrɪ]
形 感到抱歉的;遺憾的
★ ★ ★ ★

= sorr悲痛 + y有…的,形容詞

記憶TIP 懷有悲痛的 = 感到抱歉的;遺憾的

例 We are sorry about your missing package.
我們對於您的包裹遺失感到遺憾。

39

specify
[`spɛsə,faɪ]
動 具體指出;詳細說明
★ ★ ★

= speci種類 + fy使成為…,動詞

記憶TIP 具體指明種類的動作 = 具體指出

例 Please specify the price on the invoice.
請在發票上明確標示出價格。

subtotal
[`sʌbtotl]
名 部分和；小計
★★★

= sub次要的 + total總和

記憶TIP 次一級的總和 = 部分和；小計

例 What is the subtotal of our order?
我們的訂單小計為多少？

therefore
[`ðɛr,for]
副 因此；所以
★★★★

= there那裡 + fore之前/先前

記憶TIP 先在那裡交代前因，接下來要說明後果 = 因此；所以

例 We have completed the payment; therefore, I expect to get our products within a week.
我們已完成付款，因此我希望能在一週內收到產品。

undercharge
[,ʌndɚ`tʃɑrdʒ]
名 收費過低
★★

= under少於/低於 + charge收費

記憶TIP 收費低於應有水準 = 收費過低

例 Please fix the undercharges and overcharges on the invoices.
請修正發票上收費過低和超收費用的問題。

value
[`vælju]
動 估價；評估 名 價值
★★★★

= valu價值 + e動作，動詞

記憶TIP 評定價值的動作 = 估價；評估

例 The value of the parcel is one of the important pieces of information that you have to fill out on the form.
包裹價值是必須填寫在表格裡的重要資訊之一。

vendor
[`vɛndɚ]
名 1.小販 2.賣方
★★★

= vend販賣 + or做…的人，名詞

記憶TIP 從事販售的人 = 小販；賣方

例 The vendor forgot to give me the voucher.
那個小販忘了給我收據。

45

voucher
[`vautʃɚ]
名 證書；收據
★ ★ ★

= **vouch作證** + **er物品，名詞**

記憶TIP 證明已付費的物品 = 證書；收據

例 You will get a voucher together with our products tomorrow.
明天你會連同我們的產品一起收到一張收據。

46

warranty
[`wɔrəntɪ]
名 保證書
★ ★ ★

= **warrant授權/證書** + **y物品，名詞**

記憶TIP 授權提供保證的物品 = 保證書

例 Please note that there is a warranty in the bottom of the box as well.
請留意箱子的底部還會有一張保證書。

應考片語

actual price 實際售價 ★★★
as stated 如所述 ★★★
bond invoice 發票保證金 ★
clerical mistake 書記錯誤 ★
debit note 扣款通知書 ★★
due to 由於；因為 ★★★★★
in return 作為回報 ★★★
instead of 而非；而不是 ★★★★
itemized list 條列物品清單 ★★
payment terms 付款方式 ★★
security fee 安檢費 ★★
such as 例如 ★★★★★
unit of measure 計量單位 ★★

常見縮寫

COD 貨到付款 = **cash on delivery** ★★
E&OE 如有錯漏，可予更改 = **errors and omissions expected** ★★★

Chapter 10

製造及技術領域
Manufacturing and Technical Areas

1 製造設備
Manufacturing Equipment

2 廠房地產
Plant and Property

3 原物料
Raw Materials

4 生產製造
Production and Manufacturing

5 技術革新
Technological Innovation

1 製造設備
Manufacturing Equipment

 學習範疇　機器、工具、維修與操作安全
非學不可的49個必考重點字

MP3 249

accelerate
[æk`sɛlə‚ret]
動 加速；使增速
★ ★ ★

= **ac去** + **celer快速** + **ate做…，動詞**

記憶**TIP** 去將速度加快 = 加速；使增速

例 John asked us to accelerate the machine immediately.
約翰要求我們馬上加速這台機器。

---

advanced
[əd`vænst]
形 先進的；高級的
★ ★ ★ ★

= **ad在** + **vance之前** + **d有…的，形容詞**

記憶**TIP** 走在別人之前的 = 先進的

例 Our factory has advanced machines for making cellphones.
本工廠擁有製作手機的先進設備。

---

apparatus
[‚æpə`rætəs]
名 器械；儀器
★ ★ ★

= **ap去** + **par準備** + **atus物品，名詞**

記憶**TIP** 製造前要先準備好的物品 = 器械；儀器

例 Only Hank can fix this precision apparatus.
只有漢克會修理這台精密儀器。

---

automation
[‚ɔtə`meʃən]
名 自動操作；自動化
★ ★ ★

= **auto自己** + **mat動** + **ion過程，名詞**

記憶**TIP** 自行運作的狀態 = 自動操作；自動化

例 The experts said that the automation of the factory will increase its productivity.
專家說工廠的自動化將能提高生產力。

---

axle
[`æksḷ]
名 (機器的)輪軸
★ ★ ★

= **ax軸** + **le小物，名詞**

記憶**TIP** 當成機器軸心的小物 = 輪軸

例 The axle of this machine needs to be replaced.
這台機器的輪軸需要更換。

barometer
[bə`ramətə]
名 氣壓計；晴雨表
★★★★

= `baro重量` + `meter測量`

記憶TIP 測量空氣重量的儀器 = 氣壓計；晴雨表

例 The air pressure can be measured by a barometer.
氣壓可以藉由氣壓計來測量。

centrifuge
[`sɛntrə,fjudʒ]
名 離心機
★★

= `centri中心` + `fuge逃離`

記憶TIP 逃離中心 = 離心機

例 After taking out the tube from the centrifuge, we still have to wait for two hours to get the result.
把試管從離心機取出之後，我們仍需等待兩個小時才能知道結果。

component
[kəm`ponənt]
名 零件；成分 **形** 構成的
★★★★

= `com一起` + `pon放置` + `ent物品，名詞`

記憶TIP 被放在一起的物品 = 零件；成分

例 This machine consists of thousands of components.
這台機器是由上千個零件所組成。

consecutive
[kən`sɛkjətɪv]
形 連續不斷的；連貫的
★★★★

= `con一起` + `secut順序` + `ive…性質的，形容詞`

記憶TIP 一起按順序接續進行 = 連續不斷的

例 The machine has worked for eight consecutive days.
這台機器已連續運轉了八天。

device
[dɪ`vaɪs]
名 儀器；裝置；設備
★★★★

= `de分開` + `vice看見`

記憶TIP 讓想要的成果被看到 - 儀器；設備

例 The device is used to activate the whole system.
這個裝置用來啟動整個系統。

11

electrician
[ɪ‚lɛk`trɪʃən]
名 電工
★ ★ ★

= **electric發電/用電** + **ian從事…者，名詞**

記憶TIP 與電力有關的工作者 = 電工

例 Johnny works as an electrician in our company.
強尼在本公司擔任電工。

 12

engine
[`ɛndʒən]
名 引擎；發動機
★ ★ ★ ★

= **en在裡面** + **gine產生**

記憶TIP 在裡面產生動能 = 引擎；發動機

例 The engine was seriously damaged from the flood.
發動機由於這次的水災而嚴重受損。

 13

equipment
[ɪ`kwɪpmənt]
名 設備；用具
★ ★ ★ ★

= **equip裝備** + **ment結果，名詞**

記憶TIP 裝備用品 = 設備；用具

例 We have to check our camping equipment before we go camping.
去露營前，我們必須檢查露營設備。

 14

examination
[ɪg‚zæmə`neʃən]
名 檢查；審視
★ ★ ★ ★

= **examin測試** + **ation行為產物，名詞**

記憶TIP 進行測試的狀態 = 檢查；審視

例 A careful examination of the new machines is very important.
仔細檢查新機器是非常重要的。

 15

facilitate
[fə`sɪlə‚tet]
動 促進；幫助
★ ★ ★ ★

= **fac做** + **il…的** + **itate做…，動詞**

記憶TIP 使容易製作 = 促進；幫助

例 The computer program we designed can be used to facilitate language learning.
我們所設計的電腦程式可用來幫助語言學習。

facility
[fə`sɪlətɪ]
名 設備；設施
★ ★ ★ ★ ★

= **fac做** + **il…的** + **ity性質，名詞**

記憶TIP 使製作得以順利進行 = 設備；設施

例 We had no cooking facilities in the room.
這個房間裡沒有烹飪設備。

---

fraction
[`frækʃən]
名 1.小部分 2.碎片
★ ★ ★

= **fract破裂** + **ion結果，名詞**

記憶TIP 破裂後形成許多 → 小部分；碎片

例 These fractions cannot be put together again, so just throw them away.
這些碎片無法再重組起來，所以就丟了吧。

---

fuel-efficient
[`fjuəlɪ`fɪʃənt]
形 省油的；節約的
★ ★

= **fuel燃料** + **effici效率** + **ent有…性質的，形容詞 複**

記憶TIP 有效使用燃料的 = 省油的；節約的

例 The new equipment is very fuel-efficient, so we may cut down 50% of the fuel cost this month.
這個新設備非常省油，所以我們這個月的燃料費也許能減半。

---

generator
[`dʒɛnə,retə]
名 發電機
★ ★ ★

= **gener產生** + **ator物品，名詞**

記憶TIP 能產生電的物品 = 發電機

例 This factory used to use a coal-powered generator.
這間工廠過去曾使用燃煤發電機。

goggles
[`gɑglz]
名 護目鏡
★ ★ ★

= **gogg眼睛轉動** + **les物品，名詞**

記憶TIP 可以使眼睛靈活轉動的物品 = 護目鏡

例 Wearing goggles and masks can protect the workers during machine operation.
在操作機器的過程中配戴護目鏡和口罩可保護工人。

21

guidebook
[`gaɪd͵bʊk]
名 使用手冊
★ ★ ★

= guide指導 + book書 複

記憶TIP 用來指導使用方法的書冊 = 使用手冊

例 This machine didn't come with any guidebook, so it is really difficult to operate.
這台機器沒有附上使用手冊，所以非常難以操作。

22

hands-on
[`hændz`ɑn]
形 親自動手的；實用的
★ ★

= hands手 + on在上方 複

記憶TIP 用手在上面操作 = 親自動手的

例 The boss asked the manager to make a hands-on guidebook for all of the machines.
老闆要求經理為所有的機器製作實用操作指南。

23

imperative
[ɪm`pɛrətɪv]
形 必要的；緊急的
★ ★ ★ ★

= im入內 + perat命令 + ive具⋯性質的，形容詞

記憶TIP 在裡面發號施令的 = 必要的；緊急的

例 To finish this project within three days is very imperative.
必須在三天之內完成這份企劃。

24

implement
[`ɪmpləmənt]
名 工具；器具
★ ★ ★ ★

= im在裡面 + ple充滿 + ment結果，名詞

記憶TIP 可以在裡面放滿東西的物品 = 工具

例 Our shop sells agricultural implements.
本商店供應農具。

25

incinerator
[ɪn`sɪnə͵retə]
名 焚化爐
★ ★

= in入內 + ciner灰燼 + ator器具，名詞

記憶TIP 到裡面會化成灰燼的器具 = 焚化爐

例 A new incinerator has been built in this neighborhood.
這個地區附近已蓋好一座新的焚化爐。

instrument
[`ɪnstrəmənt]
名 工具
★ ★ ★ ★

= in加強 + stru堆高 + ment過程，名詞

記憶TIP 可以幫助堆高的物品 = 工具

例 Language is an important instrument for communication.
語言是一項重要的溝通工具。

intricate
[`ɪntrəkɪt]
形 錯綜複雜的；難理解的
★ ★ ★

= in入內 + tric妨礙 + ate…性質的，形容詞

記憶TIP 入內妨礙使其難以理解 = 錯綜複雜的

例 The intricate machine needs a skilled operator.
這台複雜的機器需要由技巧精熟者來操作。

junction
[`dʒʌŋkʃən]
名 連接；接合點
★ ★ ★

= junct連接 + ion結果，名詞

記憶TIP 連接的地方 = 連接；接合點

例 The bus station is at the junction of two roads.
這個公車站位於兩條道路的交會處。

leading-edge
[`lidɪŋ`ɛdʒ]
形 居領先優勢的
★ ★

= leading領導的 + edge優勢 複

記憶TIP 居於領導的優勢地位 = 居領先優勢的

例 Yo-yo TV makes leading-edge children's programs in Taiwan.
幼幼電視台在台灣製作領先業界的兒童節目。

lever
[`lɛvɚ]
名 1.槓桿 2.手段
★ ★ ★

= lev舉 + er物品，名詞

記憶TIP 有助於輕易舉起物品的工具 = 槓桿

例 In order to get the employers to agree to their demands, they used the threat of strike as a lever.
為了使雇主答應他們的要求，他們以揚言罷工當作手段。

31

machine
[məˋʃin]
名 機器；機械
★ ★ ★ ★

= mach機器 + ine物品，名詞

記憶TIP 用來幫人做事的工具 = 機器；機械

例 We need to buy a very special machine from overseas to make this newest product.
我們需要從海外購買一台非常特別的機器，以製作這項最新的產品。

32

maintenance
[ˋmentənəns]
名 維修；保養
★ ★ ★

= mainten維持 + ance狀態，名詞

記憶TIP 維持正常運作的狀態 = 維修；保養

例 It is very important to have regular maintenance on a machine.
定期保養機器是非常重要的。

33

malfunction
[mælˋfʌŋkʃən]
名 機能失常 **動** 發生故障
★ ★ ★

= mal壞 + function功能/運作

記憶TIP 功能受損而無法運作 = 機能失常

例 The malfunction of this ice cream machine makes lots of people unhappy.
這台冰淇淋機器故障，使得很多人不開心。

34

means
[minz]
名 手段；方法；工具
★ ★ ★ ★

= mean用意 + s方法

記憶TIP me(我)+an(一個)，我有一個方法 = 手段；方法；工具

例 Using the threat of strike is a means to an end.
以罷工當作威脅是達到目的的一種手段。

35

measurable
[ˋmɛʒərəbḷ]
形 可測量的
★ ★ ★ ★

= measur測量 + able可…的，形容詞

記憶TIP 可以測量的 = 可測量的

例 John was surprised to know that his employees cannot give him measurable results.
得知員工無法給出可衡量的結果時，約翰感到驚訝。

mechanism
[`mɛkə͵nɪzəm]
名 機械裝置
★ ★ ★

= **mechan機器** + **ism物品，名詞**

記憶TIP 機器物品 = 機械裝置

例 We hope the mechanism of this device is easy to operate.
我們希望這個儀器的機械裝置是容易操作的。

mode
[mod]
名 形式；種類
★ ★ ★ ★

= **mod度量** + **e結果，名詞**

記憶TIP 經過測量後決定出 → 形式；種類

例 The mode of this product is out of stock now.
這個機型的產品目前缺貨。

nexus
[`nɛksəs]
名 1.核心 2.一系列
★ ★

= **nex連結** + **us物品，名詞**

記憶TIP 連結各處的集合點 = 核心

例 A nexus of contradictions is under the apparent truth.
在顯而易見的事實底下藏有一連串的矛盾。

nozzle
[`nɑzl̩]
名 噴嘴
★ ★

= **nozz鼻管** + **le小物，名詞**

記憶TIP 如鼻管般引出內容物的物品 = 噴嘴

例 Tom pointed the nozzle of the fire extinguisher at the flames and successfully put out the fire.
湯姆將滅火器的噴嘴對著火焰，並且成功地撲滅火勢。

operate
[`ɑpə͵ret]
動 操控；控制
★ ★ ★ ★

= **oper工作** + **ate做…，動詞**

記憶TIP 使機器工作的動作 = 操控；控制

例 Because of the new material, the machine is not operating properly.
機器未能正常運作是因為新原料的緣故。

operational
[ˌɑpəˋreʃənḷ]
形 操作上的
★ ★ ★

= operation操作 + al…的，形容詞

記憶TIP 操作的 = 操作上的

例 When facing operational problems, you can consult the engineer.

在操作上遇到問題時，可請教工程師。

outage
[ˋautɪdʒ]
名 缺乏；中斷供應
★ ★ ★

= out缺少 + age結果，名詞

記憶TIP 缺少的狀態 = 缺乏；中斷供應

例 The delivery time was delayed because of a service outage.

由於服務中斷導致送貨時間延宕。

pertinent
[ˋpɝtnənt]
形 有關的；相干的
★ ★ ★

= per完全 + tin保持 + ent在…狀態的，形容詞

記憶TIP 完全保持相關的 = 有關的；相干的

例 The assistant kept all the pertinent documents about the project.

這位助理留有這份企劃的所有相關文件。

pulley
[ˋpulɪ]
名 滑車；滑輪
★ ★

= pull拉 + ey物品，名詞

記憶TIP 可以拉動的工具 = 滑車；滑輪

例 I think John prefers to have a pulley under the machine.

我認為約翰傾向於在機器下方裝置滑輪。

revolve
[rɪˋvɑlv]
動 旋轉
★ ★ ★ ★

= re回來 + volv轉 + e動作，動詞

記憶TIP 來回轉動的動作 = 旋轉

例 Please make the small red dot revolve on the center of the machine.

請讓這個小紅點在這台機器的中央旋轉。

rewind
[rɪ`waɪnd]
動 倒回；轉回
★ ★

= re回來 + wind轉動

記憶TIP 轉回來 = 倒回；轉回

例 Please rewind to the starting point and then let's do it again.
請倒帶到一開始的地方，讓我們重做一次。

---

static
[`stætɪk]
名 靜電干擾 **形** 靜電的
★ ★ ★

= sta站起來 + tic…的，形容詞

記憶TIP 站著不動時也能產生 → 靜電干擾

例 I got nothing but static when I turned on the radio.
打開收音機時，我只聽到靜電干擾聲。

---

substandard
[sʌb`stændəd]
形 不合標準的；不合規格的
★ ★ ★

= sub下 + standard標準的

記憶TIP 在標準之下的 = 不合標準的

例 These products are substandard, so we need to remake them.
這些產品不合規格，所以我們必須重做。

---

utilization
[ˌjutl̩aɪ`zeʃən]
名 利用
★ ★ ★

= util使用 + izat動作 + ion過程，名詞

記憶TIP 加以使用的過程 = 利用

例 Our boss insisted on the utilization of wind energy in our factory.
我們的老闆堅持在工廠裡利用風力能源。

應考片語

equipment fixture 設備修理 ★★
set up 設立；設置 ★★★★★
solar energy board 太陽能板 ★★
stem from 1.源自於… 2.因…而造成 ★★★

2 廠房地產
Plant and Property

MP3 254

---

01 abandonment
[ə`bændənmənt]
名 放棄；遺棄
★ ★

= a去 + ban禁止 + don給 + ment過程，名詞

記憶TIP 禁止繼續給予 = 放棄；遺棄

例 The situation necessitated the abandonment of their factory.
這種情況迫使他們放棄工廠。

---

02 apportionment
[ə`porʃənmənt]
名 分配；配置財產
★ ★

= ap去 + port拿 + ion過程 + ment結果，名詞

記憶TIP 分別去拿的過程 = 分配；配置財產

例 Please consider the apportionment of overhead cost before you make any decision.
在你做決定之前，請考量管理成本的分配情況。

---

03 appraisal
[ə`prezl]
名 估量；估價
★ ★ ★

= ap去 + prais價值 + al行為，名詞

記憶TIP 衡量價值的行為 = 估量；估價

例 The accountant made an appraisal of one million dollars on the old factory.
會計師估算那家舊工廠的價值是一百萬美元。

---

04 appraiser
[ə`prezɚ]
名 評價人
★ ★

= ap去 + prais價值 + er做…的人，名詞

記憶TIP 去衡量價值的人 = 評價人

例 We need an impartial appraiser to evaluate our assets.
我們需要一位公正的評價人來評估我們的資產。

---

05 appurtenance
[ə`pɝtənəns]
名 附加物；附屬物
★ ★

= ap去 + pur向前 + ten握持 + ance性質，名詞

記憶TIP 由主要物品向外延伸而出 = 附加物

例 We are not sure what the appurtenances of this castle are.

我們不確定這間城堡的附加物是什麼。

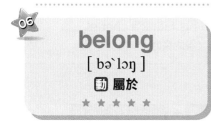

06

belong
[bə`lɔŋ]
動 屬於
★ ★ ★ ★ ★

= be使 + long長久的

記憶TIP 使長久擁有 = 屬於

例 The machines belong to this owner, so we don't have the right to use them.
這些機器屬於這位所有人,我們沒有使用的權利。

07

belongings
[bə`lɔŋɪŋz]
名 所有物
★ ★ ★ ★

= belong屬於 + ings行為,名詞

記憶TIP 有所歸屬的物品 = 所有物

例 All the factory workers have to check their belongings when they leave the factory.
離開工廠時,所有的工人都要檢查他們的所有物。

08

boundary
[`baundrɪ]
名 邊界;分界線
★ ★ ★ ★

= bound邊界 + ary地方,名詞

記憶TIP 標示邊界的地方 = 邊界;分界線

例 The garden is the boundary between the two factories.
這座花園是兩家工廠的分界。

09

burden
[`bɝdn̩]
動 加負擔於;煩擾 名 負擔
★ ★ ★ ★

= burd負擔 + en使變成…,動詞

記憶TIP 使成為負擔 = 加負擔於

例 Our government burdened the nation with heavy taxes.
我們的政府使國民負擔重稅。

10

burglary
[`bɝglərɪ]
名 破門竊盜;入室行竊
★ ★ ★

= burgl竊盜 + ary狀態,名詞

記憶TIP 竊盜的狀態 = 破門竊盜

例 I cannot believe that the burglaries in this area have risen by 3%.
我不敢相信這個地區的破門盜竊率上升了百分之三。

chattel
[`tʃætl̩]
名 1.家財 2.動產
★ ★ ★

= **chatt牛頭** + **el地方，名詞**

記憶TIP 牛是家中的財產 = 家財

例 Our boss inherited his father's chattel.
我們的老闆繼承了他父親的家財。

---

contingency
[kən`tɪndʒənsɪ]
名 意外事故；偶然事件
★ ★ ★ ★

= **con一起** + **ting接觸** + **ency狀態，名詞**

記憶TIP 不小心一起接觸到的狀態 = 意外事故

例 John is always prepared for any contingency.
約翰總是為意外事件做好準備。

---

conveyance
[kən`veəns]
名 (財產等的)讓與
★ ★

= **con一起** + **vey路** + **ance狀態，名詞**

記憶TIP 把東西轉讓到同一條路上 = 讓與

例 I have no idea about the procedures for conveyance of property.
我不了解財產讓與的程序。

custodianship
[kʌs`todɪən͵ʃɪp]
名 保管人職務
★ ★

= **custod看管** + **ian人** + **ship身分，名詞**

記憶TIP 看管者的身分 = 保管人職務

例 Before taking on custodianship, you have to know the duties of the job first.
在擔任保管人之前，你必須先知道這份工作的職責。

---

damage
[`dæmɪdʒ]
動 名 傷害；損害
★ ★ ★ ★

= **dam損害** + **age做…，動詞**

記憶TIP 損害的動作 = 傷害；損害

例 The factory has been seriously damaged by the flood.
工廠已受到水災的嚴重破壞。

delinquency
[dɪ`lɪŋkwənsɪ]
名 違法行為
★ ★

= **de完全** + **linqu離開** + **ency狀態，名詞**

記憶TIP 完全離開法律的狀態 = 違法行為

例 Juvenile delinquency has already become a serious problem in our society.
青少年犯罪已成為我們社會的嚴重問題。

destroy
[dɪ`strɔɪ]
動 破壞；毀滅
★ ★ ★ ★

= **de向下** + **stroy(=struct)建築**

記憶TIP 建築物倒下的動作 = 破壞；毀滅

例 We will destroy the defective products once they have been discovered.
一旦發現瑕疵品，我們會將其銷毀。

destruction
[dɪ`strʌkʃən]
名 破壞；毀滅
★ ★ ★

= **de向下** + **struct建築** + **ion結果，名詞**

記憶TIP 建築物倒下的狀態 = 破壞；毀滅

例 The flood caused serious destruction to the factory.
洪水導致工廠嚴重毀損。

disposal
[dɪ`spozl]
名 處理；處置
★ ★ ★ ★ ★

= **dis分開** + **pos放置** + **al行為，名詞**

記憶TIP 分開放置處理 = 處理；處置

例 The sanitation department of our company is in charge of garbage disposal.
本公司的環境衛生部門負責處理垃圾。

driveway
[`draɪˌwe]
名 私家車道
★ ★ ★

= **drive開車** + **way路** 複

記憶TIP 可以開車的私有道路 = 私家車道

例 There were a few children playing ball on the driveway.
有一些小朋友在私家車道上玩球。

eviction
[ɪ`vɪkʃən]
名 逐出；收回
★ ★ ★ ★

= e出去 + vict征服 + ion過程，名詞

記憶TIP 征服後趕出 = 逐出；收回

例 Tom didn't pay the rent, so he got an eviction notice from his landlord.
湯姆沒有付房租，所以他收到了房東給的搬離通知。

---

factory
[`fæktərɪ]
名 工廠
★ ★ ★ ★ ★

= fact做 + ory地方，名詞

記憶TIP 把東西做出來的地方 = 工廠

例 The factory produces thousands of pairs of gloves every week.
這家工廠每星期生產數千雙手套。

---

fence
[fɛns]
名 籬笆；柵欄
★ ★ ★

= fen打擊 + ce物品，名詞

記憶TIP 防止被攻擊的物品 = 籬笆；柵欄

例 There is a fence outside of Jerry's house.
傑瑞的房子外面有籬笆。

---

fixture
[`fɪkstʃɚ]
名 (房屋的)固定裝置；配件
★ ★

= fix固定 + ture結果，名詞

記憶TIP 固定著的東西 = 固定裝置；配件

例 Tom, the owner of the house, charged us for fixtures and fittings.
屋主湯姆向我們收取固定裝置和設備的費用。

---

forcibly
[`forsəblɪ]
副 強迫地；強有力地
★ ★ ★

= forc強 + ibly…地，副詞

記憶TIP 強力地 = 強迫地；強有力地

例 Her ideas were forcibly expressed in front of every manager.
她在每一位經理面前有力地表達出她的意見。

freehold
[`fri͵hold]
名 (不動產)終身保有權
★ ★

= free自由 + hold持有 複

記憶TIP 可完全持有的權利 = 終身保有權

例 We have bought the freehold of our house.
我們買下了房子的終身保有權。

gloomy
[`glumɪ]
形 陰暗的；陰沈的
★ ★ ★

= gloom陰暗 + y有…的，形容詞

記憶TIP 昏暗陰鬱的 = 陰暗的；陰沈的

例 You can have a gloomy feeling inside the factory.
在這間工廠裡，你會有陰沉的感受。

grantee
[græn`ti]
名 受讓人；受贈者
★ ★

= grant授予 + ee受…的人，名詞

記憶TIP 接受授予的人 = 受讓人；受贈者

例 As the grantee, you have to sign three documents.
身為受讓者，你必須簽署三份文件。

grantor
[`græntə]
名 授予者；讓與人
★ ★

= grant授予 + or做…的人，名詞

記憶TIP 做授予動作的人 = 授予者；讓與人

例 John is the grantor of the factory.
約翰是這間工廠的讓與人。

hurricane
[`hɜɪ͵ken]
名 颶風
★ ★ ★

= hurri快速的 + cane手杖

記憶TIP 用手杖快速攪拌形成 → 颶風

例 The factory was destroyed by a hurricane two days ago.
這間工廠在兩天前被颶風摧毀了。

important
[ɪm`pɔrtn̩t]
形 重要的
★ ★ ★ ★ ★

= im入內 + port搬運 + ant有…性質的，形容詞

記憶TIP 把學到的知識搬到大腦裡面去 = 重要的

例 The agreement has some important rules.
合約中有一些重要規定。

---

including
[ɪn`kludɪŋ]
介 包含；包括
★ ★ ★ ★ ★

= in入內 + clud關 + ing表達狀態，介係詞

記憶TIP 關在裡面 = 包含；包括

例 There were ten of us, including Johnny and I.
包括我和強尼在內共有十人。

---

insignificant
[ˌɪnsɪg`nɪfəkənt]
形 微不足道的；不重要的
★ ★ ★

= in不 + signi加上記號 + fic做… + ant有…性質的，形容詞

記憶TIP 不必加上表示重要的記號 = 微不足道的

例 Compared to other problems he is facing, this is insignificant.
和他面臨的其他問題比較起來，這件事不算什麼。

---

insulate
[`ɪnsə‚let]
動 隔離；使孤立
★ ★

= insul島嶼 + ate做…，動詞

記憶TIP 送到小島上的動作 = 隔離；使孤立

例 The rooms in this factory are insulated against noise.
這個工廠裡的房間是隔音的。

---

lasting
[`læstɪŋ]
形 持久的；耐久的
★ ★ ★ ★

= last持續 + ing使…的，形容詞

記憶TIP 持續下去的 = 持久的；耐久的

例 The policies from the previous leader had a lasting effect on the country's economy.
前任領導者的政策對於該國的經濟持續發生影響。

library
[`laɪˌbrɛrɪ]
名 1.圖書館 2.書房
★ ★ ★

= **libr書籍** + **ary地方，名詞**

記憶TIP 收藏書籍的地方 = 圖書館

例 I can't believe that there is a big library for the workers in this factory.
我不敢相信這家工廠裡有一間供勞工使用的圖書館。

---

lumber
[`lʌmbɚ]
動 (用破爛東西)堆滿
★ ★ ★

= **lumb木材** + **er動作/過程，動詞**

記憶TIP 堆砌木材的動作 = 堆滿

例 A lot of useless articles are lumbered in this house.
這棟房子裡堆滿了大量的無用物品。

---

notary
[`notərɪ]
名 公證人
★ ★

= **not記錄** + **ary人，名詞**

記憶TIP 作證並留下記錄的人 = 公證人

例 The lawyer will be the notary of this case.
這位律師將會是這個案的公證人。

---

ownership
[`onɚˌʃɪp]
名 物主身分；所有權
★ ★ ★ ★

= **owner擁有者** + **ship身分，名詞**

記憶TIP 擁有者的身分 = 物主身分；所有權

例 There was an argument over the ownership of the land.
那塊土地的所有權曾有爭議。

---

pertain
[pɚ`ten]
動 1.從屬；附屬 2.關於
★ ★ ★ ★

= **per完全** + **tain握/持**

記憶TIP 完全持有歸屬權 = 從屬；附屬

例 My question pertains to your shipping policy.
我的問題與你的貨運政策有關。

41

possession
[pə`zɛʃən]
名 所有物；財產
★ ★ ★ ★

= **pos放置** + **sess坐** + **ion結果，名詞**

記憶TIP 放置在座位上的都是自己的 = 所有物

例 John's possessions could fit in one suitcase.
約翰的所有財產可以裝入一只手提箱。

 42

profuse
[prə`fjus]
形 毫不吝嗇的；十分慷慨的
★ ★

= **pro往前** + **fuse傾倒**

記憶TIP 捨得往前倒的 = 毫不吝嗇的

例 The manager was profuse in his thanks.
那位經理毫不吝於道謝。

 43

receptacle
[rɪ`sɛptəkḷ]
名 儲藏所；容器
★ ★ ★

= **re回來** + **cept拿** + **acle地方，名詞**

記憶TIP 把東西拿回來放的地方 = 儲藏所

例 Please remember to dispose of waste in the
appropriate receptacle.
請記得將廢棄物投入適當的容器。

 44

relocate
[ri`loket]
動 將…重新安置
★ ★ ★ ★

= **re再次** + **locate位置**

記憶TIP 再次安排位置 = 將…重新安置

例 A lot of companies are relocating to West
China.
許多公司正在遷往中國西部。

 45

residency
[`rɛzədənsɪ]
名 定居；住處
★ ★

= **resid居住** + **ency地方，名詞**

記憶TIP 居住的地方 = 定居；住處

例 We need to find a new residency soon.
我們近期需要找一個新的住所。

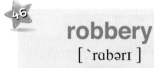

46

robbery
[`rɑbərɪ]
名 搶劫
★ ★ ★

= robb搶劫 + er做…的人 + y狀態，名詞

記憶TIP 去搶劫的狀態 = 搶劫

例 Two bank robberies have happened in this area recently.
這個地區最近發生了兩起銀行搶案。

47

segment
[`sɛgmənt]
名 部分
★ ★ ★ ★

= seg剪 + ment結果，名詞

記憶TIP 剪掉整體後形成 → 部分

例 Kevin's company dominates this segment of the market in Taiwan.
凱文的公司主導著台灣這一部分的市場。

48

steadfast
[`stɛd͵fæst]
形 固定不動的；不變的
★ ★ ★

= stead站立 + fast堅固的

記憶TIP 堅定地站在那裡 = 固定不動的；不變的

例 Many Apple customers are steadfast to the company.
很多蘋果電腦的顧客都忠誠於這間公司。

49

sternly
[`stɜnlɪ]
副 嚴格地；嚴厲地
★ ★ ★ ★

= stern嚴格的 + ly…地，副詞

記憶TIP 嚴格地 = 嚴格地；嚴厲地

例 The new manager looked at her sternly.
新任經理嚴厲地看著她。

50

subdivision
[sʌbdə`vɪʒən]
名 (細分的)一部分；分支
★ ★ ★

= sub向下 + division區分

記憶TIP 再向下細分 = (細分的)一部分；分支

例 John is the person who will take over one of the subdivisions.
約翰是將接管其中一支分部的人。

surveillance
[sə`veləns]
名 監視；監看
★ ★ ★

= sur在上面 + veill看 + ance狀態，名詞

記憶TIP 在上面看的狀態 = 監視

例 The workers keep the machines under constant surveillance.
工人們持續監看這些機台。

---

terrace
[`tɛrəs]
名 大陽台；平台屋頂
★ ★ ★

= terr地 + ace地方，名詞

記憶TIP 高而平坦的地 = 大陽台

例 There is a big terrace in the factory and the workers like to go there to talk after work.
工廠裡有一個大陽台，工人們喜歡在下班後去那兒聊天。

---

theft
[θɛft]
名 偷竊
★ ★ ★

= thef小偷 + t行為，名詞

記憶TIP 小偷的行為 = 偷竊

例 Joe, who is the factory manager, was accused of theft.
工廠經理喬遭到偷竊的指控。

---

trespass
[`trɛspæs]
動 擅自進入
★ ★ ★

= tres從這端到那端 + pass通過

記憶TIP 從這端進入通過到那端 = 擅自進入

例 It is a private garden, so you cannot trespass on that area.
那是一座私人花園，所以你不能擅自闖入。

---

wicked
[`wɪkɪd]
形 惡劣的；邪惡的
★ ★ ★

= wick導火線 + ed有…的，形容詞

記憶TIP 容易引人發怒的行為 = 惡劣的；邪惡的

例 Tom denied that he had done anything wicked.
湯姆否認做過任何邪惡的勾當。

538

3 原物料
Raw Materials

學習範疇 原料、物料特性、型態、塑形
非學不可的52個必考重點字

---

absorbent
[əb`zɔrbənt]
形 能吸收(光、水等)的
★ ★ ★

= **ab脫離** + **sorb吸** + **ent有…性質的，形容詞**

記憶TIP 可以吸走的 = 能吸收(光、水等)的

例 Our company produces the most popular absorbent facial paper in Japan.
本公司生產在日本最受歡迎的吸油面紙。

---

alloy
[`ælɔɪ]
名 合金
★ ★ ★

= **al去** + **loy綁**

記憶TIP 把物質綁在一起 = 合金

例 This factory is famous for making alloy steel wheels.
這間工廠以製作合金鋼輪胎著名。

---

aluminum
[ə`lumɪnəm]
名 鋁

★ ★ ★

= **alum鋁** + **inum金屬，名詞**

記憶TIP 鋁金屬 = 鋁

例 The main material for this product is aluminum.
這個產品的主原料是鋁。

---

artificial
[ˌɑrtə`fɪʃəl]
形 人造的；人工的
★ ★ ★

= **arti人工/技藝** + **fic製造** + **ial…的，形容詞**

記憶TIP 透過人工技術製造的 = 人造的

例 Lots of artificial additives are found in this bread.
這個麵包裡含有許多人工添加物。

---

bendy
[`bɛndɪ]
形 易彎的
★ ★ ★

= **bend彎** + **y有…的，形容詞**

記憶TIP 容易彎曲的 = 易彎的

例 This bendy straw was made in Japan.
這個可彎曲吸管是日本製的。

brittle
[`brɪtḷ]
形 脆的；易碎的
★ ★ ★

= **britt破裂** + **le…的，形容詞**

記憶TIP 易破裂的 = 脆的；易碎的

例 The brittle china has to be put in the box.
必須把這個易碎的瓷器放進箱子裡。

---

buoyant
[`bɔɪənt]
形 有浮力的；能浮起的
★ ★

= **buoy漂浮** + **ant…性質的，形容詞**

記憶TIP 具漂浮性質的 = 有浮力的；能浮起的

例 Wood is buoyant in water.
木頭能浮於水面。

---

debris
[də`bri]
名 殘骸；廢料
★ ★ ★

= **de向下** + **bris分解/壞掉**

記憶TIP 已經分解壞掉的東西 = 殘骸；廢料

例 The debris should be disposed of within a week.
這些廢料需要在一個星期內去棄。

---

density
[`dɛnsətɪ]
名 密度
★ ★ ★ ★

= **dens濃厚** + **ity情況，名詞**

記憶TIP 濃厚的程度 = 密度

例 The area had a population density of six people per square mile.
該區的人口密度為每平方英里六人。

---

discard
[dɪs`kɑrd]
動 丟棄；拋棄
★ ★ ★

= **dis擲出** + **card紙牌**

記憶TIP 把沒有用的紙牌擲出 = 丟棄；拋棄

例 The debris cannot be discarded in this area.
不可把廢料丟棄在這個地區。

dissipate
[`dɪsə͵pet]
動 浪費；揮霍
★ ★ ★

= **dis離/分開** + **sip丟** + **ate做⋯，動詞**

記憶TIP 把東西都丟開 = 浪費；揮霍

例 Don't you know that your efforts are dissipated?
你不知道你在白費力氣嗎？

---

diverse
[daɪˋvɜs]
形 多種多樣的；多變化的
★ ★ ★ ★

= **divers不同的** + **e使⋯的，形容詞**

記憶TIP 使不相同 = 多種多樣的；多變化的

例 The program has subjects as diverse as pop music and drama.
這檔節目的主題多變化，包括流行音樂和戲劇。

---

ductile
[`dʌktḷ]
形 易延展的；柔軟的
★ ★

= **duct領導/引導** + **ile⋯的，形容詞**

記憶TIP 可以引導出其他功能的 = 易延展的

例 Ductile metals can be pressed into shape without being heated.
易延展金屬可在不加熱的情況下加壓成形。

---

effusive
[ɪˋfjusɪv]
形 噴發的
★ ★ ★

= **ef外** + **fus傾倒** + **ive具⋯性質的，形容詞**

記憶TIP 向外傾倒而出的 = 噴發的

例 The effusive eruption has made a beautiful landscape.
火山溢流噴發已在地表上形成一幅美麗的景象。

---

element
[`ɛləmənt]
名 元素
★ ★ ★ ★

= **elem基本** + **ent性質，名詞**

記憶TIP 基礎的物質 = 元素

例 Carbon is an element, and carbon dioxide is a compound.
碳是元素，而二氧化碳是化合物。

16

elementary
[ˌɛləˋmɛntərɪ]
形 基本的；元素的
★ ★ ★ ★

= **element基礎要素** + **ary有關…的，形容詞**

記憶TIP 有關基礎要素的 = 基本的；基礎的

例 Tin is an elementary substance.
錫是一種元素物質。

17

essence
[ˋɛsn̩s]
名 本質；精華
★ ★ ★

= **ess存在** + **ence性質，名詞**

記憶TIP 原本就存在的東西 = 本質；精華

例 The essence of language is communication.
語言的本質是溝通。

18

extend
[ɪkˋstɛnd]
動 延展；擴大
★ ★ ★ ★

= **ex向外** + **tend伸展**

記憶TIP 往外伸展 = 延展；擴大

例 Mr. Brown extended his office by six feet.
伯朗先生把他的辦公室擴大了六英尺。

19

extract
[ɪkˋstrækt]
動 榨取；吸取
★ ★ ★ ★

= **ex出** + **tract抽/拉**

記憶TIP 抽出精華 = 榨取；吸取

例 I can't believe that this substance is extracted from seaweed.
我真不敢相信這種物質是由海藻提煉而來。

20

extraordinary
[ɪkˋstrɔrdn̩ˌɛrɪ]
形 非凡的；特別的
★ ★ ★ ★

= **extra超出** + **ordinary平凡的**

記憶TIP 超出平凡的 = 非凡的；特別的

例 By using the material, we made a cloth with extraordinary flexibility.
藉由使用這種物質，我們製出一塊彈性極佳的布料。

31

feature
[`fitʃɚ]
動 以…為特色 **名** 特徵
★ ★ ★ ★ ★

= **feat做** + **ure動作，動詞**

記憶TIP 做出特色 = 以…為特色

例 One important feature of Van Gogh's paintings is their bright colors.
梵谷的畫作有項重要的特色是色彩鮮亮。

22

flexibility
[ˌflɛksəˋbɪlətɪ]
名 彈性；易曲性
★ ★ ★

= **flex彎曲** + **ibil能…的** + **ity性質，名詞**

記憶TIP 具有能彎曲的性質 = 彈性；易曲性

例 This material lacks flexibility, so it may not be the one we are looking for.
這種原料缺乏彈性，所以或許不是我們要找的那種。

23

fluffy
[`flʌfɪ]
形 蓬鬆的
★ ★

= **fluff鬆軟** + **y有…的，形容詞**

記憶TIP 鬆軟的 = 蓬鬆的

例 This fluffy quilt is made of wool and cotton.
這張蓬鬆的毛毯是由羊毛和棉花所製成。

24

genuine
[`dʒɛnjuɪn]
形 真正的
★ ★ ★

= **gen生** + **u(連字)** + **ine…的，形容詞**

記憶TIP 生來如此的 = 真正的

例 This factory produces genuine silk products.
這間工廠生產真絲製品。

25

influx
[`ɪnflʌks]
名 湧進；匯入
★ ★

= **in入內** + **flux流**

記憶TIP 流到裡面去 = 湧進；匯入

例 The shop has an influx of customers every day.
這間商店每天都有顧客蜂擁上門。

inherent
[ɪnˋhɪrənt]
形 固有的；與生俱來的
★ ★ ★

= in內 + her黏著 + ent…性質的，形容詞

記憶TIP 黏著於內的特質 = 固有的；與生俱來的

例 The problems which John mentioned are inherent to the system.
約翰提到的是這個制度本身固有的問題。

intensify
[ɪnˋtɛnsə‚faɪ]
動 加強；增強
★ ★ ★

= in加強 + tens擴張/伸 + ify使成為…，動詞

記憶TIP 加強伸張的動作 = 加強；增強

例 In order to intensify the strength of the joints between these two wooden pieces, you can add some additives.
為了強化兩塊木片間的接合點，你可以放入添加物。

layer
[ˋleɚ]
名 層
★ ★ ★ ★

= lay放置 + er物品，名詞

記憶TIP 成層放置的物品 = 層

例 The first three layers of this material are the most important parts of this machine.
這種材料的前三層是這台機器最重要的部分。

liquid
[ˋlɪkwɪd]
形 液體的；流動的
★ ★ ★ ★

= liqu液體 + id…的，形容詞

記憶TIP 液體的 = 液體的；流動的

例 The liquid metal which has been widely used in this kind of machine is mercury.
被廣為使用於這種機器的液態金屬是水銀。

malleable
[ˋmælɪəbḷ]
形 展延性的；可塑的
★ ★

= malle用槌子敲 + able可…的，形容詞

記憶TIP 可用槌子敲打的 = 展延性的；可塑的

例 The most malleable metal is pure gold.
最具延展性的金屬是純金。

man-made
[`mæn͵med]
形 人造的；人工的
★ ★ ★

= man人 + made製造 複

記憶TIP 由人所製造出來的 = 人造的；人工的

例 Nick took over the factory which produces man-made fibers.
尼克接管了那間人工纖維製造廠。

origin
[`ɔrədʒɪn]
名 來源；起源
★ ★ ★ ★

= ori開始 + gin狀態，名詞

記憶TIP 事物的開端 = 來源；起源

例 The origin of the quarrel was the broken machine.
爭執起因於這台壞掉的機器。

originate
[ə`rɪdʒə͵net]
動 來自於…；起源於…
★ ★ ★

= origin起源 + ate造成，動詞

記憶TIP 造成起源 = 來自於…；起源於…

例 The idea originated with the little boy.
這個主意是那位小男生最先想出來的。

pervasive
[pə`vesɪv]
形 1.普遍的 2.瀰漫的
★ ★ ★ ★

= per通過 + vas走 + ive具…性質的，形容詞

記憶TIP 全都走遍了 = 普遍的

例 It has been said that pervasive influence of television on our kids is serious.
有人說電視對兒童普遍造成影響的現象令人擔心。

plastic
[`plæstɪk]
形 塑膠的 名 塑膠
★ ★ ★

= plast黏/製造 + ic…的，形容詞

記憶TIP 由黏黏的東西做出來的 = 塑膠的

例 Plastics don't rust like metal, so they will not disappear some day in the future.
塑膠不會像金屬一樣生鏽，所以不會在未來的某一天消失不見。

renewable
[rɪ`njuəbl̩]
形 可更新的；可恢復的
★ ★ ★

= re再次 + new新的 + able可…的，形容詞

記憶TIP 可以再次變成新的 = 可更新的

例 Sun, wind and waves provide renewable sources of energy.
太陽、風和浪提供可再生能源。

resemble
[rɪ`zɛmbl̩]
動 與…相像
★ ★ ★

= re再次 + sembl相同/相似 + e動作，動詞

記憶TIP 再看一次也有相同的感覺 = 與…相像

例 Tom closely resembled his grandfather.
湯姆長得很像他的爺爺。

restrictive
[rɪ`strɪktɪv]
形 限制的
★ ★ ★

= re往後 + strict拉緊 + ive具…性質的，形容詞

記憶TIP 往後拉緊不准做其他事的 = 限制的

例 Tony found life in Taiwan too restrictive.
湯尼認為在台灣的生活受到太多限制。

squash
[skwɑʃ]
動 壓扁；擠壓
★ ★ ★

= s出 + quash壓碎

記憶TIP 將其壓碎的動作 = 壓扁；擠壓

例 She doesn't want her hat getting squashed in your bag.
她不想要她的帽子在你的包包裡被壓扁。

stretchy
[`strɛtʃɪ]
形 伸長的；有彈性的
★ ★ ★

= stretch伸/拉直 + y有…的，形容詞

記憶TIP 可拉直的 = 伸長的；有彈性的

例 Can you go out and buy some stretchy cotton leggings for me?
你可以出去幫我買幾雙棉質的彈性襪褲嗎？

suitable
[`sutəbḷ]
形 適當的；合適的
★ ★ ★ ★

= **suit**適合/相配 + **able**可…的，形容詞

記憶TIP 適合的、可相配的 = 適當的；合適的

例 This material was just not suitable for this machine.
這種原料就是不適合這台機器。

synthesis
[`sɪnθəsɪs]
名 合成物；綜合體
★ ★

= **syn**共同 + **the**放 + **sis**狀態，名詞

記憶TIP 將不同的物質放在一起形成 → 合成物

例 Nowadays in Taiwan, people still use the synthesis of rubber from petroleum.
現今在台灣，人們仍會使用由石油合成的橡膠。

tensile
[`tɛnsḷ]
形 可伸展的；能拉長的
★ ★

= **tens**伸/擴張 + **ile**可…的，形容詞

記憶TIP 可以擴張的 = 可伸展的；能拉長的

例 We need to order some tensile rubber from overseas.
我們需要從海外訂購一些伸縮橡膠。

texture
[`tɛkstʃɚ]
名 質地；構造
★ ★ ★

= **text**紋理 + **ure**結果，名詞

記憶TIP 物料的紋理 = 質地；構造

例 Peter likes the smooth texture of this material.
彼得喜歡這種織物的光滑質地。

timber
[`tɪmbɚ]
名 木材；林木
★ ★

= **timb**木材 + **er**物品，名詞

記憶TIP 木材 = 木材；林木

例 The land used to be covered with timber.
這片土地過去被林木覆蓋著。

46

translucent
[træns`lusn̩t]
形 半透明的
★ ★

= `trans透過` + `luc光` + `ent有…性質的，形容詞`

記憶TIP 具有透光性質的 = 半透明的

例 We still need translucent paper for this science project.
在這項科學企劃裡，我們仍然需要半透明紙。

47

transparent
[træns`pɛrənt]
形 透明的；清澈的
★ ★

= `trans透過` + `par看` + `ent有…性質的，形容詞`

記憶TIP 可以看得透的 = 透明的；清澈的

例 Tom is a man of transparent sincerity.
湯姆是一個坦率誠懇的人。

48

twist
[twɪst]
動 1.扭轉 2.纏
★ ★ ★

= `twi兩個` + `st站立`

記憶TIP 把兩個扭成一個 = 扭轉；纏

例 He twisted a rope out of threads.
他用幾條線扭出一條繩子。

49

variation
[ˌvɛrɪ`eʃən]
名 差別；差異
★ ★ ★

= `vari變化` + `ation行為產物，名詞`

記憶TIP 變化的結果 = 差別；差異

例 It is not easy to distinguish the slight variations between these two products.
這兩項產品間的細微差異並不容易分辨。

50

waterproof
[`wɔtɚˌpruf]
形 防水的
★ ★ ★

= `water水` + `proof防…的`

記憶TIP 防水的 = 防水的

例 The company will make a new technique to produce waterproof hats.
該公司將發展製造防水帽的新技術。

watertight
[`wɔtɚˏtaɪt]
形 不透水的
★ ★ ★

= water水 + tight密封的/不漏的 複

記憶TIP 把水給密封起來不漏出的 = 不透水的

例 They decided to have the watertight windows fixed.
他們決定要裝上防水窗。

withstand
[wɪðˋstænd]
動 抵擋；禁得起
★ ★ ★

= with抵抗/反對 + stand站

記憶TIP 站在那裡反抗 = 抵擋；禁得起

例 This building can withstand strong winds and earthquakes.
這棟建築物可以抵擋強風和地震。

應考片語

natural resource 天然資源 ★★★
raw material 原物料 ★★★
tempered glass 強化玻璃 ★

NOTE

4 生產製造
Production and Manufacturing

 學習範疇　工廠、工業、機械、生產製造
非學不可的57個必考重點字

MP3 265

01

assemble
[ə`sɛmbḷ]
動 組裝；組合
★ ★ ★

= **as在一起** + **semble相關聯**

記憶TIP 把相關聯的放在一起 = 組裝；組合

例 This machine was assembled in a big factory in Taipei.
這台機器是由一間在台北的大工廠所組裝。

02

auxiliary
[ɔg`zɪljəri]
形 輔助的 名 輔助物；助手
★ ★

= **auxil增加** + **iary有關…的，形容詞**

記憶TIP 額外增加的補充物 = 輔助物；輔助的

例 We need the auxiliary machinery from your factory.
我們需要貴工廠的輔助機器。

03

by-product
[`baɪˌpradəkt]
名 副產品
★ ★ ★

= **by旁邊** + **product產品** 複

記憶TIP 主產品旁邊的附加產物 = 副產品

例 The by-product of beer is also very popular in Taiwan.
在台灣，啤酒的副產品也非常受歡迎。

04

construction
[kən`strʌkʃən]
名 建設；建造
★ ★ ★

= **con一起** + **struct堆疊** + **ion過程，名詞**

記憶TIP 堆疊在一起的過程 = 建設；建造

例 Our factory is under construction and we hope it can be finished before next year.
我們的工廠正在興建中，希望可以在明年之前完工。

05

dispose
[dɪ`spoz]
動 處理；處置
★ ★ ★ ★

= **dis分開** + **pose放**

記憶TIP 把東西分開放好 = 處理；處置

例 This factory was fined because they didn't dispose of the toxic waste safely.
這間工廠因為沒有安全處置有毒廢棄物而被罰款。

06

drainpipe
[`dren,paɪp]
名 排水管
★ ★

= drain排水 + pipe輸送管 複

記憶TIP 排水的輸送管 = 排水管

例 The drainpipe in the kitchen needs to be replaced.
廚房的排水管需要更換。

 07

dynamometer
[,daɪnə`mɑmətə]
名 動力計；握力計
★ ★

= dynamo力量/動力 + meter測量

記憶TIP 測量動力的儀器 = 動力計；握力計

例 We need ten dynamometers in total for this project.
我們需要為這份企劃準備共十支動力計。

 08

emit
[ɪ`mɪt]
動 散發；放射
★ ★ ★

= e出去 + mit送

記憶TIP 送出去 = 散發；放射

例 This used car emits a lot of carbon dioxide, so I plan to sell it.
這台二手車排放大量的二氧化碳，所以我打算把它給賣了。

 09

endurance
[ɪn`djʊrəns]
名 持久；耐久力
★ ★ ★

= en使 + dur持續 + ance狀態，名詞

記憶TIP 使持續的狀態 = 持久；耐久力

例 The chair made from this material has a long endurance.
由這種材料製成的椅子十分耐用。

 10

energy
[`ɛnədʒɪ]
名 能量；精力
★ ★ ★ ★

= en在內部 + erg活動 + y性質，名詞

記憶TIP 身體內部的活力 = 能量；精力

例 The workers devoted all their energy to the job.
工人們在工作上投注全副精力。

11 establishment
[ɪs`tæblɪʃmənt]
名 設立；創立
★ ★ ★

= **establish創立** + **ment過程，名詞**

記憶TIP 創立的過程＝設立；創立

例 Henry used his savings for the establishment of the business.
亨利用他的積蓄創業。

12 eventuate
[ɪ`vɛntʃʊˌet]
動 結果；最終導致
★ ★

= **event結果/後果** + **uate做…，動詞**

記憶TIP 導致結果的動作＝結果；最終導致

例 A rapid rise in prices eventuated in mass unemployment.
物價的飆漲最終導致大量的失業。

13 flowchart
[`floˌtʃart]
名 流程圖；工作流程表
★ ★ ★

= **flow流動** + **chart圖表** **複**

記憶TIP 按順序的流動介紹操作過程的圖表＝流程圖；工作流程表

例 Mary is making a flowchart for her workers to follow.
瑪莉正在製作一張供員工遵循的流程圖。

14 framework
[`fremˌwɜk]
名 構造；組織
★ ★ ★

= **frame骨架** + **work工作** **複**

記憶TIP 由骨架支撐和構築＝構造；組織

例 We plan to build a bridge with steel framework.
我們計劃蓋一座鋼架橋。

15 fundamental
[ˌfʌndə`mɛntḷ]
形 基礎的；根本的
★ ★ ★

= **fundament基本/基礎** + **al…的，形容詞**

記憶TIP 基本的＝基礎的；根本的

例 The fundamental cause of Mr. Jobs' success is his hard work.
努力工作是賈伯斯先生成功的根本原因。

gasworks
[`gæs,wɜks]
名 煤氣廠
★ ★

= gas煤氣 + works工廠 複

記憶TIP 出產煤氣的工廠 = 煤氣廠

例 There is a gasworks in this neighborhood, so people here seldom smoke.

這個社區裡有一座煤氣廠，所以這裡的人很少抽菸。

---

guideline
[`gaɪd,laɪn]
名 指導方針
★ ★ ★

= guide指導 + line路線 複

記憶TIP 指導往前進的路線 = 指導方針

例 I think the novices really need these guidelines, so can you make them part of the training classes?

我認為新進員工確實需要這些指導方針，所以你可以把它們列入訓練課程的一部分嗎？

---

improvement
[ɪm`pruvmənt]
名 進步；改進
★ ★ ★

= im使 + prove試驗 + ment過程，名詞

記憶TIP 進行試驗以求改進的過程 = 進步；改進

例 I cannot see any improvement in your skill of making hats.

我看不出你的製帽技巧有任何進步。

---

inception
[ɪn`sɛpʃən]
名 開始；開端
★ ★ ★

= in入內 + cept抓住/拿 + ion過程，名詞

記憶TIP 入內拿取的行動過程 = 開始；開端

例 Because of the inception of the Internet, we have a better and more convenient life.

網路的啟用使我們過著更好、更便利的生活。

---

incisive
[ɪn`saɪsɪv]
形 銳利的；尖銳的
★ ★ ★ ★ ★

= in入內 + cis剪/切 + ive具…性質的，形容詞

記憶TIP 切中內部要害的 = 銳利的；尖銳的

例 The new manager's questions were well-formulated and incisive.

新任經理的提問條理清晰且切中要害。

31

incline
[ɪn`klaɪn]
動 傾斜；傾向於…
★ ★ ★ ★

= in向 + clin彎曲 + e動作，動詞

記憶TIP 向…彎曲 = 傾斜；傾向於…

例 The machine inclines a little bit, so we have to ask the engineer to fix the problem.
這台機器有一點傾斜，所以我們必須請工程師來修正這個問題。

 32

induce
[ɪn`djus]
動 引誘；誘導
★ ★ ★

= in入內 + duc領導 + e動作，動詞

記憶TIP 引導進入裡面的動作 = 引誘；誘導

例 Inducing this activation of the chemical reaction requires a catalyst.
需要催化劑的誘發才能活化此一化學反應。

 33

industrial
[ɪn`dʌstrɪəl]
形 工業的；產業的
★ ★ ★ ★

= indu進入 + str建造 + ial…的，形容詞

記憶TIP 進入內部建造的 = 工業的；產業的

例 We spent over a million dollars to prevent industrial pollution from our factory.
我們花了超過一百萬元來預防本工廠製造工業汙染。

34

industrialize
[ɪn`dʌstrɪəl͵aɪz]
動 使工業化
★ ★ ★

= industrial工業的 + ize使成為…，動詞

記憶TIP 使工業化 = 使工業化

例 We tried to industrialize the process so that the efficiency may be improved.
我們試著將製程工業化，這樣一來或許可提升效能。

 35

infrastructure
[`ɪnfrə͵strʌktʃɚ]
名 基礎結構；基礎建設
★ ★ ★ ★

= infra在下面/在內 + structure結構

記憶TIP 內部的結構 = 基礎結構；基礎建設

例 The highway was our country's economic infrastructure.
高速公路是本國的基礎經濟建設。

26

interim
[`ɪntərɪm]
名 過渡時期 形 臨時的
★ ★

= inter在中間 + im狀態，名詞

記憶TIP 在非常時期的中間 = 過渡時期

例 The interim measures should be planned before we stop making this product.
在我們停止製造這個產品之前，要先擬定臨時措施。

 27

internal
[ɪn`tɝnl]
形 內部的
★ ★

= inter在裡面 + nal…的，形容詞

記憶TIP 在裡面的 = 內部的

例 There was a rapid increase in internal trade.
國內貿易迅速增長。

 28

manually
[`mænjʊəlɪ]
副 人工地；手動地
★ ★

= manu手 + ally…地，副詞

記憶TIP 用手親做地 = 人工地；手動地

例 It is not easy to manually adjust these results.
要手動調整這些結果並不容易。

 29

manufacture
[ˌmænjə`fæktʃɚ]
名 1.產品 2.製造業 動 製造
★ ★ ★ ★

= manu手 + fact做 + ure過程，名詞

記憶TIP 用手製作出來的過程 = 製造

例 Our company manufactures cars and car parts.
本公司製造汽車和汽車零件。

 30

manufacturer
[ˌmænjə`fæktʃərɚ]
名 製造商
★ ★ ★

= manufactur製造 + er做…的人，名詞

記憶TIP 負責製造的人 = 製造商

例 You can complain to the manufacturer if goods are not well made.
若商品製作不良，應向製造商提出抱怨。

31

meticulous
[mə`tɪkjələs]
形 小心翼翼的；仔細的
★ ★

= **meti害怕** + **cul危險** + **ous具…性質的，形容詞**

記憶TIP 因為害怕危險所以 → 小心翼翼的

例 Mary pasted the cuttings into the scrapbook with meticulous care.
瑪莉小心翼翼地把剪下的資料黏到剪貼簿上。

 32

pollution
[pə`luʃən]
名 污染
★ ★ ★

= **pol向外** + **lut弄濕** + **ion過程，名詞**

記憶TIP 朝外部弄濕弄髒的過程 = 污染

例 Water pollution has become a serious problem in this neighborhood after the big factory was built.
在那間大工廠蓋好後，水汙染就成了這個地區的嚴重問題。

 33

prevalent
[`prɛvələnt]
形 普遍的；流行的
★ ★ ★ ★

= **pre先前** + **val強壯** + **ent在…狀態的，形容詞**

記憶TIP 先強壯起來便能蓬勃發展 = 普遍的

例 Using smart phones is prevalent in many Asian countries.
在許多亞洲國家，使用智慧型手機是很普遍的。

 34

procedure
[prə`sidʒə]
名 程序；步驟
★ ★ ★

= **pro向前** + **ced走** + **ure過程，名詞**

記憶TIP 向前進行的標準過程 = 程序；步驟

例 Please follow the procedures that your supervisor told you.
請遵照你的上司所交代的程序進行。

 35

process
[`prɑsɛs]
動 處理；辦理
★ ★ ★ ★

= **pro向前** + **cess走**

記憶TIP 向前進展 = 處理；辦理

例 In order to continue further processing, please give me the required documents.
為了繼續進行後續的處理，請給我必要的文件。

produce
[prə`djus]
動 生產；製造
★ ★ ★ ★ ★

= pro在前 + duc引導 + e動作，動詞

記憶TIP 跟著前面引導的方式做 = 生產

例 The factory produces nearly two thousand chairs a week.
這家工廠每星期生產將近兩千張椅子。

production
[prə`dʌkʃən]
名 產量
★ ★ ★ ★

= produc生產 + tion結果，名詞

記憶TIP 生產出來的量 = 產量

例 Our boss was happy to know our production went up last month.
我們的老闆得知上個月的產量上升，感到很開心。

productivity
[ˌprɑdʌk`tɪvətɪ]
名 生產力
★ ★ ★

= produc生產 + tivi具…性質的 + ty性質，名詞

記憶TIP 具備生產的能力 = 生產力

例 There have been huge increases in manufacturing productivity.
製造生產力已大幅提升。

profusion
[prə`fjuʒən]
名 充沛；大量
★ ★

= pro向前 + fus傾倒 + ion結果，名詞

記憶TIP 直接向前傾倒 = 充沛；大量

例 The shop was overflowing with a profusion of strange ornaments.
這間店裡擺滿了大量的奇特裝飾品。

prototype
[`protə,taɪp]
名 原型；標準
★ ★

= proto第一 + type類型

記憶TIP 第一種被生產出來的類型 = 原型；標準

例 The company has a complete working prototype of the new model.
這間公司完整擁有新模型的工作原型。

41

reduce

[rɪˋdjus]

動 減少；降低

★ ★ ★ ★

= re向後 + duce引導

記憶TIP 向後引導的動作 = 減少；降低

例 Peter tried to reduce his life expenses.
彼得試圖降低生活開支。

 42

refinery

[rɪˋfaɪnərɪ]

名 提煉廠

★ ★

= refine提煉 + ry地方，名詞

記憶TIP 提煉的地方 = 提煉廠

例 It has been said that the king owns the oil refinery.
據說國王擁有這間煉油廠。

 43

scramble

[ˋskræmbḷ]

動 攪碎；擾亂

★ ★ ★

= scramb用手拉 + le動作/過程，動詞

記憶TIP 用手反覆拉的動作 = 攪碎；擾亂

例 The magnetic field has already scrambled the information on the computer disk.
磁場擾亂了儲存在電腦磁碟裡的訊息。

 44

seamlessly

[ˋsimlɪslɪ]

副 無縫地

★ ★

= seam裂縫 + less沒有…的 + ly…地，副詞

記憶TIP 沒有縫隙地 = 無縫地

例 I hope the working process can run seamlessly to save more money and time.
我希望工作程序可以無縫接軌順利運行，以節省金錢和時間。

 45

sequence

[ˋsikwəns]

名 1.次序；先後 2.連續

★ ★ ★

= sequ跟著 + ence狀態，名詞

記憶TIP 跟著前面一個接著一個 = 次序；先後

例 Please follow the sequence that I gave you to make the products we need.
請按照我給你的順序來製造我們需要的產品。

serious
[`sɪrɪəs]
形 1.(事)嚴重的 2.(人)嚴肅的
★ ★ ★ ★ ★

= seri嚴肅 + ous具…性質的，形容詞

記憶TIP 性質嚴肅的 = 嚴重的；嚴肅的

例 I think this matter needs serious consideration.
我想這件事需要慎重考慮。

skirting
[`skɜtɪŋ]
名 1.壁腳板 2.裙料
★

= skirt裙子 + ing行為，名詞

記憶TIP 如裙襬般的物品 = 壁腳板；裙料

例 The colors on the skirting match the color of the curtain in the room.
壁腳板的顏色和房間裡窗簾的顏色相配。

subcontractor
[sʌb`kɑntræktɚ]
名 轉包商
★ ★

= sub下 + contract承包 + or做…的人，名詞

記憶TIP 再向下承包的人員 = 轉包商

例 As far as I know, Jenny is one of the subcontractors of the company.
據我所知，珍妮是公司的其中一名轉包商。

subterranean
[ˌsʌbtə`renɪən]
形 地下的
★ ★ ★

= sub在下面 + terr地 + anean在…狀態的，形容詞

記憶TIP 在地面以下的 = 地下的

例 We usually send our goods through subterranean passages.
我們通常透過地下通道運送貨物。

systematic
[ˌsɪstə`mætɪk]
形 系統的；系統化的
★ ★ ★

= system系統 + atic…的，形容詞

記憶TIP 系統的 = 系統的；系統化的

例 When you want to make good use of your time, a systematic schedule is needed.
當你想要善用時間時，需要一套系統化的行事曆。

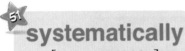

51

systematically
[ˌsɪstəˋmætɪk!ɪ]
副 有系統地
★ ★ ★

= system系統 + atical有…的 + ly…地，副詞

記憶TIP 有系統地 = 有系統地

例 We hope our new machines can work more systematically and efficiently.

希望我們的新機器可以工作得更有系統、更有效率。

52

technique
[tɛkˋnik]
名 技術；技巧
★ ★ ★

= techn技藝 + ique狀態，名詞

記憶TIP 技藝優良的狀態 = 技術；技巧

例 The special technique has been developed in this country since the year 2000.

自西元兩千年起，這個國家就已開始發展這項特殊技術了。

53

tester
[ˋtɛstɚ]
名 試驗員；測試器
★ ★

= test試驗 + er做…的人/物品，名詞

記憶TIP 測試的人員 = 試驗員

例 When the tester arrived, the machines ran perfectly.

當試驗人員抵達時，機器完美地運轉著。

54

ultimate
[ˋʌltəmɪt]
形 1.最終的 2.根本的
★ ★ ★

= ultim最後 + ate…性質的，形容詞

記憶TIP 最後的 = 最終的

例 It has been said that hard work is the ultimate source of success.

有人說努力工作是成功的根本。

55

viable
[ˋvaɪəb!]
形 可實行的
★ ★ ★

= vi路 + able可…的，形容詞

記憶TIP 有路可以走的 = 可實行的

例 Nuclear energy is only one viable alternative to coal or gas.

核能只是煤或天然氣的可用替代物之一。

warning
[`wɔrnɪŋ]
名 警告
★ ★ ★

= **warn警告** + **ing行為，名詞**

記憶TIP 警告的行為 = 警告

例 The yellow light is a warning sign for error.
黃燈是警告錯誤的信號。

waterworks
[`wɔtə,wɜks]
名 供水系統；水廠
★ ★

= **water水** + **works工廠/工程**

記憶TIP 處理用水的工程 = 供水系統

例 The factory's waterworks is in bad repair.
這間工廠的供水系統嚴重失修。

應 考 片 語

conveyer belt 配送帶 ★★
look over 仔細檢查 ★★★★
paper mill 造紙廠 ★★
power station 發電廠 ★★
subcontract factory 轉包工廠 ★★
waste water treatment 工業廢水處理 ★

NOTE

5 技術革新
Technological Innovation

 學習範疇　科學探究、實驗、電腦、創新
非學不可的64個必考重點字

MP3 271

 01

application
[ˌæpləˋkeʃən]
名 1.應用 2.申請書；申請表
★ ★ ★

= ap去 + plic折 + ation行為產物，名詞

記憶TIP 把東西拿來折 = 應用

例 You can find many useful applications on the online market.
你可以在線上商城裡找到許多有用的應用程式。

 02

arise
[əˋraɪz]
動 產生；出現；形成
★ ★ ★

= a在上面 + rise升起

記憶TIP 升到上面來 = 產生；出現；形成

例 Some unexpected problems arose during their experiment.
在他們的實驗過程中，出現了一些意想不到的困難。

 03

automatic
[ˌɔtəˋmætɪk]
形 自動的
★ ★ ★

= auto自己 + mat驅動 + ic…的，形容詞

記憶TIP 自行驅動的 = 自動的

例 You can be identified by the automatic identification system within a few seconds.
自動辨識系統能在幾秒內辨識出你的身分。

 04

beaker
[ˋbikɚ]
名 燒杯
★ ★ ★

= beak茶壺嘴狀物 + er物品，名詞

記憶TIP 像茶壺嘴吧一樣的杯子 = 燒杯

例 The beakers we need for this test are different from the ones we used last time.
這項測試需要的燒杯跟我們上次使用的不同。

 05

blue-ray
[ˋbluˌre]
名 藍光科技
★ ★

= blue藍色的 + ray光 複

記憶TIP 藍色的光 = 藍光科技

例 Tony's company has the best blue-ray technology in this country.
湯尼的公司擁有這個國家最佳的藍光科技。

certification
[ˌsɝtɪfəˋkeʃən]
名 證明；檢定；保證
★ ★ ★

= certific證明 + ation行為產物，名詞

記憶TIP 證明的結果 = 證明；檢定；保證

例 This product was tested more than one hundred times before we sent it to get CE certification.

這項產品在送出取得歐盟CE認證之前，已經歷過上百次的測試。

chemistry
[ˋkɛmɪstrɪ]
名 化學
★ ★ ★

= chem化學 + istry學科，名詞

記憶TIP 化學學科 = 化學

例 Each chemistry lab in the hospital needs to have this medical device.

醫院裡的每一間化學實驗室皆須備有這項醫療器材。

computing
[kəmˋpjutɪŋ]
名 從事電腦工作；使用電腦
★ ★

= com共同 + put計算 + ing行為，名詞

記憶TIP 可以一起計算的行為 = 使用電腦

例 This position requires certain computing skills.

這個職位需要特定的電腦操作技術。

decade
[ˋdɛked]
名 十年
★ ★ ★

= deca十 + de數量，名詞

記憶TIP 以十為單位 = 十年

例 I spent nearly a decade to invent this newest technology.

我花了將近十年的時間發明這項新科技。

definition
[ˌdɛfəˋnɪʃən]
名 定義；釋義
★ ★ ★ ★

= de加強 + fin界線 + ition結果，名詞

記憶TIP 加強意義上的界線 = 定義；釋義

例 We don't quite understand the definition of this medical term.

我們不太了解這個醫學術語的定義。

demonstration
[ˌdɛmən`streʃən]
名 1.論證 2.示範
★ ★ ★

= **demonstr表明/示範** + **ation行為產物，名詞**

記憶TIP 示範的行為 = 論證；示範

例 The trainer gave a demonstration of how the program works.
訓練員示範說明這個程式如何運作。

---

discover
[dɪs`kʌvə]
動 發現
★ ★ ★ ★

= **dis沒有** + **cover覆蓋**

記憶TIP 沒有覆蓋住 = 發現

例 The Curies are known for discovering radium.
居里夫婦因為發現了鐳而聞名。

---

diversity
[daɪ`vɝsətɪ]
名 多樣性
★ ★ ★

= **divers不相同** + **ity性質，名詞**

記憶TIP 各不相同的性質 = 多樣性

例 New technology usually gets a diversity of opinion at the beginning.
新的科技通常會在初期受到各式各樣的評論。

---

doubly
[`dʌblɪ]
副 加倍地
★ ★

= **doubl兩** + **y…地，副詞**

記憶TIP 兩倍地 = 加倍地

例 You've got to be doubly careful when you're operating the machine.
當你在操作這台機器時得加倍小心。

---

ecology
[ɪ`kɑlədʒɪ]
名 1.生態學 2.環境
★ ★ ★

= **eco家** + **logy學科，名詞**

記憶TIP 研究住家生活環境的學問 = 生態學

例 We are going to talk about ecology issues in this meeting.
我們將在這場會議討論有關生態學的議題。

electronic
[ɪ͵lɛk`trɑnɪk]
形 電子的
★ ★ ★

= electro電子的 + nic…的，形容詞

記憶TIP 跟電子有關的 = 電子的

例 Please turn off any electronic devices before you go into this house.
在進入這間房子之前，請關閉所有的電子裝置。

---

envision
[ɪn`vɪʒən]
動 想像；展望
★ ★

= en使 + vis看見 + ion過程，名詞

記憶TIP 始看得見未來 = 想像；展望

例 Jenny used to envision her future positively.
珍妮過去總是積極地展望她的未來。

---

example
[ɪg`zæmpḷ]
名 範例；例子
★ ★ ★ ★ ★

= ex外 + amp拿 + le小物，名詞

記憶TIP 拿到外面去當典範 = 範例；例子

例 We also provide some examples about how to use this machine.
我們也提供這台機器的使用範例。

---

experimental
[ɪk͵spɛrə`mɛntḷ]
形 試驗性的；實驗性的
★ ★ ★

= ex加強 + peri試驗 + ment過程 + al…的，形容詞

記憶TIP 加強實驗的 = 試驗性的；實驗性的

例 In order to verify the stability of the substance, we have to do some experimental tests.
為了驗證該物質的穩定性，我們必須做一些實驗性測試。

---

exploratory
[ɪk`splorə͵torɪ]
形 探勘的；探究的
★ ★

= explor探索 + at動作 + ory…性質的，形容詞

記憶TIP 探索性的 － 探勘的；探究的

例 It is critical for the doctor to do exploratory surgery at that time.
醫師在那個當下進行探查性手術是很重要的。

21

explore
[ɪkˋsplor]
動 探索；探究
★ ★ ★

= ex外 + plor流出 + e動作，動詞

記憶TIP 流出去外面看看 = 探索；探究

例 The meeting explored the possibility of closer trade links.
這場會議探討了加強貿易聯繫的可能性。

22

expose
[ɪkˋspoz]
動 使暴露於；使接觸到
★ ★ ★

= ex外 + pos放 + e動作，動詞

記憶TIP 往外面放的動作 = 使暴露於

例 After being exposed to the radiation, the doctor suggested that he have an extra checkup.
在接觸輻射線之後，醫生建議他接受額外的檢查。

23

feasibility
[ˌfizəˋbɪlətɪ]
名 可行性；可能性
★ ★ ★

= feas做 + ibility可…性，名詞

記憶TIP 可以實行的 = 可行性；可能性

例 It usually depends on the budget when we are talking about the feasibility of projects.
企劃的可行性通常取決於預算。

24

genuinely
[ˋdʒɛnjʊɪnlɪ]
副 真誠地；誠實地
★ ★ ★

= genuine真的 + ly…地，副詞

記憶TIP 真心去做地 = 真誠地；誠實地

例 Please answer the questions genuinely to this young lady.
請誠實回答這位小姐的問題。

25

idealize
[aɪˋdɪəˌlaɪz]
動 將…理想化；理想地描述
★ ★ ★

= ideal理想的 + ize使成為…，動詞

記憶TIP 使其成為理想的 = 將…理想化

例 The man idealized his early days on his father's farm.
男人把早期在父親農場上的日子看作是理想歲月。

26

illustrative
[`ɪləs͵tretɪv]
形 **說明的**
★ ★ ★

= **il在** + **lustr明亮的** + **ative具…性質的，形容詞**

記憶**TIP** 使狀況明朗的 = 說明的

例 What we need is just an illustrative example.
我們需要的只是一個具說明作用的範例。

 37

imaginary
[ɪ`mædʒə͵nɛrɪ]
形 **想像中的；虛構的**
★ ★ ★

= **imagin想像** + **ary有關…的，形容詞**

記憶**TIP** 關於想像的 = 想像中的；虛構的

例 All the characters in this movie are imaginary.
這部電影裡的所有角色都是虛構的。

 28

impossible
[ɪm`pɑsəbḷ]
形 **不可能的**
★ ★ ★

= **im不** + **poss能力** + **ible可…的，形容詞**

記憶**TIP** 不可能的 = 不可能的

例 Further research is impossible if we don't have more money.
如果沒有更多的資金，就不可能做進一步的研究。

 29

incredible
[ɪn`krɛdəbḷ]
形 **不可信的；難以置信的**
★ ★ ★

= **in不** + **cred相信** + **ible可…的，形容詞**

記憶**TIP** 不可相信的 = 不可信的；難以置信的

例 For such a tiny girl, she gave an incredible performance.
就一個這麼嬌小的女孩而言，她的表現令人難以置信。

 30

influence
[`ɪnfluəns]
動 名 **影響**
★ ★ ★ ★

= **in入內** + **flu流動** + **ence狀態，名詞**

記憶**TIP** 到裡面流動的狀態 = 影響

例 My mother used her influence with the chairman to get me the job.
我媽運用對董事長的影響力使我獲得這份工作。

integrate
[`ɪntə͵gret]
動 結合；合併；整合
★ ★ ★

= integr整體 + ate做…，動詞

記憶TIP 使變成整體 = 整合

例 Integrating all of the local agencies into a national organization is very tough.

要將所有的地方機構整合成一個全國性的組織非常困難。

---

interface
[`ɪntə͵fes]
名 界面
★ ★

= inter在中間 + face表面

記憶TIP 兩個表面中間的接觸面 = 界面

例 The Man-Machine Interface is very convenient for its users.

這個人機介面設置對使用者而言非常方便。

---

likely
[`laɪklɪ]
形 可能的
★ ★ ★ ★

= like像是/可能 + ly…性質的，形容詞

記憶TIP 像是答案的 = 可能的

例 The manager is likely to be in our headquarters in London this winter.

今年冬天，經理可能會在倫敦的總部。

---

mainframe
[`men͵frem]
名 主機；中央處理器
★ ★ ★

= main主要的 + frame架構 **複**

記憶TIP 主要的架構 = 主機

例 The engineer has found some problems in the mainframe of this machine.

工程師已在這台機器的主機上發現了一些問題。

---

matrix
[`metrɪks]
名 1.矩陣 2.母體；基礎
★ ★

= matr母親 + ix性質，名詞

記憶TIP 母親般的性質 = 母體；基礎

例 I don't know how to calculate the fundamental matrix of the system.

我不知該如何計算出這個系統的基礎矩陣。

merge
[mɜdʒ]
動 使融合；使同化
★ ★ ★

= **merg沉沒** + **e動作，動詞**

記憶TIP 使沉沒其中＝使融合；使同化

例 It was decided that the two shops should be merged.
已做出合併這兩家商店的決定。

microscope
[`maɪkrə͵skop]
名 顯微鏡
★ ★ ★

= **micro微小** + **scope觀測器**

記憶TIP 可觀察微型物的儀器＝顯微鏡

例 This kind of germ can only be seen with the aid of our microscope.
只有借助我們的顯微鏡才看得見這種細菌。

mobile
[`mobḷ]
形 可動的；移動式的
★ ★ ★

= **mobi移動** + **le⋯的，形容詞**

記憶TIP 可移動的＝可動的；移動式的

例 Please turn off your mobile phone when you are in the movie theater.
在電影院時，請把手機關機。

novelty
[`nɑvḷtɪ]
名 新穎的事物；新奇的經驗
★ ★ ★

= **nov新的** + **el小物** + **ty性質，名詞**

記憶TIP 性質新穎的物品＝新穎的事物

例 People can buy some novelties in the night market.
人們可以在夜市裡買到一些新奇的東西。

physics
[`fɪzɪks]
名 物理學
★ ★ ★

= **phys存在/自然** + **ics學科，名詞**

記憶TIP 存在於大自然間的學科＝物理學

例 According to our present ideas of physics, nothing can travel faster than light.
根據我們現存的物理學概念，沒有東西能比光的行進速度更快。

41

possibility
[ˌpɑsə`bɪlətɪ]
名 可能性
★ ★ ★

= poss能 + ibili可…的 + ty性質，名詞

記憶TIP 可能的性質 = 可能性

例 A peace settlement now looks like a real possibility.
和平解決目前看來有實際的可能性。

 42

prerequisite
[ˌpriˋrɛkwəzɪt]
名 必要條件 形 不可或缺的
★ ★ ★

= pre之前 + requisite要素

記憶TIP 之前就該具備的要素 = 必要條件

例 A reasonable proficiency in Japanese is a prerequisite for the class.
適當程度的日語能力是這門課程的先決條件。

 43

prevailing
[prɪˋvelɪŋ]
形 流行的；普遍的
★ ★ ★

= pre超過 + vail強 + ing使…的，形容詞

記憶TIP 強過其他東西而造成流行 = 普遍的

例 Black is the prevailing color in the cellphone market.
黑色是手機市場中的流行色。

 44

probably
[ˋprɑbəblɪ]
副 可能地
★ ★ ★

= prob試驗 + ably可以…地，副詞

記憶TIP 可以做試驗地 = 可能地

例 If I were Jenny, I would probably refuse the offer.
如果我是珍妮，我可能會拒絕那個提議。

 45

projection
[prəˋdʒɛkʃən]
名 預測；推測；估計
★ ★

= pro向前 + ject拋/投 + ion結果，名詞

記憶TIP 向前拋投物品以做出 → 預測；推測

例 The manager has made a projection of the sale of five hundred machines.
經理已做出銷售五百台機器的預測。

46

proliferate
[prə`lɪfəˌret]
動 使激增；使擴散
★ ★

= **pro往前** + **li滋養** + **fer生產** + **ate做…，動詞**

記憶TIP 不斷向前滋養並生產 = 使激增；使擴散

例 In order to protect their rights, self-help groups have proliferated all over Taipei.
為保護自身的權利，自助團體已在全台北迅速增加。

 47

resonate
[`rɛzəˌnet]
動 共鳴；共振
★ ★

= **re回來** + **son聲音** + **ate做…，動詞**

記憶TIP 有回音 = 共鳴；共振

例 The hall was resonating with laughter when the kids came inside.
當孩子們進來時，整個大廳迴盪著笑聲。

 48

respond
[rɪ`spɑnd]
動 回覆；回應
★ ★ ★

= **re回來** + **spond約定**

記憶TIP 回來赴約 = 回覆；回應

例 John responded to Mary's suggestion with a laugh.
約翰以一聲大笑回應瑪莉的建議。

 49

salient
[`seliənt]
形 顯著的；突出的
★ ★ ★

= **sal跳** + **ient有…性質的，形容詞**

記憶TIP 跳出來的 = 顯著的；突出的

例 After changing the main material, the quality of this product has salient progress.
改變了主原料後，這項產品的品質有了顯著的進步。

 50

science
[`saɪəns]
名 科學
★ ★ ★

= **sci通曉** + **ence情況，名詞**

記憶TIP 人們所知道的事 = 科學

例 The computer is one of the ingenious inventions of modern science.
電腦是現代科學妙不可言的發明之一。

51

scientific
[ˌsaɪən`tɪfɪk]
形 科學的
★ ★ ★

= sci通曉 + enti有…性質的 + fic做

記憶TIP 做了實驗之後就會通曉的 = 科學的

例 Dr. Sue suggested that we use the scientific method to solve the problem.
蘇博士建議我們用科學的方法解決這個問題。

 52

simultaneous
[ˌsaɪml`tenɪəs]
形 同步的；同時發生的
★ ★ ★

= simul相同 + taneous具…性質的，形容詞

記憶TIP 相同時間發生的 = 同步的；同時發生的

例 The audience burst into simultaneous applause.
全場觀眾齊聲叫好。

 53

sterilize
[`stɛrəˌlaɪz]
動 消毒
★ ★ ★

= steril不生育 + ize使成為…，動詞

記憶TIP 使病菌生不出來 = 消毒

例 Before putting the materials into the machine, the workers need to sterilize them first.
在把原料放入機器之前，工人們需要先消毒原料。

 54

strive
[straɪv]
動 苦幹；努力
★ ★ ★

= striv競爭 + e動作，動詞

記憶TIP st(stand站)+rive(r)河，要在河裡站穩就得努力才行

例 Please continue to strive for greater efficiency.
請繼續努力以提升效率。

 55

substantial
[səb`stænʃəl]
形 1.實在的 2.堅固的
★ ★

= substant實體 + ial…的，形容詞

記憶TIP 有實體的 = 實在的

例 We hope a substantial sales improvement can be seen in this season.
我們希望可以在這一季看到業績有實際的成長。

tackle
[`tækḷ]
動 處理
★ ★ ★

= **tack方針** + **le動作/過程，動詞**

記憶TIP 執行重點方針的動作 = 處理

例 Mr. Brown tackled the difficult problem.
伯朗先生處理了這個難題。

technical
[`tɛknɪkḷ]
形 專門的；技術性的
★ ★ ★

= **techn技藝** + **ical…的，形容詞**

記憶TIP 與技術相關的 = 專門的；技術性的

例 Please consult the head office to get technical support.
請與總公司聯絡以獲得專門的技術支援。

technological
[tɛknə`ladʒɪkḷ]
形 技術(學)的；工藝(學)的
★ ★ ★

= **techn技藝** + **ology學科** + **cal…的，形容詞**

記憶TIP 技藝學科的 = 技術(學)的；工藝(學)的

例 Can you give us some technological advice on this project?
你可以在這份企劃上給我們一些技術上的建議嗎？

tentative
[`tɛntətɪv]
形 試驗性的
★ ★

= **tent嘗試** + **ative具…性質的，形容詞**

記憶TIP 具嘗試性質的 = 試驗性的

例 John doesn't accept these tentative suggestions from Kenny.
約翰不接受肯尼給的這些試驗性的建議。

transcend
[træn`sɛnd]
動 超越；優於
★ ★ ★

= **tran超越** + **scend爬**

記憶TIP 爬得比誰都快 = 超越；優於

例 As for Tom, the desire for peace has already transcended political differences.
對湯姆而言，對於和平的渴望已超越政治上的分歧。

tremendous
[trɪˋmɛndəs]
形 大量的
★ ★ ★ ★

= **trem顫抖** + **endous具…性質的，形容詞**

記憶TIP 因為很多，所以抱起來會顫抖 = 大量的

例 A tremendous volume of water was used to cool the machine.
使用了大量的水來冷卻這台機器。

unveil
[ʌnˋvel]
動 揭露；使公諸於眾
★ ★ ★

= **un沒有** + **veil遮蓋/掩飾**

記憶TIP 沒有遮蓋住 = 揭露；使公諸於眾

例 The secret project was unveiled with the approval from the manager himself.
經理本人同意將這個機密企劃公諸於眾。

user-friendly
[ˋjuzəˋfrɛndlɪ]
形 易使用的；考慮使用者的
★ ★ ★

= **user使用者** + **friendly友善的** **複**

記憶TIP 讓使用者用起來覺得友善的 = 易使用的

例 Nowadays, smart phones are usually user-friendly, so even old people can use them.
現在的智慧型手機通常很容易使用，所以即使是老人也會操作。

wisdom
[ˋwɪzdəm]
名 智慧
★ ★ ★

= **wis智慧** + **dom狀態，名詞**

記憶TIP 有智慧的狀態 = 智慧

例 John showed his wisdom by what he said and what he did.
約翰以言行彰顯他的智慧。

應考片語

control group 控制組 ★★★
digital divide 數位落差(指數位化的程度差別) ★★★
information technology 資訊科技 ★★★
treatment group 實驗組 ★★

國家圖書館出版品預行編目資料

新多益單字先拆再記速背法 / 張翔 、呂昀潔 編著. --
初版. --新北市：華文網, 2014.09　面；公分・ --
(Excellent ；70)
ISBN 978-986-271-512-3 (平裝)

1. 多益測驗　　　2. 詞彙

805.1895　　　　　　　　　　　　　103010223

New Toeic Vocabulary Quick Builder

NEW TOEIC 新多益單字
先拆再記 速背法

知識工場 · Excellent 70

新多益單字先拆再記速背法

出 版 者／全球華文聯合出版平台 · 知識工場
作　　者／張翔、呂昀潔　　　　印 行 者／知識工場
出版總監／王寶玲　　　　　　　英文編輯／何牧蓉
總 編 輯／歐綾纖　　　　　　　美術設計／蔡億盈
審 訂 者／Emily Jensen　　　　特約編輯／吳雅芳

台灣出版中心／新北市中和區中山路2段366巷10號10樓
電話／（02）2248-7896
傳真／（02）2248-7758
ISBN-13／978-986-271-512-3
出版日期／2021年最新版

全球華文市場總代理／采舍國際
地址／新北市中和區中山路2段366巷10號3樓
電話／（02）8245-8786
傳真／（02）8245-8718

港澳地區總經銷／和平圖書
地址／香港柴灣嘉業街12號百樂門大廈17樓
電話／（852）2804-6687
傳真／（852）2804-6409

全系列書系特約展示
新絲路網路書店
地址／新北市中和區中山路2段366巷10號10樓
電話／（02）8245-9896
傳真／（02）8245-8819
網址／www.silkbook.com

本書採減碳印製流程，碳足跡追蹤並使用優質中性紙（Acid & Alkali Free）通過綠色印刷認證，最符環保要求。

本書為名師張翔等及出版社編輯小組精心編著覆核，如仍有疏漏，請各位先進不吝指正。來函請寄 mujung@mail.book4u.com.tw，若經查證無誤，我們將有精美小禮物贈送！

知識工場
Knowledge is everything！

知識工場
Knowledge is everything！